BEST SELLER

Lorenzo Mediano (Zaragoza, 1959), médico e instructor de supervivencia, es un autor polifacético. Ha publicado varios libros de supervivencia, así como diversas novelas: *La escarcha sobre los hombros* (1998), *Cuentos de amor imposible* (2000), *Los olvidados de Filipinas* (2001). Se ha especializado en la psicología y vida cotidiana de la prehistoria.

LORENZO MEDIANO

El secreto de la diosa

DEBOLSILLO

Diseño de la portada: Departamento de diseño de Random House Mondadori
Fotografía de la portada: Pierre Colombe/Corbis

Cuarta edición en DeBOLS!LLO: diciembre, 2005

Printed in Spain – Impreso en España

ISBN: 84-9793-267-6
Depósito legal: B. 49.535 - 2005

Fotocomposición: Lozano Faisano, S. L. (L'Hospitalet)

Impreso en Novoprint, S. A.
Energia, 53. Sant Andreu de la Barca (Barcelona)

P 832676

A quien sabe que es mi Diosa

Cueva de Shanidar (Mesopotamia)
Hacia el año 10.000 antes de Cristo

—Madre, no quiero morir.

La sacerdotisa, Madre espiritual de la tribu, acercó un cuenco de piedra a los temblorosos labios del guerrero moribundo. No se veía ninguna herida reciente sobre su piel tatuada y desnuda, aunque sí varias cicatrices, y tampoco había llegado a la vejez, cuando la Diosa llama a los humanos junto a Ella. Pero la vida se le escapaba.

—No te preocupes, no vas a morir —mintió la Madre—. Bebe un poco más de mi poción; así te curarás.

—Sabe amargo. —El guerrero intentó rechazar el cuenco, sin conseguirlo. Sus anchas manos dudaban, demasiado débiles para obedecer a su voluntad.

—Es necesario que apures mi medicina. Así ahuyentarás al espíritu maligno que ha entrado en ti —insistió la Madre, con gesto afectuoso pero firme. El hombre tragó el resto de la aromática bebida con dificultad, derramando algo por su barba negra, rizada y salvaje.

—Madre, no quiero viajar al país de las sombras sin que todos sepan lo que he descubierto.

—No te canses hablando. ¿Estás seguro de no haberle dicho nada a nadie?

—Aún no, tuve miedo de que me creyesen loco. ¡Es tan extraordinario! Sin embargo, ahora... Pero me vence el sueño, los párpados se me cierran... siento ganas de dormir...

—Duerme tranquilo pues, no temas nada —susurró la Madre con voz acariciadora, abrazándolo en un protector y tierno ademán.

El hombre cerró los ojos y su respiración fue amortiguándose hasta que cesó.

Mientras el aliento del moribundo aleteaba en sus últimos estertores, la Madre de la tribu se abstrajo en sus pensamientos. Aquel hombre había descubierto algo increíble sin darse cuenta de sus tremendas consecuencias. Porque este Secreto, si se difundía, era capaz de destruir el poder de la Diosa sustituyéndolo por el dominio de crueles divinidades masculinas que permitirían a los varones gobernar el mundo durante incontables generaciones. Aterrada por este futuro, la Madre acercó su boca a los exánimes labios del hombre, para cerciorarse de que estaba muerto. Derramó algunas lágrimas silenciosas, suspiró y, levantándose, vertió sobre el suelo arenoso el resto del brebaje que había elaborado en el cuenco. El olor dulzón de la miel y el perfume de las plantas aromáticas se expandieron por el aire húmedo de la caverna: habían cumplido su cometido, disfrazando el regusto áspero del veneno que la Madre mezclara con ellas para asesinar a aquel varón de nombre ya olvidado.

Enviaría aviso a las demás Madres de las tribus próximas, para reunirse y decidir cómo ocultar este descubrimiento. Sí, sólo las Madres —y quizá también las Ancianas— podrían acceder a este nuevo saber, porque si llegara a difundirse...

Miró con lástima al cadáver de quien confiara en ella. Había pagado con su vida por querer desvelar lo que estaba oculto desde el principio de los tiempos, sin entrever siquiera lo que conllevaba su hallazgo. Ella, en cambio, tenía la certeza de que si no se lograba guardar el secreto, aquella muerte sería el inicio de una larga serie.

Sin embargo, en lo más hondo, la Madre intuyó que el tiempo conspiraba contra ella y que, tarde o temprano, algún hombre volvería a descubrir el secreto de la Diosa. Entonces, se derrumbaría la base del poder femenino y los varones dominarían, tal vez hasta el final de los tiempos.

Esperaba que esto no ocurriese nunca.

Pero el primer crimen para ocultar aquel secreto sólo consiguió retrasar el futuro, no evitarlo. Aunque se intente aplazar con sangre, el futuro siempre acaba llegando.

UNO

Aster era una guardiana de la Diosa. Su cuerpo desnudo se recostaba contra el árbol que le proporcionaba sombra y frescor en el despuntar de aquella mañana de verano. A su alcance había dejado tres jabalinas con negras puntas de obsidiana, y también el cinturón de cuero que ceñía su talle cuando caminaba y que portaba un cuchillo y un hacha del mismo mineral sagrado. Alrededor de su tobillo cascabeleaba una ajorca de caracoles pulidos; el tabique de su nariz estaba atravesado por un aro de hueso, igual que los lóbulos de sus orejas; y su rostro había sido pintado con algunos tatuajes oscuros para realzar sus facciones: eran pequeñas coqueterías con las que Aster pagaba tributo a su juventud. Iba vestida con las pinturas rituales que exigía el decoro, colores ocres, rojos y grises que trazaban sobre su piel intrincados dibujos geométricos.

Tendría unos diecinueve ciclos de estaciones, aunque ni ella ni nadie se molestaba en contar las estaciones una vez pasada la ceremonia de iniciación que marcaba el principio de la vida adulta. Ya había sido madre dos veces: de una niña de siete ciclos de estaciones llamada Nohara y de un niño de tres que aún no poseía nombre; pero la maternidad y la lactancia apenas habían dejado huellas en su joven cuerpo. Y sin embargo, Aster no se consideraba bella. Aún estaba demasiado delgada, carecía de grasa que abultase su abdomen ahora liso y que diera a sus nalgas y caderas el grosor necesario para atraer a los hombres. ¡Pero era tan difícil engordar! Ni siquiera las guardianas de la Diosa podían comer las suficientes tortas de cebada y trigo. Aster se palpaba y se decía que parecía un junco, no una mujer; aunque se consolaba pensando que muy pocas alcanzaban el ideal de belleza: una femenina y desmesurada opulencia concentrada en pechos, caderas y vientre.

Los ojos de Aster poseían matices verdes, tal vez recuerdo de alguna tribu de las lejanas estepas norteñas; en todo lo demás era oscura, tan morena como las otras mujeres y hombres de su pueblo, Zewi Khemi, enclavado en las colinas del norte de lo que llegaría a ser Mesopotamia. Resultaba difícil no estar quemada por el sol en un clima cálido cuando para protegerse sólo se contaba con la asfixiante ayuda del cuero y de las pieles; todos preferían ir desnudos y cubrirse con polvo, pigmentos y grasa; por eso se pintaban el cuerpo con ocre y, como adorno, trazaban sobre su piel estilizados dibujos mediante los que manifestaban su rango y nombre, invocaban a divinidades protectoras e incluso expresaban su estado de ánimo. Interpretar tales trazos constituía todo un arte que no se dominaba con facilidad.

Aster contemplaba con mirada tranquila el apacible paisaje que se extendía ante ella. Las mujeres, agachadas y desnudas bajo sus sombreros de paja, labraban los campos con sus palos de cavar: una canción las ayudaba a llevar el ritmo de su pesada tarea. Por cómo avanzaba la línea de agricultoras a través de lo que antes eran campos baldíos, Aster notaba que reinaba la armonía; si hubiese existido la menor discordia, habría captado una sutil disonancia. Todas habían dejado a sus niñas y niños pequeños bajo un árbol, al cuidado de mujeres mayores que ya no resistían tareas agotadoras; las variadas edades de los niños le hablaban a Aster de abundancia, pues ninguna carestía había obligado a exterminar una generación. Por último, dos o tres centinelas de espesas barbas negras y tatuajes viriles proyectaban sus sombras protectoras sobre el conjunto; éstos le sugerían a Aster paz, largos ciclos de estaciones de tranquilidad sin fieras ni enemigos que atacasen a la tribu. Sus miradas, en vez de permanecer atadas al horizonte, vagaban por entre las mujeres más jóvenes y atractivas; sus venablos de sílex no estaban colocados en los propulsores, sino que eran asidos por manos indolentes; sus cuerpos varoniles se apoyaban en las azagayas, aburridos por la inactividad. Aster experimentó una perezosa punzada de deseo, que desapareció tras estremecerla.

Hombres... los cazadores habían partido antes de que se apagasen las últimas estrellas, pues las presas escaseaban y para encontrar una debían alejarse mucho. En cambio, los encargados de las reses holgazaneaban en torno a los rediles esparcidos alrededor del poblado, mientras aguardaban a que se secase el rocío para que las ovejas pudiesen alimentarse sin hincharse y morir por la fermentación de los vegetales en sus panzas. En varios campos de las afueras de Zewi Khemi, ardían los rastrojos, vigilados de cerca por las agricultoras, y una densa humareda se elevaba hacia el cielo. Más allá, mujeres y hombres quemaban bosques. Las mujeres invocaban a la Diosa rogándole que concediese a la tierra su fertilidad, para sustituirlos por campos en los que cultivar cereales. Los hombres, en cambio, provocaban los incendios para desbrozar pastos con los que alimentar al ganado. Y tal vez estos pastos atrajesen a los casi extinguidos bisontes y pudiesen abandonar su aburrida existencia como pastores y volver a ser lo que siempre habían sido: cazadores hábiles y valientes.

Había tal paz, que nadie podía imaginarse que Kairoon, Bahrma y Zohar, los principales dioses masculinos, preparaban su venganza contra la Diosa que vivía en las entrañas de la tierra. Hasta donde alcanzaba la memoria, habían soportado el benéfico reinado de la Madre del Universo: numerosos rebaños de bisontes vivían en la llanura y el humo de los sacrificios de sus adoradores subía hacia el cielo azul en el que habitaban. Pero ahora apenas saboreaban el tuétano de algunas ovejas famélicas inmoladas para ellos casi de forma clandestina. La tiranía femenina se les hizo insoportable y conspiraron para dominar el mundo: descubrirían el Secreto de la Diosa y destruirían así la base de su poder. Para eso necesitaban tres armas, dos hombres y una mujer: Koshmar el tullido, Mara la traidora y Ahkim el sanguinario; afilarían estas armas con golpes inclementes, como un cazador que talla la punta de sílex de su jabalina; y cuando los terribles impactos las hubiesen convertido en mortales azagayas, entonces las apuntarían contra el corazón mismo de la Diosa.

Pero la Creadora del Universo iba a contar con una defensora de alma dulce y mano implacable. Se llamaría...

—¡Aster! ¿Qué haces ahí soñando? —Kurmil llegó de improviso, con el enojo tiñendo los tatuajes de su cara. Era irritante ver a Aster siempre abstraída, como si no existiese nada más que sus imaginaciones. Debería estar recitando los viejos cantos que recogían la sabiduría de las Antepasadas, para ser la memoria de la tribu cuando llegase a Anciana, si es que alguna vez alcanzaba tal merecimiento (lo cual era dudoso). O practicando el uso de las armas, por si algún día fuese necesario defender a la Madre.

Aster salió de su trance sobresaltada. Encogió las piernas, avergonzada de que alguien pudiese verle las plantas de los pies, la parte más baja y sucia de su cuerpo. No recordaba nada de lo que había soñado, sólo le quedaba una sensación de sabiduría inexpresable, de unión con la Diosa y con todo lo existente. Siempre le ocurría lo mismo cuando se encontraba sola; trataba de repetir algún canto de las Antepasadas y un sonido, o una forma, o un olor, o el contacto con algo, o incluso los mismos latidos de su corazón la transportaban a mundos misteriosos y extraños que luego lamentaba abandonar. Contempló a Kurmil, la guardiana de la Diosa que la había despertado. Como Aster, también se hallaba desnuda, salvo por sus armas, pinturas y tatuajes; pero de ella emanaba dureza e inflexibilidad. Tal vez los bordes de sus pinturas resultasen demasiado agudos, o los colores brillaran más rojos de lo que Aster habría preferido; parecía que sus manos aferraran las jabalinas deseando utilizarlas y los dedos de sus pies se doblaban sobre la tierra como si quisiera poseerla.

—La Madre te requiere. ¡Vamos, apresúrate!

Aster se colgó del hombro el cinturón con su puñal y su hacha, y cogió las tres jabalinas y el propulsor. La Madre. Una sensación oscura invadió el hígado de Aster —donde habitaba su alma— y la intranquilizó. ¿Qué podía querer de ella la Madre? Aún no había conseguido aprenderse la canción que le había mandado; no había tenido tiempo. Mentía. Habían pasado muchos soles, casi una luna entera; pero los había desperdiciado con sus ensoñaciones. Los sonidos que yacían en aquellos ritmos antiguos y esotéricos, los misterios que se ocultaban en las palabras arcaicas y a veces ininteligibles de los versos, la transportaban contra su voluntad a otras percepciones demasiado sutiles para ser descritas. Ya se lo había intentado explicar a la Madre: «No sirvo para ser una guardiana de la Diosa, nunca conseguiré aprender todas las canciones…». Pero la Madre no la había escuchado. ¿Y si la degradaba hasta convertirla en una mujer como todas, atada de por vida a la hoz y al palo de cavar? ¡Qué vergüenza! Se decidió a trabajar con ahínco, a ahuyentar los trances como si fuesen lobos que acosaran sus rebaños; le pediría a la Madre una oportunidad más, sólo una más.

Kurmil y Aster corrieron hacia Zewi Khemi. Cuando los centinelas las vieron, prepararon sus venablos y aguzaron sus miradas; pero no eran enemigos, sólo dos guardianas de la Diosa que obedecían una orden de la Madre. Con un suspiro de aburrimiento, los hombres volvieron a apoyar sus azagayas en el suelo. Hoy tampoco habría guerra.

Aster captó su silenciosa decepción y dio gracias a la Diosa por haber nacido mujer. Pero la Madre debería intentar algo para remediar el tedio de los varones, ahora que no había caza. Quizá si labrasen los campos… Lo auténticamente mágico era el acto de la siembra y en eso las mujeres resultaban imprescindibles, pues su magia hacía brotar las semillas; por tanto, los hombres tal vez pudiesen labrar. No, lo tomarían como un insulto y sufrirían por su incapacidad de traer suficiente carne a la tribu. ¿Cómo remediar la situación de los hombres?

Kurmil, en cambio, no se dio cuenta de nada. Mientras corría, recitaba una canción de las Antepasadas de significado particularmente críptico. ¡Cuánto saber se necesitaba acumular para llegar a ser una Anciana! O incluso… ¿por qué no?, una Madre.

Atravesaron a la carrera los rediles y los almiares; luego pasaron por las habitaciones de los varones, grandes cabañas donde dormía todo un clan; después cruzaron la zona de los graneros y de los almacenes de sílex, sal, ocre, madera, utensilios y pieles. Apestaba a cueros medio curtidos, que se secaban al sol clavados en el suelo con estacas. Acostumbradas desde la niñez a este olor, ni Kurmil ni Aster fruncieron el ceño. Ahora entraban en la parte femenina de Zewi Khemi, donde las mujeres vivían junto con sus hijos en pequeñas cabañas de apenas unos pasos de ancho; muchas madres se hermanaban con su mejor amiga para así cuidar mejor a sus pequeños. Aster sintió una punzada dolorosa al recordar que ninguna había querido ser su hermana de sangre. «Es que estamos corriendo muy deprisa —se dijo—, y no he respirado bien.» Se limpió una lágrima que trataba de traicionarla.

Llegaron al centro del poblado, una pequeña plaza en torno a la estatua de la Diosa tallada en madera negra. A un lado, se levantaba la cabaña del Consejo, donde se reunían las Ancianas; al otro, la cabaña de la Madre, de la que salía un canto fúnebre que erizó el cabello de Aster.

—La Madre se muere —le dijo Kurmil. No era necesaria esa explicación, pues Aster era capaz de distinguir un canto fúnebre. Los golpes de pies contra el suelo turbaban la mente y las estridentes notas de una flauta imitaban el trino del pájaro siniestro que iba a conducir al alma de la moribunda hacia el país de las sombras.

Aster y Kurmil entraron en la cabaña. Las otras guardianas de la Diosa, con sólo horribles pinturas de guerra cubriéndoles el cuerpo, trataban de asustar a los malos espíritus mediante una danza de pasos retorcidos; las Ancianas marcaban el ritmo batiendo manos y pies. En el centro, respirando con dificultad sobre un lecho de paja, yacía la Madre.

—Ven, Aster, acércate —dijo la Madre con voz trémula. Su cuerpo estaba arrugado como un fruto al sol del estío; pero se había mantenido fuerte hasta el día anterior. Las canciones y los bailes cesaron para permitir que la Madre hablase, aunque esto acelerara su muerte—. ¡Oh, no te preocupes por tus pinturas! No son las más adecuadas, pero no tiene importancia.

Con disimulo, Aster estaba intentando borrar de su cuerpo los motivos más alegres. ¿Por qué no le había advertido Kurmil hasta el último momento? Experimentaban una mutua antipatía y sin duda la intención de Kurmil había sido dejarla en ridículo al permitirle vestir pinturas normales en un día luctuoso. Ante las palabras de la Madre, Aster dejó de preocuparse por su apariencia; pero se juró que Kurmil se acordaría de esta humillación.

—Aster, tú serás la siguiente Madre. Estoy llena de temor por los tiempos terribles y sangrientos que pueblan mis pesadillas; sólo tú puedes apartarlos de Zewi Khemi, a pesar de tus pocas estaciones.

—Pero, Madre, apenas consigo recitar la mitad de los cantos de las Antepasadas... —Aster se hallaba tan sorprendida como las demás guardianas de la Diosa, que, tras ella, no podían contener los murmullos—. Muchas otras, mayores que yo, son dueñas del conocimiento necesario...

—Sólo tú posees el don de la Diosa. Puedes comunicarte con Ella y sentir en tu cuerpo a Zewi Khemi, como si fuese parte de ti. Eres Madre, aunque todavía no conozcas todas las canciones; las Ancianas te las recordarán cuando lo necesites. Las canciones pueden aprenderse, pero ser Madre es un regalo de la Diosa... o una maldición.

Aster, obediente, tomó de las manos de la Madre el collar de conchas cauri que simbolizaba el poder y la riqueza de la tribu, y vistió la falda de fino cuero que la distinguiría entre las otras mujeres.

—Madre, antes de morir, háblame de tus pesadillas. A mi alrededor sólo veo paz, tanta, que incluso resulta tediosa para nuestros guerreros. ¿Cómo puedes soñar con sangre?

A un gesto de la Madre, las demás guardianas de la Diosa salieron de la cabaña. Kurmil no consiguió evitar una última mirada de rencor antes de cruzar el umbral. No era justo, ella había estudiado las canciones durante largas estaciones y ahora quedaba postergada por una jovencita que sólo sabía soñar. Pero hubo de guardar silencio. Ya llegaría el sol en que encontrase una oportunidad para la venganza.

—Aster, vas a escuchar la canción más oculta de todas, que custodiarás en tu memoria sin que tus labios se atrevan a pronunciarla. Es un canto que predice la muerte de la Diosa.

Aster dejó escapar una exclamación de horror:

—¡Es un sacrilegio! ¿Cómo osa alguien cantarla?

—Es peor que un sacrilegio. Es una verdad inexorable que pende sobre nosotras, como una nube oscura que promete la destrucción de todo lo conocido. —La antigua Madre se detuvo jadeando, agotada por el esfuerzo. Una Anciana continuó a través de la penumbra de la choza. La voz le temblaba ligeramente.

—Hace muchas generaciones, cuando aún vivíamos en cuevas

como los conejos o los zorros, y los hombres acababan de descubrir la magia que engaña a las ovejas para que se dejen comer por nosotros, un pastor descubrió un secreto terrible. Gracias a la Diosa, la Madre de su tribu pudo matarlo antes de que lo divulgara.

—Sólo las Ancianas y las Madres podemos conocerlo sin morir —añadió otra Anciana, con un gesto de angustia en el rostro.

—Desde entonces, muchas Madres han tenido que matar para mantenerlo oculto.

—Pero ¿qué secreto es éste? —Aster notaba que los temblores de sus rodillas se volvían incontrolables y tuvo que apoyarse en su venablo para mantenerse en pie.

Las Ancianas entonaron la canción, cabeceando para seguir su ritmo. Muy bajo, de forma que no se escuchase fuera de la cabaña, cantaron versos iniciados hacía muchas generaciones en la cueva de Shanidar. Cuando terminaron, una asombrada Aster se recostó contra la pared de barro, jadeando. Había empezado a ser Madre y a conocer el sufrimiento.

DOS

Una sonrisa apareció en el rostro del comerciante y Aster, la nueva y joven Madre de Zewi Khemi, se dio cuenta de que se había equivocado al proferir una amenaza. Las desnudas guardianas de la Diosa asieron con un poco más de fuerza sus venablos de obsidiana dispuestas a matar apenas Aster lo ordenase; pero en el rostro de las Ancianas del Consejo asomó un mudo reproche.

—¿Te atreverías a matarme, reverenda Madre? ¿A un comerciante? ¿Quién traería obsidiana, conchas cauri y… sal? —Las facciones del comerciante desfiguraron por un momento los tatuajes que adornaban su cara, convirtiéndolos en una mueca sarcástica. Aster se estremeció.

Sal. Las guardianas de la Diosa podrían tallar sus armas en sílex, como si fuesen hombres, y sólo sufrirían su orgullo y su dignidad; la tribu quizás olvidase las preciosas conchas cauri traídas de los confines del mundo y hallara una manera distinta de atesorar riqueza y de honrar a las divinidades; pero la sal… la sal resultaba imprescindible. Ni las reses ni los seres humanos podían sobrevivir a los calores estivales sin sal. El agua no calmaba la sed, por mucha que se bebiera, y en poco tiempo se moría entre convulsiones. Si faltase sal, la boca sólo se saciaría con sangre, como en los Tiempos Antiguos, cuando no existían poblados permanentes, ni cultivos, ni ganado, y los hombres cazaban y las mujeres recolectaban granos, insectos y frutos. Pero esa época feliz había pasado y ahora la tribu era tan numerosa y las presas tan escasas, que los cazadores no podrían traer suficiente sangre para sobrevivir ni siquiera una luna.

Dicen los comerciantes que la sal únicamente crece en los bordes de una llanura de agua amarga, donde sólo ellos saben; es probable que sea una mentira para oscurecer el origen de la sal y aumentar su precio, pues nadie ha visto tales llanuras. En cualquier caso... Aster detuvo su meditación al contemplar la irónica sonrisa del comerciante que esperaba su respuesta, henchido de confianza en sí mismo. Se sintió estúpida, demasiado joven para ser Madre de Zewi Khemi, el poblado más oriental de la Confederación de la Diosa. Se enfrentaba a su primer problema serio —sólo había pasado una luna desde que se sentase en el trono de la Diosa— y no sabía cómo solucionarlo. Los comerciantes son inmunes a las amenazas: conocen el poder que se esconde tras sus mercancías y, además, no sienten miedo a la muerte cuando pueden obtener un beneficio. «Extraños seres», se dijo Aster.

—No, de ninguna manera quería decir eso. Fue... ¿cómo explicarlo?, un espíritu que pasó por el aire y se introdujo en mi boca.

—Imprudente espíritu, reverenda Madre —se burló el comerciante.

—Imprudente, en verdad. —Aster tuvo que dominarse para no enrojecer de vergüenza ante el insulto. ¿Y si matara al mercader y a su familia? ¿Podría mantener estas muertes ocultas para los demás comerciantes? No, el riesgo era excesivo. Rezó pidiendo a la Diosa que le inspirase la decisión adecuada.

Aster no pudo dejar de admirar el ídolo que dominaba la plaza, tallado en oscura madera de cedro envejecido por la intemperie. Era una imagen querida y terrible, adorada y temida por todos los habitantes del poblado, una estatua cuyo origen se perdía en la noche de la desmemoria. Sus muslos generosos simbolizaban la fertilidad, poder de vida sobre vegetales, animales y seres humanos; su color negro noche evocaba las fuerzas mortales y subterráneas de la magia, pues quien puede dar la vida con la magia, también puede arrebatarla; sus brazos abiertos en un gesto apenas esbozado remarcaban una omnipotencia a la que nada escapa. Ningún miembro de la tribu transitaría junto a esta estatua sin sentir un escalofrío de amor y temor, y nadie se atrevería a pasar de largo sin musitar una breve oración para que Ella le fuera propicia.

—Así pues, sigues insistiendo en ofrecer a mi gente conchas cauri a cambio de esas extrañas rocas amarillas. —Aster apartó su atención de la Diosa y volvió a concentrarse en el comerciante que, en un gesto poco educado, se frotaba las manos mientras esperaba.

—Donde se pone el sol las llaman oro —puntualizó el comerciante.

—De ese oro, pues. De cualquier manera pagas demasiado. Mi gente no sabrá qué hacer con tanta riqueza. Hasta ahora, sólo la Diosa, y en su nombre la Madre, han poseído conchas cauri.

El mercader suspiró y se encogió ligeramente de hombros, como diciendo que todo puede cambiar. Aster prosiguió:

—¿No sería mejor para ti ofrecer menos, digamos... dos puñados de sal por cada pedazo de oro? Así ganarías más. —Aster empezaba a sentirse desesperada.

—Sin duda ganaría más, reverenda Madre; pero Kairoon me castigaría.

—¿Acaso no goza vuestro astuto dios Kairoon con el beneficio, y no será éste mayor si entregas dos puñados de sal en vez de una concha cauri? —Aster tuvo que esforzarse para que su voz no trasluciese el desprecio que le inspiraba ese dios regidor de artimañas, al que los hombres de su tribu sólo invocaban cuando cazaban o pescaban trampeando, forma poco noble, aunque útil. Las mujeres despreciaban a una divinidad que las ayudaba tan poco.

—Reverenda Madre, gobernad a vuestro pueblo y dejad que yo me ocupe del culto a Kairoon, de lo que le place... y de mi beneficio. —El comerciante apenas podía ocultar una sonrisa de superioridad.

—¡Precisamente intento gobernar a mi pueblo, perro sarnoso! Yo te... —Aster se dio cuenta de que se había puesto en pie y de que gritaba. Se contuvo y volvió a sentirse muy joven y estúpida, indigna de ser los labios de la Diosa.

Un hombre del clan del leopardo llamado Oimar había encontrado en las colinas una roca amarilla, que había guardado como curiosidad. Pero el comerciante había llegado hacía seis soles y, a cambio de aquel oro nativo, le había dado una concha cauri. ¡Una concha cauri! Aster se escandalizó al recordarlo. Cuando Oimar se la enseñó a los demás miembros de la tribu, todos abandonaron sus tareas para buscar más pedazos de ese oro. «Ahora, nadie quiere trabajar en los campos y las malas hierbas ahogarán el trigo y la cebada; los corderos balan de hambre y sed en los rediles; y, cuando los hombres salen a cazar, en vez de buscar las huellas que delatan a sus presas, buscan oro. Moriremos de hambre, malditos sean Kairoon y sus adoradores, moriremos ahítos de oro y de conchas cauri. Las guardianas de la Diosa tienen que forzar a mujeres y hombres para que trabajen; pero las guardianas apenas son una docena y, en cuanto vuelven la espalda, todos abandonan sus ocupaciones y buscan ese sucio oro. Además, la Diosa quiere ser amada, no sólo obedecida; soy la Madre de este poblado, no su dueña; y me acabarán odiando si tuerzo sus deseos.»

—¿Qué espíritu maligno se esconde en ese oro? —se preguntó Aster. Demasiado tarde, se dio cuenta de que había hablado en voz alta.

—Ningún espíritu maligno, reverenda Madre —replicó el comerciante—. Aquí apreciáis las conchas cauri como la mayor riqueza y escupís sobre el oro; en cambio, muy lejos, hacia donde se pone el sol, el oro es lo más valioso y las conchas cauri son poco mejores que nada. ¿Dónde está el espíritu maligno, en las conchas o en el oro? ¿O quizás en los hígados de los seres humanos? En cualquier caso, eso a mí no me importa y los buenos o malos espíritus me son indiferentes: transporto conchas cauri hacia donde sale el sol y oro hacia donde se pone.

—Pero ¿qué comeremos si todos buscan oro?

—Podréis cambiar vuestras conchas cauri por alimentos a las tribus vecinas.

—Y Kairoon quedará satisfecho, ¿no es así? —Los dientes de Aster rechinaban, esforzándose para no gritar.

—Kairoon quedará satisfecho —sonrió el mercader—. Los habitantes de Zewi Khemi tendrán más cereal que si lo cultivasen ellos mismos, más carne que si criasen ganado y, además, abundancia de conchas cauri para adornarse.

Aunque el comerciante no lo dijo, Aster supo que de esta forma Kairoon, el dios masculino de la astucia y del beneficio, sería imprescindible para su pueblo, más importante que la Diosa de la fertilidad a la que ahora adoraban, y los mercaderes dictarían las leyes y gobernarían las tribus. Aster no sabía qué hacer para evitarlo: aquel comerciante, al ofrecer preciosas conchas cauri, se había apoderado de las almas de Zewi Khemi.

—El sendero por el que caminamos no lleva a ningún sitio —concluyó Aster, tratando de ganar tiempo—. Esta noche invocaré a la Diosa pidiéndole que me inspire y mañana, al amanecer, reuniré a nuestro pueblo para que conozca su voluntad. Puedes ir a dormir, comerciante. Que la Diosa vele tus sueños.

—Y que Kairoon te inspire prudencia, reverenda Madre —se despidió el mercader, con un irrespetuoso deje de sorna en la voz.

Cuando quedaron solas, Aster habló a las Ancianas, mudas espectadoras de sus inútiles esfuerzos por salvar a la tribu:

—No soy digna de ser los labios de la Diosa, hermanas mías. Soy tan, tan joven... ¿Por qué me elegiría a mí la anterior Madre, antes de dormir para siempre en el vientre de la Diosa? No sé qué hacer, sólo presiento que si yerro, nuestro pueblo puede ser destruido por el espíritu maligno que se oculta en el oro.

—Fue la Diosa quien te eligió para ser Madre de Zewi Khemi, Aster, y la Diosa no se equivoca —replicó una de las Ancianas, que por lo menos habría vivido cuatro docenas de inviernos y cuyas encías desnudas apenas podían roer las duras tortas de trigo y la obligaban a alimentarse de gachas. En la intimidad del Consejo, las Ancianas trataban a Aster como a una igual y ella les agradecía descansar de su autoridad.

—Pero ¿qué hacer? ¿Alguna recibe una inspiración de sus antepasadas o de sus espíritus protectores?

Todas guardaron silencio.

—Matarlo es demasiado peligroso —señaló una.

—E inútil. Vendrán más comerciantes —añadió otra.

—Y no se podría guardar su muerte en secreto para siempre. Si los demás comerciantes se enteraran, no nos traerían más sal.

—No es posible ocultar un secreto para siempre —sentenció la mayor de todas. Las demás callaron y se llevaron las manos hacia los amuletos que colgaban de sus cuellos, mientras sus labios musitaban una oración. Habían recordado lo que deseaban olvidar.

—¡Qué palabras se te han escapado del cerco de los dientes! —rompió otra Anciana el silencio, reprochando a la anterior su imprudencia—. ¿Acaso Aster no sufre lo suficiente intentando salvar a sus hijos del espíritu maligno del oro, para que tú devuelvas a nuestras memorias lo innombrable? No nos hagas pensar que tu alma se ha ajado como tu piel.

Las Ancianas estallaron en un griterío lleno de reproches e insultos.

—¡Hermanas, haya paz entre nosotras! —exclamó Aster, extendiendo los brazos—. Si cuando aparece el león, los pastores disputan amargamente entre sí en vez de mostrarle una apretada empalizada de azagayas de sílex, ¿cómo se salvará el rebaño?

Las Ancianas cesaron sus discusiones y miraron al suelo, avergonzadas.

—Si la sabiduría de vuestras muchas estaciones no os permite encontrar una salida a la trampa que Kairoon nos tiende, ¿cómo he de encontrarla yo, que soy mucho más joven? Si las lanzas de nuestros guerreros no encuentran un blanco donde apuntar, ¿de qué nos sirven las afiladas puntas de sílex o de obsidiana? Si las canciones que nos legaron nuestras Antepasadas nunca nos han advertido de este peligro, ¿cómo podremos evitarlo nosotras, mucho menos prudentes que nuestras predecesoras? Siendo Kairoon el dios de la astucia y de las hábiles artimañas, ¿cómo nosotras, simples mortales, intentamos ser más inteligentes que esta divinidad?

Todos los ojos estaban ahora clavados en Aster, seducidos por su elocuencia. El círculo de Ancianas y de guardianas de la Diosa comenzó a moverse rítmicamente ante la pulsión irresistible de las frases de Aster, que danzaban en las almas como si fuesen cantos de las Antepasadas. Aster poseía el don de la palabra. Ella continuó:

—Así pues, si ni vuestra edad, ni las lanzas de los guerreros, ni las canciones de nuestras Antepasadas, ni nuestra inteligencia sirven para salvar a nuestra gente… ¿dónde sino en la Diosa, en la Gran Madre, podemos hallar auxilio? Porque Kairoon quizá sea astuto, pero Ella es sabia. La Diosa vencerá.

—En verdad, fue Ella quien inspiró a la anterior Madre para que te eligiese, a pesar de tu juventud —reconoció la más anciana entre las Ancianas—. Bajo la luz de esta luna menguante, mezclemos agua de nuestra fuente más pura con zumo de plantas subterráneas, para que esta noche la Diosa susurre a tu oído la manera de evitar las arteras trampas de Kairoon.

—Rezad por mí, hermanas, mientras viajo al país de los espíritus y pido consejo a nuestra Gran Madre.

—Que Ella te guarde y proteja a Zewi Khemi —respondieron al unísono las Ancianas del Consejo.

Cuando el sol se ocultó tras las colinas del poniente, las Ancianas entraron en la cabaña ceremonial y machacaron en un cuenco de alabastro distintas plantas y hongos secretos y prohibidos, mezclándolos en las proporciones que indicaban las canciones que ellas guardaban en su memoria, mientras musitaban ensalmos en lenguas cuyo significado nadie conocía ya.

Las Ancianas pintaron sobre la piel de Aster símbolos mágicos que debían protegerla a través del peligroso viaje que iba a emprender para bien de su pueblo; luego ella misma se ciñó a la cintura su cuchillo ceremonial. Cuando estuvo preparada, Aster contuvo la respiración y bebió el jugo amargo tras invocar a la Diosa. Luego se tumbó en el centro de la cabaña, mientras las Ancianas batían los tambores y recitaban con sus voces cascadas oraciones ancestrales. Las jóvenes guardianas de la Diosa comenzaron a bailar en torno a Aster agitando amenazadoramente sus azagayas al tiempo que proferían roncos gritos de guerra, para así asustar a cualquier espíritu maligno que tratara de apoderarse del cuerpo de la Madre mientras ella se hallaba ausente.

Aster intentó controlar su temblor. Sentía miedo, pues era su primer viaje al país de las sombras, allí donde habitan los muertos; no quería defraudar la confianza que depositaban en ella y cercó al temor en lo más profundo de su hígado, como si fuera un rebaño díscolo que pugnase por escapar del redil. El batir de los tambores la aturdía; habría deseado ordenarles que callasen, pero notaba su boca adormecida y torpe. Comenzó a caer por un pozo repleto de sangre negra y viscosa. Gritó mientras su cuerpo se arqueaba en un gesto imposible.

—Mamá, creía que habías muerto hace muchas estaciones. Abrázame. ¡Qué pesadilla tan terrible, haberte visto muerta!

—Mi niña, mi pequeña Aster... —Su madre comenzó a acariciarle los cabellos para tranquilizarla, igual que hacía cuando era pequeña y la asaltaban temores nocturnos.

—¡Oh, mamá, qué bien se está entre tus brazos! Quisiera permanecer siempre así. Fíjate, he soñado que me elegían Madre de Zewi Khemi, y que un comerciante ofrecía conchas cauri a mi pueblo a cambio de una extraña roca llamada oro. Entonces, yo tenía que viajar al mundo de los espíritus para buscar el consejo de la Diosa. Acompáñame hasta la Madre para que interprete el significado de este sueño tan extraño.

—Mi niña, mi pequeña Aster, no es un sueño... ¡tú eres la Madre!

La madre muerta de Aster se desvaneció de repente. Aster rompió a llorar, pero sus lágrimas atrajeron a unos espíritus malignos con forma de demonios alados. Aster desenfundó su daga de obsidiana para combatirlos, pero por suerte recordó a tiempo que la única defensa ante sombras amenazadoras consistía en permanecer quieta, impasible, sin pelear contra ellas ni huir aterrada. Los demonios se detuvieron a unos dedos de su rostro. Podía oler el fétido aliento que emanaba de sus fauces babeantes, pero no se movió. Al poco, los espíritus malignos desaparecieron.

Aster vio la entrada de una cueva que latía como un corazón recién arrancado del pecho. Se dirigió hacia ella y, al traspasar su oscuridad, una luz la deslumbró. Se sintió flotar. La luz cambió de color una y otra vez, pasando del rojo vivo de la sangre al azul del cielo y después al verde de las praderas en primavera. Por último, la luminosidad se volvió cegadora, como si Aster intentase mirar al sol de mediodía.

—Reverenda Madre...

—Dime, Aster.

Aster contempló a la anciana que tenía ante sí y a la que instintivamente había otorgado el título de Madre. Era como contemplarse a sí misma después de que las estaciones hubiesen labrado surcos en su piel y en sus huesos. Aster experimentó tristeza al verse así. La anciana rió, como si adivinase sus pensamientos; de su risa emanaba sabiduría y bondad.

—Reverenda Madre, un comerciante ha venido a nuestro poblado y…

— ¡Ah, Kairoon, Kairoon! ¡Siempre intentando ser más poderoso que Yo!

Aster comprendió entonces que se hallaba ante la Diosa y cayó de bruces, atemorizada. La Anciana la levantó con una sonrisa.

—Todo lo que nace y vive, lo que se arrastra por el suelo, lo que nada en los arroyos, lo que vuela por el aire, todo me pertenece, todo es uno conmigo.

—¿Incluso esa roca maligna a la que el comerciante llama oro?

—También las rocas amarillentas y las conchas cauri, aunque no las pasiones que despiertan en el hígado de los hombres. Estas pasiones forman parte de Kairoon.

—Entonces, ¿qué debo hacer para salvar a mi pueblo?

La Diosa calló y sonrió con dulzura.

—Ya vuelve a nosotras —dijo la más anciana entre las Ancianas, sujetando el cuerpo convulso y empapado en sudor de Aster, que se estremecía entre náuseas—. ¿Has hablado con la Diosa?

—He… hablado…

Entonces, la Anciana apartó el cuchillo del cuello de Aster. Si hubiese fracasado en su misión, la habrían sacrificado para propiciar a la Diosa, antes de elegir a otra Madre que viajase al mundo de las sombras y volviera a intentarlo. Kurmil dejó escapar un suspiro de contrariedad. Si hubiese muerto Aster, quizás ella habría sido la siguiente Madre.

Los tambores callaron y las Ancianas se dirigieron en silencio a sus chozas. Las guardianas de la Diosa llevaron a Aster a su cabaña para que descansara, y después se tumbaron para dormir junto a su cuerpo, excepto las dos que siempre se mantenían despiertas velando con sus armas el sueño de la Madre. En un lado de la cabaña, sobre unas brazadas de paja seca, dormían los hijos de Aster, que se revolvieron en sueños cuando entraron las mujeres. No llegaron a despertarse.

Aster pasó una noche inquieta, poblada de pesadillas, a pesar de los cuerpos desnudos que se apiñaban contra ella para darle calor y tranquilizarla.

Al amanecer del día siguiente, todo Zewi Khemi se reunió en el centro del poblado para conocer la voluntad de la Diosa. Allí aguardaban las mujeres, con sus azadas, sus bastones de cavar y sus piedras de moler; la mayoría de ellas con bebés atados a sus espaldas. Cerca jugaban las niñas y niños, incapaces de mantener la gravedad que la situación requería, a pesar de los reproches de las ancianas que los custodiaban y les enseñaban las canciones que necesitarían para ser adultos. También se encontraban allí los hombres agrupados en sus diferentes clanes, empuñando los venablos de sílex que les servían para defender al ganado de las fieras y, cada vez menos, para cazar animales. Entre los hombres destacaba Oimar, del clan del leopardo, que había descubierto la roca llamada oro y que ahora adornaba su cuello con una concha cauri, para envidia de todos los demás. Detrás del trono de la Madre se alineaban las guardianas de la Diosa, empuñando sus lanzas de obsidiana; a cada lado del trono se sentaban en el suelo las Ancianas, la memoria de la tribu. Todos iban desnudos, pues hacía mucho calor; pero en señal de respeto a la Diosa se habían pintado dibujos ceremoniales. A un lado, con una sonrisa irónica, esperaba lleno de confianza el comerciante junto con su clan, un pequeño grupo de hombres, mujeres y niños encorvados a causa de una vida entera porteando sobre sus espaldas mercaderías de un lugar a otro. Puesto que Kairoon era un dios masculino, entre los comerciantes imperaba la costumbre de que fuese un hermano de la matriarca quien gobernase el clan. Esta jerarquía tan extraña constituía motivo de burla por parte de las tribus civilizadas.

Cuando apareció Aster vestida con su larga falda, un cinturón con la daga ritual de obsidiana y el collar de conchas cauri al cuello, todos se inclinaron ante ella, aunque los comerciantes lo hicieron un poco más despacio que los demás, dejando traslucir un sutil y silencioso desprecio. Aster se sentó en el trono, bajo la imponente estatua de la Diosa, extendió los brazos y exclamó con voz clara:

—¡Pueblo de Zewi Khemi! Ayer por la noche hablé con la Diosa y he aquí lo que me dijo:

«—Todo lo que vuela por el cielo pertenece a la Diosa.

»—"Todo lo que nada por las aguas pertenece a la Diosa.

»—"Todo lo que corre por las praderas y bosques pertenece a la Diosa.

»—"Todo lo que se esconde en la tierra pertenece a la Diosa.

»—¿También te pertenece esa roca que los comerciantes llaman oro? —le pregunté. Y Ella me contestó:

»—También me pertenece esa roca que los comerciantes llaman oro, pero no las pasiones que despierta en los hígados de los humanos. Estas pasiones corresponden a Kairoon.

»¡Pueblo de Zewi Khemi! Si alguien vuelve a encontrar oro, ha de entregármelo a mí, para que en nombre de la Diosa yo lo trueque por conchas cauri que sirvan para realzar la majestad de Nuestra Señora en las ceremonias y también, si nos golpease el hambre, podamos intercambiarlas por cereal con otras tribus.

»¡La Diosa ha hablado!

Todos respondieron respetuosamente «La Diosa ha hablado», aunque su tono de voz mostraba con claridad la decepción que los embargaba. Si no podían obtener conchas cauri para ellos, ¿qué objeto tenía continuar con la febril búsqueda de oro? Sintieron una extraña tristeza, aunque sus almas se habían aligerado de una pesada carga. Apresados entre emociones opuestas —el alivio y la codicia—, no sabían si alegrarse o entristecerse por la voluntad de la Diosa. Para ellos, dolor y placer solían ser intensos e inmediatos, tan claramente diferentes como el día y la noche, y pocas veces experimentaban atardeceres de sentimientos contradictorios.

Aster se dirigió al comerciante, que la miraba iracundo. Aquel hombre contenía su rabia con un gran esfuerzo; había comprendido lo que significaban las palabras de la Madre. Ésta le habló:

—Si volvemos a encontrar más oro, yo te lo cambiaré por conchas cauri. Puesto que estás dispuesto a pagar tanto por él, ordenaré que, durante las épocas en que nuestros campos y ganado exijan menos trabajo, algunas mujeres y hombres lo busquen por las colinas. Pero seré yo, y sólo yo, la que trueque contigo el oro. Obtendrás oro, aunque no tanto como el que deseabas; así la avaricia no destruirá a mi tribu. ¿Lo has entendido?

—Sí, reverenda Madre —farfulló el mercader. Apenas consiguió hablar a causa de la ira que lo invadía.

—Así pues, ¿seguirá el comercio de sal?

—He de meditarlo. ¡Tu poblado está tan alejado de los demás, que...!

—Tal vez entonces algún otro comerciante piense que valga la pena venir hasta aquí para obtener rocas amarillas...

—¡No! Seguiré trayendo sal, pero no hables a nadie del oro.

Aster sonrió y se dijo a sí misma: «¡Ah, Kairoon, qué predecible eres!». Pero no quiso insultar al comerciante; le bastaba con haber salvado a su pueblo.

Le dio la espalda y, seguida por las guardianas de la Diosa, se acercó a Oimar, del clan del leopardo, el desafortunado poseedor de la concha cauri. Como todos, había comprendido que ya no podría obtener más conchas, y se sentía triste; pero no había podido —o querido— adivinar las consecuencias de las palabras de la Diosa.

—Oimar, ¿obedecerás a la Diosa?

Oimar suspiró, pero asintió en voz baja:

—Sí, reverenda Madre.

—Muy bien, Oimar, la Diosa premiará tu obediencia. Entrégame la concha cauri, para que la consagre en su honor.

—¿Mi concha, reverenda Madre? Pero.. Pero... ¡Yo encontré la roca! ¡El comerciante me dio la concha a mí! ¡A mí! Es sólo mía. La Diosa aún no había dicho nada entonces. —La mano de Oimar se cerró sobre la concha, como si Aster quisiera arrebatársela por la fuerza.

—Oimar, Kairoon se ha apoderado de tu hígado a través de esa concha. Entrégasela a la Diosa. Todo lo que se esconde en la tierra le pertenece.

—¡No! ¡Nunca! ¡Es mía!

El guerrero retrocedió empuñando su azagaya y la apuntó hacia Aster. Las guardianas de la Diosa rodearon a Oimar, pero Aster las contuvo con un gesto de su brazo.

—Madre, el castigo por amenazarte es la muerte en el poste de tortura —le recordó Kurmil, buena conocedora de las leyes de la tribu—. Permítenos apresarlo y no te expongas a su arma.

—Está cegado por Kairoon. No intervengáis.

—Reverenda Madre, las Leyes de la Diosa...

—¡No intervengáis, he dicho! —Kurmil se inclinó poniendo el puño contra su frente, en señal de obediencia. Aster se acercó a Oimar y le tendió la mano. La punta de sílex que la apuntaba tembló en silenciosa amenaza.

—Oimar, dame la concha y te perdonaré.

—¡Atrás, perra codiciosa! ¡La concha es mía!

—Oim… —Aster se acercó un paso más y Oimar adelantó su venablo para tratar de ensartarla. Pero Aster había sido una guardiana de la Diosa hasta hacía una luna y conservaba toda la agilidad que en sus pies habían impreso las danzas guerreras. Giró sobre sí misma de forma que la mortal punta de sílex resbaló sobre su piel apenas arañándola y, desenfundando con un ademán rápido su sagrado puñal de obsidiana, lo clavó en la desprotegida axila de Oimar.

El hombre se encogió abrazándose a Aster en un último gesto, mientras se desangraba a borbotones.

—Es mía… La concha es mía…

Las guardianas de la Diosa los rodeaban, pero no se atrevieron a actuar contra las órdenes de la Madre; además, sabían que la herida de Oimar resultaba mortal y que su intervención no era necesaria. Nohara, la hija de Aster, que se había escapado de entre los niños para estar más cerca, miraba con los ojos muy abiertos cómo la sangre de Oimar bañaba a su madre con cada latido del moribundo corazón. Unas gotas de sangre salpicaron la cara de la niña, que parpadeó asustada.

Los ojos de Oimar miraron al cielo y se cerraron, mientras su mano aferraba convulsamente la concha cauri. Poco a poco, aún abrazado a Aster, sus piernas fueron doblándose y cayó al suelo. Se oyó un grito y una mujer de unas tres docenas de ciclos de estaciones corrió llorando a abrazar al cadáver.

—¡Hijo! ¡Hijo mío…!

Aster permaneció en pie empapada en la sangre del muerto, con la daga todavía en la mano. Era el primer hombre que mataba. Trató de dominar el temblor que se insinuaba en su vientre.

—Mujer, apártate —ordenó.

La madre pareció no haberla oído y siguió estrechando al cuerpo inanimado, en un gemido inconsolable.

—Mujer, apártate —repitió Aster, y esta vez su voz traslucía una gélida amenaza. Las guardianas de la Diosa entornaron los ojos e inspiraron un poco más profundamente de lo habitual; las manos aferraron los venablos con fuerza.

—Vamos, madre, obedece. —Dos de sus hijos la obligaron a levantarse y la apartaron de allí. En su camino, empujaron a un lado a Nohara, la horrorizada hija de Aster; y las lágrimas de aquella madre se entremezclaron en el rostro de la niña con la sangre que antes la había salpicado.

Aster se sorprendió ante la mirada de odio de la madre y de sus hijos. ¿Acaso no le había dado a Oimar un fin piadoso en vez de la terrible muerte que, según la ley de la tribu, se merecía? Se sintió perpleja y notó en su espalda la indefinible sensación de haber cometido un error. Miró hacia su pueblo y supo que estaban tristes y que ella les había defraudado, aunque no podía decir en qué.

Ensangrentada, volvió hacia su choza. Antes de entrar en ella, se detuvo a pocos pasos del comerciante y dejó caer a sus pies la daga de obsidiana con la que había matado a Oimar.

—Yo soy honesta en mis negocios con hombres y dioses. Ábrele el abdomen a ese desgraciado, sácale el hígado y quémalo en el altar de Kairoon, pues Oimar ya se lo había vendido. Es suyo.

Continuó su marcha y en el umbral de su cabaña añadió, sin siquiera volverse para mirarlo:

—Y luego no olvides devolverme mi puñal. Tú, mejor que nadie, sabes lo valiosa que es la obsidiana en la que está tallado.

Una vez en la cabaña, se despojó de su falda ceremonial con un suspiro de alivio. Apretaba el calor y todavía no se había acostumbrado a la servidumbre que suponía verse obligada a estar siempre vestida con cuero. Y las pulgas que se escondían entre las costuras la atormentaban. Se sentó en cuclillas sobre el suelo, apoyando la espalda contra la fresca pared de barro crudo. ¡Qué descanso estar sola!

Había triunfado. El oro no pondría en peligro la existencia de su pueblo y, a la vez, continuarían fluyendo la obsidiana de Nemrut Draag, el sílex de Nevalha Cori, el alabastro de Umm Daghiyay y la indispensable sal de las llanuras amargas. ¡Cómo envidiaba a las Madres de los Tiempos Antiguos, que no se preocupaban de tales complicaciones! Habían sido épocas fáciles, la codicia no mordía los hígados de los hombres, pues nadie poseía más de lo que podía llevar a la espalda; ahora, en cambio…

—Venerada Madre…

—¿Sí, Tefnak? —Tefnak era una de las Ancianas del Consejo; pero además había sido hermana de sangre de la madre de Aster y quería a la muchacha como a una hija.

—¿Me das permiso para hablarte?

—Desde luego, Tefnak. Pero ¿no podría ser mañana? Me siento tan cansada que…

—Es más prudente que tus oídos reciban hoy lo que mi boca ha de decirte.

—Habla pues, hermana-de-sangre-de-mi-madre. —Aster empleó una sola palabra para definir el parentesco que la unía con Tefnak. El lenguaje que empleaban era muy rico y preciso para expresar parentescos, pues las relaciones familiares se consideraban extremadamente importantes.

—En verdad, la Diosa te inspiró la manera de evitar el peligro con que Kairoon nos amenazaba.

Aster asintió con una sonrisa.

—Sin embargo… ¿también te ordenó que infringieses nuestras leyes, Sus Leyes, cuando impediste que Oimar encontrase la muerte que merecía?

Aster permaneció en silencio durante varias respiraciones hasta que confesó, bajando los ojos:

—No. Intenté hacerlo lo mejor posible, pero… ¿acaso me he equivocado?

—Sí, querida hija-de-mi-hermana-de-sangre, te has equivocado.

— ¿En qué? ¿Por qué? Sólo traté de ser compasiva, como la Diosa.

—¡Ay, Aster! Cuando hayas padecido tantos inviernos como yo y te duelan los huesos durante las noches frías, sabrás que la Diosa, además de clemente, también es implacable, sabiamente implacable.

—¡Es tan cruel su Ley! Comprendo que quien infringe un tabú debe morir…

Tefnak asintió.

—Pero ¿es necesario que muera entre los más terribles tormentos que podamos imaginar?

—Aster, Aster, la muerte nos acompaña a todos muy de cerca, cosida a nuestra sombra; a los hombres siempre que salen de caza y a las mujeres cada vez que damos a luz un hijo. Además, en una vida tan trabajosa como la nuestra, ¿quién es tan estúpido como para temer a la muerte, que casi supone un descanso? La muerte ha de ser dolorosa para que nuestra tribu respete los tabúes.

—Pero, Tefnak, que sean sus propios parientes los que deban ejecutar la sentencia... su madre, sus hermanas y hermanos... ¿No es esto una crueldad innecesaria?

—Dime, Aster, ¿no has entrevisto algo turbio en la mirada de la madre y los hermanos de Oimar?

—Sí, me odiaban.

—Te odiarán mientras vivan, porque eres la asesina de su pariente.

—¡Sólo evité que muriese de una manera peor!

—¡Ellos te vieron matarlo! ¡Una madre siempre odiará a quien mató a su hijo! ¡Es inevitable, como el invierno, como la noche, como la muerte misma! No importa lo que quisieras, pensaras o intentaras: ¿Acaso te crees más sabia que la Diosa, quien nos dio Leyes para guiar al pueblo? Ha de ser la familia del criminal quien lo ejecute: así se evitan las venganzas de sangre que de otro modo azotarían a nuestra tribu. Y si tratan de protegerlo, de defenderlo, de justificarlo... ¡entonces su familia también debe morir!

Aster se cubrió el rostro con las manos:

—¡Basta, Tefnak, basta, por el amor de la Diosa!

Tefnak pasó un brazo compasivo sobre los hombros de Aster.

—Hija-de-mi-hermana-de-sangre, te quiero como si fueras mi propia hija. No te reprendo por crueldad, sino para ayudarte en tu tarea. La Diosa ha hablado contigo, ¿no es cierto? Así pues, tú eres la reverenda Madre de Zewi Khemi; tú mandas y yo obedeceré.

—Dime qué puedo hacer para enmendar mi error, querida Tefnak.

Tefnak la miró sin decir nada.

—¡No, es demasiado cruel! —se espantó Aster, tapándose los oídos con las manos y negándose a escuchar el silencio.

Tefnak siguió callada.

—¿Matar también a su madre, a sus hermanas y hermanos...? ¡No han hecho nada!

—Salvo odiarte.

—Porque yo maté a su hijo, a su hermano.

—No importa la razón. Según la ley, sus parientes tendrían que haberle ejecutado cuando él te amenazó, transgrediendo uno de nuestros más sagrados tabúes. No les has permitido cumplir su deber para con la Diosa y para con la tribu, por eso han de ser exterminados, aunque hayas sido tú quien les impidiese matar al infractor del tabú. Ya has causado suficiente daño por tu compasión; hoy sentenciamos a una familia cuando bastaba con matar a un individuo: no hagas que dentro de unas lunas hayamos de aniquilar todo un clan por haber dejado crecer las semillas de odio que hoy has sembrado.

—Está bien. ¿Podrías lanzar tú misma la maldición? Me siento tan, tan cansada...

—Lo haré.

—Y las plantas que mezclarás en su comida para ayudar al encantamiento... ¿podrían ser de muerte dulce? No es necesario que sufran, ¿verdad?

Tefnak sonrió afectuosa.

—No sufrirán, no es necesario, pues, en el fondo, son inocentes: sólo tú has sido culpable. Eres buena, Aster. Tu madre se sentirá orgullosa desde la tierra de las sombras cuando aquellos a los que vas a enviar allí le cuenten cómo has salvado al poblado.

Aster sonrió y Tefnak no quiso decirle lo que callaba. «Bastante ha sufrido la nueva Madre en un solo día», pensó. Las Ancianas sabían que el sacrificio ritual de Oimar habría purificado Zewi Khemi y la tribu se habría sentido unida con la Diosa gracias a los sufrimientos del reo. Ahora, como no se había expiado la falta, las mujeres y los hombres comunes experimentaban el peso de la mano de la Diosa que les apartaba de la riqueza. Se sentían oprimidos y, aunque nunca se atreverían a sublevarse, habían dejado de amar a la Diosa.

«No importa —se dijo Tefnak—, Aster será una buena Madre para Zewi Khemi. La gente olvidará pronto esas rocas amarillas y volverá a querer a la Diosa cuando Ella conceda hijos y cosechas a las mujeres, y corderos a los rebaños de los hombres.» Tefnak rezó a la Diosa para que así fuese. «Y si no es una buena Madre, las Ancianas le proporcionaremos la muerte dulce, por el bien de Zewi Khemi.»

Tefnak se despidió con un afectuoso abrazo. Aster la miró alejarse, apoyada contra el umbral de su cabaña. En ese momento, vio a su hija Nohara que la esperaba como si pidiese algo. Con una sonrisa la abrazó y limpió a lametones la sangre que había manchado su rostro, mientras la niña pasaba los bracitos en torno al cuello de su madre, de esa misma madre que ante sus ojos horrorizados había matado a un hombre. Los dedos de Aster rebuscaron piojos entre el pelo de Nohara, y se los ofreció para comer como una golosina. Reconfortada por el cariño y la proximidad de su madre, la niña pronto se durmió; entonces, Aster la acostó sobre la paja. Sólo después de atender a su hija, se permitió llorar amargamente. Con una mano todavía teñida por la sangre de Oimar, Aster aplastó y rompió en pedazos la preciosa concha cauri que tantas muertes había ocasionado.

TRES

Un desesperado grito femenino atravesó de nuevo la calma del amanecer, pero nadie le prestó atención. Los habitantes de Zewi Khemi iniciaban indiferentes sus tareas cotidianas; en todo caso, las vecinas dejaron escapar un gesto de fastidio: aquella mujer llevaba gritando toda la noche, impidiéndoles dormir.

Nohara volvió a tensarse y chillar, asiendo la mano de Aster, su madre. Había transcurrido una docena de ciclos de estaciones desde que Nohara fuera salpicada por la sangre de Oimar y la niña se había convertido en una mujer adulta. Muy morena a pesar de la grasa y del ocre con los que se cubría la piel para protegerse del sol, poseía una abundante cabellera tan negra como la obsidiana y, a diferencia de Aster, sus ojos destellaban oscuros como recuerdos olvidados.

Olvidar... Esto es lo que cada noche deseaba Nohara, sin conseguirlo. Olvidar aquella muerte que la arrancó de la infancia; abandonar en el sendero de la desmemoria, como un fardo demasiado pesado, las gotas de sangre que salpicaron su rostro infantil; lograr que su madre volviese a ser tierna y dulce, y no una gobernante despiadada que mataba con sus propias manos.

Por eso había dejado escapar las oportunidades que Aster le había ofrecido para ser guardiana de la Diosa; no quería que ninguna madre tuviese que llorar al hijo que ella matara. Prefería la vida trabajosa de la agricultura, pasar del palo de cavar a la azada de piedra, de la azada a la simiente, de la simiente a la hoz de sílex, de la hoz de sílex al trillo de mano, del trillo al molino de piedra arenisca y vuelta a comenzar hasta el fin de sus días. Pero nunca empuñaría un venablo. ¡Nunca!

Por eso su piel se requemaba al sol del estío, envejeciendo prematuramente; su cuerpo, en vez de ser esbelto y grácil, se achataba debido a continuos esfuerzos y a cargas acarreadas hasta el anochecer; las caricias de sus manos no resultaban suaves, sino repletas de callosidades ásperas y rugosas. Su juventud, a pesar de que sólo contaba diecinueve inviernos, estaba quedando atrás, muy atrás; pero sus ojos no perdían dulzura y contrastaban con los de Aster, torturados por secretos y preocupaciones.

Nohara llevaba tres días de parto y se retorcía bañándose en su propio dolor. Ya había sufrido antes esta experiencia, pero no le había resultado tan terrible, a pesar de la estrechez de sus caderas. Su primera hija, Uriel, había nacido tras dos días de luchas y angustia, y Nohara la había amado con todo el cariño del que es capaz una joven de apenas trece ciclos de estaciones. Dos inviernos después Nohara dio a luz a un niño que pronto murió por una diarrea; fue un accidente, pues Nohara no había infringido ningún tabú ni había omitido ninguna ceremonia mágica. Su tercer hijo no era aún persona —sólo tenía un invierno— cuando una hambruna golpeó a la tribu y hubo que matarlo, como a los demás niños varones de su edad. Nohara lloró amargamente mientras se lo comía en el banquete ritual que celebró tras sacrificarlo. Los parientes participaron de esta comida, pues así el mana del niño retornaba al clan de su madre; pero censuraron a Nohara por aquellas lágrimas, muestras de debilidad vergonzosa: lo correcto en esas circunstancias era mantener la serenidad.

Ahora intentaba dar vida de nuevo, su vientre se había vuelto a combar gracias a la fertilidad de la Diosa y a la magia de la Madre; pero ya llevaba tres días y tres noches experimentando terribles sufrimientos y el parto no finalizaba. Durante el primer día había resistido los dolores como cualquier otra mujer de la tribu, sin dejar de trabajar y confiando en que su hijo saldría por sí mismo; sólo al segundo amanecer se había desplomado llena de fatiga y de desesperación, consciente de que la muerte se sentaba a su lado, aguardándola.

Uriel, la hasta entonces única hija de Nohara, estaba en cuclillas sobre el suelo en un extremo de la choza, contemplando con ojos aterrados el sufrimiento de la parturienta, sin saber qué decir, mientras su abuela Aster, Madre de Zewi Khemi, masajeaba el vientre de Nohara o le sostenía la mano tratando de darle consuelo. Por fin, Aster tomó una decisión e impartió una seca orden a las guardianas de la Diosa que la acompañaban. Éstas sujetaron los brazos y las piernas de Nohara, abriéndola. Aster desenfundó su cuchillo de obsidiana y lo apuntó hacia el abultado pubis de su hija. Su pulso era firme.

—¡Mamá, no, por favor, no lo mates! Todavía no…

—Hija mía, su cabeza parece muy grande y tu cadera es demasiado estrecha. Si no rompo sus huesos con mi cuchillo, morirás —repuso Aster, con una triste serenidad emanada de las docenas de partos que había atendido desde que era Madre.

—¡Déjame intentarlo un poco más, te lo ruego!

—Está bien —suspiró Aster. Su hija siempre había sido demasiado sensible, una chiquilla consentida a la que horrorizaba la sangre; esto había impedido que fuera elegida guardiana de la Diosa, a pesar de su clara inteligencia, y ahora debía malgastar su vida en los campos, sujeta a un palo de cavar. Pero a pesar de esto la quería, la quería con locura, pues era su única descendiente hembra, la oportunidad de perpetuar su sangre. Uriel, su nieta, no sería tan débil, lo juraba por la Diosa. Ella se encargaría de hacerla fuerte, de convertirla en una mujer implacable que pudiera ser guardiana de la Diosa o, ¿quién sabe?, tal vez la próxima Madre de Zewi Khemi. Por eso no desaprovechaba las ocasiones de endurecerla y acostumbrarla al sufrimiento; a solas con ella, se burlaba de la debilidad de Nohara.

El tiempo de Aster había transcurrido muy rápido desde el día en que salvó a su pueblo de la codicia, desde la primera vez que derramó sangre humana. Sus tareas no le permitían entretenerse en contar las estaciones, pero ya había sido Madre durante al menos una docena de inviernos. En el transcurso de aquellos ciclos de estaciones, había hecho morir a algunos criminales —según la ley, en el poste de tortura— y, mediante su magia, había curado a muchos enfermos; su cuchillo de obsidiana negra había otorgado la vida y la muerte. Ahora tendría que matar a aquel bebé que aún no había nacido para salvar a su hija; pero no lloró, porque hacía mucho tiempo que se le había secado la fuente de donde brotan las lágrimas. Sobre su espalda recaía la existencia de Zewi Khemi, y cada nuevo nacimiento, cada atormentada agonía, había dejado una huella en su alma, en su hígado, sobre su rostro cada vez un poco más ajado por las preocupaciones.

Había fracasado en la educación de su hija Nohara y no había conseguido que fuese una guardiana de la Diosa, pero se consideraba una buena Madre de su pueblo. Bajo su gobierno, en Zewi Khemi nacieron muchas niñas y niños, sobreviviendo por lo menos la mitad; los graneros se hallaban repletos y los rebaños eran numerosos: la tribu podía permitirse el lujo de alimentar incluso a los ancianos de cabellos ralos y grises, algunos de los cuales tendrían por lo menos cuatro docenas de veranos. Pero a pesar de su magia y de su conocimiento, de las interminables ceremonias y oraciones repetidas cada primavera, Aster no había conseguido que regresasen las míticas manadas de bisontes, de cuya existencia llegaba a dudar, aunque aún se cantaban canciones que las describían. Cada estación, los cazadores regresaban más agotados y con presas más miserables; si no hubiese sido por el orgullo masculino, ella habría ordenado que se olvidasen de las gacelas y de los ciervos, y que no se apartaran de los rebaños.

Lo más importante era cómo había mantenido a los habitantes de Zewi Khemi apartados del terrible secreto de la Diosa que los hubiera aniquilado. Había añadido algunos nudos a la tupida red de tabúes y mentiras tejida por anteriores Madres para impedir que alguien lo descubriese por accidente; por eso no había sido necesario asesinar a nadie, como decían las canciones que hizo la Madre de Shanidar, antes de que los seres humanos construyesen chozas y aldeas. Y, sin embargo, no estaba tranquila. La anterior Madre, en su lecho de muerte, había entrevisto algo sobre el futuro, le había profetizado peligros y sangre. «Diosa amada y reverenciada, no te fallaré —se juró Aster—. Mataré, mataré a quien sea necesario.» Su hija volvió a gemir y el alma de Aster regresó junto a ella.

Mientras su madre se ensimismaba en el pasado y el futuro, Nohara luchaba con todas sus fuerzas por sacar al niño que le rompía las entrañas; ya hacía tiempo que no le avergonzaba chillar. ¿Acaso no aullaron de dolor las otras mujeres que habían muerto al no lograr parir, por muy valerosas que fueran? Nohara gritó, gritó una y otra vez realizando un esfuerzo sobrehumano; sabía que ésta era la última oportunidad para su hijo y, si ahora no lo lograba, el cuchillo de Aster perforaría y trocearía la frágil cabecita, salvándola quizás a ella, pero condenando a su hijo no nacido.

Apretó y apretó con ansia desesperada. De pronto, sintió que el dolor crecía todavía más y que su cadera saltaba en pedazos; algo estalló dentro de ella.

—Diosa… —jadeó, sintiendo que se rompía. Entonces, experimentó una alegría inimaginable en el hígado, porque entre sus piernas sonó el llanto de un recién nacido. No le importó que fuese varón, sino que lo abrazó llena de ternura. Después lo lamió para limpiarlo de sangre, loca de júbilo. Aún estaba viva. ¡Viva! Y también su hijo. Nohara puso al niño sobre su pecho, para que intentara mamar y se tranquilizara, aunque todavía no manaba leche. Apenas la boquita rozó el pezón, Nohara sintió que volvían las contracciones y expulsó la placenta.

Aster no se sintió satisfecha. El gran esfuerzo de Nohara había dado la vuelta al útero y ahora mostraba su rojez por fuera de la vagina. Si intentaba volver a introducirlo, un espíritu maligno de fuego entraría en la parturienta y la mataría, tras obligarla a arder durante varios soles. Así es que se conformó con lamerlo para limpiarlo, y luego, sobre la sangrante mucosa, depositó saliva mezclada con plantas medicinales masticadas. Encargó a Uriel que espantase las omnipresentes moscas y no les permitiera posarse sobre el delicado útero, pues a veces los malos espíritus se disfrazaban como ellas para penetrar a través de las heridas.

Tras reforzar las defensas mágicas de Nohara trazando de nuevo sobre el suelo los tres círculos que la protegían, salió de la choza. Respiró el aire fresco de la mañana y se dijo que Nohara no podría tener más hijos, pero al menos no moriría… si su mana era capaz de mantener alejados a los espíritus de fuego. Ella era la Madre y su mana poderoso: su hija se salvaría. No podía adivinar que había asistido al nacimiento de Koshmar, la primera arma que los dioses masculinos utilizarían contra la Diosa.

Lunas más tarde, muy lejos de Zewi Khemi, hacia el norte, una tribu primitiva se desplazaba por la estepa tratando de encontrar algo que cazar. Su joven Madre, embarazada, ordenó que hiciesen alto al lado de un riachuelo. Los hombres empezaron a tejer nasas con juncos de las orillas: aunque pescar con las artes de Kairoon no fuera muy digno ni divertido, era mejor que pasar hambre. Las mujeres se esparcieron buscando leña, insectos, hierbas y frutos.

La Madre se acuclilló jadeando y, sin lanzar un solo quejido, expulsó a su bebé. Sonrió cuando vio que era una niña y la abrazó con ternura mientras masticaba la placenta para recuperar el mana que contenía. La Madre se dijo que trataría por todos los medios de que su primera hija sobreviviera a los peligros de la infancia; decidió que cuando la niña tuviese edad suficiente para ser una persona, la llamaría Mara. En verdad, era una niña muy hermosa y dulce, y su madre no sospechó que acababa de nacer la segunda arma de los dioses. De haberlo sabido, la habría matado al instante.

Casi al mismo tiempo, en Zewi Khemi nació otro niño. La madre era una joven de apenas doce ciclos de estaciones, la edad normal en que las mujeres empezaban a concebir. Aunque el parto fue muy rápido y poco doloroso, un espíritu de fuego se introdujo dentro de ella y la comenzó a quemar. Todos supieron que moriría, pues los espíritus de fuego no suelen perdonar a las parturientas.

Familiares y amigas fueron reuniéndose en su cabaña, para despedirse de ella y darle encargos para los parientes muertos que pronto encontraría en el mundo de las sombras; pero la joven madre no dejaba de llorar. Lloraba no tanto por sí misma, sino por el hijo que mamaba de su pecho febril, pues sabía la suerte que le aguardaba en cuanto ella falleciera.

—Mamá, por favor, prométeme que cuidarás de mi hijo cuando yo falte.

Su madre apartó la mirada. Llevaba atada a su espalda a una niña de seis meses, su sexto hijo —décimo si por algún capricho se contabilizasen también los que habían muerto antes de cumplir el primer ciclo de estaciones—, y esta niña le exigía toda la leche que sus ya viejos pechos eran capaces de proporcionar.

—Hija mía —le respondió por fin—, no es razonable lo que me

pides. Bien sabe la Diosa que te amo, pero también amo a mi otra hija que llevo a la espalda, y no puedo arrebatarle el alimento al que tiene derecho para dárselo a un simple varón. Ya nos sobran pastores, los cazadores no encuentran presas y los guerreros no han combatido desde hace mucho tiempo. Pero no temas por tu hijo, pues lo comeremos en un banquete familiar con los ritos apropiados y así su mana regresará a nuestro clan y podrá volver a encarnarse dentro de una de nosotras en un momento más propicio.

—Pero, mamá, por piedad, es mi único hijo... Es lo único que dejaré en este mundo cuando me vaya al reino de las sombras.

La madre no respondió, sino que bajó la vista. No resulta agradable negar el último deseo a una hija moribunda, aunque fuera una petición imposible provocada por el delirio del fuego que la abrasaba. La pobre joven, ante el silencio de todas, repitió una y otra vez su desgarradora súplica, hasta que las presentes empezaron a mirarse inquietas unas a otras.

Si alguien muere con un deseo tan poderoso en su alma, no puede descansar en la tierra de las sombras y regresa al mundo durante las noches sin luna para tratar de cumplirlo como sea. Ninguna persona prudente querría atraer sobre sí el espíritu vengador de una madre furiosa por la muerte de su hijo, a pesar de cuantos amuletos puedan llevarse sobre sí para protegerse de los fantasmas. Cuando la joven muriese, tendrían que impedir el regreso de su espíritu: le cortarían los pies, para que no pudiera andar; las manos, para que no les agarrase en la oscuridad; los ojos, para que no les viese; y la lengua, para que no profiriese maldiciones contra ellas. No sería agradable mutilar a una pariente, pero les aterraba la poderosa magia de los muertos.

Un suspiro de alivio salió del pecho de todas cuando Ortra, la hermana de sangre de la moribunda, se adelantó y, entre sollozos, le juró a su amiga que cuidaría a su hijo como si de su mismo primogénito se tratara, ese primogénito que había nacido hacía menos de una luna. Ortra no podría cumplir su juramento, claro está, lo había proferido en un momento de obnubilación, pues no podía alimentar a la vez a dos niños: era una jovencita de la misma edad que la moribunda; además, pronto se cansaría. Las dos habían sido hermanas de sangre durante sólo unas lunas, y las amistades de la adolescencia truncadas por la muerte se olvidan pronto. Pero lo importante era que el espíritu de la muerta sólo se vengaría de Ortra y dejaría en paz a las demás.

Así pues, cuando la desdichada madre murió, tras jurar que desde el mundo de las sombras velaría por su hijo, nadie mutiló su cadáver y fue enterrada con los ritos normales. Pronto, cuando conociera el destino del niño, volvería a la tierra henchida de ira sanguinaria. Y aquel niño, protegido por el espíritu de su madre muerta, sería invulnerable a la magia de la Diosa. Había nacido Ahkim el Sanguinario.

Los tres dioses varones rieron satisfechos al ver que el espíritu de la muerta abandonaba el mundo de las sombras, indignado por lo que le sucedía a su hijo y dispuesto a extender su venganza a todas las que lo despreciaban. Los dioses se dispusieron a tallar los filos de sus armas, empleando el dolor inmisericorde; decidieron empezar por Ahkim, cuyo hígado había de ser más duro que la más dura obsidiana.

La Diosa, ignorante de la conspiración, seguía gobernando el universo y la humanidad con su benévolo, aunque despótico, gobierno; no sabía que, según los planes de los dioses, su reinado había de terminar durante la vida de estos tres niños recién nacidos. Kairoon dispuso la trampa y esta vez la sabiduría de la Diosa no sería suficiente, porque se habían unido a él la fuerza de Zohar y la violencia de Bahrma. La historia estaba a punto de cambiar para siempre.

Con el paso del tiempo, Aster, la defensora de la Diosa Madre, se había confiado y había bajado la guardia, olvidando la profecía de su antecesora. Y se equivocaba: los dioses masculinos habían aprendido a esperar.

CUATRO

El que sería llamado Ahkim miró con rabia impotente a la mujer que daba de mamar a aquel otro niño. Ahkim tenía dos ciclos de estaciones y se había convertido en una bestia salvaje que debía robar cada día su alimento.

—¡Vete de aquí, te he dicho! —La mujer le arrojó una pella de barro para que se alejara—. ¡No hay comida para ti! ¡Sólo para mi hijo!

Ahkim le enseñó los dientes y gruñó, pero tuvo que apartarse. Allí no encontraría nada con lo que saciar su hambre.

Como las mujeres habían predicho, Ortra se cansó pronto de cuidar al hijo de la muerta junto con el suyo propio. Cuando trabajaba en los campos, le era imposible llevar sobre la espalda a los dos niños y Ahkim quedaba abandonado en un ribazo, a pesar de sus lloros, mientras el verdadero hijo de Ortra disfrutaba del calor y de la proximidad de su madre. Ahkim debía esperar a que Ortra terminase de dar el pecho a su hijo antes de ser amamantado; sólo comía las sobras. Es cierto que, sobre todo al principio, Ortra mendigaba para que otras mujeres concediesen a Ahkim un poco de leche de sus pechos. Pero constituía una tarea desagradable: a menudo, tenía que pasar de los ruegos a las amenazas, asustándolas con el espíritu de la muerta, y sólo así conseguía que los pezones de las otras aceptasen a Ahkim durante unos momentos. No es de extrañar que pronto sus antiguas amigas la rehuyesen y le hicieran el vacío, pues nadie disfruta de la compañía de una pedigüeña. Ortra era apenas una adolescente y sufrió mucho.

Poco a poco, Ortra empezó a olvidar a su antigua hermana de sangre y a odiar a Ahkim. Siempre que lloraba por la noche, asustado por algún espíritu nocturno, ella, en vez de arrullarlo y consolarlo, lo golpeaba hasta que se callaba; cuando el pobre niño, al dar los primeros pasos, se caía y rasguñaba las rodillas, en la que hubiera de ser su madre sólo encontraba gestos y palabras duras. Ahkim pronto dejó de llorar y aprendió a apretar los dientes y los puños.

Cualquier niño habría muerto. ¡Son tan delicados y frágiles en su primer ciclo de estaciones! Incluso con los más amorosos cuidados, sólo sobrevivía uno de cada dos. Pero el fantasma de su madre velaba por él y alejaba cualquier espíritu maligno que tratara de acercarse al infeliz. Por desgracia, una sombra puede proteger —o matar—, mas no enseña a sonreír, ni prodiga miradas tiernas, ni proporciona calor durante las noches frías, ni consuela ante la soledad.

Apenas Ahkim aprendió a gatear, salió a buscar comida. Se quemó al intentar robar las tortas de cebada que unas mujeres asaban sobre brasas; casi se asfixió al tragarse un saltamontes sin masticarlo lo suficiente; libró una batalla contra una pequeña culebra hasta que consiguió matarla a dentelladas... Bordeó la muerte muchas veces pero sobrevivió, aunque su piel adquirió cicatrices que siempre le recordarían su primera infancia.

Las mujeres movían las cabezas ante el salvajismo de este niño, pero no se atrevían a hacerle nada por temor al espíritu que lo protegía; a veces, para congraciarse con la muerta, permitían a Ahkim que mamase un poco de ellas... aunque no demasiado. El niño aprendió, de forma intuitiva, que lo que no conseguía mediante las lágrimas, lo obtenía mediante el miedo que inspiraba.

Dos lunas antes de cumplir tres veranos, Ahkim cogió una piedra e intentó matar a su hermanastro golpeándolo en la cabeza. Ortra lo sorprendió cuando la sangre empezaba a formar un charquito y la infeliz víctima ya casi no lloraba; poseída por la ira, le pegó una paliza a Ahkim mientras lo cubría de insultos; después, lo expulsó de su cabaña y le prohibió volver a entrar en ella.

Ahkim no derramó ni una sola lágrima, pues ya sabía que eran inútiles. A pesar de los malos tratos, él amaba a Ortra, la única madre que conocía; y deseaba ardientemente que ésta le diese aunque fuera sólo un poco de cariño. Su mente infantil le había hecho suponer que si mataba a su competidor, Ortra le entregaría las caricias que ahora éste se llevaba.

Recorrió el poblado buscando un lugar donde cobijarse; pero las mujeres lo miraban como si fuese invisible e ignoraban sus calladas súplicas. Ninguna desafiaría al espíritu de la muerta, pero tampoco lo temían lo suficiente como para auxiliar a Ahkim: el fantasma ya tenía una culpable sobre la que descargar su ira. Estaban equivocadas, el espíritu tramaba una venganza sangrienta contra las mujeres de Zewi Khemi.

Al anochecer, Nohara encontró al huérfano acurrucado contra el muro exterior de una choza, tratando de resguardarse del frío; al verlo, se le llenaron los ojos de lágrimas. Ahkim estaba sucio, más sucio aún que los demás niños del poblado, lleno de rasguños y con una mirada de fiera acosada.

Nohara sabía que de sus pechos no manaba leche suficiente sino para el hijo que llevaba atado al dorso —el que luego sería llamado Koshmar—, y que no podía acoger al desdichado huérfano; pero su tierno hígado le impulsó a acercarse a él.

Ahkim retrocedió y descubrió los dientes, como si fuese un cachorro de león; pero Nohara lo tranquilizó canturreando una canción de cuna. Ella le tocó y sintió cómo temblaba de miedo ante su contacto, temiendo un nuevo golpe.

—No, no, mi niño, no temas nada, déjame que te cure...

Nohara le lamió las heridas. Notaba que la piel se estremecía, porque nunca había sido lamido. ¡Pobre infeliz, no haber sido lamido por una madre! Cuando sintió que ya no la temía, masticó un trozo de torta que traía en el zurrón y se la entregó directamente en la boca, tal como las madres hacían con sus hijos pequeños. Ahkim se atragantó y, después de toser, arrebató el resto de la torta de la mano de Nohara y comenzó a roerla con sus dientecillos, apretándose contra la pared, como si temiera que alguien se la robara.

Nohara tuvo que contener el impulso de cuidar a ese chiquillo salvaje que no conocía lo que era una madre; el cariño maternal era por entonces enorme, desbordante, pues sus hijos y ellas mismas siempre se hallaban al borde de la muerte, y sólo encontraban consuelo y refugio en el mutuo amor.

Suspiró llena de tristeza. No tenía suficiente leche para adoptarlo y tampoco concebía la posibilidad de ordeñar una cabra: faltaban aún cientos de ciclos de estaciones para que la humanidad aprendiese este arte. Tras dudar durante unas respiraciones, le acercó uno de sus pechos. El niño, sorprendido, la miró y no supo qué hacer; tras un momento de duda, se aferró al pezón afanosamente, mientras la dulce leche goteaba por entre la comisura de sus labios.

Entonces despertó el hijo que Nohara llevaba y le pidió que le diese de comer. Nohara lo desató con un suspiro de alivio: ¡son tan pesados los niños cuando tienen más de dos ciclos de estaciones y aún no pueden seguir a un adulto! El niño se acercó al pecho de Nohara y se detuvo asombrado al ver que otro mamaba de aquella fuente de vida. Ahkim, por su parte, paró de mamar y, sin soltar el pezón, dejó escapar de su garganta un amenazante gruñido. Ella comenzó a despiojar a Ahkim para tranquilizarle; esta tierna caricia pareció serenarlo.

El hijo de Nohara, que luego sería llamado Koshmar, dudó unos instantes, atemorizado por la fiereza que emanaba de Ahkim; pero si su madre se hallaba presente, ¿qué podía temer? Así pues, tomó el otro pecho y chupó. Ahkim miró a Koshmar y, cuando estuvo seguro de que no lo apartaría de Nohara, experimentó en su hígado todo el agradecimiento que un niño es capaz de sentir, y juró a su madre muerta, con la que hablaba en su soledad, que siempre sería su amigo. Este juramento fue a acumularse con otros más terribles que había proferido calladamente tras cada humillación; pero aún transcurrirían muchos ciclos de estaciones antes de que fuese capaz de cumplirlos.

Cuando los dos niños exprimieron hasta la última gota de leche, Nohara le entregó a Ahkim una vieja piel de cabrito que ella empleaba para cubrirse la espalda al trabajar al mediodía. Así el niño dispondría de una manta que lo protegiese durante la noche.

—Escucha, pequeño huérfano, no puedo darte todo el alimento que necesitas y, por tanto, tampoco puedo llevarte a mi cabaña, porque eso significaría que te he adoptado. Por desgracia, eres un varón y, además, llevas cosido a tu sombra el espíritu vengador de tu madre muerta: no te querrá adoptar ninguna madre que haya perdido a su bebé.

Ahkim no la entendía del todo, pero captó el sentido general y se entristeció: nadie le quería.

—Sin embargo, y bien sabe la Diosa que me criticarán por mi excesiva ternura, puedes venir a mi cabaña al amanecer y al anochecer, y te entregaré la leche de uno de mis pechos y algunas tortas de cereal. Esto te ayudará a sobrevivir. ¿Me has entendido?

Ahkim asintió. Cabaña, amanecer, anochecer, leche y tortas eran palabras que tenían sentido para él, y sonrió.

A partir de entonces, Ahkim encontró alimento en la cabaña de Nohara; como sus piernas y manos se hacían cada vez más fuertes y rápidas, consiguió sobrevivir hasta que tuvo cinco ciclos de estaciones. Entonces se enfrentó a la Madre por primera vez en su existencia, y aprendió a odiarla a ella y a la Diosa.

Ahkim y Koshmar estaban dejando de mamar de los pechos de Nohara, pues las enzimas que les permitían digerir la leche estaban desapareciendo de sus estómagos y este alimento para bebés iba apeteciéndoles cada vez menos. No era normal mantener durante tanto tiempo la lactancia, pues a los tres o cuatro ciclos de estaciones solía nacer un nuevo hijo que desplazaba al anterior; pero el útero caído de Nohara la había vuelto estéril, para su vergüenza: la fertilidad constituía el principal atributo de las hembras, igual que la caza para los varones.

Los dos muchachos se habían convertido en amigos inseparables. El hijo de Nohara —no recibiría su nombre hasta que en la ceremonia de iniciación se convirtiese en persona— admiraba el valor y la intrepidez de Ahkim; éste, por su parte, gozaba con un cómplice para sus travesuras.

Ahkim sintió hambre y propuso robar leche a unas cabras cojas que debían permanecer en el redil hasta que se curasen. No es que la leche le gustase mucho, ya empezaba a ser adulto y a preferir la sangre; pero no tenían otra opción, pues ya habían saqueado todos los nidos, hormigueros y charcas de renacuajos que había en torno a la aldea.

Desde muy niño, Ahkim había desarrollado una inteligente estratagema para robar la leche que necesitaba. Cubierto por la piel de cabrito que le regaló Nohara aquella primera vez que se encontraron, se introducía en el redil e imitaba los gestos de aquellas a las que iba a vaciar las ubres; gracias a una larga práctica, sus movimientos eran tan miméticos, que desde lejos hasta un pastor lo habría confundido. Muchas veces, su audacia era recompensada por unos tragos de leche, que aunque sabía mucho peor que la de Nohara —menos dulce y con un áspero regusto caprino—, constituía un preciado trofeo a su astucia. En otras ocasiones, en cambio, sólo conseguía ser coceado por alguna cabra que descubría su artimaña y se negaba a alimentarlo.

—¡Vamos, hijo de Nohara, atrévete hoy a entrar en el redil!

—No, Ahkim, prefiero mirarte desde la valla. —El hijo de Nohara debería llamar a su amigo «hijo de nadie», pues era huérfano y aún no había llegado a la edad de recibir un nombre; pero como llamarle así era tan despectivo, decía «Ahkim», que significa «luchador».

Ahkim se rió, pero no dijo nada. Le causaba un íntimo placer gozar de espectadores para sus proezas. Se encomendó a Kairoon, dios de las estratagemas, para que le acompañase el éxito.

Sin embargo, aquella vez Kairoon tenía otros planes y no le protegió: un cabrito muy crecido se enfureció contra aquel intruso y le hizo rodar de un topetazo. Ahkim, aturdido, trató de incorporarse; pero el cabrito volvió a golpearle una y otra vez. El hijo de Nohara no se atrevió a entrar al redil para ayudar a su amigo y comenzó a gritar:

—¡Mamá! ¡Mamá! ¡Ven deprisa, un cabrito está atacando a Ahkim! —Pero Nohara estaba muy lejos, ocupada moliendo cereal sobre una piedra y no le oyó.

Ahkim se incorporó gruñendo, sin importarle los rasguños y el estiércol que lo recubría. Cuando el cabrito volvió a embestirle, lo sujetó del cuello y entrelazó sus piernecitas en torno al pecho de su atacante. El cabrito se revolvió y comenzó a saltar, para deshacerse de la presa, pero Ahkim no se soltó.

Con un rugido salvaje, Ahkim mordió al cabrito en la tráquea. Sus mandíbulas, ejercitadas en roer duras tortas de cereales, se contrajeron con toda la furia que un niño maltratado por la vida puede sentir. Las pezuñas delanteras del cabrito trazaban surcos sangrientos en la piel de Ahkim y los pelos que le tapaban la nariz casi no le permitían respirar, pero le prometió a su madre muerta que no soltaría su presa hasta que muriese. Su madre le sonrió.

Atraídos por los gritos del hijo de Nohara, acudieron los hombres que custodiaban los rediles, creyendo que un leopardo atacaba a las reses. Los primeros que llegaron fueron los centinelas, cada uno de ellos armado con tres o cuatro azagayas; por causa del calor asfixiante, gruesas gotas de sudor dibujaban extrañas formas sobre el polvo con el que protegían su piel de los rayos del sol. Luego llegaron otros hombres peor armados (sólo una o dos jabalinas ligeras, o quizás un cuchillo) que dormían la siesta en la cabaña del clan de la serpiente, la más próxima a ellos, clan al que pertenecerían Ahkim y el que sería llamado Koshmar, cuando fuesen adultos. Entre estos últimos hombres llegó Turnitaar, el jefe del clan, un hombre fornido de fácil y sonora carcajada.

Cuando los hombres vieron a Ahkim luchando contra el cabrito, quedaron boquiabiertos al ver cómo un niño tan pequeño se enfrentaba valerosamente a un enemigo superior a él en fuerza y corpulencia. Aunque un cabrito parezca un adversario despreciable, para un niño de cinco ciclos de estaciones con las manos desnudas constituía un desafío tan imposible como para un adulto enfrentarse a un uro, el salvaje antepasado de los toros. Nadie reconoció a Ahkim ni sabía de su historia: para los varones, los niños eran algo propio de las mujeres a los que nunca miraban y que, de hecho, no eran capaces de distinguir entre sí.

Sin necesidad de ponerse de acuerdo, todos se abstuvieron de interferir en la lucha que se desarrollaba ante sus ojos: como buenos guerreros y cazadores, apreciaban en lo que valía la proeza de Ahkim. No quisieron estropear el espectáculo. ¿Y si Ahkim moría? ¡Qué más daba! ¿Acaso existe una forma mejor de morir que luchando?

—¡Vamos, muchacho, que no te pueda!

—¡Muerde con más fuerza, por Zohar, que ya es tuyo!

Ahkim no oía ni veía nada. Le ardían las múltiples heridas por las que sangraba, pero sentía que los dientes se clavaban cada vez más en la garganta de su presa, que se debatía con la desesperación de quien ve acercarse el mundo de las sombras. Por fin, con un chasquido, cedió el cartílago de la tráquea del cabrito y comenzó a asfixiarse. Con una última sacudida, el animal dobló las patas y cayó; pero Ahkim no abrió la boca hasta que estuvo seguro de que había muerto. Entonces se puso en pie, luchando para que no le dominase la debilidad que le invadía, lanzó un rugido triunfal y le sacó los ojos al cabrito. Se comió uno, pues era una golosina muy apreciada por los niños del poblado, pero al ser un huérfano nunca había podido probarla. Luego, le ofreció el otro a su compañero, el hijo de Nohara. Entonces se dio cuenta de que no estaban solos y miró desafiante en torno suyo. Los espectadores le aclamaron.

Turnitaar, el jefe del clan de la serpiente, saltó la valla con un ágil movimiento.

—¡Mirad qué leopardo asalta nuestros rediles! —rió Turnitaar. En realidad, era él quien parecía un leopardo, con sus gestos felinos y poderosos. Cuando se acercó a Ahkim, éste le gruñó y puso un pie encima del cadáver del cabrito, como retándole a que tratara de arrebatárselo. Ante esta fiereza, el hombre rió todavía más fuerte y le pegó a Ahkim un cariñoso papirotazo que lo mandó a rodar por el suelo. El niño se levantó e intentó atacar a Turnitaar. Éste le mantuvo a distancia con su largo brazo.

—Tranquilo, no quiero arrebatarte tu presa. Nadie discute tu derecho de cazador.

Ahkim pareció serenarse un poco. No le quitarían lo que tanto le había costado matar.

—Dime quién es tu madre y a qué clan pertenece —preguntó Turnitaar.

—Mi madre se llamaba Deisha y pertenecía al clan de la serpiente. Pero un espíritu de fuego la llevó a la tierra de las sombras, desde donde me cuida, y lanzará una maldición contra el que me haga daño. —Ahkim sabía de memoria esta frase, que más que presentación era, al mismo tiempo, una invocación y una amenaza.

—¡Es del clan de la serpiente! ¡Ya sabía yo que tanto valor sólo podía provenir de nuestro clan!

Los hombres vitorearon a su clan, burlándose, de paso, de la incapacidad como cazadores de los otros clanes.

—Y respecto a las maldiciones que pueda atraer sobre nosotros tu madre, no te haré daño, pero ¡me meo sobre la magia de las mujeres y sobre su Diosa! ¡Yo soy un gran guerrero y un gran cazador que no teme a nadie! —Al decir esto, orinó ante todos para demostrar su desprecio.

Aquí sus hombres no se mostraron tan entusiasmados y miraron en torno suyo asustados por la blasfemia de su jefe. Se tranquilizaron cuando vieron que no había ninguna mujer que pudiese denunciarlos a la Madre. Es cierto que pertenecían al clan de la serpiente, el mejor clan de todos, ¡claro que sí!; pero... ¿qué podían los venablos contra la magia femenina? Aun desde el mundo de las sombras, las mujeres eran más poderosas que los varones, pues poseían poder para dar la vida y, por tanto, la muerte.

Turnitaar cogió a Ahkim del brazo casi levantándolo en el aire —a veces desconocía su propia fuerza— y le dijo:

—Aunque seas un buen cazador, has de compartir tus presas con el clan. ¿Conoces la canción del reparto de la presa?

—No —respondió el niño, con un brillo de admiración en su mirada. De mayor quería ser como aquel jefe musculoso, cuyo miembro viril parecía una rama nudosa y cuyos músculos tensaban su piel hasta que casi parecía reventar; aquel jefe que se permitía mearse en las mujeres que tanto le habían hecho sufrir.

—¡Pues esto hemos de remediarlo ahora! —dijo y todos comenzaron a cantar, mientras sus cuerpos desnudos se retorcían en una danza salvaje y primitiva proveniente de la noche de los tiempos:

Cazador valeroso
de azagaya recta
y de amplio torso
capturaste tu presa
con ayuda de Zohar:
Son tuyos el hígado,
el cerebro, los ojos,
la lengua, el corazón;
tus demás compañeros
comerán las entrañas,

la sangre y el pulmón;
grasa, carne y hueso
son para heridos y enfermos,
para mujeres, para niños,
para todos los del clan.
Cazador valeroso,
capturaste tu presa
con ayuda de Zohar;
toma tu parte sangrienta
¡y guarda el resto para el clan!

Los hombres bailaban en un loco frenesí mientras agitaban en el aire sus armas. Ahkim se unió al círculo y, tomando del suelo una jabalina, unió su voz a las otras mientras intentaba imitar los gestos de sus mayores; el hijo de Nohara contemplaba fascinado la escena, sin atreverse a incorporarse al corro de guerreros-cazadores: él sólo era un niño.

Por fin, jadeantes, tras repetir una y otra vez la canción que sintetizaba la ley según la cual se repartían las presas, los hombres se dejaron caer sobre el polvo riendo, mientras aún resonaba un último «¡guarda el resto para el clan!». Alegres y satisfechos, pues habían encontrado una jornada de caza cuando sólo esperaban un día de tediosa custodia del pueblo y de los corrales, despellejaron el cabrito en unos instantes mediante sus filosos cuchillos de sílex y, colgándolo cabeza abajo, lo desangraron, mientras guardaban el sabroso líquido escarlata en un cuenco de piedra.

—¡Traed algunos odres de cerveza, hemos de festejar que nuestro clan cuenta con un gran cazador!

—¿Cerveza? Pero, Turnitaar, las mujeres… —Puesto que la cerveza se obtenía fermentando cebada, las mujeres eran las que decidían cuánto grano no era imprescindible para la alimentación y podía dedicarse a elaborar la embriagadora bebida consumida durante las celebraciones. Los hombres siempre pensaban que las mujeres eran excesivamente prudentes (más que prudentes, tacañas) y que no se producía suficiente cerveza. ¡Las tortas de cebada eran un alimento para ratones! Los hombres debían comer carne palpitante y untuosas vísceras, y eso comerían si las mujeres no les obligasen a pasar el día pastoreando en vez de cazar. Ya que debían trabajar, ¿qué menos que unos sorbos de cerveza para enjuagar el polvo de la garganta, tras una tediosa jornada pastoril?

Pero las mujeres se negaban a vaciar los graneros para satisfacer la sed de los hombres. ¿Y si venía una hambruna? Sólo fermentaban lo estrictamente necesario para que la tribu se emborrachase cuando la Diosa y la tradición lo exigían; y aun eso les parecía demasiado. ¡Correr el peligro de que hubiese que matar a los hijos para satisfacer un lujo tan prescindible!

—¡Cerveza he dicho! No hay suficiente sangre para saciarnos. ¡Honremos a Zohar como se merece!

—¿Y si las mujeres se niegan a dárnosla?

—¡Por el rabo erecto de Zohar! ¡Que la traigáis, he dicho! ¿Soy el jefe del clan de la serpiente o gobierno una madriguera de conejos? ¿No sois más fuertes que ellas? ¡Pues quitádsela!

Tras mirarse los unos a los otros, algunos hombres salieron arrastrando los pies, sin atreverse a enfrentarse a Turnitaar, pero sin desear tampoco pelearse con las guardianas de los almacenes.

—¡Vamos, mientras llega la cerveza, despedazad el cabrito!

Rápidamente, el cabrito fue descuartizado. Apartaron la carne y la grasa para las mujeres y los niños, junto con los huesos más llenos de tuétano; después, arrojaron el resto de los huesos a los famélicos perros que se disputaron el magro botín entre mordiscos y gruñidos.

Los que habían ido a buscar la cerveza regresaron con cinco odres llenos y con un sospechoso paso tambaleante.

—No querían dárnosla, pero les dijimos: «Por Zohar, que si no nos dais esa cerveza que fabricáis con vuestros mohosos granos, os apalearemos como a las perras que sois hasta que se partan los mangos de nuestros venablos».

—No se atrevieron a negárnosla porque, entonces, la próxima vez que se nos abriesen de piernas deseosas de un hombre, les habríamos dicho: «Id con alguno de los otros clanes, a ver si pueden satisfaceros tan bien como nosotros».

Y siguieron de este modo, profiriendo viejos chistes en los que se comparaba a la serpiente, su tótem, con el miembro viril, hasta que les llegó el turno de llenarse la boca de cerveza en vez de con jactancias.

Aster estaba instruyendo a las guardianas de la Diosa en el arte de impedir que los malos espíritus penetrasen en las heridas, cuando llegó una de las encargadas de las despensas.

—Reverenda Madre, tres hombres del clan de la serpiente han venido suplicándonos, en el nombre de su jefe, que les entreguemos algunos odres de cerveza para no entiendo muy bien qué festejo. ¿Se los denegamos?

Aster meditó. ¿Qué fiesta podían celebrar los varones? No era el día de los cazadores, cuando se invocaban a las desaparecidas manadas de bisontes para que regresasen; ni el día de la serpiente, cuando todos los de dicho clan se convertían en su animal totémico. Las demás celebraciones eran comunes a todo el poblado o exclusivas de las mujeres. No le gustó que ocurriera algo que ella desconocía.

—No, por el contrario, entregadles cinco odres.

—¿Cinco odres? Pero Madre…

—Y que beban con vosotras uno más, pues sin duda estarán sedientos tras un día de trabajo. Sedientos y deseosos de hablar. —Aster tuvo que contenerse para no reírse olvidando su majestad.

—Entiendo, Madre.

—En cuanto sepáis lo que ocurre, venid de inmediato y contádmelo.

—Así se hará.

Mientras los hombres del clan de la serpiente se emborrachaban y devoraban las vísceras del cabrito, en la cabaña de la Diosa se celebraba un Consejo de Ancianas convocado con urgencia por Aster. Con gesto sereno y adusto, las guardianas de la Diosa permanecían de pie con sus armas.

—Así que Turnitaar se mea en la Diosa, ¿eh? —La blasfemia había hecho que todas se estremeciesen, pero Aster no pudo terminar la frase sin sonreír.

—¡Mandémosle la maldición fría! Un jefe de clan tan orgulloso es un peligro para todas. Debe morir. —La que había hablado era Kurmil, que se había convertido en una Anciana un tanto malhumorada a la que se le habían caído casi todos los dientes la pasada primavera. En mayor o menor grado, las demás aprobaron esta drástica solución.

—Hermanas —dijo Aster, cuando se acallaron los murmullos—, escuchadme. Turnitaar ha blasfemado públicamente, pero ¿qué importa eso?

—¿Cómo que qué importa? Él...

—Él es el jefe de un clan de cazadores que no pueden cazar, porque no quedan presas que merezcan la pena; jefe de un clan de guerreros a los que les prohibimos luchar, porque la Diosa nos ha ordenado permanecer en paz con nuestros vecinos. Los hombres están nerviosos, inseguros, saben que no sirven para casi nada. ¿Qué menos que dejarles que se desahoguen con alguna blasfemia, siempre que no pasen de ahí? —Aster dio gracias a la Diosa por haber permitido que Tefnak, la hermana de sangre de su madre, le transmitiese durante varios ciclos de estaciones su sabiduría, antes de que por su edad fuese llamada a la tierra de las sombras.

—¡Pero él ordenó a sus hombres que se apoderasen de unos odres por la fuerza, si era preciso! —Las palabras de Kurmil apenas se entendían, en parte por la rabia y en parte por la falta de dientes.

—Y ellos sólo se atrevieron a suplicar una limosna. Si los hombres nos respetan, ¿qué importa que su jefe fanfarronee? Un jefe de clan ha de ser valeroso y admirado por sus hombres, para que le sigan en la guerra y le obedezcan en la paz; no puede aceptar nuestro predominio sin protestar un poco. Es más, si no se revolviese contra la humillante situación en la que se encuentran los varones, no sería un buen jefe. Creo que Turnitaar es nuestro mejor jefe de clan y sería estúpido sacrificarlo.

—Entonces, ¿propones no hacer nada?

—Por supuesto que no. Iré allí a ver qué sucede y a comer un poco de carne de cabrito. Y, de paso, comprobaré a quién obedecen los cazadores del clan de la serpiente, si a Turnitaar o a mí.

—Madre, ¿hablas en serio? Es peligroso, los hombres estarán borrachos y excitados por la sangre —le advirtió otra de las Ancianas.

—Nuestra fuerza se encuentra en la inteligencia, no en las azagayas; si sus lenguas están entorpecidas por la cerveza, tanto mejor para nosotras —replicó Aster.

—Por lo menos, llévate contigo a todas las guardianas de la Diosa con su equipo completo de combate.

—Eso sería tanto como admitir que les temo. ¡No! Llevaré conmigo sólo mi escolta ritual, con sus armas habituales: dos venablos y un cuchillo, nada de hachas ni jabalinas de más. Ésta es mi voluntad y la de la Diosa.

—¡Que la Diosa te guarde y proteja a todo Zewi Khemi! —respondieron todas.

Aster sonrió, pues no pudo evitar pensar que dentro de ese Zewi Khemi al que debía proteger la Diosa se incluían hombres tan vanos y estúpidos como Turnitaar; pero ella era la Madre de todos y defendería sus vidas a pesar de ellos mismos; por otro lado, también había mujeres vanas y estúpidas, como Kurmil, aquella Anciana amargada. Ella constituía un peligro mayor que el mismo Turnitaar. Si se intentaba aplastar a los hombres sin permitirles ni siquiera un pequeño respiro, entonces sí que estaría en peligro la paz de la tribu.

Recordó la discusión que tuvo que mantener con Kurmil cuando con increíble ceguera propuso que, en vez de cazar, los hombres cortasen leña y edificasen cabañas. ¡Claro que perdían el tiempo y que las presas que traían eran miserables! Pero Kurmil olvidaba que los hombres soportaban el aburrido pastoreo porque cada quinto día podían salir a cazar. Pasaban cinco días soñando en la cacería del sexto o recordando y contándose docenas de veces anteriores proezas, mejores cuanto más tiempo había permitido que su memoria agrandase las piezas cobradas. Kurmil no comprendía a los hombres, no podía entender que los Tiempos Antiguos estaban aún demasiado cerca para ser olvidados, y que los varones identificaban su destreza cazadora y guerrera con la virilidad.

Se preguntó si debería envenenarla; pero también ella era parte de Zewi Khemi; es más, representaba a aquellas mujeres del poblado que menospreciaban a los hombres; mientras consiguiese controlarla, no la mataría; pero esperaba que la Diosa se la llevase pronto a la tierra de las sombras y la dejase pronto en paz. Así sería más sencilla su tarea de gobernar el poblado, pues Turnitaar, por lo menos, no se sentaba en el Consejo.

Ahkim disfrutaba de su hígado crudo, mientras el hijo de Nohara se sentaba detrás de él, comiendo los trozos que su amigo le pasaba. Los hombres reían y recordaban felices cacerías, y se burlaban de tiros fallidos de los demás, o presumían de proezas sexuales realizadas, ¡qué casualidad!, cuando no había ningún testigo que las confirmase.

Turnitaar estaba al lado de Ahkim y le contaba, de manera incoherente por culpa de la cerveza, cómo había llegado a ser jefe del clan. Se limpiaba las manos manchadas de sangre en la parte exterior de los muslos, con lo que infringía las más elementales reglas de cortesía, porque entonces sus piernas delatarían que había comido carne y constituirían un gesto presuntuoso para con otros clanes. Pero Turnitaar estaba demasiado borracho para recordar las lecciones de su madre y cómo ésta le había enseñado cuando era niño a limpiarse las manos en la parte interior de los muslos, de manera que al terminar el banquete se pudiese orinar sobre ellos y borrar las delatoras manchas. Por suerte, todavía se sentaba de una manera decente y no mostraba a nadie las plantas de sus pies, lo cual constituiría un insulto inconcebible.

Entonces apareció la Madre, seguida por algunas guardianas de la Diosa. Todos enmudecieron y se pusieron en pie, como niños sorprendidos en medio de una travesura. Aster tuvo que esforzarse para no reír y mantener su gesto severo.

—Y bien, Turnitaar, ¿qué fiesta estáis celebrando? Si hoy es alguna fecha sagrada, dímelo, porque yo, claro, sólo soy la Madre de Zewi Khemi y no entiendo tanto como tú sobre las divinidades.

Turnitaar se turbó y casi no pudo responder; en parte por la cerveza y porque era incapaz de defenderse contra la ironía.

—Yo... Zohar... Este hijo de nadie ha matado un cabrito y...

—Entiendo. Dime, Turnitaar, ya que eres el jefe del clan de la serpiente y conoces tan bien nuestras leyes...

—Sólo las referentes al ganado y a la caza, reverenda Madre —interrumpió Turnitaar, asaltado por un súbito ataque de modestia.

—En efecto, sobre las leyes referentes al ganado quería consultarte.

—Conozco todas las canciones sobre el ganado: ¡soy el jefe del clan de la serpiente! —Se sintió más seguro, sin darse cuenta de que Aster lo estaba levantando para dejarlo caer luego.

—Dime, Turnitaar, ¿un leopardo es una fiera?

—Sí, reverenda Madre. ¡Todo el mundo sabe que un leopardo es una fiera!

—Porque mata nuestro ganado y no es una persona.

—En efecto. —Turnitaar no sabía hacia dónde le dirigía Aster, pero se sentía como un gamo al que los batidores empujan hacia los cazadores que le aguardan escondidos tras los arbustos, mientras esperan ensartarle con sus afiladas lanzas.

—¿Y un león es una fiera? Perdona mi pregunta, pero como soy una mujer, nunca he visto uno de cerca.

—Claro. Una vez, cuando guardábamos el ganado, un león se acercó a nosotros y yo le asusté con...

—Porque mata nuestro ganado y no es una persona —le interrumpió Aster.

Turnitaar asintió, notando que la alegría de la cerveza se desvanecía por momentos.

—Y los chacales, las hienas, los osos... también son fieras.

—Sí, reverenda Madre.

—Ninguno de ellos son personas y todos matan nuestro ganado.

Turnitaar parpadeó.

Aster tomó esto por un asentimiento y concluyó:

—Así pues, y corrígeme si me equivoco, una fiera es aquello que no es una persona y mata nuestro ganado.

—Excepto los relámpagos de Zohar. A veces el dios mata muchas reses, e incluso pastores, y no es una fiera.

—Muy bien, te concedo que Zohar no es una fiera. ¡Yo jamás me atrevería a insultar a una divinidad... y mucho menos a mearme en ella! ¿Y tú?

Turnitaar enrojeció. En verdad, pensó, la Diosa está en todas partes. Comenzó a temblar, aterrorizado ante la posible maldición femenina.

—Reverenda Madre, perdóname, yo... yo no sabía lo que decía... por piedad... —El antes orgulloso jefe del clan de la serpiente se postró a los pies de Aster.

—Levanta, Turnitaar, la Diosa lo sabe todo, pero su clemencia es infinita... hasta cierto punto.

El hombre se levantó, besando la mano de la Madre.

—Habíamos dicho que, excepto Zohar, todo lo que mata nuestro ganado y no es una persona es una fiera, ¿no es así?

—Así es, reverenda Madre.

—¿Y qué dicen las canciones de los pastores sobre las fieras?

—¡Matarlas! ¡Hay que matarlas! Hace tres estaciones, al salir de caza encontré un chacal y, aunque parezca increíble, al primer tiro y desde tres docenas de pasos...

—¡Muy bien! ¡Eres un buen jefe que defiende nuestras reses! ¿Y qué haces junto a una fiera sin matarla?

—¿Una fiera? ¿Dónde? —Los hombres asieron sus armas y se dispusieron a defenderse, pero no vieron nada.

—¡Aquí! —La Madre señaló a Ahkim—. Un niño sólo llega a ser una persona cuando es iniciado a los seis ciclos de estaciones; y éste no lo ha sido. Puesto que ha matado a un cabrito de nuestro rebaño y no es una persona, ha de ser una fiera. A no ser que creas que este niño es Zohar.

Turnitaar no fue capaz de responderle, envuelto en sus propias palabras como un pez atrapado en una red.

—¡Vosotros dos! ¡Sujetad a esa fiera que parece un niño y colgadlo por los pies para sacrificarlo! —El tono de Aster se hizo imperativo. Ella contuvo un momento la respiración: si la desobedecían...

Pero los hombres no dudaron ni siquiera durante un latido. Sujetaron al niño que poco antes había sido su héroe, sin importarles los mordiscos y las patadas con que se defendía. El hijo de Nohara intentó ayudarle, pero los hombres lo alejaron de un puntapié que lo tumbó contra el suelo, sin dedicarle ni una mirada.

—Reverenda Madre, antes ha dicho que el espíritu de su madre muerta le protege...

—No temáis, lo mataré yo, pues la Diosa a la que sirvo es más fuerte que cualquier espíritu. Ya lo aplacaré después con los ritos adecuados. —Aster hablaba con la tranquilidad que le daba un mana extraordinariamente poderoso.

Ahkim estaba atado a un poste por los tobillos, colgado cabeza abajo, con las manos aprisionadas a la espalda con fuertes ligaduras de cuero. Pronto su carne sería repartida entre sus familiares, esos mismos familiares que lo habían abandonado como el hueso reseco que queda tras un banquete.

La Madre se acercó a él recitando las fórmulas mágicas rituales. Lo asió del cabello y separó su mandíbula, dejando al descubierto la garganta donde latía la arteria por la que escaparía una vida que apenas empezaba. Entonces Ahkim, aterrorizado, se orinó; el cálido fluido resbaló por su cuerpo trazando sinuosas líneas que se separaban y unían sin orden alguno, hasta gotear por el pelo sobre el cuenco dispuesto para recoger la sangre.

Con un gesto de contrariedad, Aster ordenó que vaciasen la orina y lo limpiaran con un poco de arena: era estúpido estropear el sabor de la sangre. Cuando el cuenco estuvo dispuesto otra vez, el cuchillo de obsidiana apuntó de nuevo a su mortal destino. Ahkim cerró los ojos; el hijo de Nohara, en cambio, no podía apartarlos del puñal.

—Diosa, recibe este sacrificio y devuelve su mana al clan, para que nuevas hijas o hijos nazcan en él y lo engrandezcan en el futuro.

—¡Madre, espera! ¡Sí es una persona! —interrumpió Turnitaar—. Un cazador es una persona, ¿no es así? Yo soy un cazador y soy una persona, igual que cualquier hombre del clan de la serpiente o de los demás clanes.

Todos asintieron. Aster le animó a proseguir con una sonrisa. El tono de voz de Turnitaar parecía el de un niño que pide permiso a su madre para salir a jugar fuera de la cabaña e inventa pueriles excusas para convencerla.

—Y para ser cazador es necesario cumplir con el rito de iniciación: matar una presa y cantar las canciones de los cazadores. ¡Justo lo que ha hecho este hijo de nadie! Por lo tanto, es un cazador ¡y una persona! ¡No es una fiera!

Los hombres miraron a la Madre con ojos suplicantes, como corderos antes de ser sacrificados, rogándole en silencio que aceptase las deficientes razones de Turnitaar.

Aster meditó durante unos momentos. Podría deshacer toda la argumentación sin dificultad. Por ejemplo, ¿desde cuándo un cabrito es una presa legítima? O bien, si este niño es un cazador, ¿por qué no tiene nombre y está sin circuncidar? Sin embargo, le repugnaba sacrificar inútilmente aunque sólo fuese a un chiquillo que todavía no había alcanzado la edad de ser una persona. Además, a pesar de que confiaba en la Diosa y en la fuerza de su propio mana, no dejaba de sentir un escalofrío al pensar en desafiar al espíritu de una muerta.

Si hubiese sido necesario para el bien de Zewi Khemi, no habría dudado en combatir a todos los espíritus del mundo de las sombras, ni en matar a quien fuese; pero ¿era de verdad necesario? Había comprobado que los hombres seguían temiéndola y obedeciéndola, y había reafirmado su autoridad sobre el belicoso Turnitaar, que ahora había pronunciado sus palabras no como armas desafiantes, sino como una humilde oración. Era el momento de hacer que los hombres no sólo la temieran, sino que también la amaran.

—¿En verdad ha cantado una canción de cazadores? Entonces, a pesar de su pequeña estatura y de su prepucio todavía vergonzosamente intacto, tengo que reconocer que es un cazador. ¡Soltad sus ligaduras! ¡La Diosa es clemente y le perdona la vida! ¡Traed otros cinco odres de cerveza para festejar a un nuevo cazador y llamad a las mujeres de vuestro clan, que abandonen sus molinos y sus campos para compartir con vosotros la cerveza, que coman la carne y la grasa que habéis reservado para ellas y luego copulen con vosotros en nombre de la Diosa!

Los hombres lanzaron vítores a la Diosa y a su representante en Zewi Khemi, la reverenda Madre. Poco después, hombres y mujeres comían, bebían y se revolcaban juntos entre alegres carcajadas, bajo la plácida mirada de Aster. Zohar quedaba así relegado al lugar secundario que le correspondía y la Diosa volvía a gobernar un pueblo unido en cuerpo y alma, olvidados por el momento el tedio del pastoreo, la escasez de presas, el pesado trabajo de los campos y de los molinos, la muerte siempre temprana y la soterrada lucha por el poder.

Aster se sintió satisfecha con la forma en que había manejado la crisis y elevó a la Diosa una silenciosa oración agradeciéndole que la hubiese inspirado. Entonces, su mirada se cruzó con la de Ahkim: un escalofrío recorrió su espalda, y se preguntó si, después de todo, se habría equivocado al no sacrificarlo.

En ese momento, Ahkim estaba jurándole al espíritu de su madre muerta que, cuando creciera, mataría a Aster en venganza por lo que había sucedido aquel día. Su madre sonrió con aprobación, orgullosa de tener un hijo tan valiente.

CINCO

Ahkim fue circuncidado antes de que anocheciera, pues habría sido indecente que continuara con su miembro cubierto por un prepucio ahora que era no sólo una persona, sino también un hombre y un cazador. No gritó ni lloró cuando el filoso sílex le arrebató su infancia.

Turnitaar le dijo que buscase a su pariente femenino más cercano para que le diese un nombre, pero Ahkim repuso:

—¿No soy hijo de nadie? Pues tampoco seré sobrino ni nieto de ninguna mujer. Yo mismo elegiré mi nombre y me llamaré Ahkim.

Todos quedaron asombrados por tal audacia, pero como durante aquel día ya se habían infringido bastantes costumbres —aunque ningún tabú—, no les importó una más. Y así fue conocido a partir de entonces como Ahkim, y no tuvo que robar más comida, pues el clan se encargaba de alimentarlo; ni corrió peligro de que lo mataran si llegaba una época de hambre, porque ya era una persona.

Sin embargo, Ahkim siguió siendo un niño, al menos en parte, y tras cumplir sus tareas como pastor, cazador o centinela, se reunía con los demás muchachos de su edad para jugar con ellos e inventarse travesuras.

Para sus compañeros ya no era un huérfano que pertenecía a lo más bajo de la escala social, sino una especie de héroe que llevaba armas de verdad en vez de venablos de juguete, que había matado a su primera presa, que tenía derecho a yacer con las mujeres (aunque, a pesar de sus fanfarronadas, Ahkim no pudo hacerlo hasta más tarde, cuando su cuerpo maduró). No es de extrañar que, siendo además audaz y valeroso, Ahkim llegase a imponerse sobre los muchachos de su tiempo; sin embargo, nunca olvidó a su amigo Koshmar y siguió distinguiéndole entre los otros.

Nohara se sintió triste cuando supo que ahora Ahkim era un cazador y que ya no volvería junto a ella. Se había encariñado con aquel huérfano silencioso y salvaje de mirada tan oscura como una noche sin luna. Suspiró resignada y abrazó a su hija Uriel. La niña, que ya había vivido nueve veranos, se apartó de ella en cuanto pudo, incomodada por aquella muestra de sentimentalismo de su madre. ¡Entristecerse por la pérdida de un varón que ni siquiera era su hijo adoptivo!

Uriel era una muchachita en la que comenzaban a despuntar los pechos, vivaracha, ágil, que prefería los juegos varoniles a sus incipientes tareas de mujer. Desde siempre, en cuanto podía, dejaba a su hermano menor al cuidado de su madre y salía con otros chiquillos para jugar al escondite, saquear nidos o buscar pulgones y otras dulces golosinas.

Las niñas aprendían a ser madres atendiendo a sus hermanos pequeños, pero Uriel se sentía más atraída por las despuntadas azagayas de juguete y los pequeños arcos con los que los niños ejercitaban su puntería. No es que descuidase a su hermano, pero esta tarea femenina era una obligación y no un placer que la atrajera, como a las demás niñas de la aldea.

Tras su apariencia alegre, Uriel escondía dos secretas tristezas que no confiaba a nadie. La primera era que se avergonzaba de su madre. Nohara era la mujer más sentimental del poblado (débil, decían todos), incapaz de cualquier acto cruel. Y Nohara ya había perdido todo pudor y permitía que sus vecinas la viesen llorar sin motivo aparente, o les hablaba de sueños y deseos absurdos y emotivos. Soñaba con un mundo imposible en el que los niños no muriesen en la infancia, donde no hubiera que comérselos nunca. Las demás mujeres movían la cabeza cuando la escuchaban y luego, cuando se había ido, se burlaban de ella.

No era extraño que, a pesar de ser Nohara hija de la Madre, ninguna mujer se hubiese convertido en su hermana de sangre. La mayoría de las mujeres —al menos las fértiles, a las que propiamente se puede llamar mujeres—, solía hermanarse con su mejor amiga, para convivir juntas y ayudarse a sacar adelante toda su prole. Nohara, en cambio, debía dormir sola en su choza, con únicamente sus dos hijos para calentar su lecho de paja durante las noches frías.

Uriel no pensaba en la soledad que arrastraba su madre, pues era demasiado joven para no pensar sino en sí misma; únicamente sentía vergüenza por ser hija de una mujer rara y excéntrica. ¡Si al menos Nohara se pareciese un poco a su abuela Aster! Ella sí que era implacable. Cuando escuchaba decir que la Madre gobernaba débilmente y que no sabía meter en cintura a los hombres, Uriel la defendía con toda su alma. ¿Su abuela débil? ¡Era la mujer más cruel de toda la tribu! ¿Acaso no había matado con sus propias manos a un hombre que se había negado a obedecerla, nada más iniciar su mandato como Madre, antes de que Uriel naciese? Había sido un tanto egoísta privar a la tribu del placer de contemplar la tortura del rebelde, pero esto demostraba lo sanguinaria que era su abuela.

Uriel conocía muy bien este episodio, porque en la intimidad de su cabaña, Nohara se lo había contado docenas de veces, siempre llorando, siempre describiéndole cómo le había salpicado la sangre y cómo ésta se había mezclado con las lágrimas de la madre que gemía por su hijo. Uriel siempre se sentía orgullosa de su abuela y le rogaba a su madre que repitiera de nuevo el relato. Así podía dormir satisfecha y olvidaba lo avergonzada que se sentía.

Además, Nohara sólo tenía dos hijos, el que sería llamado Koshmar y Uriel; y no podría parir más, porque su útero escarlata asomaba a través de los labios de su vulva. No resultaba tan malo como ser completamente estéril, pero casi. Si una mujer no tenía hijos, no era mujer; igual que un hombre incapaz de cazar no era un hombre. Bien es cierto que su admirada abuela también había sido poco fértil, y de entre sus descendientes sólo habían sobrevivido a la infancia su madre Nohara y su tío Tamar; pero las guardianas de la Diosa —y por ende, las Madres— sacrificaban su fertilidad para servir mejor a la tribu y no había en ello nada de vergonzoso, sino que, por el contrario, se consideraba admirable.

El segundo secreto de Uriel era que le aterrorizaba la perspectiva de parir. Todas las mujeres sentían miedo: ¿cómo no sentirlo, si la gran mayoría de ellas moría por causa de los partos? Pero en el caso de Uriel rayaba en el pánico. No había podido olvidar los sufrimientos de su madre durante los tres días que duró el parto de su hermano, ni las palabras de su abuela culpando a la cadera estrecha de Nohara. ¡Y ella, Uriel, poseía la misma cadera, los mismos hoyuelos en la parte baja de la espalda, los mismos muslos que tendían a unirse!

Muchas veces despertaba sudorosa en medio de la noche, tras terribles pesadillas en las que reventaba por dentro, incapaz de expulsar a su hijo. Entonces se decía que debía ser guardiana de la Diosa, para así no tener que sufrir parto tras parto durante toda su vida. Es más, ¿por qué no Madre? La Madre era quien invocaba a la Diosa para atraer la fertilidad a los vientres femeninos; si Uriel fuese la Madre, le diría a la Diosa que no permitiese que ningún espíritu errante entrara en su vientre, porque tenía las caderas estrechas y no, no quería morir entre horribles sufrimientos. Además, si fuese Madre, demostraría a todas las vecinas que la sangre de su familia no estaba enferma de compasión y que podía ser la más despiadada de las mujeres.

Uriel guardaba celosamente estos dos secretos y no los confiaba ni siquiera a su abuela. Para todos, era una niña lista, audaz, fuerte, digna nieta de la Madre de Zewi Khemi; y todos sabían que sería elegida guardiana de la Diosa cuando llegase su primera luna sangrienta y fuese mujer.

Por aquel entonces ocurrió algo que demostró a Uriel que su abuela era tan implacable como imaginaba, y su madre, por desgracia, tan débil como temía.

Estaban los niños y niñas de cinco veranos estudiando las canciones que les permitirían ser personas un invierno después, cuando un tumulto se arremolinó a la entrada del poblado. La Anciana que les enseñaba les dio permiso para ir a curiosear, pues ya no prestaban atención a sus lecciones y, además, ella también quería saber qué acontecimiento extraordinario rompía la rutina cotidiana.

Kumdo había herido con su lanza a un compañero, que se había burlado de su torpeza como cazador. A pesar de la sabiduría de Aster, los hombres se sentían nerviosos e irritables, y disputaban por minucias. Era inevitable que tarde o temprano alguno pasase de los inofensivos golpes y mordiscos a los peligrosos puñales y azagayas, desafiando el tabú de las armas. Esto había sucedido ahora entre aquellos dos hombres del clan del leopardo; y Aster ejecutaría las leyes de la tribu sin piedad, porque no podía permitir que Bahrma, dios de la violencia, se adueñase de las almas de los cazadores. Los hombres estaban armados y si no se atajaba radicalmente esta situación, podía producirse un baño de sangre. Kurmil pensaba que no habría importado mucho que muriesen unos cuantos hombres ociosos: menos bocas que alimentar. Pero Aster opinaba que si sobraban pastores, era mejor matar a los varones en la cuna, de manera que el clan recuperase su mana. Una vez fuesen personas, la Madre debía protegerlos igual que a las mujeres, aunque el sexo masculino fuese menos productivo, casi innecesario. Además, las canciones de los antepasados eran tajantes: estaba prohibido derramar la sangre de los miembros de la tribu, salvo en defensa propia o si el Consejo los declaraba culpables de algún delito grave.

El destino de Kumdo estaba decidido desde que había usado su lanza, a pesar de la envenenada y falsa clemencia de Kurmil, que habría deseado que se relajase la disciplina y los hombres se matasen entre sí. Los propios compañeros del delincuente lo desarmaron y ataron sus manos a la espalda; luego lo llevaron a la aldea para entregarlo a las guardianas de la Diosa, que lo custodiarían hasta que fuese juzgado y ejecutado. Sobre su pecho, pintaron con ocre rojizo un símbolo indicador de que la Madre iba a sopesar su corazón... y a arrancarlo si era culpable.

Los chiquillos, cuando supieron lo que sucedía, unieron sus insultos a los de los adultos, al tiempo que tiraban terrones de barro a Kumdo. Para demostrar cuán bien habían aprendido sus lecciones y lo cerca que estaban ya de ser personas, cantaban a coro:

Si la sangre de la tribu se derrama
por mano que empuñe un arma,
la familia del culpable lo matará,
la familia del culpable lo matará
con muerte llena de crueldad.

—¿Qué significa «muerte llena de crueldad»? —preguntó una niña.

—No estoy muy seguro, pero creo que es matar a alguien despacio —le contestó otro chico.

—¡Qué va! —intervino el que pronto sería Koshmar—. Eso es una muerte divertida. ¿Os acordáis de lo bien que nos lo pasamos al matar a aquella ardilla?

Rieron felices, recordando la aventura; luego siguieron discutiendo el significado de aquella frase que habían aprendido de memoria sin comprenderla muy bien. Pronto la entenderían.

El Consejo condenó al culpable, sin que su familia se arriesgase a defenderlo. Habría sido suicida hablar en su favor, porque el crimen era evidente, y si alguien de la familia interviniese en defensa del culpable y éste fuera condenado, entonces el defensor se consideraría su cómplice (¿no había intentado justificarlo?) y compartiría la suerte del criminal. Estas leyes durísimas impedían las venganzas de sangre que, de otro modo, habrían azotado a una sociedad pequeña, a un grupo humano en el que todos se conocían y el odio siempre tenía un nombre concreto. De esta manera, el trasgresor de un tabú era aislado y abandonado por todos.

Al cabo de los tres días necesarios para preparar la fiesta y para avisar a los más lejanos pastores —habría sido inhumano impedirles disfrutar de una distracción tan escasa—, Kumdo sería ejecutado por sus familiares ante toda la tribu. Hasta entonces, no se le daría de comer, pues no habría sido sensato desperdiciar comida con quien ya estaba prácticamente muerto; además, aunque engordara, nadie lo aprovecharía, pues Kumdo, aunque criminal, era una persona y habría sido repugnante y propio de salvajes el comerse a una persona.

—Mamá, ¿qué significa muerte llena de crueldad?

Nohara se echó a llorar ante la inocente pregunta de su hijo. Uriel se avergonzó de ella una vez más.

—¿Cómo puede una madre verse obligada a sacrificar así a un hijo? Oh Diosa, ¿por qué nos has dado leyes tan despiadadas? Y yo tendré que contemplarlo sin gritar, para que las vecinas no digan que mis entrañas están amasadas con barro y se derriten con un poco de sangre. ¿Por qué, Diosa, me has hecho nacer así? ¿Por qué sufro con el dolor de los demás?

Koshmar no entendía el monólogo de su madre, pero estaba acostumbrado a sus extravagancias. Suspiró y se dijo que tendría que esperar hasta la ejecución para conocer la respuesta; por la reacción de Nohara, supuso que sería muy divertido.

—¿Como la de Mirima? —preguntó, tratando de averiguar algo más. Mirima era una mujer que había vivido en una cabaña cercana y que hacía tres lunas había muerto a causa de un parto que no progresó, su bebé se le había atravesado en el útero y habían fracasado cuantos intentos de auxiliarla realizó la Madre. Los aullidos de Mirima no les permitieron dormir durante cuatro noches, hasta que por último Tahim, diosa de los partos, se la había llevado. Uriel se estremeció de horror al recordar aquel destino que podría ser el suyo.

—Si Tahim hubiese sido humana, sí, la de Mirima habría sido una muerte cruel —respondió Nohara, sin percatarse del miedo de su hija—; pero cuidado con decir esto de Tahim, pues si te oyese, la diosa podría enojarse contigo; y aunque nunca estarás a su merced, porque eres varón, no es prudente ofender a una divinidad.

—Entonces, ¿los gritos de Kumdo no nos dejarán dormir de nuevo? ¿Dónde lo matarán? ¿Será cerca de aquí? —Las implicaciones prácticas de la ejecución preocuparon a Koshmar, porque el pasar en vela tantas noches a causa de los gritos de dolor de Mirima había sido muy desagradable.

Nohara palideció de nuevo y se mordió los labios, mientras sus manos golpeaban la masa de harina con más fuerza de lo normal. Uriel, que la estaba ayudando, la miró sin comprenderla.

En ocasiones, un niño capta sutiles facetas de los adultos mejor que ellos mismos, cegados por su experiencia y sus prejuicios; pero generalmente, en su egoísmo infantil, un niño sólo se interesa por aquello que puede afectarle directamente. Koshmar nunca se había imaginado que su madre, además de cuidarlo, alimentarlo y regañarle cuando llevaba a cabo sus travesuras, escondiese sentimientos que él pudiese herir. Pero ahora las náuseas y la repugnancia de Nohara eran evidentes incluso para sus dos hijos.

«Quizá es porque reza demasiado a Areete, la diosa de la compasión, a la que siempre invoca —razonó Uriel, para sus adentros—; le horroriza la sangre y la muerte, aunque según mi abuela y las Ancianas que me enseñan, son fuente de vida y parte inevitable de la existencia.» A Uriel le dolió que su madre no fuese perfecta, como creía cuando era una niña pequeña, y sintió ganas de correr y gritar.

Al fin llegó el día que todos aguardaban. El ganado quedó encerrado en los rediles, alimentándose con heno, para que todos los pastores pudieran asistir al sacrificio; y los campos permanecieron desiertos, sin que los rítmicos cantos femeninos con los que las agricultoras se ayudaban resonasen en el aire. Ni siquiera los varones que tenían derecho a una jornada de caza utilizaron su privilegio. Todo Zewi Khemi fue reuniéndose en la plaza central, donde se levantaba la impresionante estatua de la Diosa.

Los hombres brillaban magníficos, pues sobre sus pinturas, tan distintas a las de las mujeres, habían aplicado una capa de grasa de oveja, y así su piel destellaba bajo los rayos del sol menguante. Sus venablos y cuchillos de sílex parecían amenazadores, aunque ellos los manejaban de forma indolente; como adorno, se habían colocado huesecillos de oveja primorosamente decorados con los que se atravesaban la nariz, las orejas o los labios, lo cual los hacía mucho más atractivos para las mujeres; cada uno ceñía su cuello con uno o dos collares de dientes de zorro, aunque los jefes de clan preferían llevarlos de dientes de león, como signo distintivo de su categoría. Por supuesto, estos últimos eran collares falsos, pues habían sido arrancados de cadáveres de leones fallecidos de muerte natural; un collar de dientes de león auténticos, es decir, provenientes de un animal al que se hubiese matado en combate, habría sido un tesoro que no se cambiaría ni siquiera por una concha cauri. A los niños les impresionaban no sólo las pobladas barbas, sino muy especialmente los miembros masculinos, que no podían dejar de comparar con sus infantiles y ridículos apéndices.

Las mujeres también iban desnudas, decoradas con sus joyas; ninguna se habría puesto un collar de dientes de zorro, que consideraban vulgar, sino que usaban collares de caracolas pacientemente pulidas, entremezcladas con bolitas de madera olorosa. Muchas llevaban a sus hijos pequeños a la espalda atados con algunas cintas; a veces se les orinaban encima y un reguero se deslizaba por su dorso hasta llegar al suelo, pero no le daban importancia. Otras muchas se balanceaban bajo el peso de sus abdómenes abultados por un embarazo a punto de finalizar; aprovechando el tumulto, los niños intentaban chocar con ellas, porque el rebote era muy placentero, como si se golpease contra un odre lleno de cerveza.

Hombres y mujeres se habían pintado la piel con tintes vegetales y arcillas coloreadas, compitiendo con los vecinos por conseguir los dibujos más enrevesados y elegantes. Los cabellos se peinaban en trenzas, crestas y moños que trataban de realzar la estatura de sus portadores; los hombres presumían de sus antiguas hazañas dibujando sobre su piel aquellas presas más destacadas, para recordar a todos su importancia y su destreza. Una vez realizados los dibujos, todos habían procurado esperar a la sombra hasta que sonase la llamada ceremonial, para que el sudor causado por el sol de la tarde no los deshiciese antes de tiempo.

En la plaza central se había clavado en la tierra un poste, en cuyo extremo estaba esculpido el símbolo de Barhma, el dios de la muerte violenta. A un extremo de la plaza, se había levantado un asiento para la sacerdotisa, escoltada por las guardianas de la Diosa, cuya inmóvil disciplina resultaba un llamativo contraste en medio de la alegre turbamulta que iba llenando el lugar. Sus armas de negra obsidiana brillaban amenazadoras y sus desnudos cuerpos revelaban las duras formas de mujeres acostumbradas a lanzar cada día los venablos.

La sacerdotisa era la única persona vestida de todas las que estaban allí, por lo que era de compadecer, pues el calor resultaba verdaderamente insoportable: llevaba una falda de ligero cuero que le tapaba hasta los tobillos. En su seno, entre sus pechos desnudos, destellaba un colgante de conchas cauri, envidia de todos, símbolo de la riqueza y del poder de Nuestra Señora.

Cuando llegaron los últimos rezagados, que se habían retrasado por intentar un último y audaz dibujo sobre sus pieles o por arreglar un collar roto en el nerviosismo de los preparativos, la sacerdotisa, con un gesto, dio orden de que empezase la ceremonia.

Koshmar iba de la mano de su madre, que había tratado de disimular su palidez con una ligera capa de arcilla roja en polvo: no habría sido decente mostrar que la ceremonia que se avecinaba arrebataba el color de sus mejillas. Sobre la arcilla, había remarcado un símbolo que indicaba que era una mujer tabú para los hombres, pues su vagina se hallaba obstruida por el útero dañado. Nohara, cuando dibujaba cada mañana sobre su piel este signo, suspiraba tristemente recordando otros tiempos.

Junto al excitado Koshmar, estaba su hermana Uriel, que trataba de obligarlo a que mantuviese la compostura.

—¿Quieres parar? ¡Vas a hacer que todos nos miren!

—Dime, Uriel, si sufrirá mucho. ¿Y... los niños podremos beber sangre? ¿Cómo lo matarán?

—Yo tampoco he visto nunca una ejecución, así que no puedo ayudarte. ¿Por qué no se lo preguntas a nuestra madre? —Uriel suspiró, porque las más ancianas siempre decían que antes, con otras Madres, era raro el ciclo de estaciones en el que no se disfrutase con alguna ejecución; en cambio, con su abuela...

—Mamá...

—Te he escuchado, hijo. Yo tampoco sé cómo lo matarán: es una sorpresa con la que su familia nos obsequia. Cuanto más cruel, larga e imaginativa sea la tortura, con más facilidad la tribu les perdonará que un criminal haya sido su pariente.

—¿Y podremos beber su sangre?

—¿No sabes que es una persona? ¡No seas salvaje! Y ahora calla, que va a hablar la Madre.

Aster se había pintado algunos signos mágicos en tristes colores amarillentos que resaltaban contra los alegres colores que la mayoría había elegido para celebrar la ejecución. Como siempre, llevaba al cinto su cuchillo de obsidiana.

Cuando se impuso el silencio, extendió los brazos ante sí, con las palmas de las manos hacia abajo, y oró en voz alta a la Diosa. Luego, puesto que iba a morir un hombre, volvió las palmas de sus manos hacia arriba y dirigió unas breves frases a los dioses masculinos que habitan en el cielo. Esta innovadora deferencia hacia los varones levantó murmullos de asombro entre las mujeres, y los cazadores sonrieron satisfechos. La Madre era la suprema autoridad en cuestiones rituales, pero este atrevimiento... Algunas de las Ancianas, sentadas tras Aster, miraron a Kurmil, espiando su rostro; sin embargo, Kurmil guardó para sí sus emociones, manteniendo una expresión pétrea. Sólo apretó un poco más sus desdentadas mandíbulas.

Apareció la familia de Kumdo, que lo arrastraba por el suelo atado de pies y manos. Aun con todo, éste se revolvía y gritaba. Por causa del sudor, Kumdo resbaló entre los dedos de sus hermanas y hermanos, y cayó al suelo. Trató de defenderse, lanzando mordiscos contra ellos; los dientes chasqueaban en el aire y sus familiares no se atrevían a arriesgarse a ponerse a su alcance. Estalló la hilaridad general.

—¡Cuidado! Vosotros sólo sois una docena y él tiene atados los pies y las manos.

—¡Olvidasteis ponerle una mordaza!

—¡Una serpiente! ¡Es una serpiente venenosa y su mordedura es mortal! ¡Por eso sentís tanto miedo!

Esta última comparación no gustó a los del clan de la serpiente, pues Kumdo era un criminal del clan del leopardo. Más bien parecía una lombriz, gritaron, ¡no una serpiente! Pero el pequeño enfrentamiento verbal entre clanes no enturbió la alegría general.

Los familiares de Kumdo, irritados por las puyas, consiguieron sujetarlo por los pies y por el pelo. Por último, lo amarraron al poste de tortura.

Las risas se acallaron y nació un silencio expectante.

—Oh Diosa, recibe este sacrificio para que se restablezca tu Ley, y así la armonía de la tierra permita que crezcan los cereales que nos sustentan, para que perdones nuestras faltas y hagas regresar a los bisontes de carne jugosa…

De esta forma prosiguió Aster su oración; sus palabras emocionaron incluso al mismo Kumdo, que lloraba arrepentido de su crimen, olvidando por un momento el terrible dolor que le esperaba. Todo el poblado temblaba por la musicalidad y el significado de las palabras de Aster. Por fin, encomendó a Nuestra Señora el espíritu de Kumdo, para que lo condujera hasta la tierra de las sombras sin percances. Éste suspiró aliviado, pues la Madre podría haber ordenado que abandonasen su cuerpo a las fieras, en vez de enterrarlo con los rituales necesarios, y entonces su espíritu habría vagado por toda la eternidad a través del mundo, aprisionado en la más espantosa de las soledades. Pero habría sido un castigo demasiado terrible y Aster, considerando el arrepentimiento del criminal, no quiso condenarlo para siempre y decidió que bastaba con la muerte en el poste de tortura.

Cuando Aster terminó sus plegarias a la Diosa, entregó a la madre de Kumdo su propio cuchillo de obsidiana. Ésta se acercó a su hijo, que de nuevo se debatía contra las ataduras, y, tras clavarle el puñal bajo el ombligo, trazó una curva a través del abdomen del condenado, de forma que los intestinos se desparramaron por el suelo. Kumdo lanzó un aullido terrible. El cuchillo no había temblado casi y los espectadores dejaron escapar murmullos apreciativos ante el valor de la madre, que no había dudado ni un latido de corazón en apuñalar a su hijo. Sin embargo, se sintieron un tanto decepcionados: ¡vaya espectáculo! ¿Dónde estaba la diversión? Kumdo moriría lentamente, pero sin proporcionar emociones a nadie más que a sí mismo y, quizás, a su familia.

La madre de Kumdo cortó las ligaduras que sujetaban las manos de su hijo, pero no las de los pies, de forma que permanecía atado al poste. Kumdo, enloquecido por el dolor, trató de volver a introducir el intestino dentro de su cuerpo. Era una tarea imposible, pues resbalaba entre sus manos y volvía a caer al suelo. Los espectadores rieron ante la comicidad de la escena: ¡Eh, Kumdo, no tienes suficientes manos!

Entonces sonaron los ladridos. Las hermanas de Kumdo habían traído cinco perros a los que habían mantenido dos días en ayunas. El reo comprendió:

—¡No, hermanas, por la Diosa, por nuestra madre, no los soltéis!

No se atrevieron a mirarle a los ojos, pero abrieron sus manos y dejaron que las correas resbalasen por ellas.

El pueblo aulló de gozo. Nohara, en cambio, fue asaltada por una náusea invencible, y sus rodillas quisieron doblarse.

Los perros se acercaron a su presa poco a poco. Por un lado, el hambre los empujaba hacia aquellas vísceras frescas que palpitaban ante sus ojos; por otro, les refrenaba el temor a los hombres que les había sido inculcado desde que eran cachorros. Kumdo gritaba y agitaba un brazo para asustarlos —el otro estaba ocupado intentando volver a meter los intestinos en su sitio—; pero los perros avanzaban cada vez más.

—¡A que el de pintas es el primero que muerde! —trataba de adivinar un espectador.

—¡Yo creo que será el de las orejas gachas! —replicaba otro.

Así disfrutaba y gritaba todo el poblado, excepto Nohara, que buscaba una excusa para apartarse de allí, sin encontrarla, y la Madre, junto con las guardianas de la Diosa, que mantenían impasible su actitud; las Ancianas, en cambio, no estaban obligadas a guardar ninguna formalidad y podían reír y chillar como todo el mundo. La familia de Kumdo tampoco parecía gozar, pero habría sido pedir demasiado que riesen, por muy cómica que fuera la situación.

Los perros se acercaban más y más a pesar de los gritos de Kumdo; por fin, uno de los perros alcanzó de un bocado un trozo de intestino y tiró de él; Kumdo gritó de dolor, pero también agarró su propio intestino y trató de evitar que se lo arrancaran. Perro y hombre tiraron en direcciones opuestas.

El público animaba alternativamente a uno y otro, entre carcajadas. Al final, el intestino se rompió y el perro rodó hacia atrás. Los espectadores reían hasta saltárseles las lágrimas. Kumdo gimió, ya no tenía fuerzas para gritar, y se inclinó sobre sí mismo; pero los otros perros se lanzaron sobre sus vísceras, babeando saliva por sus bocas.

Se produjo una barahúnda de perros y sangre que despertó escalofríos de placer en todos los asistentes; tan íntimamente unidos estaba en sus mentes la sangre con el alimento, que a pesar de provenir de una persona y ser, por tanto, tabú, no pudieron evitar que sus bocas babeasen y sus estómagos se estremecieran de hambre. Nohara, en cambio, cerró los ojos y tuvo que apoyarse en el hombro de su hijo para no caer al suelo.

Kumdo ya no se defendía y su cuerpo apenas se movía en algún que otro reflejo de defensa. Uno de los perros mordió sus genitales y, retorciéndose sobre sus cuatro patas, los arrancó de cuajo; entonces Kumdo levantó una mano por última vez, abrió la boca en un grito silencioso y quedó quieto para siempre. Todos suspiraron, apenados porque había terminado la diversión.

A un gesto de la Madre, las guardianas de la Diosa apuntaron sus venablos y atravesaron a los perros con certeros tiros: no se les podía dejar vivir una vez habían probado la carne humana. Luego se acercó la que había sido la madre de Kumdo, abrió la caja torácica de su hijo con el cuchillo sagrado y le arrancó el aún palpitante corazón, separándolo del manojo de arterias que lo mantenían en su sitio. Se lo ofreció a Aster, que lo tomó en sus manos y lo examinó.

—Nuestra Señora ha purificado este corazón con sufrimiento, y con sufrimiento nos ha purificado a todos —declaró, con voz firme. Los habitantes de Zewi Khemi alabaron a la Diosa, entonaron el canto que prohibía el tabú que Kumdo había violado, y se sintieron limpios y felices, dignos del amor de la Diosa y a salvo de los peligros que las caprichosas divinidades envían a los mortales.

El hijo de Nohara estaba excitado, como los demás niños.

—Mamá, ¡qué bien me lo he pasado! Yo...

Su madre le pegó, irritada.

—Pero ¿qué he dicho para que me pegues?

Nohara no le contestó y se dirigió con todos a una era de la periferia del poblado, donde se celebraría el banquete. Múltiples cabritos y corderos aguardaban a que se encendieran las hogueras donde se asarían, despellejados y colgados de altas perchas que los situaban fuera del alcance de los perros, aunque no de las numerosas moscas; también estaban ya amasadas tortas de celebración a las que se les había añadido miel y frutos silvestres. Los odres de cerveza, refrescándose en el riachuelo, aguardaban el momento de regar las resecas gargantas.

Ya atardecía cuando todo estuvo dispuesto y comenzó el banquete y la orgía ritual. Separados según sus clanes, hombres y mujeres comían y reían, cantaban viejas canciones, copulaban entre bromas obscenas... Sólo faltaban los parientes más cercanos del muerto, ocupados en sus ritos funerarios.

Sentada en el centro de su gente, Aster masticaba una chuleta y meditaba. Era agradable contemplar a su pueblo sumergido en el despreocupado gozo de vivir: ¡eran tan escasas las oportunidades de disfrutar! Y aun estas raras ocasiones les estarían vedadas si ellos supiesen lo que ella sabía. Volvió a su mente el Secreto de la Diosa. Tarde o temprano sería desvelado y entonces... Hasta aquel momento, todo el esfuerzo de las Madres había ido dirigido a mantenerlo oculto, pero Aster estaba convencida de que a largo plazo era una tarea imposible.

Si la corriente de un río es demasiado fuerte, no hay que nadar en su contra, sino aprovechar su fuerza para que te lleve hacia la orilla; de la misma forma, puesto que era inevitable que alguien descubriese el Secreto de la Diosa, lo sabio sería difundirlo sin destruir el mundo. Pero ella no sabía cómo lograrlo.

Intentó distraerse de sus melancólicos pensamientos, pero vio a su hija Nohara. Ella trataba de aparentar alegría y buen apetito, pero comía con bocados lánguidos y espaciados; Aster supo lo que pasaba por su espíritu.

¿Por qué había parido una hija tan débil? ¿Acaso su sangre era enfermiza? ¿O quizá no era su sangre, sino...? Interrumpió su pensamiento, decidida a no ir más allá.

Un hombre se acercó a Nohara. Tal vez estaba demasiado borracho para leer el signo del tabú que ella llevaba sobre su vientre y rostro, o quizás la débil luz del anochecer se lo ocultaba; en cualquier caso mostró deseos de unirse a ella y descargar en su interior la violencia que los hombres acumulan.

Nohara no se molestó en hablar, sino que se puso en pie y le mostró su útero asomando entre su vulva. El hombre se apartó asustado, mientras realizaba en el aire el gesto contra los malos espíritus y aferraba con su otra mano la bolsa de amuletos que colgaba de su cuello. Nohara suspiró, recordando tiempos más felices. Pronto todos estarían entregados a los placeres sexuales que, junto con el sueño y la comida, eran los únicos goces que la naturaleza inclemente proporcionaba a la humanidad; para ella el sexo estaba vedado para siempre. Y, tras el sangriento espectáculo, tampoco sentía deseos de atracarse, como los demás. Por extraño que fuera, la sangre, tan apetecible para todos, a ella le repugnaba, y si sentía sed que no se calmaba con agua, prefería tomar sal. Por eso tenía pálidas las mejillas, decían todas.

Discretamente, tratando de que nadie se diera cuenta, Nohara se apartó de la orgía y marchó hacia su choza.

—Uriel, ¿dónde se esconde tu madre? —preguntó una de las mujeres que, demasiado viejas para despertar el deseo de los hombres, debían conformarse con los malignos placeres de las palabras venenosas.

—No lo sé —contestó la niña, ruborizándose.

—Espero que no se haya apartado tras la sombra de algún muro, para violar su tabú.

—¡Mi madre no viola ningún tabú! Además, ¿qué hombre podría penetrar en ella?

—Claro, claro —concedieron las viejas que se habían ido reuniendo en torno a ella, pues era de lo más divertido criticar a quien no se hallaba presente—. Sin embargo, si está muy desesperada, podría ofrecerles otra puerta por la que entrar a su cabaña...

Rieron a carcajadas. Uriel no comprendió la broma, pero intuyó la maldad que se escondía tras ella.

—¡Pero no os burléis de Nohara, porque sus numerosos hijos se vengarán contra nosotras! —exclamó otra.

Las mujeres rieron de nuevo. Esta vez Uriel entendió lo que querían decir, porque se referían a la esterilidad de su madre. Era un insulto terrible y no supo replicar; se le llenaron los ojos de lágrimas y se marchó corriendo. Aún tuvo tiempo de escuchar algunas puyas llenas de hiel:

—¡Cómo corre! Yo me sentiría igual de avergonzada si tuviese una madre tan fértil y tan fuerte.

—¡No me extraña que Nohara gritase durante sus partos: ¡se asustó al ver su propia sangre!

Las risas se clavaron en Uriel como venablos de sílex y la jovencita lloró durante el resto de la noche, sin conseguir que el sueño le proporcionase el necesario olvido.

El hijo de Nohara no tuvo que sufrir burlas, pues había ido con los demás chiquillos a observar las cópulas de los adultos. Incluso un espectáculo tan interesante le aburrió y por fin se dirigió hacia su choza, con la mente repleta por las novedades de la jornada. De vez en cuando se acordaba de la cara que puso Kumdo cuando se le caían las tripas, y se le escapaba una risa tonta. Al día siguiente, propondría a los amigos que hiciesen lo mismo con algún conejo que cazaran, aunque, claro, con un animal no sería tan divertido.

Encontró a Nohara llorando en su lecho de paja.

—¿Mamá?

—Ven, hijo mío, déjame sentir el calor de tu cuerpo, como cuando te amamantaba. Dime, ¿se ha dado cuenta alguien de que yo no permanecí en la fiesta?

—No, mamá —mintió con todo desparpajo—. La noche es oscura y el fuego de las hogueras ciega los ojos; además, todos se hallan demasiado ocupados bebiendo cerveza y uniendo sus sexos en honor de Nuestra Señora.

—¡Gracias le sean dadas a Ella! Estaba preocupada. Pero me era simplemente imposible comer después de lo que he visto.

El niño se extrañó, porque precisamente con toda aquella sangre y vísceras, su estómago había rugido de hambre; pero no dijo nada. Se acercó a su madre y se tumbó a su lado, rodeándola con sus bracitos.

—¿Por qué soy tan débil? —dijo Nohara, hablando como para sí misma—. Ya sé que la vida se entrelaza con la muerte para mantener el equilibrio del universo, igual que se entrelazan una mujer y un hombre; pero no puedo soportarlo. No, no puedo —sollozó—. ¿Por qué tanta sangre y tanto sufrimiento?

Mientras ella se quejaba así, Koshmar se aburría y no era capaz de comprenderla, por lo que se dedicó a reproducir en su imaginación las hilarantes escenas de los perros devorando a Kumdo.

Al cabo de un rato durante el cual ella siguió llorando y diciendo insensateces, el niño captó una frase:

—... ¿por qué una muerte tan cruel?...

Como los niños ya sabían que una muerte cruel significaba diversión, Koshmar abandonó a regañadientes sus imágenes y prestó atención a las palabras de su madre.

—...Ya sé que es necesario, puesto que la Ley lo manda. Y aunque no lo mandase la Ley, sólo una muerte horrible consigue atemorizar los agresivos hígados de los hombres y evitar que se maten entre ellos. Cuando la muerte es algo cotidiano, sólo el sufrimiento puede mantener a raya los perversos instintos, sólo un castigo extremo puede obligarnos a cumplir las leyes y tabúes de los que depende la existencia de nuestra tribu y la armonía con las divinidades. ¿Por qué entonces me repugna la muerte y la sangre de una forma tan intensa que suscita la burla de mis vecinas?

»Y es que me pongo en el lugar de esa madre que se ha visto

obligada a matar a su propio hijo y el hígado se me parte como si yo misma fuera obligada a hacerlo; veo a ese desdichado sufrir en el poste del tormento y es como si también me desgarrasen las vísceras...

Incluso Koshmar, un niño que estaba a punto de cumplir los seis veranos, se daba cuenta de lo enfermizo de tal razonamiento: si todos pensasen así, no podrían ir a la guerra, ni castigar a los criminales, ni cazar, ni siquiera sacrificar un cabrito para comer. La existencia sería imposible y, además, aburrida.

Estos pensamientos eran peligrosos para la seguridad de la tribu y si no hubiese sido porque Nohara los mantenía cuidadosamente ocultos, no habría vivido mucho tiempo. Por eso prefería sufrir calladamente las burlas de las demás y no responder con lo que sentía en su hígado.

Su hijo no entendía nada, pero decidió distraerla de sus obsesiones.

—Mamá, si yo incumpliese un tabú, ¿cómo me matarías?

Le sorprendió su reacción. En esos momentos, las niñas y niños del poblado estaban imaginando nuevas y divertidas maneras de ajusticiar a los criminales, para comentarlas al día siguiente. Koshmar creyó que su madre podría proporcionarle alguna idea, puesto que sin duda habría contemplado más ejecuciones, y así quizás olvidase sus manías. Pero apenas había terminado de hablar, se dio cuenta de que su cálculo había sido absolutamente erróneo. Se dispuso a recibir un golpe, pues ésta era la reacción habitual de los adultos cuando un niño decía algo inconveniente; para su sorpresa, su madre volvió la cabeza y empezó a vomitar.

En la oscuridad de la cabaña, Koshmar tanteó el vómito para localizar algún pedazo de alimento todavía aprovechable; pero ella apenas había cenado y sólo encontró un poco de líquido ácido, totalmente incomible. Ella le abrazó llorando.

—¡Oh Areete, diosa de la compasión, no, no lo permitas! ¡Protege a mi hijo! ¡Si alguna vez te he ofrecido sacrificios, no dejes que mi hijo muera así, tan cruelmente!

El niño ya estaba un poco fatigado después de las emociones del día y aquellas efusiones excesivas le irritaban, por lo que se durmió. Lo último que escuchó fue a su madre que se preguntaba a sí misma:

—¿Sería yo capaz de matarlo, oh Diosa? ¿Sería yo capaz?

Arrullado por las inconexas frases de su madre y por su calor, Koshmar se sumergió en un sueño feliz, donde se veía a sí mismo ideando nuevas y sangrientas maneras de castigar a los criminales que habían osado romper los tabúes, mientras todo el poblado lo felicitaba por su inventiva.

La angustiada pregunta de Nohara a la Diosa obtuvo respuesta más tarde, cuando Koshmar también fue arrastrado por las guardianas con fuertes ligaduras de cuero trabando sus muñecas, y los niños se burlaron de su delito, igual que él hizo antes con Kumdo. La infamante marca del criminal marcaría su corazón donde Nohara debía extraerlo para ofrecérselo a la Madre. Pero este futuro existía únicamente en los planes de los tres dioses masculinos que conspiraban para apoderarse del Universo, y, cuando la fatiga les venció, madre e hijo durmieron abrazados, ignorantes de lo que había de suceder.

SEIS

Pocas lunas después, el hijo de Nohara fue iniciado y se convirtió en una persona; su madre decidió que se llamaría Koshmar, que significa inteligente; y le puso bajo la protección de Kairoon, el dios de la astucia y de las artimañas de caza y de guerra, que dentro del panteón de los dioses masculinos era lo más parecido que había a Sinianar, divinidad femenina de la inteligencia. Existía cierta confusión entre sus adoradores sobre si Sinianar era una diosa de existencia independiente o sólo un atributo de la Diosa; pero los misterios inexplicables y las contradicciones nunca han desanimado a los seres humanos, que necesitan creer en lo divino.

Nohara habría deseado encomendarlo a la propia Sinianar, porque decía que la insaciable curiosidad y el deseo de aprender de Koshmar tenían que estar inspirados por esta diosa: en caso contrario no se explicaba que se desarrollasen de tal modo en un varón. A la mayoría de sus compañeros no parecía interesarles demasiado saber por qué la luna cambia de forma cada noche, ni la causa de que el viento soplara en invierno desde un punto cardinal y en verano desde otro; a los ojos de un verdadero hombre, la luz de la luna sólo sirve para decidir la mejor noche para acechar una presa y el viento sólo debe tenerse en cuenta para saber si traerá la lluvia que reverdece los pastos o para colocarse de forma que un desprevenido animal no olfatee al cazador. Ese conocimiento inútil es propio de las mujeres, decían los hombres con una mueca de desprecio, porque ellas siempre están charlando sobre tonterías.

Ni siquiera las niñas de su edad que, como todo el mundo sabía, eran mucho más inteligentes que los chicos, poseían tantos conocimientos como Koshmar. A ellas les aguardaba una esmerada educación hasta cumplir la avanzada edad de doce ciclos de estaciones —incluso más, si eran elegidas guardianas de la Diosa—, mientras que Koshmar era consciente de que a los seis ciclos de estaciones se le apartaría de su madre y de las demás mujeres, y por eso bebía ansiosamente del conocimiento. Una niña no sentía prisa por aprender, pero Koshmar sí.

Sin embargo, el deseo de Nohara de ponerlo bajo la protección de Sinianar, la diosa de la sabiduría, chocó con la frontal oposición de todos los miembros de su familia, incluyendo al propio interesado. No existía ningún tabú sobre este tema o al menos no recordaban ninguna canción sobre ello, pero la costumbre era que los hombres se pusiesen bajo la advocación de una deidad masculina cuyas cualidades desearan adoptar; y las mujeres, bajo una femenina.

Uriel rompió a llorar, diciendo que sus amigas se burlarían de ella si un hermano suyo era protegido por una diosa, y le preguntarían por qué ella no estaba bajo la protección de un dios, ya que en aquella familia todo lo hacían al revés.

Aster, por su parte, discutió con Nohara y le reprochó su excentricidad, que comprometía su posición ante el Consejo de Ancianas y ponía en peligro el prometedor futuro de Uriel, que iba a convertirse muy pronto en guardiana de la Diosa. Ya no era niña, sino mujer, pues había menstruado por primera vez hacía una luna.

Koshmar, herido en su incipiente orgullo masculino, admitió que él no tenía derecho para decidir sobre su nombre ni sobre la divinidad que debía protegerle durante el tiempo terreno; pero hizo saber a su madre que si lo entregaba a una diosa, su existencia sería breve, por mucha protección que le otorgase Sinianar, pues debería pasar el resto de su vida dedicándose a vengar mortales insultos y, o bien le matarían, o bien él mataría a alguien y terminaría sus días atado al siniestro poste de tortura.

Nohara, en vista de la unánime oposición de todos los miembros de la familia —el único que no había dicho nada era su hermano Tamar, que como hombre no podía tomar parte en la discusión—, tuvo que ceder y decidió que Kairoon era el dios más aceptable de entre las divinidades masculinas.

Koshmar respiró aliviado. Incluso este nombre tan poco viril era tolerable, pues durante muchos días había temido que su madre eligiese un nombre demasiado femenino y le llamase flor, árbol o algo parecido. No es que Koshmar fuese muy sonoro al lado de los nombres de varón más habituales de la aldea, que significaban «el audaz», «el sanguinario», «el valiente» y similares; pero dado lo que podía haberle tocado, se daba por satisfecho. Como dice la sabiduría de las Antepasadas, cuando te clavas una astilla, te quejas de tu suerte; pero si un león te ataca y sólo pierdes un brazo, das gracias a la Diosa.

A medida que se aproximaba la fecha de su iniciación, los niños interrogaban ansiosamente a Ahkim, pues era el único de su edad que la había pasado; pero guardaba el secreto tan bien como los adultos. Ni siquiera tuvo éxito un intento de soborno en el que le ofrecieron todas sus escasas posesiones.

Miraban con aprensión sus miembros infantiles que todavía se hallaban recubiertos por el prepucio, y le preguntaban:

—Ahkim, por favor, sólo dinos si duele mucho, sólo eso.

Él guardaba silencio, pero su rostro expresaba que había tenido que soportar un sufrimiento indescriptible, lo que no ayudaba a tranquilizarles. Entonces, se maldecían por pertenecer a un sexo inferior e imperfecto, que tenía que ser dolorosamente reparado por la Madre. Los niños siempre creían que ser hombres en vez de mujeres sólo traía ventajas: no se ha de sufrir pariendo, se puede cazar, no se ha de doblar la espalda cultivando los campos, no hay que preocuparse del gobierno de la aldea ni de la crianza de los bebés, y no te obligan a aprender demasiadas canciones; pero nada es perfecto, por desgracia. Para llegar a ser personas, debían cortarles el prepucio y ofrecerlo a la Diosa como sacrificio. Y esto les obsesionaba y poblaba sus noches de pesadillas.

—Yo no gritaré cuando me lo corten, sino que resistiré el dolor como un guerrero —bravuconeaba uno.

—Sí, como cuando te caíste de un árbol el invierno pasado, que llorabas y llamabas a tu madre —le recordaba otro, molesto por su jactancia.

Menudeaban las peleas, pues se sentían nerviosos e irritables, y muchas tardes volvían a sus cabañas con los ojos amoratados o los labios partidos.

Ya se sabían de memoria las canciones más elementales, las que ambos sexos compartían y les permitían ser personas, pero sus maestras les obligaban a repetirlas una y otra vez para estar seguras de que el miedo de ser examinados por la misma Madre no los enmudeciese. Era agotador, pero al mismo tiempo los distraía de sus temores.

Llegó el día de su iniciación como adultos. Sus madres pasaron toda la mañana decorando sus pequeños cuerpos con los más vivos rojos, ocres y negros, trazando sobre la piel misteriosas pinturas rituales cuyo significado sólo ellas conocían; tuvieron que pegarles un poco hasta que se tranquilizaron, porque entre los temblores de miedo y el nerviosismo del día, les era imposible permanecer quietos ni un solo instante. Sin embargo, Nohara, débil como siempre, apenas marcaba la piel de su hijo con los golpes.

Fueron a la plaza cogidos de la mano de sus madres y allí estaba toda la tribu, a excepción de las niñas y niños menores de seis ciclos de estaciones, a los que les estaba prohibido acercarse.

La sombra de la estatua de la Diosa llegó al punto establecido y aparecieron sus guardianas armadas con venablos de obsidiana; formaron en dos filas rectas y en medio apareció la Madre, majestuosa como la encarnación divina que era, con todos sus adornos y su falda de cuero. En su cinto ¡horror! llevaba el cuchillo ceremonial que emplearía sobre los varones.

Se sentó en su trono y comenzó a interrogar a las niñas, pidiéndoles que recitaran las canciones de la tribu que debían haber aprendido; después se dirigió a los varones. Al hijo de Nohara le hizo cantar el poema de la ira de la Diosa y, tras algunos titubeos al principio, pudo salmodiar sus atributos, la manera de invocarla y la forma de aplacarla si se enojaba. Cuando acabó, miró orgulloso a su madre, que lloraba de emoción al ver a su hijo convertirse en un miembro de la tribu.

De entre todos los niños, sólo el hijo de Sheika, que enseguida se llamaría Friarcar, dudó y se le trabó la lengua cuando intentó responder a la sencilla pregunta de Aster; por fin, tartamudeando y desentonando, consiguió responderle. Friarcar nació de un parto que duró más de cuatro días y su inteligencia era muy escasa; de hecho, durante su infancia bordeó el peligro de ser sacrificado por deforme y sólo se salvó porque era el primer hijo de Sheika y ésta no se decidió a matarlo; pero si no se hubiese convertido en persona aquel día, la Madre hubiera ordenado su muerte. A Aster se le ablandó el hígado y decidió dar por válida su titubeante canción; se dijo que no es necesaria mucha inteligencia para cuidar de unas cabras en las colinas, donde nadie quería ir, y así Friarcar podría ser útil para la tribu. Cuando Aster, con un gesto afirmativo, pasó al siguiente candidato, Sheika, la madre de Friarcar, se desmayó de alegría. Uriel se consoló al saber que no era la única que tenía una madre excesivamente sentimental. Friarcar, en cambio, enrojeció de vergüenza por causa del deplorable espectáculo que dio su madre; además, él era consciente de su propia torpeza mental y sufría por causa de ello. Así, Friarcar sobrevivió por la excesiva clemencia de la Madre, quien, a pesar de sus dones proféticos, no pudo prever el papel que a este niño retrasado le correspondería desempeñar en el futuro.

Cuando todos fueron aprobados por Aster, ésta fue llamando a sus madres y les preguntó el nombre que les conferían y a qué divinidad les entregaban para que los protegiese durante el resto de sus vidas.

—Mi hijo se llamará Koshmar y encomiendo su protección a Kairoon, dios de la astucia —dijo Nohara, cuando le tocó el turno.

—¡Oh, tribu! —declamó ritualmente la sacerdotisa—, os presento a una nueva persona cuya vida es sagrada para nosotros. Se llama Koshmar y le protege Kairoon, dios de la astucia.

—Te saludamos, Koshmar y te damos la bienvenida —recitaron todos—. Mientras respetes las Leyes de la Diosa, te protegeremos y te alimentaremos. ¡Que Ella te conceda una larga existencia! ¡Que Kairoon te bendiga con sus dones!

Cuando la sacerdotisa terminó de presentar a todas las niñas y niños, se levantó y empuñó el cuchillo de obsidiana en su diestra. Cinco guardianas de la Diosa inmovilizaron al primer muchacho, tomándole una por cada extremidad y la quinta por el cabello; una sexta atravesó en su boca un palo para que lo mordiese, y Koshmar comprendió que la discusión sobre si gritarían o no había sido totalmente superflua. La sacerdotisa cogió el infantil pene estirando el prepucio y, de un certero tajo revelador de una larga práctica, lo sajó en un instante. Luego, arrojó el trozo de piel a un vaso de alabastro. En cuanto lo soltaron, el niño se desplomó entre sollozos agarrándose su mutilado y sangrante miembro. El terror de Koshmar llegó al culmen, pero se juró que no lloraría cuando le llegase el turno.

El siguiente muchacho hizo el gesto de huir, asustado por lo que había visto, pero las guardianas de la Diosa lo agarraron tan fácilmente como se toma a un cabrito para degollarlo y la escena anterior se repitió de nuevo.

Ahora le tocaba a Koshmar. Con un esfuerzo supremo de voluntad, dio unos pasos hacia las guardianas y les ofreció sus brazos. Aster sonrió satisfecha ante el valor de su nieto; pero cuando cortó el prepucio, el muchacho agradeció que la mordaza de su boca le impidiera gritar, pues sintió como si una quemadura intensísima recorriese su miembro. Las guardianas de la Diosa le soltaron y Koshmar se esforzó en mantenerse en pie y sonreír, a pesar de que creía desvanecerse de dolor; sólo pensaba en que su madre podría gritar, llorar, desmayarse o incluso —espanto entre los espantos— venir junto a él para curarlo o consolarlo. Antes que sufrir este bochorno hubiera preferido morirse; le envió un gesto con la mano como si le dijera: «Tranquila, madre, todo va bien, a tu hijo no le pasa nada». Por fortuna, Nohara se contuvo.

Cuando la sacerdotisa hubo terminado su tarea, tomó el vaso de alabastro donde se amontonaban los prepucios cortados y, tras impregnarlos en resina y aceite, los quemó delante de la estatua de la Gran Diosa, sacrificándolos como ofrenda, mientras entonaba un cántico en un idioma desconocido y misterioso. Nadie hubiera podido imaginar que este lenguaje sagrado, sólo recordado por las sacerdotisas, había sido hablado por la tribu hacía incontables generaciones, y que las palabras con las que ahora se comunicaban provenían de él.

Luego, todos se dirigieron hacia las hogueras donde los corderos con los que celebrarían el día aguardaban preparados para asarse. La tribu iba a celebrar una fiesta, pues ahora contaba con más mujeres y hombres: el futuro había sido asegurado.

Aquella tarde fue la primera vez que Koshmar tuvo derecho a beber cerveza y por eso sus recuerdos fueron luego un tanto confusos. El dolor de su miembro era muy intenso, pero tras los primeros instantes no lo sentía más que otras muchas heridas que había recibido durante sus juegos, y la comida y la cerveza le supieron exquisitas. ¡Era persona! Ya no sería sacrificado en las épocas de hambre, ni si una herida o enfermedad le imposibilitaba para el trabajo; ya podría construir venablos y cuchillos que llevaría orgullosamente y que proclamarían su destino de cazador y guerrero; a partir de entonces viviría en la casa de los hombres de su clan. ¡Había dejado de ser un niño!

Cuando terminaron de comer, empezaron las habituales canciones, risas, chistes, bailes, forcejeos y cópulas, como siempre ocurría en las fiestas cuando los estómagos se sentían alegres. Koshmar se sentaba sobre una esterilla al lado de su madre que lloraba de felicidad; pero no sollozaba sólo ella, gracias a la Diosa, sino que lloraban igualmente todas las madres de los iniciados aquel día.

Ni los niños ni sus madres pudieron permanecer hasta el final del banquete, porque quedaba por realizar un último rito antes de que anocheciera. Cada familia donde se había iniciado a un varón se dirigió hacia su cabaña y se introdujo en ella. Allí aguardaron al último rayo del sol moribundo.

—¿Quién llama a nuestra cabaña? —preguntaron Nohara y Uriel, su hija, igual que hicieron muchas otras madres y hermanas.

—Un hombre que desea hospitalidad —fue la respuesta.

—Entra, pues, y goza de ella.

Se apartó la piel que cubría la entrada y en el umbral se recortó la silueta de Tamar, el hermano de Nohara. Koshmar concentró la atención sobre su tío, pues ahora él lo educaría y protegería hasta que, cuando cumpliese doce veranos, se convirtiese en un hombre, en un cazador, en un adulto completo.

Tamar se había pintado el rostro y el cuerpo de ocre y negro, y el resultado era impresionante, en especial para los ojos de un niño. Le atravesaba el tórax una enorme cicatriz de la que se sentía muy orgulloso y que procuraba destacar dejando sin pintura la piel a su alrededor; se la había producido un ciervo durante una cacería. Cuando hablaba, tenía la costumbre de pasar por ella los dedos, como si meditase sobre lo que decía; el resultado era que la mirada del interlocutor quedaba capturada por el lento recorrer de las fuertes falanges a través de la antigua herida; esto era lo que Tamar deseaba.

Los músculos del hombre resultaban fascinantes. Cuando realizaba algún movimiento, parecían hincharse como nubes de tormenta en mitad de una tarde estival; Koshmar intentó no compararlos con sus ridículos brazos, semejantes a las ramas de un arbusto. Su rizada y poblada barba se unía con el vello de su pecho, separándose en dos trenzas para mostrar la hermosa cicatriz. Una apariencia, en suma, capaz de llenar de admiración a los amigos y de terror a los enemigos.

Koshmar intentó no observar el erguido miembro, que se alzaba desafiante como un venablo de caza, clara demostración de que deseaba una cópula; ¡el suyo era tan pequeño! Pero el lacerante dolor le recordaba que ahora ya había sido circuncidado y su masculinidad podría crecer sin obstáculos hasta que fuese tan bella como la de su tío.

Nohara y Uriel le ofrecieron a Tamar, en prueba de hospitalidad, cerveza y tortas de cebada con miel. Cuando hubieron comido, Uriel se puso a cuatro patas y mostró su grupa como una cervatilla, para que su tío descargase en ella su deseo. Por fortuna, ella ya era mujer desde hacía algunos días y podía satisfacerlo.

Uriel todavía no había llegado a la madurez completa, aunque ya se le considerase una mujer: en sus cortas vidas no quedaba tiempo para ser una joven que coquetease con otros adolescentes. Pero su ágil y sinuoso cuerpo ya evidenciaba la promesa de lo que sería después de algunos veranos. Era morena, con pelo rizado de bucles salvajes y color tan negro como la obsidiana, igual que casi todos los de su tribu; pero sus ojos verdosos, felinos, idénticos a los de su abuela Aster, traían un soplo del cielo norteño. No era una mujer alta, y nunca lo sería: no se puede crecer demasiado en épocas de escasez. Pero estaba perfectamente proporcionada, aunque algo angulosa y carente de la grasa que tanto excitaba a los hombres. A ella esto no le importaba, pues se decía que una guardiana de la Diosa debía tener un cuerpo ágil para servir de protección a la Madre. Sus manos eran suaves, poco encallecidas: no se habían curtido en las penosas tareas agrícolas; sin embargo, sus dedos se cerraban fuertes, como si estuviesen hechos para empuñar un venablo de guerra.

Mientras el hombre jadeaba sobre Uriel, ella se sintió un tanto avergonzada, porque su madre no podía cumplir correctamente sus deberes de anfitriona, por causa de su enfermedad. Se repetía a sí misma que nadie es responsable de las dolencias que nos envían las divinidades y que Tahim, la diosa de los partos, era implacable cuando se enojaba, por lo que podían agradecerle no haber matado a Nohara; incluso —¡Nuestra Señora no lo quisiera!— podía condenarla a ella misma a idéntica suerte. Pero por mucho que intentaba luchar contra ello, seguía sintiendo hacia su madre un sentimiento oscuro.

Entonces, Uriel no pudo pensar más en nada sino en sí misma, porque notó una oscura marea que se esparcía desde su vientre hasta las últimas partes de su flexible cuerpo. Ya había sido desvirgada por su madre con un engrasado miembro de madera pulida, para que no sufriese ante los embates de algún hombre brutal; también, movida por la curiosidad, había permitido que entrasen en ella algunos de los jóvenes que la miraban deseosos; pero hasta entonces no había entendido por qué muchas mujeres yacían junto con hombres fuera de las celebraciones rituales, cuando habría estado mal visto no hacerlo.

Ahora Uriel experimentó una excitación que la obligó a estremecerse y a gritar. Su cadera se agitó y se movió, mientras su ya de por sí estrecha vagina, propia de una mujer tan joven que aún no había concebido, se contraía intentando succionar el miembro que la llenaba.

Nohara observaba la escena con mirada melancólica y se preguntó si servirían para algo las oraciones con las que una y otra vez rogaba a la Diosa para que se compadeciese de ella y le permitiera volver a ser una mujer normal, capaz de unirse a los varones y de concebir hijos. No, se dijo una vez más, no puedo abrigar esperanzas, y hasta que muera seré una mujer tabú para los cazadores de enhiestos miembros.

El aura de tristeza que emanaba de Nohara llegó hasta su hijo. Éste fue incapaz de ponerse en su lugar. Tampoco lo intentó mucho, porque intuyó vagamente que si se dejaba llevar por esos sentimientos, podía acabar como su madre, convirtiéndose en un sensiblero, incapaz de torturar a un enemigo capturado. Le aterró esta posibilidad y se juró a sí mismo que sería un buen guerrero, inmune a los defectos de la compasión y de la ternura; confió en que la nefasta influencia de su madre no fuera demasiado intensa y pronto pudiese cumplir con orgullo su papel masculino. Apretó los dientes y, para distraerse mientras Tamar se agitaba sobre Uriel, se imaginó cómo despellejaría vivo a un enemigo capturado en combate, antes de devorar su hígado y su corazón. Lanzó un suspiro resignado: ¡le faltaba tanto para llegar a ser un adulto completo y poder ir a la caza o a la guerra!

Tamar se estremeció en una convulsión final, descargando su violencia dentro de Uriel. Ésta gritó y sintió ganas de golpearle, porque experimentó un placer desconocido para ella y, al mismo tiempo, notaba una insatisfacción profunda. Tamar había demostrado su virilidad eyaculando rápidamente, sin tener que moverse durante demasiadas respiraciones; pero esta misma rapidez no había permitido que Uriel gozase durante todo el tiempo que ella habría deseado.

Tamar se sentó sobre la más suave piel de la cabaña, la que se reservaba a los invitados, con su miembro ahora flácido. También se sentó Uriel, aunque de su vagina repleta manaba un insidioso hilillo de humedad; todavía jadeaba entre dientes.

—La cerveza era fuerte, las tortas deliciosas y el vientre femenino placentero —afirmó Tamar, prosiguiendo el rito.

—Nuestra choza siempre está abierta para ti, pariente nuestro —respondió Nohara, forzándose a hablar con sutil y educada hipocresía. En cuanto se marchase, utilizaría la paja del lecho como alimento para el ganado y barrería el suelo con su escoba de arbustos, cubriéndolo después de arcilla, pues las pulgas y las garrapatas son el tributo que los hombres deben pagar por cuidar el ganado. Nohara no las soportaba y cada noche examinaba los cuerpos de sus hijos para que no las introdujesen en la cama.

Tamar sonrió complacido, se acarició la cicatriz y continuó el ritual:

—¿Qué hace aquí este hombre, conviviendo con mujeres? —Señaló a Koshmar.

Nohara y Uriel fingieron sorprenderse y respondieron:

—¿Hombre? ¿Qué hombre? Aquí sólo habitamos mujeres y niños. —Y empezaron a buscar por todos los rincones de la pequeña cabaña, como si fuese posible esconderse en ella.

—¡Aquí está! —exclamó Tamar.

—Éste no es un hombre, sólo es un niño —respondieron las mujeres.

El guerrero rió muy a gusto y tomó el infantil miembro masculino con su mano, para mostrárselo a las mujeres. Un relámpago de dolor saltó de la herida de Koshmar y casi le hizo gritar, pero logró mantener la compostura.

—Fijaos, ¿es este miembro propio de un niño? ¿Acaso no veis que está circuncidado?

Uriel y Nohara lo examinaron con detenimiento y tuvieron que admitir que, en efecto, estaba circuncidado.

—Entonces, tendrá que venir a habitar con nosotros, los hombres.

Las mujeres comenzaron a gemir y a llorar, diciendo:

—¡Mi niño, mi niño! ¿Qué se ha hecho de mi niño? ¿Dónde está mi niño?

Koshmar les respondió:

—No lloréis ni gimáis, madre y hermana, porque vuestro niño se ha convertido en un hombre y ha de habitar con su clan.

Después de esto, su tío le sacó de la que hasta entonces había sido su choza y lo llevó hacia la cabaña del clan de la serpiente, a la que ambos pertenecían.

Hasta ese momento Nohara había cumplido con sus deberes a la entera satisfacción de todos, como si fuese una mujer normal; pero cuando vio que Koshmar se iba para siempre, no pudo contenerse y salió corriendo tras él. Lo abrazó y, entre sollozos, le decía:

—Mi niño, mi querido hijo, mi pequeño pajarito…

Koshmar enrojeció de vergüenza y, tras el hombro de su madre, pudo ver que Uriel la contemplaba horrorizada; Tamar miraba al suelo sin saber qué hacer. El muchacho se soltó del maternal abrazo con toda la brusquedad de que es capaz un niño de seis veranos y le volvió la espalda. Le saltaban lágrimas de rabia, pues en el último momento su madre había conseguido ponerle en ridículo; pero contuvo el llanto.

Uriel salió corriendo, buscando apartarse de aquel lugar de vergüenza. Luego, jadeante, se reclinó contra el muro de una choza, llena de ira por lo que sentía. Entonces pasó junto a ella un hombre joven del clan del leopardo y Uriel recordó aquella sensación insatisfecha que latía en su vientre. Le llamó con una risita y el joven la miró. Poco después, los venablos del guerrero yacían desparramados por la tierra y Uriel intentaba volver a experimentar, durante más tiempo si era posible, aquello que había descubierto con su tío.

Mientras Nohara quedaba arrodillada en el polvo, sin importarle que sus lágrimas fuesen contempladas por las demás mujeres, Koshmar se dirigió hacia la cabaña del clan de la serpiente, intentando pensar sólo en su futuro. Un futuro maravilloso con su amigo Ahkim, dedicándose a cazar, pastorear y guerrear. Veía ante sí enormes presas y feroces enemigos que no podían evitar morir en sus manos y ser devorados; la tribu entera le ensalzaría, porque traería grandes cantidades de sabrosa carne.

Si Zohar, el dios del trueno y del relámpago, era capaz de leer los pensamientos de los varones —y algunos dicen que así es—, tenía que reírse en ese instante. Para que fuese una buena arma contra la Diosa, había obligado a Ahkim a luchar por su vida durante el principio de su existencia; a Koshmar, en cambio, lo había dejado para después, pero sólo porque quería permitirle soñar para luego asesinar sus ideales infantiles.

Para Koshmar, las promesas de la juventud estaban a punto de acabarse. Durante algunas estaciones, viviría como un hombre; luego, llegaría la tribu de Mara.

SIETE

—¡Bienvenido entre los hombres, hijo de Nohara, perdón, quería decir Koshmar! —saludó Ahkim, en la puerta de la cabaña del clan de la serpiente. Se encontraba acuclillado en el umbral, jugando con sus jabalinas—. ¿Te duele mucho tu miembro?

—¡Terriblemente! —rió Koshmar, olvidando a su madre—. Por el dolor, diría que a la sacerdotisa le tembló el pulso y me lo cortó entero, en vez de sólo el prepucio.

Ahkim miró con simulado detenimiento y dijo con una sonrisa traviesa:

—Sí, por lo pequeño que es, yo también diría que te cortó el miembro del todo.

Los dos amigos rodaron por el polvoriento suelo en una jovial pelea, a pesar de la herida de Koshmar. Al poco tiempo, Ahkim le había dominado y le obligaba a rendirse, pues la vida masculina que llevaba le había convertido en un muchacho mucho más fuerte que su amigo, siempre en la relativa paz de la cabaña de su madre.

Tamar contemplaba la pelea con placer, aunque le contrarió un poco que su sobrino fuese derrotado. En vez de intentar separarlos, como hacían las mujeres, entre los varones el pelearse con los camaradas se consideraba parte de la educación de un guerrero, siempre que se respetase el tabú de las armas y al oponente no se le rompiese ningún miembro ni se le sacaran los ojos. Cuando Koshmar supo esto, y lo averiguó enseguida, le pareció que iba a ser muy feliz aprendiendo a ser un hombre.

Al día siguiente salieron con el ganado. Aquel rebaño iba custodiado por seis guerreros —uno de ellos era Tamar— y cuatro muchachos, entre los que se encontraban Koshmar y Ahkim. A Koshmar esta tarea ya no le gustó tanto como pelearse. Al principio, gozaba corriendo tras las ovejas dirigiéndolas hacia donde los hombres ordenaban y obligándolas a agruparse cuando se separaban del rebaño; pero a media mañana las plantas de sus pies se hallaban atormentadas por multitud de espinas y arañazos, de manera que le parecía caminar sobre las brasas de una hoguera; sus pulmones se quejaban, incapaces de respirar el aire necesario; el corazón le dolía como si fuese a reventar en el pecho; y los músculos de las piernas se agarrotaban en un espasmo agónico. El sudor chorreaba por su frente e irritaba sus ojos. Además, aquella noche no había podido dormir por causa de las pulgas, a las que todavía no se había acostumbrado. Se detuvo un instante para tomar aliento y miró el sol para saber cuánto faltaba para anochecer; con horror indecible se dio cuenta de que aún no habían cruzado el mediodía.

—¡Koshmar, pareces una babosa coja! —le gritó Tamar cuando vio que se paraba—. Esto no son los tiernos prados del contorno de la aldea, ¿verdad? ¿Te arrepientes de ser un hombre? ¿Envidias a las mujeres, empapadas en meadas de bebés? ¡Corre tras esas ovejas o tus costillas conocerán el mango de mi azagaya!

Koshmar miró con odio a su tío, pero salió corriendo hacia donde le ordenaba. Tamar no era cruel; por el contrario, siempre se comportaba muy amablemente y sólo golpeaba a su sobrino cuando se lo merecía, y aun así tan flojo que a los pocos días se había borrado la marca. A diferencia de los otros muchachos, si por su tío fuera, los únicos cardenales que decorarían el cuerpo de Koshmar serían los producidos por las caídas y las peleas con sus compañeros. Al principio, creyó que su tío no le quería y que por eso se despreocupaba de su educación y no le pegaba lo suficiente; pero luego empezó a pensar si la enfermedad de su madre, aquella vergonzosa sensibilidad, no sería transmitida por la sangre de madres a hijos, y si no la padecería también su tío Tamar. Este pensamiento horrorizó a Koshmar y durante su tiempo libre, se dedicó a matar a cuanto ser vivo caía en sus manos, en medio de las más refinadas torturas, hasta que se convenció de que era un muchacho normal que disfrutaba provocando dolor, como todo el mundo. Fuera cual fuese la causa de la enfermedad de su familia, no la había heredado, gracias fuesen dadas a la Diosa. O eso creyó entonces.

Por fortuna, su amigo Ahkim le ayudaba para que los demás muchachos no se burlasen de él y por la noche le pegaba con el mango de sus azagayas en el mismo sitio en el que su tío había golpeado durante el día, de forma que apareciesen unos hermosos cardenales y nadie le considerase afeminado. Tamar, al ver las marcas, intentaba controlar todavía más su fuerza para no dañar a su sobrino; pero era inútil: por muy flojo que pegase, al día siguiente la piel de su sobrino siempre mostraba las orgullosas marcas de sus palizas. ¡Cómo se reían interiormente Ahkim y Koshmar cuando su tío le miraba con expresión incrédula!

Sin embargo, aun siendo Tamar tan blando, comprendía que, de permitir a su sobrino descansar durante sus primeras jornadas de trabajo, se convertiría en un holgazán. Así es que le obligó a seguir corriendo hasta que el muchacho creyó que sus pulmones iban a reventar.

Con el calor del mediodía, las ovejas dejaron de moverse y se apelotonaron en torno a las sombras de los robles; sus guardianes aprovecharon para descansar y reposar un poco, antes de seguir pastoreando por la tarde. Bebieron del agua de los odres que llevaban, pero Koshmar se dio cuenta de que su sed no se saciaba.

—Cuando sudas mucho, el agua es inútil si no bebes también un poco de sangre o tomas sal —le enseñó su tío.

Apresaron un carnero y le practicaron una pequeña incisión en el cuello, la cual cicatrizaron después con saliva y plantas, tras haber recogido suficiente sangre en un odre. Luego, agitándola para que no se coagulase, untaron las tortas en ella: a todos les supieron deliciosas y su sed se calmó.

—Las mujeres nos dan sal para que no debilitemos al ganado; pero nosotros dejamos lamer la sal a las ovejas y la recuperamos convertida en sangre —dijo Tamar, con un gesto cómplice que quería decir: «cuidado que no se enteren».

Durante aquellos primeros días de pastor, Koshmar también

dormía la siesta junto con los demás hombres, excepto uno, que permanecía vigilante por si algún leopardo intentaba aprovechar el calor para robar una oveja. Estaba agotado y falto de sueño. Pero luego, a medida que sus músculos y sus pulmones se fortalecían, y su piel se acostumbraba a las pulgas, pudo emplear este tiempo en tallar sílex para preparar su primer venablo bajo la mirada atenta de su tío; cuando estuvo terminado, Koshmar se sintió muy orgulloso de su arma, a pesar de que apenas era un juguete.

También pudo dedicarse entonces a los placeres de su amistad con Ahkim; competían en arrojar sus azagayas, en tirar con arco, en utilizar la honda o en atrapar árboles con boleadoras. Aunque una azagaya puede arrojarse con la mano, esto le confiere muy poca fuerza y alcance; en cambio, si se utiliza un propulsor, su impulso es terrible. Por desgracia, es muy difícil aprender a usar un propulsor y para conseguir un mínimo de precisión eran necesarias largas jornadas de frustrantes pruebas, acompañadas por las burlonas risas de su amigo Ahkim, quien había practicado desde su más tierna infancia. Pero pronto Tamar sonrió satisfecho ante los progresos de su sobrino.

Al cabo de algunas lunas, Koshmar dejó de fatigarse y disfrutaba corriendo por los pastos orgullosamente armado como un adulto; se sentía vivo, fuerte y feliz. Sus encallecidos pies pisaban los agudos guijarros sin sentir apenas dolor y sin aminorar el ritmo; sus pulmones resistían largas carreras antes de que les faltase el aire; y los músculos de las piernas ya no necesitaban que la voluntad los forzase a moverse.

Apenas se acordaba de Nohara, su madre, ni siquiera de su hermana Uriel, quien le había cuidado cuando no era más que un bebé llorón; los días estaban llenos de aventuras y de puro goce físico, y los tiempos de su infancia le parecían aburridos y lejanos.

Tenía que esforzarse por dejar la compañía de sus camaradas para ir a visitar a su madre al atardecer, al menos un día cada seis o siete. Ella lo recibía con lágrimas en los ojos e incluso soportaba los picotazos de las pulgas que su hijo le llevaba sin musitar una protesta. Nohara le preguntaba sobre lo que hacía, si se alimentaba lo suficiente —«por cierto, hijo, aquí tienes una torta con miel de esas que te gustaban tanto»—, sobre sus amigos y sus aventuras. Koshmar le contaba lo que podía, aunque sabía que a ella no le interesaba nada la vida de los hombres, sino en la medida en que afectase a su hijo; su cariño sin medida lo turbaba y le hacía removerse incómodo. En su orgullo juvenil, sentía cómo la brecha que los separaba se hacía más y más grande, y que los intentos de su madre por cruzarla eran patéticos e inútiles.

Ella lo interrogaba sobre sus progresos bajo la guía de Tamar y su hijo le respondía que era muy buen maestro, aunque un tanto blando. Nohara no añadía ningún comentario, aunque miraba los verdugones de Koshmar con gesto reprobador, y si no hubiese sido una inconveniencia demasiado grande incluso para ella, habría ido a la cabaña de los hombres y le habría tirado de las orejas a su hermano en castigo por su crueldad.

Por fin, llegaba el momento de que Koshmar se marchase y abandonara la asfixiante atmósfera de la cabaña que había sido su hogar, para regresar a la violenta, alegre y despreocupada vida de los hombres. Su madre, desde el umbral, lo veía irse, intentando contener las lágrimas por el hijo que había perdido.

Su tío enseñaba a Koshmar los cantos de los guerreros, durante los días de lluvia o cuando el sueño no los vencía al mediodía. El muchacho los aprendió en muy poco tiempo, lo que dejó maravillados a los adultos; ellos lo atribuyeron a la protección que le otorgaba Kairoon, dios de la astucia, y dejaron de sonreír ante el significado tan poco belicoso del nombre de Koshmar. Pronto, éste no tuvo nada más que estudiar sobre las canciones masculinas, y ya no le preocupó la lejana prueba que debería pasar para llegar a ser un hombre adulto, porque gracias a Ahkim también utilizaba aceptablemente bien las armas: no tendría dificultades para cazar la presa que lo convertiría en hombre. Sólo debía esperar a cumplir doce veranos.

Durante algunas lunas, el ejercicio físico tan duro, continuado y agotador le había hecho olvidar su curiosidad, tan destacable que había dado origen a su propio nombre; las sensaciones corporales apenas dejaban espacio para los placeres del intelecto. Sólo a veces, cuando dormía al raso por haberse alejado demasiado del poblado, miraba las estrellas y se preguntaba por qué no caían sobre ellos. En ocasiones, alguna se desprendía con un reguero de luz, pero siempre parecían quedar las mismas; vigiló un sector del cielo durante muchas noches, pero nunca faltó ninguna estrella, a pesar de que cayeron varias; esto le pareció extraño y milagroso.

Pero ahora que su cuerpo ya no sufría por el extenuante ejercicio y sabía de memoria las canciones de los hombres, volvió a interrogarse sobre las causas de las cosas. ¿Por qué crecía la hierba? Porque la Gran Diosa, creadora de vida, les infunde el hálito vital, le respondían todos; pero no se conformaba con esta contestación y repetía: «Pero ¿por qué?», lo cual los azoraba y los confundía. Pronto dejó de preguntar a los hombres, pues tendían a disimular la ignorancia usando el mango de su azagaya sobre las costillas; su tío Tamar no le pegaba, pero sus confusos intentos de explicarse resultaban patéticos y Koshmar sentía una oscura vergüenza; los otros muchachos, sus compañeros, se burlaban de él y rehuían su proximidad. Sólo Ahkim lo toleraba.

—¿Sabes? Te envidio —le dijo a Koshmar, mordisqueando una pajita a la sombra de un roble, mientras aguardaban a que se desvaneciera el calor del mediodía y las ovejas volvieran a moverse.

—¿A mí? ¿Por qué? —Resultaba increíble que Ahkim, que a pesar de su corta edad ya era el líder de todos los muchachos de su clan, que podía lanzar un venablo más lejos y con más precisión que cualquiera de su edad, incluso que algunos adultos, que parecía no tener miedo a nada y cuya audacia era legendaria, envidiase a un muchacho totalmente normal de nombre anodino.

—¡Sabes tantas cosas! —respondió—. Yo, en cambio, he vivido siempre entre hombres. Es cierto que gracias a esto he gozado de algunas ventajas; pero me siento un ignorante al compararme contigo.

Koshmar rió y le pasó el brazo sobre su hombro, espantando de paso un tábano que estaba a punto de picarle.

—Si tú te encuentras bajo la protección de Zohar y yo bajo la de Kairoon, ¿quién podrá vencernos si nos aliamos?

Ahkim tomó por la cola a un escorpión que se había aventurado a salir de su escondite, bajo una piedra. El ponzoñoso animal era bastante grande y, si le hubiese picado, el muchacho habría sufrido durante días; pero Ahkim era más rápido. Lo examinó con interés, mientras las pinzas mordían inútilmente sus encallecidos dedos.

—Nos falta Bahrma, dios de la guerra. Entonces, los tres dioses varones unidos podrían vencer incluso a la misma Diosa —murmuró para sí, tras reflexionar bastante tiempo, jugueteando con el escorpión.

—Pero ¿qué dices? —se asustó Koshmar, haciendo un gesto para alejar el mal de ojo y mirando a su alrededor por si alguien había escuchado esta frase imprudente—. ¿Acaso quieres desafiar a la Diosa?

—No, claro que no —tranquilizó Ahkim a su compañero—. No sé qué espíritu travieso ha puesto esas palabras en mi boca.

Koshmar respiró aliviado. Era amigo de Ahkim y siempre lo sería; pero a veces le asustaba la ferocidad que emanaba de él. Ahkim, por su parte, le pidió perdón a su madre muerta por ser tan imprudente y le prometió que no permitiría que nadie adivinara su peligroso deseo de venganza... hasta que fuera demasiado tarde. Miró a Koshmar, su hermano de leche, y una tibia y cariñosa sensación le invadió; a pesar de su inteligencia, ¡era tan fácil de engañar!

—En todo caso, sellemos una alianza compartiendo un alimento —propuso Ahkim.

—Ya somos hermanos de leche, y siempre lo seremos; pero si tú lo deseas...

Ahkim arrancó la cola del escorpión, cansado ya de jugar con él, y empezó a chupar el interior de su cuerpo, que, aunque escaso, es delicioso. Ofreció un poco a su amigo; pero antes de que Koshmar pudiese terminarlo, el hombre que se encontraba de centinela gritó:

—¡Alerta! ¡Leones! ¡Leones!

Todos se pusieron en pie rápidamente, tomando sus armas. Había aparecido un león macho de melena negra que se dirigía hacia el rebaño. Por suerte, con ellos se hallaba Turnitaar, el jefe de su clan, que con gran rapidez, pero sin perder la serenidad dio las órdenes necesarias:

—¡Vosotros, los muchachos, mantened el rebaño agrupado y no permitáis que escape ninguna res, o golpearé vuestra espalda hasta que se rompa el mango de mi jabalina! ¡Kefhar, Tentook, Tamar, venid conmigo contra el macho! ¡Kajmataar, Tutsem, disponeos en torno al ganado, vigilad a las leonas! ¡Han de estar cerca!

Turnitaar, con su gran experiencia, había tomado las medidas adecuadas contra un ataque de leones. Él sabía que los leones, como los humanos, cazan en manada y que si el macho se mostraba tan audazmente, era porque buscaba producir una estampida en el rebaño para dirigirlo hacia las hembras, que aguardaban ocultas entre la maleza. No podían verlas, pero estaban allí. Y tenían que estar muy hambrientos para atacar durante el calor del mediodía en vez de esperar al atardecer: los leones, como los humanos, padecían la escasez de presas. Los demás hombres sabían todo esto igual que Turnitaar, pero era muy fácil olvidarlo con el nerviosismo del momento.

Turnitaar y sus tres compañeros se dirigieron hacia el macho, pues si se acercaba al rebaño la estampida sería inevitable a pesar de sus esfuerzos, y perderían varias reses en las fauces de las leonas que aguardaban emboscadas en algún lugar imprevisible. A prudente distancia del león, le lanzaron gruesas piedras con sus hondas, intentando alejarlo sin herirlo; guardaban sus venablos no sólo para defenderse, sino porque sabían que si derramaban la sangre del león, era muy probable que éste los atacase y, aunque lo mataran, varios de ellos serían heridos por las afiladas garras de la fiera. El gran macho rugía furioso, sin alejarse, pero sin atreverse tampoco a acercarse más, mientras las piedras llovían a su alrededor e incluso una o dos le alcanzaban en el cuerpo; los hombres, por su parte, también gruñían y gritaban, como si fuesen bestias salvajes.

Cada rugido del león producía un estremecimiento en el rebaño y los muchachos debían emplearse a fondo para que no se dispersara; el polvo ahogaba sus gargantas y a veces corrían el riesgo de ser aplastados, pero consiguieron contener a las ovejas golpeándolas con el mango de los venablos. No eran conscientes del miedo que sentían hacia los leones; pero no era el valor lo que los movía: simplemente, no disponían de tiempo para pensar en nada sino en cumplir la orden de su jefe.

En torno al rebaño, pero sin alejarse mucho para no correr peligro de ser ellos mismos devorados, Kajmataar y Tutsem intentaban localizar a las leonas. Con los venablos preparados en sus propulsores, sus ojos escudriñaban la sabana, aunque sabían que era casi imposible ver a las fieras hasta el último momento. Las aletas de sus narices se dilataban para captar el acre olor que delata a las bestias carnívoras; pero las leonas eran inteligentes y se habían agazapado contra el viento.

Tras uno de los espeluznantes rugidos del león, una oveja salió corriendo empavorecida y se separó del rebaño. Kefraan, un muchacho dos ciclos de estaciones mayor que Koshmar, que se hallaba cerca de la res, exclamó:

—¡Voy por ella, que no escape!

Perseguir los animales que se apartasen del rebaño se había convertido en la segunda naturaleza de aquellos jóvenes.

Ahkim, que se dio cuenta del peligro, gritó:

—¡No, Kefraan, no, déjala que se vaya y vuelve con nosotros! —Ahkim ya se había enfrentado a otros ataques de leones y sabía cómo actuar... y sobre todo, cómo no actuar.

Pero Kefraan no le escuchó en medio del torbellino de rugidos, balidos y gritos; o si le oyó, no comprendió el motivo de sus palabras y continuó persiguiendo a la res. Kajmataar y Tutsem, que vigilaban al rebaño contra las leonas, también vieron ahora a Kefraan y le lanzaron voces de advertencia; pero antes de que pudiese regresar, las hierbas se apartaron y una leona cayó sobre la oveja, rompiéndole la nuca de una feroz dentellada.

Kefraan quedó paralizado por el terror, pues se encontraba a menos de quince pasos de la res y de su asesina; pero sobreponiéndose, preparó su venablo y empezó a retroceder hacia sus compañeros sin dar la espalda a la leona.

—¡Detrás de ti!

El aviso llegó demasiado tarde. Tras un arbusto había aparecido otra leona —¿cómo pueden esconder tan bien un cuerpo tan grande?—; lanzando un rugido aterrador, recorrió en cuatro saltos la distancia que la separaba del muchacho, que apenas pudo agacharse tras su temblorosa azagaya.

El arma no fue ningún obstáculo para la leona, que la apartó con sus garras con el mismo esfuerzo con el que un hombre espanta un insecto inoportuno; y cayó sobre el infortunado Kefraan, derribándolo sobre el polvo.

Kefraan gritaba; no, más bien aullaba de dolor y de terror. Sus compañeros distinguieron entre sus inarticuladas expresiones algunas frases con sentido, o al menos eso les pareció:

—¡Amigos! ¡Ayudadme! ¡No le dejéis que se me coma! ¡No! ¡Se me come! ¡Me está comiendo!

La leona lo había tomado de un hombro sin molestarse en rematarlo y lo arrastraba todavía vivo para devorarlo junto con los demás miembros de la manada en un lugar más tranquilo. Los leones, como los seres humanos, prefieren la carne todavía palpitante. Su compañera la siguió llevándose la oveja moribunda, sin realizar un esfuerzo mayor que el de un pastor al transportar un cordero recién nacido.

Ninguno de los hombres podía ayudar al desdichado, pues no sabían si había más leonas ocultas entre la maleza; además, su deber para con la tribu era cuidar las reses, de las que dependía la supervivencia de todos. No podían abandonarlas para salvar a un muchacho imprudente. Temblando de miedo, tuvieron que escuchar desvanecerse en la lejanía las súplicas y gritos de Kefraan. Apenas había cumplido once veranos.

El macho, viendo que las hembras ya habían capturado dos presas, volvió la grupa con un último rugido de desafío, como si quisiese decir a sus oponentes que no era la cobardía lo que le hacía marcharse, sino el desprecio hacia un enemigo que no acepta el combate singular y prefiere apiñarse protegiéndose tras los venablos de los otros.

Los hombres se reunieron en torno al rebaño que se iba tranquilizando poco a poco. El sudor bañaba los cuerpos desnudos.

—Kefraan era un valiente guerrero —musitó Turnitaar, a modo de breve oración fúnebre y homenaje póstumo. Guardaron un respetuoso silencio durante algunos latidos de corazón. A Koshmar aún le castañeteaban los dientes y confiaba en que nadie se hubiese dado cuenta de que, cuando el león capturó a Kefraan, la orina se le había escapado. Incluso Ahkim, con toda su valentía, estaba pálido.

—¡No dejaremos que los leones se deleiten con el hígado de nuestro compañero! —exclamó Turnitaar—. Sería humillante para él y, además, si se acostumbran a comer carne humana, nadie de la tribu estará a salvo. ¡Tentook!

—¡Sí, Turnitaar!

—Llévate el rebaño al poblado lo más rápido que puedas, sin deteneros siquiera para abrevar: ¡ya beberán las ovejas mañana, cuando se encuentren seguras, custodiadas por las azagayas de más guerreros! Que te ayuden los muchachos, si es que el temblor de sus piernas no les impide andar.

Los jóvenes se enderezaron ofendidos por aquel insulto a su valor e intentaron dominar sus rodillas.

—Los demás —continuó Turnitaar—, coged un odre de agua cada uno y un poco de sal, además de vuestras armas, por supuesto, y saldremos en persecución de la manada de leones. Los perseguiremos por montes y valles hasta que nos devuelvan el cuerpo de nuestro camarada… o lo que quede de él. No les dejaremos tiempo de pararse lo suficiente para comérselo. ¡Que sepan que los hombres de Zewi Khemi no serviremos de alimento para sus crías y que sería mejor para ellos aprender a roer piedras antes que intentar cazarnos!

Gritaron al cielo y a los dioses masculinos sus deseos de venganza, enardecidos por la arenga de Turnitaar. Koshmar y Ahkim lamentaron que su corta edad les impidiese tomar parte de la expedición.

Los hombres estaban felices, a pesar del peligro: por fin ya no eran pastores, sino guerreros que iban a arriesgar sus vidas luchando contra un enemigo. Salieron a trote corto tras la pista de los leones, muy fácil de seguir a causa de la sangre de su compañero y de la oveja. ¡Cinco valientes contra una manada de leones! La admiración que sintió Ahkim por la audacia de Turnitaar se acrecentó hasta el límite. ¡Y aquel jefe le había honrado salvándole la vida cuando Aster iba a sacrificarlo!

—¿Qué esperáis mirando al horizonte, como si hubieseis bebido cerveza hasta que vuestras tripas gorgoteasen? —les increpó Tentook, golpeándolos con el mango de su azagaya—. ¿Acaso no habéis oído las órdenes de nuestro jefe o quizás necesitáis aligerar vuestras tripas de tanto miedo, muchachitos? ¡Corred y dirigid el ganado hacia sus corrales, vamos, deprisa!

Consiguieron alcanzar la aldea sin novedad. Si les hubiese atacado un leopardo, posiblemente habrían perdido alguna oveja más y se habrían avergonzado ante toda la tribu. Para evitar que los pastores se matasen a sí mismos ante tales situaciones prefiriendo la muerte a la ignominia, la Diosa condenaba al espíritu de todo suicida a vagar por toda la eternidad sin alcanzar la tierra de las sombras, donde le esperaban sus antepasados. Sólo la Madre podía quitar la vida; si alguien se lo pedía y ella lo estimaba conveniente, tras esperar una luna y consultar a la Diosa, le suministraba la poción que le llevaría a la muerte dulce.

Muchas veces, Aster prohibía morir a una mujer estéril —«yo rezaré a la Diosa para que te conceda fertilidad, aún eres joven»— o a un cazador que durante muchas lunas no conseguía traer presas a la tribu; nadie podía entenderlo, porque ¿para qué sirve una mujer que no concibe, o un hombre que no caza? Sólo concedía la muerte dulce a aquellos viejos que se lo suplicaban, llenos de achaques y con encías tan huérfanas de dientes que convertían el comer en una tortura. En esto también eran privilegiadas las guardianas de la Diosa, pues su sabiduría les permitía convertirse en miembros del Consejo de Ancianas y ser útiles a la tribu, y vivir tantas estaciones como deseara la Creadora.

Los muchachos llegaron al poblado sudorosos y jadeantes; pero ni siquiera refrescaron sus rostros con un poco de agua, sino que se dirigieron a la cabaña de su clan y se tumbaron en el montón de paja que constituía el lecho común; cayeron en un profundo sueño antes de que el sol se ocultase. Mañana relatarían sus hazañas a los otros compañeros y se pavonearían ante ellos diciendo que los leones temieron las afiladas azagayas que blandían; hoy el terror se hallaba demasiado arraigado en sus intestinos como para jugar a ser guerreros.

Turnitaar y sus camaradas trajeron el cuerpo de Kefraan tres días después; estaba irreconocible porque le habían roído casi todo el rostro, así como parte del pecho y de un muslo; los hombres habían cosido con un poco de hilo de hierbas el abdomen, desgarrado por las fieras, para que no se saliesen las vísceras, o lo que quedase de ellas. El hedor era insoportable; y las moscas, tan numerosas que se veían zonas negras en la piel de Kefraan. Todos lo contemplaron en silencio; no habría sido viril vomitar o temblar, pero Koshmar pensó que se debía pagar un alto precio por gozar de la alegre vida de los varones. Al menos, se consoló, uno muere rápidamente y no aullando durante días mientras se te revientan las entrañas, como les ocurre a las mujeres cuando un parto se complica.

Observó a su tío. Debajo del polvo y del sudor que cubría su piel, había desaparecido la capa de grasa que, salvo en épocas de hambre, redondeaba los contornos de las mujeres y hombres de la tribu; ahora, entre costilla y costilla se marcaba un profundo surco, como las cárcavas que forman las lluvias en los barrancos desnudos de vegetación. Pero aun así, Tamar todavía tuvo fuerzas para sonreír ante todos los que se agolpaban para darles la bienvenida.

Narraron su hazaña con pocas palabras: ni siquiera encontraban fuerzas para fanfarronear. Habían perseguido a los leones, manteniéndose a prudente distancia de ellos, la suficiente como para que las bestias no pudiesen descansar a causa de los gritos que los hombres proferían, pero no tan cerca como para incitarlas a volverse y contraatacar. Cuando llegó la noche, los guerreros encendieron teas construidas a toda prisa con ramas resinosas y así pudieron seguir los rastros, al mismo tiempo que evitaban una emboscada, pues los animales temen al fuego. Varias veces habían visto brillar en la oscuridad los rojizos y feroces ojos que parecían dudar si despedazar a los hombres o escapar ante ellos; las ardientes antorchas y los gritos les decidían por la huida y con un rugido de rabia aquellos siniestros ojos desaparecían para volver a brillar poco rato después algo más allá.

Al atardecer del segundo día, los leones se detuvieron agotados; los guerreros también sentían plomo en sus piernas, pero habían podido beber el agua de sus odres y comer tortas de cebada. Seres humanos y leones formaron frente a frente, como dos tribus enemigas a punto de embestirse. Cada uno de los guerreros llevaba tres venablos, aunque sólo podría lanzar dos, puesto que el tercero siempre hay que guardarlo para la lucha cuerpo a cuerpo. En torno a su frente ataban una honda, que disponía de dos o tres piedras guardadas en una bolsa que colgaba de sus espaldas, si hubiesen transportado más, su peso habría sido un estorbo para la carrera; sin embargo, había suficientes piedras más o menos redondeadas en el suelo. Y también portaban a la cintura un cuchillo de sílex que apenas serviría de nada si estuviesen bajo las garras de una leona, pero que les permitiría morir defendiéndose como un guerrero y no como un indefenso corderillo.

Frente a ellos, gruñían amenazantes tres leonas con cuatro cachorros y el león macho que ya había probado sus pedradas. Los cachorros yacían en el suelo y jadeaban agotados; sin duda esto era lo que había hecho detenerse a la manada. Y frente a los hombres, el motivo de la disputa: los cadáveres de la oveja y de Kefraan.

Turnitaar se dirigió así a los leones:

—¡Escuchad mis palabras, valerosos animales, los más fuertes y respetables de entre todos los que gustan la sangre, si exceptuamos a nosotros, los hombres! —Turnitaar, como todo buen jefe, poseía un sentido instintivo de la oratoria.

—Nos habéis insultado, intentando comer a uno de los nuestros; ya sé que nuestra carne es salada y nuestro hígado dulce; pero nuestros venablos son afilados y pueden llevar la muerte más lejos de lo que vuestras garras y colmillos alcanzan.

»Id con vuestras crías y alimentadlas con las manadas de tiernas gacelas que pueblan las llanuras; pero dejadnos el cadáver de nuestro compañero, pues si no lo enterramos, su alma vagará para siempre en la oscuridad de la noche. Y devolvednos también la oveja que nos robasteis: ¡nosotros criamos esta res, la apacentamos y la recogimos cada noche en su redil; así pues, es nuestra!

»Si no obedecéis, os perseguiremos hasta que vuestras patas se doblen por el cansancio y entonces os atravesaremos con nuestras azagayas y esparciremos por la pradera vuestras malolientes tripas, que ni un perro comería. Con vuestra piel me fabricaré un manto para protegerme del frío y de la lluvia, y cada noche de invierno me reiré de vosotros y de la insensatez que cometisteis al enfrentaros a los valientes guerreros del clan de la serpiente. Y cuando vuestra piel ya sea vieja y pierda el pelo, se la regalaré a las mujeres para que abriguen a sus bebés, y los niños se mearán sobre ella. Pensad en vuestros cachorros, porque si luchamos y vencemos no tendremos piedad de ellos y los mataremos a golpes: así se extinguirá vuestra descendencia.

El león rugió en desafío y puso una pata encima de Kefraan; así supo Turnitaar que sus astutas palabras habían sido inútiles y que debían prepararse para el combate o bien abandonar el cuerpo del muchacho muerto. Esto último era impensable, pues habría traído el deshonor sobre todo el clan. Lo único que podían hacer era morir con dignidad procurando matar cuantos enemigos fuese posible; porque un hombre no puede enfrentarse con un león de igual a igual y el resultado de la lucha era evidente para todos los guerreros.

Pero Turnitaar —sin duda inspirado por Kairoon, el astuto dios de las artimañas al que los hombres invocaban en las situaciones desesperadas—, ordenó arrojar piedras con las hondas contra los cachorros que se asustaron y retrocedieron unos pasos, a pesar de su agotamiento, exactamente como Turnitaar deseaba, pues sabía muy bien que las leonas jamás abandonarían a sus crías. Entonando un grito de guerra, Turnitaar y sus compañeros cargaron contra los leones.

Los cachorros, que ya habían empezado a retirarse, echaron a correr asustados; las leonas, al verlo, dudaron y también comenzaron a marchar hacia atrás, sin dejar de mostrar sus amarillentos dientes en gesto de amenaza. Sólo el macho intentó defender el territorio, pero el venablo que le lanzó Turnitaar lo alcanzó en el cuello. El animal saltó hacia delante cuando sintió el dolor, tratando de llegar hasta su enemigo; pero un parpadeo después se le clavaron otros cuatro venablos. Ninguno se hundió hasta su corazón, aunque fueron suficientemente certeros para detener la embestida. El león se retorcía por el suelo, intentando desembarazarse de la muerte que le penetraba; mas sólo conseguía que los cortantes filos de sílex desgarrasen sus venas y músculos, acelerando su agonía. Una segunda descarga de venablos, esta vez más cercana, volvió a alcanzarlo y lo dejó tendido, jadeando moribundo.

Las leonas se retiraron con sus cachorros, dejando a los hombres dueños del campo sin haber recibido ni siquiera una herida. Todos profirieron vivas a Zohar, el dios que lanza el relámpago y que, por lo tanto, también gobierna los tiros de las armas arrojadizas. Insultaban a las leonas diciéndoles que a partir de entonces tendrían que satisfacerse ellas mismas con sus rasposas lenguas, pues habían perdido al macho que las hacía gozar penetrándolas. Estas palabras las acompañaron de abundantes gestos obscenos. Luego, Turnitaar ordenó preparar una hoguera y asar la oveja para reponer fuerzas, pues a pesar de las moscas que la recubrían, aún no olía demasiado mal; respecto de Kefraan, puesto que había esperado dos días, podía aguardar un poco más hasta que dejase de respirar la feroz bestia que yacía al lado de su cadáver: sólo un estúpido se aproximaría a un león agonizante que puede arrancar una pierna con un último zarpazo. Y aunque cada uno de ellos aún empuñaba un venablo en su diestra, ningún cazador arrojará su última azagaya, pues sin ella queda tan inerme como un bebé recién nacido.

Al día siguiente, despellejaron al león para conservar su piel como un valioso trofeo y le arrancaron los dientes para preparar un collar de jefe; su cuerpo lo abandonaron a los buitres y a los milanos pues el sabor de su carne es repugnante. Luego prepararon unas angarillas para transportar el cuerpo de Kefraan y emprendieron la marcha para volver al poblado, agotados, pero felices de seguir vivos, y orgullosos de su hazaña.

Esto fue lo que narraron, mientras devoraban las tortas que las mujeres les ofrecieron y bebían la cerveza de las grandes celebraciones; de forma excepcional, se asó un cordero sólo para ellos: se lo merecían. Cuando se hubieron saciado, varias mujeres les invitaron a penetrar en ellas, admiradas por su arrojo varonil y también para que descargasen la violencia que habían acumulado, no fuera que se desatase su ira sobre alguien de la tribu. Uriel eligió a Tamar, puesto que eran parientes y habría sido incorrecto que no lo cuidase y lo liberase de la sangre que había derramado.

Los cazadores se hallaban demasiado agotados como para penetrar en las mujeres de forma habitual, así es que se tumbaron en el polvo mientras ellas se agitaban encima y les extraían la violencia acumulada durante los días de privaciones. Ninguno de los presentes se rió de esto, como habrían hecho en otras circunstancias al ver a unos hombres adoptar una postura tan poco enérgica, porque ya habían demostrado de sobras su valor y su virilidad. Uriel, mientras se balanceaba sobre Tamar, se sintió orgullosa de que un pariente suyo hubiese sido partícipe de tal hazaña, y se mostró con aire desafiante a las otras mujeres que miraban en torno a ellas. Su estrecha vagina extrajo una y otra vez la violencia hasta que, jadeante, se detuvo. No pudo evitar contemplar con cariño a su tío durante un latido de corazón; no resultaba extraño porque estaban emparentados; pero aun así era tan obsceno sentir algo por un hombre con el que se yacía, que Uriel se sonrojó y miró a su alrededor para comprobar si alguien la había visto. Por fortuna, los coitos eran tan habituales que nadie les prestaba demasiada atención, excepto los niños, que siempre observan las actividades de los adultos intentando aprender; y ellos no sabían interpretar el significado de una mirada fugaz.

Unas lunas después de esta aventura, cuando cumplieron diez veranos, a Ahkim y Koshmar les asignaron al cuidado de las fronteras, igual que a otros muchachos de su misma edad. Era una tarea muy aburrida, puesto que durante días enteros debían permanecer escondidos entre los arbustos de las colinas que controlan alguno de los desfiladeros que se abren hacia el valle de Zewi Khemi, a dos jornadas de marcha de la aldea. No podían ni siquiera practicar el lanzamiento del venablo, pues se delatarían; únicamente estaba permitido hablar entre los centinelas, y sólo en voz baja.

Cada una de las tribus de la Confederación de la Diosa era responsable del cuidado de las fronteras exteriores que le correspondían, de forma que ninguna tribu ni partida hostil pudiese deslizarse en el seguro interior de los límites de la confederación. Gracias a una estrecha vigilancia, las mujeres podían alejarse de los poblados para cultivar y buscar agua, y los niños podían jugar en los contornos de la aldea sin más peligros que las inevitables mordeduras de serpiente o el ataque aislado de un leopardo demasiado viejo para cazar gacelas.

Pero la vigilancia resultaba una tarea tediosa odiada por todos, aunque comprendieran que era necesaria para la supervivencia; sin embargo, para Ahkim y Koshmar era agradable poder dedicarse a sus discusiones durante todo el día. Por eso, no les era difícil cambiar el cuidado del ganado por el servicio de centinela; sus compañeros se reían muy satisfechos por el trueque que habían realizado, pues no podían comprender que unos varones prefiriesen hablar como mujeres antes que dedicarse al gozoso ejercicio físico. Así pues, Ahkim y Koshmar pasaron casi un ciclo de estaciones entero dedicándose a perfeccionar su inteligencia y su capacidad de utilizar las palabras. Koshmar disfrutaba con ello; Ahkim, en cambio, intuía que en el futuro iba a necesitar estas cualidades para matar a la Madre.

Un día de primavera —estaban comiendo flores e insectos mientras hablaban—, vieron a un hombre en el desfiladero. Enmudecieron al instante.

Aquel desconocido llevaba cuatro venablos en sus manos. Lo vieron agacharse y buscar huellas en el suelo; también olfateó el aire, tratando de identificar algún aroma delator. Koshmar y Ahkim estaban demasiado lejos como para que los oliese y los arbustos los ocultaban de su vista; el guerrero pareció tranquilizarse e hizo una señal. Entonces apareció en el desfiladero un grupo de hombres, mujeres y niños. Los dedos de los dos amigos se movieron rápidamente por sus falanges y contaron dos docenas y tres hombres, una docena y diez mujeres y dos docenas y media de niñas y niños. Era extraño un número tan pequeño de niñas y niños, y, sobre todo, que las mujeres no llevasen ningún bebé a la espalda.

Cada uno de los hombres iba armado con varios venablos; las mujeres, en cambio, sólo llevaban uno que les servía también de bastón, pues iban dobladas bajo el peso de unas mochilas de cuero enormes que pesarían tanto como una cabra adulta, por lo menos, donde transportaban todo lo que poseía la horda: pieles para abrigarse, puntas de sílex, parahúsos y yescas para encender fuego, pequeños morteros para moler grano, canastos para recoger bayas y plantas comestibles, odres para transportar agua, punzones para coser cuero, arpones y anzuelos de hueso para pescar... Los varones, por supuesto, no podían transportar carga alguna, pues les molestaría para defenderse. Gracias a la Diosa, no les acompañaban perros que pudiesen detectar a los dos amigos.

Los que iban delante, encontraron la marca que señalaba las lindes de la tribu, como advertencia para los invasores: un cráneo humano clavado en una estaca; pero en vez de volver atrás, lo rodearon como si la prohibición de paso no contase para ellos.

Cuando Mara pasó al lado de aquel cráneo humano, le dijo a su madre que era peligroso proseguir por aquel camino:

—Es una advertencia, sin duda. Deberíamos volver atrás.

—No, hija; no tenemos más remedio que seguir adelante. No queda caza tras de nosotros y parece que hacia el sur las montañas son más bajas; ojalá pronto aparezcan llanuras donde pasten grandes manadas que nos permitan sobrevivir.

—¿Y los que hayan colocado este cráneo? Si nos encuentran, tendremos que luchar.

—Trataremos de pasar sin que nos vean. Que algunos hombres vayan detrás de nosotros y borren las huellas.

Ahkim y Koshmar se sintieron muy excitados. ¡Invasores! ¡Y ellos los habían descubierto! Se preguntaron si por eso les correspondería algún bocado especial de sus cuerpos cuando los mataran.

—Vete a avisar al poblado y yo los seguiré —susurró Ahkim.

—Por favor, ve tú y déjame vigilarlos a mí. Nuestros compañeros ya te admiran lo suficiente, permíteme que en esta ocasión me cubra yo de gloria —suplicó Koshmar.

—Está bien —concedió Ahkim generosamente—, quédate tú. Pero ten cuidado y no te acerques demasiado, porque cuando vuelva con los guerreros no quiero encontrarte asándote en un espetón de su campamento.

—No te preocupes —le tranquilizó Koshmar desde la suficiencia de sus diez veranos ya cumplidos—. Si me viesen, correría como una gacela asustada, no osaría enfrentarme a ellos, porque no soy el gran Ahkim, el certero lanzador de venablos.

—¡Tonto! —Ahkim tuvo que contenerse para no reír—. Rézale a Kairoon, tu divinidad protectora, pidiéndole que te infunda algo de su astucia. Mira, allí se ha quedado uno escondido tras ese árbol, para comprobar si los sigue alguien.

—Ya lo he visto, no soy ciego. Márchate de una vez. Iré señalando mi camino con ramitas rotas dos veces; si vieseis alguna partida en cuatro trozos, tened cuidado y precaveos contra una emboscada, pues esto significará que me han detectado y me he visto obligado a huir.

—Tomaremos precauciones contra las emboscadas, aunque nos jures por la Diosa que todos los enemigos duermen en el campamento como bebés en el regazo de sus hermanas mayores, porque podrían rodearte y tú no te darías cuenta: estarías muy ocupado pensando en por qué el sol no sale por el mismo lugar en cada estación. —Ahkim se desvaneció por entre la maleza antes de que su amigo pudiese pegarle un silencioso puntapié.

Tal como Koshmar había aprendido de su tío, antes de perseguir a los intrusos se frotó el cuerpo con hierbas aromáticas, para que nadie pudiese olerlo, y con un pedazo de madera carbonizada dibujó a través de su piel y de su rostro una serie de rayas, de forma que su contorno se confundiese con las sombras de los arbustos. Luego se ató una cinta de cuero a la frente y allí sujetó algunas ramas, para que no se destacase en el horizonte la inconfundible silueta de una cabeza. Así preparado, tomó sus venablos, un odre con agua y un zurrón de cuero con algunas tortas de cebada, almendras, pistachos y carne seca con sal, y se dispuso a seguir durante varios días a los extranjeros, hasta que los guerreros de Zewi Khemi estuviesen preparados para el combate.

Antes de salir, cogió en la mano izquierda la bolsa de amuletos que todos llevaban colgada del cuello e invocó a la serpiente, el animal totémico de su clan. A medida que los labios susurraban las oraciones secretas que su tío Tamar le había enseñado, sintió cómo su cuerpo iba tomando forma de serpiente, aunque en apariencia siguiese siendo el mismo.

Desenroscó perezosamente sus anillos y abrió la boca mostrando dientes ponzoñosos y mortales; ya estirado, comenzó a reptar sigilosamente por entre los arbustos, sin producir un solo ruido, salvo un inaudible siseo que se escapaba por entre su lengua bífida. La serpiente salía de caza.

Los extraños acamparon al atardecer al lado de un riachuelo en el que pescaron algunos peces. Enseguida prendieron hogueras para asar un ciervo que sus hombres habían capturado. Las mujeres recogieron algunas bayas en torno al campamento, lo que obligó a Koshmar a apartarse; pero luego volvió a acercarse para no perder ni un detalle de su comportamiento.

Le irritó sobremanera que hubiesen osado cazar y pescar en el territorio de Zewi Khemi. Los consideró unos ladrones y se desvaneció cualquier resto de piedad que pudiese albergar hacia ellos.

Pensó en que tal vez pasado mañana a la misma hora, serían comidos en justo castigo por su crimen; y su boca empezó a llenarse de saliva en tan gran medida, que le caía por las comisuras de los labios. Tuvo que masticar un poco de torta para calmar el doloroso apetito que este pensamiento había despertado en él, pero fue un pobre sucedáneo de lo que su cuerpo deseaba.

Se durmió entre la seguridad de unos espesos arbustos con una sonrisa; sin embargo, le costó conciliar el sueño, pues se sentía muy excitado: antes de dos o tres días conocería la guerra y podría realizar grandes hazañas, como las que siempre sueñan los jóvenes. Y luego... Sólo imaginárselo le hacía sentir hambre. Mucha hambre.

OCHO

Ahkim llegó a Zewi Khemi al atardecer, cuando las sombras ya se alargan tanto que se vuelven irreconocibles: había corrido durante todo el día sin permitirse un descanso.

—¡Intrusos! ¡Vienen extranjeros por donde se pone el sol, en el desfiladero de Kraag!

Como un palo que remueve un hormiguero, así este grito despertó a la aldea que se disponía al descanso nocturno. Las cabañas de los clanes vomitaron guerreros armados con puntiagudas azagayas. Los hombres recogían el ganado en los rediles y dejaban al cuidado de los muchachos el que cada oveja parida amamantara a su cordero: ¡la guerra era más importante! Las madres llamaban a sus hijos que jugaban en los bosques del contorno, pero ahora en su tono de voz no se encontraba la tranquilizadora nota habitual entre aburrida y resignada, sino que un indefinible matiz de alarma hacía que niñas y niños no remoloneasen como siempre: al escuchar esta llamada, todos corrieron hacia las cabañas de sus madres. Las desnudas guardianas de la Diosa olvidaron las esotéricas lecciones que estaban recibiendo y tomaron posiciones defensivas en torno a la cabaña de la sacerdotisa; la negra obsidiana de sus armas destellaba ante los últimos rayos del sol poniente como si fuese la misma muerte. En pocos instantes, la tribu entera se encontraba dispuesta a repeler un ataque; éste era el efecto que producía la sola mención de extranjeros.

Ahkim, jadeando, se arrodilló ante Aster y le informó con detalle. Ésta le interrogó, para comprobar que no se hubiera equivocado y hubiese tomado por intrusos a un grupo de pacíficos mercaderes o a una partida de caza de otra tribu de la confederación que se hubiera alejado de sus territorios habituales persiguiendo una valiosa presa.

—No, Madre, no tengo ninguna duda. Este grupo es demasiado numeroso como para ser mercaderes; además, no llevan los tatuajes que los identifican como tales y los convierten en intocables para las tribus —repuso Ahkim—. Y los hombres no doblan sus espaldas bajo el peso de gruesos fardos, como los comerciantes, sino que van fuertemente armados con azagayas: son cazadores y guerreros.

»Y respecto a que puedan pertenecer a nuestra confederación, todavía no soy un viejo cuyos débiles ojos no distinguen los dedos de sus propias manos. —La voz de Ahkim adquirió un tono de dignidad ofendida—. Así pues, hubiera podido distinguir la marca de la Diosa que todos llevamos tatuada sobre nuestro pecho para que nos proteja. ¡Son intrusos!

Aster sonrió, pues más bien había dudado de Ahkim por su juventud y no por su avanzada edad; pero le toleró esta pequeña impertinencia, ya que el chico estaba muy excitado.

—Si son intrusos, puede haber guerra. ¡Convocad a los jefes de los clanes para un consejo! ¡Que acudan inmediatamente! —Varias guardianas partieron para avisarles—. En cuanto a ti, joven guerrero, participarás en el consejo de los jefes, para que podamos ver por tus ojos y oír por tus oídos.

Una vez reunido el consejo, Aster interrogó a Ahkim sobre lo que había visto. Al principio, empezó preguntándole sobre lo más elemental y Ahkim sonreía con orgullo cuando explicaba el número de hombres, mujeres y niños que componían la tribu invasora, la cantidad de venablos que portaba cada uno, cuántos hombres flanqueaban la columna y a qué distancia...

Pero luego Ahkim empezó a sudar y a tener que cerrar los ojos para rememorar la escena. ¿Había alguna mujer sin carga que pudiese ser la sacerdotisa de esa tribu? ¿Cuántas mujeres llevaban un bebé a la espalda? ¿Ninguna? ¿Estás seguro? ¿Alguien daba órdenes? ¿Cómo era? ¿Los otros le mostraban obediencia ciega o sólo un respeto deferente? ¿Parecían fatigados? ¿Hambrientos? ¿No llevaban ningún perro? Quizá no lo viste, pero tal vez les acompañase un perro o dos.

¿No? ¿Alguien llevaba algún tipo de vestido? ¿Sólo uno? ¿La piel estaba raída o era nueva? ¿Podrías dibujarnos en la arena la forma de los tatuajes y dibujos corporales que llevaban los hombres y las mujeres? ¿Los hombres estaban circuncidados, como la decencia exige? ¿Que no pudiste verlo? ¿Que no os acercasteis lo suficiente para distinguirlo? ¿Qué clase de centinelas engendra esta tribu, que no son capaces de captar un detalle tan esencial?

Cuando la sacerdotisa terminó con Ahkim, éste se sentía como una piel preparada para ser curtida: vuelta del revés, vaciada de todo su contenido y rascada con afilados raspadores de sílex hasta perder la última partícula de grasa y carne.

Entonces, la sacerdotisa preguntó a los jefes de los clanes dónde se hallaban sus hombres. Algunos cuidaban los rebaños de cabras en las colinas y aunque un mensajero corriese durante toda la noche, no llegarían a tiempo para enfrentarse a los extraños; también había dos o tres partidas de caza ilocalizables. Pero aun con todo, y teniendo en cuenta que era preciso dejar al menos una docena de hombres custodiando el poblado, podían ponerse en pie de guerra más de doce docenas de guerreros. La sacerdotisa y los jefes decidieron que serían suficientes; por otro lado, también irían la mayor parte de las guardianas de la Diosa, como escolta de Aster y como reserva por si la batalla no era favorable; esto hacía una docena más de guerreros.

Aquella noche no se bebió cerveza, pues Aster lo había prohibido; pero la mayor parte de los hombres visitaron a sus madres y hermanas, para recibir su bendición y para que realizasen las ceremonias mágicas que los protegerían de las azagayas enemigas... a no ser que éstas, a su vez, hubiesen recibido un encantamiento que poseyese mayor mana. Los hombres estaban nerviosos ante la proximidad del combate y fueron a buscar luego una mujer a la que unirse.

Ninguno fue rechazado: aquella noche era especial por la proximidad de la batalla.

Pero cuando los hombres yacían después sobre la paja de la cabaña de su clan, vaciada su energía en alguna o en varias hembras, amontonados unos con otros para darse calor, sus ojos permanecían abiertos mirando el oscuro tejado de la choza y se preguntaban si vivirían para ver un nuevo anochecer.

Cuando despuntó el sol ya no era tiempo de pensar en mujeres ni de abrigar oscuros temores; sólo se escuchaban bromas varoniles y baladronadas absurdas. Los hombres comprobaban la punta de sus azagayas y engrasaban de nuevo los mangos; las mujeres les preparaban mochilas con tortas de cebada, sal y carne seca, junto con odres de agua. Los compañeros se pintaban unos a otros siniestras pinturas de guerra, cuya misión era llenar de terror las entrañas del enemigo. Aquí y allá alguien mojaba con sangre su venablo mientras musitaba un último encantamiento invocando a Zohar para que, cuando el arma volase, buscara el corazón del enemigo a pesar de cuantos amuletos llevara éste para defenderse. Quizás en algún rincón, escondido para que nadie contemplara esta muestra de cobardía, alguno estrujase su bolsa-medicina contra el pecho, rezando a diosas y dioses para que incrementase su poder protector. Por último, los hombres se vistieron colocándose una dura vaina negra en su miembro, de forma que pareciese erguido y apuntase al frente, como muestra de agresividad; aparte de esto, nadie deseó cargar con el peso de vestidos, pues los días eran calurosos y por las noches bastaba el calor de los camaradas. Nadie salvo Turnitaar, jefe del clan de la serpiente, que en su vanidad se empeñaba en llevar a todos lados su piel de león, a pesar de los chorretones de sudor con los que el tórrido verano marcaba su cuerpo. Ni siquiera Aster vestía su falda ceremonial, sino que prefirió caminar desnuda como todos y que una guardiana de la Diosa transportase la ropa y las joyas en su mochila: así no correría el riesgo de desgarrar la valiosa prenda con las espinas del camino.

Cuando el sol del segundo día estaba a punto de ocultarse, Koshmar escuchó un ligero roce de pasos tras de sí; se volvió dispuesto a vender cara la vida, pero era Ahkim con Turnitaar, el jefe de su clan. Los dos iban desnudos y pintados para ser invisibles; Turnitaar no era tan presuntuoso como para arriesgar su vida vistiendo en esas circunstancias una piel de león que podía engancharse en cualquier arbusto y producir un ruido delator, y la había guardado en lo alto de un árbol en cuanto las mujeres de la aldea se perdieron de vista. Por cómo se movían Turnitaar y Ahkim, se veía que el espíritu de la serpiente, protectora de su clan, también habitaba en ellos.

Agazapados en su escondite, observaron cómo el campamento enemigo se disponía a dormir y memorizaron dónde se disponían sus centinelas. Turnitaar asintió aprobadoramente cuando los vio ocultarse entre los arbustos que rodeaban el calvero, en vez de permanecer junto a las hogueras: siempre es un placer combatir contra un enemigo inteligente.

—Allí, bajo aquel roble, hay uno.

—Fíjate, han ido tres hombres a beber agua al río y sólo han regresado dos. Uno se habrá quedado entre las cañas.

—Esa que habla con su hija debe de ser la Madre de la tribu.

—Hija mía, mañana partiremos hacia el sur —decía Oria.

—¿Más hacia el sur, mamá? —repuso Mara—. Todos estamos muy cansados, ya llevamos muchas estaciones buscando un lugar donde la caza sea abundante. Podríamos detenernos aquí durante algunas lunas; al menos, hay pesca en el arroyo. Además, dicen los cazadores que han encontrado muchos rastros de ovejas que podrían capturar.

—No, estoy preocupada, recuerda que con esas huellas de oveja iban entremezclados rastros de hombres, como si en vez de perseguirlas fuesen junto a ellas. Esto no es natural y presiento alguna desgracia. Prefiero evitar a esos extraños. —Oria era la madre de Mara, pero también Madre de aquella pequeña tribu nómada que ni siquiera tenía nombre. Se llamaban a sí mismos «los seres humanos».

—Sí, Madre, se hará como tú digas.

—Ocúpate de tu hermano, Mara. Debo dar órdenes para que salgamos al amanecer.

Mara buscó a su hermano de cinco ciclos de estaciones y lo encontró jugando con otros chiquillos en el barro de la orilla del riachuelo. Lo lavó cuidadosamente, a pesar de sus protestas; luego lo tapó con una piel, se tumbó junto a él y lo abrazó para darle calor. Suspiró entre sueños cuando su madre, ya cumplidas sus últimas obligaciones, se acostó junto a sus hijos.

Cuando los hombres del clan de la serpiente vieron todo lo que debían ver, regresaron hacia el campamento de guerra que estaba instalado tras la colina. Cuando se acercaron a él, ya de noche, un búho cantó dos veces. Turnitaar contestó imitando al mochuelo; si no hubiese respondido la señal adecuada, antes de que hubiese transcurrido el tiempo necesario para respirar una docena de veces, habrían sido rodeados por un grupo de feroces guerreros. Cuando llegaron a la vaguada donde descansaba su tribu, habían tenido que responder a la llamada del búho en otras tres ocasiones: un campamento de guerra cercano a un enemigo no puede dormir ciego y sordo.

Mientras Turnitaar se dirigía al consejo de los jefes, donde junto con la Madre decidirían la estrategia que seguirían al día siguiente, Ahkim y Koshmar pasearon por el campamento. Los hombres se sentían nerviosos, pero no podían tranquilizarse porque las únicas mujeres que estaban disponibles eran las guardianas de la Diosa, aparte de la propia Madre, por supuesto; pero Aster no contaba, pues sólo los jefes podían yacer con ella. Y las guardianas de la Diosa, cuando se hallaban en campaña o vigilando a Aster, eran tan recatadas como una jovencita que todavía puede contar los hombres que han entrado en ella; por eso, a pesar de que los guerreros paseaban frente a ellas mostrando sus miembros provocativamente erguidos, tuvieron que volverse a sus lechos sin recibir ninguna invitación a la cópula.

Antes del amanecer, cuando más fría es la noche, los guerreros comenzaron a moverse y cada clan se dirigió a las posiciones que se le habían asignado en torno al campamento enemigo.

Cuando los primeros rayos de sol alumbraron el calvero donde dormían los extranjeros y éstos se desperezaban y restregaban sus ojos legañosos, pudieron ver a la Madre vestida con su falda ceremonial y portando todas sus joyas: las conchas cauri brillaban en su seno como si ella fuese la propia Diosa.

Todos, hombres y mujeres, tomaron sus armas; los centinelas enemigos salieron de los escondites donde habían velado durante la noche y se unieron a las filas de los guerreros, asombrados de que una mujer hubiese podido acercarse tanto sin que la detectaran.

A un gesto de Aster, los guerreros de Zewi Khemi surgieron de las altas hierbas y de los espesos arbustos, como si la misma magia con la que ella hacía crecer las espigas de cereal fuese capaz de hacer brotar de la tierra feroces combatientes. Las guardianas de la Diosa, con sus negras armas de obsidiana, formaron en torno a la Madre.

Las entrañas de los enemigos se encogieron al apercibirse vagamente del número de sus oponentes, aunque no fueran capaces de contarlo; no podían saber que a sus espaldas también se encontraba oculta una docena más de hombres que los atravesarían con sus venablos en cuanto se desatase el combate, y que también impedirían que nadie escapara cuando el pánico les impulsase a huir. Los ojos de los guerreros enemigos lloraban y parpadeaban como los de una lechuza a la que se despierta al mediodía, porque las filas de Zewi Khemi se habían dispuesto de forma que los rayos del sol naciente golpeasen los ojos de los contrarios, impidiéndoles apuntar sus armas y cegándolos para que no pudiesen esquivar las azagayas que les arrojarían en un vuelo mortal.

Ahkim y Koshmar formaban junto con los demás guerreros de su clan, orgullosos de participar en su primera proeza bélica; no poseían ninguna vaina con la que convertir sus miembros en un desafío contra los enemigos, pero eso no les importaba. Los demás muchachos se hallaban en el campamento dándoles hierba a las ovejas encerradas en los rediles, mientras ellos se disponían a verter sangre enemiga. Se sentían felices.

Una de las mujeres se apartó del campamento enemigo y se dirigió hacia los guerreros desarmada; a mitad de la distancia que la separaba de ellos, se sentó sobre el polvo. Era una sacerdotisa de la Diosa, pero durante los días anteriores había acarreado un pesado fardo como las demás mujeres. ¡Hasta qué punto eran pobres, que su sacerdotisa debía trabajar como las demás!

Ahora que Koshmar y Ahkim veían más de cerca a los adversarios, observaron que podían contarse sus costillas, y que las caderas y nalgas de las hembras carecían de la atractiva capa de grasa de la que tan orgullosas se sentían las mujeres de Zewi Khemi. Sin duda, habrían pasado muchas privaciones y por eso no se veían ni perros ni bebés entre ellos: se habían visto obligados a comérselos. Una indefinible tristeza invadió sus hígados y los dos amigos casi lloraron. Cuando venciesen y matasen a aquellas no-personas, su carne sería dura y correosa, y no saborearían el untuoso sebo que tan delicioso es. ¡Tanto trabajo para nada!, se dijeron; pero desecharon estos pensamientos miserables, avergonzándose de sí mismos: un guerrero ha de luchar por su propio honor y por el de su clan, y no por satisfacer su glotonería. Sin embargo, quizá estas reflexiones bochornosas que se hacían no eran tan extrañas como les parecían a los dos amigos, pues muchos de los guerreros que formaban a su lado no podían contener la saliva y se les escapaba por la comisura de los labios. Pensándolo bien, sería inhumano exigir a alguien que permaneciera indiferente ante tan provocativa exhibición de sabrosa carne, aunque fuera de presas flacas y mediocres; podían sentirse orgullosos de su disciplina al aguardar las órdenes de la Madre antes de atacar y devorar a los enemigos, en vez de lanzarse directamente sobre ellos como salvajes.

Aster también avanzó sola al encuentro de la otra Madre, pero ¡qué diferencia de majestad entre las dos! El único signo distintivo del rango de la sacerdotisa de los extranjeros era un vulgar collar de dientes de zorro. Sin duda, era una tribu tan pobre que ni siquiera podía honrar a la Diosa con una única concha cauri: ningún comerciante les entregaría una a cambio de todas sus míseras posesiones. Contrastando con tanta indigencia, las conchas cauri tintineaban en el cuello de Aster, demostrando la riqueza —la auténtica opulencia— de Zewi Khemi.

Todos estaban muy nerviosos al ver a Aster indefensa, sentada junto a una extraña entre los dos grupos de guerreros; incluso las hieráticas guardianas de la Diosa agitaban sus venablos, inquietas por que su protegida se hallase fuera de su alcance; pero debían obedecer.

Ambas sacerdotisas gesticularon y trazaron dibujos en el suelo. Si bien no podían comunicarse mediante la palabra, descubrieron que podían entenderse en el idioma de signos y dibujos común a muchas tribus. Además, Aster observó que ciertas palabras de la extranjera se parecían al sonido de la antigua lengua ceremonial que aún se empleaba en los viejos ritos.

Así, aunque lentamente y de manera incómoda, Aster supo que los intrusos eran una tribu cazadora que buscaba nuevos territorios para instalarse y capturar grandes presas: en sus antiguos cazaderos se habían vuelto tan raras y escasas que el hambre se había apoderado de sus estómagos. Durante muchas estaciones, habían vagado buscando sin éxito las grandes manadas de bisontes y caballos que acostumbraban a capturar mediante artimañas; pero parecía que la Diosa los había castigado y se negaba a conceder fertilidad a los animales que les servían de alimento, a pesar de que habían realizado las ceremonias mágicas indicadas para tal fin. Las bayas, semillas e insectos que las mujeres recolectaban no eran suficientes para mantener a la tribu; y los hombres apenas conseguían capturar un ciervo o una gacela cada pocos días. Hacía tres lunas que se habían visto obligados a comerse a los últimos bebés, puesto que los pechos de las madres se secaban como fuentes durante el estiaje; y estaban comenzando a alimentarse de los niños que todavía no eran personas. ¿Qué iba a ser de la tribu, si no podían criar ni siquiera a las hijas? Los extraños venían en son de paz, no se atreverían a desafiar a una tribu tan poderosa como Zewi Khemi, pero debían cazar para alimentarse mientras buscaban un lugar donde vivir.

—¡Ay! —respondió Aster—. Por desgracia, yo no he visto un solo bisonte durante toda mi existencia, aunque he oído hablar de ellos y los comerciantes me han dibujado sus formas. Parecería que la Diosa ha olvidado a la Humanidad.

»No encontraréis aquí más presas que de donde venís: en todos los lugares ocurre igual. Los comerciantes se quejan de que los pueblos cazadores ya no pueden comprarles sus mercancías. Y nuestros hombres no verían con buenos ojos que invadieseis sus cazaderos tradicionales, pues ya han de sudar durante muchos días para regresar con un miserable ciervo que desaparece en los estómagos de la tribu sin dejar huella ni memoria.

—Entonces, ¿no nos queda otra solución que morir? —preguntó mediante signos la sacerdotisa extranjera—. Nuestros guerreros preferirán una muerte honorable con las armas en la mano antes que volver de donde vinimos, para irnos apagando como un fuego al que no se le añade leña.

—No es necesario luchar. Al sur del territorio de nuestra confederación existe un gran río con abundante pesca, en cuyas orillas nadie habita. Os podríamos conceder el terreno que recorre un hombre andando durante un día para que construyáis vuestras cabañas. —Aster omitió cuidadosamente decir que si nadie vivía allí era porque las fiebres castigaban a quienes se aventuraban en tales parajes y las inundaciones arrasaban cada pocos inviernos los campos de cultivo y las humildes edificaciones de los seres humanos.

—¿Sólo el terreno que puede recorrerse en un día? Por mucha que sea la caza y la pesca, no podremos mantenernos más allá de una temporada —repuso la otra.

—No es preciso cazar para alimentarse.

—¿Qué comeríamos, pues? ¿Bellotas de las encinas? —La sacerdotisa extranjera escupió con desprecio.

—Nuestras tribus conocen la magia que transforma las llanuras de hierba en fértiles campos de cereales y legumbres, y que engaña a las ovejas y cabras para que duerman junto con nosotros esperando mansamente el cuchillo que las sacrificará. Así, nuestra descendencia es tan numerosa como la de los árboles del bosque y sólo cuando una sequía o una tormenta nos castiga nos vemos obligados a sacrificar a nuestros niños.

—¿Es eso cierto? Algunos comerciantes nos hablaron de tan maravillosa magia, pero siempre creímos que eran leyendas creadas por sus imaginaciones.

—Mira mis alhajas y dime si cazando habéis conseguido nunca una riqueza semejante. La magia de la agricultura y la ganadería es más poderosa que la de la caza y la recolección. Y depende exclusivamente de la Diosa, sin intervención de dioses varones.

La sacerdotisa extranjera observó con no disimulada envidia los adornos de Aster. Luego dijo:

—Si nos instalamos en el territorio que nos ofrecéis, ¿nos enseñaréis esa magia?

—Por supuesto; y os prestaremos las semillas y el ganado necesario para que podáis comenzar; únicamente deberéis devolverlo duplicado al cabo de seis otoños.

—Acepto tus condiciones.

—Vuestros hombres deberán quedarse sólo con dos venablos de caza cada uno, así no constituirán un peligro para nosotros.

—A ellos no les gustará eso.

—Menos les gustaría morir, ¿no? —amenazó Aster.

—Es cierto —concedió la otra sacerdotisa, tras mirar nuevamente a los guerreros de Zewi Khemi—. Haré que entreguen sus armas.

—Para que tú aprendas la magia que fertiliza los campos y hace parir al ganado, pasarás seis ciclos de estaciones en nuestra tribu; regresarás a la tuya tan pronto tu gente haya devuelto el préstamo.

—Lo acepto. —La sacerdotisa extranjera comprendió la amenaza implícita que contenía dicha oferta. Ella quedaría como rehén para garantizar el buen comportamiento de los suyos—. Pero ¿quién será la Madre de mi pueblo mientras tanto?

—Mi nieta Uriel, que a pesar de su juventud es una guardiana de la Diosa, está perfectamente preparada para ello, pues conoce todos los ritos. También enseñará a tu gente nuestro idioma, y la magia y las artes de la agricultura y de la ganadería. Ella compartirá el poder con tu propia hija. También irán con ella un par de nuestras Ancianas para aconsejarla. —Aster no pudo dejar de regocijarse al pensar que se iba a librar de la desdentada e incómoda Kurmil.

—Está bien.

—Por último, queda un detalle: los hombres de nuestra tribu sienten hambre de carne. Puesto que no poseéis ganado para invitarles a un festín, debéis entregarnos una docena de vuestros niñas y niños más crecidos para que nuestros guerreros no vuelvan hambrientos a nuestra aldea.

Al principio, la otra sacerdotisa no fue capaz de comprender el concepto de una docena, pues era un número demasiado alto; pero cuando Aster le mostró doce guijarros, e indicó que éste era el número de niñas y niños que debían morir, se negó en redondo.

—Al fin y al cabo, ibais a coméroslos vosotros mismos dentro de pocos días, ¿no es así? —argumentó Aster.

—¡Nunca! ¡Comprometeríamos el futuro de nuestra tribu! Han de ser sólo niños. —Oria dejó sólo seis piedras, indicando el número de los que deberían morir.

—Digamos ocho niños y sellemos el pacto mezclando nuestras sangres en el nombre de la Diosa. Sólo se trata de varones y ya no serán tan valiosos para cazar una vez que aprendáis a cultivar y a cuidar el ganado. Como obsequio, te daré una concha cauri para que cuelgue de tu cuello, pues no es decoroso que una sacerdotisa de la Diosa muestre tanta pobreza, aunque sólo se trate de la sacerdotisa de una miserable tribu cazadora.

Así lo acordaron ambas mujeres y el negro cuchillo de obsidiana bebió la sangre de las dos. Cuando la extranjera le explicó a su gente lo pactado utilizando su curioso idioma, se escucharon expresiones de ira entre los varones, por la humillación de entregar parte de sus venablos a otros guerreros; las mujeres sólo lloraron un poco, pues hacía mucho que sabían que sus hijos estaban condenados: ¿qué más daba morir hoy que mañana? Pero la sacerdotisa sofocó las protestas y los hombres comenzaron a arrojar sus armas al suelo.

Los guerreros de Zewi Khemi no se sintieron menos indignados al conocer el trato al que habían llegado las dos sacerdotisas. «¿Por qué conformarse con unos pocos niños, si con un alegre combate podríamos comérnoslos a todos? Es cierto que entonces moriría también alguno de los nuestros; pero su espíritu volaría alegre, pues la muerte en la guerra es la mayor dignidad a la que puede aspirar un hombre.» Ninguno pensó en los heridos que tal vez quedaran incapacitados para siempre y que durante muchas estaciones constituirían una carga para la tribu; en eso sólo piensan las mujeres.

Mascullaban blasfemias entre dientes maldiciendo que, por voluntad de la Diosa, gobernasen las mujeres, porque incluso las mejores de entre ellas se mostraban algo reacias al derramamiento de sangre; y Aster, desde luego, era de las peores: ¡preferir duplicar un préstamo de ganado y simientes a una batalla de victoria segura! ¡Atreverse a decir que verter sangre era ahora inútil! ¿Es que todo ha de medirse por la utilidad y el beneficio que se obtiene de ello? ¿No cuentan acaso la dignidad y los principios morales? Se sentían muy irritados.

Obedecieron a Aster, por supuesto, y quitaron sus venablos de los propulsores; pero si no hubiese sido porque ella poseía el poder de lanzar maldiciones mortales sobre cualquiera, no hubiesen acatado sus órdenes.

Sólo las guardianas de la Diosa mantuvieron el gesto impasible, con la misma flemática actitud con la que habrían corrido hacia el combate si se lo hubiesen ordenado. Pero, aunque guerreras, también eran mujeres y para ellas las armas eran un medio para obtener algo y no un fin en sí mismo, ni tampoco una fuente de orgullo y dignidad. Los dientes de los varones rechinaban de rabia.

Aster ordenó a algunas de sus guardianas que recogiesen las armas que habían arrojado al suelo los antiguos enemigos —ahora aliados y muy pronto miembros de la confederación—; no podía confiar para esta tarea en ninguno de los guerreros, puesto que la proximidad de los extraños y su molesto olor les habría impulsado a atacarlos. Ellas, en cambio, apenas fruncieron un poco la nariz ante la fetidez de gente ajena a la tribu y cumplieron su tarea con frialdad y eficiencia.

Luego seleccionaron lo que se iba a comer aquella noche; pasaban por entre los niños extranjeros pellizcándolos y buscando a los más tiernos y rollizos, dentro de lo posible, porque lo cierto es que todos estaban muy flacos. Cuando encontraban a uno al que se pudiese comer sin que la mitad de su carne se quedara entre los dientes, lo cogían del cabello y lo ataban con correas, igual que se hace con los cabritos a los que se va a degollar. Aquellos niños lloraban y llamaban a sus madres en su extraño idioma; si Nohara se hubiese encontrado allí, habría vuelto a avergonzar a Koshmar con alguna de sus sensiblerías; pero por fortuna, todos eran absolutamente normales y no hacían más caso a las incomprensibles súplicas de quienes les iban a servir de cena del que se presta a los balidos de los corderos.

—¡Mara, Mara, no dejes que se me lleven!

—¡Madre, han cogido a mi hermano!

—No puedo hacer nada, hija mía —repuso su madre, tratando de esconder una lágrima tras su dignidad de sacerdotisa.

—¡Pero tú eres la Madre! ¡Puedes impedir que se lleven a tu hijo! ¡Dile a tu nueva hermana de sangre que escojan a otro!

—No, Mara. Ser la Madre sólo te da el privilegio de ser la primera en sacrificarte. ¿Cómo podría pedirles a las demás mujeres que entreguen a sus hijos, si yo no doy el mío?

—Hermano… —susurró Mara, apretando los puños, al ver cómo aquellas mujeres extranjeras se lo arrebataban para siempre.

Las guardianas de la Diosa cargaron a los niños sobre sus hombros y regresaron a sus filas. A pesar de las ligaduras, los niños se debatían y gritaban llamando a sus madres, y la orina y las heces que dejaban escapar por causa del terror manchaban la espalda de las guardianas, estropeando los bellos dibujos que las decoraban; sin embargo, éstas no les pegaron, porque la carne magullada no sabe bien.

Aster ordenó regresar al campamento, detrás de la colina, puesto que cada instante que transcurría cerca de los extranjeros incrementaba las probabilidades de un sangriento incidente. La otra sacerdotisa les acompañó, mientras Uriel ocupaba su lugar. Sus compañeras la compadecieron, pues se vería obligada a pasar seis ciclos de estaciones dirigiendo un pueblo primitivo y atrasado, soportando privaciones y carente de cualquier tipo de comodidad; pero el cumplimiento del deber está tan imbuido en las guardianas, que ni un músculo del rostro de Uriel traicionó el sufrimiento que sentía en su interior. Aster pensó que este exilio la fortalecería y la apartaría de la debilitante influencia de Nohara; cuando regresase, sería una conductora de mujeres y de hombres, y podría nombrarla su sucesora.

Aquella noche, el festín no fue tan alegre como de costumbre, a pesar de que Aster pidió a las guardianas de la Diosa que se dejasen penetrar por todo hombre que les mostrase su erguido miembro, para desahogar así la violencia que no había podido descargarse. Fue una medida acertada, pues, en caso contrario, las amargas palabras y las antiguas ofensas habrían salido a la superficie y alguien, en el calor de una discusión, habría llegado a romper el tabú de las armas y habría matado a un compañero.

Cada clan degolló al niño que las guardianas le habían entregado y todos pudieron beber por lo menos un sorbo de su sangre. Era la primera vez que Koshmar y Ahkim probaban la sangre humana.

—¿Por qué no nos habéis matado a todos? —preguntó Oria, la Madre de los extranjeros, a Aster, su nueva hermana de sangre—. Así habríais tenido más carne y tus guerreros habrían estado más contentos.

Aster buscó la manera de explicarle lo compleja que era la vida de una Madre en una tribu sedentaria, pero no lo consiguió. Bahrma, el masculino dios de la guerra, constituía un peligro cierto para la preponderancia de la Diosa. Mientras hubiese paz, el poder de la Diosa resultaba indiscutible y abrumador, todo dependía de la fertilidad y de la vida que Ella concedía; con la guerra, la importancia de Bahrma aumentaba, igual que los violentos varones, sus adoradores.

Si los hombres, aburridos por sus tareas y frustrados por su falta de poder, descubrían el placer de la guerra y la fuerza que se escondía en sus azagayas, sería difícil dominarlos.

—La Diosa es benevolente —afirmó Aster, por toda explicación.

Oria comía sólo tortas de cebada y carne seca, pues no habría sido decente que se alimentase de alguien perteneciente a su propia tribu; Aster hizo lo mismo, por deferencia hacia su invitada.

«¿Y si todos mis razonamientos no fueran sino la forma que tengo para ocultarme a mí misma mi debilidad de espíritu? —pensó Aster, mientras sus guardianas de la Diosa comían alegremente pedazos de niño—. ¿Acaso padezco la misma sensibilidad enfermiza que mi pobre hija Nohara? ¿No me he estremecido cuando han degollado al niño que ahora comen, aunque no fuera una persona? ¿Acaso estoy conduciendo a mi pueblo hacia la debilidad y la extinción, como afirman muchos?

»Pero no —prosiguió Aster para sí misma—, desde que soy Madre de Zewi Khemi sólo ha habido que matar tres veces a los niños pequeños; los graneros rebosan, los rebaños aumentan y cada pocos inviernos ampliamos los almacenes de sal, de sílex y de obsidiana.

»¡Ya piensas como un comerciante! —se dijo Aster, con una sonrisa amarga—. Como el que maté al poco tiempo de ser Madre, cuando aún era una joven llena de dudas. Ahora soy una anciana llena de dudas... una anciana que quizá tenga ya cuatro docenas de veranos. ¡Qué lejos se veía ese momento cuando era una niña!»

En los corros de los varones, cada cual devoró en un instante su magra ración. Luego comenzaron a suspirar por los buenos tiempos pasados, como siempre hacen los hombres cuando se sienten nostálgicos y maltratados por la vida.

—Y lo que yo digo —murmuraba uno—, ¿cuándo fue la última guerra? Desde que soy un hombre adulto, y de esto ya hace docena y media de ciclos de estaciones, los sucios extranjeros han violado nuestras fronteras en tres ocasiones; y las tres veces la Madre los ha perdonado y los ha enviado a pudrirse en los pantanos del sur o a helarse en las montañas. Ahora los manda a ahogarse con las inundaciones del gran río.

—Pero han sobrevivido y nos han devuelto nuestro préstamo duplicado. Ahora nuestras fronteras están seguras en esas zonas y ya no tenemos que perder el tiempo custodiándolas —aventuró Tamar, defendiendo a Aster, su madre. Koshmar cerró los ojos y procuró ocultarse en una sombra donde la luz de la hoguera no lo delatara: de nuevo su familia le había avergonzado. ¿Qué había hecho para merecer semejantes parientes?

—Tú eres un cobarde. —Fue la respuesta que cabía esperar.

Cuando los dos ya se hubieron golpeado lo suficiente, los demás los separaron; al menos, había quedado establecido que Tamar no era un cobarde, sino sólo un excéntrico cuyos pensamientos no se asemejaban a los de todo el mundo. Además, había participado en la expedición que mató al león, tuvo que recordarse Koshmar para evitar el desprecio que amenazaba con sofocar el cariño que sentía por su tío.

—Kamaroo, háblanos de la guerra en la que participaste —sugirió Turnitaar, el jefe del clan, para relajar la tensión. Todos callaron al instante, pues aunque ya habían escuchado el relato muchas veces, les encantaba y nunca se cansaban de volver a oírlo. Kamaroo era muy anciano y sus dientes escaseaban, lo que le impedía comer bien: ya no viviría mucho tiempo; pero aún se negaba a quedarse en el poblado. Era el único que recordaba una guerra.

—Ocurrió hace mucho, mucho tiempo, cuando yo apenas había llegado a ser adulto... —empezó, mientras los demás guardaban silencio como si se celebrase un ritual sagrado; sólo los chisporroteos de la hoguera rompían la quietud de la noche. Kamaroo les relató la historia de la única guerra que había librado la tribu desde hacía una generación, cuando unos nómadas hambrientos de tierras de caza habían invadido el territorio de Zewi Khemi y se habían negado a negociar. Habían sido aniquilados... y devorados.

—¡Eso sí que fue una comida y no estos cuatro críos famélicos! —terminó su relato Kamaroo.

—¡Y pensar que todo esto nos lo hemos perdido por culpa de Aster! —exclamó uno, arrojando una piedra al fuego que levantó una lluvia de chispas.

—¡Si no hubiesen venido las mujeres a estropearlo todo, ahora estaríamos disfrutando de un banquete de verdad y no de esta porquería!

—¡Tres veces en diez ciclos de estaciones y ni una sola guerra! —se quejó un tercero, con amargura.

Tras muchas protestas, los hombres del clan de la serpiente se tumbaron en torno a la hoguera para dormir. Los ojos de Koshmar comenzaron a cerrarse, pero escuchó murmurar algo a Ahkim. Lo miró y vio que observaba las estrellas que brillaban en el cielo nocturno.

—¿No puedes dormir? —le preguntó—. No me extraña, tras esa historia yo también siento hambre; pero mañana nos espera un día fatigoso y es mejor descansar.

—¿Sabes? —respondió Ahkim—. Me pregunto cómo me sabría un pecho de mujer a mí, que tuve que mendigar un poco de su leche cuando era un niño.

—Te sabría delicioso, como a todo el mundo. Pero mientras la voluntad de la Diosa sea acoger a los cazadores expulsados de las llanuras por la escasez e instalarlos en nuestras fronteras para que las custodien, me temo que pasará mucho tiempo antes de que lo saboreemos. A no ser que tengamos la suerte de que alguna tribu sea lo bastante insensata como para declararnos la guerra. —Koshmar bostezó, somnoliento.

—¿Y por qué permitimos que nos manden las mujeres, si nos impiden combatir? Los hombres somos más fuertes —se interrogó Ahkim, un poco para sí mismo.

—¿Y tú te burlas de mí cuando me pregunto sobre por qué no disminuye el número de estrellas? —rió Koshmar—. Siempre ha sido así y siempre lo será. Ellas poseen el poder de dar la vida y por esta razón, con esa misma magia, pueden quitársela al más fuerte de los guerreros. Frente a tal magia, ¿de qué vale un venablo?

Fatigado, Koshmar volvió la espalda a su amigo y se durmió, mientras éste se entregaba a sus cavilaciones.

No habría descansado tan profundamente si hubiera podido imaginarse la conversación que, como cada noche, Ahkim mantenía con el vengativo espíritu de su madre muerta.

NUEVE

La llegada al poblado de Oria, la sacerdotisa extranjera, supuso una pequeña conmoción. Su nombre provocaba hilaridad, porque no significaba nada en la lengua de Zewi Khemi, y todos se acercaban a olfatearla, porque olía muy raro. Pero al cabo de unas lunas se acostumbraron a ella y a su olor.

Para Oria las costumbres sedentarias de Zewi Khemi resultaban extrañas. Las chozas de adobe en las que se podía poner en pie una persona le parecían palacios inmensos: los nómadas sólo construían minúsculas cabañas de arbustos o paja, o llevaban pequeñas tiendas de piel. El que las ovejas y las cabras permaneciesen sin huir junto a los hombres que las iban a matar le resultaba extraordinario y sólo explicable por una magia superior a las que ella conocía. Y los graneros... graneros llenos de cereales y legumbres, cantidades de comida que se dirían infinitas, aunque en realidad apenas alcanzaban para mantener a la tribu hasta la siguiente cosecha.

Le costó comprender que, al ser sedentarios, ya no se podía arrojar la basura a la puerta de las cabañas. Un pueblo nómada no se preocupa de la suciedad, pues sabe que pronto se irá lejos y dejará atrás sus desperdicios.

A Koshmar no le importó el extraño olor ni el gracioso nombre de Oria, porque durante esas lunas le acaeció la tragedia que marcaría para siempre su destino.

Ahkim había reforzado su liderazgo entre los jóvenes del clan gracias a su participación en el frustrado combate; y, por una vez, Koshmar recogía las migajas de su prestigio.

—Koshmar, por favor, explícanos cómo sabe la carne humana —le suplicaban sus compañeros.

Koshmar fruncía el entrecejo y meditaba la respuesta, como si su sabor fuese tan delicioso que resultara imposible de describir.

—¿Recordáis el gusto de un cabrito asado?

—¡Sí! —asentían ansiosos.

—Pues bien, el sabor de la carne humana... ¡ni se le parece!

De esta forma Ahkim y Koshmar se burlaban de sus amigos, fortaleciendo la ascendencia sobre los de su edad que les proporcionaba esta experiencia propia sólo de valientes guerreros.

Pero apenas habían transcurrido una docena de días desde aquella aventura, cuando Tamar, que estaba libre del servicio de pastoreo, invitó a su sobrino a participar en su primera partida de caza. No podría cobrar ninguna pieza, pues aún no había pasado su iniciación como hombre y cazador, pero podría ayudar y aprender así las astucias que necesitaría para capturar su primera presa. Koshmar asintió entusiasmado.

—Pero que venga Ahkim también, tío, por favor. Es mi amigo —le suplicó. Tamar consintió sin discutir mucho. Ahkim y Koshmar se sentían eufóricos y si hubiesen poseído un rabo, lo habrían agitado igual que los perros de caza que los acompañarían.

Los perros constituían una fuente continua de roces con las mujeres. En los Tiempos Antiguos, antes de que la Diosa enseñase a los seres humanos la magia de la agricultura y de la ganadería, los perros eran muy apreciados. Cazando con ellos resultaba fácil empujar a las manadas de grandes herbívoros hacia barrancos donde se despeñarían, o hacia ciénagas donde se atascaban, o hacia desfiladeros donde se habían cavado trampas. Pero ahora esos felices tiempos de abundancia habían pasado y los perros se veían obligados a llevar una vida aburrida y a mendigar su escasa alimentación. Las mujeres los consideraban una carga.

—¡Si son tan útiles! Por ejemplo, limpian la aldea de nuestras heces —argumentaban los hombres.

—¿Y si utilizaseis las letrinas, como nosotras? ¡Entonces no serían necesarios!

—Pero ¿cómo vamos a caminar cincuenta o cien pasos para llegar a la letrina más cercana, si sentimos ganas en el centro del poblado? —Los hombres aún creían ser libres y nómadas.

—¡Nosotras sí caminamos, y también vosotros podríais hacerlo si pusieseis en ello el mismo empeño que en cazar cuatro gacelas famélicas!

O bien los hombres decían:

—Los perros son necesarios para dar la alarma si un enemigo nos atacase por sorpresa.

—¿Qué enemigo, si casi todas nuestras fronteras están custodiadas por tribus aliadas? Y los dos pasos de las montañas, los únicos que en nuestro territorio se abren hacia las estepas, están tan bien guardados que ni un conejo podría pasar sin que lo supiésemos —les rebatían las mujeres. Y los hombres debían conformarse con mascullar un «¡pero nunca se sabe!» que no creían ni ellos mismos. Maldecían la nefasta manía femenina de vivir en paz.

Los hombres se negaban a prescindir de los perros porque constituían el recuerdo de otra época más feliz cuyo final no querían aceptar; y sólo a regañadientes se deshacían de las camadas para no mantener demasiados canes en la tribu. Incluso lamentaban matar a los perros que, incapaces de darse cuenta de que las ovejas y cabras domesticadas no eran como las salvajes, atacaban a las propias reses y depositaban a los pies de sus amos un corderillo, moviendo la cola mientras esperaban una felicitación por su destreza como cazadores. Cuando los hombres se comían uno de estos perros, no se sentían alegres como siempre que tomaban carne, sino que escupían los huesos en un gesto que expresaba su descontento por la crueldad de la vida en general y por la rutina del pastoreo en particular. ¡Verse obligados a cuidar ovejas estúpidas y cabras indisciplinadas, cuando seguro que en algún lugar existían grandes manadas de onagros y bisontes, esperando que unos cazadores los atrapasen! ¡Tenerse que comer un perro que era tan buen amigo, sólo porque el animal estaba tan harto como su amo de la rutina diaria y había intentado capturar una presa, aunque fuese en los corrales del clan!

Por eso, los días que salían de caza, los perros se sentían tan felices como sus amos.

Cada uno de los cazadores iba provisto de todo un arsenal, pues nunca se sabe qué presa va a encontrarse: llevaban boleadoras de cuero y piedra para enganchar las patas de un uro o de un onagro, si es que tenían la enorme suerte de encontrar alguno; arco y flechas, por si se ponía a tiro una gacela o un ciervo; cuatro venablos para defenderse o rematar una presa de gran tamaño; y un palo aplanado para lanzarlo rasante sobre el suelo y golpear a un conejo o una liebre que surgiese de entre los pies. Estas piezas eran despreciables, indignas de un cazador, y cualquiera se hubiera avergonzado de regresar al poblado sólo con ellas; pero sus zurrones iban vacíos, porque las mujeres se negaban a proporcionarles tortas de cebada y carne seca para sus expediciones.

—Si marcháis a cazar, no necesitaréis llevar comida del poblado, ¿verdad? —se burlaban.

—Por supuesto que no, somos grandes cazadores y no nos hacen falta vuestras insípidas tortas de cebada, preferimos los sanguinolentos hígados de nuestras víctimas —respondían los hombres, sin admitir que las presas escaseaban cada día más y que se verían obligados a asar saltamontes y a comer plantas amargas.

La expedición salió al amanecer. Estaba compuesta por Tamar y otros tres hombres, además de Koshmar y Ahkim; iban con ellos cinco perros que saltaban alegres.

Durante dos días, buscaron rastros de manadas de grandes animales; sólo capturaron dos conejos y cuatro perdices, que apenas bastaron para alimentarles; pero se negaron a darse por vencidos y a regresar a la aldea con las manos vacías. Por fin, Tamar encontró el rastro de un gran ciervo. No era un uro ni un onagro, pero resultaría mejor que nada.

Sujetaron a los perros con unas correas de cuero, pues podrían espantar la presa, y luego salieron en su persecución.

Encontraron al ciervo en un claro del bosque, paciendo tranquilo. El viento soplaba de frente y el animal no podía detectarles con su fino olfato. Tras arrastrarse con sigilo, prepararon sus arcos.

El arco era un arma poco útil para la guerra, pues, aunque puede enviar una emplumada flecha más lejos de lo que alcanza un venablo ligero, no puede detener la carga de un enemigo a no ser que se le alcance en un punto vital. Aunque se envenenen las puntas, no sirve de nada que el enemigo muera después, si antes él te ha destripado con su azagaya. Tampoco es muy útil para la caza mayor, porque los grandes herbívoros apenas sienten las flechas de sílex más de lo que les molestan las picaduras de tábanos. Por eso, los hombres despreciaban esta arma.

Tampoco es fácil acertar con ella a un conejo o a una perdiz, aunque se empleen flechas con puntas abiertas; pero resultan muy útiles para abatir presas de tamaño mediano, como los ciervos. Se puede reptar hasta acercarse a veinte pasos y luego lanzar la emplumada muerte en menos de un latido de corazón, sin necesidad de ponerse en pie y moverse como para arrojar un venablo. Así lo hicieron. El ciervo huyó por la espesura, pero llevaba la muerte clavada en sus lomos.

Rieron felices. Si hubiesen fallado, se habrían visto obligados a perseguir al ciervo con los perros hasta que, asfixiado por el calor y la fatiga, les hubiese intentado hacer frente con su cornamenta; pero así sería mucho más fácil. Ahora sólo tenían que esperar que el animal se confiase, y luego seguir su rastro: lo encontrarían durmiendo bajo algún arbusto, debilitado por la pérdida de sangre.

Trotaron silenciosamente, siguiendo sus huellas; pero al poco rato Koshmar comenzó a sentir una fatiga extraordinaria. La cabeza le dolía y le parecía que una hoguera ardía en su cuerpo. Tuvo que apoyarse contra un árbol.

—¡Vamos, no digas que te has cansado tan pronto! ¡Piensa en el hígado que comeremos dentro de poco! —le animó su tío Tamar.

—Tío, me siento arder —replicó Koshmar, con la mirada nublada—. Este cansancio no es natural, siento como si un mal espíritu hubiese entrado en mi cuerpo.

Tamar lo miró preocupado y cogió su bolsa-medicina, llena de amuletos protectores.

—Quizás has comido una planta tabú y te ha sentado mal...

—No, tío, sólo he comido lo que todos. —Le parecía que el bosque giraba en torno de él y las piernas se le doblaban.

—Perseguid vosotros al ciervo —dijo Tamar a los otros hombres—. Yo volveré al poblado con mi sobrino. Su cuerpo arde; un espíritu de fuego ha entrado en él y necesita la ayuda de la Madre. Su bolsa-medicina no ha sido suficiente para protegerlo.

Los demás retrocedieron aterrados, porque un espíritu maligno capaz de vencer a una bolsa-medicina es muy peligroso, y no constituye ningún deshonor temerlo y apartarse de él. Tamar tenía mucho valor al desafiarlo llevando a su sobrino sobre los hombros.

—Yo también os acompañaré —dijo Ahkim.

—Pero, Ahkim —repuso Koshmar—, el ciervo está herido de muerte. Vete con los demás y cómete su hígado por mí; ya verás cómo esto no es importante y la Madre ahuyenta este mal espíritu con facilidad.

—Os acompañaré. —Y en su rostro se dibujó la terca expresión que delataba en él una voluntad inflexible.

Koshmar apenas fue consciente del viaje de vuelta a la aldea sobre los fuertes hombros de su tío Tamar. Deliraba y veía pasar ante sí ciervos heridos, mujeres enemigas violadas, a su hermana Uriel que lo reprendía por una travesura infantil, a ovejas que se escapaban del rebaño... En una de las paradas, vomitó. Esto despertó las esperanzas de sus dos compañeros, quizás en vez de un espíritu maligno se tratase de una indisposición por haber bebido agua en mal estado; pero en vez de mejorar, la fiebre continuó devorándolo.

Cuando avistaron la aldea, su tío y Ahkim intentaron que anduviera para que el regreso no resultara tan indigno; pero las piernas no lo sostenían.

—No puedo caminar, no siento mi pierna izquierda, es como si alguien me la hubiese cortado...

Así es que Tamar hubo de llevarle en hombros hasta la cabaña de Nohara, pues los enfermos no debían habitar en la cabaña del clan. Ella se asustó al ver a su hijo y, tras un rápido examen, comprobó que no conocía aquel espíritu maligno que quemaba su cuerpo y paralizaba su pierna; puesto que no disponían de encantamientos ni de plantas para combatirlo, llamaron a Aster.

Ésta acudió con presteza, escoltada por las guardianas de la Diosa, ya que la medicina era parte de su aprendizaje y siempre la acompañaban a visitar a los enfermos. También vino Oria, la sacerdotisa extranjera.

Aquel mal espíritu habitaba en la cabeza de Koshmar, sin duda, pues le dolía terriblemente y apenas podía mover el cuello. Después de examinar su cuerpo y de estudiar los diversos síntomas, Aster se volvió hacia Oria y le preguntó:

—Nunca he visto este espíritu maligno. ¿Tú lo conoces?

Oria ya había aprendido bastantes palabras de la lengua de Zewi Khemi; y con la ayuda de gestos le contestó:

—Sí, es el mismo que atacó a las niñas y niños de nuestra tribu hace algunas lunas.

—¿Os perseguía un espíritu maligno y no nos lo advertisteis? —exclamó Aster, colérica.

—No atacaba a nadie desde hacía dos lunas. Además, si te lo hubiese dicho, no me habrías creído; habrías pensado que trataba de salvar a nuestros hijos que ibais a comer. Y si me hubieses creído, nos habríais matado a todos.

—¿Es un espíritu muy maligno? —Aster decidió dejar los reproches y concentrarse en los problemas inmediatos.

—A la mayoría no le causa ningún daño grave y se recuperan pronto tras arder algunos días; en cambio, a otros los mata impidiéndoles respirar. Sin embargo, a aquellos que dejan de sentir las piernas, los deja cojos.

—No vimos a ninguno de ellos en vuestra tribu —señaló Aster.

—Fueron los primeros a los que nos comimos, cuando nos faltaron los alimentos. —La respuesta era tan previsible, que Aster enrojeció de vergüenza por no haberlo pensado antes.

—¿Conoces algún encantamiento o planta contra este espíritu maligno?

—No, es demasiado maligno. Fracasó cuanto probamos. Es un espíritu caprichoso: a algunos los mata, a otros los deja tullidos y al resto los abandona como si no hubiese pasado por ellos; pero no llegamos a averiguar cómo combatirlo.

—¿Y si lo sacrificáramos a la Diosa y lo enterráramos lejos del poblado? —La pregunta de Aster apenas significó nada para Koshmar, a causa de la fiebre todo le era indiferente; pero Ahkim, que lo observaba todo desde un lado de la cabaña, llevó la mano a la empuñadura de su cuchillo de sílex, como si fuese a atacar a la sacerdotisa. Los ojos de Nohara se llenaron de lágrimas y Koshmar pensó: «No, madre, permíteme que muera con dignidad, no des un espectáculo bochornoso, contente por una vez».

Pero de sus labios salió sólo un murmullo ininteligible.

—No serviría de nada —repuso Oria, negando con la cabeza—. Ya lo intentamos con los primeros casos, pero el espíritu maligno saltaba de un chiquillo a otro igual que el incendio de un bosque pasa de un árbol a otro.

La mano de Ahkim se alejó de la empuñadura de su puñal. ¿Qué habría hecho si hubiesen decidido sacrificar a su amigo? ¿Luchar contra las guardianas de la Diosa? ¿Enfrentarse incluso a la misma Madre? No, esto era tan sacrílego y estúpido que Koshmar supuso que era una alucinación como las otras.

Aster abandonó la choza tras realizar las ceremonias normales de exorcismo, aun sabiendo que no serían demasiado eficaces. Llorando, Nohara abrazó a su hijo; a éste le avergonzó que lo hiciera en presencia de Ahkim, pero no pudo reunir fuerzas para oponerse.

Como había predicho Oria, el espíritu maligno pasó de un niño a otro del poblado, sin que nada pudiera detenerlo. A la mayoría los dejaba después de varios días de fiebre y dolor de cabeza; a cinco, tres hembras y dos varones, los mató sentándose sobre su pecho y asfixiándolos hasta que no pudieron respirar; y a dos más los dejó cojos, pero como todavía no eran personas, fueron sacrificados para que no constituyesen una carga para la tribu. Los parientes no se los comieron, como deberían haber hecho, y los enterraron como si fueran adultos: aunque habían observado que el espíritu maligno sólo atacaba a los niños, lo temían demasiado para comerse a alguien en quien hubiera habitado.

Sólo Koshmar quedó tullido. Su pierna izquierda no le obedecía y adoptaba extrañas y cómicas posturas que le impedían andar. Además, su muslo enflaqueció de forma alarmante, quedando apenas más grueso que su brazo.

Al principio, después del acceso febril, Koshmar no se dio cuenta de lo que le sucedía, pues no recordaba las palabras de Oria; sí, notaba torpe su pierna, pero lo atribuía a tantos días de reposo. Cayó al suelo cuando intentó levantarse para orinar fuera de la cabaña: el lecho hedía después de tanto tiempo inconsciente, aunque su madre cambiase la paja cada día.

—¡Mamá! ¡Mamá! ¿Qué me sucede en la pierna? ¿Qué magia me impide andar?

—Hijo, hijito mío —le abrazó Nohara—, sólo estás un poco débil después de tanto tiempo sin alimentarte; no te preocupes, cuando comas bien podrás volver a andar y correr.

—¡Pero mi pierna izquierda no me obedece!

—No te preocupes, no, no te preocupes —su madre lloraba—, a ti no te sacrificarán como a los otros, ya eres una persona, a ti no te sacrificarán.

Una losa cayó sobre el hígado de Koshmar. Si la sacerdotisa había sacrificado a los otros, significaba que no existía cura. No, imposible, no podía ser un tullido: ¿cómo iría a cazar, a guerrear, a cuidar del ganado, como los demás hombres? Un sollozo se ahogó en su garganta y volvió a su lecho.

—Mira, hijo, Ahkim ha venido a visitarte —le dijo su madre al atardecer—. Ya ha vuelto de apacentar los rebaños.

—¡Que se vaya! ¡No quiero ver a nadie!

Ahkim entró, sin prestar atención a las protestas de Koshmar.

—¿Por qué vienes? ¿No te das cuenta de que ahora soy un tullido?

Ahkim esbozó un gesto que podía significar cualquier cosa.

—¿No te das cuenta de cómo apesta esta cabaña? —exclamó Koshmar, de mal humor—. ¿Cómo puedes soportar estar junto a mí?

Su amigo olfateó el aire como si no se hubiese dado cuenta antes.

—Ahora que lo dices, es cierto. Como por fin estás consciente, podrías salir. No es necesario que llegues hasta las letrinas: ya se lo comerá algún perro.

—¡No puedo andar! Mi pierna no me sostiene.

—Apóyate en mí y vamos afuera, si no tu madre va a emplear toda la paja del poblado cambiándote el lecho.

A punto de caer varias veces, lograron traspasar el umbral de la cabaña. Después de que Koshmar descargase su vejiga e intestinos, volvieron a entrar. Nohara estaba disponiendo paja limpia; luego los dejó solos.

—Me he quedado cojo, Ahkim, cojo para siempre. Ya nunca podré pasar las pruebas de adulto, ni acompañarte a cazar, ni a cuidar del ganado. Y si no soy capaz de capturar mi primera presa, no seré hombre y no tendré derecho a estar con una mujer. —Rompió a llorar sobre el hombro de su amigo.

—¿Quién sabe si será para siempre? —repuso Ahkim, dándole ánimos—. Oria, la sacerdotisa extranjera, lo ha dicho así; pero no puede estar segura, porque eran nómadas y se tuvieron que comer a sus enfermos antes de que tuvieran tiempo para recuperarse. Escúchame y dime si tengo o no razón: ¿No es cierto que, cuando un hombre se rompe un brazo o una pierna por una caída, su extremidad queda inútil durante algún tiempo, pero luego, cuando se ha soldado el hueso, vuelve a usar el venablo y a caminar? Es cierto que, cuando se aproximan las lluvias, a veces cojea un poco o le duele, pero eso es soportable, ¿no?

—Sí, tienes razón —admitió Koshmar.

—Pero el espíritu maligno que te atacó no ha llegado a quebrarte ningún hueso, ¿verdad? —dijo Ahkim, tocándole las piernas y comprobando su afirmación.

—Verdad.

—Entonces, si tus huesos están intactos, sólo tienes que ejercitarte para que la fuerza vuelva a tus músculos. Pero si te quedas en la cabaña de tu madre meándote encima como si fueras un bebé, te olvidarás de andar y tus piernas se convertirán en cañas.

—¡Es cierto! —La ilusión volvió a los ojos de Koshmar—. ¿Cuándo crees que volveré a poder cuidar de los rebaños? ¿Y a cazar?

—¡El verano próximo! ¡No, qué digo, a finales de esta misma primavera volveremos a recorrer los montes con tu tío, y nuestras flechas llenarán de terror los hígados de los ciervos!

—¿Ciervos? ¡No, cazaremos uros con nuestros venablos!

—¡Uros serán, si lo prefieres! Y cuando regresemos a la aldea con las espaldas dobladas bajo el peso de la carne y ahítos de entrañas, las mujeres se mirarán entre sí llenas de admiración y dirán: «Pero ¿éste es Koshmar, a quien casi sacrificamos porque iba a quedar tullido para siempre? ¿Cómo es que trae tanta carne para la tribu?». Y todas te desearán, haciendo cola para invitarte a entrar en ellas.

—¡Docenas y docenas de uros!

—¡Tantos, que los demás hombres se morirán de envidia! Y la Madre nos dirá: «Puesto que sois tan buenos cazadores, no es necesario que cuidéis los rebaños, sino que podéis dedicaros a conseguir para la tribu la nutritiva carne que tanto aprecia».

—¡Qué futuro más maravilloso, siempre cazando! —suspiró Koshmar.

—Y cuando nos vean salir con nuestros perros, ¿qué dirán nuestros camaradas, eh?

—Ellos no sé, pero nosotros les avergonzaremos mostrándoles que si fuesen mejores cazadores, no tendrían que aburrirse cuidando apestosas cabras ni estúpidas ovejas.

—¡Eso sí que será una verdadera vida de hombres! —afirmó Ahkim, lleno de convencimiento.

—Pero ¿qué hago en una cabaña de mujeres, si ya estoy curado? Como bien dices, sólo me hace falta un poco de ejercicio y mis piernas volverán a ser como antes. Alcánzame mis armas y ayúdame a levantarme.

Apoyándose en una azagaya, Koshmar salió de la cabaña de su madre. Ella estaba esperándole en el exterior, acuclillada contra el muro.

—Madre, ya estoy curado, te agradezco tu ayuda y tu paciencia. Ahora debo volver a la cabaña de mi clan, no sería digno continuar aquí.

Nohara lo abrazó con ojos empañados de lágrimas.

—¿Por qué lloras? He sobrevivido al ataque del espíritu maligno y con un poco de ejercicio volveré a andar como siempre. —Su madre lloró más fuerte y Koshmar empezó a sentirse irritado; la apartó con brusquedad—. Basta de gimoteos, no me avergüences ante las vecinas.

Se despidió de ella y regresó a la cabaña de su clan. Cuando todos salían a cuidar las reses o a cazar, Koshmar se apoyaba en su azagaya y se dedicaba a recorrer la aldea una y otra vez. La pierna mejoraba, pero tan lentamente que era casi imperceptible; mas cuando le invadía el desánimo, pensaba en las cacerías que compartiría con Ahkim y alejaba la melancolía de su espíritu. Cuando llegaba la noche y su amigo regresaba de sus obligaciones, Koshmar escuchaba el relato de los sucesos de su jornada: en cierta manera, así volvía a vivir como un hombre. Luego, a cambio, le explicaba cuánto se había ejercitado y enumeraba los progresos reales o ficticios conseguidos. Koshmar, sin darse cuenta, vivía para estos momentos de felicidad.

Una tarde, después de muchas lunas —ya había finalizado la primavera, y también el verano—, cuando Koshmar pasaba al lado de la cabaña del clan del lobo, saludó a un par de muchachos de dicho clan que se encontraban tallando puntas de azagaya. Tendrían un invierno más que él y estaban a punto de ser adultos.

—Tullido, ¿adónde vas?

Koshmar prosiguió su cojeante caminar sin volverse, sin querer enterarse, aunque sintió que el insulto se le clavaba en las tripas como un venablo.

—Tú, ¿no me has oído o qué? —Uno de ellos le dio alcance y le cortó el paso, obligándolo a detenerse—. ¡Has de contestarme cuando te dirijo la palabra!

—Perdona, no te he oído llamarme. —La sangre hervía dentro de Koshmar, pero con su cojera no podía pelear contra aquel insolente.

—Pues te he llamado «tullido» y no te has vuelto.

—Es que yo me llamo Koshmar —repuso.

—Ah, ¿te crees muy astuto? —Los dos muchachos del clan del lobo rieron este chiste estúpido sobre el significado de Koshmar—. Pues yo creo que Tullido es un nombre mejor para ti.

—Sin duda, mi madre habría tenido en cuenta tu opinión cuando decidió mi nombre; pero ya es tarde para cambiarlo.

—¡Este tullido que habla tan complicado como una mujer me está insultando! —Koshmar, sin darse cuenta, en su soledad había ido depurando sus pensamientos y su lenguaje, y se había apartado de la ruda y directa manera de hablar de los varones.

—Yo no te he insultado.

—¡No te atrevas a contradecirme, tullido! —chilló, empujándolo. Koshmar trastabilló y cayó al suelo cuan largo era. Una niebla roja invadió sus ojos y la rabia tanto tiempo contenida inundó sus entrañas con un iracundo temblor. De pronto, le importó muy poco morir en el poste del tormento. Intentó usar su venablo para atravesar el repugnante hígado de su agresor; pero desde el suelo no le era posible emplearlo con eficacia y su oponente se lo arrebató con facilidad.

—Vaya, parece que para el tullido no cuenta el tabú de las armas.

Le pegó una patada en el bajo vientre que le hizo retorcerse de dolor.

—Es vergonzoso, vergonzoso de verdad —corroboró su compañero, pegándole más patadas. Koshmar, en el suelo, apenas podía defenderse mientras de su garganta salía un rugido de rabia impotente. Por fin se cansaron y lo dejaron ir.

—¡Y no vuelvas más a haraganear por aquí, tullido! Fíjate cómo se arrastra: ¿es un tullido o una babosa? —rieron.

Koshmar no podía caminar, pues le habían quitado el venablo que le servía de bastón, y se vio obligado a gatear hasta la cabaña de su clan.

Ahkim le vio y acudió a ayudarle.

—¿Qué te ha pasado? ¿Has intentado capturar un uro tú solo antes de estar repuesto del todo? Todavía tienes que ejercitarte un poco más, antes de que tus piernas se curen completamente. —Aunque bromeaba para animar a su amigo, su rostro era sombrío, porque suponía lo que había pasado.

—No me ha ocurrido nada. ¡Nada! He intentado correr y me he caído. Y he olvidado mi venablo en… —Ahkim no le creía, la historia resultaba incoherente—. ¡Está bien! Te contaré la verdad.

A medida que relataba la humillación, en los ojos de Ahkim empezó a brotar la sanguinaria furia que a veces los nublaba. Se levantó flexionando sus fuertes músculos y dijo:

—Voy a buscar el venablo que has olvidado.

—¡Ahkim!

—¿Sí?

—Deja aquí tus armas, por favor. —Ahkim siguió andando—. ¡Ahkim, no quiero que mueras en el poste del tormento por mi culpa! ¿Qué sería de mí si tú no estuvieses?

Ahkim volvió y le entregó las azagayas.

—Toma, para que no tengas que reptar como una serpiente.

Guárdamelas bien, que vuelvo enseguida. —Su voz sonaba jovial, pero su mirada destellaba de modo siniestro.

Cuando regresó, llevaba el venablo de Koshmar, pero su cuerpo estaba cubierto de tierra y arañazos. Apenas podía abrir uno de sus ojos, amoratado, y la nariz le sangraba. También tenía partidos el labio y una ceja, añadiendo aún más sangre a la hemorragia que caía de su nariz.

—Eran dos. —Fue su lacónica explicación.

Mientras Koshmar limpiaba con agua sus heridas y las lamía después para que no entrasen espíritus amarillentos, le dijo a Ahkim:

—¿Qué te ha sucedido? ¿Has intentado capturar un uro tú solo, sin esperar a que yo estuviese curado para ayudarte? —Ahkim rió la broma, parodia de la que antes dijera; pero la risa le hizo lanzar un gemido de dolor, pues había olvidado su labio roto.

—¡Por la Diosa, cómo ha quedado tu cara! —señaló Koshmar, cuando terminó de lamerlo.

—Pues tendrías que ver las de mis oponentes. No creo que nadie más vuelva a burlarse de ti.

Pero Ahkim se equivocaba, porque ni siquiera el respeto que su furia y sus puños infundían en los hígados de los demás muchachos fueron capaces de evitar las bromas crueles, y la escena anterior se repitió en muchas otras ocasiones. Pronto hasta las mujeres y hombres de su propio clan de la serpiente se referían a Koshmar llamándolo «el tullido». Sólo Nohara, Aster, Tamar y Ahkim siguieron empleando su verdadero nombre.

Estaba Koshmar curando de nuevo el rostro de su amigo, después de una de las innumerables peleas que había sostenido por culpa de aquel mote despiadado, cuando Ahkim se le abrazó y, sollozando, admitió:

—¡Es inútil! ¡No puedo pelearme contra la aldea entera! —Koshmar supo a lo que se refería y también lo abrazó, como si fuese Ahkim, y no él, quien necesitara consuelo. Ahkim apretaba los puños, furioso por su impotencia.

Las lagrimas corrieron también por las mejillas de Koshmar, porque comprendió que nunca volvería a caminar normalmente y que no sería capaz de cazar ninguna presa. Nunca podría llegar a ser un hombre ni sabría lo que se siente al yacer con una mujer. Él sería para siempre sólo un tullido, un inútil y miserable tullido.

DIEZ

Uriel se llevó la mano a la frente, implorando a la Diosa para que la guiase. Ser Madre, aunque fuese de una pequeña tribu atrasada, era mucho más terrible y complejo de lo que nunca hubiera pensado. Aunque contaba con la inestimable ayuda de las dos Ancianas, que la apoyaban con sus conocimientos cuando dudaba acerca de los pasos a dar o de los ritos necesarios para propiciar espíritus, debía enfrentarse a problemas que nunca había conocido. El espíritu de aquel río enorme, por ejemplo, era imprevisible, no se parecía ni al gran Zab ni a los arroyos de su aldea; de vez en cuando, sin causa aparente, sin que lloviera, crecía e inundaba campos de cultivo trabajosamente desbrozados. Hasta que averiguasen los sacrificios que el río exigía para ser benéfico, Uriel había decidido abandonar los terrenos más próximos al cauce.

Y la sequía... En Zewi Khemi y en los demás poblados de la confederación de la Diosa, las colinas retenían las nubes que venían desde donde se pone el sol, invitando a Zohar a que regase los cultivos con su benéfica lluvia; en cambio, aquí las nubes corrían sin detenerse y ninguna oración conseguía que el dios se apiadara de las espigas que se agostaban.

Era enloquecedor ver cómo se secaban los cultivos sembrados sobre una tierra fértil —de hecho, mejor que la de Zewi Khemi—, mientras a pocos pasos transcurría un río repleto de agua. Pero ¿cómo llevar el agua hasta los campos? Uriel trazaba sobre la arena mil planes, que luego desechaba por imposibles. Hasta entonces, a la humanidad le había bastado con el agua de la lluvia; pero ahora la agricultura pugnaba por sobrepasar los estrechos límites de las colinas húmedas. Uriel no lo podía imaginar, pero era la primera vez que un ser humano se enfrentaba a un problema cuya solución marcaría la vida de Mesopotamia durante los siguientes milenios.

Por el momento, debían regar llevando el agua en odres desde el río; era una labor agotadora, pero les permitía salvar parte de las cosechas.

Tamar, su tío, le acompañaba para ayudarla a enseñar a los hombres el arte de la ganadería. Se había tomado la cojera de su sobrino como una afrenta personal, pues el espíritu malvado que había destruido la fuerza de la pierna de Koshmar había atacado cuando él estaba presente. Era inútil que Aster le repitiera que no había sido culpa suya, que era un espíritu invencible capaz de desafiar incluso la magia de la misma Diosa; Tamar había perdido la fe en el mana de la bolsa-medicina que colgaba de su cuello y había caído en una melancólica tristeza. Ni siquiera cazar le alegraba, sino que prefería apacentar ovejas al tiempo que miraba al horizonte y suspiraba cada vez que un chiquillo corría tras una res. Había querido tanto a Koshmar, su único sobrino, que no soportaba regresar cada tarde a Zewi Khemi y verlo moverse como una cabra coja que ya no puede seguir al rebaño y sólo espera el cuchillo que la sacrificará.

Aster, preocupada por su hijo Tamar, le encomendó la tarea de adiestrar a los hombres del nuevo poblado y de asesorar a Uriel en los aspectos masculinos del gobierno. Confiaba en que las penalidades de esta primitiva existencia y las dificultades de su misión le distraerían de su desgracia. Y durante seis inviernos, estaría alejado de Koshmar, cuya patética visión le desgarraba las entrañas.

Tamar, a pesar de su buen carácter, se exasperaba con sus díscolos alumnos.

—¡Estúpidos! ¡Salvajes! ¿Quién ha atravesado esta oveja con su azagaya?

—He sido yo —decía uno, contrito como un niño que se ha ganado una reprimenda—. Tenía hambre y, claro, ver a un animal paciendo tan cerca...

—¿Y no podías haberte comido las tortas de cebada que nos preparan las mujeres?

—Es que... comer tortas cuando hay carne ante mí...

A veces encontraba abandonado el rebaño, a merced de cualquier predador, porque los pastores habían encontrado el rastro prometedor de una gacela y habían salido a cazarla, y Tamar tenía que perseguirlos y devolverlos a su trabajo mediante golpes del mango de su venablo.

Los hombres suspiraban por los Tiempos Antiguos, tan próximos para ellos, y se sentían tristes, apáticos; sólo volvían a brillarles los ojos cuando podían salir de caza. Entonces eran de nuevo ellos mismos, y se narraban los unos a los otros exagerados e improbables relatos de cacerías pasadas, y se movían con orgullo y agilidad. Pero eso, ¡ay! sucedía sólo de vez en cuando.

Las mujeres habían comprendido enseguida que la agricultura era la única manera de salvar a los hijos que aún les quedaban y a los que estaban creciendo en sus vientres; pero sus cuerpos no se hallaban habituados al trabajo duro que este arte exigía. Ellas estaban acostumbradas a buscar insectos, bayas y tubérculos, o a caminar días enteros cargadas de bultos cuando la tribu emigraba; pero a pesar de que eran fuertes, no podían utilizar los palos de cavar durante demasiado tiempo. Les dolía la espalda, y siempre se detenían para enjugarse el sudor, para dar de mamar a los hijos o, simplemente, para hablar con las compañeras.

Uriel procuraba no presionarlas en exceso, porque Aster ya le había advertido que debían adaptarse poco a poco; además, era consciente de que las mujeres constituían la base de su poder. Los hombres aún no se habían dado cuenta de que con el nuevo tipo de vida habían perdido importancia, de que ahora ya no eran los valerosos e imprescindibles cazadores de otra época; pero se sentían vagamente intranquilos e insatisfechos.

Si no hubiese sido porque Oria, su Madre, permanecía como rehén en Zewi Khemi, los cazadores habrían tomado sus armas y partido a tentar la suerte un poco más allá del horizonte: ¡Quién sabe si allí se escondían numerosas manadas de uros! Pero las mujeres ya estaban hartas de vagabundear y ver morir a sus hijos; si había que trabajar en los campos, trabajarían en los campos. Y que no se quejasen los hombres, porque las tareas de ellas resultaban mucho más pesadas y, además, su impericia como cazadores era lo que les había conducido a tan lamentable situación.

Uriel procuraba transmitir sus órdenes a través de Mara, pues aunque había aprendido el lenguaje de aquella tribu, no podía evitar que la traicionase un deje en su forma de hablar y procuraba no añadir el resentimiento de verse gobernados por una extranjera al dolor que muchas veces debía infligir.

Al mismo tiempo, enseñaba a Mara el idioma y la sabiduría de Zewi Khemi, pues era la más inteligente de todas y algún día tendría que ser la Madre del Poblado del Río.

—Dime, ¿cuántas docenas de ovejas nos prestó Zewi Khemi? —le preguntaba.

—¿Cuántas ovejas? Muchas.

Uriel suspiraba y tenía que recordar que una tribu cazadora no necesita conocer los números. Poseían el uno, el dos y el tres; pero de aquí pasaban al «varios» y al «muchos». Nunca había sido preciso saber más; pero ahora habrían de ser capaces de contar cuántas ovejas salían del redil y cuántas entraban, cuántas medidas de trigo y cebada había que almacenar para sobrevivir al invierno, qué superficie de bosques había que quemar para dejar paso a los campos de cultivo...

—Toma tu dedo pulgar y pásalo por las tres falanges del índice; luego por las tres del dedo medio y así, con los cuatro dedos, hacen una docena.

—¿Una docena?

—Doce falanges. La Diosa, en su sabiduría, nos ha proporcionado este número de falanges para que nos sea fácil contar. Y empleando la otra mano para llevar la cuenta de las docenas, puedes contar una, dos, tres... hasta doce docenas. Doce docenas son una gruesa. Y a su vez, puedes contar una, dos, tres... hasta doce gruesas, marcando rayas sobre un palito.

—Pero... pero ¡así se puede conocer el número de cualquier cantidad de animales! —Mara estaba asombrada por la sabiduría de Uriel.

—En efecto; y así sabemos que Zewi Khemi os prestó no «muchas ovejas», ni «algunas ovejas», sino una gruesa y tres docenas de ovejas; y dentro de seis otoños tendréis que devolverle... —los dedos de Uriel corrieron por sus falanges—... dos gruesas y media de ovejas.

—Enséñame de nuevo esta magia tan maravillosa. ¿También sirve para contar los canastos de cereal?

Por desgracia para las generaciones venideras, milenios más tarde los hombres abandonaron en sus cálculos la base doce que les había dado la Diosa, divisible por dos, tres y cuatro; y adoptaron la base diez, que entorpecía innecesariamente las cuentas y les obligaba a realizar extraños gestos con los dedos cuando tenían que contar más de cinco. Sin embargo, algo de esta sabiduría quedaría en sus espíritus, y fueron doce los meses del ciclo de estaciones, y las horas del día y de la noche, como si la Diosa se resistiese a abandonar el dominio del tiempo. Pero para esto todavía faltaba mucho.

Uriel cometió algunos errores. Por ejemplo, en Zewi Khemi, las chozas se construían semienterradas; de esta forma, eran más cálidas en invierno y más frescas en verano. Pero allí, tan cerca del río, había veces que la humedad supuraba del suelo como de una herida infectada por un espíritu maligno. En medio del invierno, cuando llegaron las lluvias, tuvieron que abandonar las cabañas construidas según les había enseñado Uriel y levantar paredes tejiendo juncos y recubriéndolos con barro. Pero en conjunto, fue una Madre prudente y, si bien no fue querida —nadie puede amar a quien le impide cazar o a quien le impele a cultivar la tierra por mucho que duela la espalda—, al menos fue respetada.

Uriel se unió carnalmente a los hombres de aquella su nueva tribu. Se decía a sí misma que lo hacía para que su poder sobre ellos fuese más suave; pero lo cierto es que la complacía en extremo yacer con aquellos seres semisalvajes, apenas mancillados por la suavidad de la civilización. En sus violentos embates, Uriel experimentaba turbadoras sensaciones que recorrían su cuerpo y despertaban oscuros instintos.

Kurmil, vieja y arrugada, la veía gozar y gemir, y envidiaba su juventud y belleza, que le permitía disfrutar así de aquellos hombres de fuertes músculos y erguidos miembros. Odiaba también a la abuela de Uriel, Aster, que tan astuta y despiadadamente la había desterrado fuera de Zewi Khemi, con la excusa de que ella, con su sabiduría, era la Anciana que aquel nuevo pueblo necesitaba. Todas las demás Ancianas habían mirado a otra parte cuando, en el último Consejo, Aster la propuso:

—Si alguna no está de acuerdo en que la sabia Kurmil vaya con los extranjeros y desea ser ella misma la que goce del honor de ir, puede decirlo.

¡Cobardes! ¡Estúpidas! ¡Qué fácilmente habían caído en la trampa de Aster! Incluso aquellas que en secreto la apoyaban contra la debilidad de la Madre, habían parpadeado y sólo habían pensado en que no querían ser ellas las desterradas. Kurmil misma había abierto la boca, asombrada, sin saber cómo oponerse, paralizada ante la desfachatez y la audacia de Aster.

Pero se vengaría, por supuesto que se vengaría. Cada noche, mientras todos dormían, Kurmil se adentraba en un bosque donde había levantado un primitivo altar a la Diosa Oscura, señora del veneno y de la venganza. Allí le rezaba e invocaba incansablemente, mientras las estrellas recorrían el firmamento y los murciélagos revoloteaban a su alrededor. No quería que le llegase la muerte antes de saborear su desquite, y juró entregar su alma a la Señora Negra si ésta se lo concedía.

La Diosa Oscura la escuchó, como siempre escucha a quienes la llaman, y le ofreció una oportunidad. Kurmil la aprovechó y demostró que, al menos para el mal, no era la anciana senil y cascarrabias que todos creían.

—¡No, no puedo más! ¡Kurmil, Mara, por favor, haced algo!

Uriel había hablado entre dos jadeos dolorosos. Era su primer hijo y, tal como siempre había temido, la estaba matando en el parto. Resultaba más terrible de lo que había imaginado en la peor de sus pesadillas; llevaba intentándolo dos días con sus noches y el bebé no era capaz de nacer. Uriel se estaba rompiendo por dentro.

Mara no sabía cómo actuar. En su tribu, siempre habían permitido que las mujeres muriesen en los partos; era una forma primitiva y despiadada de controlar la natalidad para no verse obligados a cazar en demasía. Por lo tanto, apenas podía hacer nada sino rezar a la Diosa e invocar su clemencia.

Kurmil, en cambio, poseía un cuchillo de obsidiana y la determinación de emplearlo para romper la cabecita del bebé que no podía nacer; así al menos la madre se salvaría. Las mujeres eran importantes en Zewi Khemi, más que los cazadores o los hijos que pudiesen traer al mundo, y por lo tanto tenían prioridad.

Kurmil dudó un momento. Podía dejar morir a Uriel y así se vengaría de su abuela Aster, pero eso sería demasiado burdo. Además, Uriel había sido guardiana de la Diosa y había aprendido el arte de salvar a las parturientas agotadas: podría enseñarle a Mara cómo manejar el cuchillo y salvarse.

La malévola anciana sonrió. La Señora Oscura le había inspirado una venganza mucho más dulce y terrible.

Uriel no desconfiaba de Kurmil, que siempre había tratado de mostrarle su rostro más amable hasta que llegase su momento. En todo caso, la consideraba una vieja irritante y gruñona; pero su joven edad no la capacitaba para entender el odio y la amargura que se puede esconder dentro de un ser humano, ni cómo pueden inundar el alma hasta que desplazan todo otro pensamiento o deseo.

—No te preocupes, Madre, yo te salvaré para que puedas concebir más hijos —dijo la anciana, con su tono más respetuoso. Si Uriel hubiese tenido más experiencia y hubiese visto el siniestro destello de la mirada de Kurmil, no habría confiado en ella; pero atormentada por el dolor, se aferró suplicante a su mano arrugada.

—¡Sálvame, sí, sálvame, por el amor de la Diosa! Deprisa, no lo resisto más.

Kurmil, con manos diestras, manejó el cuchillo de obsidiana dentro de la vagina de Uriel. Rotos los infantiles huesos del cráneo que impedían la salida del feto, Uriel fue capaz de expulsar con dos o tres contracciones los restos de quien habría sido su hija. Kurmil respiró aliviada: para sus planes, era necesario que Uriel viviera.

—Mi niña, mi niña —lloraba Uriel, pues el dolor por la hija perdida superaba el alivio de saberse viva—. Mara, habría sido una niña.

Mara no sabía qué decir, pues lo que acababa de presenciar era ajeno a sus costumbres y su educación. Se sentía contenta de que Uriel sobreviviese, pues con el roce cotidiano se habían estrechado lazos de amistad entre las dos; pero por otro lado, se sentía avergonzada porque su amiga no hubiese sido capaz de parir. En su igualitaria tribu, una mujer que no pudiese alumbrar vida debía morir, igual que un hombre que no cazase. Ahora bien, ella percibía oscuramente que ahora, con la agricultura, las mujeres eran mucho más valiosas y no tenían por qué fallecer sin necesidad.

Kurmil pensó que nunca tendría una oportunidad mejor para asestar su golpe, con Uriel arrasada por el sufrimiento de la pérdida de su hija y con el dolor tan cercano a su memoria.

—Mara, sal de la choza y vete al río por un odre de agua, pues he de comunicarle a Uriel una fórmula mágica que nadie más que ella puede escuchar —mintió Kurmil. Mara, obediente, salió tras dirigir a su amiga una mirada tierna y silenciosa.

—Uriel, has de jurar por la Diosa y por tus antepasadas que esto que voy a comunicarte no saldrá nunca fuera de tus labios. Es un conocimiento tan oscuro y terrible, que podría destruir el mundo e incluso a la misma Diosa.

Uriel apartó su vista llorosa de quien podría haber sido su hija y juró. ¿Acaso se les comunicaba tal conocimiento a las mujeres tras su primer parto?

—No, muy pocas de nosotras lo sabemos. Sólo se transmite de boca de Anciana a oído de Anciana: ¡tan peligroso es!

—Entonces, ¿por qué quieres decírmelo a mí?

—Ay, Uriel, Uriel —sonrió la desdentada boca de Kurmil, en un gesto que quería ser afectuoso—, es por el cariño que siento hacia tu persona, aunque ponga en peligro el tiempo que me quede de existencia e incluso mi propia alma. Además, eres una Madre, ¿no es cierto? ¿Cómo vas a interpretar la voluntad de la Diosa, si desconoces su más terrible secreto?

Uriel palideció aún más de lo que habría sido natural por la pérdida de sangre.

—Kurmil, no deseo infringir ningún tabú, y menos ahora. Podría entrar en mí un espíritu maligno y matarme. Si mi abuela hubiese creído necesario que supiese algún secreto para desempeñar aquí mi labor de Madre, me lo habría dicho.

—Es cierto, he sido imprudente. ¿Cómo podría haberse equivocado Aster? Y, sin embargo...

—¿Sin embargo?

—No, nada. He estado a punto de violar un secreto sagrado; pero me había parecido que, a pesar de tu juventud, serías capaz de guardarlo tan bien como yo. Estoy segura de que tu abuela confiaría en ti y te transmitiría este conocimiento, pero como está lejos...

Kurmil y Uriel permanecieron en silencio, igual que una serpiente y su fascinada presa incapaz de evitar el ponzoñoso mordisco. Por fin, Uriel cayó en la trampa.

—Te juro por mi mismo vientre que nunca saldrá de mis labios nada de lo que me digas.

—En ese caso, escucha el Secreto de la Diosa —le respondió Kurmil, acercándosele al oído y tratando de ocultar el júbilo que la embargaba.

Mara escuchó el grito angustiado de su amiga y, tirando el odre al suelo y desenfundando su puñal, corrió hacia la choza y apartó la piel que tapaba la entrada. Vio a Uriel retorcerse angustiada por el suelo, manchándose con su propia sangre mezclada con polvo; en un rincón estaba acuclillada Kurmil, con un extraño aire de triunfo.

—¡Uriel! ¿Qué te pasa? —Mara la sujetó, dejando a un lado su puñal de sílex.

—¡Diosa! No es posible, no puede ser verdad...

—Kurmil, ¿qué le sucede a Uriel? ¿Qué le has dicho?

—¿Qué le sucede? Sí, le resultaba muy fácil reír y ser feliz porque era joven e ignorante, mientras la vieja y desdentada Kurmil tenía que alimentarse de gachas. Ahora ha comido la fruta del árbol del conocimiento y no podrá olvidarlo nunca. Me he vengado, sí, me he vengado, desterrarme a esta mísera aldea... ¿No quería que su nieta fuese Madre, en vez de Kurmil? Pues le he dado la sabiduría que necesitaba para ello.

Con una carcajada demente, la anciana salió de la choza. Mara no entendía nada.

—Uriel, amiga mía, ¿qué hechizo, qué maldición ha invocado contra ti esa vieja loca, aprovechando que tu útero estaba abierto y sangrante? ¡No debería haberme apartado de tu lado!

—Mara, ay, Mara, nunca preguntes por el Secreto de la Diosa, nunca, nunca... Te abrasará las entrañas. Nada será igual después de conocerlo. —Uriel vomitó entre espasmos.

Mara se puso en pie, aterrada. Un espíritu maligno había penetrado en su amiga y los conocimientos que Oria, su madre, le había transmitido eran impotentes para combatirlo. ¿Cómo luchar contra un espíritu invocado por gentes tan sabias que incluso eran capaces de contar por docenas? Tomó una jabalina y salió fuera.

—¿Hacia dónde ha marchado Kurmil, la Anciana? —preguntó a una mujer que estaba moliendo cereal.

—Ha ido hacia el río, riendo como una loca.

Mara corrió tras ella. La encontró cerca de una profunda poza, al borde de la corriente, como si dudara entre saltar a ella o no.

—¡Kurmil!

La anciana volvió la cabeza, molesta por la interrupción.

—Ah, ¿eres tú, Mara? ¿Qué tal está Uriel? —Soltó una risotada.

—¡Vieja perra! ¿Qué le has hecho a mi amiga? Dime cómo destruir el hechizo o atravesaré tus tripas con mi azagaya y dejaré tu cadáver para que se lo coman los milanos.

—¿Te atreves a insultarme y a amenazarme? Lo que puedas hacerme no es nada comparado con lo que me haría Aster si supiese la condena que he precipitado sobre su querida nieta. Mátame y no me entierres, para que mi espíritu vague por toda la eternidad y pueda regodearme en la venganza.

—¡Camina de vuelta hacia la aldea! Veremos si prefieres la tortura antes que levantar el hechizo que has atado a Uriel.

Kurmil rió:

—Muchachita ignorante, sólo la muerte puede salvar a Uriel; pero si tanto quieres a tu amiga, comparte su destino. Puesto que mi alma ya está entregada a la Señora Oscura, ¿qué me importa destruir a otra niña más? Escucha mis palabras...

—¡No! ¡Cállate!

—... escucha el más terrible conocimiento que guardamos las Ancianas...

—¡No envíes contra mí un encantamiento o te mataré! —Mara apretó el puño contra su bolsa-medicina, a pesar de intuir que sería inútil.

—... el Secreto de la Diosa es...

Con un grito desesperado, Mara arrojó su jabalina, que se clavó en el cuello de Kurmil. Un chorro de sangre surgió de la desdentada boca de la anciana, que boqueó como un pez fuera del agua. Luego trastabilló, dio dos pasos hacia atrás y cayó al río.

Mara corrió hacia la orilla, tratando de coger el cadáver de la anciana, arrastrado por la corriente hacia el centro del río. Dominando su pavor ante el espíritu acuático —no sabía nadar—, saltó al agua. El fangoso fondo absorbió sus pies y la inmovilizó, amenazando con ahogarla. Estiró la mano, pero no consiguió atrapar la blanquecina cabellera de la que había sido Kurmil.

Vio flotar el cadáver hasta que se hundió. Le había fallado a su amiga: no sólo había sido incapaz de obligar a Kurmil a levantar su maldición, sino que la había matado de manera que no podía mutilar el cadáver de forma que su espíritu fuese impotente para dañar a Uriel.

Cogiéndose a las hierbas de la orilla, salió con dificultad y corrió hacia la aldea. Jadeando, tomó un poco de hollín de una hoguera y se manchó la cara, para que el espíritu de Kurmil no la reconociera; luego modeló dos muñecas con arcilla, a una le puso un poco de su propio pelo sobre la cabeza y a la otra algunos cabellos de Uriel. Se alejó del poblado.

—Espíritu de Kurmil, aquí está Mara, la que te ha matado: véngate de ella cuanto quieras, a mí no me importa, no me opondré. Espíritu de Kurmil, aquí está Uriel, a la que odias: ensáñate en ella por toda la eternidad y olvídate de los demás. Espíritu de Kurmil, persigue a tus presas y quédate junto con ellas para siempre.

Dejó las toscas muñecas apoyadas contra un árbol y retrocedió borrando sus huellas para que si el espíritu descubría la superchería no pudiese encontrar la aldea siguiéndolas.

Suspiró. Kurmil había sido demasiado astuta para dejarse engañar, pero esto era cuanto se podía hacer. Regresó junto con Uriel.

—Amiga —le dijo, pues no podría utilizar los verdaderos nombres durante una luna, para evitar atraer al mal espíritu—, ella está muerta.

—¿Te ha llegado a decir... algo? —le preguntó Uriel, incorporándose y clavándole los dedos en los antebrazos.

—No. Lo ha intentado, pero mi jabalina fue más rápida que sus palabras.

—Gracias sean dadas a la Diosa. No querría que tú también sufrieras mi misma tortura. —Uriel se dejó caer, agotada. A un lado estaba su placenta; tanto le había afectado la revelación de Kurmil que se había olvidado de comerla para recuperar fuerzas. Mara se la ofreció. No se preocupó de guardar el cordón umbilical, que habría sido un poderoso amuleto si la recién nacida hubiera sobrevivido.

—Amiga, estoy preocupada por ti. Veo una sombra siniestra sobre tus ojos y no sé cómo quitártela. Déjame ir a Zewi Khemi para preguntárselo a Aster, tu abuela.

—¡No! —Uriel se levantó sobresaltada—. Júrame por tu estirpe que nunca le contarás a nadie lo que ha ocurrido... y menos que a nadie a mi abuela. Podrías morir.

—Pero necesitas ayuda...

—Nadie puede ayudarme ya. —Uriel rompió a llorar—. Me han cargado con un fardo demasiado pesado para mis hombros y me han convertido en una anciana antes de tiempo.

—No digas eso. Tu mana es fuerte y pronto vencerás la maldición.

Uriel siguió llorando.

—Amiga —dijo Mara, por último—, ¿no hay algo que pueda hacer por ti?

Uriel negó con la cabeza; pero miró la mano de Mara sobre las suyas, suspiró y le dijo:

—Sólo puedes abrazarme. Es todo lo que puedes hacer por mí... aunque no sea suficiente.

A partir de ese fatídico día, los gestos de Uriel se hicieron más duros y su voz, más cortante que una hoja de sílex. Sólo con Mara se ablandaban sus ademanes y la tomaba de las manos con la ternura de antes. Mara dormía con ella y trataba de darle calor, y de tranquilizarla cuando las pesadillas la asaltaban, pero no podía llegar a más. A veces, en lo más profundo de la oscuridad, Uriel comenzaba a llorar sin ningún motivo aparente, y Mara bebía sus lágrimas para aligerarle aquel dolor misterioso. En algunas ocasiones, a Mara le parecía ver en el rostro de su amiga la misma expresión que había tenido Kurmil, y se estremecía de espanto.

Durante los seis ciclos de estaciones que Uriel fue la Madre del poblado del río, el vientre de Mara se hinchó dos veces, lleno de vida; pero los bebés fueron varones y tuvieron que sacrificarlos, pues hasta que devolviesen el préstamo, sólo podían permitir vivir a las hembras. Mara sufrió, como todas las demás madres que tuvieron que renunciar a sus hijos; pero el dolor no talló cicatrices en su rostro. En cambio, Uriel no volvió a concebir.

Por fin transcurrió el plazo y Uriel se preparó para regresar a Zewi Khemi y dejar su puesto a Oria, la Madre legítima. Uriel se sintió más triste que de costumbre mientras empaquetaba sus escasas pertenencias; habría tenido que alegrarse: iba a volver a la civilización tras un exitoso desempeño de su papel como Madre, pues había conseguido devolver el préstamo en el tiempo establecido. Ahora, con su experiencia nadie discutiría la sucesión de su abuela, cuando ésta falleciera. Entonces, ¿por qué no cantaban al unísono su hígado y su corazón?

Mara entró en la que hasta aquel día había sido la choza de ellas dos, y observó calladamente a Uriel. Uriel tenía unos veintidós ciclos de estaciones y Mara, diecisiete; esta última había matado a Kurmil cuando sólo contaba trece inviernos.

—Mañana regreso a Zewi Khemi.

—Lo sé.

—Te echaré en falta —suspiró Uriel.

—¿Por qué?

Uriel se detuvo perpleja y entonces se dio cuenta de que había contado las lunas que faltaban para su vuelta no con júbilo, sino con tristeza por verse obligada a separarse de su única amiga. Aquellas que en su infancia habían sido sus compañeras, ahora serían madres de dos o tres niños, y le saludarían como extrañas. Sólo su familia la aguardaba en Zewi Khemi, e incluso sus rostros se le habían desdibujado con el tiempo, como las pinturas corporales con el sudor provocado por el sol de mediodía.

—Yo… creía que eras mi amiga. —Las lágrimas acudieron a los ojos de Uriel sin ser llamadas.

—Lo soy —replicó Mara, con una sonrisa —, y he pensado acompañarte a Zewi Khemi. ¡Por eso no te echaré a faltar!

—Pero Mara, tu lugar está aquí, junto a tu pueblo. Seguramente llegarás a ser su Madre; en cambio, en Zewi Khemi nunca te aceptarán ni siquiera como guardiana de la Diosa, pues eres una extranjera.

Mara no contestó. No podía decirle que la quería y que nunca la abandonaría mientras aquel siniestro espíritu de Kurmil —libre por su culpa— se cerniese sobre el rostro de Uriel.

—Prefiero labrar campos contigo a ser Madre sin ti. ¿Quieres que seamos hermanas de sangre?

Uriel, sin encontrar palabras, la abrazó llorando. Durante unos momentos, el llanto de las dos barrió la siniestra herencia que les había dejado Kurmil. Por desgracia, las lágrimas compartidas no duran para siempre.

ONCE

—¡Has fallado otra vez! —exclamó Ahkim.

El venablo silbó a más de dos pasos de la gavilla de paja que servía como blanco; era un disparo del que se habría avergonzado un niño de pecho. Ya habían transcurrido seis tristes inviernos desde que el espíritu maligno destruyó el futuro y la felicidad de Koshmar; hacía mucho que éste había renunciado a volver a caminar normalmente. Ahora se conformaría con cazar la pieza que le permitiera convertirse en adulto, pero esto parecía una tarea imposible. Le había costado tres estaciones de ímproba perseverancia conseguir lanzar la azagaya con una fuerza aceptable sin rodar humillado por el suelo; sin embargo, no había manera de alcanzar un mínimo de precisión en los tiros. Ahkim, más tenaz que su amigo, le obligaba a entrenarse en un claro del bosque cercano a la aldea, oculto a todas las miradas para evitar las risas que los tragicómicos intentos hubieran despertado en los espectadores. Si no hubiese sido por él, haría tiempo que Koshmar hubiera renunciado y le habría suplicado a la Madre que tomara su vida para Kalaach, la diosa de la muerte dulce, igual que hacían los viejos cuando los achaques de la edad les resultaban insoportables.

—¡Ya me he dado cuenta, maldita sea! ¡Es la pierna lo que tengo inútil, no los ojos! —Koshmar se sentía furioso por los fracasos repetidos.

Ahkim trajo de nuevo los venablos de entrenamiento. Koshmar los arrojó al suelo, desesperado.

—¡Es imposible, así nunca conseguiré cazar nada!

—¡No lo entiendo! Si cuando éramos niños esto resultaba tan fácil para ti...

—Cuando éramos niños, mis dos piernas me obedecían —le recordó Koshmar con acritud.

—¡Es tan sencillo! Colocas el venablo en el propulsor, tomas impulso, plantas los dos pies firmemente en el suelo... —dejó de hablar ante la mirada asesina de su amigo.

—Sé muy bien lo que hay que hacer. El problema estriba en plantar los pies en el suelo.

Los dos se sentaron bajo una sombra, agotados por el ejercicio y las agrias discusiones. Al cabo de un rato, Ahkim volvió sobre el mismo tema, que se había convertido en obsesivo para ellos:

—Examinemos el problema de nuevo, igual que cuando se pierde un rastro dificultoso y hay que girar pacientemente hasta recobrarlo. ¿De acuerdo?

—Ahkim, ya lo hemos intentado docenas de veces.

—Una vez más no nos perjudicará.

—De acuerdo. —Koshmar cedió ante su insistencia. Desechó las fantasías suicidas que lo agobiaban e intentó concentrar su mente.

—Has de conseguir capturar una pieza de caza mayor para llegar a convertirte en un hombre, ¿correcto?

—Sí.

—Y ha de ser una pieza de caza mayor, no sirve ni un conejo ni una cabra de nuestros rebaños, por poner un ejemplo.

—¡Ahkim! ¡Estás diciendo tonterías!

—Perdona, intento no dejar ninguna posibilidad olvidada —se excusó, frunciendo el entrecejo—. Recuerda que yo me convertí en un hombre matando un cabrito, pero fue algo excepcional. Me temo que es inútil pensar en las azagayas.

Koshmar miró con odio el blanco tan cercano, pero tan inaccesible a sus disparos, y negó con la cabeza.

—¿Y el arco? Podrías esconderte en algún abrevadero y cuando fuese a beber un ciervo o una gacela...

—Le clavaría una flecha y cuando lo alcanzase cojeando, haría tiempo que los lobos y las hienas habrían dado cuenta de sus restos.

—A lo mejor tienes suerte y no será así.

—Lo más probable es que no tenga suerte.

—Sí, eso es lo más probable —tuvo que admitir Ahkim—. ¿Y las boleadoras?

—¿Me imaginas corriendo tras una manada de onagros?

La escena era tan ridícula, que Ahkim no se molestó en responder.

—Entonces, sólo nos queda la honda.

—¿Tú o alguno de la tribu ha conseguido alguna vez tumbar un ciervo a pedradas?

—Pues no; aunque tampoco hemos probado, porque disponemos de arcos y flechas.

Se sumergieron en un silencio repleto de presagios pesimistas.

—Desde luego, como nunca cazarás será corriendo tras las presas para agotarlas —intentó bromear Ahkim, pero Koshmar no estaba de humor para reírse de sí mismo. No contestó.

—¡Ya lo tengo! ¿Por qué no capturo yo mismo un ciervo o una gacela y luego decimos que ha sido obra tuya?

—¡Ahkim, eso sería un sacrilegio! ¡No se debe engañar a la Diosa!

—¿Ah, no? —Ahkim se había vuelto muy irreverente—. ¿Por qué no?

—Porque no estaría bien —le respondió Koshmar.

—Bueno, en el mundo existen muchas cosas que no están bien. La caza que escasea, las mujeres que mueren de parto en su juventud... No creo que un pequeño engaño supusiese mucha diferencia.

—Y además, la Diosa me castigaría. —A veces Koshmar se asustaba por la falta de principios morales de su amigo. Recordó que Ahkim no había tenido ninguna madre que le enseñase a distinguir lo bueno de lo malo; su única maestra había sido la propia necesidad de sobrevivir.

—¡No se cómo Ella te iba a perjudicar más aún! ¡A lo mejor te paralizaba una mano, pero creo que el riesgo vale la pena! Total, no parece que seas su favorito, precisamente.

—Si se descubriese la superchería (y la Madre no es tonta), acabaríamos los dos en el poste de tortura. —Koshmar trató de pasar por alto la blasfemia de su amigo.

—Esto sí que es un argumento de peso —admitió Ahkim—. Sin

embargo, mirándolo con frialdad, todos nuestros compañeros se han convertido en adultos desde hace tres o cuatro veranos.

—No hace falta que me lo recuerdes —masculló su amigo, añadiendo el juramento más soez que conocía.

—Tú eres el único que falta por ser adulto.

—¡Maldita sea, Ahkim! ¿Quieres callarte de una vez?

—Y te está prohibido introducirte en ninguna mujer, ni siquiera en tu hermana, hasta que seas oficialmente un adulto; pero te mueres de ganas por probarlo. Es natural, tienes edad de sobra para ello: cada vez que ves algún coito se te pone el miembro duro y tienes que ir a descargarte tú mismo a un rincón escondido.

—¡Ahkim!

—Pero un día no resistirás más e intentarás penetrar a alguna mujer sin ser un adulto, lo que significa romper un tabú; esto te enviará directamente al poste del tormento. Y como yo desafiaré el poder de la Diosa y de la Madre por salvarte, porque eres mi único amigo, acabaremos los dos atados juntos mientras los perros nos roen las tripas. Por lo tanto, y aquí termina el sendero de mis pensamientos, si hiciésemos trampas al menos contaríamos con una oportunidad de salvarnos.

Koshmar suspiró con paciencia. Había cosas que Ahkim no comprendía.

—Escucha, yo *quiero* cazar mi presa y convertirme en un hombre de verdad. No haría trampas, aunque supiese con certeza que nadie iba a descubrirnos.

—¡Yo no tenía tantos miramientos cuando me veía obligado a robar la leche de las cabras para sobrevivir!

—¡Pues yo sí que los tengo!

Los dos amigos se encerraron en un enfurruñado silencio. Al cabo de un rato, Ahkim dijo:

—Supón que corro detrás de un ciervo durante todo el día hasta que se le doblan las patas, pero en vez de matarlo, le echo un lazo al cuello y te lo llevo a donde tú esperases. Serías tú el que le clavaría la flecha; y el animal, agotado, no podría escapar muy lejos. ¿Qué te parece?

—Ahkim, no. Por última vez te lo digo. Quiero sentirme un

hombre de verdad. Antes prefiero suicidarme pidiendo la muerte a Aster.

Tras mascullar algunas inconveniencias sobre los niños malcriados que por tener una madre se creían que el mundo era un lecho de pieles de oveja, Ahkim renunció a seguir proponiendo soluciones. Permanecieron callados, tirando piedrecillas a los árboles. Últimamente estaban de tan mal humor, que no disfrutaban como antes intentando desentrañar los misterios de la naturaleza: tanta era su obsesión por lograr que Koshmar se convirtiese en un hombre.

Se levantaron para regresar a la aldea cuando el sol ya alargaba las sombras.

—¿Vendrás mañana para seguir entrenándote? —preguntó Ahkim, recogiendo los venablos.

—No, mañana no puedo, porque mi hermana Uriel ha regresado del poblado del río y va a hermanarse con una mujer. Celebraremos una fiesta.

—Dale mis buenos deseos de mi parte. ¿Quién es ella?

—Es una chica del río, una de esas salvajes, la hija de Oria.

—Un día de estos iré a conocerla —dijo Ahkim— y tal vez me deje penetrarla... ¡Oh, perdón!

Ahkim siempre intentaba fingir que se encontraba en la misma situación que su amigo, para no aumentar su sufrimiento, y nunca yacía con ninguna hembra ante él ni comentaba sus aventuras; pero a veces se le escapaba alguna frase que quemaba las entrañas de Koshmar.

—No te preocupes —respondió éste con una sonrisa que quería disimular su amargura. Aunque intentaba ocultarlo, Koshmar sabía que la apuesta figura de Ahkim y el valor de sus oscuros ojos despertaba las pasiones de las jovencitas... y de las que no lo eran tanto. Sin embargo, Ahkim parecía más bien menospreciar a todas por igual, y sólo entraba en ellas cuando la tensión de su cuerpo se le hacía insoportable.

Al día siguiente, Koshmar se dirigió hacia la choza de su madre, donde vivirían las dos amigas hasta que construyesen la suya propia. Como regalo, había tallado en arenisca una preciosa estatua de la Gran Diosa. Puesto que no podía pastorear ni cazar, se había especializado en fabricar las herramientas de piedra y hueso que la tribu necesitaba para su vida cotidiana; así no se sentía un parásito inútil. Al no tener nada más en lo que distraerse, había adquirido una gran destreza.

Koshmar odiaba las reuniones sociales, pues desde su enfermedad se había vuelto tímido y vergonzoso, le parecía que todo el mundo miraba su pierna tullida. Durante las fiestas de la tribu, desaparecía y se refugiaba en la vacía cabaña del clan; además, le era insoportable ver cómo todos los que habían sido sus compañeros encontraban una mujer, mientras su tabú se lo impedía. Sin embargo, ahora consideró que no le era posible faltar a la reunión sin infligir una ofensa a la nueva hermana de sangre de Uriel; por lo tanto, apoyándose en su venablo, se encaminó hacia la puerta de la cabaña de Nohara, tratando de cojear lo menos posible. Unos niños se burlaron de él y empezaron a imitarle, pero consiguió apartarlos de sus pensamientos.

En la pequeña choza de Nohara reinaba un ambiente eufórico, pues Aster había regalado, en nombre de la tribu, un cordero y un odre de cerveza para festejar la ocasión, como era costumbre.

Su tío Tamar, que también había regresado a Zewi Khemi, rehuyó la mirada de Koshmar, enrojeciendo, y no le habló. Nohara hacía los honores a los invitados y repartía generosas porciones de carne asada y de tortas con miel, que la gente devoraba con la ansiedad requerida por la buena educación, chorreándoles grasa por las comisuras de los labios.

Mara y Uriel se encontraban en el fondo de la cabaña, coronadas con guirnaldas de flores y luciendo una sonrisa de felicidad en sus rostros. Se daban la mano como si no quisiesen separarse nunca.

Desde el umbral, Koshmar observó con detenimiento a la que a partir de ahora sería su pariente. Era aproximadamente de su misma edad y altura, quizás algo más joven; poseía unos atractivos ojos negros que brillaban por la alegría del momento y su piel parecía suave como la de una manzana silvestre, sin marcas de enfermedades y con sólo dos o tres pequeñas cicatrices. Ella misma se asemejaba a una flor más sobresaliendo entre las guirnaldas y pudo escuchar su risa, que era como el tintineo de un arroyo; sus tersos pechos evidenciaban que aún no había criado ningún hijo, lo que era muy raro para su edad. La vio actuar con gran soltura hablando con los invitados —ahora recibía el regalo de unas plumas de búho para usar como adorno—, con unos modales que revelaban una esmerada educación, a pesar de provenir de una tribu salvaje.

Koshmar apoyó su venablo en el suelo, como si él fuese un cazador que nunca quiere abandonar su arma y, cuando nadie le miró, avanzó un paso hacia la muchacha. No quería que se diesen cuenta de que estaba cojo, aunque todos lo supieran. Sujetó con fuerza la estatuilla de la Diosa, que había envuelto en una piel de conejo para que nadie la viera hasta que fuese entregada.

Dio un nuevo paso, mientras la sangre se le arremolinaba en el rostro. Nadie parecía preocuparse por él y se atrevió a moverse de nuevo. Ahora se apoyó contra la pared, como si observara displicente la fiesta. Ya sólo faltaba un paso más para alcanzar a las dos amigas. Esperó a que uno de los invitados se interpusiese entre ellas y su figura contrahecha, y se lanzó adelante. ¡Diosa, te lo ruego, no permitas que tropiece ahora!

—Os deseo mucha felicidad en vuestra nueva vida. —Koshmar surgió como una aparición cuando el invitado se apartó. Tanto Uriel como su nueva hermana de sangre parpadearon sorprendidas.

—Mara, querida, éste es mi hermano Koshmar. Koshmar, hermano, ésta es Mara, hija de Oria, de la tribu del río.

Koshmar y Mara se tocaron mutuamente el pecho, en señal de que ahora eran parientes y se debían respeto y protección. Uriel enrojeció de vergüenza y su hermano intentó mantener escondida su pierna deforme, mientras se apoyaba lánguidamente en su azagaya, en un gesto tan varonil que hizo sonreír a los presentes, pues conocían la anomalía de Koshmar.

Uriel le había dicho a Mara que tenía un hermano menor, pero había callado su ignominiosa deformidad. Mara parecía creer que todo en Zewi Khemi era maravilloso y, fascinada por la admiración que brillaba en sus ojos, Uriel no había querido desengañarla. Al fin y al cabo, nunca lo conocerá, se decía al principio; o quizá Koshmar se suicide pronto. Los mensajes que Aster me envía a través de las guardianas de la Diosa dicen que está triste y melancólico, con la muerte rondándole el alma.

Durante la noche anterior, Uriel no había soñado con el futuro que aguardaba a su amistad con Mara, como habría sido normal, sino que había permanecido despierta, intentando encontrar una manera de confesarle a su amiga que su familia estaba manchada por el deshonor. Pero el amanecer había iluminado sus pupilas y todavía no había encontrado la manera de confesar la mentira que tan celosamente había guardado.

—Os he traído un regalo para demostrar mi buena voluntad —dijo Koshmar, ofreciéndoles la estatuilla envuelta en piel.

—¿Qué es? —se preguntó Mara, cogiéndola de sus manos. La voz de la extranjera poseía un acento diferente, tan musical como el gorjeo de los pájaros durante el crepúsculo—. ¡Oh, fíjate, querida Uriel, es una estatuilla de la Gran Diosa! Es preciosa. ¿Quién la ha tallado?

—Yo mismo —admitió Koshmar, sin poder apartar la mirada de Mara. Aquellos ojos oscuros lo miraron con admiración mientras los finos dedos acariciaban el suave contorno de la estatua.

—Mi hermano Koshmar es muy hábil tallando la piedra y el hueso —señaló Uriel.

—¡Venid a ver la maravillosa estatuilla de la Diosa que nos ha regalado Koshmar! —Todos se arremolinaron en torno a ellos y, cortésmente, admiraron la talla. Koshmar trató de olvidar su pierna deforme.

Tras algunas frases más de felicitación, lo correcto habría sido apartarse y unirse a la fiesta que se desarrollaría en torno a la hoguera del exterior; pero ¿cómo dar un solo paso sin delatar su cojera a las miradas que se clavaban en él? Sus pies parecían haberse convertido en piedra y se negaban a obedecer su voluntad: no podía moverse. Uriel comenzó a agitarse incómoda.

—Tu hermano Koshmar será un gran cazador —dijo Mara a Uriel, sin darse cuenta de que cada uno de sus cumplidos era un venablo que desgarraba las entrañas al tullido que estaba ante ella—. Fíjate, todavía no lleva en su piel la marca de adulto y ya es tan alto como un guerrero; el vello cubre su pecho y su rostro, y nunca he visto hombros tan fuertes, ni siquiera entre los más valerosos cazadores de mi tribu.

Los dedos de Mara se habían posado sobre los hombros de Koshmar que, cierto era, se habían desarrollado extraordinariamente porque siempre debía andar apoyándose en una azagaya. La calidez de las palmas de las manos de la muchacha notaron el temblor del cuerpo de Koshmar; pero ella creyó que se ruborizaba ante los halagos. No llevaba el tatuaje que lo identificaba como hombre y esto había provocado la confusión. Mara trató de animarlo a hablar:

—Dime, pariente, cuándo cazarás tu presa y te convertirás en hombre, para prepararte un obsequio digno del que nos has entregado.

Involuntariamente, Mara había sido más sarcástica que todas las burlas sufridas por Koshmar durante la última estación. Un espíritu asfixiaba los pulmones del muchacho y su entorpecida lengua fue incapaz de responder. Un silencio de muerte invadió la choza y los presentes miraron al suelo, compungidos, pues no habría sido educado reírse de Koshmar en la cabaña de su propia madre.

—Pero ¿he dicho algo incorrecto? —se asombró Mara. Como no obtuvo respuesta de los temblorosos labios de Koshmar, se volvió hacia Uriel. También estaba paralizada por la vergüenza—. ¿Acaso he roto un tabú de esta tribu sin saberlo?

Por fin, Nohara se acercó a ella y, con mucha dificultad, empezó a decir:

—Mara, querida hermana de sangre de mi hija, verás. Mi hijo Koshmar... mi desgraciado hijo Koshmar...

Éste no pudo resistirlo más y, sollozando, abandonó la cabaña sin que le importase en absoluto que todos le vieran cojear. Cuando hubo traspasado el umbral —le pareció tardar una luna en llegar a él, aunque sólo eran media docena de trastabillantes pasos—, se apoyó en el muro exterior mientras las lágrimas humedecían sus mejillas. Así escuchó la clara voz de su madre:

—Mi desdichado hijo Koshmar... ¡es un tullido y nunca podrá cazar una presa! ¡Jamás será un hombre!

Cojeó hacia la cabaña del clan de la serpiente y encontró a Ahkim en la puerta, mirando las estrellas del cielo.

—¿Qué tal ha ido la fiesta?

—Aburrida, como todas las fiestas familiares —mintió Koshmar, agradeciendo que la oscuridad disimulase las lágrimas.

—¿Y la hermana de sangre de Uriel? ¿Es guapa?

—Mucho —suspiró, recordando su belleza—. Pero ahora perdóname, estoy cansado y quiero acostarme.

A la mañana siguiente, Koshmar despidió con una sonrisa a Ahkim, que salía con el ganado. Luego se acercó al centro de la aldea y les dijo a las guardianas de la Diosa que deseaba hablar con la sacerdotisa.

—Madre, deseo morir.

—Te estaba esperando desde hace mucho tiempo, Koshmar, hijo de Nohara, mi desgraciado nieto. No pude sacrificarte cuando quedaste cojo, porque ya eras una persona; pero ahora comprendes que esto no fue una suerte, sino una desgracia, ¿verdad?

—Sí, Madre, mi vida no es vida.

—Por eso Kalach, la diosa de la buena muerte, está siempre dispuesta a acoger en sus dulces brazos a quienes están maduros para morir. ¡Cuánto más sabio es abrazarla, en vez de sufrir los embates y los dolores de la vejez, convirtiéndote en una carga para tu familia, para tu tribu y para ti mismo!

—¿Cómo moriré? —No era necesario que nadie le ensalzase las virtudes de la muerte.

—Te daré a beber la dulce sangre de un cordero en la que habré mezclado cicuta de los pantanos. Un placentero sueño te invadirá y sin darte cuenta habrás olvidado tus sufrimientos.

—¿Puede ser ahora mismo?

—No, la Ley lo prohíbe. Has de esperar una luna completa, para estar seguro de que en verdad deseas morir.

—¡Pero yo deseo morir desde hace mucho tiempo!

—Sólo ahora lo has solicitado. Una luna.

—¿Y si me arrojase por un barranco o me clavase un puñal en el pecho, para que saliera mi dolor?

—Entonces, tu cadáver quedaría insepulto y tu espíritu no conocería el descanso que ansía. Ten paciencia, verás cómo una luna pasa pronto.

—¿Podría pedir algo?

—Tú puedes pedirlo, aunque quizá yo no pueda concedértelo. —Aster había visto mucho sufrimiento a lo largo de su vida, pero pocas veces la había conmovido tanto. «Soy la Madre —se recordó—, debo ser justa.»

—No me gustaría morir antes de penetrar en una mujer.

—Conviértete en adulto y podrás penetrar en muchas.

—¡Pero precisamente deseo morir porque no soy capaz de convertirme en adulto!

—Yo no puedo cambiar la Ley de la tribu para ti. Y recuerda que si intentases incumplir el tabú que prohíbe el sexo antes de ser adulto, cambiarías el tranquilo desvanecerse de Kalach por la dolorosa y terrible muerte en el poste de tormento; y la mujer te acompañaría. Y tal vez también tu madre Nohara, demasiado débil para ejecutarte. Hazme caso y no cometas una estupidez, no vale la pena.

Koshmar salió de la casa de la sacerdotisa sintiendo una extraña paz en el hígado. Los insultos y las risas que, como siempre, despertó en los niños no le hicieron mella alguna.

—¿Esto es lo que se siente al estar muerto? —se preguntó.

Sin saber qué hacer, se dirigió a su lugar habitual de trabajo y empezó a tallar un cuchillo de obsidiana; le pareció un buen regalo para Aster, en agradecimiento por ayudarle a morir. Al fin y al cabo, a ella, más que a nadie, le estaba vedado violar las Leyes; no podía reprochársele que fuesen como eran. Koshmar nunca conocería la sensación de estar con una mujer.

Al poco tiempo, vio acercarse a Mara. Intentó fingir que se hallaba muy ocupado con su trabajo y que no la había visto; ya no tenía tiempo de esconder su repugnante pierna enferma debajo de las nalgas, como siempre hacía para tratar de disimular su deformidad. Sonrió con amargura: un cadáver, como ya casi era él, no se preocupa de las apariencias.

—Saludos, pariente —dijo Mara, poniéndole la mano en el pecho y sentándose a su lado. Para no ser grosero, Koshmar le devolvió el saludo; cuando miró sus ojos, se dio cuenta de que estaban enrojecidos por el llanto. El sol brillaba en su negro cabello como si estuviera compuesto por hilos de obsidiana.

—Así que aquí es donde trabajas.

—En efecto, bien lo puedes ver. —Koshmar no estaba muy comunicativo. Había arruinado su fiesta y ella estaba en su derecho de reprochárselo; Koshmar sólo quería que terminase pronto y le dejase proseguir con su tarea. Después de todo, se recordó, estaría muerto dentro de una luna.

—Éste es un lugar muy agradable, no se siente ni frío ni calor —aventuró Mara.

—En efecto, no sentir nada tiene que ser muy agradable.

De nuevo se hizo el silencio entre los dos.

—Tu regalo me gustó mucho. ¿Puedo ver algunos de tus otros trabajos?

—No tengo ninguno aquí, todos están guardados en la cabaña de mi clan.

—¡Qué lástima!

El tormento se le hizo insoportable a Koshmar y decidió facilitarle la tarea a Mara. Cuanto antes le reprochase su audacia al ir a su fiesta siendo un pobre tullido, antes volvería al refugio de su soledad.

—¿Pasaste una buena noche? —preguntó el muchacho, tratando de no apartar la vista de la piedra que tallaba.

—He vivido peores noches. Por ejemplo... ¿Sabes? ¡En realidad no soy capaz de recordar una noche peor! —Mara rió con amargura. Su humor áspero presagiaba una desagradable tormenta, igual que el viento del poniente atrae la ira de Zohar.

—Lo siento, no debí atreverme a ir a tu fiesta.

Los ojos negros de Mara se agrandaron.

—¿Qué dices? ¡Si he venido para excusarme por mis imprudentes palabras!

—¿No estás enfadada?

—¡Contigo no! En cambio, con Uriel... ¿Cómo no me advirtió de que su hermano era un tullido? ¡Casi me muero de vergüenza cuando me di cuenta de lo que había hecho! ¡Qué torpemente me comporté! Hemos pasado la noche discutiendo.

—Verás, no debes culparla, porque desde siempre se ha avergonzado de nuestra madre. Al convertirme yo en un tullido...

—Vuestra madre lleva sobre sí el signo del tabú sexual porque quedó inútil tras tu parto, pero no veo que eso tenga nada de vergonzoso —respondió Mara, perpleja—. Es una mutilación honorable, como si tú hubieses quedado cojo en una cacería o en una guerra.

—Pero no te ha dicho que mi madre sufre una extraña enfermedad: le horroriza derramar sangre o provocar la más pequeña muerte. A pesar de todo lo que hemos hecho, no nos ha sido posible curarla, y su defecto es más fuerte a medida que pasan los ciclos de estaciones.

—¡Uriel no me había dicho nada! ¡Y yo que pensaba invitar a Nohara a matar juntas los corderos de la tribu para el banquete de primavera, aprovechando ese alegre y sangriento ambiente para estrechar los lazos entre nosotras!

Mara se quedó pensativa.

—¿Con qué familia voy a convivir? —se preguntó Mara en voz alta—. Mi hermana de sangre me miente, tú eres un tullido y Nohara es una cobarde. ¡No era esto lo que yo soñé!

Koshmar no pudo menos que reírse, porque él había pensado mil veces algo similar sobre su vida que tampoco era como había esperado. Mara lo miró perpleja, preguntándose si además de ser un tullido no estaría loco; pero luego sus carcajadas se unieron a las de Koshmar.

—¿Te imaginas que Nohara se desmayase mientras degollamos los corderos? —reía Mara.

—¡Me lo imagino perfectamente! —Koshmar apenas podía mantenerse erguido de tanto reír—. Verás, cuando yo era niño, mataron a un delincuente de una forma muy divertida. Pues bien, mi madre, en vez de disfrutar como todos...

Así charlaron un buen rato, burlándose de sus propias desgracias. Por fin, Mara se dio cuenta de que sus obligaciones la esperaban y se levantó para irse.

—Entonces, ¿perdonas mis imprudentes frases durante la fiesta? —preguntó.

—Sólo si tú perdonas que yo me deslizara como un leopardo que acecha a un rebaño, para que no notases mi defecto y no pudieses evitar decir tonterías —le respondió Koshmar.

—Hasta pronto. —Mara le tocó en el pecho—. Me alegro de que ahora seamos parientes.

—Hasta pronto —se despidió Koshmar, devolviéndole el gesto. Sintió el dulce calor del seno en su callosa mano, llena de cortes por el trabajo de la piedra.

—¿Estarás aquí mañana? —le preguntó Mara, volviéndose de pronto, cuando ya se iba. Su cabellera se agitó en un gesto infantil que arrancó brillos negros a la luz del sol.

—Aquí estaré. No puedo ir a cazar ni a cuidar del ganado; ¿adónde quieres que vaya? —contestó Koshmar. Extrañamente, al enfrentarse a su defecto, no sentía tanta amargura como siempre.

—¿Te molestaría mucho que trajese aquí mi piedra de moler cereales, para hablar contigo mientras trabajo? No conozco a ninguna mujer que me haga compañía y veo que tú también estás solo.

—Por supuesto que no me molestará. —Koshmar experimentaba algo raro en el pecho, como cuando era un niño y soñaba con cacerías. Pero no era exactamente lo mismo.

—Entonces, hasta mañana.

Mientras veía alejarse a Mara contoneando sus bien formadas caderas, Koshmar sintió una extraña tristeza y, por primera vez, lamentó saber que moriría antes de una luna.

DOCE

Después de ese día, Mara acudió a moler junto a Koshmar cada tarde, y hasta que el sol bajaba, charlaban sobre todo lo que les pasaba por la mente, como si fueran dos amigas.

—¿Sabes por qué nunca faltan estrellas, a pesar de que todas las noches caen muchas? —le preguntaba Koshmar.

—No, ¿por qué? —Ella abría sus negros ojos, como intentando penetrar mejor el misterio.

—Porque las estrellas, como los humanos, poseen su territorio; y las estrellas fugaces son sus hijos que buscan nuevos lugares donde establecerse más allá del horizonte —le explicaba Koshmar, orgulloso de la solución que habían encontrado él y Ahkim tras largas cavilaciones.

—Y tú, ¿sabes por qué los niños lloran al nacer?

—Nunca lo había pensado —admitía Koshmar, perplejo. Los varones no se ocupaban de los niños para nada.

—Porque cuando llegan al mundo y ven cómo es, desearían regresar al interior de su madre y ya no pueden. Entonces, gritan y se enfadan, pero es inútil.

Mara poseía, como Ahkim y Koshmar, un espíritu curioso y anhelante por aprender. Se dirá que esto no es excepcional en el caso de una mujer, pues todos sabían que por naturaleza eran más inteligentes que los hombres y, además, disponían de una educación superior. Incluso podían llegar a ser guardianas de la Diosa, las custodias del más esotérico conocimiento humano. Pero a ella no le importaba que Koshmar perteneciese a un sexo inferior, sino que lo trataba como a un igual, casi como si también fuera una mujer. Mara provenía de una sociedad mucho más igualitaria en la que ambos sexos poseían la misma importancia, aunque sus tareas también estuvieran rígidamente separadas

Hasta entonces, Ahkim y Koshmar sólo habían utilizado sus mentes para encontrar las verdades que anhelaban; se habían visto obligados a arrancar pedazos de conocimiento a Nohara, la única mujer que no tomaba a risa sus ansias de aprender, como perros hambrientos que mueven la cola suplicando un hueso cuando los cazadores se dan un festín; y por eso sus ideas eran fragmentarias e incompletas. Ahora, en cambio, Mara había sido educada por Uriel, que era una guardiana de la Diosa, y por muy extraño que pareciese, no le importaba compartir su sabiduría, salvo en los temas vedados a los varones.

Había veces que los errores de Koshmar despertaban su risa y sus pechos se movían arriba y abajo; pero parecía considerar muy meritorio que un hombre con su pobre educación hubiese sido capaz de traspasar el umbral del saber.

A su lado, Koshmar se sentía ignorante, muy ignorante; al mismo tiempo, lamentaba tener que morir tan pronto, pues el placer de su compañía le hacía olvidar que no era un hombre completo. Cuando Koshmar le mostraba las tallas de piedra y hueso que esculpía para distraer el tedio de fabricar siempre puntas de flecha, raspadores y demás objetos utilitarios, Mara suspiraba y pasaba sus manos por las pulidas superficies sin saber cómo expresar lo que en ella se despertaba. El arte, aunque existía, no poseía aún una palabra para designarlo.

En esos momentos en que Mara captaba la magia que se escondía en las tallas de Koshmar, ella se maravillaba y olvidaba la terrible vida a la que ella misma se había condenado por acompañar a Uriel; no se acordaba del dolor de espalda producido por cultivar la tierra, ni de las callosidades que empezaban a formarse en sus manos. En su tribu, como sucesora natural de Oria, había estado exenta de estas tareas fatigosas; ahora comprendía mejor lo que sacrificaban las mujeres para salvar a sus hijos.

Mara también olvidaba entonces el desencanto ante su nueva

vida, y no sólo por el tedioso trabajo. Uriel estaba siempre ocupada en sus tareas como guardiana de la Diosa, y únicamente podían hablar las dos antes de que el sueño las venciera por la noche. En muchas ocasiones la fatiga superaba a la amistad y discutían por naderías.

Se sentía sola. Las mujeres del clan de la serpiente se reían de su forma de pronunciar algunas palabras, o de su impericia al manejar el bastón de cavar, o la hoz, o el molino de cereales.

—¿Cómo es que aún no tienes ningún hijo, con lo mayor que eres?

—Ya parí dos, pero fueron varones y hubo que sacrificarlos para poder devolver el préstamo a Zewi Khemi —respondía ella.

—Ah, sí, claro. —Las mujeres se intercambiaban miradas escépticas.

—Podéis preguntárselo a Uriel, si no me creéis.

—¡Oh, sí te creemos! —Pero Mara escuchaba un cuchicheo: «¿Qué va a decir su hermana de sangre, sino respaldar su mentira?». Entonces, Mara enrojecía y volvía a concentrarse en su bastón de cavar y en la melodía que algunas cantaban para mantener el ritmo. Para no soñar con su antigua tribu, dejaba que su mente regresase a la tarde anterior con Koshmar: ¡le recordaba tanto a Uriel antes de que sufriese la maldición!

«Es cierto, es un hombre —si puede llamarse hombre a alguien incapaz de cazar una presa—, pero no parece tan estúpido y brutal como los demás. No habla sólo de caza, como todos. Además, es mi pariente y está solo, tan solo como yo en este poblado inmenso e inhumano, con docenas de mujeres casi desconocidas e indiferentes conmigo.»

De esta forma razonaba Mara consigo misma, para justificar el que corriese con su molino a reunirse con Koshmar en el escondido rincón donde éste trabajaba, apartado de la gente y de sus burlas.

—Querida, ¿quieres moler conmigo? —le preguntó Nohara.

—No, gracias, madre de sangre, ayer Koshmar estaba tallando un precioso cuenco de alabastro para la Diosa, y quiero ver cómo toma forma.

Nohara no dijo nada, sonrió y entró en su choza para ocultar a

Mara la tristeza que sentía. Sabía de la soledad que cercaba a su hijo y a Mara, porque era la misma soledad que ella había experimentado durante toda su vida, despreciada por causa de su débil carácter. Había intentado hacerse amiga de Mara, pero ella era la madre de su hermana de sangre: la edad que las separaba era como un muro. La edad...

¿Cuántas estaciones de siembra había vivido? Había perdido la cuenta. Tres docenas, por lo menos. Tomó su más preciada posesión, un pequeño trozo de obsidiana pulida y contempló el borroso reflejo de su rostro. Su piel estaba arrugada y agrietada por el sol, en sus cabellos ya se mezclaba el blanco con el negro, y le faltaban algunos dientes, aunque todavía no demasiados. Suspirando, rompió la obsidiana en pequeños pedazos, los enterró en el polvo y, tomando su molino de cereales, salió para sentarse sola a la puerta de su cabaña, como cada tarde. Se concentró en su trabajo para no recordar que ya era una anciana.

A pesar de que Koshmar y Mara procuraban apartarse del camino de las gentes, un día vieron a un hombre y una mujer que copulaban.

Koshmar enrojeció de vergüenza.

—Lo siento —le dijo ella, poniéndole una mano en el hombro, mientras Koshmar se enjugaba unas traidoras lágrimas de rabia—. A mí no me importaría que seas un tullido. Si no fuese tabú...

Koshmar notó que ella le compadecía, porque también sus ojos se empañaban. Furioso contra sí mismo, le espetó:

—Le he pedido la muerte a nuestra sacerdotisa y me la dará dentro de una docena de días. ¡No lo soporto más!

Ella palideció y se abrazó a su cuello. Koshmar sintió cómo sus pechos se le clavaban contra la piel, y fue tan doloroso como si hubiesen sido venablos.

—¡No, Koshmar, pariente mío, no lo hagas! ¡Estoy segura de que algún día conseguirás ser un hombre! ¡Sólo te hace falta paciencia!

—¿Paciencia? ¿Paciencia me dices? Durante cinco ciclos de estaciones he estado practicando pacientemente y ¿sabes para qué? —Se levantó con dificultad y tomó la azagaya que le servía de bastón—. ¡Para esto!

El arma voló temblando en el aire, sin seguir una trayectoria limpia, y fue a clavarse en el suelo a dos pasos del poste que Koshmar había tomado como blanco.

Se arrastró a buscarla como si fuese un gusano que repta por el polvo; parecía disfrutar con su propia humillación y no quiso pedirle a Mara que se levantase para alcanzársela. Cuando la recogió, pudo volver a ponerse en pie y, cojeando, regresar a la piel que le servía de asiento en medio de un suelo alfombrado de esquirlas de sílex y obsidiana.

—Quizá si practicase durante una docena de ciclos de estaciones más, fallaría sólo por un paso —le dijo, sarcástico—. Y eso que he tenido suerte en esta tirada, porque a veces me desequilibro y ruedo por el suelo como una res a la que se le han trabado las patas con una boleadora. ¿No lo has visto nunca? Es una pena, debe de ser muy divertido, porque los niños se ríen mucho cuando espían mis entrenamientos escondidos entre los arbustos.

—Tampoco tu madre puede unirse a los hombres y, sin embargo, no desea suicidarse —repuso Mara—. ¿No lo has pensado nunca?

No, no lo había pensado. Los hijos no se preocupan por los problemas de sus madres. Koshmar se enojó al enfrentarse a su propio egoísmo e, irritado, lanzó un juramento soez, como los que dicen los cazadores cuando no hay mujeres cerca.

Koshmar calló horrorizado ante la obscenidad que acababa de proferir. Mara enrojeció desde el rostro hasta el vientre, cogió su mortero y su cereal, y se marchó sin dedicarle una palabra de despedida.

—¡Mara, espera! ¡No quería decir lo que dije! ¡Nunca habría sugerido que...! —Se levantó e intentó correr tras ella. Apenas había dado dos pasos, probó el sabor del polvo en la boca. Se arrastró de nuevo hasta la piel donde se sentaba. Sentía tanta tristeza, que no pudo ni llorar. No había querido decir eso. ¿Cómo podían habérsele escapado del cerco de sus dientes unas palabras tan poco apropiadas? Había roto uno de los tabúes que regían las conversaciones entre varones y hembras.

Se le astilló la obsidiana que estaba trabajando y, con una nueva blasfemia, la arrojó lejos. Luego la tendría que recoger, claro está, porque era demasiado escasa y aún se podría aprovechar para obtener filos para las hoces.

Pasó el pulgar por sus falanges para calcular el número de días que le faltaban para morir: sólo una docena. Volvió a repasar de nuevo la cuenta, para cerciorarse de que no viviría ni un instante más de lo necesario. ¿Y si cometiese algún delito? Le parecía preferible morir pronto entre horribles sufrimientos antes que tener que resistir vivo tanto tiempo; pero no, pensó que entonces su madre se vería obligada a matarlo. Tal vez no fuese capaz de ello y prefiriese morir junto a él, pues era una cobarde. Debía esperar, por muy impaciente que se sintiera.

Aquel atardecer, Ahkim le saludó alegremente.

—¿Podremos reanudar mañana tus entrenamientos o ya has decidido convertirte en una mujer y pasar el resto de tu vida charlando con Mara? —se burló— Desde hace varios días no coges una jabalina si no es para usarla como bastón. Pero ¿qué te sucede? —le preguntó, al ver su rostro demudado.

—He solicitado mi muerte a la sacerdotisa. —Aquella jornada parecía propicia para declaraciones fúnebres.

—¡Por los prepucios de los doce machos que copulan con la Diosa! —blasfemó Ahkim, como tenía por costumbre—. ¿Te has vuelto loco o has bebido cerveza de algún odre robado?

—Ahkim, nunca podré usar la azagaya lo suficientemente bien como para capturar una presa.

—Bueno, tal vez. Pero escucha, durante estos días he tenido una idea. ¿Por qué no construimos un arco tan poderoso que sea capaz de atravesar un ciervo como si fuese un venablo, de manera que lo matase casi instantáneamente?

Koshmar movió la cabeza, desechando las fantasías que la inteligencia de su amigo creaba para consolarle.

—Koshmar, por favor, yo soy tu amigo. Hazme caso, tarde o temprano encontraremos el medio de que te conviertas en un hombre. No te rindas.

El tullido siguió negando tristemente.

—Koshmar, no me dejes solo, eres mi único amigo en el mundo. Por favor…

Pocas veces Koshmar había visto llorar a Ahkim. Se sintió turbado ante tal muestra de debilidad y le volvió la espalda para respetar su dolor; pero no podía hacer caso de su súplica y se tendió en su rincón para dormir. Poco después lo sintió acostarse a su lado, como siempre. No se dijeron nada.

Al amanecer siguiente, los dos amigos se despidieron sin hablar; Ahkim salió con el ganado y Koshmar se dirigió a su lugar de tallar piedra. No era prudente empezar a labrar otro valioso cuchillo de obsidiana, pues con sus emociones desatadas habría podido estropearlo; prefirió dedicarse a preparar una hoz, engastando pequeños trozos de sílex en una madera curva.

—Te saludo, Koshmar.

Era Mara. Koshmar intentó musitar una excusa por su comportamiento del día anterior, pero ella le puso un dedo sobre los labios.

—No es preciso que digas nada. Al principio me enfadé mucho, por supuesto; pero luego recordé que, a pesar de todo, eres un hombre, y que si no eres tan brutal y soez como los demás sólo es porque no puedes compartir sus cacerías. No eres más que un varón y yo casi lo había olvidado; quizá tú también olvidaste que yo era una mujer.

Permanecieron en silencio frente a frente, cada uno enfrascado en su trabajo. De pronto, ella le entregó una bolsita de cuero.

—Aunque sólo seas un hombre, no, por favor, no lo empeores excusándote, sigues siendo mi pariente, y no deseo que mueras. He aprendido de mi madre magias muy poderosas; con ellas he preparado este amuleto mediante el que podrás comunicarte con Kairoon, tu dios protector, para que te ayude a conseguir la presa que necesitas. Esta noche, antes de acostarte, come este pedazo de hongo y pon la bolsa sobre tus ojos.

Koshmar sonrió escéptico: durante demasiado tiempo había rezado primero, e increpado después, a todas las divinidades.

—¿Lo harás? —preguntó Mara, dejando traslucir la súplica en su voz. Koshmar frunció el ceño, dubitativo

—Koshmar, ¿lo harás por mí?

—Sí, lo haré por ti —asintió, aunque suponía que esto pertenecía al mismo tipo de falsas esperanzas que el fabuloso arco de Ahkim, tan potente que sería capaz de matar a un ciervo.

—Adiós, Koshmar. ¡No! No toques mi pecho para despedirte, aún siento dolor ante tu presencia.

Koshmar bajó la mano tristemente y contempló cómo se alejaba.

Por la noche hizo lo que ella le había ordenado. Pronto comenzaron a venir a su mente extrañas visiones: Ahkim corría y corría tras un ciervo, y él intentaba seguirle cojeando; al final se echaba a llorar y se dejaba caer al suelo. Entonces, una mano gigantesca lo arrebataba y lo llevaba a la cima de una montaña, donde aguardaban tres hombres cuya estatura doblaba la de un ser humano normal. Koshmar comprendió que se trataba de las tres divinidades masculinas más importantes.

El hombre de la izquierda no sólo estaba cojo, como él, sino que una monstruosa joroba deformaba su espalda; sin embargo, un brillo de inteligencia animaba sus ojos. Supo que era Kairoon, el dios de la astucia y de los ardides, su divinidad protectora.

El de la derecha, en cambio, llevaba collares y pendientes compuestos por calaveras humanas y su sola presencia era oscura y aterradora. Era Bahrma, el dios-demonio de la muerte cruel y violenta.

En medio se hallaba el más majestuoso de todos, los venablos de sus manos brillaban como relámpagos y su voz era un trueno. Su nombre era Zohar, el más fuerte de los dioses masculinos.

—La Gran Diosa quiere hacer morir a mi protegido —dijo Kairoon.

—Koshmar, al que todos llaman el tullido, no ha de morir, porque de él depende el éxito de nuestros planes —afirmó Zohar.

—¿Qué planes, oh dioses, debo cumplir? —les preguntó, humillando la cabeza en el polvo.

—No podemos decírtelos, porque eres como tu madre, tú también me odias a mí y a lo que represento —intervino Bahrma, jugueteando con las calaveras.

—¡Yo no soy como mi madre! ¡Yo soy normal!

Bahrma rió con carcajadas siniestras.

—¿Normal? ¿Normal? Todavía no te conoces bien.

—Me temo que además de cojo seas un cobarde, igual que Nohara —susurró Zohar, bajando la voz como si tuviese miedo de que alguien le oyese.

—Y un pervertido que ama a una mujer —añadió Kairoon, sin poder contener la risa—. ¡A una mujer!

—Y eso es muy, muy peligroso —intervino Bahrma, dejando de juguetear con las calaveras que le colgaban del cuello—, porque si la Gran Diosa se enterase, te entregaría a mí para que me distrajera un poco arrancándote las entrañas.

—¡Yo no soy un cobarde ni un pervertido! ¡Soy normal! ¡Lo único que ocurre es que no he podido cazar la presa que necesito para ser un hombre!

—No te preocupes, nosotros guardaremos tu secreto —dijo Zohar.

—Al fin y al cabo, para nuestros planes conviene que seas un cobarde y un pervertido.

—¡No lo soy! ¡No! ¡Yo sólo quiero cazar mi presa!

—¿Una presa? ¿Llamas una presa a un miserable ciervo? Cuando regíamos la tierra, antes de que la Gran Diosa nos venciese con la magia de la agricultura, un cazador ni siquiera se habría dignado a echarle una ojeada, pues no merecía el esfuerzo de perseguirlo —exclamó Zohar, entre colérico y burlón.

—¡Observa cómo cazaban los hombres de verdad! ¡Mira y aprende! —ordenó Kairoon.

Los tres dioses se desvanecieron dejando solo a Koshmar en la montaña. De pronto, se encontró en una llanura y la tierra comenzó a temblar, como si Zohar la golpease con su rayo; una nube de polvo apareció en el horizonte.

Eran incontables docenas de gigantescos animales similares a los que algunas veces los comerciantes mostraban dibujados sobre cortezas de abedul; parecían uros, toros salvajes, pero eran más grandes y llevaban gruesas jorobas que Koshmar supuso rellenas de sabrosa grasa. Adivinó que se trataba de los míticos bisontes, la mejores presas que jamás hayan existido. Koshmar se preguntó cómo los venablos podían atravesar su gruesa piel.

Entonces, en torno a ellos vio a muchos hombres y perros que les ladraban, les gritaban y agitaban ramas encendidas y azagayas, como si quisiesen empujarlos hacia algún lugar. La manada, aterrorizada, penetró en un desfiladero; pero de pronto, la tierra pareció engullir a los que iban al frente, y continuó tragándose a la despavorida manada hasta que había tantos bisontes en el agujero que los que venían detrás pudieron pasar por encima de los caídos. Koshmar comprendió que los hombres, con incomparable astucia y destreza, habían excavado un profundo foso recubierto después con ramas y tierra; así decían las leyendas que se cazaba antes, cuando innumerables herbívoros llenaban las praderas.

Los hombres sólo tuvieron que rematar a las inmovilizadas bestias, y había tanta carne que hasta los perros recibían un muslo. Hambriento, Koshmar fue a tomar también algo de comida; pero el jefe de la tribu le preguntó si ya había cazado su presa. Sintió una angustia en el pecho y huyó avergonzado de aquel lugar: no podía codearse con tan grandes cazadores. Sus carcajadas resonaban en las paredes del desfiladero, mientras le llamaban tullido.

Despertó angustiado y sudoroso; experimentó unas náuseas incontenibles y vomitó antes de poder salir al exterior de la cabaña.

—¿Te sientes enfermo? —Se despertó Ahkim. Los demás hombres siguieron roncando.

—No, sólo me ha sentado mal algo que cené —se excusó Koshmar. Tiempo habría de contarle tan extraña experiencia—. Voy a salir para refrescarme.

En el exterior contempló la aldea totalmente dormida, excepto por la tranquilizadora silueta de los centinelas que vigilaban el contorno para evitar que los leopardos robasen las reses. Ningún leopardo se había atrevido a atacar los rediles desde hacía dos o tres generaciones, pero para los hombres resultaba impensable abandonar esta tarea que les hacía sentirse imprescindibles.

¿Qué habían querido decirle los dioses? ¿Le habían indicado la manera de capturar su presa? Pero ahora no existían manadas a las que dirigir hacia un desfiladero... Sin darse cuenta, Koshmar se quedó dormido bajo el cielo estrellado.

Despertó de nuevo al amanecer, cuando las moscas empezaron a recorrer sus labios. Una extraña idea se había formado en su mente mientras dormía.

Se dirigió hacia un arroyo que corría cerca del poblado, con toda la rapidez que su cojera le permitió. Hacía mucho tiempo que no pasaba por allí, pero recordaba que cuando todavía era un muchacho lleno de salud, había visto muchas huellas de jabalíes en el barro de sus orillas. En efecto, allí estaban.

Los jabalíes, como todo el mundo sabe, son bestias muy peligrosas de cazar, pues van recubiertos por una piel tan gruesa que es impenetrable a los venablos, aunque se lancen con un propulsor. Sólo en el cuerpo a cuerpo un cazador puede atravesarla; y aun mortalmente herido, un jabalí puede abrir el vientre de cualquier hombre en menos de un latido de corazón. No es extraño que nadie los cazase y que todos evitaran sus rastros, aunque su carne fuese deliciosa.

Siguiendo su plan, buscó algunos troncos de árboles caídos y los colocó formando un círculo de un par de brazos de diámetro; en el centro dejó las tortas de cebada que deberían haber constituido su desayuno y regresó a la aldea con el estómago vacío, pero con una sonrisa en los labios.

Durante cuatro amaneceres, volvió al mismo lugar. Al quinto pudo comprobar que un jabalí se había comido las tortas. Las huellas eran claras: el animal había desconfiado ante los troncos y los había rodeado, olfateado, tanteado; sólo después de eso y con infinitas precauciones, se había introducido en el círculo y engullido las tortas. De nuevo, Koshmar dejó más alimento: perdía el desayuno, pero merecía la pena.

Renovó su ofrenda durante varios días más, hasta que el jabalí se confió y ya saltaba los troncos sin detenerse, considerándolos inofensivos. Entonces, Koshmar se dirigió a la cabaña de su madre.

—Madre, necesito que me prestes tu azada y tu palo de cavar.

—¿Qué dices? —saltó su hermana Uriel, que estaba en un rincón engrasando el mango de sus venablos—. ¿Ahora quieres cultivar un campo, como si fueses una mujer? ¿Por qué deseas avergonzarnos más de lo que ya lo hace tu cojera?

Uriel no había perdonado a su hermano que estropease aquella fiesta de bienvenida y le hablaba ásperamente. Él tenía la culpa de todos sus problemas con Mara. Además, Uriel sería la próxima Madre de Zewi Khemi y era vergonzoso tener por hermano a un cobarde incapaz de quitarse la vida cuando estaba claro que nunca sería útil para la tribu. A pesar de que la vida había cambiado y, objetivamente, la tarea de Koshmar como tallador de piedra era mucho más productiva que la de cualquier pastor, mujeres y hombres seguían pensando de la misma manera que sus antecesores: un varón que no cazase valía menos que un perro.

—¡Cállate! —intervino Mara, irritada por su falta de tacto. En la intimidad de la noche, las dos habían discutido muchas veces por culpa de la extraña amistad que Mara tenía con él. Si no llegaba a ser tabú, era, cuando menos, inconveniente y motivo de murmuración—. Estoy segura de que tu hermano sabe lo que hace.

—¿Para qué deseas mi palo de cavar y mi azada, hijo? —le preguntó su madre.

—Para cazar mi presa y llegar a ser adulto —contestó—. Kairoon me ha enviado un sueño y me ha mostrado cómo capturarla.

Las miradas de Mara y de Koshmar se cruzaron, y él supo que había sido perdonado.

—¡Esto es el colmo! —exclamó Uriel, exasperada—. No eres capaz de arrojar un venablo ¡y quieres lanzar un palo de cavar! ¿No se ríe la gente bastante de ti, como para que además hagas el ridículo siempre que puedas?

Koshmar tomó el palo de cavar y la azada sin prestar atención a los reproches de Uriel. Apenas salió el sol, se dirigió hacia donde iba a situar su trampa. Si todo iba bien, aquél sería el último día que se quedaba sin desayunar; si fracasaba, Kalach, diosa de la muerte dulce, se lo llevaría con ella.

El jabalí había vuelto a comer su cebo. Sonrió. Empezó a cavar en medio de los troncos, dejando la tierra que sacaba sobre una piel de oveja; cuando estaba llena, la vaciaba en el arroyo. Una y otra vez, la piel se llenó de tierra y Koshmar sudó y se agotó sin permitirse un descanso, pues la trampa debía estar dispuesta antes del anochecer.

Cuando el borde del hoyo llegó a sus hombros, se dio por satisfecho y plantó en el fondo las aguzadas estacas que había llevado consigo. Luego cubrió la oquedad con ramitas, hojas y tierra, de forma que quedase invisible; colocó en el centro las tortas y por último borró sus rastros olorosos con plantas aromáticas.

Si hubiese intentado cazarlo el primer día, el jabalí habría descubierto el engaño, pues su fino olfato era capaz de detectar la tierra removida y las ramas rotas. Pero ahora Koshmar esperaba que, adormecidos sus sentidos por la rutina de la comida fácil, saltase el tronco y sólo se diese cuenta del peligro cuando sus patas delanteras se posaran en el suelo que se hundía.

Aquella noche no pudo dormir a pesar de la fatiga, pensando en los pequeños detalles que podían fallar y destruir su plan. ¿Y si un zorro descubría las tortas e intentaba comerlas? ¿Y si el jabalí notaba el olor de la tierra removida, a pesar de las precauciones que había tomado?

Despertó a la mañana siguiente y se dirigió hacia la trampa. Trastabilló apresurándose hasta el arroyo, se arañó la piel con los espinos, tropezó varias veces... pero cuando llegó vio un enorme jabalí atravesado por las estacas en el fondo del pozo. El hígado de Koshmar se iluminó de alegría; rezó una oración de agradecimiento a Kairoon, pero en lo más íntimo supo que le debía la vida al amuleto de Mara, cuya magia era tan poderosa.

El jabalí era un macho viejo de largos colmillos. Pesaba tanto que, antes de sacarlo del pozo, Koshmar tuvo que rajar su abdomen y vaciar sus entrañas para aligerarlo. Desperdiciarlas así era inconcebible, pero en su eufórico estado de ánimo se dijo que podía permitirse tan estrafalario derroche.

Pasó unas correas de cuero por los tendones de las patas traseras del animal y comenzó a arrastrarlo. Le costó todo el día, pues era muy pesado y no es nada fácil tirar de un cadáver cuando una de las piernas no obedece bien a la voluntad.

A pesar de que para eso debía dar un rodeo y las correas se le clavaban en los hombros, pasó primero por delante de la cabaña del clan de la serpiente, donde sus camaradas se preparaban para el descanso nocturno. Cuando vieron al jabalí, se quedaron boquiabiertos.

—¡Por la vulva goteante de la Diosa! —exclamó Ahkim, abrazando a su amigo—. ¡Es una presa hermosísima! ¡Por fin ha servido de algo todo el tiempo que hemos empleado entrenándonos en arrojar el venablo. Pero... ¿qué azagayas usaste, que le has infligido unas heridas en las que cabe mi puño? ¿Has inventado una lanza gigantesca o qué?

Koshmar no podía contestarle, porque se hallaba rodeado de hombres que abrían la boca del jabalí para verle mejor los colmillos, que le preguntaban cómo había conseguido cazar una presa tan peligrosa, que se asombraban de su valor y de su habilidad, que examinaban con admiración las enormes heridas de la fiera... Parecía que, por unos instantes, todos olvidasen que Koshmar era sólo un tullido.

Los guerreros le aliviaron de su carga y colgaron al jabalí de una percha que portaron entre cuatro; Koshmar lo agradeció, porque sus hombros estaban desollados por el roce del cuero. Comenzaron a dar un paseo triunfal por la aldea.

Mañana quizá volviera a ser el tullido del que todos se burlaban, pero hoy cojeaba orgullosamente abriendo camino a su presa, mientras sus compañeros entonaban cánticos de caza. Los niños que el día anterior se reían de su caminar, ahora tocaban con sus manitas las duras cerdas de la piel del jabalí y temblaban ante sus colmillos. Las mujeres que siempre miraban a través de Koshmar como si no existiera, salían al umbral de sus chozas y dejaban quemarse las cotidianas tortas de harina, olvidadas sobre las brasas. Los hombres que antes le despreciaban, recordaban humillados sus propias presas, ninguna de las cuales podía compararse con ésta.

Cuando llegó a la cabaña de Nohara, su madre, Koshmar sacó del vientre del animal el hígado, que había guardado cuando tiró las demás entrañas, y lo depositó en sus manos como sangrienta ofrenda.

—¡Hijo mío! ¡Querido hijo! ¡Eres un hombre! —sollozaba ella, olvidando por un momento su repugnancia hacia la sangre. Nadie se extrañó esta vez de sus lágrimas, pues cualquier madre habría llorado de emoción si su hijo hubiese capturado semejante presa.

Su hermana Uriel le abrazó, como si con esta hazaña hubiese borrado la vergüenza anterior —por una vez su familia destacaba entre las demás para bien—, pero Mara se mantuvo apartada de Koshmar, como si sus emociones fuesen demasiado intensas y tuviese miedo de desatarlas. Sus ojos brillaban de alegría... y quizá también por algo más.

Continuaron el paseo triunfal hasta la cabaña de Aster, la sacerdotisa. Ella, ya advertida, aguardaba en el umbral vestida con su falda y con todas sus conchas cauri.

—Diosa, como un muchacho salí a cazar, como un hombre regreso con carne para la tribu —Koshmar pronunció las palabras rituales.

—Como un hombre te recibe la tribu a la que alimentarás con tu presa —le respondió Aster, igual que las sacerdotisas habían hecho siempre desde tiempos inmemoriales, convirtiendo a los muchachos en hombres. Los vítores llenaron la plaza y Koshmar se sentía feliz como nunca lo había sido. Aster ordenó que se le diera al cadáver del jabalí agua y alimentos, para que después su espíritu contase a los demás animales lo bien que trataban a sus presas los cazadores de Zewi Khemi, y así se dejasen capturar. A un gesto de la Madre, Koshmar entró con ella en la choza. Estaban solos.

—Por tu rostro veo que no confirmarás tu petición de muerte —dijo Aster.

—Ya soy un hombre: no deseo morir —respondió Koshmar con respeto.

—Sí, ya tienes derecho a entrar en la mujeres; pero… ¿querrá alguna yacer contigo? Hoy eres el héroe del poblado; mañana todas volverán a ver tu torpe figura y se sentirán ridículas de permitirte estar con ellas; incluso si consiguieses seducir a alguna mediante un valioso regalo, se negará a unirse contigo en público y te exigirá que os escondáis en la penumbra de alguna cabaña, como si realizaseis un acto vergonzoso. ¿Crees que valdrá la pena?

—No lo sé, pero lo intentaré. Hoy quiero vivir.

De pronto, un oscuro presentimiento invadió el espíritu de Aster. Se tapó los ojos con una mano y extendió la otra al frente: iba a profetizar.

—Koshmar, más te valdría morir ahora con la muerte dulce de Kalach que te ofrezco. —La voz de Aster se había hecho profunda y grave, como si resonase desde una caverna—. Veo ríos de sangre en tu futuro.

Aster se destapó los ojos y parpadeó, como si despertase de un sueño. Volvió a repetir su última frase, con voz normal:

—¿Crees que valdrá la pena?

Koshmar se estremeció. Aster no parecía recordar nada del inciso y de la terrible profecía: era como si hubiese hablado la misma

Diosa. Pero Koshmar sentía una fuerza invencible que lo ataba a la vida, una fuerza que tenía los ojos, los labios y los cabellos de Mara.

—Madre, quiero vivir. —La voz de Koshmar quiso ser firme, pero temblaba en ella el terror causado por el mensaje que acababa de recibir desde el mundo sobrenatural.

—Si prefieres seguir sufriendo, que así sea —suspiró Aster—. Cuando encuentres a una mujer que te permita penetrar en ella, dímelo y celebraremos el ritual de la pérdida de tu virginidad.

—¡Mañana! —exclamó Koshmar. La sacerdotisa rió.

—¡Qué impaciente estás por recuperar el tiempo! ¿Crees que encontrarás una mujer para mañana, tú, un tullido?

—Sí —respondió Koshmar sin poder evitar que una sonrisa curvase sus labios—, creo que la encontraré.

TRECE

—Sobre todo, no te pongas nervioso —repitió Ahkim, mientras dibujaba sobre la piel de su amigo Koshmar las marcas rituales apropiadas para la ceremonia que festejaría la pérdida de su virginidad.

—¡Pero si no estoy nervioso! —le respondió Koshmar de nuevo.

—No es ninguna humillación el aceptar que sientes miedo —prosiguió Ahkim sin escucharle—. Yo mismo estaba un tanto aterrado, y eso que no habría vacilado en enfrentarme al jabalí que cazaste ayer. Pregúntale a cualquiera y, si te responde con sinceridad, verás cómo te dice lo mismo: todos hemos experimentado mucho miedo.

—¡No me siento ni aterrado ni nervioso!

—Claro, claro —replicó Ahkim con una sonrisa de complicidad—, tu prestigio de valiente cazador se te ha subido a la cabeza y no quieres admitirlo. Pero una cosa es enfrentarse a un jabalí y otra muy diferente el unirte a tu primera mujer.

Koshmar lanzó un juramento como única respuesta. Ahkim siguió charlando animadamente, mientras sus pinceles se deslizaban por la piel morena de su amigo:

—No has de pensar en que quizá tu miembro te falle en el momento decisivo, porque entonces se quedará tan fláccido como una tripa de conejo. Sí, ya veo que ahora éste no es el caso —dio unas palmaditas apreciativas sobre el sexo erguido de Koshmar—, pero eso no quiere decir nada. Te sientes poderoso como un uro macho y de pronto, sin saber por qué, tu miembro se reblandece como un higo maduro bajo el sol de verano.

—Ahkim…

—¿Sí?

—¿Ves el collar de dientes de jabalí que llevo al cuello?

Ahkim lo observó con envidia mal disimulada: para que la hazaña no cayese en el olvido, Koshmar había enhebrado los dientes de la bestia en una fina tira de cuero y, en el centro del collar, los dos impresionantes colmillos rodeaban una pequeña bolita de obsidiana. Aún no había limpiado las piezas de sangre, lo cual era excesivamente ostentoso, rayando incluso la mala educación; pero tras tantas humillaciones que le había infligido la tribu, Koshmar no veía motivo para reprimir la exhibición de su valentía.

—Pues bien, si sigues hablando de esta manera, ¡me fabricaré otro collar con tus dientes! —le amenazó.

Normalmente habrían rodado por el suelo en una alegre pelea y luego se habrían levantado riendo y sacudiéndose el polvo, como cuando eran niños. Ahkim nunca empleaba toda su fuerza contra su amigo, para mantener la ficción de que todavía eran iguales y no había llegado a sus vidas aquel espíritu maligno que, al paralizar las piernas de Koshmar, había destruido tantos sueños. Pero ahora no podían arruinar las complicadas pinturas que tanto le costaba dibujar a Ahkim.

—Al fin y al cabo, tampoco tienes gran motivo para estar tan nervioso —prosiguió Ahkim, incontenible como un torrente en la primavera—, porque aunque fracasases, y lamento decirte que esto es lo más probable, nadie lo vería. ¿Por qué crees que la cópula se realiza en la intimidad de una cabaña, sin ningún testigo? ¡Si supieses la cantidad de hombres que se avergonzarían de contar lo que les pasó la primera vez! Por eso, la Diosa, alabada sea su piedad —su tono de voz dejó traslucir una amarga ironía—, dispone que el hombre y la mujer se encuentren solos, para que los cazadores no sufran humillaciones innecesarias.

»Cuando fracases —pareció darlo por hecho—, no te apures. Humedece tu colgante miembro con saliva y cuando salgas de la cabaña, todos creerán que brilla por la humedad de la mujer, nadie podrá descubrir tu engaño, salvo si te huelen: para evitarlo, te he preparado esta bolsita con plantas aromáticas; no es sólo para perfumarte, sino sobre todo para ayudarte en tu superchería.

Tras colgarle del cuello las plantas que le ayudarían cuando fracasase, Ahkim prosiguió moviendo su lengua y sus pinceles:

—Claro que para que tu engaño tenga éxito, la mujer ha de permanecer callada; así que tendrás que ofrecerle suficientes regalos. ¿Ya has pensado qué darle? Hasta que ya has penetrado con éxito a las suficientes mujeres como para demostrar que eres un hombre y puedes hacer frente al chantaje de la primera, la vida es una tortura, estás en sus manos.

»¡No sé por qué hemos nacido hombres! —añadió—. Ellas no pueden fracasar cuando pierden la virginidad, no tienen que cumplir ninguna tarea sino abrirse a un hombre; pero claro, son las favoritas de la Gran Diosa. —La injusticia era tan evidente para Ahkim que le temblaban los pinceles.

—¡Koshmar! Los invitados ya esperan y la Madre está a punto de llegar —llamó Uriel—. No sé por qué has tenido que celebrar la ceremonia tan deprisa; apenas hemos tenido tiempo de cocinar las tortas necesarias y, fíjate, todavía no has terminado de pintarte.

—¡Enseguida acabamos! —le respondió Koshmar. Ella salió corriendo para preparar guirnaldas de hiedra; se podía confiar en Uriel, pues era feliz cuando podía entregarse a los tranquilizadores rituales de la tribu. Con Uriel al frente, todo estaría en orden y nadie podría señalar una sola falta.

Ahkim contempló su obra con ojo crítico y dio un retoque aquí y allá hasta que se sintió satisfecho. Dejando a Koshmar que esperaba acuclillado en una sombra, marchó al río para refrescarse y para lavarse las manos de pintura.

Ahkim pasó junto a Uriel, que tejía las guirnaldas pensativa.

Uriel no entendía lo que le pasaba. Tras su apariencia impasible, ardía de ira. No era tan vergonzoso que Mara hubiese aceptado participar en la pérdida de la virginidad de Koshmar, aunque fuesen parientes. Koshmar le iba a regalar el collar de dientes de jabalí; a cambio de semejante obsequio, cualquier mujer habría accedido a yacer incluso con un tullido. Entonces, ¿por qué Koshmar había preferido a Mara?

Uriel quería convencerse de que estaba enojada porque su hermano había elegido a una pariente, como si fuese tan pobre que no pudiese pagar a otra; pero lo cierto es que había sorprendido unas miradas entre ellos que no se atrevía a interpretar. Significarían el deshonor para su familia… y la muerte para los dos.

Mientras Ahkim se alejaba, Uriel contempló su musculosa espalda y sus bien formadas piernas, que se reunían en unos glúteos endurecidos en docenas de cacerías. Suspiró. ¡Si su hermano se pareciera a Ahkim, ella se sentiría orgullosa! Sin darse cuenta de lo que hacía, Uriel dejó en el suelo la guirnalda que estaba trenzando, tomó una de sus azagayas y, de lejos, siguió a Ahkim a través de la aldea.

Ahkim abandonó el poblado y tomó el sendero que conducía al río, el Gran Zab. Cuando llegó a la orilla del agua, arrojó su jabalina contra un árbol muerto y se desperezó como un león al amanecer. Escondida tras unos arbustos, Uriel lo vio sacrificar unos frutos al espíritu del río, para propiciarlo; luego se espolvoreó con arena para empapar el sudor y, por último, se sumergió en las frías aguas. Creyéndose solo, Ahkim gritó. Era un grito de guerra y de venganza como Uriel nunca antes escuchase, un grito que reverberó en sus entrañas y la estremeció. Ella se sorprendió al percibir que su hígado se había agitado.

En la orilla, Ahkim se sacudió el agua y con las manos escurrió sus largos cabellos. Luego, buscó algunas plantas aromáticas y se frotó con ellas, como si fuese a cazar. Después, tomó un poco de grasa y se ungió la piel, para protegerla del sol y proporcionarle brillo. Cuando terminó, se acercó a su venablo, aún clavado en el tronco, y lo recogió con el gesto fácil del que lleva sangre de guerrero.

Uriel no se había dado cuenta, pero sus pies habían ido acercándose a Ahkim, mientras abandonaba la protectora sombra de los arbustos. Se encontraron frente a frente. En un principio, Ahkim, sorprendido, levantó su arma. Luego, muy despacio, la bajó.

Tras un largo silencio, Uriel trató de justificar su presencia. Había ido a buscar agua. No, no llevaba ningún odre. Había acudido a bañarse antes de la ceremonia. Tampoco, no llevaba sebo para ungirse después. Había visto a Ahkim y quería hablar con él sobre Koshmar, eso es, estaba preocupada por su hermano y…

Ahkim contempló los pechos estremecidos y el rostro ruborizado, escuchó las palabras apresuradas e incoherentes, percibió la respiración que era casi un jadeo… y comprendió. Sonriendo, dejó caer su venablo, cuidando que la punta no se mellara, y avanzó hacia ella. Uriel le apuntó al estómago con su azagaya de obsidiana. La punta temblaba.

—¡No te acerques! ¡No te acerques o yo…!

Ahkim apartó el arma sin temor. Su mano se aproximó a aquellos labios en los que se entremezclaban el deseo y el miedo.

—¡No!

Uriel se volvió e intentó correr, escapar como si no fuera una guerrera de la Diosa, sino una cervatilla indefensa cuya única salvación estribase en la huida. Pero la fuerte mano de Ahkim la retuvo del cabello antes de que pudiera dar más de dos pasos. Se revolvió enseñando los dientes y desenfundando el cuchillo, dispuesta a desgarrar el abdomen de su adversario con una letal puñalada de abajo hacia arriba, como le habían enseñado sus maestras.

—Suéltame o te mato.

Los dedos de Ahkim siguieron asidos a aquellos bucles azabache, sin mostrar ningún indicio de que estuvieran dispuestos a renunciar a su botín. Los dos se miraron ferozmente, como enemigos que se encuentran de improviso en un bosque solitario y cada uno espera que el otro descuide un instante su guardia para asestarle un golpe mortal. Despacio, muy despacio, sin importarle el cuchillo que le amenazaba, Ahkim se agachó y mordió suavemente alrededor del ombligo de Uriel. Ésta gimió. Ahkim le soltó el cabello, pero sólo para abrazarle las caderas con ambas manos, mientras los dientes recorrían el vientre femenino en una salvaje y primitiva caricia. Los dedos que aferraban el puñal se aflojaron, lánguidos, y lo dejaron caer al suelo en un gesto de traidora dejadez.

Los dos cuerpos rodaron por el barro de la orilla, enredados en un lento combate. Se mordían, se arañaban, pugnaban por separarse y reunirse de nuevo; era como una danza en la que se entremezclaban el deseo y el odio. No se decían nada, porque no había nada que decir; sólo gemían cuando el placer y el dolor resultaban tan insoportables que no cabían en sus pechos.

Por fin, Ahkim se sobrepuso y asió los brazos de Uriel contra el suelo. Se hallaban frente a frente, porque sus miradas no podían abandonarse. Cuando Ahkim la penetró, ella protestó y lo insultó, le llamó bestia, violador y asesino; amenazó con matarle en cuanto la soltara; incluso invocó a la misma Diosa para que la protegiera de aquel ataque brutal. Pero sus piernas se entrelazaban en torno a la cintura de quien la asaltaba con rítmicos golpes, como si no quisiera arriesgarse a que aquel violento cazador tomara en serio sus palabras. Sus caderas, incontrolables, se balanceaban siguiendo el ritmo embriagador que el hombre marcaba sobre ella; y su interior... oh Diosa, el interior de Uriel era como un bosque estival devorado por un incendio que anulaba su voluntad.

Al final, las protestas de Uriel se convirtieron en un gemido, y el gemido pasó a ser un grito que tenía algo de suspiro desesperado. Entre espasmos incontenibles, Ahkim vertió su violencia en Uriel y ésta la recibió llorando.

Cuando sólo se escuchó el fragor del torrente y los jadeos dejaron de ser causados por el placer para convertirse en fatiga, Uriel tomó del pelo a Ahkim, lo separó de sí y le dijo:

—Te odio.

Éste se levantó, se sacudió el barro que llevaba adherido al cuerpo y tomó su venablo. En pie, escuchó por unos momentos el espíritu vengativo de su madre y, mirando después a Uriel con un ademán terrible, le respondió:

—También yo a ti.

Volvió la espalda y se marchó, dejando a Uriel atemorizada ante lo que había entrevisto. Porque el odio que yacía tras los ojos grises de Ahkim era un odio incapaz de perdón u olvido. Era un odio que sabía esperar, y éste es un odio peligroso y estremecedor.

—¿Ya has vuelto del río? —le preguntó Koshmar a su amigo, poco después—. Alcánzame la vaina ceremonial.

Era una vaina de hueso de onagro primorosamente labrada en su exterior con los signos del placer, que debía cubrir su miembro durante el ritual. No era como las oscuras vainas de guerra, cuyo objetivo es intimidar al enemigo: desde hacía generaciones la empleaban los muchachos del clan para esta ceremonia. Ahkim rió:

—Koshmar, no sé si podrás usarla en tu estado.

Probó y, en efecto, era imposible introducir en ella su miembro erecto. Ambos comprendieron que Koshmar ya sobrepasaba en cuatro inviernos la edad normal de usarla; su tamaño era del todo inapropiado. La sonrisa se borró del rostro de Ahkim, pues era imprescindible que Koshmar la llevase para la ceremonia. A pesar de que los habitantes de Zewi Khemi iban desnudos la mayoría del tiempo, cuando sus costumbres les exigían vestirse, las reglas eran tan imperativas e implacables como las de cualquier otra sociedad humana. Resultaba impensable violar las normas de etiqueta.

—Mientras estés así, es imposible que la emplees —dijo Ahkim, y con un gran sentido práctico fue a buscar un odre de agua fría con la que bañó el miembro de su amigo. Pero fue inútil. Los dos se quedaron mirándolo sin saber qué hacer.

—Quizá si fuésemos a nadar al río… —aventuró Ahkim.

—No hay tiempo, la ceremonia va a empezar muy pronto.

—Podríamos ir corriendo… ¡Oh, perdón! —Ahkim le miró desconsolado, porque temía haberle ofendido al olvidar su cojera; pero Koshmar estaba tan apurado buscando una solución que ni siquiera se fijó en sus palabras.

Se sentaron en el polvo llenos de desánimo. No parecía haber solución alguna.

—¿Y si fuese a las cabañas de los otros clanes masculinos, para probar con sus vainas? —propuso Ahkim, tras una larga meditación.

—No serviría de nada, serán iguales.

—Y claro, no puedes presentarte ante Mara con una vaina de guerra, como si ella fuese un enemigo. Porque vainas de guerra de adultos hay muchas en la cabaña de nuestro clan, y en ésas sí que cabrías.

—Sería peor que ir sin nada —repuso Koshmar, desesperado, preguntándose qué había hecho para merecer la maldición de la Diosa. Entonces, apareció Uriel. Para olvidar lo que le había sucedido con Ahkim en el río, trataba de concentrarse en los detalles del ritual. El prestigio de la familia estaba en juego.

—¿Qué hacéis aquí todavía? ¡Ya está todo dispuesto y pronto vendrá la sacerdotisa!

La pusieron al corriente del problema. Ella propuso una solución:

—Utiliza la mano para expulsar tu violencia, así se empequeñecerá tu miembro y cabrá en la vaina.

Koshmar se horrorizó:

—Pero si hago eso, fracasaré cuando intente entrar en Mara, tal vez entonces no posea la fuerza necesaria.

—Bueno, ¿y qué? —Uriel barrió la objeción con un gesto de su mano—. Ella es nuestra pariente y no se lo dirá a nadie; al fin y al cabo, el que un varón fracase no es tan raro como el orgullo masculino desearía. Lo importante no es lo que suceda en la cabaña, sino que el honor de nuestra familia quede a salvo.

—Y si Mara desease un hombre aun con todo, yo podría yacer luego con ella, para que no saliese perjudicada —se ofreció Ahkim generosamente.

—¡No! —se negó Koshmar.

—¿Y por qué no? —preguntaron Ahkim y Uriel al unísono. Koshmar no pudo contestarles y se sintió como un estúpido. Sólo sabía que aquel día quería yacer con Mara, con Mara y con ninguna otra; y no quería fracasar en aquel momento. Ahkim se irritó sobremanera:

—¿Por qué he de ser amigo tuyo, eh? ¿Me lo puedes explicar? Primero te pasas estaciones enteras arrojando el venablo como si aventases paja de cereales, desperdiciando el tiempo en vez de aceptar una pequeña trampa que habría facilitado muchísimo las cosas, hasta que has tenido la suerte, porque ha sido sólo suerte, de matar un jabalí. Y ahora, cuando surge un problema, te niegas a seguir la sencilla solución que te propone tu hermana en nombre de un orgullo estúpido. Pero ¿no eres capaz de darte cuenta de que si asistes así a la ceremonia, serás el hazmerreír del poblado?

Uriel, en cambio, miraba a su hermano fijamente, tratando de penetrar en su alma. Había concebido una sospecha y la oscura hiedra de los celos estrangulaba su pecho. «Es absurdo —se decía—, cómo voy a sentirme celosa de un hombre, y menos todavía de un hombre cojo y sentimental como mi hermano. No puede quitármela, ella es mi hermana de sangre. Pero... ¿por qué me enojo siempre que los veo juntando las cabezas como si tuviesen que contarse secretos innombrables?»

—¡Daos prisa, la sacerdotisa ya ha salido de su choza! —jadeó Tajmar, hijo de Shahira, sin aliento a causa de la carrera—. ¿Por qué no estáis en el lugar de la ceremonia?

Koshmar inspiró profundamente y, apoyándose en su azagaya, cojeó hacia la cabaña de su madre, donde perdería la virginidad. La sacerdotisa no podía esperar a nadie.

—¡Koshmar —gritó Tajmar, asombrándose de tal descuido—, has olvidado cubrirte con la vaina ceremonial!

—¡No, no lo he olvidado, maldita sea! ¿Cómo piensas que he podido olvidarme de algo así? ¿Crees que soy tonto? —Y lanzó un juramento terrible en el que prometía venganza contra todas las divinidades.

Ahkim maldijo primero a Koshmar. Y luego a sí mismo, por ser tan estúpido de haberle otorgado su aprecio cuando aún no era capaz de distinguir a los locos de la gente cuerda; pero tomó la vaina ceremonial y le siguió, por si aquel rebelde miembro volvía a un tamaño apropiado ante el bochorno de presentarse así en la ceremonia.

Uriel experimentaba una rabia inmensa. Trataba de convencerse a sí misma que era por el oprobio que caería sobre su familia cuando Koshmar apareciese sin vaina en la fiesta; quería olvidar a Mara y Koshmar, aquellas miradas en las que brillaban estrellas, esos gestos inconscientes de Mara y de su hermano que los aproximaban y descubrían ante ella sentimientos que estaban ocultos para ellos mismos. No se atreverían, no. El amor entre un hombre y una mujer es antinatural y repugnante. ¿Cómo podían atraerse dos seres tan diferentes? Infringir este tabú estaba castigado con una muerte terrible. Atentaría contra la esencia de su sociedad, contra lo más íntimo de la superioridad femenina. Su propia hermana de sangre y su hermano de madre, los dos juntos... Sintió náuseas.

¡Qué tonterías podían llegar a pensarse! Mara nunca amaría a un varón, y menos que a nadie a un tullido. Mara sentía compasión ante un pariente que sólo era medio hombre. Una mujer ama a sus amigas y, sobre todas las demás, a su hermana de sangre. Con ella se comparte la vida y el cuidado de la prole; con un hombre no se comparte nada sino momentos esporádicos de placer.

Uriel llegó a la conclusión de que había imaginado tal absurdo. Estaba furiosa con Koshmar porque desprestigiaba a su familia. Eso era. Respiró un poco más tranquila. No podía obligar a sus pies para que se dirigieran a la cabaña de su madre, donde su hermano se uniría con Mara; pero no por celos, sino porque le avergonzaba lo que iba a suceder.

Uriel permaneció callada, impávida ante la hoguera que abrasaba su interior, mirando cómo Koshmar cojeaba junto a Ahkim y Tajmar, alejándose de ella. Sólo la traicionaban sus manos, que se aferraban a su venablo como queriendo aplastar su fuerte mango de cornejo.

Koshmar se aproximó al grupo de gente que aguardaba ante la cabaña de su madre. Cuando se dieron cuenta de que carecía de vaina, cayó un silencio de muerte sobre la reunión. Las burlonas felicitaciones murieron en los labios de los asistentes antes de pronunciarse. Los parientes enrojecieron y las lágrimas afloraron en los ojos de Nohara; pero tras el estupor inicial, los invitados comenzaron a lanzar comentarios irritados:

—Pero ¿qué se ha creído este cojo? ¿Que por haber cazado un jabalí puede venir ahora y ofendernos con esa ostentosa exhibición de virilidad, sin una vaina que disimule su azoramiento? Y fijaos, todavía lleva sangre en los dientes del jabalí. ¡Será presuntuoso!

Koshmar miraba al frente, como si examinase el horizonte buscando una presa lejana, como si no existiera nadie en torno de él. Mara casi temblaba de vergüenza, arrepintiéndose de haber aceptado la petición de Koshmar.

Si no fue apedreado, se lo debió a Ahkim, que iba paseando por entre la gente. Si alguien se señalaba por sus comentarios agresivos, le colocaba el mango de su venablo sobre el dedo meñique del pie y cargaba todo el peso de su cuerpo. Cuando la sorprendida víctima lo miraba, conteniendo una exclamación de dolor, Ahkim lo taladraba con sus oscuros ojos; y entonces el invitado sabía, sin que nadie se lo dijese, que si continuaba con sus indignadas exclamaciones, Ahkim lo destriparía, sin importarle tener que morir luego en el poste del tormento. Tanta era la feroz fama del joven que, aunque sólo contaba con una docena y cuatro ciclos de estaciones, incluso valientes cazadores se apartaban cojeando y volvían a las cabañas de sus clanes. Pero ni siquiera Ahkim podía evitar el sordo murmullo que zumbaba en el ambiente, como cuando se le roba la miel a una colmena.

Al llegar Aster, la Madre, sus ojos se dilataron por la sorpresa; aunque Koshmar intentaba esconderse tras el venablo, su protección no resultaba muy efectiva. La sacerdotisa permaneció callada durante unos instantes que a todos parecieron eternos, porque estaba repasando en su memoria las normas de la ceremonia. Nohara, Koshmar y Ahkim suspiraron aliviados cuando Aster empezó a recitar las frases rituales, porque significaba que ninguna ley prohibía presentarse sin una vaina, sólo era una costumbre; y si Koshmar deseaba provocar la burla de la tribu, allá él. ¡Desdichada la mujer que, imprudentemente, había aceptado yacer con un cojo risible! Todos se burlarían de ella.

Cuando Aster terminó de pronunciar las sagradas palabras con un tono de voz átono que evidenciaba su disgusto, giró sobre sus talones y se marchó, sin aceptar ni siquiera un pedazo de torta. Fue la señal para que los invitados se dispersasen en silencio, en vez de invocar con alegres gritos a Kuilniir, diosa del placer, rogándole que concediese prolongados y repetidos momentos de gozo. Nadie aguardaría fuera comiendo los pasteles de cebada y miel que Nohara había preparado.

Koshmar corrió la cortina de la puerta y quedó solo con Mara, cuyo rubor podía distinguirse incluso en la penumbra. El interior de la choza se hallaba cubierto de guirnaldas y flores, y Nohara había situado en el lugar de honor, normalmente ocupado por la diosa de la compasión, una tosca imagen de Kuilniir, amasada aquella mañana con arcilla del arroyo. Ella no era una gran artista como su hijo, pero los ojos de éste se llenaron de lágrimas ante tal demostración de su amor. Se sentó en el lecho de paja, que su madre había renovado para la ocasión. Con una sonrisa amarga, vio cómo saltaban de su cuerpo algunas pulgas y pensó que durante la noche ella sufriría sus picotazos. Pero ¿qué eran unas picaduras de pulga comparado con lo que él le hacía sufrir?

—Lo siento —le dijo a Mara, que aguardaba en pie frente a él. Estaba preciosa, con todo su cuerpo cubierto por eróticas líneas rituales. Un aro de hueso atravesaba el tabique de su nariz, atrayendo la mirada sobre sus bien formados labios.

Ella no contestó; tampoco hizo ningún ademán de acercarse ni de ofrecerle su sexo. Se sentía furiosa y avergonzada.

—No ha sido por mi voluntad. Un espíritu maligno me acompaña desde que nací, ya entonces dañé a mi madre, y a partir de aquel día todo ha sido sufrimiento. No quiero causar más dolor a mis parientes; fui un insensato cuando ayer rechacé la dulce muerte que me ofreció la sacerdotisa. Ahora me veré obligado a esperar otra luna hasta que vuelva a tener derecho a morir; pero no te preocupes, porque me marcharé del poblado hasta que transcurra el tiempo y no tendrás que volver a verme.

—¿Qué ha sucedido? —musitó Mara, por fin.

Koshmar se lo contó. Cuando hubo terminado, Mara suspiró y le dijo:

—Has sido un loco imprudente al no seguir el consejo de Uriel y no haberte descargado en la tierra; a mí no me habría importado, por supuesto, y habríamos podido disimular fácilmente tu impotencia conmigo. Si por alguna causa extraña hubieses seguido deseando entrar en mí, a pesar de que los hombres decís que todas somos iguales, mañana lo habríamos hecho sin inconvenientes. O cualquier otro día. Pero ya no tiene remedio. —Mara lanzó un nuevo suspiro aún más fuerte—. Y supongo que es halagador que mi cuerpo te atraiga tanto. No le pidas la muerte a la sacerdotisa: verás cómo en unas pocas lunas todo se habrá olvidado.

—Lo lamento tanto por ti… —musitó Koshmar.

—¿Por qué? Al fin y al cabo, sólo he pasado unos momentos eternos de bochorno delante de todos, has estropeado una fiesta que imaginaba alegre, esta noche mi querida hermana de sangre y yo mantendremos una larga y agria discusión sobre ti (no será la primera y me temo que no será la última), mañana algunas de nuestras vecinas sonreirán y me preguntarán si no se reventaron mis entrañas a causa de las salvajes embestidas de un garañón cuyo miembro no cabía en ninguna vaina… Como ves, tampoco has causado demasiado daño con tu locura; pero me pregunto qué harás si alguna vez te enfadas de verdad: supongo que quemarás la aldea o envenenarás el arroyo donde bebemos.

Koshmar escondió el rostro entre las manos, avergonzado por estas sarcásticas palabras. Mara le puso su mano sobre el hombro.

—Perdona si te he ofendido, pero tenía que desahogarme.

—¿Y ahora qué haremos con esto? —le preguntó Koshmar, señalándose su miembro, que seguía tercamente erguido, indiferente a todo—. Si salgo así, añadiremos aún más burlas a las que ya habremos de soportar. Comprendo que ahora me odies y no desees que entre en tu cuerpo; voy a derramar mi fuerza sobre el polvo y todos creerán que nos hemos unido. Pero vuélvete y no me mires, para no añadir más humillación a mi vergüenza.

—¿Así quieres que me vuelva? —le preguntó Mara con coquetería, colocándose como una hembra que va a ser penetrada y mostrándole sus partes más femeninas.

—No, yo quería decir... —El rostro de Koshmar comenzó a arder.

—¿Sabes, Koshmar? —susurró mientras movía sus caderas incitante—. En verdad sería una lástima no disfrutar de este momento; al fin y al cabo las burlas seguirán allí hagamos lo que hagamos ahora.

—¿Quieres decir que...?

—Sí, claro que lo quiero decir.

Cuando hubieron terminado jadeaban como perros después de una cacería, en parte por el placer, pero también por el calor que se reconcentraba en la cabaña. Como dijo Mara riendo, sólo a un loco le podía apetecer celebrar la pérdida de su virginidad durante la tarde de un día de verano, cuando el único lugar vivible eran las frescas sombras de los árboles. El sudor los empapaba y tuvieron que enjugarse las frentes con un puñado de paja del lecho.

—Salgamos de aquí, esto es insoportable —decidió Mara—. Pero antes de irte, prométeme que si vuelven a acometerte esos deseos de morir, buscarás una mujer que te purifique de tus malos espíritus. Por lo que me ha enseñado mi madre, cuando los hombres retienen su violencia en el interior de sus cuerpos, cruzan por sus mentes extraños demonios.

—¿Y si no encuentro una mujer? Con mi pierna no será sencillo —objetó Koshmar.

—Entonces acude a nuestra cabaña, y tu hermana o yo misma te ayudaremos. Somos parientes y hemos de auxiliarnos en lo que nos sea posible, ¿no?

Cuando cruzaron el umbral, se desvaneció la ilusión que habían creado entre los dos y el cruel mundo exterior les golpeó como un mazo. Esparcidas por el suelo, sin tocar siquiera, yacían las tortas de cebada y miel que tan trabajosamente había preparado Nohara; las guirnaldas que debían festejar la naciente masculinidad estaban cubiertas de polvo y no había nadie que gritase las felicitaciones rituales. Sólo Nohara esperaba bajo el inclemente sol, de pie ante la entrada de la choza. Ahkim se hallaba acuclillado aprovechando la escasa sombra del muro de otra cabaña mientras mordisqueaba las tortas que había amontonado junto a él y miraba distraídamente la punta de su jabalina, como si estuviese pensando si estaba suficientemente aguzada o si necesitaba algunos hábiles golpes más.

—Diosa... —exclamó Mara, paseando su vista por el desolador paisaje. Sus párpados se anegaron de lágrimas que pugnaban por desbordarse.

Nohara no pudo proferir ni una frase de felicitación, tanta era la pena que la embargaba; pero Ahkim se levantó con una sonrisa y, tras eructar ruidosamente en el rostro de su amigo para evidenciar satisfacción, le dijo:

—¡Felicidades, felicidades! —Colocó una guirnalda al cuello de cada uno de los dos—. Por vuestros rostros (y otras partes del cuerpo), observo que la diosa Kuilniir os ha bendecido con sus dones. Por mi parte, puedo deciros que vuestra fiesta es magnífica; ¡nunca había comido tantas tortas de miel como hoy! ¡Ya me salen por la garganta!

Con esta y otras bromas trataba de animar a su amigo; pero incluso la inventiva de Ahkim llegó a su final y los cuatro se encontraron en silencio, sudando bajo el sol de la tarde, en medio de la desolación.

—Bueno, ya veis cómo ha sido esto —dijo Ahkim, intentando inútilmente romper la embarazosa quietud y propinándole un puntapié a una torta. Nadie le respondió.

—Mara, Ahkim, os agradezco lo que habéis hecho por mi hijo —habló Nohara. Ellos removieron el polvo del suelo con sus pies, sin saber qué contestar.

—¿Dónde está mi hermana de sangre Uriel? ¿Por qué no está aquí? —preguntó Mara.

—Verás —respondió Nohara—, para ella todo esto es tan difícil... No puede soportar que la gente se burle de ella... Además, es una guardiana de la Diosa y debe mantener su dignidad. Con un hermano así... Y yo, ¿sabes?, tampoco le doy muchas alegrías.

—¡Pero ella sabía que yo tendría que sufrir la vergüenza y no se atrevió a estar a mi lado! ¡Soy su hermana de sangre! ¿Qué clase de vínculo de sangre se establece en esta tribu cuando te hermanas, que te abandonan cuando más lo necesitas?

—Por favor, no digas eso. Mi hija Uriel te quiere mucho, tienes que comprenderla —intentaba defenderla Nohara.

—Maldita cobarde —susurró Mara en un tono que dio miedo incluso al intrépido Ahkim. Éste cogió a su amigo por el cogote y lo apartó de allí.

—Vamos —le dijo—, cuando las mujeres empiezan a hablar de amigas y de hermanas de sangre, es mejor que los hombres desaparezcamos, porque no comprendemos nada y, además, no nos concierne. En vez de eso, explícame cómo conseguiste capturar ese jabalí, porque yo también deseo un collar como el tuyo. Y yo soy tu amigo, o eso supongo.

De esta forma Koshmar perdió para siempre su virginidad, y también el respeto de su tribu conseguido al cazar el jabalí. Regresó a la cabaña del clan de la serpiente que era su hogar, pero en el último momento volvió la cabeza un instante y vio a Mara en el centro de las guirnaldas pisoteadas, ya sola, con lágrimas en los ojos y los puños apretados. Ahkim tiró de él y la perdió de vista.

Por la noche, regresaron a su mente las imágenes de aquel día; y cuando recordaba a Mara, a pesar de que el deseo de su cuerpo estaba agotado, sentía un agradable calor que invadía su pecho y sus extremidades. «Así que este bienestar es lo que se siente después de entrar en una mujer —se dijo—; no es extraño que los hombres lo deseen tanto.»

Pero Koshmar se preguntaba si ahora experimentaría lo mismo si hubiese estado con otra mujer cualquiera. «Seguro que sí —concluyó—, los hombres dicen que todas las mujeres son iguales y que es indiferente una que otra, con tal de que sean jóvenes y los partos no las hayan estropeado mucho.» Ahora le parecía imposible experimentar esa misma calidez hacia otra mujer, pero mañana, cuando estuviese con otra, sentiría lo mismo. Mientras tanto, ¿qué había de perjudicial en recrearse con la imagen de Mara? Sus ojos volvieron a mirarla en la oscuridad de la cabaña del clan y escuchó de nuevo esa risa que le recordaba el sonido de un arroyo. Estrechó contra su pecho el amuleto que ella le había dado y que le había salvado la vida al permitirle comunicarse con los dioses.

Entonces, cuando el sueño se entremezclaba con la vigilia, volvió a ver la siniestra figura de Bahrma, el dios de la muerte cruel. Jugaba con las guirnaldas de la celebración, que de pronto se convirtieron en calaveras humanas. El dios reía, reía con una risa gélida como el agua del deshielo durante la primavera, y los huesos de Koshmar se helaron dentro de su carne:

—Koshmar, fecundo en ardides, al que todos llaman el tullido, hoy te has entregado a Kuilniir, una miserable diosa, y nos has traicionado. Pero tu traición os conducirá a Mara y a ti hasta la muerte que yo concedo a los depravados.

Entonces, unas manos invisibles ataron a Koshmar al poste del tormento. Notó el calor de un cuerpo humano junto a él; cuando miró, vio el rostro de Mara desencajado por el terror. Ambos gritaron y se debatieron, pero era inútil.

Entonces apareció Areete, diosa de la compasión, y era igual que la figurilla que presidía la casa cuando Koshmar era un niño, pero su rostro era el de Nohara, su madre.

—¡Madre, madre, ayúdanos!

Ella los miró con ojos apenados y dijo, con las mismas palabras que emplease mucho tiempo antes, cuando había presenciado la ejecución de un criminal:

—¿Sería yo capaz, oh Diosa? ¿Sería yo capaz? —De pronto dejó de dudar—. ¡No, maldito Bahrma, no mataré a mi hijo! Lucharé contigo, siniestro dios, y te venceré.

Barhma reía enseñando los colmillos, en una mueca salvaje.

—¡Madre, madre, salva también a Mara!

—Hijo mío, no tengas miedo, yo os defenderé. Confía en Areete.

Koshmar se incorporó angustiado. Estaba en la cabaña del clan y, gracias a la Diosa, todo había sido un sueño. El amuleto de Mara aún permanecía en su mano y lo arrojó fuera: su mana era excesivo. No convenía que los hombres se comunicasen con los dioses, pues podían enloquecer y confundir el mundo de los espíritus con el suyo propio.

Koshmar no comprendió el significado de esta pesadilla y, tras sacudir la cabeza para alejarla, volvió a quedarse dormido. Al día siguiente la había olvidado y no la volvió a recordar sino algunos ciclos de estaciones después, cuando era arrastrado con las manos atadas a la espalda; a su lado caminaba Mara y ambos llevaban la marca de los criminales que van a ser juzgados y a acabar sus vidas en el poste de Barhma en medio de horribles torturas.

De esta forma imprudente desoyen los seres humanos los avisos de los dioses y se encaminan a su perdición, pero aquella noche a Koshmar no le importaban ni el futuro ni las divinidades: sólo deseaba soñar con Mara.

CATORCE

Koshmar seguía sintiéndose feliz cuando despertó al día siguiente. Ahkim se estaba preparando para salir con el rebaño.

—¡Que la jornada te sea propicia! —le sonrió.

—¡Que lo sea también para ti, gran cazador! —Ahkim le devolvió el saludo—. Y ahora que eres un hombre, no agotes a las mujeres del poblado, porque me gustaría penetrar en alguna cuando regrese al atardecer.

Los dos rieron esta broma tan absurda, pues todo el mundo sabía que precisamente después de yacer con un hombre una mujer desea a otros para completar su placer. Los demás compañeros, que también estaban desperezándose y sacudiéndose la paja del cabello, los miraron como si estuviesen locos, pues no habían escuchado el motivo de las risas de los dos amigos.

Cuando todos se fueron a cumplir sus tareas, Koshmar tomó su collar de dientes de jabalí y lo limpió de sangre: tras los sucesos del día anterior no convenía ser muy presuntuoso. Se lo iba a regalar a Mara, pero antes lo exhibiría por la aldea. Mientras lo limpiaba, recordaba a Mara y cómo había gozado con ella, y le invadió la misma calidez. Koshmar observó que su masculinidad reaccionaba a estos pensamientos y decidió buscar una mujer antes de ir a labrar el sílex.

Apoyándose en su venablo y tratando de cojear lo menos posible, comenzó a pasear por la aldea; pero las mujeres simulaban no verle y continuaban amamantando a sus hijos, moliendo el cereal, encendiendo el fuego o curtiendo pieles de cabra y oveja. Fue inútil que con gesto descuidado Koshmar acariciase su collar de dientes de jabalí para llamar la atención sobre su pericia como cazador y que su miembro erguido mostrase a las claras el deseo que lo embargaba: ellas miraban a través de su tullido cuerpo como si la carne y los huesos les permitiesen ver la choza de detrás.

Por fin, Koshmar comprendió que al acudir sin vaina a su ceremonia había destruido todo el prestigio logrado al capturar el jabalí y que ahora volvía a ser, como siempre, Koshmar el tullido, digno de risa y de burla, con quien ninguna mujer se dignaría a unirse.

Tuvo que esforzarse para contener las lágrimas. Cuando los chiquillos que iban detrás de él se cansaron de imitarle y le dejaron solo, buscó un rincón tranquilo en un pajar. Recordó la amable invitación de Mara, ofreciéndose a calmarle siempre que fuese necesario, pero le avergonzó importunar a su familia de tal manera: no era digno ni siquiera de él. Reprimiendo su frustración, descargó su masculinidad en el suelo usando la mano, como si todavía fuese un muchacho que no tiene derecho a yacer con una hembra, mientras volvía a rememorar su unión con Mara. Tras disimular con un poco de paja la huella de su miserable satisfacción, se dirigió al lugar de su trabajo. Allí le esperaba Mara, moliendo cebada en su mortero de piedra.

—Te saludo, Koshmar, pariente mío —le dijo ella con una sonrisa encantadora que intensificó aún más la calidez del tullido pecho y, al mismo tiempo, le hizo sentir indigno de su amabilidad—. Hoy has tardado mucho en venir a trabajar.

—Es que he sentido deseos de unirme a una mujer y he salido a buscar una —le respondió—. Ahora que ya soy un hombre, puedo hacerlo, ¿sabes?

—¡Claro que lo sé! —rió pícaramente—. ¿Y quién ha sido la afortunada?

—Pues verás, lo cierto es que da igual una mujer que otra, todas sois iguales. —Intentó utilizar el orgulloso tono que tantas veces había escuchado entre los hombres del clan.

—Sí, claro, no tiene importancia. Sólo era curiosidad —se sonrojó Mara—. Lo he adivinado cuando he visto que llevabas puesto el collar de dientes de jabalí, estoy segura de que no habrás tenido que caminar mucho con él antes de que alguna te haya llamado.

—No, no mucho —mintió Koshmar.

—¿Y qué tal ha ido? ¿Bien?

—¡Estupendamente! —Koshmar se entusiasmó e incluso llegó a inventar algunos detalles—. Aunque, por supuesto, no disfruté tanto como contigo —añadió con galantería.

Se produjo un silencio un poco incómodo.

—¿Y tú, por qué has venido hoy tan pronto a trabajar a mi lado? —le preguntó Koshmar.

—Al parecer, según las vecinas, cuando te presentaste tan impropiamente en la ceremonia, yo debería haber defendido la dignidad de las mujeres y haberte rechazado. Pero tú no eres para mí un hombre cualquiera, eres mi pariente y no puedo perjudicar así a mi familia. Quizás hubiera debido rechazarte aun con todo, pues hay que admitir que tu impertinencia fue enorme; sin embargo, en ese momento fueron más fuertes mis lazos familiares que mi orgullo y que mi decencia. Esta mañana, cuando he salido a moler con las demás, me he encontrado con un recibimiento tan despectivo, que he tomado mis piedras de moler y me he marchado. Y como todavía estamos enfadadas Uriel y yo, tampoco me apetecía permanecer en nuestra cabaña. Aquí me tienes, si mi compañía no te desagrada. Yo no poseo un hermoso collar de dientes de jabalí para hacerme perdonar las inconveniencias y conseguir que las mujeres caigan a mis pies.

Koshmar le aseguró que no, que su compañía no le desagradaba en absoluto, pero no se atrevía a confesarle que ni siquiera el collar podía hacer perdonar la ofensa contra el decoro de la tribu. Se sintió lleno de gratitud hacia Mara, por desafiar la reprobación de sus vecinas con tal de ayudarle, y en una silenciosa oración a la Diosa le agradeció que hubiese traído a su familia a una mujer así. Se arrancó el ahora inútil collar de dientes de jabalí y se lo puso a ella.

—Toma, es un regalo —le dijo simplemente.

Ella palideció ante la magnitud del obsequio.

—Koshmar... No, muchas gracias, sé que me lo habías prometido, pero no puedo aceptarlo, es demasiado valioso... Eres muy amable, pero no.

—Quédatelo, por favor, para que no tengas sólo malos recuerdos de mí —insistió Koshmar, impidiendo que se lo quitara.

—Pero ¿cómo seducirás entonces a las mujeres?

—No necesito ningún collar para que recuerden mis hazañas de cazador —dijo, permitiendo que un tono de orgullosa autosuficiencia se deslizase entre sus engañosas palabras para hacerlas más creíbles.

—Entonces, lo acepto; pero si en algún momento deseas yacer con alguna en particular (pues aunque los hombres decís que todas somos iguales, a veces sentís algún capricho) y no te hace caso la mujer objeto de tu deseo, prométeme que me pedirás el collar para que te lo preste y puedas impresionarla.

Koshmar se lo prometió como le pedía, mordiéndose la lengua para no añadir que de entre todas las mujeres sólo deseaba yacer con ella.

—¿Qué tal me sienta? —preguntó Mara coqueta. La negra piedra de obsidiana engarzada en los largos colmillos de jabalí brillaba entre sus morenos pechos.

—Estás preciosa. —Y tuvo que forzarse a apartar la vista de ella para no mirarla más de lo que era educado.

—Gracias, pariente. —Mara colocó su mano abierta sobre el pecho de Koshmar, inundándolo de calidez.

Durante el resto del día, a Koshmar le pareció que el ruido de la piedra de molino al deslizarse y los golpes con que tallaba sílex no eran suficientes para acallar los latidos de su corazón, y le parecía imposible que los que pasaban cerca de ellos no se volvieran y preguntasen qué era aquel ruido.

Por la tarde, Ahkim volvió de pastorear y, llevándose a Koshmar aparte, sacó un conejo de su zurrón.

—¡Mira lo que he cazado! —Lo agitó ante los ojos de su amigo, temblando de indignación—. ¡Un miserable conejo que se atrevió a salir bajo mis pies cuando cuidaba esas ovejas estúpidas! ¡Menos mal que nadie me ha visto! ¡Qué vergüenza, Ahkim el hábil cazador trayendo un conejo a la aldea! Te propongo que salgamos y, en un claro del bosque bien discreto, nos lo comamos sin decir nada a nadie.

—¡Pero Ahkim, no estabas cazando, sino pastoreando! Por tanto, no es ningún deshonor traer un conejo. Y, además, si tanto te avergüenza, ¿por qué lo has capturado?

—Era carne. —Miró a su amigo como si dudase de su cordura—. ¿Cómo quieres que dejase escapar un bocado de carne?

—Pero si es carne —argumentó Koshmar—, según la canción de los cazadores debes compartirla con el clan. Tú solo puedes comer el corazón y el hígado, mientras que las entrañas son para tus compañeros.

Ahkim se quedó mirando al conejo calculando el tamaño de su hígado y de su corazón. Por último, dijo:

—Bueno, tal vez no sea carne. Es tan pequeño, que casi podríamos clasificarlo en la categoría de los animalillos que comes para distraerte mientras paseas: lagartijas, saltamontes, orugas, lombrices... No vas a repartir una lagartija con el clan, ¿verdad?

Rieron ante el hambre de Ahkim y pronto habían prendido un pequeño fuego con el parahúso y un poco de yesca. Ahkim tomó el corazón del conejo entre su dedo pulgar e índice y, tras mirarlo despectivamente, se lo tragó de un bocado.

—¡Felicidades, gran cazador! —Koshmar se burló de él amistosamente—. ¿Quizá desees los dientes de tu presa para fabricarte un collar que será la envidia de tus compañeros y que despertará la admiración de las mujeres?

Ahkim le lanzó uno de los huesecillos del conejo a la cabeza.

—No te rías. Verás cómo antes de no mucho tiempo yo también poseo un collar semejante. Por cierto, parece que ya te has cansado de llevarlo puesto; ¿o tal vez no has podido resistir el acoso de las mujeres a las que seducías con él, de tantas que eran?

—Algo de eso hay —Koshmar obligó a que sus labios se curvasen en una sonrisa presuntuosa para no delatar su amargura—. Por eso, para evitar debilitarme como un morueco que ha de cubrir demasiadas ovejas, se lo he regalado a Mara.

—¡No es posible! —se levantó Ahkim como si un escorpión le subiese por la pierna—. ¡Dime que estás bromeando! ¡Un collar masculino de dientes de jabalí como no hay otro en la aldea, sólo inferior al collar de dientes de león de Turnitaar!

Koshmar asintió, atónito ante la furia de su amigo, que prosiguió entre juramentos:

—¡Por el mismísimo útero de la Diosa! ¡Darle semejante collar a una mujer como todas, que lo único que ha hecho por ti ha sido abrirte el sexo y mover las caderas, mientras yo me dedicaba a aplastar los dedos de los pies a los que querían arrojarte excrementos de perro! ¿Y todos los días que he desperdiciado intentando enseñarte a lanzar un venablo, eso no cuenta? De acuerdo, tú compartiste el pecho de tu madre conmigo y me ayudaste a sobrevivir ayudándome a robar la leche de las cabras; pero eso fue hace mucho tiempo. ¡Podías haberte acordado de mí!

Ahkim se sentía tan furioso, que mientras hablaba, sus mandíbulas trituraban los huesos del conejo, en vez de escupirlos. Koshmar admiró la capacidad de su amigo para continuar comiendo mientras le gritaba.

—Pero Ahkim, ya te he explicado cómo capturé mi presa; tú puedes cazar otro jabalí y fabricarte tu propio collar —repuso, en cuanto su amigo se detuvo un instante para cobrar aliento.

—¡Excavando un agujero, como si yo fuese una mujer que busca raíces o araña la tierra para sembrarla! ¡Eso es indigno, no supondrás que voy a imitarte! En un cojo inútil como tú, puede pasar; pero yo no he de rebajarme hasta tal punto.

—Las leyendas dicen que nuestros antepasados capturaban así manadas enteras de grandes animales —objetó Koshmar— y nadie lo considera deshonroso, sino que todos suspiramos por esos buenos tiempos y rezamos a la Diosa para que devuelva la fertilidad a las manadas.

—Muy bien, pero yo no soy un antepasado. Y quiero un collar de dientes de jabalí.

Koshmar empezó a reírse sin poder evitarlo.

—Quizá si también movieses las caderas como Mara, yo cazase otra presa para ti, ya que no eres capaz...

Rodaron por el suelo, luchando amistosamente hasta que el sudor se llevó el enojo de Ahkim.

—¡Esto lo lamentarás! —le prometió a Koshmar, riéndose por fin de su propia ambición. Su amigo le coreó, sin adivinar hasta qué punto su frase era profética. Así, cubiertos de polvo y disfrutando de la amistad, regresaron a la cabaña de los hombres para dormir.

Al día siguiente, Koshmar no quiso repetir su vergonzoso e inútil peregrinaje en busca de una mujer y se dirigió, de la forma más discreta posible, al reservado lugar donde el día anterior descargase su frustrada virilidad. No lo supo entonces, pero cuando fue allí por segunda vez, estaba iniciando un hábito que duraría muchas estaciones.

Luego volvió a encontrarse con Mara. Tras ufanarse él de nuevas y falsas conquistas eróticas, ella comentó, exasperada:

—¡En esta aldea, parece que sea imposible hacer algo sin que te critiquen! Según las vecinas, el regalo de tu collar es demasiado valioso como para ser entregado a una pariente; algo extravagante si no fuera porque (y aquí todas bajan la voz) tú fracasaste en tu primer coito conmigo, a pesar de tu orgullosa exhibición, y el collar es el precio de mi silencio.

Koshmar enrojeció de ira, pero no dijo nada.

—«Preguntad a la mujer que yació ayer con Koshmar y ella os confirmará si es un hombre completo o no», les espeté a esas víboras. Ellas se rieron y me preguntaron qué mujer era ésa, porque no la conocían; ¿no sería más cierto que el tullido había cojeado por todo el poblado como un perro en celo que no encuentra hembra, hasta que había tenido que marcharse con el rabo entre las patas?

Una vergüenza infinita invadió a Koshmar.

—Mara, yo... debo decirte...

—No, no digas nada —le interrumpió, colocándole la mano sobre su pecho, que quedó invadido por su paralizante tibieza—. Yo te creo, bien sé que eres un hombre de verdad (¿acaso no yaciste conmigo?) y que todo lo que insinúan esas hienas es falso; sólo sienten envidia de mi collar y de que mi pariente sea tan bueno y generoso. Te juro que no volveré a hablar con ellas.

Koshmar quedó cabizbajo y abochornado, sin ser capaz de replicar. Pensó en morir, pero incluso esto le pareció ridículo: era absurdo estar yendo cada día a pedir la muerte a la sacerdotisa, para revocar la petición poco después, cuando Mara le sonriese. Todo él era ridículo, incluso sus propios y extraños sentimientos.

Viéndole tan dolido, Mara intentó consolarlo.

—Ya sé que para los hombres la virilidad es tan importante como la capacidad de concebir lo es para nosotras, las mujeres, y que os ofende cualquier duda sobre ella. Entiendo que te sientas afectado, pero no te preocupes por lo que te he dicho, las malas lenguas callarán a medida que vayas demostrando públicamente tu capacidad.

Estas palabras no constituyeron ningún consuelo, sino al contrario. Mara, pensando que los hombres eran incomprensibles y viendo que resultaba inútil todo lo que decía, se levantó y se fue, tras tocar de nuevo el pecho de su pariente en un gesto de despedida.

Unos días más tarde, mientras molía con su molino de cereales, comenzó a llorar. Tras dudar durante unos instantes, Koshmar le pasó la mano sobre los hombros para consolarla. Ella le dijo:

—¡Me siento tan sola en esta aldea extraña! Aquí no tengo parientes, salvo a ti y a Nohara; tampoco conozco a ninguna amiga de la niñez con la que hablar y desahogarme; y ya ves en qué han acabado mis intentos de entablar amistad con mis vecinas: no creo que vuelva a charlar con ellas después de lo que dijeron de ti.

»Sí, Nohara, mi madre de sangre, es muy amable conmigo; pero la diferencia de edad es excesiva como para entablar una verdadera amistad; y Uriel, mi hermana de sangre, no… —calló de pronto, dándose cuenta del absurdo de contar ciertos problemas a un varón que por su propia naturaleza estaba incapacitado para entenderlos.

»Sólo puedo hablar contigo —prosiguió Mara, tras una pausa—, aunque seas un hombre. Es antinatural, pero, después de todo, eres sensible, dentro de lo que cabe para tu sexo, y haces lo que puedes por mejorar tu educación. Siempre será mejor hablar contigo, aunque seas inferior, a permanecer sola y callada en mi cabaña.

—Mara, yo…

—No, por favor, escucha lo que tengo que decirte, no lo rechaces tan pronto. Ya sé que a los hombres únicamente os gusta hablar de caza, guerra y mujeres. Para no ser demasiado insoportable para ti, te escucharé, aunque deberás perdonar mi ignorancia sobre esos temas; bueno, sobre mujeres sí que sé bastante, posiblemente más que cualquier hombre. ¿Qué me respondes?

—Mara, yo soy un tullido que sólo ha cazado una vez en su vida; por lo tanto, el relato de esta única cacería termina pronto. En lo que atañe a la guerra, mi venablo sólo me sirve de bastón y no sueño con ella, como los demás hombres. Y respecto de las mujeres…

—Respecto de las mujeres… —sonrió Mara con picardía.

—No podría ufanarme de mis proezas sexuales, como hacen los demás hombres, porque tú eres una mujer y fácilmente puedes comprobar lo falso de mi jactancia. ¿No te reirías de mí si presumiese de que estuve con cinco mujeres en un solo día, haciéndolas gozar tanto que no necesitaron de otro hombre después?

—¿Eso es lo que los hombres dicen de las mujeres cuando están solos? —rió Mara, abandonando su talante melancólico.

—Sí, y todavía más: se ufanan de yacer con la mujer que desean.

—¡Pero si somos nosotras las que elegimos al varón que nos apetece, igual que un pastor separa del rebaño al cordero que desea degollar para la cena! Está bien, Koshmar, no me hables sobre mujeres, porque es demasiado absurdo. Pero si alguna vez me invade un espíritu triste, por favor, presume ante mí de tus conquistas como lo harías ante tus compañeros y la risa volverá a mi boca.

Koshmar respiró aliviado, porque habría sido imposible mantener la superchería de su normalidad durante mucho tiempo si cada día se hubiera visto obligado a inventarse una aventura.

—Mara, yo también me siento solo, a pesar de haber nacido aquí. Como te he dicho, no puedo hablar con mis compañeros de caza ni de guerra, y la jactancia sobre las mujeres me aburre. Ahkim es mi amigo, pero apenas puedo verlo un rato al anochecer cuando vuelve de cuidar los rebaños, y en ocasiones desaparece durante días enteros cuando marcha de caza.

—Pues bien —dijo Mara, con una triste sonrisa—, parece que cada uno en el otro tenemos un pariente que nos escuche, aunque no sea del sexo más conveniente; como dice la sabiduría de quienes nos precedieron, quien no encuentra tortas de cebada, come bellotas. Por cierto —cambió Mara de tema, dando por concluido el trato—, ¿sabes que esta mañana tu amigo Ahkim me ha pedido unas tortas de cebada? Cuando le pregunté por la razón de que me las pidiera a mí, pues no somos parientes y no tengo por qué moler para él, me respondió que yo le había robado un collar y era justo que le ayudase a conseguir otro. ¿Tú lo entiendes?

Koshmar rió y le dijo:

—Mara, ahora vas a escuchar el relato de mi primera, y me temo que última, proeza de cazador. —Y le narró su hazaña. Aunque ella ya la conocía en parte, no por eso sus ojos oscuros brillaron menos, haciendo que Koshmar deseara más intensamente que nunca poseer dos piernas normales para amontonar a sus pies docenas y docenas de piezas de caza; el desdichado tullido se apartó con dificultad de este sueño imposible. Luego le habló sobre el enojo que sintió Ahkim cuando le regaló el collar a ella.

—Si ha de ser causa de discordia entre vosotros dos, prefiero devolverlo —propuso generosamente Mara—. Al fin y al cabo, nadie lo admira y todos hacen como si no lo llevase puesto.

—Lo admiro yo —dijo Koshmar, permitiendo una vez más que su vista se posase en los colmillos y la obsidiana que colgaban entre sus pechos—. Y creo que Ahkim preferirá obtener por sí mismo el collar. Sigue dándole las tortas de cebada que necesite, y ya verás cómo pronto también te pide prestados tu bastón de cavar y tu azada.

Koshmar estaba equivocado. Si hubiese sabido lo que Ahkim se proponía, le habría ofrecido no uno, sino todos los collares de dientes de jabalí que existen en el mundo.

Tendría que habérselo imaginado cuando un atardecer, en vez de acostarse a su lado, lo vio tomar su mejor azagaya y su cuchillo.

—¿Adónde vas?

—De caza —le respondió lacónico con una sonrisa traviesa.

—¿Con un solo venablo? —Era inconcebible que un hombre arrojase su único proyectil y quedase tan indefenso como un cordero.

—¿Para qué más?

—¿Y vas a cazar de noche? ¿Quiénes te acompañarán?

—Las sombras que proyecta la luna.

—Ahkim, ¿te has vuelto loco?

—Quizá, pero tú tienes la culpa.

—¿Yo? —Koshmar se habría peleado con él y restregado su boca contra el suelo hasta que hubiese confesado sus secretas intenciones, pero se dio cuenta de que ya se había lavado en el río para apagar su olor y no quiso obligarlo a sudar—. ¿De qué soy culpable?

—Ya lo sabrás mañana.

Koshmar le volvió la espalda enfadado y se fue a dormir. Una hora antes de que amaneciera, sintió el calor del cuerpo de su amigo; ya ha vuelto de su misteriosa cacería, pensó, pero... ¿qué era ese aroma que impregnaba el aire?

—Koshmar... —gimió Ahkim.

Koshmar despertó de pronto, porque en su duermevela identificó el olor que su nariz recibía: ¡era sangre, sangre humana! Tocó a su amigo y retiró la mano empapada.

—¡Por la Diosa, Ahkim! ¿Qué te ha sucedido?

—Hay un jabalí muerto en el Gran Zab, cuatro docenas de pasos por debajo de la curva del roble viejo —susurró, casi inaudible—. Haz que vayan a buscarlo cuando amanezca, sería una lástima que los buitres y los milanos se coman tanta carne...

Koshmar se precipitó hacia la lámpara de sebo que siempre estaba disponible en cada cabaña y encendió su grasienta mecha de tripa de conejo con el pedernal y la pirita que siempre estaban cerca para no perder tiempo prendiendo fuego con un parahúso si se produjese alguna emergencia. Varios de los guerreros del clan gruñeron entre sueños ante el sonido de los golpes para encender el fuego. Un ligero estremecimiento recorrió el confuso montón de paja y hombres que llenaba la cabaña del clan. Uno de ellos captó el olor de Ahkim.

—¡Sangre humana!

En un instante, todos se hallaban despiertos con las armas en la mano. Koshmar consiguió prender la mecha y vio a su amigo: estaba cubierto de heridas; una, en particular, le recorría todo el muslo de arriba abajo.

—¡Ahkim! —gritó, sin poder evitarlo.

Los hombres lo miraron sin comprender, todavía parpadeando medio dormidos y buscando al agresor que había atacado al clan.

—¡No hay enemigos! —dijo Koshmar—. Ahkim ha cazado un jabalí. ¡Ayudadme a llevarlo a una choza de mujeres, para que lo curen!

—¿A qué choza? —preguntaron—. Su madre murió cuando él nació y no tiene hermanas. ¿Quizás a la de alguna tía suya?

—No, mejor a la que acaban de construir Mara y Uriel —decidió—. Al fin y al cabo, tanto Mara como yo somos responsables de esto.

Ellos le miraron sin comprender: si había sido un jabalí, ¿cómo era posible que Mara y él fuesen los culpables? ¿Tal vez un hechizo maléfico? Pero si eran amigos, ¿por qué arrojar una maldición sobre Ahkim? Sacudieron la cabeza e hicieron lo que se les había dicho, más que nada porque no se les ocurrió ninguna otra alternativa.

Mara y Uriel se asustaron cuando vieron el cuerpo ensangrentado de Ahkim a la luz de la vacilante lámpara de sebo que los hombres habían llevado consigo; pero una parte importante de la educación de las mujeres consistía en aprender a curar, pues la magia femenina era poderosa tanto para dar la vida como para defenderla (y, como incluso los más fieros guerreros susurraban con un escalofrío de terror, también para arrebatarla). Pronto Mara y Uriel estaban lavando las heridas de Ahkim. Los hombres desaparecieron en la oscuridad, pues no resultaba prudente contemplar la magia femenina; pero Koshmar se quedó: el deseo de estar junto a Ahkim era más fuerte que su temor natural.

Así pudo ver cómo su hermana cosía el terrible desgarro del muslo de Ahkim con un punzón purificado con fuego, uniendo los bordes mediante tripa de conejo escaldada, mientras Mara musitaba los conjuros que impedirían a los espíritus malignos penetrar a través de la piel rota. Luego cosieron las demás heridas —Ahkim parecía un odre viejo de cerveza que uno no se decide a desechar y remienda una y otra vez—, y le aplicaron hierbas purificadoras que masticaban con su propia boca. Por último, modelaron con barro una figurilla humana en la que colocaron un poco de cabello de Ahkim y a la que abrieron unas heridas iguales a las suyas, manchándolas con sangre; de esta forma, el paciente estaba protegido de la muerte por una triple defensa mágica: primero, le defendía el círculo protector que rodeaba toda cabaña y que garantizaba una cierta seguridad a sus moradores; luego, los hechizos de Mara, que impermeabilizaban las heridas; y por último, si algún espíritu maléfico conseguía entrar en la choza, se confundiría y atacaría al muñeco, sin dañar a Ahkim. Los cabellos de Koshmar se erizaban de espanto al contemplar una magia con tanto mana, pero no escapó. A pesar de que su pierna no le permitía demostrarlo en el combate, en su hígado no anidaba la cobardía.

Una vez Mara y Uriel hubieron hecho lo humanamente posible por salvar la vida de Ahkim, se volvieron hacia Koshmar y le preguntaron sobre lo sucedido. A la luz del amanecer, éste improvisó un relato de lo que suponía había acaecido. Luego, cuando regresaron los cazadores con el impresionante jabalí, un viejo macho de ensangrentados colmillos retorcidos, por las heridas del animal y por las huellas del lugar del combate todos supieron con certeza lo ocurrido aquella noche.

Ahkim había atraído al jabalí con engañosos obsequios, como hizo Koshmar; pero en vez de excavar un indigno foso, se subió a la rama de un árbol que dominaba el lugar donde dejaba las tortas y guardó una total inmovilidad, gracias a su tótem, que le permitió convertirse en una serpiente que espera su presa.

Cuando el confiado jabalí comía las tortas, Ahkim saltó sobre él, con el venablo en sus manos. Empujada por su peso, la punta de sílex consiguió atravesar la de otra forma impenetrable piel y rompió el corazón de la bestia. Aun mortalmente herida, se revolvió y, con un solo gesto de su poderosa cabeza, los afilados colmillos rasgaron el muslo de su agresor. Ahkim cayó al suelo, lo que le salvó la vida, porque los colmillos de un jabalí no pueden clavarse bien en el cuerpo de un hombre caído; sin embargo, la bestia, rabiosa por la muerte que se apoderaba de ella, lo mordió y lo golpeó. Ahkim no se avino a soportar esta humillación y a esperar que el jabalí muriese, sino que, furioso (aunque no tanto como para cometer la estupidez de ponerse en pie), acuchilló a su vez al animal en el cuello y en los ojos. Por fin la azagaya profundamente clavada cumplió su misión; entonces, Ahkim volvió arrastrándose a Zewi Khemi. En vez de pedir auxilio, su espíritu burlón aún tuvo coraje para dejar en ridículo a los centinelas y volver a la cabaña del clan sin ser detectado por ellos. Esta muestra de viril orgullo provocó exclamaciones de admiración entre los hombres de la tribu, y la fama de Ahkim se extendió incluso a los poblados vecinos.

—¿Vivirá? —preguntó Koshmar.

Mara y Uriel movieron la cabeza.

—Sólo la Diosa lo sabe. Tu amigo ha perdido tanta sangre que su piel parece blanca, y siempre es posible que algún espíritu maligno penetre en él. —Al decir esto, los tres realizaron con los dedos el gesto mágico que evitaba que estas imprudentes palabras atrajeran la desgracia—. Pero ha tenido suerte y el desgarro se ha detenido a tres dedos de su vientre. Si hubiese seguido un poco más, no existe magia humana capaz de evitar que los malos espíritus fueran atraídos por la sabrosa visión de las entrañas al descubierto.

—¿Puede permanecer aquí mi amigo hasta que se cure? No es pariente nuestro, pero defendió el honor de nuestra familia —preguntó Koshmar. Por prudencia, omitió mencionar expresamente la fracasada ceremonia de la pérdida de su virginidad.

Mara dijo que sí, le bastaba saber que era amigo de Koshmar; pero Uriel dudó. Por fin, accedió a regañadientes.

—Sí —concedió Uriel—, no sería correcto rechazarlo. Le daremos alojamiento y el cuidado que necesita, aunque ¡nuestra cabaña es tan pequeña todavía! Está recién terminada, como sabes, y aún no la hemos decorado. Pronto la agrandaremos.

Koshmar se asombró de que aun en tales circunstancias Uriel se preocupase por la apariencia de su choza, pero se dijo que las mujeres eran así.

Antes de doce días, Ahkim había recuperado su color, gracias a los nutritivos tazones de sangre de cordero que sus cuidadoras le proporcionaban; sin embargo, aún no podía reír como de costumbre porque algunas costillas estaban rotas y le producían bastante dolor. Koshmar había pasado casi todo el tiempo junto a su lecho. Aunque como hombre no sabía hacer nada para curarlo, al menos podía espantar las moscas de sus llagas, cambiar la paja sucia de orina y excrementos, y conversar con él cuando volvió a estar consciente. Sin embargo, por la noche regresaba a la cabaña del clan, pues habría sido escandaloso que durmiera en la cabaña de unas mujeres sin estar herido o enfermo, aunque fuesen parientes suyas.

La noche pertenecía a Uriel. Había dudado en abrir su cabaña a Ahkim, pero ni Mara ni Koshmar habían sido capaces de adivinar los tormentosos sentimientos y sensaciones que en ella desataba la proximidad de aquel hombre. Mientras Mara dormía, ella lo velaba y recordaba la única vez que había yacido con él en las orillas del Gran Zab, y cómo él le había confesado que la odiaba. Uriel también le odiaba. Odiaba a todos los varones y, sobre todo, a este guerrero de fuertes músculos y modales despectivos; odiaba su fuerza y su valor que le hacían destacar entre los demás y lo convertían en un héroe para los de su sexo; odiaba la manera que tenía de empuñar la azagaya, su forma de andar, de hablar, de reír, de mirar... de mirarla. Sobre todo, odiaba la forma que tenía de mirarla.

Ahora yacía ante ella en la penumbra de su cabaña, iluminado por la mecha que ardía en el cuenco de esteatita para alejar los malos espíritus, luz que contrastaba con la débil claridad de la luna que se filtraba a través de la puerta y de las rendijas de las paredes. Esta luz fantasmagórica dibujaba aún con más claridad los contornos de los músculos de Ahkim, las cicatrices que tatuaban un pasado lleno de aventuras y de valentía, las heridas recientes y aún sangrantes que testimoniaban que ni la misma muerte lo atemorizaba.

¡Estaba tan indefenso ante ella! Bastaba con anular los hechizos que lo protegían del mal y los espíritus de fuego lo devorarían. ¿Por qué no lo mataba? Ahkim era una fuerza elemental de la naturaleza, fascinante pero peligrosa. Uriel se preguntaba qué le diría si despertaba de pronto y la sorprendía acariciándole sus fuertes bíceps o sus rígidos muslos; qué excusa alegaría si Ahkim abría los ojos y encontraba su cabeza abrazada en el seno de Uriel; o cómo ella podría justificar que su femenina mejilla se apoyase en el musculoso pecho de Ahkim. Ni ella misma sabía por qué actuaba así. ¡Hacía tanto tiempo que ningún hombre le había hecho sentir ese placer compuesto de violencia desatada, que la proximidad de Ahkim la turbaba sobremanera! Por fin, con un suspiro, abandonaba a Ahkim —«¡por lo que a mí me importa, que los espíritus nocturnos lo devoren, si es que pueden vencer su mana y la protección de su madre muerta!»— e iba a refugiarse entre los cálidos brazos de su hermana de sangre. En ellos encontraba, si no olvido, por lo menos consuelo.

Ignorante de los estremecimientos que cada noche su presencia causaba en Uriel, Ahkim sanó con rapidez de sus heridas. Pronto se pudo quemar la estatuilla para engañar a los malos espíritus. Cuando Ahkim fue capaz de caminar, volvió a la cabaña de los hombres de su clan, donde fue acogido con un recibimiento delirante; su hazaña superaba incluso a la de Turnitaar, su jefe, pues la había realizado solo, de noche y vertiendo su propia sangre. Los hombres de la cabaña, orgullosos de que Ahkim perteneciese al clan de la serpiente, bailaron en torno de él una danza guerrera mientras lo aclamaban como a un héroe. Su collar de dientes de jabalí destacaba en su cuello y, añadidas a las antiguas, las nuevas cicatrices, todavía de un llamativo color rojo, evidenciaban su valor.

Sin embargo, esta hazaña había hecho palidecer la de Koshmar, y ahora su collar, que había sido obtenido mediante una cobarde trampa y sin correr ningún riesgo, parecía haber perdido su valor. Una mañana, vio que Mara no lo llevaba puesto, y ella le explicó que lo guardaba como prueba de su generosidad, pero que no volvería a ceñir su cuello con él, porque le daba la sensación de llevar una joya falsa, como si hubiese sido obtenida arrancando los dientes a una carroña. Koshmar asintió con tristeza porque pensaba lo mismo.

Tal vez aquí se le pueda reprochar a Koshmar una cierta falta de valor, porque su pierna no le hubiera impedido hacer lo mismo que Ahkim y ganar fama y prestigio imperecederos, borrando el recuerdo del día que se presentó a la ceremonia sin vaina... si es que sobrevivía. Si muriese, al fin y al cabo, no perdía nada, pues su miserable existencia tampoco era digna de un hombre. Pero tampoco ningún otro cazador de la tribu se atrevió a repetir la hazaña de Ahkim, a pesar de que miraban el collar con ojos brillantes de envidia. Koshmar no fue pues más cobarde que el resto de los cazadores. Aunque acarició muchas veces el proyecto de imitar a su amigo, cuando le miraban los negros ojos de Mara, deseaba vivir y no le importaba el desprecio de la tribu.

Una tarde, cuando buscaba sílex para tallar, encontró una roca extraña. Era rojiza, maleable. Parecía oro por el brillo, pero no lo era. Estaba manchada de verde, pero al pulirla apareció un metal anaranjado. Era cobre nativo, una rareza extraordinaria. Recogió esta pequeña pepita y trató de tallarla: inútil. Entonces, le dio forma aplastándola entre dos piedras, hasta que consiguió un pequeño círculo. Luego, con paciencia, logró perforar un agujero en el centro. Lo enhebró en un cordel de cuero y regaló el colgante a Mara.

—Toma, nadie de la aldea posee algo similar —le dijo. Mara quedó asombrada. Y a partir de entonces, las demás mujeres tuvieron un motivo más para odiarla. Pero Mara nunca se quitaba el colgante, que se convirtió en símbolo de su aprecio por Koshmar.

Cuando los hombres partían para cuidar el ganado o, los más afortunados, de caza, Ahkim, Koshmar y Mara se dirigían al lugar de trabajo. Mientras Mara molía y Koshmar tallaba, los tres charlaban. Era muy agradable, aunque Ahkim había adquirido la presuntuosa costumbre de acariciarse las cicatrices; pero su buen humor les obligaba a perdonarle todo.

—¿Y éste es el terrible Ahkim al que todo el mundo teme, que mató un cabrito con las manos desnudas cuando casi era un bebé? —preguntó Mara, después de una broma especialmente graciosa.

—Sí, creo que yo soy yo —contestó Ahkim, lo que despertó en todos nuevas carcajadas.

—Ten cuidado, Mara, no te confundas —le advirtió Koshmar cuando dejaron de reírse—. Ahkim es un amigo leal, pero puede ser terrible, porque su madre murió al nacer y no pudo enseñarle lo que es bueno y lo que no lo es. Puede ser más brutal y despiadado de lo que seas capaz de imaginar.

—Pero ¿quién lo cuidó cuando murió su madre? —Mara no sabía nada de la tragedia de Ahkim sino retazos fragmentarios, y Koshmar vio aparecer en los ojos de su amigo un brillo mortífero. Mara, que no le conocía tan bien, no se dio cuenta.

—Lo cuidaron mi madre y otras mujeres. —No era del todo verdad, pero Koshmar no deseaba embarcarse en una larga explicación sobre un tema que era muy doloroso para Ahkim—. De hecho, uno de mis primeros recuerdos es la cara de mi amigo amamantándose al mismo tiempo que yo.

—¡Ah, Nohara no me lo había dicho! En ese caso, no es extraño que seáis tan buenos camaradas.

—Mi madre es muy discreta —repuso Koshmar. Se tranquilizó al ver cómo desaparecía la siniestra mirada de los ojos de Ahkim. Una sonrisa volvió a aparecer en sus labios.

Cuando se acercó el momento de volver a la cabaña del clan, Ahkim le dijo a Mara:

—Mañana llegaremos tarde, puesto que Koshmar y yo iremos a buscar a alguna mujer para yacer con ella, como corresponde a los hombres. ¡Nunca me había dado cuenta de la enorme ventaja de mi amigo! Mientras los demás partimos de caza o a cuidar esas ovejas cretinas, él se queda aquí en el poblado con las mujeres a su disposición.

Mara rió la broma, pero Koshmar estaba demasiado preocupado.

—¿Ir los dos a buscar una mujer, has dicho? Yo tengo que terminar un hacha. Ahora llega la época propicia de quemar los bosques para que los pastos alimenten a nuestro ganado y poder roturar nuevos campos, y la tribu necesita muchas hachas... —intentó excusarse.

—Pero Koshmar —le acorraló Mara—, si descargas tu violencia, trabajarás mejor y más deprisa.

—Y no creo que la tribu muera de hambre el próximo invierno porque te retrases un poco en la confección de un hacha —confirmó Ahkim.

—Entonces, está decidido —aceptó Koshmar, en el mismo tono en el que podría declarar la proximidad de la muerte—. Mañana Ahkim y yo nos uniremos a una mujer.

Mientras los dos cojeaban hacia la cabaña de su clan —la herida del muslo de Ahkim aún no se había curado del todo—, éste tarareaba una canción erótica masculina que hablaba de un miembro inagotable y de otras cuantas estupideces más. En cambio, el humor de Koshmar era tenebroso y se preguntó si algún día llegaría a realizar sus fantasías suicidas.

—Ahkim...

—¿Sí? —contestó, como si lamentase interrumpir su canto en lo más interesante.

—¿De verdad mañana vamos a ir a yacer con una mujer?

—¿Por qué no? ¿Acaso no somos amigos? Ya han transcurrido dos lunas desde que tú perdiste la virginidad y todavía no lo hemos hecho; aunque debo admitir que he pasado este tiempo recuperándome de mi cacería del jabalí. Creo que ya estoy sano.

—Ahkim, debo confesarte algo...

—Si vas a decirme lo que creo, puedes ahorrártelo, porque para ignorarlo haría falta no hablar con nadie de la tribu, como Mara.

—Entonces, si sabes que todas las mujeres me rechazan, ¿cómo puedes proponerme eso? ¿Tal vez deseas humillarme?

—Escucha, pedazo de tonto, ¿sabes lo que es esto? —Ahkim señaló su collar.

—Un collar de dientes de jabalí.

—Pues no, estúpido —Ahkim se mostraba irritado—, es una reliquia obsoleta de los legendarios Tiempos Antiguos, cuando las mujeres no se veían obligadas a partirse la espalda labrando los campos y nosotros no nos aburríamos cuidando ovejas y cabras, porque por las praderas pululaban sabrosas piezas de caza. Entonces, un cazador era de verdad un cazador, de su venablo dependía la existencia de la tribu. No como ahora, que podríamos desaparecer todos los hombres, y las mujeres no lo notarían, salvo en que comerían carne de cordero en vez de las gacelas que de vez en cuando y cada vez con más dificultad les traemos. Porque admitirás que una mujer es capaz de cuidar de un rebaño tan bien como un hombre, aunque no se lo permitamos porque entonces no tendríamos nada que hacer.

»Pero como nos negamos a admitir que los Tiempos Antiguos ya se han ido para siempre, los hombres seguimos saliendo de caza cuando conseguiríamos más carne cuidando una mayor cantidad de ovejas; y las mujeres siguen derritiéndose por los valientes cazadores de éxito, que antes significaban carne para todos, pero que ahora no son nada. ¡Nada!

»Como este collar dice que soy un gran cazador, me basta con agitarlo a la puerta de cualquier choza femenina para que me abran sus sexos; y una vez abiertos es difícil que los cierren para ti. Y si los intentan cerrar, les pasaré el collar por las narices y las amenazaré con no volver. Por lo tanto, deja de pensar que eres un pobre tullido al que nadie hace caso, porque ya te conozco y adivino tus pensamientos, y compórtate con normalidad o te chafaré las narices. ¿De acuerdo?

Este análisis frío y cínico dejó a Koshmar tan estupefacto que no pudo responderle; pero se dijo que Mara hacía mal dejándose engañar por la jovialidad de Ahkim, pues bajo ella se ocultaba una mente tan aguda como las espinas de los zarzales, a la que se unían una voluntad tan pétrea como la obsidiana y una absoluta falta de creencias y de moralidad. Todo esto junto en un solo hombre lo convertían en un ser muy peligroso.

Asombrado, Koshmar se dio cuenta de que Ahkim había arriesgado su existencia por conseguir un collar de dientes de jabalí en el que no creía; es más, se burlaba de quienes lo admiraban por la joya. Pero puesto que tal collar era un instrumento para obtener prestigio y poder, había luchado por él y lo había conseguido.

Koshmar se estremeció y se preguntó hasta dónde llegaría su amigo para olvidar que al principio de su vida había tenido que mendigar un poco de leche.

Aquella noche, mientras Koshmar esperaba que el sueño cerrase sus párpados, no se preocupaba por cómo actuaría cuando se encontrase al día siguiente con una mujer, sino que todavía le estremecían los terribles presentimientos sobre Ahkim. Éste, apretándose contra el desnudo cuerpo de su amigo para obtener un poco de calor, dormía apaciblemente ronroneando como un cachorro de león que presiente que su tiempo ya se acerca.

QUINCE

—¡Si hubieseis visto cómo aquella mujer movía las caderas mientras yo la penetraba! ¡Ah, qué hembra, cuánto placer es capaz de dar! Su oquedad es estrecha y cálida, como si nunca hubiese dado a luz. ¡Pero no fue suficiente mujer para mi amigo Koshmar, que posee en su miembro toda la fuerza que le falta en las piernas! ¡La dejó tendida en el polvo como una oveja acabada de parir! —Ahkim ensalzaba a Koshmar ante los hombres del clan que, legañosos por acabar de levantarse, le escuchaban con interés. Una mujer siempre era un tema digno de atención—. Pero por muy placentera que pueda ser esta hembra, yo no iría a mostrarle el erguido miembro del que tan orgullosos os sentís al menos durante un par de días, porque mi amigo la dejó tan satisfecha que tendríais que volver a la cabaña de nuestro clan sin que ella os dirigiese ni una sola mirada. Aún diría más, yo de vosotros no me acercaría a ella ni aunque hubiesen transcurrido dos estaciones, porque después de lo que le hizo gozar Koshmar, corréis el riesgo de que cuando hayáis terminado, os reproche vuestra falta de vigor con agrias palabras que os convertirían en el hazmerreír de toda la tribu. ¿Verdad que sí, Koshmar?

—Sí, por supuesto —aprobó Koshmar, sin saber qué decir. Las mentiras no eran su fuerte.

—¡Pero añade algo más, maldita sea la placenta que te alimentó, o no te creerán! —le susurró Ahkim, dándole un codazo.

—Estuvo muy bien. —Koshmar realizó un intento espasmódico de presumir como hacían todos los hombres—. Y… eh… me gustó mucho.

—Amigos míos, os compadezco —tomó el relevo Ahkim, lanzándole una mirada furiosa—, porque mientras vosotros iréis a cuidar el ganado o a correr inútilmente detrás de los ciervos y de las gacelas, Koshmar y yo permaneceremos en Zewi Khemi penetrando a cuantas mujeres nos apetezcan: cuando regreséis, ninguna cabaña femenina os abrirá sus puertas, porque todas las hembras tendrán tan llenas sus vaginas de nuestra virilidad, que temerán que les salga por la boca si os permitiesen penetrarlas. Tendréis que utilizar vuestras propias manos, como si fueseis muchachos sin derecho a entrar en las mujeres.

»Pero no seáis envidiosos y no roguéis a la Diosa que os envíe una cojera como la de Koshmar o heridas como las mías, porque quizás entonces os castigará y enfriará vuestro órgano para siempre. Conformaos con vuestra miserable suerte y recoged las sobras que graciosamente os dejaremos mi amigo y yo, como a perros cuando el cazador ha atrapado su presa.

Tras algunas preguntas que Ahkim contestó con todo detalle —su inventiva no tenía límites—, los hombres salieron a sus tareas; él les sonrió hasta que ya no pudieron oírle y luego se volvió hacia Koshmar:

—¿Se puede saber qué te pasa? ¿Por qué no has fanfarroneado como yo? Siempre hay que creer la mitad de lo que dice un hombre cuando habla sobre mujeres; ¡pero en tu caso no han creído nada! ¿Me puedes explicar por qué has estado tan callado como un pedrusco al mediodía?

—Es que… sentía vergüenza. —La explicación de Koshmar le sonó ridícula hasta para él mismo. ¿Por qué no podía actuar como todos? Su única experiencia sexual la constituía aquella primera y única cópula con Mara, y sus detalles eran como un tesoro de conchas cauri, que no deseaba compartir con nadie. Resultaba absurdo.

Ahkim lanzó un bufido de exasperación.

—¡Sientes vergüenza de decir que no penetras en las mujeres y también de decir que las penetras! ¿Qué sugieres que hagamos para que te sientas bien? ¿Tal vez las penetramos y no las penetramos al mismo tiempo? ¿Cuándo aprenderás a ser un hombre más o menos normal? ¡Y fíjate que digo más o menos normal, porque ya he renunciado a que lo seas completamente!

La reprimenda de Ahkim sumió a Koshmar en el desánimo de

siempre. Se sentó y sujetó su cabeza entre las manos, pues no era capaz de comprender lo que le sucedía. Negras sensaciones invadieron su cuerpo y las lágrimas corrieron por sus mejillas. ¿A qué divinidad o espíritu había ofendido para que no le permitiese ser como los demás hombres?

—Perdona, no quise ser tan brusco —se excusó Ahkim, cuando percibió el efecto de sus palabras—. Comprenderás que eres capaz de hacer perder la calma a cualquiera.

—Ahkim, ¿por qué eres amigo de alguien como yo? ¿Por qué no te dedicas a cazar y a estar con mujeres en vez de perder el tiempo conmigo? —le contestó. Se sentía como un excremento de perro y no comprendía que alguien le mirase dos veces sin reír. Ahkim no contestó, quizá porque no conocía la respuesta; en vez de eso, intentó sacar a Koshmar de su melancolía.

—Vayamos a buscar a una mujer para desahogar un poco nuestra violencia. Pero hazme un favor: no pienses en nada, ¿de acuerdo? Tú vas detrás de mí, te estás callado hasta que te toque el turno, entras en la mujer, te liberas y nos vamos.

—No pensar en nada, muy bien. —Koshmar se propuso no estropearlo todo esta vez. Trató de sacudirse la nube que oscurecía su mente y su hígado.

Ahkim lo miró con desconfianza:

—¿Seguro?

—No pensar en nada.

—Pues vamos. Y si cometes otra estupidez, te estrangularé con tus propios intestinos.

Se dirigieron hacia las mujeres, que se hallaban ocupadas en sus labores domésticas, pues todavía no era la época de labrar los campos. Ahkim extremó su cojera, como si cada paso le costase un sufrimiento indecible.

Ya en la primera cabaña, se sentó en el umbral como si no pudiese dar un paso más.

—¡Oh, pero si es Ahkim, el gran cazador del clan de la serpiente! —exclamó la mujer, saliendo de la choza al verle.

Ahkim sonrió, como si en su modestia le sorprendiera que le reconocieran.

—¿Sufres mucho por tus heridas? ¿Deseas una tisana calmante?

Ahkim la rechazó con un gesto que quería decir que sufría muchísimo, pero que se hallaba por debajo de la dignidad de un cazador admitirlo; y que ninguna tisana podría calmar los terribles dolores producidos al cazar jabalíes cuerpo a cuerpo. Sin embargo, aquellos que eran tan valerosos como para intentar algo tan arriesgado (y él no conocía a muchos), también debían ser capaces de soportar las consecuencias en un digno silencio. Era sorprendente la cantidad de significados que Ahkim era capaz de expresar con un solo ademán.

—¿No te molestaría..? ¿Me das permiso para tocar tu collar?

Ahkim se lo concedió graciosamente.

—¿Y no podría hacer algo para aliviar tu sufrimiento? —suplicó la mujer.

Ahkim dirigió a su amigo una mirada que quería decir: «¿Ves? Ya te lo dije». Instantes después estaba copulando con un vigor sorprendente para quien poco antes había sido desgarrado por tantos dolores.

Cuando Ahkim terminó, le dijo a la hembra sin salir de ella:

—Y ahora, para acabar tu placer, te penetrará mi amigo. Aunque su apariencia no es muy impresionante, te sorprenderá su fuerza.

La mujer miró con desprecio a Koshmar, pero no se opuso, porque la implacable voluntad de Ahkim había hablado sin dejarle alternativa, como si fuese imposible negarse.

Sin embargo, Koshmar no sentía ganas de entrar en aquella mujer cuya mirada traslucía tan poco deseo hacia él. Pensó en Mara y sintió repugnancia de cumplir aquel frío acto con una mujer casi desconocida de la que ni recordaba el nombre. En un impulso repentino, se volvió y se marchó del lugar con toda la velocidad que eran capaces de desarrollar sus piernas, que no era mucha. Ahkim corrió detrás de él, sin cojear casi, para gran sorpresa de la mujer.

—¿Qué te ha pasado?

—Esa mujer me despreciaba —le respondió.

—Sí, probablemente, aunque creo que habría cambiado de opinión después de estar contigo, si le hubieses dado suficiente placer. Pero ¿qué importa eso, si te permitía entrar en ella?

—Yo no quiero penetrar en una mujer que me desprecia. —Era la forma más aproximada de expresar sus complejos y absurdos sentimientos. No podía decir: quiero a Mara.

Ahkim se sorprendió tanto, que ni siquiera se enojó.

—¿Quieres decir que te importa lo que sienta o piense la mujer en la que vas a entrar? —No podía creerlo, estaba sinceramente asombrado—. ¿Qué tiene que ver eso con el sexo?

Koshmar se hallaba confuso, porque él mismo se daba cuenta de que nadie en su sano juicio pondría ninguna objeción a lo que Ahkim le decía. Indudablemente, estaba tan loco como Nohara, que se ponía en el lugar de la gente que sufre y la compadecía. Quizá fueran dos manifestaciones de una misma enfermedad, que se transmitiese de madres a hijos. Cuando se lo insinuó a Ahkim, éste lo rechazó:

—¡Tonterías! Tú no estás tan loco como tu madre. Sólo eres... sólo eres... ¡insoportable! —Los dos rieron—. Si a mi amigo Koshmar le apetece penetrar sólo a las mujeres a las que cae simpático, ¿por qué no va a hacerlo? —exclamó, como si el ser su amigo permitiese a cualquiera comportarse de forma extravagante y alterar la lógica del universo. Koshmar reía al ver expresado en los labios de Ahkim el absurdo de sus sentimientos. Entre bromas, se dirigieron hacia el lugar donde Koshmar trabajaba la piedra. Allí se encontraba Mara moliendo su grano.

—Os veo muy alegres —les saludó—. Sin duda, habéis tenido éxito con las mujeres.

—No demasiado, porque... —En un arranque de desesperación, Koshmar se dispuso a contarle a Mara sus problemas.

—Porque después de que la mujer yació con Koshmar, no quiso estar conmigo —intervino Ahkim, salvándolo de su propia imprudencia—, y tuve que irme humillado como un perro al que no se le arroja para comer ni siquiera un pedazo de tendón.

—No me extraña —rió Mara, con un brillo de admiración en sus ojos por la virilidad de un pariente suyo—. Si yo fuese un hombre, preferiría no hallarme demasiado cerca de Koshmar cuando buscásemos mujeres.

—Precisamente veníamos diciendo que para evitar avergonzarme de nuevo, mañana pasearía él por el poblado, sin mi compañía. ¿No es cierto? —Le golpeó con su codo en las costillas tan fuerte, que tuvo que ahogar un grito de dolor. Koshmar asintió, sin haberse enterado muy bien de lo que se había dicho, porque mentalmente estaba comparando la belleza y la simpatía de Mara con las de todas las mujeres del poblado, llegando a la conclusión de que ninguna se le acercaba ni de lejos.

Más tarde, mientras regresaban a la cabaña de su clan, Ahkim intentó comprender a su amigo.

—Con Mara sí pudiste unirte: no tuviste ninguna dificultad, más bien al contrario, tuvimos problemas con la vaina. En cambio, con la de hoy, no, porque te despreciaba. ¿Correcto? —Ahkim se rascó la cabeza, perplejo.

—Así es. —Resultaba estúpido.

—Entonces, todo consiste en encontrar a una mujer a quien agrades y que quiera yacer contigo, pero que a diferencia de Mara hable con las demás; porque te aseguro, amigo mío, que en cuanto empiecen a contarse las unas a las otras que la falta de vigor de tu pierna no afecta para nada a tu miembro, les caerás estupendamente a todas y serás el varón más solicitado de todo el clan; ¡qué digo del clan! ¡de toda la tribu! ¡Siempre estarás aquí para satisfacerlas, en vez de por los montes cuidando el ganado! —aseguró Ahkim, pletórico de optimismo, al no encontrar ninguna grieta a su plan. Ahkim tendía a buscar siempre una línea de actuación ante los problemas y una vez encontrada ya no pensaba más en ello.

—No es fácil encontrar a una mujer que desee yacer conmigo, ya lo he probado. Y salvo a Mara, a ninguna le resulto atractivo —objetó Koshmar, intentando ser realista.

—Pasea mañana por el poblado y quizá Kuilniir, la diosa del placer, te sonría.

Al día siguiente, Koshmar inició su paseo por la aldea, como le había ordenado Ahkim. Iba a regañadientes y lo cierto es que su avergonzado miembro no mostraba ningún deseo; sin embargo, su amigo insistió en que aquello no era un problema.

—Pero Ahkim —objetó—, si no muestro mi predisposición al sexo, ¿quién me va a invitar?

—Quizá alguna necesite un varón en ese momento y tú aparezcas como un regalo de Kuilniir. —Lo empujó hacia las chozas de las mujeres, sin cejar en su optimismo.

—Al menos no sufriré la vergüenza de ser despreciado —se dijo Koshmar—, porque cualquiera creerá que voy a por sílex al depósito, para preparar puntas de azagaya.

Para su sorpresa, Isure, hija de Sain, lo saludó con una sonrisa.

—¡Que goces de un buen día, Koshmar, hijo de Nohara!

—Lo mismo te deseo. —Estaba sorprendido por su amabilidad. Como las demás mujeres, Isure solía fingir que Koshmar no existía.

—¿Adónde vas tan atareado?

—A por un poco de sílex del depósito, para preparar unas puntas de azagaya —mintió, aunque no tan perfectamente como Ahkim.

—¿Y no te sobrará un poco de tiempo para entrar en mí? Porque ¿sabes?, siempre me has resultado muy simpático, aunque claro, como todas te criticaban y se burlaban, no me atrevía a decírtelo.

Koshmar no salía de su asombro y accedió a la invitación. Era una mujer muy hermosa; no tanto como Mara, por supuesto, que poseía una belleza especial. En cualquier caso, resultaba lo suficientemente atractiva como para despertar el deseo.

—Pero no aquí delante de todo el mundo, porque no gozas de muy buena fama. Entremos en mi choza. —Koshmar la siguió sin dar crédito a sus ojos ni a sus oídos.

Una vez en la cabaña, Isure abrió su sexo para él y le dijo:

—Entra en mí, Koshmar, porque me agradas mucho.

Había algo en sus palabras que sonaba artificioso. En una pared de la choza, Koshmar vio un colgante con un diente de jabalí. Lo comprendió todo al instante y su deseo se apagó como las brasas de una hoguera abandonada.

—Este diente de jabalí pertenece a Ahkim, ¿verdad?

—Pertenecía —puntualizó Isure—. Ahora es mío.

—¿Y a cambio de qué te lo dio?

—No lo puedo decir, porque me hizo jurar por la Diosa que guardaría el secreto.

—Creo que lo puedo adivinar: tú debías yacer conmigo y decirme que te era muy simpático y que te agradaba mi compañía.

—¿Cómo lo sabes? —se asombró—. Sí, es un poco raro, pero un diente de jabalí matado cuerpo a cuerpo es un diente de jabalí matado cuerpo a cuerpo. Puedo comprender que un hombre como tú necesite una mujer y que pague por conseguirla, aunque el precio es en verdad extravagante: yo habría aceptado por mucho menos. Lo que no entiendo es que Ahkim me recalcase tanto que debía decirte esas tonterías. Pero Ahkim insistió en que si no te lo decía, no me daría el diente.

Koshmar salió de la choza lleno de ira.

—¡Espera! ¡Todavía has de entrar en mí! Además… ¡me eres muy simpático y me agradas mucho! —gritó, intentando cumplir su parte del trato. Koshmar no contestó.

Cojeó furioso. Por una vez, no le importó nada que le viesen y no trataba de disimular su defecto. Se dirigió hacia su lugar de trabajo y allí estaba sentado Ahkim, charlando animadamente con Mara. Cuando Ahkim vio a su amigo, se levantó con una sonrisa en los labios.

—¡Que el día te sea propicio, Koshmar! ¿Qué tal ha ido tu paseo?

Koshmar no le respondió. Se apoyó en su venablo con la mano izquierda, para no caerse, y con la derecha descargó un terrible puñetazo contra la nariz de Ahkim, que lo derribó al suelo sorprendido.

—¿Cuántos dientes hay en tu collar? —le espetó.

Ahkim dejó de palparse la nariz, que sangraba profusa y abundantemente, y empezó a contar con sus falanges. Koshmar le interrumpió:

—¡No me importa cuántos haya! Lo único que me importa es que estoy seguro de que ahora hay uno menos que ayer.

—Te equivocas —replicó Ahkim con una sonrisa—. Hay tres menos que ayer, porque, como comprenderás, yo no podía saber con exactitud por dónde ibas a pasear.

Los dos se enzarzaron en una de sus peleas, aunque Ahkim aullaba de dolor cada vez que Koshmar se apoyaba sobre sus costillas o su muslo herido rozaba contra el suelo. Siempre rodaban por el polvo, lo que hacía la lucha más impresionante, porque si hubiesen permanecido en pie, Ahkim habría derribado a su amigo con el primer empujón y ya no se habrían divertido. Gracias a eso Koshmar consiguió dominarlo y le hizo jurar que a partir de ese instante, ya no disminuiría más el número de dientes del collar. Esto no significaba nada, porque Ahkim incumplía alegremente sus juramentos cuando le convenía, pues desafiaba a las divinidades igual que a los hombres.

Mara les había observado sin dejar de moler su cereal. Cuando hubieron terminado la pelea, en sus ojos se manifestaba una clara admiración hacia Koshmar, que era capaz de desatar una violencia tan furiosa y gratuita.

—¿Lucháis así muy a menudo? —preguntó.

—Varias veces al día, siempre que pensamos distinto —le respondió Koshmar, tratando de borrar con un poco de polvo las manchas de sangre de la nariz de Ahkim que decoraban su piel, pues no era cuestión de ir por la aldea presumiendo de sangre.

—¿Sólo por no estar de acuerdo en cuántos dientes tiene un collar? —preguntó ella, asombrada.

—Y por motivos aún más banales —dijo Koshmar, con humor siniestro. Mara se estremeció.

—Supongo que esta agresión significa que así tampoco funciona —aventuró Ahkim.

—¡No!

—¿Pero la mujer te dijo que le eras simpático?

—¡Sí! —rugió Koshmar, marcándosele todas las venas en el rostro.

—¿Y qué hay de malo en que le seas simpático a una mujer? —quiso saber Mara.

—¡No tiene nada de malo! ¡Pero cállate, porque no entiendes nada!

—¡Por la Diosa, Koshmar, si no fuese porque puedes descargar tu violencia en tantas hembras, sería peligroso permanecer a tu lado! —exclamó Mara, con un suspiro admirado ante tal capacidad de desatar la ira por motivos baladíes. Koshmar se negó a contestarle.

—¡Yo renuncio a comprenderte! —Ahkim también estaba enojado y se marchó hacia la cabaña de su clan. Había sacrificado tres de los valiosos dientes de jabalí para nada—. ¡Que se cumpla la voluntad de la Diosa, porque tus deseos son tan extravagantes que es imposible darles satisfacción!

Los dos amigos hicieron las paces después, pero por un acuerdo tácito, Ahkim se abstuvo de volver a interferir en la extraña sexualidad de su compañero, aceptándola como una más de sus rarezas.

Después de esto, Koshmar renunció a ser un hombre como los demás y a llevar lo que se creía una sexualidad normal y sana. A partir de entonces se satisfizo en la soledad de su ocultamiento, sin volver a unirse con Mara. Su locura todavía no era tan fuerte: si no tenía contacto con mujeres, sería la burla de la tribu; pero si sólo yacía con Mara, pondría en peligro las vidas de ambos, pues ella tampoco era muy popular y no sería extraño que alguien profiriese alguna acusación de perversión contra ellos. Aunque todavía fueran inocentes, no había memoria de que nadie que hubiese sido llevado al tribunal del Consejo hubiese sido perdonado, en parte porque es muy difícil disimular un delito en un lugar en el que existía tan poca intimidad, pero también porque en la aburrida vida de Zewi Khemi siempre era bien recibida la diversión que produce la tortura y muerte de un criminal.

Así pues, por su propia seguridad, Koshmar decidió soportar que la gente pensase que era impotente, además de un tullido inútil. ¿Qué más le daban esas burlas, si podía trabajar junto a Mara y experimentar las deliciosas sensaciones que su proximidad desataba en su interior? Pero si ella le hubiese vuelto a ofrecer su cálido cuerpo una vez más, él estaba seguro de que ya no podría privarse de su goce y de que desafiaría al mismísimo poste de tormento por seguir entrando en ella.

Cuando Koshmar le explicó esto a Ahkim, éste se rascó la cabeza, pues no podía entenderlo; pero admitió que era lo único sensato que, dentro de tal locura, podía hacerse. Se mostró preocupado porque se daba cuenta de que su amigo estaba entrando en un terreno muy peligroso y que era imprevisible lo que podía ocurrirle. Sin embargo, el espíritu generoso de Ahkim no se avergonzó de ser el amigo de un cojo impotente y no le retiró su amistad. Antes al contrario, permaneciendo juntos era como si él desafiase a la tribu entera a proferir una crítica, y cuando la gente miraba los oscuros ojos de Ahkim, prefería guardar sus burlas para cuando Koshmar se encontrase solo.

¿Cuándo se dio cuenta Koshmar de que «amaba» a Mara? Es difícil decirlo; la conciencia de estos inmorales sentimientos fue deslizándose poco a poco en su alma, porque ningún hombre podría aceptar algo tan terrible sin volverse loco, asqueado de sí mismo, si no fuese acostumbrándose paulatinamente a su propia obscenidad. Este «amor» ponía en cuestión la rígida separación de los sexos y —si fuese correspondido— el predominio de las mujeres. Era un tabú y su prohibición se hallaba firmemente enraizada en las almas de todos; únicamente gracias a la soledad encontró Koshmar la fuerza necesaria para desafiar conciencia y leyes.

Quizá fue cuando comenzó a acariciar el negro cabello de Mara, con la excusa de quitarle los piojos que anidaban allí, como era habitual. Ahkim ya estaba recuperado y había vuelto a sus tareas, dejándolos solos.

—¡Oh, qué piojo tan grande! —exclamó Koshmar, cogiéndolo del pelo de Mara y mostrándoselo—. ¿Cómo permites que crezcan tanto?

—¿Qué mujer del poblado me concede su amistad para que podamos sentarnos en el umbral de nuestra choza y limpiar mutuamente nuestros cabellos? Y Uriel, tu hermana, siempre tiene algo que hacer como guardiana de la Diosa… —Aquí calló, porque todavía era lo suficientemente sensata como para no hablar de problemas entre mujeres con un hombre que no podía comprenderlos. Todavía no habían llegado a eso… aún.

—Si lo necesitas tanto, yo puedo despiojarte —le propuso Koshmar. ¿Por qué temblaba su voz?

Mara dudó un momento. El despiojarse entre un hombre y una mujer no constituía ningún tabú, pero nadie lo hacía: en primer lugar, porque es una demostración de amistad y, como todos sabían, la amistad no puede existir entre los dos sexos; además, se acerca peligrosamente al terreno de lo obsceno, aunque sin llegar a pertenecer a él.

Pero sin duda, el gran número de piojos que infestaba su cabeza empezaba a resultarle molesto. Y después de todo, ya la criticaban tanto por pasar el día charlando con su familiar como si fuesen dos mujeres, que no importaba darles un motivo más de maledicencia.

Sin darse cuenta, habían ido escondiéndose como si quisieran que la tribu los olvidase. Ahora, Mara se retiró un poco más de donde alguien les pudiese ver y le ofreció su cabeza.

Así pudo Koshmar pasar sus dedos por los cabellos de Mara, con la excusa de tan minúscula y poco gloriosa cacería. Para su mano, era como si tocase las brasas de una hoguera. Cuando ya no encontró más parásitos, no fue capaz de detenerse y siguió tocándola, diciéndose a sí mismo que tal vez aún quedaba alguno. Por fin, no pudo engañarse más y se dio cuenta de que le gustaba acariciarla. Quedó tan horrorizado que se detuvo al instante; sin embargo, ella quiso corresponderle y Koshmar sintió un delicioso y culpable placer mientras los ágiles dedos de Mara se deslizaban por su cabello crespo. Al mismo tiempo, experimentaba el deseo de huir de allí lo más rápido que sus torpes piernas le permitiesen. Por desgracia o por fortuna, Ahkim y él se limpiaban mutuamente de piojos cada mañana: ella apenas pudo encontrar uno o dos parásitos y pronto terminó.

Durante el resto del día, Koshmar permaneció en silencio, mientras fuerzas opuestas pugnaban en su interior. Por un lado, le torturaba la conciencia de una perversión que ya no podía negarse más y que le llenaba de repugnancia haciéndole desear, como siempre, la muerte; porque sólo la muerte era capaz ya de impedir que siguiese acariciando disimuladamente a Mara. Por otro lado, tocarla cada día le parecía infinitamente preferible a la más sangrienta guerra o a la más exitosa cacería, algo por lo que merecía la pena vivir.

A partir de entonces, las pesadillas le agitaron por las noches. Por fortuna, siendo el hombre de menos prestigio del clan, dormía en un rincón, con sólo Ahkim a su lado. Lo que hasta entonces había sido un inconveniente durante las frías noches de invierno, porque no podía disfrutar del calor de los camaradas amontonados, ahora era una ventaja, pues molestaba únicamente a su paciente amigo cuando despertaba en mitad de la noche jadeando como si le faltase el aire, sin poder dormir por el temor de volver a soñar que besaba a Mara en la boca, que la mano encallecida por el sílex se deslizaba por sus pechos, que la lengua recorría toda su piel hasta llegar a su feminidad…

Mara no sospechaba nada y seguía hablando con él y riendo

cantarina, sin darse cuenta de que cada vez que su mano se posaba sobre el pecho de Koshmar en el saludo que corresponde a los parientes, el rostro de éste enrojecía de deseo y de vergüenza.

Poco a poco, olvidando que era un hombre cuya mente inferior no podía recibir las confidencias de una mujer, la soledad que sentía Mara le fue impulsando a contarle los sucesos que habían acaecido en su joven vida. Un día entonó una extraña canción que describía las tradiciones de sus antepasadas, otro narró su infancia en una tribu nómada y cómo lloró cuando mataron a su hermano... Cuando ya tuvo más confianza le explicó, entre risas, cómo fue su ceremonia de pérdida de la virginidad, la cual resultaba mucho menos traumática para las mujeres que para los hombres, pues ellas no podían fracasar.

Una tarde de otoño en la que Mara se sentía especialmente nostálgica, le contó cómo llegó a querer tanto a Uriel que abandonó su propia aldea para venir a Zewi Khemi. Mara suspiró, pues todo aquello ya había pasado hacía tanto, tanto tiempo...

—¿Sabes, Koshmar? Poco a poco he ido perdiendo el cariño que sentía hacia Uriel. Yo quería a la amiga que conocí en mi tribu, cuando estábamos a la orilla del gran río; no a la mujer fría y dura en la que se ha convertido desde que Kurmil le arrojó una maldición. Me digo que tal vez algún día ella venza el maleficio y vuelva a ser la que fue, pero cada vez me siento más y más cansada. Me pregunto por qué sigo en esta aldea que me rechaza y no vuelvo a la mía para siempre.

El solo pensamiento de perder a Mara casi enloqueció a Koshmar, porque sólo vivía para los momentos que pasaba junto a ella. Trató de inventar alguna excusa para trasladarse al campamento del río, pero no pudo encontrar ninguna: un hombre no abandona su clan y su tribu; y menos que nadie un cojo impotente al que se soporta porque está prohibido dar muerte a una persona, a no ser que infrinja algún tabú. Se sintió tan desesperado que estuvo a punto de estrechar las manos de Mara entre las suyas, pero pudo contenerse en el último instante.

—¡Quizá me he aficionado mucho a tu compañía, aunque parezca imposible, y por eso no me voy! —rió Mara—. ¡No sé cómo me soportas!

—Mara, por favor —quiso responder Koshmar, pero no fue capaz de articularlo—, no me sigas hablando así, pues siento como si un afilado venablo atravesase mi hígado. Porque ya ni siquiera soy un hombre y deseo morir.

Tuvo que morderse la lengua hasta que el salado sabor de la sangre llenó su boca, para no decirle que bastaba con que profiriese una sola palabra y permanecería junto a ella hasta el final de su existencia.

—¡Pero cómo te estoy contando estos sentimientos de mujer, debo de haberme vuelto loca! No te preocupes —añadió, poniendo su mano sobre el pecho de Koshmar—, quizás un día reúna el valor o la desesperación que necesito para regresar a mi aldea; así ya no tendrás que soportar la cháchara de una mujer que se siente sola.

La idea de que Mara pudiese irse de Zewi Khemi pobló de aún más insoportables pesadillas las noches de Koshmar. La veía alejarse mientras intentaba correr tras ella apoyándose en su venablo, pero no lograba alcanzarla y por fin caía al suelo, mientras todos reían llamándole tullido. En otros sueños, Koshmar le confesaba su amor y ella le contestaba que también le había amado desde siempre y que huyesen más allá de donde alcanzaban las implacables leyes de la Diosa para vivir su amor culpable; pero cuando se disponía a marchar, ella le miraba la pierna y le decía: «¡Pero si eres un tullido! ¿Cómo vas a cazar para mí?». Entonces, una tristeza terrible le invadía y comprendía que su proyecto era imposible. «¡Cavaré docenas de trampas para jabalíes y te obsequiaré con muchos collares!», decía entre sueños; pero ella respondía riéndose: «¡Nunca cazarás de verdad, porque siempre serás un tullido!».

Mientras maduraban así los tumultuosos sentimientos de Koshmar, los amaneceres se agolpaban uno tras otro para formar las estaciones y la vida seguía su curso, indiferente a los deseos y temores de Koshmar. Los bebés nacían en una promesa de que algunos de ellos llegarían a convertirse en seres humanos útiles a la tribu, y también se celebraban ceremonias funerarias para que descansasen los espíritus de hombres y mujeres que habían caminado y sufrido por la tierra.

Uriel era una guardiana de la Diosa; no estaba obligada a doblar la espalda labrando campos con la azada o con el pesado bastón de cavar, ni a segar con mandíbulas de onagro o con hoces de madera y sílex los campos cubiertos de fértiles espigas. Ahora sólo debía entrenarse en el uso de los bellos y mortales venablos de obsidiana, envidia de todos los cazadores, y disponía de la mayor parte del tiempo para ser educada recibiendo las más profundas enseñanzas, viajando incluso a otras aldeas para completar su formación. Sin embargo, desde aquel parto desgraciado en el que había sido maldita por Kurmil, su vientre no había vuelto a llenarse de vida. Nohara y Aster estaban impacientes por que Uriel concibiese una niña y asegurara así su descendencia; pero las oraciones a la Diosa no surtían efecto.

Mara, en cambio, dio la vida a un niño que vio la luz después de que su madre se retorciera de angustiosos dolores durante tres días. Todos pensaban ya que Tahim, la diosa de los partos, iba a devorar su existencia; pero gracias al enorme poder mágico que poseían los amuletos de Mara, consiguió salvarse. Durante ese tiempo, Koshmar iba de un lado para otro como un borracho, o tal vez un loco, sin poder entrar en la cabaña de Mara por causa de los firmes tabúes que se lo impedían. Y aunque le hubiese estado permitido entrar, ¿qué habría podido hacer, si la magia de la vida pertenecía en exclusiva a las mujeres?

Mientras Mara estuvo a punto de morir, Uriel permaneció a su lado y soportó sus terribles gritos comportándose como una leal hermana de sangre. A lo largo de esos tres días y tres noches Uriel luchó contra el terrible poder de Tahim, sin desfallecer un momento y sin permitirse dormir ni un instante, porque ella sabía que en cuanto dejase de pronunciar las frases mágicas que mantenían sujeta a Tahim, la diosa se comería la vida de Mara. Por fin Tahim, fatigada, perdonó a Mara y marchó a calmar su apetito en otra parturienta que no fuese defendida tan resueltamente por su hermana de sangre. Esta demostración del poder mágico de Uriel hizo que las demás mujeres la admirasen, pues muy pocas eran capaces de vencer a Tahim.

Mara se sintió decepcionada cuando vio que había dado a luz un varón: después de tantos sufrimientos, hubiera preferido una niña. Sin embargo, pronto lo quiso como si hubiese sido una hembra.

Así, Koshmar pudo ver crecer poco a poco a un niño. Ningún varón les prestaba atención hasta que se convertían en hombres, pero

Koshmar, imposibilitado por su pierna para salir de caza o apacentar el ganado, lo vio pasar de ser un pedacito de carne que sólo sabía llorar y ensuciar la espalda de Mara, a ser un niñito de ojos alegres que balbuceaba sus primeras palabras y lo llamaba tío enredando sus manitas en la espesa barba. Mara y él disfrutaban con sus progresos y reían sus intentos de imitarlos; hacer caso a un niño no era nada varonil por parte de Koshmar, pero ya se había acostumbrado a que la aldea entera se burlara de él y no le importó añadir un motivo más.

Por desgracia, una sequía se abatió sobre la aldea y la cosecha fue la mitad de lo acostumbrado. Gracias a la previsión de Aster y a su acertado liderazgo, ningún adulto murió de hambre. Sin embargo, a los ancianos se les hizo saber de diferentes maneras que ya no había sitio para ellos en la vida, y sus raciones se hicieron más escasas y duras, difíciles de masticar para sus encías desdentadas. En poco tiempo, todos le pidieron a Aster que les otorgase la muerte dulce y ella, suspirando, se la concedió. Así murió, entre otros, Kamaroo, el último hombre que recordaba una guerra y cuyos relatos tanto gustaban a sus compañeros.

Sin duda, alguien de la tribu había incumplido un tabú y había quedado sin castigo, ofendiendo así a la Diosa, porque después de la sequía vinieron varias lunas de lluvias torrenciales que enmohecieron gran parte del cereal que se guardaba en los graneros. Las Ancianas del Consejo discutieron con Aster que, aunque también fuera ya muy vieja, no había perdido nada de su antigua energía.

—Nuestra reverenda Madre no habla en nombre de la Diosa y ha olvidado su prudencia; si ya no puede regir a la tribu, debería haberse entregado ella también a la muerte dulce. Su propuesta es insensata: ¡vender a otros poblados nuestras conchas cauri a cambio de cereales! ¡No podemos gastar así nuestras riquezas tan trabajosamente adquiridas! ¿Con qué adornaremos a la Diosa? ¿Con collares de dientes de zorro?

Un murmullo de aprobación se extendió por el Consejo. Aster sintió la implícita amenaza de Kalesh, la Anciana que dirigía oficiosamente la oposición contra ella una vez desaparecida Kurmil.

Aster meditó antes de responder. No podía decirles lo que ella había aprendido hacía mucho, cuando era joven y había luchado contra el comerciante que buscaba oro: que las conchas cauri sólo eran un símbolo, que su valor se lo otorgaban aquellos que las ambicionaban. Pero sabía que si lo decía, la considerarían una loca. ¡Las locas eran ellas! ¡Preferir amontonar conchas, cuando podrían comprarse canastos y canastos de cereales!

Decidió ceder. Nunca peleaba cuando sabía que iba a ser vencida. Sabía muy bien lo que significaba esta derrota: los hombres no dispondrían de cerveza con la que olvidar su fracaso como cazadores, y habría que matar a los niños que aún no fuesen personas; las niñas se salvarían, por el momento. Una lágrima asomó en los arrugados ojos de Aster cuando recordó al hijo de Mara, cómo la llamaba abuela de sangre y cómo ella se enternecía. Por otro lado, sentía rabia: aquellas Ancianas no serían invitadas a morir por falta de alimentos, la tribu necesitaba su sabiduría y su memoria, y por eso se mostraban tan inflexibles. Suspiró de nuevo. Debía contestar o las demás pensarían que estaba senil.

—No compraremos cebada a otras tribus con nuestras conchas cauri. ¿Qué medidas propone tomar el Consejo?

Kalesh sonrió:

—En primer lugar, este ciclo de estaciones no fermentaremos cerveza. Los hombres son unos holgazanes que comen más de lo que producen...

Todas las Ancianas asintieron ante las palabras de Kalesh. Aster, sin embargo, pensó que tendría más problemas que nunca para mantener la paz.

El hijo de Mara fue sacrificado antes de cumplir los tres ciclos de estaciones. Cuando Koshmar participó en su banquete funerario para devolver su mana al clan, no disfrutó nada comiendo su carne, a pesar de que resultaba excepcionalmente tierna. Casi lloró. Se preguntó si con el tiempo también se estaría volviendo tan sensiblero como Nohara, su madre.

«Claro —se dijo—, al no poder cazar, me he desacostumbrado ante la sangre y la muerte. Cojo, pervertido y sensiblero: en verdad, puedo sentirme orgulloso de mí mismo.»

Mara y Koshmar habían compartido sus soledades durante varios ciclos de estaciones; ahora compartieron el dolor en silencio. Mucho tiempo después, aún seguían sintiendo como si les faltaran unas manecitas infantiles que jugaran con los pedazos de sílex o se enzarzaran entre los mechones de sus cabellos.

Los hombres del clan de la serpiente lamentaron la muerte de Turnitaar, su jefe; sin embargo, no fue una sorpresa para nadie. Desde que había arrancado los dientes al león y vestía orgullosamente su piel cuando atravesaba el poblado, incluso en el máximo calor del estío, se había vuelto muy vanidoso. Un guerrero ha de mostrar su fuerza ante los demás hombres, pero nunca debe olvidar, como le empezó a suceder a Turnitaar, que incluso la última de las mujeres es infinitamente superior al primero de los hombres.

Irritado por la falta de cerveza y arropándose en su impresionante piel de león, comenzó a tratar a las mujeres como si fuesen sus iguales; ellas se molestaron, por supuesto, y Turnitaar pronto se encontró regresando a la cabaña de su clan con el miembro erguido, sin haber encontrado una vagina amistosa que se abriese ante él para recibir su descarga. En vez de humillarse ante ellas y reconocer, como los demás hombres, su inferioridad natural, Turnitaar se irritó y trató a las mujeres con descarada altanería; incluso se permitió ordenar que unas mujeres preparasen cerveza para su clan, a pesar de que la Madre había dicho muy claramente que aquel ciclo de estaciones no habría cerveza para nadie. Al no ser obedecido, las golpeó.

Todos, menos Turnitaar, cegado por su orgullo, supieron que hasta un niño de cuatro ciclos de estaciones sería capaz de contar los días de existencia que le quedaban y que pronto los hombres del clan de la serpiente se reunirían en torno a su tumba para elegir un nuevo jefe.

—... ¡Turnitaar debe morir! ¡Es un peligro para todas! —terminó Kalesh, tomando aliento tras un largo y apasionado discurso. Las Ancianas del Consejo ulularon aprobando sus palabras.

Aster había fingido dar algunas cabezadas, para ganar tiempo y permitirse estudiar los rostros y las reacciones de las demás. Si por su gusto hubiera sido, habría preferido matar a Kalesh; pero ya había aprendido con Kurmil que era inútil deshacerse de una rival, pues pronto otra ocupaba su puesto. Ahora, más sabia y con muchas más estaciones sobre sus huesos doloridos, prefería ser más sutil. No se enfrentaría a Kalesh. Todavía no. La sabiduría no puede imponerse, y no podría convencer a las demás Ancianas de que un peligro conocido y directo no resulta tan peligroso. ¡Líbreme la Diosa de aquellos peligros que no conozco!

—Turnitaar morirá —afirmó Aster, como si estuviese convencida de que esto era lo mejor.

Kalesh no pudo ocultar un gesto de contrariedad. Esperaba que Aster se comprometiese en la defensa de Turnitaar, como siempre había hecho, para así humillarla ante las demás y apartarla del poder. Aster era débil como su hija Nohara, aunque tratase de ocultarlo; cuanto antes el Consejo la depusiera y la mandara al regazo de la Diosa obligándola a beber la muerte dulce, mejor sería para la tribu.

—Habría que haberlo matado hace muchas estaciones —gruñó Kalesh.

Aster sonrió, sin tratar de justificarse, y dio por terminado el Consejo.

Al poco tiempo, la piel de Turnitaar se volvió blanca y comenzó a expulsar sangre negra cuando intentaba defecar, signos claros de que la fuerza vital se le escapaba. Sus compañeros de clan lo intentaron trasladar a alguna de las chozas de sus hermanas, pero éstas se negaron a cuidarlo, pues la Madre lo había prohibido. Todos comprendieron que había perdido el derecho a la vida: una mujer se lo había dado y otra se lo había quitado. Temerosos de la maldición femenina, tampoco se atrevieron a introducirlo en la cabaña de su clan.

Así murió, abandonado a la intemperie como un perro sarnoso, quien se llamó Turnitaar, el valiente cazador. Las únicas posesiones que se llevó al mundo de los espíritus fueron la piel de león y el collar con sus dientes, que lo volvieron tan loco como para desafiar al poderío de la Diosa. A pesar de lo valiosos que eran estos dos objetos, ninguno de sus parientes los deseó conservar, temerosos de morir de igual forma.

Cuando los hombres del clan de la serpiente se reunieron en torno a la tumba de su anterior jefe para elegir uno nuevo, nadie discutió quién debía dirigirlos en adelante: el valeroso Ahkim, cuyo collar de dientes de jabalí les recordaba que era el más audaz e intrépido de los cazadores. Lo saludaron con gritos de júbilo. Koshmar el primero: ¡su amigo, jefe del clan siendo tan joven! Le pidieron que los condujese a exitosas cacerías de grandes animales, cuya salada sangre pudiesen beber y cuyas nutritivas entrañas devorasen. En tal delirio, Koshmar llegó a pensar que ahora quizás Ahkim encontrase la manera de que él fuese útil en las cacerías de una forma distinta que tallando puntas de azagaya; quizás ahora pudiera ser un hombre y, bañándose en la sangre de sus presas, consiguiese olvidar a Mara.

Sin embargo, en medio de la alegría general, mientras se cantaban viriles canciones y el nuevo jefe del clan era paseado en hombros por sus entusiasmados compañeros, Aster, que lo observaba todo, pudo entrever un terrible brillo en los negros ojos de Ahkim que la estremeció y le hizo preguntarse si, como le habían enseñado sus maestras, gritando para espantar un gato montés, no habría atraído un feroz leopardo.

DIECISÉIS

—¡Guerreros del clan de la serpiente! ¡Los más valientes y diestros de entre los hombres de Zewi Khemi y de todos los poblados de la Confederación de la Diosa! Me habéis elegido vuestro jefe, pero… ¿queréis que me limite a organizar el pastoreo de esas estúpidas ovejas que las mujeres nos obligan a cuidar?

Los hombres del clan de la serpiente, reunidos en torno a una hoguera, se removieron sin saber qué contestar ante la pregunta de Ahkim. Por supuesto, no les gustaba pastorear ovejas, pero ¿qué podían hacer si la caza escaseaba tanto? Ahkim no esperó ninguna respuesta: su pregunta había sido meramente retórica.

—¡Me habéis elegido vuestro jefe! Mañana partiré a buscar nuevos cazaderos, donde podamos encontrar presas tan enormes y numerosas, que hasta las mujeres habrán de admitir que los hombres del clan de la serpiente serviremos mejor a la tribu cazando con nuestras flechas y azagayas, en vez de pastoreando. ¡Que otros clanes de vista más corta e hígados más temerosos cuiden ovejas, si les gusta! ¡Nosotros somos el clan de la serpiente! ¡Y juro por Zohar, nuestro dios masculino, que no regresaré hasta que no averigüe dónde nos esperan las presas que nos devolverán nuestro orgullo! ¡Comeremos sólo sangre y vísceras: que las mujeres roan cebada, si tanto les gusta! ¡Que con nuestra parte fermenten cerveza, sin escatimarla tanto! ¡Y si se les pudre el cereal con las lluvias, que aprendan a construir mejores graneros!

Ahkim se detuvo satisfecho, mientras lo aclamaban. ¡Por fin un jefe que se tomaba en serio sus tareas y que no se limitaba a pensar en cómo dividir el ganado en rebaños para aprovechar mejor los pastos!

Cuando se acallaron los vítores, Ahkim les advirtió de que tardaría mucho en regresar, quizá varias lunas, pues la tarea no sería fácil. Los hombres se miraron azorados: era inconcebible permanecer tanto tiempo sin un jefe. Pero Ahkim nombró a Sardar, hijo de Mantara, para que lo sustituyese en las tareas domésticas.

Ahkim partió al amanecer, cargado únicamente con sus armas y con un odre para almacenar agua. ¿Sal? La despreció diciendo que si no era capaz de encontrar suficiente sangre para sobrevivir, entonces no sería un digno jefe del clan de la serpiente; y prefería que sus huesos se blanqueasen al sol antes que tomar un alimento propio de hembras. Ahkim se puso bajo la invocación de Zohar, su divinidad protectora, y con la misma sonrisa despreocupada con la que saludaba a una mujer a la que deseaba seducir, partió hacia el sol naciente. Los demás le observaron con una mezcla de admiración y de aprensión por su futuro.

Cuando su amigo desapareció de la vida de Koshmar, éste sintió su ausencia, no sólo en la soledad que experimentaba su alma y en el frío que la noche insinuaba en su dorso, sino porque entonces comprendió hasta qué punto Ahkim le había protegido de las burlas y de la crueldad de la gente. La existencia se le habría vuelto insoportable si no hubiese sido por el tiempo que pasaba con Mara; porque cuando no estaba con ella, contaba los latidos de corazón que faltaban para encontrarse de nuevo, y cuando la había dejado, recordaba cada uno de sus gestos y palabras, sin permitir que lo abandonasen.

En una de las conversaciones que sostuvieron Mara y Koshmar, él oyó hablar por primera vez en la vida del Secreto de la Diosa.

—Esta noche, mientras Uriel se debatía entre pesadillas, como ahora es habitual en ella, unas palabras se le escaparon de los labios: «el Secreto de la Diosa». ¿Sabes qué significa eso?

—No, sólo soy un hombre y no he sido iniciado en los misterios femeninos.

—Pero yo soy una mujer y además mi madre era la sacerdotisa

de nuestra tribu, y jamás escuché algo parecido, a pesar de que ella me mostró muchos conocimientos que las mujeres normales no alcanzan. Pero claro, nuestra tribu era nómada y no poseía tanto saber como la vuestra. Este Secreto innombrable tiene algo que ver con la tristeza que arrastra mi hermana de sangre desde que Kurmil la maldijo —prosiguió Mara, y le narró a Koshmar aquel primer y único parto de Uriel, y los sucesos que siguieron—. Nunca había querido volver a mencionárselo, para que su alma no recorriese de nuevo ese sendero de melancolía; pero esta mañana me decidí y le pregunté a Uriel acerca del Secreto de la Diosa del que había hablado dormida. Ella, asustada, me interrogó ansiosamente sobre si había musitado algo más mientras soñaba. Pareció tranquilizarse cuando le dije que no. Entonces, me advirtió que intentase olvidar incluso este nombre y que cerrase mis oídos si ella volvía a hablar entre sueños: en caso contrario, me aseguró con gesto sombrío, mi muerte no se haría esperar, porque todo aquel que conoce ese secreto sin formar parte de los iniciados, debe morir. Y, añadió, que en verdad morir es preferible a conocerlo.

—¡Ha de ser un secreto terrible! —exclamó Koshmar—. Será prudente que hagamos caso a Uriel y no nos acerquemos a ello, pues sólo dolor se obtiene cuando los seres humanos intentamos penetrar en los misterios de las divinidades.

—Tienes razón —concedió Mara—. Y, sin embargo, presiento que nuestras vidas están ligadas a este enigma. Incluso tal vez nuestras muertes.

Koshmar dibujó en el aire el gesto para alejar el mal causado por palabras imprudentes.

—¡No digas eso! ¿Quién piensa en morir? Es mejor que olvidemos este secreto. Yo, por mi parte, juro por la Diosa que nunca más habré de mencionarlo.

Los dos convinieron en que esto era lo más sabio. Ni siquiera la aguda intuición de Mara pudo presentir que un día Koshmar destruiría Zewi Khemi al incumplir su promesa.

Apenas habían transcurrido media docena de días después de esta conversación, cuando Mara acudió a donde Koshmar trabajaba. Sus ojos estaban enrojecidos por el llanto.

—He venido para despedirme: mañana regresaré a mi aldea del río, junto con mi madre y mi gente. No puedo soportar vivir más tiempo junto a Uriel. —Su mano permaneció sobre el pecho de Koshmar mucho más tiempo de lo correcto.

Éste palideció y no pudo musitar ni una palabra. Ella prosiguió, sin mirarle a los ojos.

—Aún soy joven y en mi aldea quizás encuentre a otra hermana de sangre que me ayude a criar los hijos que me dé la Diosa; pero seguro que nunca tendré un pariente tan amable como tú.

El mundo se desvanecía en torno de Koshmar y las poco viriles lágrimas pugnaban por desbordar sus párpados.

—Adiós, Koshmar, adiós para siempre. Si pudieses caminar, te diría que nos veríamos la primavera próxima en el festival de la Diosa, cuando todas sus tribus se reúnen en torno al árbol sagrado; pero siendo como eres… Y yo jamás volveré a pisar esta aldea que me odia. Confío en que sigas haciendo disfrutar a tantas mujeres como me hiciste gozar a mí aquella primera y única vez.

—Mara…

—¿Sí?

—Mara… perdóname por lo que he hecho. Empecé por una pequeña mentira, para que creyeses que yo era normal. ¡Me daba tanta vergüenza que tú lo supieras! Luego, cada vez me resultaba más difícil decirte la verdad, las mentiras anteriores pesaban como las rocas de las montañas, y así una mentira se añadía a otra mentira.

—¿De qué mentiras me hablas?

—Mara, las otras mujeres tenían razón cuando te hablaban mal de mí y no querías creerlas.

—¡Tonterías! Sé bien que no eres impotente, porque entraste en mi cuerpo. Cualquiera de las otras mujeres con las que hayas yacido podrá decir lo mismo que yo. No te menosprecies tanto por ser cojo.

—Mara, tú eres la única mujer en la que he entrado en toda mi vida.

Ella lo miró asombrada, sin poder creérselo; pero la avergonzada expresión de Koshmar le dijo que era verdad.

—¿Durante tantas estaciones? Es imposible…

—He intentado ser un hombre como todos, te lo juro. La Diosa bien sabe que he realizado grandes esfuerzos, pero he fracasado.

—Pero ¿por qué, en nombre de la Diosa, por qué?

—Porque Mara, yo... No sé cómo decírtelo. Pero, al fin y al cabo, ya te he perdido para siempre... Mara, yo... ¡Yo te amo! ¡Siempre te he amado!

Lo había dicho por fin, y había utilizado la expresión más soez posible. Podría haber empleado la palabra que significaba cariño entre un hijo y su madre, o entre hermanos; o la palabra que significaba camaradería entre amigos; y no la habría ofendido hasta tal punto. Pero puesto que en su lengua no existía la palabra que significase amor entre un hombre y una mujer, para expresar su sentimiento Koshmar había usado la palabra que se empleaba para describir el amor entre dos mujeres que se hacen hermanas de sangre, añadiéndole la partícula gramatical que indicaba en su idioma «ambos sexos». El resultado era un neologismo que sonaba extremadamente obsceno.

Mara enrojeció y se apartó de Koshmar como si éste fuera una víbora. Le golpeó con el puño en el rostro y sin molestarse siquiera en insultarlo, se levantó y se marchó. Notaba que le ardían las mejillas y el vientre.

«¿Qué esperabas que te contestase, pobre tullido? —se decía Koshmar mientras las lágrimas recorrían su rostro y sus manos inertes abandonaban todo intento de tallar el sílex que aún empuñaban—. ¿Tal vez "Oh, Koshmar, da la casualidad de que yo también soy una pervertida y amo a los hombres; y de todos los fuertes guerreros de este poblado es a ti a quien amo, al tullido que se arrastra por el suelo golpeando piedras mientras los demás cazan y realizan hermosas hazañas"? ¡Qué insensato he sido al soñar siquiera una cosa así!

»¿Y si ahora me denuncia a la Madre? No me importa morir en el poste de tortura, es más, quizás ese sufrimiento consiguiese hacerme olvidar este dolor mucho más terrible que atenaza mi hígado. Pero ¿y la pobre Nohara, obligada a ser quien me ejecute? No, quizá sea mejor que yo mismo me clave en el pecho esta punta de venablo sin terminar. Pero entonces mi espíritu no conocerá descanso y me veré obligado a vagar para siempre recordando a Mara. Mejor morir en el poste del tormento, arrepintiéndome de mi falta; así podré reposar en el olvido. Lo que lamento es que mi madre, tan débil, quizá prefiera morir antes que matarme: yo no puedo asesinarla así. Y, además, no me arrepiento. No, no me arrepiento de ninguno de los latidos de corazón que he pasado junto a Mara. ¡Te maldigo y te odio, Diosa, por obligarme a vivir cuando yo deseo la muerte!»

Como una gacela que oye silbar en el aire el venablo que la atravesará, pero que duda un instante fatal si intentar escapar a la derecha o a la izquierda, así quedó Koshmar paralizado, sin saber qué hacer. Morir, desde luego, pero ¿cómo? Porque esperar durante una luna a que la sacerdotisa le concediese la muerte dulce se le antojaba insoportable.

Al día siguiente pensó al despertarse:

—Hoy ya no está Mara aquí.

Y el hígado se le oprimía como si una boleadora lo estrangulase. Cada paso se le antojaba una tarea terrible —más terrible que cada día— y sólo deseaba dejarse caer al suelo, encogerse y morir para siempre. Se dirigió a donde antes trabajaba con ella y se la imaginó de nuevo mirándole con sus ojos oscuros y sonriéndole mientras hablaban.

—¿Sabes, Mara? —le dijo a aquella imagen fantasmal—. Hoy podemos hablar sobre la tristeza. ¿No has pensado nunca por qué lloramos cuando nos sentimos desgraciados?

—No, no lo había pensado nunca —le respondió el fantasma, agitando el negro cabello que ya nunca volvería a acariciar con la excusa de limpiarlo de piojos.

—Pues yo sí. Soy un experto en tristeza.

—¿De verdad, Koshmar? Nunca lo habría creído: ¡mientes tan bien! —Y la risa de Mara volvía a escucharse en el hígado del desdichado, mientras sus ojos se negaban a aceptar que el lugar donde ella siempre se sentaba estaba vacío.

—Sí, Mara. Igual que un cazador es capaz de distinguir entre los confusos rastros de los herbívoros, yo soy capaz de diferenciar entre tantas clases de tristeza como de animales corren por las montañas. ¿De cuál prefieres que te hable primero? ¿De las lágrimas de rabia cuando los niños corren detrás de ti imitándote y burlándose? ¿O quizá de la tristeza mezclada con envidia que se siente cuando todos van a cazar y has de permanecer en el poblado royendo sílex? ¿O de la tristeza del hombre que es rechazado por mujeres que se ríen de él? Pero no, creo que la peor tristeza de todas es la que se experimenta cuando te domina un amor imposible.

—Prefiero que me hables de la tristeza del que no cuenta con ningún amigo —le respondió la imagen de Mara. Koshmar se quedaba mirando sus oscuras y profundas pupilas, sin importarle ver detrás de ellas el árbol contra el que Mara siempre había apoyado su dorso.

—No conozco ese tipo de tristeza, porque yo tengo a Ahkim —le respondió, sorprendido.

—¿Lo ves, Koshmar, como no conoces todos los tipos de tristeza? —dijo Mara, sonriendo melancólicamente—. Yo sí que sé lo que significa no tener a ninguna amiga.

—Pero Mara, yo soy tu amigo.

—No seas absurdo, sabes que es imposible que un hombre y una mujer sean amigos. —Su risa volvía a escucharse. Un par de mujeres que pasaban movieron la cabeza y se mofaron de Koshmar al verle hablar solo, pero a éste no le importó. Mara siguió diciéndole—: ¿Lo ves? Ellas también se ríen al imaginar que un hombre y una mujer puedan ser amigos.

—Mara, yo te quiero. —Koshmar se acercó a ella, intentando ponerle la mano sobre el pecho; pero los dedos temblorosos atravesaron su imagen y tocaron la rugosa corteza del árbol donde Mara se apoyaba. El fantasma desapareció y Koshmar volvió a estar solo, mientras las lágrimas trazaban surcos de dolor a través de sus mejillas.

Así transcurrieron los días, quizás una docena, o tal vez media luna. Durante este tiempo, Koshmar no se había atrevido a acercarse a la cabaña de Uriel y Mara, temeroso de lo que pudiese encontrar, o más bien de lo que no encontraría.

Por fin, una tarde, Mara apareció ante él. Koshmar se frotó los ojos, sin saber si era otra alucinación creada por su alma dolorida.

—Koshmar, soy yo. ¿No me saludas?

—No te has ido…

—No, me he quedado en esta aldea que me odia.

—¿Tal vez has hecho las paces con mi hermana?

—Ya nada queda entre Uriel y yo. He amontonado mi paja en un rincón alejado del suyo.

—¿Entonces?

—Quería hablarte. —Y cuando Koshmar reunió el valor de mirarla a los ojos, los vio enrojecidos como si hubiesen llorado durante muchas noches—. El otro día me dijiste que… que… bueno, me dijiste algo innombrable.

—Perdona mi imprudencia, no volveré a sugerir algo semejante nunca más, pero no te vayas, por favor, no te vayas —le suplicó Koshmar.

Mara apartó estas palabras como si nunca hubiesen sido proferidas:

—Antes de seguir hablando, me gustaría que me explicases lo que sientes, porque las palabras son engañosas y quizá no te entendí bien.

Koshmar cerró los ojos y le explicó temblorosamente cómo suspiraba por las noches recordándola, cómo soñaba con ella durante el día, cómo le asaltaban esperanzas absurdas e imposibles, cómo sólo rozarla o permanecer sentado junto a ella le producía placenteros y torturadores estremecimientos. Koshmar se alegró íntimamente de haber pasado la vida hablando, porque de haber sido un hombre normal no habría contado con las palabras necesarias.

Cuando terminó, su cuerpo temblaba incontenible, como el de un cobarde antes de una peligrosa cacería.

—Lo siento. Perdóname y te prometo que todo seguirá como antes, me conformo con seguir a tu lado —le suplicó Koshmar.

—Ahora escúchame tú, Koshmar, porque si bien no has actuado bien mintiéndome, tengo que admitir que yo también me he engañado a mí misma, lo que es todavía peor. Porque al menos tú sabías lo que sentías, mientras que yo, tanto era mi miedo a la obscenidad, me lo negaba.

»¿Cuántas veces no he pensado que si tú hubieses sido una mujer, habría abandonado a Uriel para ser tu hermana de sangre? Innumerables, pero me decía que eras un hombre y que tal cosa no era posible, y la apartaba de mi mente.

»¿Qué es más importante, el cuerpo o el espíritu? El espíritu, sin duda, ya que cuando abandona al cuerpo, éste muere; por eso la magia femenina siempre será más poderosa que la fuerza bruta del varón. ¿Y cuál es tu espíritu? Eres curioso, inteligente, sensible como una mujer; no eres brutal, ni violento, ni sanguinario, ¿no es cierto? Quizá tu espíritu se confundió y entró en el cuerpo equivocado y tú seas una mujer en realidad.

A Koshmar le habría gustado interrumpirla diciéndole que no, que se sentía un hombre, que le gustaba también cazar, pelear y guerrear; y que si no lo hacía como todos, era porque se lo impedía la pierna. Pero en algo tenía razón Mara: Koshmar se movía en un terreno intermedio y no sabía lo que era en realidad. Ella prosiguió:

—Si una mujer sufriese un accidente o una enfermedad que la deformase para siempre, convirtiéndola en poco atractiva, ¿no es cierto que su hermana de sangre permanecería a su lado, pues ama más a su espíritu que a su cuerpo? ¿No criticaríamos a quien la abandonase? Pues tú eres mi hermana de sangre que ha sufrido el accidente de tomar un cuerpo masculino.

—¿Quieres decir que...? —No se atrevía a imaginárselo.

—Sí, Koshmar, yo... yo también te amo y siempre te he amado. —Mara empleó la misma extraña y nueva palabra que había inventado Koshmar—. ¡No!, no seas imprudente y mantente apartado de mí, a no ser que quieras que terminemos en el poste de Bahrma antes de tiempo.

—¿Quién habla de terminar en el poste de tortura? —le dijo Koshmar entusiasmado—. Nos iremos de aquí lejos, muy lejos, donde no nos alcance la Ley de la Diosa, donde no haya ni siquiera tribus cazadoras. Y yo capturaré grandes animales para ti mediante hábiles trampas y seremos felices.

—Koshmar, mi... mi dulce Koshmar, sueña cuanto quieras, pero bien sabes que con tu pierna nos alcanzarían los guerreros de la tribu antes de un día. No pueden permitir nuestro amor, ni siquiera a lo lejos, pues esto pondría en cuestión las leyes de la Diosa.

—Es cierto. —¿Por qué su cojera debía interponerse siempre en su vida, incluso cuando era feliz?—. Entonces, nos amaremos a escondidas, tomando grandes precauciones, y nunca lo sabrá nadie.

—Sí, Koshmar —suspiró ella—, nos amaremos a escondidas, tomando grandes precauciones, hasta que un día alguien nos sorprenda y nos denuncie a la sacerdotisa, y entonces moriremos en el poste de tortura.

»Cuando yo era niña, en mi tribu ejecutaron a un criminal que había roto un tabú ni siquiera la mitad de grave de lo que vamos a hacer nosotros. Su madre lo desolló vivo sacándole lentamente la piel de una pieza, igual que se despelleja un cordero después de matarlo; le arrebató incluso los párpados y no podía cerrar los ojos. Mientras aquella masa de carne palpitante se agitaba entre espasmos de dolor, uno de sus hermanos se introdujo en su piel y realizó una graciosa parodia. A todos nos pareció muy divertido y yo misma, Areete me perdone, reí muy a gusto; ahora este recuerdo me ha producido pesadillas durante las noches en que he dudado si acudir a ti o huir a mi aldea.

—Cuando yo era un niño, a un criminal… —empezó Koshmar.

—No me lo expliques, prefiero no saberlo. En cualquier caso, nuestra muerte será terrible. No sabemos exactamente cómo, porque dependerá de la imaginación de nuestro ejecutor, pero podemos estar seguros de que será terrible.

Koshmar pensó en Nohara, su madre, y supo que no sería capaz de hacer algo así; después, el pariente más próximo era Uriel. Koshmar se estremeció. Recordó cómo su hermana mayor le había cuidado cuando era niño y cómo se había abrazado a ella cuando algo le hacía daño o le asustaba, y cómo Uriel le reñía con su vocecita infantil cuando descubría alguna de sus inocentes travesuras, y pensó que tampoco ella le mataría. Pero luego recordó que ahora era una guardiana de la Diosa de dura mirada. Sí, Uriel sí que le mataría junto a Mara y a su madre. Querida hermana, ¿por qué hemos de crecer?

—¿Por qué dices que nos descubrirán? Quizá… —Quiso mantener una esperanza.

—Mi dulce Koshmar, eso es tan seguro como que lloverá en primavera, aunque no podemos predecir el día exacto en el que el agua reverdecerá los pastos. —A Mara se le escapó una risa amarga—. Todos vivimos muy juntos y sólo es cuestión de tiempo que alguien ate un cabo y luego otro, o quizás algún niño nos sorprenda accidentalmente. ¿Cuánto viviremos aún? ¿Una docena de soles? ¿Una luna?

¿Una estación? No más, desde luego, y al final nos espera el poste de tortura y, lo que es peor todavía, mi espíritu vagará para siempre sin encontrar reposo, porque yo no me arrepentiré de haberte amado y los perros y los buitres devorarán mi cadáver.

—Mara, mi espíritu vagará a tu lado y así la eternidad, en vez de suponer un castigo, será la más maravillosa recompensa. —A pesar de estas palabras, Koshmar lamentó en su interior que ahora, cuando por primera vez en muchos ciclos de estaciones deseaba vivir, tuviese que encontrarse tan pronto con la muerte. Pero sin Mara, la vida era peor que el poste de tormento y que la eternidad sin reposo.

—¿Aceptas ser pues mi... se dirá hermano de sangre?

—Por la Diosa, lo acepto. ¿Y tú, Mara, aceptas ser mi hermana de sangre?

—Lo acepto, pero lo juro por nuestro amor. No puedo jurar por la Diosa, porque a partir de ahora Ella es nuestra mortal enemiga. Hemos roto el orden natural que instituyó.

—Es cierto. Nos hemos quedado solos, ni humanos ni divinidades nos ayudarán a partir de ahora.

—Aún te queda tu amigo Ahkim. Él te es fiel y nos ayudará.

—Tres personas contra la Diosa y el mundo. No tenemos muchas oportunidades —dijo Koshmar.

—Te olvidas de tu madre y de Areete, su protectora, diosa de la compasión —señaló Mara.

—¡La mujer más débil de la aldea y la diosa más despreciada de entre las divinidades! ¿En qué nos pueden ayudar?

—Es cierto, pero cuando se está solo, no es prudente despreciar a los aliados, por poca fuerza que posean.

—Encomendémonos pues a Areete: quizás ella consiga prolongar durante algunos días nuestra felicidad. Que su poder haga que se enternezcan los hígados de la asamblea que nos juzgue —invocó Koshmar. Los dos rieron del absurdo de la invocación, porque aunque Zewi Khemi no era un pueblo cruel (todos y cada uno se consideraban absolutamente normales), pensar que un Consejo desperdiciase romper la monotonía con una doble diversión en el poste de tormentos era inconcebible. Además, ni Koshmar ni Mara resultaban populares en la tribu: serían unas víctimas propiciatorias inmejorables.

—Y ahora concertemos nuestra cita para esta tarde —dijo Mara, con espíritu práctico, cansada de anticipar la muerte.

—¿Para esta tarde? ¿Tan pronto? —se asombró Koshmar. Ante el momento soñado, le invadió una súbita timidez; la obscenidad del acto que planeaban lo acobardó.

—Una vez, cuando nos encontrábamos en la cabaña donde perdiste la virginidad, te dije que entrases en mí, pues la gente nos criticaría de igual manera. Ahora pienso que, puesto que moriremos tan pronto, es una tontería desperdiciar ni siquiera un instante.

—Es cierto —concedió Koshmar, aunque en su interior se mezclaban el deseo, el asco y… y el miedo.

—Nos encontraremos poco después del mediodía, cuando el calor es más intenso y la gente duerme o se refugia bajo las sombras. La hondonada del arroyo es un lugar muy protegido de las miradas y nunca pasa nadie por allí.

Ante la sangre fría de Mara, Koshmar comprendió que cuando ella había venido a él ya lo había planeado todo desde hacía días. La admiró por su decisión y su coraje; una vez decidida, no quedaba en ella ni una sombra de duda ante el futuro.

Koshmar y Mara se encontraron en la hondonada del arroyo, sin saber muy bien qué hacer. No podían imaginarse cómo podían unirse un hombre y una mujer, si no era de la forma mecánica y animal que habían aprendido desde la infancia; pero su cariño les enseñó.

El susurro del arroyo apagó sus gemidos de placer, y aunque estaban avergonzados y esta primera vez cerraron los ojos, durante las siguientes ocasiones que acudieron a calmar su sed, los mantuvieron bien abiertos, tratando de que se fundieran también sus almas.

Tal monstruosidad, aunque pareciese mentira a cualquiera de sus contemporáneos, les proporcionó un goce indecible e inundó sus hígados de un cariño intenso.

Cuando yacían agotados el uno junto al otro, Koshmar pasó su mano por la tersa piel de Mara y no pudo evitar preguntarse por dónde Uriel empezaría a desollarla viva cuando los descubriesen. Querida hermana Uriel, ¿por qué hemos de crecer?

DIECISIETE

Los tres cazadores se agacharon en torno a la huella del pie desnudo de Ahkim. Examinaron su forma y así supieron que no pertenecía a nadie de su tribu: conocían los pies de todos mejor aún que sus caras. Luego, se fijaron en el borde de la huella y se dieron cuenta de que el rocío aún no lo había redondeado: era una huella fresca. Se miraron entre sí y comenzaron a babear de hambre. Habían encontrado una presa con la que llenar los estómagos de la tribu.

Empuñaron sus azagayas. Con un trote corto, iban siguiendo los innumerables rastros que un hombre siempre deja: una piedrecita con la parte húmeda vuelta hacia arriba, una hierba doblada en el sentido de la marcha, una hormiga pisada, un trozo de musgo aplastado... No hacían ningún ruido.

De pronto, tras un recodo del sendero, se escuchó un gruñido salvaje y surgió una aparición feroz que ensartó al primero de ellos con una azagaya, tan fuertemente que le sobresalió por la espalda. El segundo levantó su venablo para lanzárselo a Ahkim, pero éste le arrojó su hacha de piedra contra el rostro. Con un grito dolorido, cayó hacia atrás llevándose las manos a su cara ensangrentada.

El tercero tuvo tiempo de colocar su venablo en el propulsor. Ahkim desenfundó su cuchillo de sílex y le gritó un desafío; no podía inclinarse para coger alguna de las jabalinas del suelo, porque si apartaba la vista del venablo que le amenazaba era hombre muerto. El venablo voló recto hacia el corazón de Ahkim, pero éste giró sobre sí mismo y el filo de piedra trazó un surco sangriento resbalando por las costillas.

El hombre trató de colocar un segundo proyectil en el propulsor, pero Ahkim no le dio tiempo. Saltó sobre él como un leopardo. Los dos cayeron a tierra. Pocos latidos de corazón después, se levantó Ahkim, con el brazo goteándole sangre hasta el codo.

Con una sonrisa, Ahkim cogió un venablo y se acercó hacia el hombre que gemía semiinconsciente con la cara destrozada por el hacha.

Una vez hubo rematado a sus tres enemigos, Ahkim habló así a sus espíritus:

—Escuchadme, espíritus sin nombre de guerreros muertos. Os he matado en un combate leal: vosotros ibais armados, como yo. Habéis sido valientes y merecéis descansar. Así pues, no me persigáis vengativos, ni tratéis de perjudicarme.

Una vez aplacados los espíritus, Ahkim comenzó a preparar su comida, cortándoles a los enemigos las partes más blandas y grasientas de los glúteos. En poco tiempo, se asaban sobre una pequeña hoguera, alimentada sólo con ramitas secas, para que no se levantase una delatora columna de humo.

Sólo entonces, Ahkim curó su herida con un poco de musgo masticado. No era muy profunda y le permitiría seguir caminando. Suspiró. Ya hacía dos lunas que había marchado de Zewi Khemi, y todavía no había encontrado la huella que buscaba. Tal vez no existía y sólo era una leyenda.

—Mamá, ayúdame.

Si una ventaja tenía la soledad, era que podía hablar en voz alta con el espíritu de su madre muerta. Pero se sentía cansado. Ya había tenido que luchar otras tres veces, y sólo le había salvado la vida el círculo que trazaba antes de descansar, para emboscarse en el sendero que había seguido: de esta manera sorprendía a sus posibles perseguidores. Notaba la falta de su amigo Koshmar, de las odiadas pero apetecibles mujeres de anchas caderas, de los compañeros de caza y de pastoreo.

—Te lo juro, madre: no regresaré vencido como un perro apaleado.

Se levantó. Desmembró una pierna de uno de sus enemigos para comerla al día siguiente, y luego derramó sobre los tres cuerpos un poco de tierra, para que los espíritus de los muertos pudiesen descansar en el país de las sombras.

Se marchó caminando hacia atrás, de manera que si alguno de los espíritus lo trataba de perseguir, se confundiese.

Poco antes del anochecer, cerca de un abrevadero, encontró las huellas que estaba buscando. No las había visto nunca, pero supo lo que eran. Su pelo se erizó. También había huellas humanas.

Ahkim bailó una danza guerrera en torno al abrevadero.

—¡Diosa maldita, tus días están contados! —gritaba—. ¡Aster, vieja perra que quisiste matarme cuando yo era un niño indefenso, pronto morirás! ¡Mamá, mamá, por fin serás vengada! ¡Mujeres que me humillasteis negándome vuestros pechos repletos de leche, ahora lloraréis lágrimas amargas como el ajenjo!

Cuando Ahkim se cansó de bailar, llenó su odre con agua y emprendió el regreso a Zewi Khemi, llevando tras de sí una muerte sonriente.

Dos lunas más tarde, aún ignorantes del éxito de la misión de Ahkim, Mara y Koshmar yacían abrazados tras el amor, susurrándose secretos y promesas imposibles. Su escondite aún no había sido descubierto.

—Koshmar, ¿has oído moverse un arbusto?

—No, habrá sido el viento.

—Sin embargo, yo diría que hay alguien —dijo Mara, incorporándose. No vio nada.

—No te imagines espíritus donde no los hay —murmuró Koshmar, abrazándola de nuevo y atrayéndola junto a él.

Pronto volvían a suspirar y a jadear.

Tras unas ramas, Tortook, un niño de nueve ciclos de estaciones del clan de la serpiente, los espiaba asombrado. Había contemplado muchos coitos, pues nadie se avergonzaba de ello; pero nunca había visto algo parecido. Después de guardar en su memoria todos los detalles, se marchó sigilosamente, preguntándose a quién se lo contaría primero.

—Ahkim ha regresado, reverenda Madre. —La guardiana de la Diosa se inclinó ante Aster.

Aster se apoyó sobre su báculo, para pensar mejor. Su instinto le decía que había peligro, un peligro desconocido y terrible. Sabía que Ahkim les había dicho a sus hombres que salía a buscar nuevos cazaderos; ya habían transcurrido cuatro lunas y todos creían que habría muerto en la empresa. Y ahora había regresado.

Ningún cazadero tan lejano sería rentable, por muy rico que fuese. Y ni pensar en trasladar a toda la tribu allí, como cuando eran nómadas: ¿cómo mover los graneros, los campos, los pesados molinos de mano…? Zewi Khemi era demasiado grande y los Tiempos Antiguos no volverían nunca; aunque retornasen las manadas de bisontes, ni siquiera con ellas podrían mantenerse tantas personas.

¿Acaso Ahkim no se daba cuenta de esto? Era inteligente, pero al fin y al cabo también era un hombre y tal vez estuviese cegado por la pasión de la caza.

Cuando le viniese a presentar sus respetos, hablaría con él. A solas, era mejor no humillarlo en público. Incluso quizá permitiese una pequeña expedición de caza para contentar a los hombres y permitir que Ahkim no quedase desprestigiado ante su clan.

—Muy bien —respondió Aster a la guardiana de la Diosa que le había traído la noticia, tras un largo silencio.

—¡Pero, Madre, Ahkim se fue sin tu permiso! —exclamó Kalesh—. ¡Debes castigarlo!

—Mañana hablaré con él, quiero tener tiempo para pensar —afirmó Aster, en un tono que no admitía réplica. En ocasiones, esta Anciana le hacía perder la paciencia.

—Mañana quizá sea demasiado tarde —murmuró Kalesh en voz baja. Y, por una vez, Kalesh tenía razón.

Ahkim había regresado después de cuatro lunas de ausencia, curtido como un pellejo de cuero y con las costillas marcándosele. Varias cicatrices nuevas demostraban que su expedición no había sido fácil. Mientras esperaba que los de su clan regresasen con los rebaños, Koshmar le estaba quitando los piojos que habían prosperado de un modo alarmante. Koshmar aprovechó esta intimidad para explicarle lo que había sucedido entre Mara y él.

—¿Y desde hace cuánto tiempo que… que hacéis «eso»? —preguntó.

—Tres lunas y cuatro días. —Contaban el tiempo de su felicidad como su más preciado bien, preferible incluso a las conchas cauri. Durante aquellos días, Mara y él se habían entregado el uno al otro como si fuesen perros hambrientos que roban la comida y engullen sabiendo que cada bocado puede ser el último; y en este caso, así era.

—¡Y todavía no os han descubierto! ¡Os ha tenido que proteger alguna divinidad! Y claro, supongo que no podéis prescindir de vuestro vicio, porque a nadie le gusta verse atado al poste de tortura —dijo Ahkim.

—No, antes preferimos morir cuando nos llegue el día. Si supieses lo que siento cuando mis labios se unen a los de ella y sus manos recorren mi cuerpo…

Ahkim empezó a vomitar de asco. Koshmar ya se había acostumbrado a la perversión y había olvidado el efecto que ejercía sobre un ser humano normal.

Con una última arcada, Ahkim suplicó:

—Ahórrame los detalles, por favor. Yo siempre seré amigo tuyo, aunque seas cojo y pervertido; pero hay cosas que uno no puede soportar. Corres un grave peligro. ¡Menos mal que se encuentra a tu lado un amigo fiel, valeroso e inteligente que te salvará del poste de tormento! —dijo. La modestia no era uno de los defectos de Ahkim, pues sabía proclamar sus virtudes.

—¿Cómo vas a salvarme a mí y a Mara? Sólo destruyendo a la Gran Diosa y sus Leyes podrías conseguirlo y eso es…

—Eso es justamente lo que me propongo hacer —terminó Ahkim la frase, con una sonrisa, mientras disfrutaba del asombro de su amigo.

—¡Ahkim, lo que dices es imposible! —La cabeza de Koshmar le daba vueltas ante tal osadía.

—¿Ah, sí?

—La Gran Diosa es…

—Déjame que te explique lo que es la Gran Diosa: una déspota que nos mantiene a los hombres humillados como si fuésemos perros. Además, intentó matarme cuando yo aún no tenía siquiera cinco inviernos de edad. Si no hubiese sido por la milagrosa intervención de Zohar, mi divinidad protectora, que movió a Turnitaar a salvarme en el último instante, yo no estaría aquí.

»Ahora tengo tres motivos para matar a esa Divina Perra de colgantes pechos. Primero, trató de matarme a través de su sacerdotisa cuando yo no podía defenderme. Segundo, le dio una muerte indigna a Turnitaar, con quien me hallaba en deuda de gratitud por haberme salvado la vida; y todo porque Turnitaar había intentado que lo tratasen como a un hombre. Y tercero, porque si no la mato pronto, Ella te matará a ti, y tú eres mi amigo y te defenderé contra todo aquel que te amenace, sea humano o divino.

»¿Qué es lo que os proponíais Mara y tú? ¿Realizar porquerías a escondidas hasta que os descubriesen y os matasen en medio de la tortura? Aunque la tortura sea muy divertida de ver, no quiero que la sufra mi amigo. Eso no estaría bien, ¿verdad?

»No, yo no os imitaré, sino que lucharé como un guerrero y viviré o moriré como tal. Desde que tengo recuerdos, juré que las mujeres pagarían por lo que me habían hecho, y me he estado preparando desde entonces. ¿Por qué crees que, cuando éramos niños, te pedí que me dieses tu conocimiento? No supondrás que me importaba de verdad saber la causa por la que las estrellas caen, sino porque la Diosa es la presa más astuta que existe y un cazador que desee matarla ha de entrenar su mente hasta que pueda tenderle una trampa mortal. Y yo, tras tanto tiempo de impotencia, ya he ideado cómo mataré a esa Diosa Zorra de vagina supurante.

»Procurad manteneros con vida tú y Mara durante unas lunas, el tiempo que necesito para llevar a cabo mi plan. Entonces no correréis peligro, porque ya no gobernará la Gran Diosa a través de su sacerdotisa, sino que la supremacía será de Zohar, dios masculino del trueno y del relámpago, a través de mí, de Ahkim, del huérfano que tuvo que mendigar un poco de leche para sobrevivir y que estuvo a punto de ser degollado como un corderillo.

La audacia de Ahkim resultaba tan inaudita, que Koshmar enmudeció durante varias respiraciones. Matar a la Gran Diosa, Madre del Universo... Y lo peor era que hablaba con toda la seguridad de un loco, como si lo que estaba planeando no fuese más difícil que una cacería de gacelas. Por fin, los labios de Koshmar pudieron dar salida a un torrente de objeciones:

—¿Viste lo que le sucedió a Turnitaar, sólo porque desafió un poco a la Diosa? ¿Cómo evitarás que te suceda lo mismo y que la magia femenina que te dio la vida, te la arrebate?

—La magia de la Diosa carece de poder sobre mí, porque mi madre fue vilmente engañada en su lecho de muerte y ahora su espíritu iracundo protege mi existencia. Puesto que mi madre me dio la vida, ninguna magia de mujer podrá quitármela si ella se opone. Y se opone. Muchas noches la oigo susurrarme al oído su deseo de venganza. Me dice: «Véngate de esas perras, hijo mío. Hazles pagar lo que te hicieron sufrir al incumplir la sagrada promesa a una moribunda».

»Además, para evitar que las mujeres ayuden a su magia con alguna de las poderosas plantas que conocen y que pueden quitar la vida, no tomaré ningún alimento que no sean la carne y la sangre de nuestros animales, y las hierbas y frutos silvestres que recoja yo mismo.

—Ahkim, ¿y qué pasará cuando las mujeres se nieguen a que entres en ellas, como hicieron con Turnitaar? Pronto te volverás loco... —Iba a añadir: «Fíjate en lo que me ha sucedido a mí», pero se contuvo a tiempo. Ahkim rió, como si le hubiese contado un chiste muy divertido.

—Si mandamos los hombres, las mujeres tendrán que obedecernos... en todo.

—¿Y si las mujeres dejan de realizar los ritos necesarios para quedarse embarazadas, para fertilizar los campos, para que el ganado siga naciendo? La aldea se extinguiría. —Koshmar trató de enfrentar a su amigo con la imposibilidad de su plan.

—Esto es lo más problemático de todo —admitió—, pero supongo que lo solucionaré de alguna forma cuando Zohar haya llegado al poder. Entonces dispondré de tiempo para pensar en ello, no es urgente.

—¡Ahkim! —exclamó Koshmar asustado—. ¿Cómo puedes decir que no es urgente? ¿No te das cuenta de que, llevado de tu odio, puedes exterminar la vida sobre la tierra? Sin las ceremonias de las mujeres, ningún ser vivo concebirá, pues su magia ya no atraerá a los espíritus que buscan un cuerpo.

—¿Qué te sucede? —exclamó irritado—. Parece que defendieras a esa maldita Diosa de las hembras que pronto os matará a ti y a Mara sin dudarlo un momento.

—¡No quiero sobrevivir a cambio de destruir el mundo! —gritó Koshmar.

Ahkim le miró extrañado y sonrió. Koshmar supo que pensaba que era un tonto, pero que le quería. Se exasperó.

—¿Y las otras aldeas de la Confederación de la Diosa? ¿Crees que permanecerán tranquilas mientras nosotros la intentamos destruir? ¡Pueden reunir diez veces más guerreros que nosotros!

—Sí, pero en su mayoría son hombres, salvo la élite de las guardianas de la Diosa. Y hombres que también odian pastorear y culpan a las mujeres de no poder cazar lo suficiente. ¡Estúpidos! Las mujeres son en verdad más inteligentes que ellos, pues saben que nuestras tribus no podrían sobrevivir sin la agricultura. Ésta, a su vez, exige de graneros donde almacenar el alimento para todo el ciclo de estaciones; pero los graneros no pueden transportarse para seguir a las pocas manadas que quedan y debemos mantener a los animales junto con nosotros, por muy tedioso y trabajoso que sea.

»¿De verdad crees que los hombres de las otras aldeas nos atacarán cuando les ofrezcamos una vida en la que ellos serán los señores y podrán cazar durante todo el día, aunque luego sea falso? ¿Tú no crees que preferirán imitarnos e imponer la ley que obligue a toda mujer a abrir su vagina al varón que se lo solicite, en vez de verse obligados a mendigar un coito como si fuésemos un sexo inferior? ¿Y no desearán que se convierta en cerveza una mayor cantidad de grano, aunque para eso deban morir de hambre algunos niños que, después de todo, sólo interesan a las mujeres que les dieron a luz? ¿Y no soñarán cuando les ofrezcamos una vida de guerreros, expandiendo los dominios de nuestra civilizada confederación a costa de las incultas tribus cazadoras? No, no siento ningún temor hacia las otras aldeas.

—Ahkim, todo eso es terrible —dijo Koshmar. Ahkim sonrió ante el elogio.

—Sí, ¿verdad? Me ha costado mucho planearlo.

—Pero falta el primer paso, el más difícil: matar a la Gran Diosa.

—¿Por qué crees que me he ausentado durante tantas lunas? ¿No supondrás que iba a molestarme sufriendo tantas penalidades sólo para que unos ignorantes puedan soñar durante un poco más de tiempo con que siguen siendo grandes cazadores?

Koshmar calló, enrojeciendo, porque en verdad había creído que Ahkim se había tomado muy en serio su papel como jefe del clan de la serpiente, cuando en realidad su expedición tan sólo era un paso necesario para matar a la Gran Diosa. Ahkim rió de buena gana cuando se dio cuenta de la turbación de su amigo. Le había conseguido engañar incluso a él, que le conocía tan bien.

—Sin embargo, hay algo de cierto en lo que dije, porque he buscado y he encontrado las huellas de una manada de bisontes, bastante pequeña, tal vez sea la última; pero no importa, servirá para mis propósitos. Utilizaré estas huellas para destruir a la Diosa, porque las seguían una miserable tribu de cazadores, de apenas una docena de guerreros.

—Ahkim, ¿vas a iniciar una guerra? —preguntó Koshmar con tristeza.

Su amigo sólo sonrió y probó con el índice la punta de su venablo. Koshmar pensó en todos los muertos que esta sonrisa de su sanguinario camarada iba a provocar y de nuevo volvió a su espíritu la melancolía que había olvidado desde que yacía con Mara, porque comprendió que él no podría ir en aquella expedición por causa de su pierna y que le sería imposible volver a comer la deliciosa carne humana que tanto iba a abundar. Odió de nuevo a la Diosa por ser un cojo inútil y le suplicó a su amigo si podría secar para él un poco de carne, aunque sólo fuese un muslo o una nalga. Dejándolo perplejo, Ahkim le respondió:

—¡Pero si no nos comeremos a nuestros enemigos!

Koshmar no comprendió sus palabras y Ahkim sonrió travieso, no queriéndole revelar sus planes para darle una sorpresa. Si uno no se come a sus enemigos, ¿para qué quiere pelear? Por mucho que Koshmar lo pensó, no encontró ninguna solución lógica.

Al atardecer, Koshmar le comentó todo esto a Mara, mientras trabajaban juntos como siempre. Ella no se horrorizó, sino que pareció considerar fríamente las probabilidades de éxito de Ahkim. No eran muchas, por desgracia para ellos.

—Mara, tú también hablas con odio de la Diosa —se escandalizó Koshmar.

—¿Por qué no he de odiarla? Ella es mi rival, que quiere arrebatarte de mis brazos para arrojarte en los de la muerte; Ella nos prohíbe vivir nuestro amor. Así pues, ayudaré a Ahkim a matarla en todo lo que me sea posible.

Mara habló con tanta furia brillando en sus negros ojos que parecía una leona herida. Ahora que entreveía una débil esperanza para su amor y su vida, abandonaba su aparente resignación y se preparaba a luchar incluso contra la divinidad más poderosa que existía. Bajo la dulce apariencia de Mara se ocultaba una voluntad casi tan pétrea como la de Ahkim. ¡Atreverse a matar a la Diosa! Koshmar la miró con admiración y tuvo que reprimirse para no besarla. «Aguarda a la tarde, en la hondonada del arroyo», se dijo.

—Pero Mara —objetó—, tú eres una mujer. Si la Gran Diosa muere, las mujeres perderán el poder que ahora poseen.

—Y yo ganaré el amor y la vida. Si me veo obligada a elegir, ya hice mi elección cuando decidí amarte.

Entonces, Koshmar comprendió que igual que Ahkim estaba dispuesto a aniquilar el mundo para cumplir su venganza, Mara era capaz de destruirlo por defender su amor. Se preguntó cómo era posible que un pobre tullido de dubitativa mente y tiernos sentimientos, gozase de la amistad de estos dos personajes excepcionales, tan admirablemente despiadados.

Mara comenzó a ayudar a Ahkim con sus profundos conocimientos de magia.

—Si muere la Gran Diosa, Ahkim puede perdonar a las demás divinidades femeninas, que son débiles comparadas con Ella y no podrán imponerse a los dioses masculinos. Además, las divinidades femeninas han de conservarse para mantener el equilibrio del mundo: incluso un hombre necesita gozar de los bienes de Kuilniir, la diosa del placer; y verá la luz del mundo gracias a Tahim, diosa de los partos; y ha de comer algo más que carne, por lo que Kamikaar, diosa de los alimentos, es imprescindible; si se liberan del gobierno de las mujeres, los hombres también necesitarán los consejos de Sinianar, diosa de la sabiduría; y durante los momentos tristes invocarán a la despreciada Areete, diosa de la compasión, para que se apiade de ellos y los consuele.

»Pero desde luego, la más importante es Mirit, diosa de la fecundidad. Hay quien dice que sólo es un aspecto de la Diosa, pero no está claro. En cualquier caso, soy hija de una Madre y conozco los ritos necesarios para aplacarla; por lo tanto, puedes decirle a Ahkim que su problema de mantener la fecundidad en el universo cuando hayamos conseguido matar a la Gran Diosa ya está solucionado. Que cuente conmigo para esta conspiración.

»De esta manera —continuó Mara—, una vez muerta la Diosa tirana, los dioses y las diosas quedarán equilibrados, y mujeres y hombres podrán existir en igualdad, sin que nadie imponga su poder sobre nadie. Así nosotros viviremos nuestro amor sin necesidad de escondernos y de temblar de miedo ante el poste de tortura.

Cuando a la noche Koshmar le contó esto a Ahkim, él sonrió muy alegre y exclamó:

—¡Qué mujer! Parece un guerrero. Ahora me explico que seas amigo suyo, porque podría ser un hombre. A lo mejor su alma es de hombre; entonces, no sería tan perverso el que os quisieseis.

Ahkim quería convertir a Mara en un hombre, para explicarse la amistad entre ella y Koshmar; ella pensaba en Koshmar como en una mujer, para poder aceptar que eran amantes. A esto lleva la perversión, porque el pobre tullido ya no sabía cuál era su sexo (¿un varón con alma de hembra? ¿una mujer con cuerpo de varón?). Sólo tenía claro su amor hacia Mara.

Mientras Koshmar se debatía entre sus dudas, Ahkim callaba. Proveniente de una tribu salvaje igualitaria, Mara había creído que Ahkim buscaba la igualdad entre hombres y mujeres; pero él no tenía ninguna intención de compartir el poder. Si podía apoderarse de todo con su fuerza y astucia, ¿por qué no hacerlo?

Sin embargo, había algo aprovechable en aquella idea de igualdad entre los sexos. Podría usarla para dividir a las mujeres, engañándolas sobre sus verdaderas intenciones hasta que fuera tarde. Además, sonaba como una exigencia justa y razonable, y muchas tratarían de negociar y dialogar tratando de buscar un acuerdo. Y no se darían cuenta de que no se puede negociar cuando uno de los bandos posee las armas y el otro no. Sí, estaba decidido: ante las mujeres, sólo hablaría de igualdad hasta que el dominio de los varones estuviese firmemente implantado. Luego, no importarían las palabras, sino el poder.

Al amanecer, los hombres del clan preparaban sus armas riendo muy animadamente. Koshmar les preguntó qué sucedía.

—¡Bisontes! Ahkim ha encontrado bisontes. ¿Te lo puedes creer? ¡Vamos a cazar bisontes! ¿Tú sabes cómo son? Dicen las leyendas que son enormes y que antes de que la Diosa se enojase con nosotros, los cazadores, y arrebatase la fertilidad a las hembras de los bisontes, enormes manadas cubrían el mundo y no era necesario cuidar de esa porquería de ovejas. —El hombre escupió al suelo.

—Y, además, Ahkim piensa que quizá también haya guerra con unos cazadores que quieren quitarnos nuestros bisontes. ¡Será perfecto! —Una sonrisa iluminó los encallecidos rostros.

—Pero ¿quién permanecerá aquí cuidando los rebaños? —objetó Koshmar—. Parece como si todos, hasta los muchachos, se estuviesen preparando para marchar.

Los hombres se miraron a los pies, sin saber qué decir. Finalmente, contestaron:

—¿Quién quiere quedarse en la aldea, habiendo tantos bisontes para cazar? Llevaremos con nosotros algunos corderos para el viaje, pues somos demasiado numerosos como para cazar sin entorpecer demasiado la marcha; pero el resto se quedará aquí. ¡Que las mujeres les den hierba de los almiares, si tanto necesitan el ganado! ¡Nosotros vamos a cazar bisontes! ¡Bisontes! ¿Puedes imaginártelo?

Los hombres estaban tan alegres, que incluso trataron con amabilidad a Koshmar; hasta sus endurecidos hígados se compadecían de él por no poder acompañarlos a cazar bisontes.

—¿Y qué opinará Aster de que abandonéis los rebaños? —preguntó éste.

Se hizo el silencio y cesaron las risas, mientras se miraban unos a otros con preocupación, como si fuesen niños a punto de recibir una reprimenda de su madre.

—Ahkim dice que ahora no lo entendería y no nos concedería permiso, pero que cuando regresemos a la tribu con nuestros trofeos de caza y con las espaldas dobladas por el peso de la carne seca, todas las mujeres nos admirarán.

—¡Incluso una mujer puede entender que un bisonte no es una pieza de caza como las demás!

—¡Sí, sin duda nos recibirán como a héroes!

—¡Bisontes, cazar bisontes!

Koshmar movió la cabeza dubitativo, pero nadie le hizo caso. Todos partieron felices con sus azagayas. Marcharon incluso los muchachos. Entre ellos iba Tortook, tan excitado por la expedición que casi había olvidado lo que había visto en la hondonada del arroyo. El único hombre del clan de la serpiente que se quedó fue Koshmar, el tullido. Le costó trabajo no llorar, a pesar de que Mara le esperaría aquella tarde en su refugio secreto. Pero eran bisontes... ¡Bisontes!

Aster había estado pensando durante la noche lo que diría a Ahkim y cómo impediría que Kalesh interfiriera. Ahora lo aguardaba impaciente. ¿Por qué este retraso?

—¡Reverenda Madre...! —Llegó jadeando una guardiana de la Diosa—. Los hombres del clan de la serpiente... ¡Se han ido todos!

—¡Diosa! —exclamó Aster. Casi se tambaleó. No podía entender lo que sucedía—. ¡Deprisa, vamos allí!

Koshmar estaba acuclillado junto a la cabaña de su clan, entrechocando dos piedras melancólicamente. La sacerdotisa se plantó ante él acompañada por varias guardianas de la Diosa. El rostro de Aster estaba congestionado por la ira.

—Tú pareces ser el único varón del clan de la serpiente que permanece en la aldea. ¿Podrías decirme dónde están todos? Vuestras ovejas balan de hambre y de sed en sus cercados sin que nadie las atienda.

—Han salido de caza.

—¿De caza? ¿Todos? ¿Abandonando el ganado? ¿Se han vuelto locos?

—Es que Ahkim ha encontrado rastros de bisontes.

—El primer deber de Ahkim como jefe de su clan es suministrar alimento a la tribu. Y hoy en día el alimento es el ganado: cazar sólo es un placer.

—Es que eran bisontes…

Con un bufido de exasperación, Aster le dio la espalda y se marchó, pues se hallaba por debajo de su dignidad discutir con un estúpido hombre que sólo sabía pensar en cazar bisontes, sin darse cuenta de las realidades de la vida.

Poco después, los hombres de otros clanes atendían el ganado, pues la tribu no podía permitirse el lujo de que muriese ni una sola res, y Aster envió en busca de Ahkim y los suyos a dos cazadores del clan del leopardo con órdenes tajantes de que regresasen todos; pero en una zona rocosa perdieron su rastro y no les fue posible encontrarlos. Koshmar sonrió cuando se enteró, porque no es sencillo hacer desaparecer las huellas de tantos hombres y corderos. Ahkim era tan astuto como su tótem, la serpiente.

Los dos cazadores del clan del leopardo se hallaban rodeados por una docena de guerreros del clan de la serpiente, que les apuntaban con sus azagayas. Eran los más fieros y belicosos del clan, elegidos por Ahkim para quedarse atrás.

—¡La Madre ha ordenado que volváis de inmediato!

Ahkim rió:

—¡Los niños tienen que obedecer a su mamá!

—¡Nenes, volved al poblado, que anochece y puede comeros una hiena!

—¡Mamá, tengo miedo!

A pesar de las burlas, los hombres no quitaban los venablos de los propulsores.

—Pero ¿qué le diremos a la Madre si regresamos sin vosotros?

—¡Pues que habéis tenido miedo de nuestras azagayas!

Los hombres del clan de la serpiente rieron, porque en su lengua, azagaya y pene eran palabras muy similares.

—¡O que preferís cuidar vosotros las ovejas!

—Ovejas: ¡Beee! ¡Beee!

Ahkim se compadeció de ellos.

—Podéis decirle que perdisteis nuestro rastro entre las rocas.

—¡Pero entonces pensarán que somos ciegos! ¿Cómo vamos a ser incapaces de seguir a tantos hombres, que además llevan consigo algo de ganado?

—Mejor que piensen que sois ciegos a que os consideren unos cobardes —dijo Ahkim—. O que estar muertos.

Los dos hombres del clan del leopardo volvieron las espaldas y regresaron a la aldea, rojos de vergüenza.

Koshmar comentó la partida de Ahkim con Mara, mientras ella molía su grano y él tallaba su sílex, como seguían haciendo juntos delante de todos para que nadie notase ningún cambio. Ella meditó durante unas respiraciones y luego dijo:

—Ahkim es muy inteligente, pues ha comprendido que necesita de la guerra para fortalecer su posición antes de atacar a la Diosa.

—¿Cómo es eso?

—¿Acaso crees el mito de que las mujeres somos menos crueles que los hombres? ¿Acaso no reímos igual que ellos cuando los criminales se retuercen en el poste de tortura?

»La razón por la que buscamos mantener la paz no es que nos guste menos la carne de los vencidos, que es deliciosa, sino porque los hombres están mejor dotados para la guerra y ésta aumenta su poder en la tribu. La paz, por el contrario, lo disminuye.

»Ahkim, con su cacería, está invadiendo el territorio de una tribu débil; cuando la venza, volverá con un grupo de guerreros orgullosos de sí mismos y muy poco dispuestos a acatar las órdenes de la Madre. Creo que espera que estos guerreros le sirvan para atacar a las guardianas de la Diosa. Por desgracia, el justificado temor a la magia femenina se lo impedirá. Ahkim no experimenta miedo ante la magia, pues se halla protegido por el poderoso espíritu de su madre engañada antes de morir, y me temo que no se da cuenta del terror que la maldición femenina despierta en los vientres de sus hombres. Nunca serán capaces de atacar a las mujeres.

—¿Así pues, crees que Ahkim fracasará? —preguntó Koshmar.

—No lo sé, no puedo adivinar la razón por la que no se comerán a los enemigos. No veo lo que puedes hacer con un enemigo si no es comértelo; quizás aquí está la clave que se me escapa.

Koshmar se admiró ante la inteligencia de Mara, que había sido educada por su madre y por Uriel para que llegase a ser sacerdotisa en su tribu; pero Mara había abandonado un prometedor futuro cuando se decidió a vivir con su hermana de sangre. Ella conseguía adivinar los ocultos motivos de Ahkim, salvo los de sus actos más irracionales, como no comerse a un enemigo.

Entonces, una mano aplastó la tullida alma de Koshmar, porque si Mara era capaz de intuir los planes de Ahkim, Aster había recibido una educación infinitamente superior y había sido seleccionada entre todas las guardianas de la Diosa por su astucia e inteligencia. Cuando Mara vio la expresión del rostro de su amante, adivinó lo que estaba pensando.

—Sí, Ahkim se cree muy hábil, pero todos sus motivos son tan claros para la Madre como para mí misma; y en estos momentos ella teje la tela de araña que lo envolverá cuando regrese. La única oportunidad de Ahkim, y la nuestra, estriba en ese absurdo de no comerse a los enemigos. Aster no lo sabe; y aunque lo supiera, no podría encontrarle ningún significado.

Aquella tarde, Mara y Koshmar se amaron en la hondonada con la desesperación de siempre; ahora resultaba todavía más doloroso porque existía una débil, muy débil, esperanza de sobrevivir. Mientras tanto, Aster anudaba la red que atraparía a Ahkim.

—¿Suspender todas las expediciones de caza? Pero Madre...

Aster se mostró apesadumbrada.

—¡Ay, cómo lamento tener que ordenaros esto, jefes de los clanes! Pero debéis cuidar también del ganado del clan de la serpiente...

—¡Maldito sea ese clan rebelde y egoísta! —Los jefes de los demás clanes se indignaron.

—Decídselo así a vuestros hombres: no podrán cazar hasta que no regrese el clan de la serpiente. Que sepan que, mientras ellos han de pastorear, el clan de la serpiente se dedica a pasárselo bien y a cazar.

Un murmullo sordo y rabioso llenó la choza del Consejo.

—Pero escuchadme bien, por mucha que sea la justa indignación de vuestros hombres, no quiero que maten a nadie del clan de la serpiente... sin mi permiso.

—Costará contenerlos, Madre. No les va a gustar nada quedarse sin cazar.

Aster suspiró, llena de pena, e hizo una concesión.

—Podéis prometerles que, cuando regresen, mataremos a Ahkim en el poste del tormento.

—Gracias, Madre. La Diosa es benevolente.

Se inclinaron ante ella y se marcharon.

—La Diosa es benevolente... —musitó Aster—. Pero no duda en matar, si es necesario.

Mientras tanto, Ahkim y los hombres del clan de la serpiente llegaron al lugar donde se hallaba la tribu cazadora. No fue fácil capturarlos, pues habían levantado el campamento en medio de una llanura cubierta por hierba corta. Los hombres del clan de la serpiente reptaron muy lentamente durante toda la noche para acercarse sin ser oídos por los perros enemigos; aquella noche dieron gracias a la Diosa por haberles hecho nacer en un clan cuyo animal totémico era tan sigiloso. Sin embargo, la pequeña tribu de cazadores no esperaba ningún ataque y sólo habían situado a un guardián cuya silueta destacaba contra el cielo estrellado. Éste se levantó un par de veces, extrañado por los inevitables ruidos provocados por las hierbas secas al aplastarse; pero tras intentar penetrar la oscuridad de la noche, volvió a sentarse, creyendo sin duda que se trataba de algún ratoncillo huyendo de un zorro.

Poco antes del amanecer, Ahkim lanzó el canto del búho dos veces; en torno al campamento le contestaron varios mochuelos, indicándole que las distintas partidas se encontraban en posición de ataque. El centinela enemigo arrojó la piel con la que se resguardaba de la humedad nocturna y se levantó, preparando su jabalina (nadie es tan tonto como para creer que canten tantos mochuelos al mismo tiempo); sin que pudiese proferir un solo grito de advertencia, cuatro venablos se clavaron en su espalda. Antes de que llegasen a doblarse sus rodillas, ya se encontraba a su lado Ahkim, partiéndole el cuello con un terrible golpe de su hacha de sílex.

Los famélicos perros guardianes comenzaron a ladrar, pero era demasiado tarde: los hombres del clan de la serpiente llenaron el amanecer de gritos de guerra y atacaron el campamento desde todas las direcciones, salvo por donde soplaba una suave brisa que hubiera llevado su olor a los perros.

La miserable tribu consistía tan solo en cinco tiendas de piel de uro y de bisonte en las que dormían en confuso montón hombres, mujeres y niños; el que no hubiese separación de los sexos indicaba con claridad el grado de primitivismo de aquellos seres inferiores. Despertados en lo más profundo de su sueño por los gritos de los guerreros y por los aullidos de dolor de los perros atravesados por certeros venablos, hombres y mujeres salieron empuñando sus azagayas. Pero antes de poder emplearlas para defenderse, las boleadoras silbaron en la penumbra y trabaron sus piernas, derribándolos inermes al suelo; las redes se enroscaron en su cabeza y brazos, inmovilizándolos; los bastones de madera golpearon una y otra vez sus cráneos hasta que los dejaron inconscientes.

En el tiempo en que se tarda en respirar una docena de veces, todo había concluido. Ahkim sonrió satisfecho. Sólo había perdido uno de sus hombres, que se retorcía con una azagaya clavada en el vientre; ordenó que lo remataran para que no sufriera más y que se le enterrase para que su espíritu encontrase descanso. Como homenaje póstumo, degollaron a uno de los niños capturados y regaron con sangre su tumba: fue un entierro digno de un jefe famoso y muchos le envidiaron por tal muerte.

Ahkim había capturado vivos a diez mujeres y nueve hombres, junto con una docena de niños y niñas de distintas edades. Además de al centinela, se habían visto obligados a matar a cuatro hombres que se defendían peligrosamente con sus venablos, y otro había muerto porque se le había golpeado en la cabeza con fuerza excesiva. Tres mujeres habían intentado escapar por el hueco que los atacantes habían dejado para no ser descubiertos por los perros; los cuatro cazadores que habían salido tras ellas habían traído sus ensangrentados cadáveres a rastras, excusándose porque la visión de sus espaldas inermes había supuesto tal tentación que habían incumplido estrictas órdenes que habían recibido de Ahkim. Estaban avergonzados como muchachos cogidos en una travesura; pero Ahkim, comprensivo, los perdonó.

El día siguiente fue una fiesta durante la cual todos comieron las entrañas de sus enemigos hasta el hartazgo. Además, Ahkim ordenó sacrificar a todos los niños y niñas, que no servían para sus planes. Ahkim se preocupó de que recibiesen una parte justa los muchachos del clan que habían quedado lejos cuidando de los perros de caza: su inexperiencia en reptar podría haber descubierto el ataque antes de tiempo. Los muchachos le miraron con agradecimiento y admiración.

Una vez se sintieron ahítos, sin molestarse en limpiar sus cuerpos ensangrentados, se dirigieron hacia las cautivas para violarlas; pero Ahkim insistió en que aquel que intentase penetrarlas forzando la vía que la naturaleza no había dispuesto para ello, utilizase un poco de grasa de cordero para no dañarlas. Los hombres se rascaron la cabeza y murmuraron, porque precisamente uno de los mayores placeres que se habían imaginado cuando Kamaroo relataba sus historias era precisamente producir dolor a la mujer que se debatiese bajo ellos. Pero Ahkim fue inflexible y además les prohibió pegarles o producirles cualquier herida. ¿Ni siquiera beber un poco de su sangre? No, ni siquiera eso, respondió Ahkim, en un gesto inhumano; para sus planes era necesario que las cautivas se mantuvieran sanas y no dudó en privar a sus hombres de estos goces. Murmuraron un poco, pero obedecieron; todos, sin excepción, prefirieron introducirse por detrás en aquellas mujeres, pues las de Zewi Khemi jamás lo habrían consentido. A pesar de la grasa y de que por culpa de Ahkim debían tratarlas casi como si fuesen seres humanos, se sintieron bastante contentos del resultado de su violación colectiva, pues aquellas extrañas gritaban y gemían de forma satisfactoria. Puesto que llevaban muchos días sin mujeres, todos repitieron una o dos veces.

Cuando los hombres del clan de la serpiente hubieron satisfecho sus apetitos, obligaron a los prisioneros y a las sollozantes extrañas a descuartizar y cortar en tiras para secar la carne sobrante del banquete, para conservarla y repartirla con toda la tribu: habría sido egoísta e inmoral no hacerlo, contrario a las canciones de caza, y los remordimientos no habrían permitido dormir a nadie del clan, excepto a Ahkim, que no poseía conciencia de lo bueno y de lo malo. Todos reían viendo cómo las mujeres y hombres prisioneros lloraban al verse obligados a trocear a quienes habían sido sus hermanos, hermanas o hijos; una de ellas trató de clavarse en el corazón el raspador que utilizaba para trabajar, pero como previsoramente se lo habían dado sin punta, no consiguió sino arañarse. Entre las carcajadas de todos, Ahkim le pegó para que no volviese a intentarlo.

Al día siguiente, Ahkim ordenó comenzar la cacería de bisontes. Le costó un poco apartar a sus hombres de las extrañas, pues querían continuar violándolas; ni siquiera la promesa de capturar una manada de bisontes consiguió moverlos. Al final, Ahkim fue muy duro y no permitió sino una violación por guerrero; en cuanto alguno se había vaciado en la grupa de una extraña, lo apartaba a golpes de mango de su venablo.

Por fin salieron los distintos grupos de cazadores para localizar la manada y buscar un lugar apropiado hacia el que conducirla. Custodiando a los cautivos se quedaron sólo los muchachos y el propio Ahkim, pues conocía a sus hombres y temía que la gula venciese a la disciplina. Si se hubiese ausentado, los que primero hubieran regresado al campamento se habrían comido a algunos prisioneros.

Los exploradores fueron volviendo al día siguiente, como estaba convenido. Algunos de los grupos fracasaron, pero dos de ellos localizaron sendos lugares adecuados para la matanza y otros dos grupos siguieron las huellas frescas que encontraron y llegaron hasta la manada. Ésta no era como las de las leyendas y apenas contaba con un par de docenas de ejemplares. Atribuyeron este escaso número a la ignorancia de aquella miserable tribu de cazadores, que, por desconocer los ritos de la fertilidad adecuados, no habían conseguido que las hembras de bisonte pariesen más. Sin embargo, allí se encontraba a su alcance más carne de la que nunca hubiesen soñado. Y eran bisontes.

La manada dormía en la noche, confiada. Un viejo macho de impresionantes cuernos olfateó el aire, buscando el aroma de aquellos cazadores de piel lisa que con sus venablos estaban llevando a su especie a la extinción; pero en vez de eso su hocico se llenó del acre olor a humo. El macho sabía bien que, en la reseca pradera, humo significaba fuego y el fuego era la muerte. Lanzó un sordo bramido de alarma para despertar a sus compañeros mientras un semicírculo ardiente se encendía a su alrededor.

La pradera no sería sacudida nunca más por el impresionante fragor de las pezuñas de aquellos gigantes; por última vez, la manada se puso en marcha entre las tinieblas de la noche intentando escapar del fuego y de la muerte. Pero apenas hubieron salido del semicírculo infernal, a sus lados brotaban fuegos que se movían, transportados por hombres que gritaban al mismo tiempo que agitaban sus antorchas y los perros aullaban y ladraban. Como un torrente de primavera que choca contra las paredes de un angosto valle sin conseguir escapar de él, así la manada era dirigida hacia su exterminio por las brillantes antorchas de los cazadores y los ladridos de los perros.

El viejo macho corría tratando de guiar a la manada a su salvación; ignoraba que si hubiese cargado contra aquellos fuegos que tanto le asustaban, los cazadores y sus perros se hubiesen visto obligados a dispersarse para salvar sus vidas. De entre el infierno que se agitaba a su alrededor sólo un lugar permanecía en una segura penumbra: hacia allí encaminó su carrera. De pronto, la luna iluminó ante sus pezuñas una oscuridad más profunda y el viejo bisonte trató de frenarse; pero los que venían detrás lo empujaron y sus fuertes patas se agitaron en el vacío. Quizá mientras caía hasta estrellarse en las duras rocas que se encontraban mucho más abajo, se dio cuenta de que, empujado por la astucia de los cazadores, había conducido a su manada al exterminio. O quizá no, y los escasos latidos de corazón que le quedaban de vida fueron de tal terror ante la muerte que se le aproximaba, que no fue capaz de darse cuenta de nada más.

Al amanecer, los valerosos cazadores del clan de la serpiente reían, bañándose en la sangre de sus víctimas en un alarde de abundancia que en otro momento habría sido de mal gusto, pero que aquí podía permitirse pues había sangre suficiente como para llenar los estómagos hasta saciarse. Incluso, por orden de Ahkim, se les dio de beber a los prisioneros y prisioneras para fortalecerlos. Sangre y vísceras reventadas por doquier y unas hembras siempre accesibles a cualquier deseo: ¿qué más puede pedir un hombre? Durante varios días, mientras los prisioneros secaban cuanta carne eran capaces de trocear antes de que se pudriese, los exitosos cazadores se entregaron a una orgía sin límites. Incluso los perros arrastraban sus estómagos repletos de comida.

Cuando estuvo preparada la suficiente carne seca, en tal cantidad que tanto los cazadores como los cautivos se doblaban bajo su peso, Ahkim dio la orden de regresar. Entre dos hombres transportaban la impresionante cabeza del viejo macho que gobernaba la manada, vaciada de sus ojos y de su cerebro para que no se pudriese. Detrás quedaban enormes cantidades de carne para los chacales y los buitres, mientras una nube de moscas lo cubría todo.

—¡Ya regresan los cazadores del clan de la serpiente! ¡Traen consigo la enorme cabeza de una extraña bestia cornuda! ¡Y casi dos docenas de cautivos para comer! —gritaba excitado uno de los muchachos que cuidaban las fronteras. Corría excitado para dar la noticia a la Madre, sin poder contener su lengua y permitiendo que se enterase todo el poblado.

¡Dos docenas de cautivos para comer! La aldea se congregó para recibir a Ahkim y al clan de la serpiente con sentimientos encontrados. Las mujeres los odiaban por haber descuidado las reses de las que dependía la supervivencia de la tribu, y los hombres por haberles dejado cuidando el ganado para marchar a una divertida expedición de caza que había durado más de dos lunas. Pero por otra parte... ¡dos docenas de cautivos para comer! ¡Un banquete de exquisita carne!

Cuando lo supo, a Aster le rechinaron los dientes de rabia, porque comprendió que Ahkim, al contener la glotonería de sus hombres y traer carne humana en estado fresco, se hacía perdonar en gran parte su abandono del ganado; ahora ella no podría aplicar el ejemplar castigo que había planeado contra Ahkim y los hombres del clan de la serpiente. Aun con todo, sería lo suficientemente severa como para que todo el mundo comprendiera que no se puede abandonar el ganado del que dependía la subsistencia de la tribu... y Ahkim perdería su puesto como jefe del clan de la serpiente. Vestida con sus mejores galas y escoltada por las guardianas de la Diosa, salió a recibirle con gesto adusto y severo.

—Tomad vuestro equipo de combate —ordenó a las guerreras—. Podría hacer falta.

A excepción de los pastores de cabras de las colinas, la tribu se hallaba congregada cuando el clan de la serpiente realizó su entrada en la aldea bajo la suave luz del atardecer. Los habitantes de Zewi Khemi se debatían entre emociones contradictorias.

—¡Te saludamos, oh Madre! —Se arrodilló hipócritamente Ahkim, con un tono de voz que transmitía una insolencia insultante—.

Los cazadores regresamos a la tribu con abundante carne seca para que todos se alimenten, de forma que las mujeres posean abundante leche, los niños crezcan con una protectora capa de grasa y los hombres incrementen su fuerza viril.

A un gesto suyo, sus cazadores mostraron las mochilas. Por desgracia, durante el regreso, los hombres y los prisioneros se habían visto obligados a alimentarse de la carne seca que llevaban; después de tantos días de marcha, la ofrenda no resultó muy impresionante.

—¡Ahkim, imprudente jefe del clan de la serpiente! —respondió Aster, sin ser capaz de impedir que a sus labios asomase una mueca de alegría al comprobar el parco resultado de la expedición—. ¿Acaso no te das cuenta de que mientras vosotros disfrutabais de una alegre cacería, vuestros compañeros de los otros clanes se han visto obligados a cuidar vuestras ovejas? Imagínate mi tristeza al verme obligada a prohibirles toda caza hasta vuestro regreso. ¡Tantas y tantas presas que podrían haber capturado y, por tu culpa, se han visto obligados a cuidar reses! ¿Cuántos ciervos y gacelas han dejado de caer bajo sus certeros dardos y ahora corren fuera de su alcance para siempre?

Con este discurso, más dirigido hacia el público masculino que a Ahkim, Aster logró indisponer a los hombres de los demás clanes contra los del clan de la serpiente. Un sordo rumor de irritación se elevó entre ellos al recordar que por culpa de aquellos indisciplinados, no habían podido cazar durante varias lunas.

—¿Y qué diremos del botín que habéis traído? ¡Casi os llevasteis más carne de la que regresa! ¡Es como si hubieseis holgazaneado durante lunas enteras! Tal vez por vuestra culpa, esta primavera debamos matar a algunos niños más. ¿A qué mujer le agrada esto?

Gran parte de las mujeres estaban a punto de dar a luz, porque al haber matado a sus hijos durante el hambre de la primavera anterior, habían vuelto a quedarse embarazadas. Sintieron ira contra aquellos que ponían en peligro la existencia de sus futuros hijos.

Una vez logrado su objetivo de irritar a todos contra Ahkim, de forma que olvidasen la comida humana que él les traía, Aster se preparó para arrebatarle la jefatura del clan de la serpiente en medio de la humillación pública. Esto acabaría para siempre con el peligro que Ahkim representaba.

—¿Acaso es un buen jefe de clan aquel que lleva a sus hombres a abandonar el ganado de forma que impide cazar a los demás clanes y pone en peligro la existencia de la tribu? Aun teniendo en cuenta a los prisioneros que has traído para comer…

—Perdona, Madre —repuso Ahkim—, pero no he capturado a estos hombres y mujeres para que los comamos.

Todos quedaron atónitos. Lo absurdo de las palabras de Ahkim enmudeció incluso los reprobadores murmullos que hasta entonces habían llenado el aire. Se miraron los unos a los otros, perplejos, preguntándose qué podía hacerse con un extranjero si no era comérselo. Por fin, la sacerdotisa rompió el silencio y exclamó:

—¡No comérnoslos! ¿Qué haremos pues con ellos? ¿Cebarlos con los alimentos que necesitamos para nosotros?

—¿No es cierto, valientes guerreros de esta tribu, que odiáis la tediosa tarea de cuidar el ganado, que os impide demostrar vuestra virilidad en sangrientas batallas y en no menos sanguinarias cacerías? ¿Y no es menos cierto, sacrificadas mujeres de nuestra aldea, que aunque no protestéis tan escandalosamente como los hombres, también odiáis pasar las estaciones con las espaldas doloridas por labrar la tierra y suspiráis soñando con los Tiempos Antiguos, cuando la naturaleza proporcionaba los alimentos sin necesidad de trabajar, simplemente recogiéndolos?

»¡Os he traído estos prisioneros, hombres y mujeres de nuestra tribu, para que podáis volver a los Tiempos Antiguos, cuando los hombres no debían pastorear ni las mujeres labrar la tierra! ¿Por qué no obligarlos a realizar nuestro trabajo y alimentarlos luego con nuestras sobras, como si fuesen perros? Cierto es que los pastores no podrán portar armas; pero nosotros, los guerreros, libres de nuestras tareas, llegaremos a exterminar cuantas fieras osen amenazar a nuestros rebaños, mediante alegres y peligrosas cacerías en las que demostraremos nuestro valor.

»Imaginad, hombres de fuertes músculos, cómo sería vuestra vida dedicada tan sólo a la guerra y a la caza; imaginad, mujeres de anchas caderas, cómo sería vuestra existencia sin veros obligadas a labrar la tierra dura y pedregosa.

»He buscado entre las palabras de nuestro idioma una adecuada para este descubrimiento que he realizado y no he encontrado ninguna apropiada; por lo tanto, he creado una nueva. A esta nueva institución la llamaremos esclavitud.

»Cierto es que la esclavitud nos privará del placer de la carne humana, pero ¿acaso no es un pequeño sacrificio a cambio de regresar a los Tiempos Antiguos de las leyendas?

»Nombradme jefe de todos los clanes y esta primavera, cuando el frío nocturno nos permita viajar sin llevar molestas pieles, recorreremos las praderas y las montañas donde habitan las incultas tribus cazadoras, tan salvajes que ni siquiera se circuncidan, como podéis ver. Y libraremos guerras para capturar suficientes esclavos y esclavas como para que ninguno de nosotros se vea obligado a trabajar durante el resto de su vida.

»Y luego, hombres de la tribu, cuando ya no tengáis que cuidar las miserables ovejas, os conduciré a las praderas donde las pezuñas de los bisontes hacen retemblar el suelo. ¡Mirad esta cabeza poderosa armada con tan temible cornamenta y decidme si no desearíais cazar también vosotros semejante pieza! Pues bien, nombradme jefe de todos los clanes y cada uno cazará más bisontes de los que es capaz de contar.

Los habitantes de Zewi Khemi quedaron asombrados ante la maravillosa propuesta de Ahkim. ¡La esclavitud! Un descubrimiento estelar para la tribu que los liberaría para siempre de las penurias de su existencia cotidiana. Volver a la feliz vida de los Tiempos Antiguos, con la que todos soñaban, pero que creían extinguida para siempre junto con las grandes manadas que la permitían. Regresar a los Tiempos Antiguos... Aquél era el sueño acariciado por todos, mujeres y hombres.

Durante los Tiempos Antiguos, los dos sexos vivían en armonía con la Diosa, y eran felices incluso los dioses masculinos, tan belicosos como los varones, sus adoradores. Mientras las mujeres recolectaban sin esfuerzo las plantas y los frutos que la Diosa hacía crecer en su camino, los hombres cazaban grandes presas que proporcionaban grasa, carne y sangre para toda la tribu, además de pieles con las que abrigarse. Bajo el suave imperio de la Diosa, Kairoon —dios de las trampas y de las artimañas—, Zohar —dios del cielo, del relámpago y de las armas arrojadizas— y Bahrma —dios de la guerra y de la muerte cruel— gobernaban a los cazadores y les hacían sentir fuertes, valientes y, sobre todo, imprescindibles. Aunque la superioridad de las mujeres era incontestable, pues nada podía existir si la magia femenina no le daba antes el ser, los hombres sentían la importancia de su función en la existencia: ellos alimentaban y protegían a la tribu. La innegable mayor agresividad de los varones era refrenada por el pánico que todos sentían ante lo femenino, pues quien ostenta el poder de dar la vida con la magia, con la magia puede arrebatarla. Así decían las tradiciones que la humanidad vivió desde el principio de los tiempos; cuando en un lugar escaseaba la caza, la tribu tomaba sus escasas posesiones y se desplazaba más allá; si la fertilidad de las mujeres era excesiva y el número de hijos superaba a quienes morían, entonces la tribu se dividía en dos, y cada parte tomaba su propio sendero.

Esta existencia despreocupada se basaba en dos hechos aparentemente inmutables: que el mundo era infinito —pues, ¿quién había llegado alguna vez hasta su final?— y que nunca se terminarían las enormes manadas de bisontes, caballos y uros que poblaban las llanuras.

Y sin embargo, estas condiciones se habían incumplido hacía algunas generaciones. Ahora ya no había ningún lugar adonde ir cuando se terminaba la caza; todos los territorios se hallaban ocupados por otras tribus dispuestas a defender con violencia sus cazaderos. Lenta, pero inexorablemente, el exceso de población se hacía notar.

No podían saberlo, pero también estaban viviendo un cambio climático: la Tierra se calentaba lentamente y las nieves huían hacia el norte; con el calor, los desiertos comenzaban a expandirse por el centro de los continentes, donde antes se extendían inmensas praderas habitadas por grandes mamíferos, obligando a emigrar a sus habitantes humanos.

El nivel del mar había comenzado a subir. De forma imperceptible para cada generación, pero lo suficiente para anegar muchas fértiles llanuras costeras y expulsar de ellas a sus gentes. Y en la zona boreal, un inmenso bosque recubrió los hábitats de los mamuts y de los bisontes, condenándolos a la extinción. El bosque, en el que sólo podían vivir presas menores, tales como ciervos y gamos, unido a la subida de los mares y a los desiertos, cerró un dogal en torno a las tribus cazadoras, que iban siendo apretadas unas contra otras. Un millón de seres humanos poblaban un planeta que va se había quedado pequeño.

Según las tradiciones enseñadas por las Madres, habían sido los hombres, los estúpidos y violentos varones, los que habían tenido la culpa, al no ser capaces de capturar las suficientes presas. Los cazadores habían emprendido expediciones de caza más largas y arduas, con resultados cada vez más magros y decepcionantes. Desesperados, oraban a la Diosa para que aumentase la fertilidad de las antes inmensas manadas, y a Zohar para que de nuevo pusiese al alcance de sus armas a las deseadas presas.

Todo fue inútil. Los niños, al ser los más débiles, comenzaron a morir en mayor cantidad que antes, para desesperación de sus madres, que sentían como si les arrancaran las entrañas con cada hijo perdido: nadie se acostumbra a la muerte de sus hijos, por muy común que ésta sea. Las mujeres cruzaron amargos reproches con los hombres, que no traían el sustento necesario; se burlaban de su virilidad y se negaban a yacer con tan ineptos cazadores. Los varones realizaron danzas y ceremonias mágicas para dotar de mayor puntería a sus flechas y venablos, inútilmente, pues no había presas hacia las que apuntar sus armas.

Las escaramuzas entre tribus vecinas menudeaban y parecía que la humanidad viviría una edad sangrienta gobernada por Bahrma, el dios de la guerra, hasta que el número de seres humanos se adaptase a las nuevas condiciones. Este futuro sombrío no gustó a la Diosa y envió sueños a las distintas Madres que la invocaban. Así ocurrió en Zewi Khemi, cerca de la tierra que más tarde sería conocida como Mesopotamia, pero también en el valle del Nilo, en el Ganges, en el Indo, en el río Amarillo, en Centroamérica… Y todos los sueños sagrados decían lo mismo: cultiva la tierra.

¡Descubrir la agricultura! Nadie podía imaginarse que en el futuro se consideraría un avance. Para sus protagonistas fue una tragedia y sólo su desesperado amor de madres las llevó a ello.

Todas las recolectoras sabían que las plantas se propagan por semillas —habría sido necesario que fuesen ciegas para ignorarlo—, pero ¿para qué molestarse en cultivarlas si la Diosa las ofrecía dando un paseo al amanecer, mientras se charlaba con las otras mujeres? Además, en épocas de hambre, las flexibles tribus nómadas se ponían en marcha y buscaban un lugar más acogedor, mientras que si hubiesen sido agricultoras, ligadas a sus campos, no hubieran podido escapar a los desastres climáticos.

Pero ahora ya no quedaba ningún sitio hacia el que huir y tampoco bastaba con recolectar algunos frutos y cereales que complementasen la carne traída por los cazadores, pues había que proporcionar casi todo el sustento necesario para la tribu: esto sólo podía lograrse con la agricultura, por muy trabajosa que fuese.

Pronto las mujeres —que habían sido las recolectoras y, por tanto, era lógico que se encargasen de cultivar— aprendieron a seleccionar los cereales cuyas semillas se conservaban más tiempo en la espiga, facilitando así la cosecha; descubrieron que los campos necesitaban reposar y quedar en barbecho para no perder la fertilidad que les regalaba la Diosa; aprendieron a construir graneros y almiares; mejoraron los palos de cavar, que antes sólo habían servido para arrancar raíces... Perdieron la libertad por sus hijos.

Para ayudarlas a conformarse con un destino tan trabajoso, la Diosa las engañó. En las tradiciones orales que había recibido Aster todavía existía el recuerdo de los sembrados primigenios, cuando la Diosa les dijo que sólo cultivarían durante aquel primer ciclo de estaciones, hasta que regresasen las manadas de grandes mamíferos. Si las mujeres hubiesen sabido que ésta iba a ser su misión para siempre, se habrían vuelto locas o habrían preferido ser gobernadas por Bahrma, el dios de la guerra, a pesar de su sangrienta brutalidad y de ser un dios masculino, y habrían pedido a sus hombres que atacasen a las tribus vecinas para ampliar sus decadentes cazaderos.

Después del primer cultivo, el destino de Zewi Khemi estaba sentenciado. Sobrevivió la mayoría de los bebés, excepto unos pocos muertos por culpa de la desidia de sus madres, que omitieron las ceremonias mágicas necesarias para alejar a los malos espíritus. Ahora hacía falta aún más alimento. Cada ciclo de estaciones que pasaba, la agricultura era más necesaria, pues había muchas más bocas que satisfacer.

Al cabo de pocas generaciones, la tribu triplicó o cuadruplicó su población y ya no podía abandonar la agricultura sin que se produjese una catástrofe. ¿Dividirse para ir adónde, si todas las tierras ya estaban ocupadas por otros? Incluso habían tenido que abandonar la cueva de Shanidar, por falta de espacio, y ahora tenían que edificar casas.

Los varones no se sentían satisfechos con la nueva época. Cada vez había menos caza y las mujeres se negaban a dejar sus preciosos campos para seguir las migraciones de unas manadas exiguas. Con el propósito de seguir alimentándose de carne, incomparablemente más deliciosa que las secas tortas de cebada, los hombres apresaron algunas crías de animales y las alimentaron hasta que se hicieron adultas y se reprodujeron. Habían nacido así los pastores. Primero probaron con gacelas, pero en poco tiempo las sustituyeron por ovejas y cabras, mucho más dóciles, en especial las primeras. Sin embargo, sólo las aprovechaban como carne, pues en los estómagos de los adultos no existían aún las encimas necesarias para digerir la leche y no sabían elaborar quesos ni fermentarla. Los telares aún quedaban lejos, muy lejos en el futuro; los seres humanos debían conformarse con usar las pieles.

Podría pensarse que los hombres se sentirían contentos ahora, pues cuidar del ganado es una tarea más descansada que cazar grandes presas; pero se aburrían y soñaban con viejas cacerías, donde era posible demostrar su valor y virilidad. Todo el día cuidando estúpidas ovejas... No, demasiado tedioso para guerreros en cuyo recuerdo colectivo subsistían aún épicas matanzas de bisontes. A veces, cuando ya no lo resistían más, tomaban sus venablos, arcos y perros, y salían a cazar, aunque sólo pudiesen traer consigo presas miserables que desaparecían en los estómagos de la tribu sin llegar a calmar el hambre.

Además, la importancia de los varones disminuyó proporcionalmente a su aportación en la economía tribal. Ahora la agricultura suministraba la mayoría de los recursos alimenticios y la tribu era tan numerosa que no temía los ataques de los nómadas: los hombres ya no resultaban necesarios ni como cazadores ni como guerreros. Conscientes de su inutilidad y asediados por el aburrimiento, los hombres se sentían inseguros y agresivos. Podrían haber ayudado a las mujeres en los campos, pero carecían de la magia femenina necesaria para que éstos fuesen fértiles. Por ello, se debatían como peces presos en las nasas ideadas por Kairoon, sin encontrar una forma de salir. Además, puesto que las mujeres controlaban la natalidad y los hombres ya no eran imprescindibles, durante las épocas de hambre, cuando una sequía o una tormenta vaciaba los graneros, los niños varones eran sacrificados por el bien de la tribu, mientras que las niñas sobrevivían. Los hombres se habrían levantado en armas contra esta situación injusta y habrían intentado volver a los Tiempos Antiguos, si el temor a la Magia de la Diosa no los hubiera sujetado; las mujeres tampoco estaban satisfechas, pero al menos sabían que con la agricultura y la ganadería pocas veces era necesario matar a sus descendientes.

Las tribus nómadas que aún permanecían en los Tiempos Antiguos debían convertirse a la nueva cultura o perecer, pues no podían alimentar a los hombres suficientes como para enfrentarse a los numerosos guerreros que poblaban las aldeas sedentarias, siempre hambrientas de territorio. Igual que una pequeña flecha rasga la piel de un gamo fuerte y musculoso, provocando su muerte, así la agricultura destruyó la anterior forma de vida; como un arroyo desbordado por las lluvias de primavera, los nuevos tiempos barrieron las viejas costumbres e inundaron las almas de los humanos.

Y ahora Ahkim, inventando la esclavitud, les salvaba de la dura existencia a la que ya casi se habían resignado. Habían sido prisioneros de su lejano pasado como cazadores y recolectores, pues en aquellos tiempos lo único racional que podía hacerse para aprovechar a un enemigo era comérselo; hasta entonces no se habían dado cuenta de que, gracias a la agricultura, ahora los esclavos podrían proporcionar mucho más alimento con un solo verano de trabajo del que almacenaban en sus cuerpos, por sabrosos que éstos fueran. Tras largos momentos de silencio durante los que cada uno de los presentes soñaba con el futuro esplendoroso que abría la esclavitud, estalló el delirio:

—¡Ahkim, jefe de todos los clanes! —gritaban mujeres y hombres por igual, levantándolo en hombros—. ¡Condúcenos a esa vida mejor, Ahkim, el más sabio de entre los varones! ¡Libéranos de la agricultura y del pastoreo!

A lo que, los hombres, además, añadían:

—¡Llévanos a la guerra, Ahkim! ¡Guerra para siempre, sin treguas ni estúpidas negociaciones! ¡Encuentra para nosotros más de esas manadas de bisontes, para que podamos cazarlos! ¡Guerra! ¡Esclavos! ¡Bisontes! ¡Ahkim, jefe de todos los clanes!

En medio de esta erupción de euforia, sólo Aster se mantenía impávida, con los dientes apretados y los labios formando una delgada línea que delataba su iracundo enojo. Ella era la única que comprendía las subterráneas intenciones de Ahkim; incluso las guardianas de la Diosa la miraban perplejas de que no se uniese a la alegría popular que había producido el descubrimiento que liberaría a la tribu de sus penosos trabajos.

Koshmar también gritaba entusiasmado, olvidando en medio del gozo general que nunca podría cazar bisontes ni ir a la guerra, con esclavos o sin ellos. Entonces, notó que una mano se clavaba en su brazo y que la voz de Mara susurraba a su oído:

—Contra toda esperanza, Ahkim ha vencido y, aunque nadie salvo ella se da cuenta aún, hoy ha derrocado a la Madre. Koshmar, ¡tú y yo sobreviviremos!

Koshmar se avergonzó al haber olvidado lo que Mara y él arriesgaban y se preguntó qué es lo que tiene la guerra y su hermana la caza para enloquecer a los hombres. No supo contestárselo.

Tortook también gritaba y bailaba, como todos; pero al ver juntos a Mara y a Koshmar, recordó que guardaba algo en su memoria. Cerca estaba Uriel, que miraba a los dos como si desease atravesarlos con un puñal. Al darse cuenta, Tortook se dijo que ya sabía a quién contar aquello tan raro y repugnante que hacían escondidos en las orillas del arroyo. Sí, ahora ya sabía a quién acudir.

DIECIOCHO

Aster volvió a su cabaña, seguida sólo por las Ancianas y las guardianas de la Diosa, mientras Ahkim comenzaba a dar las órdenes precisas para la gran expedición de la primavera, que traería docenas y docenas de esclavos que liberarían a Zewi Khemi del trabajo.

Al día siguiente, las esclavas se dirigieron a los campos con azadas y palos de cavar; sus tobillos iban trabados por ligaduras de cuero que les impedían correr, pero no las molestaban para andar. Los esclavos varones fueron obligados a cuidar del rebaño; a ellos no se les podía atar, pero cuando uno intentó escaparse, fue capturado y desollado vivo delante de sus compañeros. Ninguno más trató de recuperar la libertad; además, un hombre aislado en la estepa sin armas con las que cazar o defenderse, estaba condenado. Puesto que la tarea que se exigía de ellos era simplemente aburrida, se resignaron a su suerte.

Las esclavas, en cambio, fueron violadas masivamente por todos los hombres de la tribu, quienes deseaban ardientemente experimentar lo que se sentía al entrar en una hembra por un orificio normalmente no permitido por la decencia; al fin y al cabo, ellas no eran seres humanos, sólo eran esclavas. Incluso Koshmar el tullido guardó cola con todos los demás, seguro de que por fin una mujer distinta de Mara no le rechazaría y así sus compañeros de clan no se burlarían de él. Los hombres disputaban entre sí sobre quiénes tenían preferencia para penetrarlas primero; Koshmar se mantuvo en un discreto segundo lugar, sin importarle que lo adelantaran quienes habían llegado más tarde.

—¡Vamos, Koshmar, demuéstranos que eres un hombre!

—¡A esta hembra no le importará que arrastres tu pierna por el suelo!

Pero cuando le tocó el turno, miró los vacíos ojos de la mujer que se abría ante él, enturbiados por el dolor, la humillación y la desesperanza. Experimentó tal malestar, que hubo de apartarse de ella entre las burlas de sus compañeros, que se reían de su impotencia. Maldijo a Nohara, su madre, que le había transmitido una sangre cobarde y débil. ¿Qué le importaba a él lo que pudiese sentir una extranjera? Pero por mucho que lo intentó, no pudo obligar a sus cojeantes piernas para que volviesen a la mujer.

Cuando se lo explicó a Mara en su intimidad, entre lágrimas de humillación, ésta le consoló con tiernas palabras y lo meció como si fuese un bebé. ¿Por qué no podía ser un hombre normal? Pero ella le respondió que lo quería precisamente por no ser un hombre normal, por hablar con él de temas diferentes a la caza, el ganado y las hembras, por ser capaz de amar y de entregar una caricia. Ni siquiera así terminó de reconciliarse con su debilidad, pero al día siguiente Mara, con una sonrisa, le entregó un poco de grasa de cordero y Koshmar supo que en ella encontraría todo lo que pudiese buscar en cualquier otra mujer, incluso en una esclava indefensa. Entonces rezó en agradecimiento a Areete por haberle hecho débil, pues había perdido mucho por culpa de eso, pero había ganado a Mara.

—¿Qué dices que hacen junto al arroyo mi hermana de sangre y mi hermano de madre? —preguntó Uriel, tratando de que su voz no pareciese demasiado alterada. Tortook se revolvió incómodo.

—Como ya te he dicho, se acuestan uno junto al otro, y se abrazan como si fuesen una madre con un hijo o dos amigas, y pasan sus manos por el cuerpo del otro antes de unirse e incluso mientras lo están haciendo, y unen sus bocas, y luego…

Uriel contuvo las náuseas con dificultad.

—¡Basta, por la Diosa!

—¿Verdad que es algo malo? Yo nunca había visto algo así. Pero antes de denunciarlo a la Madre, quería estar seguro de que fuera un delito. Como no conozco ninguna canción que lo prohíba…

Uriel pensó con rapidez. Lo que le contaba Tortook era tan soez y repugnante que las canciones ni siquiera lo mencionaban, dando por supuesto que nadie lo intentaría. El asco, la rabia y los celos luchaban dentro de ella; pero al mismo tiempo trataba de mantenerse serena y pensar con claridad.

Si denunciaba a Koshmar y a Mara, Nohara se vería obligada a ejecutar a su hijo. Pero Nohara no tendría suficiente valor para eso, y preferiría morir en el poste de tormento: tendría que ser ella misma, Uriel, quien matase a los tres mediante horribles torturas. No le importaría nada que muriese Koshmar, desde hacía muchos ciclos de estaciones había sido una vergüenza para la familia; pero su madre…

Es cierto, Nohara era débil y cobarde, pero seguía siendo su madre, la que la había traído al mundo entre terribles dolores, y la que le había amamantado, y la que había jugado con ella cuando era niña. No podía, no quería matarla.

Tortook aún era tan joven que no se daba cuenta de cuán obscena era la conducta de Mara y Koshmar. Tal vez…

—Escucha, Tortook, ya sabes que Mara proviene de una tribu atrasada, ¿verdad?

—Sí, habla con un acento muy divertido.

—En su tribu, es así como copulan los hombres con las mujeres; ella no sabe hacerlo de otra manera y, como es tan ridículo y vergonzoso, se esconden para que no se burlen de ellos. Sólo Koshmar, que no puede acceder a otra, acepta unirse así a ella.

—¡Ah, ya entiendo! ¡Cómo se reirán mis amigos cuando se lo cuente!

—¡No se lo digas a nadie! Mara es la hija de la Madre de su poblado y si llegase a saber que la has visto, arrojaría sobre ti un maleficio que te agostaría como un riachuelo durante el verano.

A Tortook se le erizaron los cabellos y se le desorbitaron los ojos.

—Pero no te preocupes —lo tranquilizó Uriel, cómplice—, yo no se lo contaré. ¡Mantén quieta tu lengua y estarás a salvo!

Tortook juró por la Diosa que no hablaría de esto con nadie y Uriel respiró. Hasta que Tortook se hiciese un hombre y comprendiera cuán injustificable era la conducta de Mara y Koshmar, pasarían algunas estaciones durante las que ella podría hacer algo.

Al atardecer, Mara entró en su cabaña y Uriel se le echó encima, golpeándola.

—¡Maldita! ¡Maldita perra!

Mara, pasada la primera sorpresa, se defendió y devolvió cada golpe. Las dos mujeres rodaron entrelazadas por el suelo mordiéndose, arañándose, arrancándose los cabellos, pegándose con los puños en la cara. Por fin, la fatiga superó la ira de Uriel, y ambas quedaron abrazadas y agotadas. Uriel le dijo:

—No veas más a mi hermano Koshmar: ¡te lo prohíbo!

—¿Y qué derecho tienes tú para prohibírmelo?

—¡Soy tu hermana de sangre!

Mara, por toda respuesta, escupió en el suelo.

—Mara, escucha por favor, sé que no he sido una buena amiga para ti: ¡si supieses cuánto me pesa el secreto que Kurmil sembró en mi hígado! Además, yo soy una guardiana de la Diosa y tú una mujer normal; nuestras obligaciones tan diferentes nos dejan muy poco tiempo para estar juntas. Te pido perdón, pero ahora, por la Diosa te lo suplico, obedéceme y no sigas con Koshmar.

Mara se levantó, se sacudió el polvo de su piel desnuda y se dirigió hacia el montón de paja que constituía su lecho. Se tapó con una piel de cabra y volvió la espalda hacia Uriel. ¿Por qué la había atacado así? Sin duda, sabía o sospechaba algo sobre su relación con Koshmar. Entonces, ¿por qué no la había denunciado a la Madre? Tal vez por no obligar a Nohara a matar a Koshmar, o por cariño hacia su hermano, o quizá porque aún era amiga suya, a pesar de tantos desencuentros.

En cualquier caso, era imprudente seguir uniéndose a Koshmar. Era mejor ceder en apariencia y esperar a que Ahkim consiguiese el poder absoluto; entonces podrían volver a amarse con libertad.

—¿Uriel?

—¿Sí?

—Ven bajo mi manta, siento frío.

Uriel, con una sonrisa, acudió junto a ella y la abrazó.

—Querida amiga, ¿dejarás de ver a Koshmar?

—Te lo juro por la Diosa —respondió Mara.

Tras esta promesa solemne, Uriel se quedó tranquila, sin imaginarse que para Mara la Diosa era una enemiga y que, por tanto, el juramento carecía de valor. Mara, en cambio, pasó una noche de oscuros sobresaltos y tétricos presentimientos.

Día a día, Ahkim ganaba poder, de mil pequeñas maneras. Por ejemplo, los varones se entregaban a la violación de las esclavas, y a éstas apenas les quedaba tiempo para trabajar en los campos. Las mujeres de la tribu fueron a quejarse de esto a la Madre, pero Aster tuvo que mostrarles las palmas de las manos en gesto de impotencia: las esclavas eran propiedad del jefe de todos los clanes; y Aster, clavándose las uñas, tuvo que contemplar cómo las mujeres se dirigían a Ahkim para solucionar su problema.

Éste las recibió con toda la amabilidad de la que era capaz, simpatizó con ellas y llamó a los hombres perros lujuriosos; por último ordenó que nadie se acercase a ninguna esclava mientras el sol iluminase la tierra; y aun entonces asignó un día a cada clan. Despidió a las mujeres de Zewi Khemi con frases de admiración y agradecimiento por la importante tarea que cumplían en el poblado. Éstas regresaron a sus chozas comentando entre sí que Ahkim era un buen jefe que se preocupaba de los problemas de toda la tribu.

A partir de entonces, las mujeres acudían a Ahkim para decidir qué campos labrar, planear el trabajo diario o solucionar los conflictos que surgían entre ellas: de él dependían las esclavas, tan deseadas por todas para que realizasen los trabajos más duros. Además, Ahkim, consciente de su ignorancia sobre estos temas, fingía considerarlos, pero siempre tomaba la decisión sugerida por las que acudían a él, con lo que adquirió gran fama por su justicia y prudencia. Aster se fue quedando más y más recluida en su choza, sin que nadie la consultase sino para los temas religiosos. Incluso el culto de la Gran Diosa se fue debilitando poco a poco: si Zohar, dios protector de Ahkim, traería al poblado tal época de prosperidad, no era justo mantenerlo relegado como si fuese una divinidad secundaria, pues podría enojarse y privar a la tribu de su esplendoroso futuro. Ahkim encargó a Koshmar labrar en piedra arenisca un gran toro, símbolo de Zohar, para colocarlo en el centro del poblado al lado de la estatua de la Diosa.

Los hombres, acostumbrados a la sumisión de las esclavas, se volvían más y más insolentes en sus relaciones con las mujeres de la tribu; dos o tres incluso intentaron penetrarlas de la humillante manera que a todos excitaba. Cuando las mujeres, escandalizadas, se negaron, ellos se marcharon riendo e insultándolas diciendo que preferían a las esclavas.

Ahkim sonreía al ver incrementarse así el orgullo masculino, satisfecho de cómo se desarrollaban sus planes. Las mujeres fueron a quejarse ante él, como jefe de los hombres, y Ahkim sufrió un ataque de furia que impresionó a las suplicantes. Después ordenó llamar a los atrevidos y, delante de las mujeres, los insultó y los amenazó diciéndoles que si se atrevían a repetir tales actos, los ataría al poste de tortura, de manera que sirviesen de escarmiento para aquellos que osaban atacar la dignidad de las mujeres. Por esta vez, sólo por esta vez, no los castigaría, pues todos los hombres eran necesarios para la guerra que se aproximaba y resultaban tan esenciales que no se podía prescindir de ninguno, pero confiaba que hubiesen entendido a lo que se arriesgaban si reincidían. Las mujeres se marcharon muy satisfechas y los hombres, en efecto, comprendieron a lo que se arriesgaban si las humillaban en exceso: a una inofensiva reprimenda sin consecuencia alguna. Ahora que llegaba la guerra, los hombres eran mucho más importantes que las mujeres. Ahkim, en privado, les recomendó que no se excediesen en su orgullo... todavía.

Un amanecer, Ahkim se presentó ante la cabaña de la Madre con los guerreros del clan de la serpiente. Ésta levantó la mirada sorprendida, pero Ahkim le sonrió con amabilidad.

—Te saludamos, Madre, e imploramos tu bendición. Sin embargo, debo decirte que estamos preparando la guerra y necesitaremos todas las armas del poblado. Por eso, en el nombre de Zohar y de mi autoridad como jefe de todos los clanes, ruego a las guardianas de la Diosa que nos entreguen sus venablos de obsidiana.

Las guardianas de la Diosa, a pesar de su gran disciplina, no pudieron evitar una exclamación iracunda e iniciaron el gesto de usar sus venablos, pues exigirles la entrega de sus armas era un insulto inimaginable. Pero Aster las reprimió con un autoritario gesto: de una sola ojeada, ella se había dado cuenta de que los guerreros del clan de la serpiente eran muchos más y se habían situado de forma que en un combate el sol hiriese los ojos femeninos, obligándolos a entrecerrarse y a lloriquear. Ahkim estaba buscando una excusa para matarlas.

—Nadie podrá decir que las guardianas de la Diosa ponen ningún impedimento a la nueva era de prosperidad que Zohar nos ha prometido —dijo Aster, con una sonrisa que intentaba disimular su enojo—. Guardianas, entregad vuestras armas a los valientes guerreros. ¡Entregadlas, os digo! —gritó, cuando vio que algunas dudaban en obedecerla.

—Pero, Madre... —intentó oponerse Uriel.

—No discutas mis órdenes. Cuando sopla la tormenta, el junco se inclina y sobrevive; el roble, que trata de desafiarla, es arrancado.

—Hermosas armas, en verdad —dijo Ahkim, sopesando apreciativamente un venablo de obsidiana—. Era una lástima que estuviesen en manos de mujeres, cuando pueden ser tan útiles en la guerra.

—¿No deseas algo más, Ahkim, jefe de todos los clanes? —preguntó Aster irónicamente, dejando pasar el insulto.

—No, no albergo intención de solicitaros nada más... de momento. —La sonrisa de Ahkim era tan venenosa como la de una víbora.

—En algunas ocasiones, una se arrepiente de no haber llevado a cabo su primera intención. —Todos adivinaron que la sacerdotisa se arrepentía de no haberlo matado cuando Ahkim era un niño indefenso.

—Señora, como dice la sabiduría de quienes nos precedieron, es inútil arrojar la azagaya cuando la presa ya ha pasado. Sin embargo, no debéis temer, porque yo no caeré en el mismo error.

Así se hablaron Ahkim y la sacerdotisa, ocultándose tras sus sonrisas para declararse públicamente su odio mutuo.

Uriel se enfrentó a Ahkim.

—¡¿Cómo te atreves a hablar así a la Madre?!

La sonrisa de Ahkim se acentuó.

—Uriel, la más orgullosa de las guardianas de la Diosa, eres tú la que faltas al respeto al jefe de todos los clanes. Sin duda, estás irritable porque hace mucho que no recibes la violencia de ningún varón y posees demasiada feminidad insatisfecha. Decidme, hombres de mi clan, ¿alguno recuerda haberse unido a ella?

Todos lo negaron, entre risas. ¡Tal vez por ser la única nieta de Aster se consideraba demasiado importante!

—Sí, quizá sea eso. Pero ahora yo soy el jefe de todos los clanes y creo ser digno de ti. —Ahkim le acarició el cabello. Con un gesto hosco, Uriel trató de apartarse.

—Vamos, Uriel, yo sí recuerdo haberme unido a ti en las orillas del Gran Zab, y también me acuerdo de que disfrutaste con ello. No seas vergonzosa.

—¡Déjame, perro lujurioso!

Ahkim rió.

—Nadie debe insultar al jefe de todos los clanes, y menos que nadie una mujer. Pero te lo perdonaré, porque en parte es mi culpa. Te impresioné tanto, que no has permitido que ningún otro entre en ti y la falta de hombre habla por tu boca. Pero le pondré remedio al momento.

—¡No!

Ahkim la derrumbó contra el suelo. Uriel se debatía, mientras las lágrimas de humillación se agolpaban en sus ojos. Aster y las guardianas de la Diosa, impotentes y avergonzadas, miraron hacia otro lugar; los hombres de Ahkim lo jaleaban entre risas burlonas.

Uriel odiaba a Ahkim más de lo que nunca había odiado a nadie. También se odiaba a sí misma, porque no era capaz de impedir que su cuerpo contestase con placer a los embates de aquel hombre musculoso. Que acabara pronto y la dejase en paz. Que continuara un poco más de tiempo, un poco más fuerte, para seguir sintiendo lo que sentía. No, ¿cómo podía pensar esto? ¿Cómo podía no gemir?

Ahkim retrasó su placer hasta que percibió que ella no podía resistir más y los dos se estremecieron al unísono. Luego, Ahkim se levantó entre los vítores de sus hombres. Uriel se quedó en el suelo, jadeando y llorando de rabia, placer y humillación. Los hombres se marcharon: ellos no eran tan valientes como para violar a una guardiana de la Diosa (todavía no), aunque ya no poseyesen armas, pues seguían temiendo la magia femenina. Sin embargo, admiraron aún más a Ahkim por su audacia.

Aster se acercó a Uriel, que seguía llorando, y trató de enjugar sus lágrimas.

—Te juro por la Diosa que Ahkim morirá por lo que te ha hecho hoy.

—Abuela, concédeme que sea yo quien lo mate —le suplicó Uriel, levantando los ojos enrojecidos hacia ella.

Aster se lo concedió, pero hubo algo en el tono de voz de Uriel que la preocupó. El enemigo también se escondía en sus propios cuerpos.

Pocos días después, Ahkim volvió a la cabaña de la Madre junto con sus hombres.

—Como jefe de todos los clanes, he decidido que el poblado no puede permitirse que existan unas guardianas de la Diosa que sólo sirven para haraganear.

Aster se indignó.

—¿Acaso no es importante conservar nuestras tradiciones y sabiduría? ¿Quieres matar la memoria de las mujeres?

—Decís que conocéis los secretos de la vida y de la Diosa, pero ¿esta sabiduría os sirvió para descubrir la esclavitud? El vuestro es un conocimiento anticuado que ya no es útil en la nueva era de Zohar. A partir de mañana, las guardianas serán unas mujeres normales que, como todas, habrán de labrar, segar y moler. ¿Alguna se niega?

Ahkim se dirigió amenazadoramente a las desarmadas guardianas de la Diosa. Recordando la humillación de Uriel, ninguna osó contradecirle. Entre Uriel y Ahkim se cruzaron miradas de odio y de fuego; por fin, ésta también bajó los ojos. Ahkim prosiguió dando órdenes:

—Y las Ancianas, que dejen de sentarse al sol soñando con que dirigen la aldea. Ahora ya no son necesarias, y han de dedicarse a cuidar de sus nietos, acarrear leña y todos los demás trabajos reservados a la gente de su edad. Incluso sería mejor que, puesto que la existencia no les va a traer sino dolor y tristeza, solicitaran la muerte dulce: así tendrían más comida las jóvenes cuyos vientres aún pueden traer guerreros a nuestra tribu.

Ahkim estaba privando a la Madre de su último y débil apoyo. Igual que una manada de lobos aparta a su presa del resto de sus compañeras antes de devorarla, de la misma forma Ahkim aislaba a su enemiga y la privaba de cualquier posible auxilio antes de descargar el golpe fatal.

—Ahkim —le preguntó Aster—, ¿no desearías que yo también fuese a la muerte dulce para dejar paso a otra Madre más joven?

—¡Oh, no! —exclamó éste—. Nada me decepcionaría más.

Ahkim no quería que Aster se rindiera así, pues le privaría de su venganza.

—No te decepcionaré, pues —concedió Aster—. Permaneceré viva para contemplar cómo gobiernas Zewi Khemi.

Cinco días más tarde, Mara acudió a la plaza del poblado, donde Koshmar tallaba la estatua del toro para colocarla al lado de la imagen de la Diosa. Desde la pelea entre las dos hermanas de sangre, Koshmar y Mara no se habían visto más, esperando que el triunfo de Ahkim les permitiera amarse con seguridad.

—Ven a verme en nuestro lugar secreto, al mediodía, cuando las sombras son más pequeñas —le susurró Mara.

Cuando Koshmar llegó cojeando, Mara ya le aguardaba y se arrojó sobre él como si una secreta angustia atenazase su hígado. Hicieron el amor con urgencia y luego, mientras yacían juntos, Koshmar le dijo:

—Has sido muy imprudente, Mara: ¿no habíamos convenido no volver a encontrarnos hasta que la Diosa fuera destronada? Yo también te deseo, pero evitemos poner en peligro nuestro amor y nuestras existencias: pronto dejaremos de tener miedo, porque cuando Ahkim regrese de la campaña que emprenderá dentro de una luna...

Mara rompió a llorar y le dijo, abrazándole:

—Koshmar, Koshmar, ¡qué ciego eres! Nunca se llevará a cabo tal campaña, ni llegarás a terminar tu toro en honor de Zohar, porque dentro de una luna el poder de Ahkim se habrá derrumbado igual que una choza de cimientos carcomidos por la lluvia.

—¡Pero si la Madre está a punto de ser destronada! —repuso Koshmar, asombrado.

—Abrázame fuerte, muy fuerte, porque mi hígado se llena de angustia por verme obligada a desilusionarte... y por saber que de nuevo estamos irremisiblemente condenados.

»Escúchame bien, creo que podrás comprender esto, pues, para ser un hombre, eres muy inteligente: todo el poder de Ahkim se basa en la guerra, y ésta se justifica por los beneficios de la esclavitud. Si la esclavitud se revelase imposible, el poder de Ahkim se desvanecería como el rocío de la madrugada cuando le alcanza el sol.

Koshmar parpadeó perplejo. Mara siguió explicándole:

—Pues bien, he estado observando el trabajo de las esclavas y he podido comprobar que apenas producen la mitad que una mujer normal. Ellas nunca antes habían realizado otra tarea sino recoger los frutos y las plantas que la naturaleza les brindaba libremente: no son capaces de trabajar como las mujeres acostumbradas desde niñas. Y las constantes vejaciones y la mala alimentación no les ayudan. No consiguen generar ni siquiera el magro alimento que consumen y esto significa que la esclavitud, tal y como la concibe Ahkim, no es viable. Los nómadas no sirven como esclavos. Tal vez funcionase si esclavizásemos a otras mujeres de aldeas civilizadas; pero si lo intentáramos, los demás poblados de la confederación se unirían para atacarnos y nos exterminarían.

»Estoy segura de que Aster también se ha apercibido de esto y sonríe esperando su hora. Pronto, poco a poco, las demás mujeres lo observarán también y se darán cuenta de que la esclavitud no las beneficiará. Entonces, habrá terminado el momento de gloria para nuestro amigo… y nuestra única esperanza de sobrevivir. La Gran Diosa ha triunfado.

»Bésame y entra de nuevo en mí, Koshmar, porque la cruel muerte que nos aguarda es aún más amarga después de haber albergado la esperanza de evitarla —terminó Mara.

Con el alma compungida, se amaron con desesperación, mezclando lágrimas con besos.

DIECINUEVE

Cuando Koshmar le advirtió a Ahkim sobre lo que le había dicho Mara, éste actuó con su energía habitual; pero fue inútil. Aumentó las raciones de las esclavas hasta que comieron casi igual que las mujeres de la tribu; aunque esto mejoró un poco la producción, no fue suficiente. El problema consistía en que ellas jamás habían trabajado sino cosechando los frutos y las plantas que la naturaleza les había ofrecido; ni amenazas, ni castigos, ni buenos tratos consiguieron sacarlas de su apatía. Las primitivas técnicas de labranza eran tan toscas y proporcionaban tan poco rendimiento, que el excedente dependía por entero de la destreza de las agricultoras.

Ahkim buscó provocar a Aster tratando de encontrar una excusa para matarla; pero ésta se encerró en su cabaña valiéndose de pretextos religiosos y se negó a salir: el tiempo transcurría a su favor. Por la noche, las antiguas guardianas de la Diosa acudían a Aster para recibir las consignas que debían extender.

Pronto, las mujeres comunes comenzaron a murmurar disgustadas: aquellas extranjeras sin dignidad no sólo acostumbraban a los hombres a creerse los amos, sino que cada día servían para menos, siempre apoyándose en el palo de cavar y limpiándose el sudor de la frente. ¡Una mujer libre labraba doble cantidad de terreno que una esclava! ¿Así iba a construirse el maravilloso futuro?

Las esclavas empezaron a enfermar y a morir, como les ocurría a todos los que disgustaban a la Diosa; quizá simplemente se debía al agotamiento causado por el trabajo extenuante, pero Mara percibía en sus cuerpos las huellas de ciertas plantas, igual que un cazador es capaz de identificar los rastros de sus presas. Para aprovechar de alguna forma las últimas esclavas antes de que murieran, la tribu las sacrificó y comió en un festín; las mujeres reían satisfechas mientras devoraban el cuerpo de sus rivales, pero los guerreros se encontraban tristes. Los hombres casi no sentían apetito y comían con desgana, invadidos por una nostálgica pesadumbre: se daban vagamente cuenta de que habían perdido una importante batalla, aunque sus torpes cerebros fueran incapaces de explicarlo con palabras sólo al alcance de las educadas mujeres. Apenas se molestaban en mondar los huesos, lo cual indicaba con claridad su estado de ánimo.

Aún quedaban los esclavos que cuidaban las reses para permitir que los hombres cazasen, pero las mujeres veían con claridad que los magros botines que aportaban los cazadores no compensaban la obligación de alimentar a unos pastores de más. Ya sobraban hombres en la tribu haraganeando todo el día en torno a los rebaños, como para necesitar esclavos.

Ahora que las mujeres ya no sufrían ninguna competencia, retomaron el poder de condenar a la abstinencia sexual a quienes quisieran. Cerraron sus cuerpos a los hombres de la tribu y los entregaron a los esclavos, diciendo que aquellos salvajes eran mucho más viriles que los guerreros de Zewi Khemi. Los esclavos no estaban circuncidados, pues eran unos primitivos repugnantes; pero a pesar de eso las mujeres decían que con ellos obtenían mucho más placer que con los más fuertes hombres de la aldea. No hubo de transcurrir mucho tiempo antes de que los mismos hombres pidiesen a Aster que los esclavos también fuesen sacrificados y comidos. La Madre lo aceptó, aunque las mujeres protestaron como si lamentaran verse privadas de un gozo insustituible. Cuando Aster dio su consentimiento para comerse a los esclavos, los guerreros celebraron como un triunfo lo que de hecho era su total derrota, pues los condenaba para siempre al pastoreo. La Madre apenas logró contener la risa cuando los hombres la vitorearon.

Cuando también desaparecieron los esclavos varones, se hizo evidente para todos que la proyectada expedición guerrera era un absurdo, pues la esclavitud resultaba imposible. Los esclavos nunca los liberarían de las ingratas tareas diarias.

—Así pues —concluyó Aster—, propongo que suprimamos el título de jefe de todos los clanes que ostenta Ahkim, y que cada clan vuelva a ser libre y gobernado sólo por su propio jefe. ¿Alguien se opone?

Ahkim estaba rabioso, pero no podía hacer nada. Turaa, jefe del clan del jabalí, trató de decir algo, pero se lo impidió una náusea invencible. Turaa había sido uno de los apoyos más firmes de Ahkim en el consejo de los clanes, secundando con entusiasmo cada una de sus iniciativas; pero desde hacía varios días se encontraba muy enfermo. De hecho, los varones que más habían destacado por su orgullo, ahora sufrían una misma enfermedad. Ya habían muerto varios.

Aster dejó gotear el silencio hasta que volvió a hablar:

—Entonces, en nombre de la Diosa, declaro que a partir de ahora deja de existir el título de jefe de todos los clanes. Ahkim será sólo el jefe del clan de la serpiente. No habrá ninguna expedición guerrera para capturar esclavos y, por lo tanto, este consejo de los clanes sólo se volverá a reunir si la tribu es atacada.

Una tarde, mientras Ahkim había salido con otros hombres de su clan para buscar algunas ovejas extraviadas, Aster, acompañada por las guardianas de la Diosa, se acercó a la cabaña del clan de la serpiente.

—Puesto que no habrá guerra, ya no necesitáis nuestras armas. Venimos a que nos las devolváis.

Los dos centinelas la miraron perplejos.

—Ahkim no nos ha dicho nada.

—Ahkim no tiene nada que decir. ¡Apartaos, en nombre de la Diosa!

Aster levantó las manos como dispuesta a invocar el poder de la magia femenina y los guerreros se agacharon, llenos de temor. No querían que la enfermedad que estaba destruyendo a los más valientes hombres de la tribu los atacase también a ellos.

Así, las guardianas de la Diosa volvieron a blandir sus amenazadores venablos de obsidiana.

Ahkim, al saberlo, intentó apoderarse del gobierno de la tribu por medio de la violencia, utilizando a los hombres del clan de la serpiente, los únicos en los que aún podía confiar. Pero los guerreros retrocedieron asustados y se negaron a atacar a la sacerdotisa y a las guardianas de la Diosa. El temor que sentían ante la magia femenina era demasiado fuerte, y la sensación de fracaso que les invadía a todos había acabado por deprimirlos. ¡Si hubiesen peleado las guardianas de la Diosa cuando les arrebataron sus armas, entonces los hombres se sentían fuertes y poderosos, sólo habrían necesitado una pequeña provocación para matarlas! Pero ya era demasiado tarde.

—¡Perros cobardes! ¿Acaso tenéis miedo de las mujeres? Despanzurrémoslas con nuestros venablos: somos más que ellas.

Pero ¿de qué serviría matar a una mujer, si desde el mundo de las sombras ella era capaz de atraer sobre cualquier hombre las más terribles maldiciones? Nadie le siguió. Ahkim estaba protegido de la magia femenina por el espectro iracundo de su madre muerta, pero los guerreros normales se encontraban impotentes contra los hechizos.

—¡Negaos a comer su pan y, como yo, alimentaos sólo de carne y de sangre! Así les será más difícil conseguir que sus maldiciones se introduzcan en vuestro interior.

Todo fue inútil y Ahkim se quedó solo con sus venablos y con su rabia.

—Madre, pido perdón a la Diosa por mi orgullo —dijo Oltaar, del clan de la serpiente.

Aster sonrió, oculta por la oscuridad nocturna que invadía su cabaña. Cada noche, sin que sus compañeros lo supieran, todos los hombres habían ido desfilando ante ella para arrepentirse de sus pecados contra la Diosa y para implorar por su vida. Sólo había hecho falta lanzar una maldición letal sobre cuatro o cinco para que los demás se encogiesen aterrados. Kalesh había defendido ante el Consejo la muerte de la mayor parte de los varones, para que no volvieran a constituir un peligro para las mujeres; pero las Ancianas se habían inclinado por Aster, cuyo prestigio había subido mucho gracias a la sabiduría demostrada en tan peligrosa situación. Sin embargo, incluso Aster había estado conforme en que Ahkim debía morir.

—Levántate, Oltaar, y alégrate porque la misericordia de la Diosa es infinita. Tu vida y tu alma están a salvo. Sin embargo, Ella te pide un pequeño servicio.

—Que ordene y yo la obedeceré.

—Has de seguir a Ahkim sin que se dé cuenta e informarme de todo lo que hace.

—Así lo haré, Madre.

—Si tratas de traicionar a la Diosa, no sólo morirás de manera horrible, sino que tu alma no conocerá descanso durante toda la eternidad.

—¡Oh, nunca me atrevería! —se encogió Oltaar, aterrado.

—Vete, pues, y sé los ojos y los oídos de la Diosa.

Cuando Oltaar se marchó, salió Kalesh de entre las sombras.

—¿Por qué no le has mandado que lo matase? Aunque Ahkim sea inmune a nuestras maldiciones, no resistirá un puñal de sílex clavado en el corazón mientras duerme.

Aster suspiró, tratando de acopiar paciencia para responderle. ¡Qué torpe era Kalesh! Ahkim debía morir, pero debía morir desprestigiado y odiado por todos. Si se le asesinaba, quedaría en el recuerdo de sus hombres como un osado guerrero y cazador, y sería más peligroso muerto que vivo. Era mejor esperar sin prisa, como un leopardo que acecha a una presa: tarde o temprano cometería un error. Y Aster haría todo lo posible para que fuese pronto. Si el odio y el orgullo de Ahkim fuesen menores y hubiese aceptado el poder de la Diosa, Aster le habría perdonado, como había intentado perdonar a Turnitaar; a ella le parecía un desperdicio sacrificar una vida sin que fuese preciso. Y mucho menos una vida tan magnífica como la de Ahkim.

—Es maravillosa… —musitó Aster, acariciando la superficie de la estatua del toro que estaba tallando Koshmar. El toro era el símbolo de Zohar y, por extensión, de los varones. Aunque todavía inacabada, la estatua traslucía fuerza y valor. Koshmar se sintió halagado, pues la Madre reconocía la belleza de su trabajo.

—Destrúyela.

—¿Destruirla? Pero, Madre, si tú misma has dicho que era maravillosa —tartamudeó Koshmar.

—No todo lo bello ha de ser bueno: existen plantas muy hermosas que matan a un hombre en pocas respiraciones. Esta estatua no puede competir con la Diosa; ahora que los hombres no gobernarán, su misma fuerza y hermosura son peligrosas. Dedícate a tareas más útiles para la tribu, como preparar puntas de azagaya, raspadores para curtir o manos para mortero.

—Sí, Madre.

Cuando quedó solo, Koshmar contempló tristemente la estatua de piedra arenisca en la que había trabajado durante varias lunas, desgastándola pacientemente con diorita. Su destino no iba a ser presidir la plaza de la aldea junto con la estatua de la Gran Diosa, sino yacer entre los arbustos de las afueras del poblado. Pasó su mano por el arqueado lomo de piedra y lloró. Su arte había sido tan inútil como su pierna tullida, pero no se decidió a romper la estatua en pedazos para construir cuencos; prefirió abandonarla entre la maleza, donde todos menos él la olvidasen.

Si Zohar, tras haber incumplido su promesa de conducir a la tribu hasta un paraíso sin trabajo, no fue totalmente despreciado, se debió a que todavía poseía el relámpago y el trueno, armas temibles para hombres que debían cuidar los rebaños en descampados y montañas. Pero se le invocaba sólo por temor y apenas se le sacrificaban los corderos enfermos que no era prudente consumir. Las mujeres, seguras bajo la protección de sus chozas y de la Gran Diosa, se burlaban abiertamente de un despreciable dios masculino que había hecho soñar a sus seguidores con que los hombres podían ser iguales a las mujeres, o incluso superiores.

Ahkim estaba furioso, como un lobo capturado en una trampa sin salida. Se revolvía intranquilo durante las noches y estallaba en ataques de ira por cualquier fútil contratiempo que antes habría soportado con una sonrisa amable. Se daba perfecta cuenta del riesgo que corría su existencia y tomaba estrictas precauciones para que ningún hechizo alcanzase su comida. También ponía cuidado en no proporcionar ninguna excusa para que el consejo de la tribu lo juzgase. Pero lo que más le dolía era el fracaso de sus planes de venganza tan largamente meditados, por culpa de un minúsculo e imprevisible detalle. Además, las mujeres, una vez recuperado su poder, negaron a Ahkim el acceso a sus cuerpos: no podían olvidar la violación de Uriel. Si no podían matarlo, al menos podían volverlo loco, pues era creencia general que ningún varón podía resistir más de algunas lunas sin unirse a una hembra. Ahkim resistía movido por un orgullo y un odio más fuertes que sus necesidades físicas; pero la privación sexual, a la que no estaba acostumbrado como su amigo Koshmar, lo irritaba hasta el punto de que era casi imposible hablar con él sin que encontrase cualquier motivo para manifestar alguna clase de enojo.

Mara comentó a Koshmar que entre las mujeres del poblado corría la orden secreta de que ninguna debía mantener relaciones con Ahkim hasta que éste se humillase ante la sacerdotisa; ninguna osaría desobedecer tal mandato. Conociendo a su amigo, Koshmar supo que preferiría volverse loco por causa de la abstinencia, como le había sucedido a él mismo, antes que humillarse ante Aster y la Gran Diosa. Y la locura de Ahkim no sería pacífica como la suya, que sólo consistía en una extraña perversión que lo llevaba a amar a una mujer, sino que, con seguridad, sería agresiva. Sólo era cuestión de algún tiempo antes de que violase el tabú de las armas; el destino de Ahkim era terminar en el poste de tortura, si es que alguien no lo evitaba. Mara se mostró de acuerdo y dijo:

—Tenemos una deuda de lealtad con Ahkim. No sólo es tu amigo, sino que te defendió de las burlas de los demás durante toda tu vida. Yo misma no puedo olvidar que él, junto con tu madre, fue el único que se atrevió a felicitarnos durante la infausta ceremonia de la pérdida de tu virginidad. Aunque haya fracasado en su intento de derrocar a la Gran Diosa, fuimos sus aliados en su atrevido plan; así pues, ahora no podemos abandonarlo en su derrota ni permitir que enloquezca.

—¿Y qué haremos? —preguntó Koshmar—. Ni siquiera tú, marginada entre las mujeres, puedes osar desobedecer la orden de la Madre.

—Públicamente, no; pero podemos invitarlo a que comparta nuestro escondite a las orillas del arroyo. Por supuesto, primero yaceré con él, para que pueda irse luego y no tenga que sufrir la vergüenza de contemplar nuestra perversión.

—¡Es una idea excelente!

—No tanto —repuso Mara, con tristeza—. Esto acortará, con toda seguridad, los días que nos restan de existencia y de disfrutar nuestro amor. A nadie le importa lo que hagan un tullido y una solitaria y huraña mujer que no tiene amigas, y por eso hemos podido pasar desapercibidos hasta ahora. Pero Ahkim es un personaje famoso en la aldea. Aun con todo, no podemos abandonarlo.

—¿Cuánto tiempo nos queda, pues? —preguntó Koshmar, mientras una garra oprimía su hígado. Aunque la muerte, la terrible muerte entre torturas, era el final de su camino, deseaba que llegase lo más tarde posible para disfrutar del amor de Mara. Por un momento, sintió la tentación de insinuar que olvidasen a Ahkim y gozar así de todos los días que les concediese Areete, su diosa protectora, la que instaura la compasión. Pero se avergonzó de tal ruindad. Era un tullido y un pervertido, pero no un cobarde, hubo de recordarse.

—Poco, demasiado poco tiempo, Koshmar. Siempre lo hemos tenido contado, pero ahora llega a su final —respondió Mara y una tristeza dolorosa se apoderó de ellos.

Ahkim entornó los ojos cuando Koshmar le expuso sus planes. Al principio, rechazó con orgullo la oferta.

—¿Poneros yo en peligro por entrar en Mara? ¿Estás loco? ¡Antes prefiero satisfacerme a mí mismo!

—Ahkim —repuso—, durante demasiado tiempo me has defendido sin que yo pudiese devolverte sino mi melancolía. No me avergüences ahora que necesitas mi ayuda, como si yo fuese un cobarde y temiese la muerte.

—El que no se estremece ante la muerte en el poste de tortura, no es un valiente, sino un insensato —replicó.

—Está bien, debo confesarte que me aterra esa muerte, pero sería peor sentirme un miserable que te abandona cuando me necesitas.

—¿Y Mara? ¿Por qué ha de arriesgarse ella por mí?

—Porque su honor se lo exige, puesto que tú, aunque fuese por lealtad hacia mí, no la abandonaste el día de la ceremonia de la pérdida de mi virginidad; porque los tres fuimos compañeros de guerra cuando intentamos matar a la Gran Diosa, y no se abandona a un compañero en peligro, aunque sea derrotado; y porque ella y yo estamos tan unidos, que sus deudas de gratitud son mías, y las mías son suyas.

—Siendo una cuestión de honor, acepto vuestro ofrecimiento, no os insultaré rechazándolo. Y si hemos de morir en el poste, moriremos los tres juntos y reiremos ante las torturas a las que nos sometan, de forma que se recuerde nuestra valentía durante generaciones —añadió desafiante.

Koshmar no estaba seguro de resistir con tanto valor las torturas, porque sus noches estaban repletas de pesadillas durante las que los perros le despedazaban vivo. Y al menos en sueños, aullaba de dolor igual que lo hizo Kumdo cuando él era un niño inconsciente. ¿Cómo pudo parecerle divertido eso? Pero no dijo nada. No le importaba que le recordasen las generaciones venideras, sólo quería vivir. Koshmar, que tantas veces había deseado la muerte, ahora se sentía atemorizado ante ella. Y, sin embargo, no podía abandonar ni a Mara ni a Ahkim; sin ellos, su vida habría sido un tormento continuado e insufrible, peor que ser atado al poste de Bahrma. Koshmar no era un héroe, sólo seguía por entre la niebla el terrible camino que los dioses le habían trazado para que se cumplieran sus planes impíos. Nunca le fue posible retroceder.

Al día siguiente, Ahkim acudió al oculto escondrijo donde Mara y Koshmar se abrazaban y besaban lejos de las peligrosas miradas de los miembros de la tribu, y descargó en Mara su violencia contenida. Era tanta, que tuvo que hacerlo dos veces seguidas y dejó a Mara jadeante. Luego, Ahkim se marchó para no ser testigo de tan soez perversión, pues aunque los tres eran amigos, existían límites que un hombre sano no podía soportar, aunque fuese alguien tan endurecido y amoral como Ahkim.

Aster, en la oscuridad de su cabaña, tuvo que contenerse para no vomitar.

—No sé si lo he entendido bien. Después de que Ahkim se fue, Mara y Koshmar…

Oltaar repitió lo que había visto.

—¡Basta de detalles nauseabundos! Has servido bien a la Diosa, Ella te premiará. Ahora vete y no hables con nadie de esto.

—Sí, Madre.

—Y avísame la próxima vez que veas a Ahkim ir hacia el arroyo para reunirse con Mara y Koshmar.

—Así lo haré.

Aster meditó hasta el amanecer. Con la claridad, llamó a una de las guardianas de la Diosa que estaban de centinela en su puerta:

—¡Que venga Uriel de inmediato!

Uriel entró legañosa, quitándose algunas pajas del pelo.

—¿Me has llamado, Madre?

—Siéntate, Uriel. —Aster se cercioró de que las centinelas no podían escucharlas—. Voy a hablarte no como Madre de Zewi Khemi, sino como tu abuela. Y por el bien de nuestra familia, incumpliremos la Ley de la Diosa.

—¿Incumplir la Ley, Madre? ¿Cómo puedes decir eso?

—Ya sé que una Madre es la primera guardiana de la Ley. Pero también soy madre de mis hijos. Y por mi hija Nohara, mataré. O más concretamente, voy a ordenarte que mates.

Uriel se revolvió intranquila.

—Tú eres sabia y yo soy joven. Dime a quién debo matar.

—A Koshmar y Mara.

—¡Diosa mía!

—No grites, no vayan a escucharnos las centinelas. Comprendo tu asombro, pero tengo mis razones. Contén tu asco: los dos se entregan a actos obscenos, escondidos en…

—¡Pero si Mara me prometió que nunca más volvería a…! —Uriel se contuvo demasiado tarde, dándose cuenta de que se había descubierto ante su abuela Aster.

—¿Lo sabías? ¿Lo sabías y no me lo dijiste? ¿Cómo pudiste ser tan necia?

—Abuela, abuela querida, tenía miedo. —Uriel se echó a sus pies, llorando—. Perdóname, pero no quería que muriese Mara, ni que mi madre Nohara tuviese que matar a Koshmar, porque no tendría el valor suficiente y preferiría morir ella también.

—Como dice la sabiduría de nuestras Antepasadas, para recorrer un sendero hay que caminar un paso detrás del otro. Explícame todo lo que tú sepas y yo haré lo mismo —dijo Aster. Abuela y nieta se intercambiaron confidencias, abrazos y lágrimas, hasta que Aster concluyó:

—Uriel, has sido muy imprudente, pues al crecer Tortook, tu engaño habría sido descubierto y habrías sido condenada por encubridora junto con ellos dos. Es más, bastaría con que alguien los encontrara ahora y ese niño dijera que tú ya lo sabías, para que también murieses.

»Haremos lo siguiente: la próxima vez que Ahkim vaya con ellos, tú le seguirás, acompañada por las guardianas de la Diosa. Oficialmente, no es ningún delito unirse a Ahkim, aunque yo, en secreto, lo haya prohibido; así es que esperarás a que él se vaya y Mara y Koshmar comiencen su obscena cópula. Entonces intervendrás y, asqueada, los matarás. Seguramente, bastará con que inicies el gesto para que las demás guardianas te sigan; de no ser así, te justificarás diciendo que no resististe ver a tu hermana de sangre y a tu hermano de madre cometiendo tan repugnantes actos. Nadie te lo reprochará.

»Luego, todavía ensangrentada, le dirás a Ahkim que sus cómplices han muerto. Será presa fácil de la ira y tratará de matarte. En ese momento, las guardianas de la Diosa saldrán de sus escondites y acabarán con él también, pero ordénales que te dejen arrancarle el corazón: te lo mereces, después de cómo te violó ante mis ojos.

»Respecto de Tortook, bastará decir que esperaste hasta sorprender a los culpables en flagrante delito. Así quedarán anudados todos los cabos de nuestra red.

—Y Mara y Koshmar morirán —murmuró Uriel, sin poder evitar un deje de dolor en su voz.

—Uriel, sé que Mara aún es tu amiga, pero ahora no es cuestión de si podemos salvarla o no, sino de si Mara y Koshmar arrastrarán consigo a Nohara en su viaje a la tierra de las sombras. Ahora nosotras sabemos lo que hacen, y Tortook y Oltaar saben que lo sabemos: si tratamos de ocultarlo, seremos condenadas como encubridoras cuando Mara y Koshmar sean descubiertos. Kalesh estaría encantada de acusarnos y de destruir a toda nuestra familia. Por tu madre, por mí y por ti misma, dime: ¿Los matarás? —Aster la asió del brazo.

—Sí, abuela, mataré a Mara y a Koshmar. Y también a Ahkim.

—Ahora, recémosle a la Diosa, para que nos perdone el crimen que vamos a cometer, al arrebatarle la tortura de quienes han incumplido sus Leyes sagradas. Ojalá Ella no nos condene a vagar por la tierra durante toda la eternidad.

—Recemos, pues. —Pero, en secreto, Uriel pedía a la Diosa la fuerza necesaria para matar a la amiga a quien, a pesar de todo, aún quería.

Koshmar y Mara tardaron algunos días en concertar una nueva

cita: Mara parecía presentir algo. Por fin, se convenció de que se había alarmado sin motivo, y acudieron al escondite del arroyo con su amigo. Ahkim tenía los sentidos embotados por el deseo y no se dio cuenta de que doce guardianas de la Diosa les seguían fuera del alcance de su vista; Mara y Koshmar sólo podían mirarse el uno al otro.

Mientras Ahkim jadeaba sobre Mara, el dogal se fue cerrando sobre ellos; los pies descalzos no hacían ningún ruido. Después, Ahkim se marchó, sin sospechar que dejaba a sus amigos en un peligro letal.

Entre la espesura, Mara y Koshmar se abrazaron y se besaron como siempre, pero cuando, tras unas largas caricias, se unieron de la manera cariñosa y repugnante que tanto les agradaba, escucharon a una de las guardianas que vomitaba, vencida por el asco. Uriel, dándose cuenta de que las habían descubierto, salió de detrás de los arbustos blandiendo sus negras azagayas de obsidiana y gritó:

—¡Ya hemos visto lo suficiente para condenarlos! ¡No tenemos por qué soportar por más tiempo esta obscenidad!

Koshmar levantó la vista y vio a su implacable hermana Uriel, que le apuntaba con un oscuro venablo. Le resultó casi irreconocible, porque su rostro estaba contraído en una mueca de odio como no había visto nunca antes. Su joven y desnudo cuerpo temblaba de ira.

En torno a los dos amantes, pálidas por las náuseas, pero manteniendo todavía la disciplina, una docena de guardianas de la Diosa les amenazaba con sus venablos de obsidiana. Mara y Koshmar supieron que el momento tan temido había llegado por fin.

Koshmar miró a Uriel con ojos llorosos y pensó, como tantas otras veces: «Querida hermana, ¿por qué hemos de crecer?». Pero no salió ninguna palabra de sus labios: ¡era tan inútil! ¿Qué se le puede decir a la muerte cuando nos alcanza?

VEINTE

En un gesto desesperado e instintivo, Koshmar cogió la azagaya que yacía a su costado, que, hasta entonces, sólo le había servido de bastón. No, no de bastón, sino de muleta: ¿por qué incluso a las puertas de la muerte Koshmar trataba engañarse acerca de su invalidez? No contaba con ninguna posibilidad de vencer en un combate ni siquiera a una sola de las guardianas de la Diosa que los rodeaban: únicamente trató de proporcionar a su hermana Uriel una excusa para atravesarle con su azagaya. Así le ahorraría la tortura... y evitaría también la muerte de Nohara, la madre de ambos, porque Koshmar estaba seguro de que Nohara no sería capaz de matarlo.

Pero Uriel pisó con su pie desnudo la mano de Koshmar, aplastándosela contra el suelo e impidiéndole todo movimiento; casi al mismo tiempo, le golpeó en la boca con el mango de su venablo. El sabor salado de su propia sangre invadió su paladar y el intenso dolor le hizo soltar la azagaya; antes de que pudiese iniciar otro movimiento, lo dominaron las suaves manos de la guardianas de la Diosa, manos no encallecidas por el continuado uso del bastón de cavar. Ataron sus brazos a la espalda con fuertes ligaduras de cuero. Mara, en cambio, no se resistió y se entregó a sus captoras sin realizar un gesto de defensa.

Matar a Mara y Koshmar. Era tan sencillo. Uriel había planeado el gesto docenas de veces, cómo les atravesaría el corazón y les arrancaría las entrañas; pero Uriel todavía no había matado a nadie en toda su vida. No era tan fácil. Al tener a Koshmar a su merced, olvidaba el asco que despertaba en ella su conducta, y volvía a recordar cómo lo había acunado cuando era un niño y ella, como todas las niñas, ayudaba a su madre.

Tenía que matarlo.

No lo hizo.

Uriel se enfrentó a los dos escondiendo cualquier chispa de compasión que pudiera aflorar en sus acerados ojos.

—Tú, mi propio hermano, y tú, mi hermana de sangre... ¿cómo habéis podido perpetrar un delito tan repugnante? ¡Habéis incumplido los tabúes de la tribu y moriréis en el poste de tortura!

—¡Perra ambiciosa! —le replicó Mara—. Sólo deseas llegar a ser Madre y ahora cosechas lo que sembraste al abandonarnos a tu hermano y a mí por la vergüenza que te provocábamos. Éramos un obstáculo para tu deseo de ascender hasta lo más alto, ¿verdad?

Un golpe con el revés de la mano de Uriel derribó a Mara contra el suelo y el negro venablo de obsidiana tembló apuntándole al corazón. Por un instante, pareció que la ira de Uriel iba a vencer; pero se contuvo y replicó:

—¡Rata viciosa y perversa! No te mataré ahora, como deseas, pues esto me privaría del placer de torturarte. Te juro por mi hijo muerto durante el parto que inventaré para vosotros el tormento más doloroso y prolongado que nunca haya existido.

Uriel sentía entremezclarse el odio y el cariño, como si el uno alimentase al otro. Matarla. «He de matarlos a los dos antes de que sea demasiado tarde.» Las guardianas los levantaron y los empujaron hacia Zewi Khemi. «Ya es demasiado tarde», se dijo Uriel, y un viento de alivio y de culpa barrió su pecho.

Privado de una azagaya en la que apoyarse, Koshmar caía al suelo una y otra vez, golpeándose el rostro contra la tierra, pues sus manos trabadas a la espalda no le permitían equilibrarse al andar ni amortiguar los impactos del duro suelo contra su piel. Finalmente, dos guardianas de la Diosa le pasaron un venablo por debajo de sus axilas y así le arrastraron: Koshmar les producía tanta repugnancia, que no deseaban tocarle. La sangre corría por los labios de Koshmar, brotando de los cortes que le habían producido las caídas y el golpe de Uriel.

De esta manera humillante, entraron en el poblado, mientras una turbamulta de chiquillos los insultaba y les arrojaba pellas de barro y de estiércol. Koshmar recordó cómo él había sido uno de aquellos niños cuando Kumdo se dirigía hacia la muerte. ¿Qué podían entender aquellos inocentes niños sobre los placeres perversos? Lo único que les importaba era una diversión que los sacaba de la rutina diaria; y esa diversión sería la muerte de Mara y de Koshmar.

Incluso ahora el sentimiento del ridículo era más fuerte que su miedo a morir mientras avanzaba con su vacilante y cojeante paso, sostenido por dos guardianas de la Diosa. Se avergonzó de sí mismo: ni siquiera era capaz de ir a la muerte con un mínimo de dignidad. Los espectadores que los contemplaban se susurraban unos a otros comentarios escandalizados y asombrados sobre el delito que Koshmar y Mara habían cometido. La gente estaba tan pálida y asqueada, que casi no podía lanzar las imprecaciones rituales.

Entonces, Koshmar vio a Nohara, su madre, asiendo con su mano el amuleto que simbolizaba a Areete, diosa de la compasión. Ella siempre llevaba el amuleto colgado del cuello, a pesar de las burlas de las demás mujeres. Koshmar miró sus ojos almendrados y tiernos: ahora estos ojos estaban apresados por una fina red de arrugas, pero seguían siendo los mismos que lo contemplaban desde la infancia. Tal como temía, su madre no sería capaz de darle muerte por culpa de su enfermiza compasión. En sus temblorosos labios se veía el dolor, pero también la decisión de luchar contra Bahrma, el siniestro dios de la muerte violenta.

Koshmar gritó, gritó para dejar salir el dolor que estrangulaba su alma. Le gritó a su madre suplicándole que, por una vez en su vida, fuese valiente y reuniera la fuerza necesaria para matarlo; le gritó a Uriel diciéndole que era una asesina implacable, tan loca como él mismo, pues la ambición sustituía en ella a los sentimientos humanos que una vez anidaron en su alma; le gritó a Mara para pedirle perdón porque la había arrastrado a la tortura; les gritó a los niños que se apelotonaban a su alrededor amenazándolos con que algún día crecerían y verían destruirse sus ilusiones; les gritó a todos los que le rodeaban preguntándoles si alguien sabía por qué la existencia no podía ser como la soñábamos y por qué la Diosa le había retorcido cuerpo y alma hasta convertirlos en ridículas parodias de lo que deberían haber sido; les gritó a las diosas y a los dioses imprecándolos por jugar con los seres humanos como si éstos fuesen despreciables muñecos de barro.

Incluso salía espuma por su boca mientras las convulsiones agitaban su cuerpo contrahecho. Mediante aquellos aullidos, sólo parcialmente inteligibles para los que estaban cerca de él, Koshmar expresó la frustración de una vida truncada, aplastada por el menosprecio de todos; de todos menos de tres personas que le habían querido: su madre, Mara y Ahkim, tres personas a las que ahora arrastraba hacia la muerte. Porque Ahkim intentaría salvarlo, y moriría también.

Aún tembloroso por este ataque de locura —un espíritu errante había entrado en la boca de Koshmar—, Mara y él fueron arrastrados hacia la cabaña donde aguardarían el juicio. Cuando ya sólo faltaban unos pasos para atravesar el umbral, se escuchó la retumbante voz de Ahkim.

—¡Koshmar! ¡Mara! ¡No!

Estaba empapado de sudor, pues en cuanto escuchó la noticia de que sus amigos habían sido descubiertos, había venido corriendo sin permitirse un descanso. Sus manos empuñaban sendas azagayas.

—¡Malditas perras guardianas! —exclamó—. ¡Soltad a mis amigos o probaréis el frío sílex de mis venablos en vuestras entrañas malolientes!

—¡No, Ahkim, no lo hagas! ¡Nosotros estamos perdidos, pero tú puedes salvarte! —le gritó Mara.

Koshmar, agotado, no pudo sino rezar:

—Te lo ruego, Diosa, no permitas que Ahkim muera también, aunque haya sido tu enemigo. Deja a uno de nosotros con vida.

Pero los hombres del clan de la serpiente que habían venido con Ahkim lo rodearon y lo sujetaron.

—¡Ahkim! ¿Te has vuelto loco? ¿Cómo osas atacar a las guardianas de la Diosa? ¡No desafíes la ira de la Creadora del universo! ¡Aunque te proteja el espíritu de tu madre muerta, te matarán en el poste de tortura!

—¡Soltadme, perros serviles que os arrastráis ante las mujeres, temblando ante su magia como si fueseis niños de pecho! ¡Dejadme que salve a mis amigos de las garras de esas perras! ¡Quieren matarlos! ¡Soltadme, os digo! ¡Soy Ahkim, el cazador de jabalíes y bisontes, vuestro jefe! —gritaba Ahkim, golpeando a sus hombres. Pero éstos lo aplastaron contra el suelo y lo ataron con fuertes ligaduras, para impedir que atacase a las guardianas de la Diosa. De esta forma, le salvaron la vida, porque si dañar a una mujer era un crimen deleznable, agredir a una guardiana de la Diosa resultaba inconcebible. Sí, una vez los hombres habían creído que, gracias a la guerra, podrían ser iguales a las mujeres, e incluso superiores, y entonces, protegidos por Zohar, los guerreros se habían mostrado dispuestos a combatir contra aquellas que los gobernaban. Pero sólo había sido una ilusión ya olvidada, igual que las ensoñaciones de la noche se borran al amanecer.

Uriel avanzó con su venablo. Éste era el momento de matar a Ahkim. La detuvo un latido de vida en su vientre. Trató de recordar cómo la humilló delante de todos, pero sólo venían a su mente las sensaciones de aquella vez cuando, hacía muchas estaciones, se habían unido los dos a las orillas del Zab Mayor.

Tenía que matarlo. Por lo menos a él tenía que matarlo. Constituía un peligro para las mujeres. Se decidió y echó hacia atrás su brazo, pero los hombres del clan de la serpiente aprovecharon este instante de duda y se interpusieron entre Ahkim y ella. El momento había pasado.

Entonces, Aster apareció con toda su majestad, cubierta con todas sus joyas y escoltada por el resto de las guardianas de la Diosa. Los hombres del clan de la serpiente se arrodillaron, humildes.

—¿Qué ha sucedido aquí? —preguntó la Madre—. ¿Por qué Ahkim, el valeroso y astuto jefe del clan de la serpiente yace en la tierra atado como un cordero que va a ser degollado?

La ironía se traslucía en el tono de su voz, sin ser capaz de disimular el sentimiento de triunfo que la embargaba al ver a su enemigo humillado por sus propios hombres. Ahkim, por fortuna, no le contestó y se limitó a mirarla con sus ojos oscuros empañados por el odio.

—Trató de atacarnos para liberar a los dos reos a los que sorprendimos entregados a perversiones innombrables, ¡oh, Madre! —explicó Uriel.

—¡No, no lo hizo! —intervino Sardar, hijo de Mantara, siempre leal a su jefe—. Su mente se nubló por la carrera y el calor, y algún espíritu habló por su boca con palabras sin sentido; pero le hemos dominado antes de que llegase a realizar ningún acto imprudente.

—Nos llamó malditas perras —recordó otra de las guardianas, con una suave voz que escondía el odio que todas las guardianas de la Diosa abrigaban hacia Ahkim, el hombre que un día se atreviera a arrebatarles sus armas.

—¿Es cierto eso? —preguntó Aster, falsamente escandalizada.

Sardar sólo pudo bajar los ojos y murmurar incoherentes excusas.

—El calor... Ahkim no sabía lo que decía...

—Un jefe no puede permitir que un espíritu entre en su cuerpo por un poco de calor —replicó la sacerdotisa—. Llevadlo a la cabaña de vuestro clan, atado y custodiado hasta el día de la ejecución de los dos perversos. No lo perdáis de vista, por si volviese a enloquecer. De momento, ha mostrado ser un indigno jefe del clan de la serpiente, por lo que deberéis elegir uno nuevo; en el juicio, el consejo de la tribu decidirá qué castigo ha de aplicársele por su osadía al insultar a las guardianas de la Diosa.

—Tú mandas y nosotros obedecemos —contestó Sardar—; se hará como dices. Pero, Madre, según las leyes de la tribu y la costumbre, el delito de Ahkim no está castigado con la muerte.

Aster y Sardar se miraron fijamente a los ojos, diciéndose muchas más cosas de las que sus bocas pronunciaron. La Madre no podía disimular su odio hacia Ahkim, pero una sacerdotisa no podía matar a nadie llevada por sus sentimientos personales: se hallaba tan atada como los demás por las leyes y las costumbres de la tribu. Para esos casos en los que no era posible una ejecución pública, pero era necesario que alguien muriese, el Consejo de Ancianas contaba con la letal mezcla de veneno y maldición mágica, ante la que ningún hombre resistía... salvo Ahkim. Aster encontró en los ojos de Sardar los restos del orgullo masculino que Ahkim había despertado hacía tan poco tiempo, y supo que no podía arriesgarse a que una condena arbitraria desencadenase el descontento de los díscolos hombres de su clan. El caso de

Turnitaar había sido una buena lección: si no se eliminaba correctamente a un caudillo, surgiría otro más peligroso. Ahora bien, existían otras formas de neutralizar a Ahkim además de ejecutarlo; y, aunque Ahkim era extrañamente inmune a la magia femenina por causa del iracundo espíritu de su madre, tarde o temprano, cuando los hombres hubiesen olvidado sus hazañas como guerrero y como cazador, se descuidaría y tomaría un bocado de un alimento emponzoñado con un hechizo mortífero. Sí, una Madre debía saber esperar.

—Es cierto, su delito no será castigado con la muerte —concedió Aster. Un suspiro de alivio se extendió por entre los hombres del clan de la serpiente que se hallaban en el lugar—. Pero vigiladlo bien para que no intente nada, si es que deseáis salvar su vida.

—Así se hará, Madre. —Sardar se mostró agradecido.

—¡Sardar, perro servil! ¿Quieres ser jefe de nuestro clan, sustituyéndome? ¿Por eso lames los pies de esa perr...? —empezó a decir Ahkim; pero Sardar le cerró la boca introduciendo en ella, a modo de mordaza, la funda de cuero de su cuchillo. Así Sardar salvó la vida de Ahkim, impidiéndole pronunciar las imprudentes palabras que pugnaban por saltar el cerco de sus dientes. Ahkim, cegado por su rabia, no se dio cuenta de que Sardar le estaba protegiendo de una muerte segura. Los hombres se lo llevaron a la cabaña de su clan, atado como una gavilla de trigo, y a Mara y a Koshmar los arrojaron al interior de la cabaña donde aguardarían su suerte, con las manos ligadas a la espalda por fuertes tiras de cuero. Salvo dos centinelas que se quedaron fuera custodiando a los delincuentes, los miembros de la tribu se dispersaron para atender a sus obligaciones, terminado el espectáculo por ese día.

Cuando Mara y Koshmar quedaron solos, Koshmar hizo un esfuerzo por salir de su miedo y encontrar una esperanza.

—¡Rápido, acércate a mí para que te desate y podamos escapar cuando se haga de noche!

Mara no contestó y se limitó a mirar la pierna tullida de su amante. Las lágrimas volvieron a asomar a los ojos de Koshmar: incluso a las puertas de la muerte, debía tropezarse con su cojera. Agachó la cabeza para ocultar su dolor a Mara, aunque ella lo comprendía bien. Él nunca podría huir de los guerreros de la tribu.

—Es cierto, sólo soy un pobre tullido. Pero acércate a mí, te desataré aun con todo y tú podrás intentar salvarte.

Mara sonrió con tristeza.

—Ni tú ni yo podemos escapar de aquí. Yo soy una mujer que desde hace muchas estaciones no ha pisado sino los campos de cultivo y el blando polvo de los senderos; si intentase correr por los montes espinosos, los pies se me desgarrarían en poco tiempo. Y aunque por un milagro consiguiese burlar a los cazadores que partirían tras de mí, ¿qué podría hacer sola en las estepas, sin armas y sin saber cazar? Moriría de inanición, o devorada por una alimaña o por alguna tribu errante, pues ninguna de las aldeas de la Diosa me acogería. No, prefiero resignarme a lo inevitable y morir contigo.

—Entonces, ¿no nos queda ninguna esperanza?

—Mi única esperanza es decirte por última vez que te amo; que no me arrepiento de la decisión que tomé un día y que volvería a tomarla de nuevo; y que no abjuraré de nuestro amor, aunque por ello nuestras almas deban vagar errantes por toda la eternidad sin encontrar el reposo al que tienen derecho.

Se acercaron y se besaron por última vez.

Mara suspiró.

—Koshmar, ¿sientes miedo?

Quiso responderle que no, que, a pesar de su pierna tullida, poseía el hígado de un valiente guerrero que desprecia la muerte, incluso la cruel muerte de la tortura, pero dijo:

—Sí, tengo miedo. ¿Quién sería tan insensato para no tenerlo?

—Tienes razón. Escúchame, Koshmar, porque se nos termina el tiempo de las palabras. Quiero decirte que…

En ese momento, entró en la cabaña una de las guardianas de la Diosa, frunció el ceño al verlos tan juntos y adivinó que se habían besado aprovechando su ausencia, lo que le provocó una arcada. Dominando su repugnancia, introdujo en las bocas de Mara y de Koshmar sendas mordazas de duro cuero.

—¡Así seguiréis diciéndoos hermosas frases de amor! —los desafió. Luego los separó arrastrándolos por el suelo, para que sus pieles no pudieran tocarse.

Pero no pudo impedir que siguieran comunicándose con las

miradas, que se decían lo que tantas veces sus cuerpos habían expresado en su inseguro escondite del arroyo. Cuando Mara y Koshmar se miraban así, casi conseguían olvidarse de que al día siguiente los juzgarían y que dentro de pocos días los atarían al poste de tortura.

—Uriel, Uriel: ¿qué has hecho, insensata? —Aster y Uriel se encontraban solas en la cabaña de la Madre—. ¿Por qué no los has matado? Ahora morirán entre mayores sufrimientos y, además, les acompañará Nohara.

—Abuela, yo también soy débil como mi madre —lloró Uriel—. No encontré el valor necesario, tal vez me lo impidieron los recuerdos que cargo a mi espalda como un pesado fardo. O quizá me retuvo la nueva vida que late en mi vientre.

Aster la abrazó.

—¿Una nueva vida? ¡Cómo se ríe de nosotras la Diosa! Me va a quitar un nieto y, tal vez, una hija, y me va a dar un bisnieto. Fuimos unas insensatas al tratar de engañar a La que todo lo sabe. Ella juega con nosotras; era un sacrilegio que yo, una Madre, tratara de burlar Sus Leyes para salvar a mi hija Nohara. No fuiste tú, Uriel, sino una divinidad la que sujetó tu brazo; así pues, no nos lamentemos.

Poco antes del amanecer, una sombra encorvada se deslizó por entre las cabañas de las mujeres y entró en una de ellas.

—¿Nohara? —Era Aster, que buscaba hablar con su hija. Nohara estaba postrada ante la imagen de Areete, la diosa de la compasión. Por su actitud, podía deducirse que llevaba así toda la noche.

—¿Sí, madre?

—Vengo a verte para pedirte que mañana no defiendas a Koshmar. Nadie puede salvarlo: sólo conseguirás morir con él.

Nohara no respondió y siguió rezando.

—Por la Diosa te lo ruego, hija, no seas terca, no te condenes a ti misma.

Nohara continuó con sus rezos.

Aster salió de la cabaña con un gesto de impotencia. Luego, pareció pensárselo mejor y, desde el umbral, dijo con una voz que semejaba un suspiro:

—Te quiero, hija mía.

Nohara se levantó y la abrazó.

—También yo, madre, también yo. Y te seguiré queriendo desde el país de las sombras, adonde iré si es preciso para salvar a mi hijo Koshmar.

Cuando Aster regresaba a su cabaña para tratar de dormir un poco, iba pensando en que también los débiles como Nohara podían poseer una fuerza terca capaz de desafiar a la muerte.

Al atardecer del día siguiente se reunió la asamblea de la tribu; puesto que se trataba de una condena a muerte, se hallaban allí todas las mujeres. También estaban presentes los jefes de los clanes, para consultarlos por si hiciera falta algún conocimiento masculino. Mara y Koshmar fueron acusados de perversión, lo que implicaba que debían morir en el poste de tormento a manos de los familiares más cercanos que se encontrasen en la tribu. Ahkim, por su parte, fue acusado de faltar al respeto a las guardianas de la Diosa y Aster propuso que se le desterrase para siempre.

Los testimonios de las que habían aprisionado a Mara y Koshmar escandalizaron a los presentes, a pesar de que las prudentes guardianas empleaban prolijos circunloquios para evitar ser demasiado soeces.

Finalmente, la Madre preguntó a los acusados si tenían algo que alegar en su defensa, aunque era evidente, añadió, que nada podía justificar tales actos. Mara y Koshmar negaron con la cabeza.

Entonces, con un tono de voz ligeramente tembloroso, Aster realizó la pregunta ritual:

—¿Hay alguien que desee defenderlos?

—¡No lo hagas, madre, no lo hagas! ¡No mueras con nosotros! —gritó Koshmar cuando vio a Nohara levantarse. Aster miró al suelo, tratando de disimular su emoción, y Uriel aferró con fuerza su venablo.

—Deseo hablar en defensa de Mara y de mi hijo —afirmó Nohara con un gesto inseguro. Su mano aferraba con fuerza el amuleto de Areete, diosa de la compasión, y su desnuda piel estaba dibujada con los signos y símbolos de esta despreciada divinidad. Pero Areete era la diosa más débil del panteón; y la Gran Diosa, a la que habían ofendido subvirtiendo el orden natural del universo, era la más poderosa.

—Si hablas en su favor, ten en cuenta que si son condenados, tú lo serás también, pues eres su pariente y por tanto debes acusarlos y no defenderlos. Ésta es la ley de la tribu —le advirtió ritualmente Aster, aunque todos, y Nohara tan bien como los demás, lo sabían.

—Acepto el poste de tormento si son condenados.

Las mujeres vibraban de expectación: ¡una madre se atrevía a defender a su hijo culpable, condenándose a sí misma al poste de tortura! ¿Qué tenía que decir, si el delito era evidente y lo habían presenciado tantas guardianas de la Diosa? La muerte de tres personas en el poste de tormento sería un espectáculo digno de recordarse durante generaciones, sería narrado de madres a hijas, si Uriel no las decepcionaba. Y sabían que no las decepcionaría.

—Si aceptas ser condenada con ellos cuando sean declarados culpables, puedes tomar la palabra para defenderlos. Pintad también sobre su corazón el círculo rojo de los acusados cuyo castigo puede ser la muerte —ordenó Aster, intentando contener su emoción. Pero la Ley era la Ley, y Nohara tenía derecho a intentar defenderlos... y a morir con ellos.

Nohara irguió su desnudo cuerpo en medio del consejo de la tribu y habló con la misma dulce voz con la que había acunado a sus hijos. Al principio, dudó un poco, pero pronto recobró la elocuencia:

—Mujeres de la tribu, no negaré los repugnantes hechos cometidos por Mara y por mi hijo Koshmar, a quien llaman el tullido, pues todas hemos escuchado los suficientes testimonios como para que nadie abrigue ninguna duda sobre ellos. Tampoco negaré el asco que me producen tales actos, pues cualquier persona normal sentiría las mismas náuseas que nosotras hemos experimentado hace unos momentos.

»Sólo quiero que meditéis sobre hasta qué punto Mara y mi hijo Koshmar son responsables de lo que han hecho, y si merecen la muerte en el poste de tortura. ¿Somos culpables de las enfermedades que nos envía la Diosa o sólo somos sus víctimas inermes? Casi todas nosotras somos madres, a no ser por extrema juventud o porque los espíritus, caprichosos, se nieguen a habitar en alguna. Y como madres hemos experimentado el dolor de perder a algún hijo durante su más tierna edad. ¿Acaso estos niños eran culpables de algo o más bien fue un trágico y ciego destino el que se cebó con ellos? Respondedme, por favor, y decidme si nuestros hijos muertos eran culpables de algo.

Las mujeres negaron con la cabeza, mientras los ojos se les empañaban al recordar la forma absurda en la que habían perdido a sus retoños. Es cierto que luego habían venido otros y algunos habían sobrevivido, los varones para cazar, pastorear y proteger a la tribu, y las hembras para obtener los frutos de la tierra y para perpetuar la especie. Pero, durante las largas noches de invierno, todas recordaban a aquellos sonrientes bultitos de carne que se cogían a sus pechos y que luego habían perdido la sonrisa para apagarse y morir, mientras las débiles manitas se agarraban a sus manos impotentes.

—Acordaos también de los niños que hubimos de sacrificar cuando nos golpeó la mala cosecha del ciclo de estaciones pasado —continuó Nohara—. ¿Ellos eran culpables de que la sequía, más fuerte que nuestra magia, estropeara la cosecha y de que las espigas amarilleasen en primavera manteniéndose estérilmente erguidas, en vez de doblarse bajo el peso de los granos? Recordad los juegos de vuestros hijos, sus miradas cuando se abrazaban a vosotras, sus risas infantiles; y decidme si ellos eran culpables de la sequía y de no haber alcanzado todavía la edad en la que se convertirían en personas. Yo os lo pregunto, respondedme: ¿nuestros hijos, a los que tuvimos que matar por la sequía, eran culpables?

Todas lo negaron también. Algunas, en una muestra de debilidad de la que en otro momento se habrían avergonzado, ocultaron su rostro entre los brazos y sollozaron, conmovidas por el recuerdo de aquellos niños que habían muerto por la hambruna.

—Pues bien —prosiguió Nohara, tan conmovida por sus propias palabras que las lágrimas corrían por sus mejillas—, yo también pienso que eran inocentes de la sequía, y por eso lloré por vuestros hijos muertos, a pesar de que esto me atrajo las burlas de algunas de vosotras que querían disimular su propio dolor.

»Mi hijo Koshmar, como los vuestros, también sufrió de una cruel y absurda enfermedad; también como los vuestros, es inocente de su destino; pero en vez de morir, quedó cojo para siempre.

Decidme pues, si mi hijo fue más culpable por lo que le sucedió que los vuestros. No, todos nuestros hijos han sido inocentes de lo que les ocurrió. Sólo eran enfermos.

»Pero a mi hijo Koshmar no le alcanzó la piadosa muerte y tuvo que sufrir las burlas de todo el poblado. Ahora decidme, mujeres, si esto fue justo, pues era inocente; y decidme también si vosotras no os reísteis alguna vez de él, cuando arrastraba sus torpes piernas por la aldea. ¿Acaso le ayudasteis a vencer su enfermedad, como yo habría hecho por vuestros hijos moribundos si hubiese estado en mi mano? ¿No habríais querido que alguien os hubiera auxiliado para salvar a vuestros hijos? Pero vosotras cerrasteis vuestros cuerpos a su deseo en vez de ayudarle a que se convirtiese en un hombre normal, que si bien no cuida del ganado, talla para nosotras hermosas herramientas de piedra. Y pensad qué es más útil: si crear los instrumentos de sílex, arenisca, diorita y hueso que nosotras necesitamos u holgazanear en torno a las ovejas. Olvidando que empleáis sus herramientas, preferisteis encontrar vuestro placer en fuertes y orgullosos cazadores que apenas consiguen traernos algo de alimento.

»No os culpo de lo que hicisteis, pues lo pasado no puede modificarse; pero intentad imaginaros lo que habría sucedido a vuestros hijos varones si luna tras luna, estación tras estación, no hubiesen logrado acceso a ningún cuerpo femenino. ¿Acaso no se habrían vuelto locos, como le sucedió a mi desdichado hijo Koshmar? Y decidme, ¿habrían sido culpables de su enfermedad, o, por el contrario, sólo habrían sido víctimas de un destino implacable, igual que lo fueron vuestros hijos muertos?

»Koshmar padeció una enfermedad como la de los hijos que perdimos; pero en vez de exteriorizarse en diarreas o en el fuego que quema la piel, atacó a su alma, por causa de su involuntaria e inhumana abstinencia. ¿Podemos culparlo de que, al no unirse a ninguna mujer como los demás hombres, llegara a creerse una hembra y a actuar como tal? ¿No se debió a su enfermedad y, por tanto, no es tan inocente como todos nuestros hijos muertos?

»Una vez que se creía una mujer, ¿qué más natural que intentar hermanarse con otra, como hacemos casi todas con nuestra mejor amiga? ¿Es extraño que confundiese su ceremonia de pérdida de la virginidad con una ceremonia entre mujeres? Recordad que se negó a vestir la vaina ceremonial, como todo varón, y ha querido hermanarse con la única mujer que no lo despreciaba.

»¿Y acaso es delito acariciar, besar y querer a la hermana de sangre? Cuando se unía a la única mujer que se lo consentía, creía ser él mismo mujer, y la abrazaba y besaba.

»Así pues, convengamos en que mi hijo Koshmar es inocente, igual que nuestros queridos hijos muertos. Sólo está afectado por una enfermedad que debemos curar, por muy repugnante que nos resulte, pues es una persona y pertenece a nuestra tribu. Pero tal vez penséis que Mara ha de ser culpable de la perversión que ha realizado, pues ella no sufrió ninguna enfermedad que la justifique. Imaginad que por una desafortunada situación os encontraseis solas con un hombre que se cree una mujer; un hombre que no sale a cazar, ni a pastorear el ganado; un hombre que piensa y habla casi como una mujer. E imaginad que esto sucediese estación tras estación. De la misma manera que cuando nos acostumbramos a nuestra hermana de sangre, su apariencia se vuelve tan familiar que dejamos de verla como es, para ver tan sólo su alma, sin percibir las arrugas que el tiempo, el viento y el sol trazan en su rostro, así le sucedió a Mara con Koshmar. Ella creía yacer con una mujer, lo que no es en absoluto un tabú, pues todas sabemos que, a pesar de sus fanfarronadas, los brutales cazadores no siempre son capaces de satisfacernos. En el nombre de la Diosa y bajo juramento, te pregunto, Mara, si crees que mi hijo Koshmar es un hombre o una mujer.

Mara se ruborizó, bajó los ojos y dijo:

—Juro por la Diosa que, aunque su apariencia sea de varón, creo que, en realidad, Koshmar es una mujer.

Los asombrados murmullos de la asamblea llenaron el aire. Nohara prosiguió con su alegato:

—Si un cazador arrojase su venablo contra lo que le parece una gacela oculta tras un arbusto y por una desgraciada casualidad atravesase a un compañero de caza, ¿lo condenaríamos por asesinato o, al contrario, simplemente lo amonestaríamos por su descuido y le impondríamos algún castigo leve, como no cazar durante algunas lunas? —preguntó Nohara—. Si cualquiera de nosotras preparase un pastel de semillas y por una inexplicable confusión se equivocara y mezclase algunos granos venenosos, provocando la muerte de quienes lo comiesen, ¿creéis que sería justo que se nos condenase por asesinato, cuando la causa de todo habría sido un error involuntario?

»Así pues, os pido que tengáis en cuenta que Mara confundió a Koshmar con una mujer, lo cual es tan absurdo como confundir una semilla comestible con otra ponzoñosa... y sin embargo, nos puede suceder a cualquiera. Por tanto, no la condenéis a muerte, sino a una pena misericordiosa. Yo misma me comprometo a custodiarla hasta que se aperciba de su error.

»Y volviendo a mi hijo Koshmar, os ruego, como madre, que le perdonéis la vida para que pueda tener la oportunidad de curarse. Ojalá yo hubiese podido salvar a vuestros hijos agonizantes tan fácilmente como vosotras podéis salvar al mío; ojalá la mayoría de nuestros hijos pudiesen convertirse en adultos, fuertes guerreros o fértiles mujeres; ojalá las enfermedades pudiesen ser desterradas del mundo mediante una magia más fuerte que la nuestra. Yo os pido, en el nombre de Areete, en el nombre de vuestros hijos muertos prematuramente, que hagáis por mí lo que yo habría hecho por vosotras sin dudarlo un instante. Os he ofrecido mi vida para pediros esto; pero soy madre como vosotras y estoy segura de que me comprendéis, pues también habríais arriesgado vuestras vidas si hubieseis entrevisto la más mínima posibilidad de salvar a aquellos que nacieron de vuestros vientres fecundos y que mamaron la vida de vuestros pechos cálidos.

»Por el recuerdo de vuestros hijos muertos, salvad la vida de Mara y de mi hijo Koshmar; y de esta forma, permitidme vivir a mí, una madre cuyo único delito es intentar salvar a un hijo enfermo.

Así terminó su discurso Nohara; o quizá fue Areete, diosa de la compasión, la que se expresó por sus labios, porque un extraño hechizo pareció apoderarse de todas mientras ella hablaba, despertando en sus hígados una calidez que muchas habían despreciado por la dureza de la vida que llevaban. Al día siguiente se avergonzarían de la piedad demostrada e intentarían no recordar nunca más aquel juicio en el que se habían dejado conmover con el recuerdo de los hijos muertos, pero ahora todas lloraban y gritaban que los perdonasen.

Incluso Aster, que como sacerdotisa se suponía que era insensible a las emociones debilitantes, dejó escapar una lágrima.

—¡No, no y no! ¿Éstas son las mujeres de la tribu de Zewi Khemi que yo conozco, que se dejan enternecer por cuatro palabras? —gritó Kalesh, furiosa porque se le escapaba la oportunidad de destruir el prestigio de la familia de Aster—. ¿Habéis olvidado la repugnancia que nos producen los perversos actos que llevaban a cabo los acusados?

Pero la rabia que sentía Kalesh le impedía articular un discurso coherente; y aunque lo hubiese logrado, nadie le prestaba atención, y los gritos de piedad de las presentes ahogaban las palabras de la Anciana, que tuvo que callarse. Los jefes de los clanes masculinos permanecieron callados, como casi siempre. De hecho, sólo estaban allí para ser consultados en aquellos aspectos de la vida propios de los varones; en lo demás, a nadie le importaba lo que pensaran, a excepción, quizá, de Aster.

Por fin habló la Madre, y, como era su deber, expresó los sentimientos imperantes en la asamblea de la tribu.

—Nohara, has conseguido algo de lo que nuestra tradición no tiene memoria: que la asamblea de la tribu perdone la vida a unos acusados atrapados en flagrante delito. He aquí mi sentencia:

»Respecto a Koshmar, tu hijo, queda desterrado de por vida a las áridas colinas de Truulnar, donde guardamos la mayor parte de los rebaños de cabras, para así apartarlo de su obsesión por aquella a la que cree su hermana de sangre. Queda prohibido que vuelvan a encontrarse nunca más Mara y él, bajo pena de muerte de ambos y de ti misma, pues tu elocuencia nos ha convencido para que seamos clementes.

»A Mara, durante dos lunas, le arrebato su privilegio de mujer para elegir el varón que prefiera: durante este tiempo, será accesible a todo hombre que la solicite, para que aprenda que una mujer no puede ser hermana de sangre de un hombre, aunque crea que posee un alma femenina.

»Ahkim, por haber osado insultar a una guardiana de la Diosa, será desterrado también de por vida a las colinas de Truulnar.

»La Diosa ha hablado.

Las mujeres comentaron cuán justa era la sentencia de Aster:

nadie podría mejorarla. Nohara abrazó llorando a su hijo y las dos pinturas rojas, que marcaban el lugar donde debían arrancarles el corazón después de la tortura, se fundieron en una sola.

Koshmar miró a Mara, y se avergonzó de sentirse contento por seguir con vida, porque habían sido condenados a permanecer separados para siempre. Aquélla era la última oportunidad de pasear sus miradas sobre sus cuerpos. No se abrazaron, ni siquiera se tocaron.

—Yo habría preferido morir —dijo Mara, simplemente.

—Tal vez algún día cambie la situación y podamos volver a estar juntos... —aventuró Koshmar, sin abrigar demasiadas esperanzas.

—Koshmar, Areete ya ha realizado un milagro devolviéndonos la vida; dudo mucho que sea capaz de realizar dos. Pero te esperaré. Llevaré en mi cuello el colgante de cobre que me regalaste, y siempre, cada día, cada momento, a través de él pensaré en ti.

—Yo también te esperaré.

—Hasta siempre, Koshmar.

—Hasta siempre, Mara. ¡Espera, no te vayas aún! Quiero decirte que... que me siento un cobarde.

—También a mí me asfixiaba el miedo frente a la tortura; pero me pregunto si esta sentencia no será más dolorosa para nosotros que si nos hubiesen condenado a muerte.

—Mara, yo...

—No prolonguemos lo inevitable y volvámonos las espaldas. Nos están observando y no hemos de tentar a la suerte; al menos, le debemos esto a tu madre. Recuerda que si desobedeciésemos, la pondríamos en peligro.

Así se despidieron Mara y Koshmar, sin poder darse un último beso. Koshmar tomó sus herramientas y la azagaya que le servía de bastón, y junto con Ahkim inició el camino del exilio perpetuo.

Antes de perder de vista la aldea en un recodo del sendero, Koshmar se volvió. Bajo la suave luz del atardecer otoñal, contempló los techos de paja que cubrían las cabañas del poblado. Suspiró y se dijo que bajo uno de aquellos techos dormiría Mara aquella noche. La congoja lo invadió cuando recordó que nunca más la vería. Ahkim le puso una mano sobre el hombro y, sin decirle nada, le obligó a proseguir el camino.

Koshmar se preguntaba cómo el malvado Bahrma le había permitido escapar con vida. Era incapaz de imaginarse que el dios de la muerte y de la guerra no deseaba apoderarse de su alma, sino que lo necesitaba vivo para desvelar el secreto de la Diosa y terminar así con su poder. El siniestro dios había engañado a Areete haciéndola creer que quería matar a Koshmar, para que ella lo salvara y lo llevase al único sitio donde podía descubrir el secreto de la Diosa: a las colinas de Truulnar, donde las cabras de la tribu pastan entre los arbustos.

VEINTIUNO

Koshmar se detuvo una vez más para tomar aliento. Hacía mucho que había dejado de ejercitar sus torpes piernas con la ilusión de llegar a ser un hombre normal y ahora se resentía de la larga caminata. Además, un lastre lo arrastraba hacia atrás, hacia Zewi Khemi, donde había quedado la mujer que quería. Cuando se calmase un poco su fatigado corazón, reemprendería el camino. Parecía que el sendero no acabaría nunca y, sin embargo, sabía muy bien que desembocaba en las colinas de Truulnar, el lugar de su exilio perpetuo.

Ahkim se paró junto a Koshmar. Apenas habían hablado entre sí, ensimismado cada uno en sus propios pensamientos. Y si los pensamientos de Koshmar oscilaban entre el amor y la melancolía, los de Ahkim eran vengativos. Había sido derrotado y comprendía bien que su vida se sostenía del delgado hilo de una telaraña. Odiaba a las mujeres —excepto a Mara y a Nohara, hacia las que sentía una ambigua gratitud— y no era capaz de enfrentarse al espíritu de su madre muerta para confesarle su fracaso. Por primera vez en su vida, no experimentaba la proximidad y el cariño del fantasma materno y esto le sumía en una desesperada soledad.

Aún era capaz de lanzar un venablo y de atravesar con él cualquier presa, de gritar al cielo para desafiar a hombres y dioses, de enfrentarse con cualquier enemigo y con la más dolorosa muerte sin temblarle el vientre de miedo; pero todo esto no servía de nada contra la magia femenina de Aster.

La magia y la inteligencia de Aster. Si no hubiese sido por ellas, el clan de la serpiente habría asaltado el poder por la fuerza, una vez fracasado el sutil camino de la esclavitud. Ahkim despreciaba la forma en que Aster dirigía el poblado: siempre esperaba despertar la unanimidad de su pueblo antes de actuar; ella sólo era la boca de la tribu, no una verdadera gobernante que impusiese su voluntad. Él nunca perdonaría la vida a un enemigo vencido.

Perdonar a un enemigo... ¿Por qué Uriel no le había atravesado con su lanza? Ella había dudado; Ahkim había entrevisto en sus ojos las huellas de la indecisión, como si una lucha interior se desarrollase en su espíritu. Tal vez fuera cobarde, como su madre Nohara, incapaz de matar. O quizás era tan sutil como su abuela Aster y había respetado su vida para destruirle luego del todo. Ahkim se prometió a sí mismo que se lo preguntaría antes de matarla.

Porque Ahkim, a pesar de haber sido vencido, no estaba derrotado. Se sentía igual que un leopardo atrapado en la red tendida por un cazador: ¡ay de quien se confiase y, creyéndolo sometido, acercase la mano! Él se la arrancaría con un golpe de sus zarpas afiladas.

Koshmar se puso de nuevo en camino y Ahkim, siempre paciente, volvió a su lado sin que se le escapase un reproche.

Llegaron a las colinas de Truulnar al atardecer del segundo día. Allí había unas chozas en torno a los rediles de cabras que constituían la razón de ser de aquel enclave. El suelo de las colinas estaba tan raído y reseco, que apenas habría bastado para mantener unas pocas docenas de ovejas; sin embargo, por doquiera crecían arbustos que servían para alimentar a las cabras.

Ocho o diez hombres estaban a punto de terminar su jornada. Puesto que en las colinas el clima era más frío, iban vestidos con pieles de cabra que desprendían un hedor casi insoportable. Los hombres no se habían lavado en las últimas estaciones, y no era posible mojar el cuero sin estropearlo.

Por el suelo se entremezclaban excrementos de hombres y de animales, huesos roídos, esquirlas de sílex y puntas de flecha rotas... Sin mujeres que les obligasen a mantener la limpieza, los hombres continuaban con las mismas costumbres que cuando eran nómadas: defecaban dondequiera que se encontrasen, dejaban caer los desperdicios de comida, no se molestaban en recoger los restos de sus labores... Confiaban en los perros para que la basura no se acumulase en exceso.

No había mujeres porque en aquellos empinados montes las cosechas habrían sido mezquinas y ellas se dedicaban a la agricultura. Cada luna, los cabreros bajaban a Zewi Khemi para entregar pieles y cabritos, y recoger a cambio galletas de cereal con las que completar su alimentación. Y no menos importante que estos intercambios: durante esos días podían entrar en hembras y evitar volverse locos. Las mujeres de Zewi Khemi, aun sintiendo repugnancia, les daban acceso a sus cuerpos porque las pieles y los cabritos eran necesarios para la economía de la aldea.

Una vez cada primavera, el rebaño entero bajaba para que Aster lo bendijera y así las hembras concibiesen. Era un día de fiesta que los cabreros aguardaban impacientes, pues quizá para alguno terminaría el exilio y podría quedarse en Zewi Khemi, donde era posible unirse a las mujeres todos los días, si éstas lo deseaban. Como Aster decidía quién debía cuidar las cabras, en Truulnar se juntaba la hez de la tribu, los hombres más violentos, los más crueles, los más rebeldes. Tras permanecer dos o tres ciclos de estaciones entre los arbustos, todos los hígados se amansaban.

Ahkim y Koshmar nunca regresarían a Zewi Khemi, por los delitos que habían cometido; pero había allí otro reo condenado a perpetuidad: Friarcar, hijo de Sheika. No es que fuera violento, ni subversivo, pero su mente era débil, como la de un niño. Normalmente, en Zewi Khemi no se permitía que los retrasados mentales llegaran a ser personas; sin embargo Friarcar había conmovido el hígado de Aster y ésta le había permitido vivir, aunque sólo para cuidar las cabras de Truulnar. La compasión de Aster lo había condenado a un infierno.

Los perros ladraron a Koshmar y a Ahkim, pues no los conocían. Los cabreros tomaron sus armas; cuando vieron los tatuajes sobre los pechos de los que se acercaban, bajaron los puntiagudos venablos: eran gentes de la Diosa.

—¡Vaya! ¡Si son Ahkim y el tullido de Koshmar! Bienvenidos a nuestra lujosa morada —se burlaron los cabreros. Como gentes brutales que eran, no sentían piedad por los vencidos. Además, un mensajero de Aster les había informado de todo y había insinuado que, tal vez, si les hacían la vida imposible o incluso mataban a los recién llegados, la Madre podría trasladarlos de nuevo a Zewi Khemi.

Ahkim y Koshmar no replicaron, sino que bajaron los ojos y buscaron un lugar junto a la hoguera. En las colinas hacía frío y ellos no tenían ropas. Friarcar, el de mente débil, les hizo sitio y les ofreció unos trozos de lo que él comía: carne de cabra, vieja y correosa.

—Jefe de todos los clanes, ¿has venido a mandarnos también a nosotros? —Los cabreros rieron. Uno de ellos se carcajeaba muy cerca de Ahkim, enviándole el aliento fétido de una boca con varios dientes podridos.

Viendo que Ahkim hacía como si no los oyera, pasaron a Koshmar:

—¡Ah, qué buena ha sido la Madre! Nos ha enviado a un hombre que se cree mujer, para que descarguemos nuestra violencia. Tullido, confiemos en que tu pierna torcida no te impida ponerte a cuatro patas ante nosotros. —Las carcajadas fueron generales. Uno de los cabreros, quizás el más fornido, cuya cara cubierta de cicatrices evidenciaba su brutalidad, tomó del pelo a Friarcar y lo tiró contra el suelo. Tras levantarle el faldón, lo penetró por detrás con tal fuerza, que éste gritó. Los cabreros tenían que apoyarse en sus lanzas para no caerse al suelo de risa. Friarcar, el débil, el que no podía defenderse, tenía que soportar los asaltos de todos, pues no podían resistir durante toda una luna sin sexualidad. No por cotidiana, la escena les resultaba menos cómica. Friarcar lloraba.

—Y ahora, vamos a probar esta nueva hembra que nos envía la Diosa —dijo el hombre de las cicatrices, acercándose a Koshmar. Koshmar trató de apartarse, pero antes de que nadie pudiese ver ningún movimiento, el puño de Ahkim se estrelló contra los testículos del atacante, que se dobló vencido por el dolor. Ahkim, de un salto, cogió una piedra del suelo y comenzó a golpearle en la cara, hasta que la convirtió en un amasijo sanguinolento de dientes, nariz y cejas rotas.

Para derrotar a su adversario, Ahkim sólo había necesitado unos pocos latidos de corazón; sus compañeros fueron incapaces de reaccionar. Ahkim se irguió, lamiendo la sangre de la piedra.

—¿Alguno de vosotros quiere medirse conmigo? ¿Queréis añadir algunas cicatrices a vuestros cuerpos, para que podáis presumir ante las mujeres diciendo que os las hice yo?

Los cabreros retrocedieron murmurando entre sí, sin atreverse a desafiarlo.

—¡Vamos, venid, tengo hambre y quiero saber si vuestras tripas son más tiernas que la cabra vieja que me habéis dado! ¿No venís? ¡Pues respetadme y obedecedme! ¡Aquí no hay ninguna mujer que pueda detenerme con su magia y mando yo!

Todos se llevaron el puño a la frente en señal de sumisión.

Ahkim enseñó los dientes en una mueca feroz que recordaba muy de lejos una sonrisa.

—¡El que se atreva a tocar a mi amigo Koshmar, se las verá conmigo! ¿Lo entendéis bien, perros lujuriosos?

Koshmar había visto cómo Ahkim lo defendía; pero también había visto las lágrimas en los ojos de Friarcar.

—Ahkim —le susurró—, protege a Friarcar.

Ahkim le miró con sorpresa en los ojos, maravillándose del capricho de su amigo. Se encogió de hombros —¡Koshmar era tan infantil!— y añadió, con su voz más gutural:

—¡Y tampoco tocaréis más a este cretino! ¿De acuerdo?

—Pero, Ahkim, entendemos que defiendas a Koshmar, que es tu amigo; pero ¿por qué te preocupas por Friarcar, que ni es tu amigo ni tu pariente? —objetó uno de los cabreros. Los demás lo apoyaron, pues no querían verse obligados a entrar en las cabras para satisfacerse. Ahkim se acercó al que había hablado, como si estuviese pensando.

—¿Por qué defender a Friarcar? No lo sé. Es una buena pregunta. No puedo responderla. Pero puedo decirte algo. —Ahkim le pegó un puñetazo en la boca del estómago y, cuando el cabrero se dobló, lo tomó del pelo y comenzó a golpear su cara contra el tronco de un árbol—: Nunca, nunca me contradigas, pedazo de mierda de perro. ¿Me entiendes?

—Sí, jefe —gimió el cabrero, medio inconsciente.

—Y vosotros, los demás, ¿me habéis entendido?

Los hombres se miraron entre sí. Eran brutales, los más violentos de una época violenta; pero el salvajismo de Ahkim los sobrecogía. Presentían en él una fuerza y una ferocidad que los obligaba a temerle. Uno tras otro, fueron afirmando con la cabeza.

—Sí.

—¿Sí qué? —gruñó Ahkim, amenazador.

—Sí, jefe.

—¡Con más fuerza! ¡Que los cuervos de los riscos sepan quién ha llegado aquí!

—¡Sí, jefe! ¡Ahkim, jefe! ¡Ahkim, jefe de las colinas de Truulnar! —gritaban todos. El movimiento rítmico de sus palabras les obligó a danzar; se despojaron de sus pieles y, tomando sus armas, bailaron una danza guerrera en torno al fuego. La danza los unía a Ahkim y a la noche de los tiempos. Ahkim se incorporó al corro; sus movimientos eran ágiles, felinos y poderosos: a través de ellos se expresaba la rabia de su frustración y su desafío a la Diosa. Aster lo había precipitado hasta el fango; en el fango se había convertido en jefe y ¡pobre de ella si caía en su poder!

Cuando terminó la danza y los guerreros cayeron al suelo extenuados, Ahkim, manteniéndose en pie, miró en derredor como si fuese el dueño de cuanto abarcaba su vista. El hombre de la cara llena de cicatrices se estaba levantando y trataba de enjugarse la sangre que brotaba de sus narices y de sus labios.

—¡Tú, mierda de perro! ¿Cómo te llamas?

—Nuraón, jefe.

Ahkim sonrió. En pocas respiraciones se había convertido en el amo de todos ellos.

—Serás mi mano derecha, porque me pareces el perro más despreciable y cobarde de toda esta jauría. ¡Pero si me defraudas, te cortaré los huevos y me los comeré!

—Gracias, jefe. —La sonrisa de satisfacción volvía aún más siniestra la cara cortada y llena de sangre—. Les daré patadas en el culo en tu nombre.

—¡Muy bien! Ahora, que todos se vayan a sus lechos pulgosos, y me explicarás cómo estáis organizados.

Los cabreros fueron a acostarse. Entonces, Ahkim sintió que alguien le tomaba de la mano. Se volvió, y era Friarcar. Le ofrecía, con mirada humilde, el mejor trozo de un cabrito: la ración normalmente reservada a la Diosa. Ahkim lo tomó con gesto indiferente, como si fuese su derecho natural.

Los hombres dividían las cabras en tres hatos, para aprovechar mejor los arbustos. Cuando agotaban los pastos, los pastores se trasladaban a otra zona de las colinas.

—¿Y las cabras cojas? —preguntó Ahkim.

—Ésas las solemos dejar en el campamento hasta que sanan, al cuidado del imbéc... de Friarcar —corrigió Nuraón, al percibir una mirada amenazadora.

—También las cuidará mi amigo Koshmar. Enséñale mañana lo que haya de hacer.

—Sí, jefe.

—Con mucho respeto, Nuraón, enséñale con mucho respeto. —Ahkim creyó necesario darle a Nuraón una golosina—. Dime, ¿te gusta la sangre?

—¡Mucho, jefe! —Los ojillos brutales se iluminaron y Nuraón se relamió de gusto.

—Si me eres fiel, te prometo que un día tendrás más sangre de la que podrías beber en un invierno.

Nuraón se sintió feliz. Había encontrado un jefe que le comprendía.

En Zewi Khemi, Mara estaba empaquetando sus humildes posesiones. El viejo e inútil collar de dientes de jabalí que Koshmar le había regalado un día. El inapreciable colgante de cobre nativo que le hacía sentir que su amante seguía cerca de ella. El molino para moler cereales. Un par de cuencos de piedra. Dos pieles de oveja cosidas que le servían como manta para dormir o para abrigarse cuando hacía frío. Una piel vieja y raída, que se sujetaba a los hombros con unas correas, para que el sol no le quemase la espalda cuando trabajaba en el campo. Un sombrero de paja. Un palo de cavar bastante desgastado. Una hoz de madera en la que estaban incrustadas algunas esquirlas de sílex. Un pequeño cuchillo de piedra para cortar los alimentos. Un raspador para limpiar pieles. Algunas conchas y caracolas pulidas. Unas bolsitas llenas de pigmentos para pintarse el cuerpo y la cara. Un poco de sebo, para cuidarse la piel y que no le salieran ampollas en las manos. Algunos recuerdos de su madre (una piedrita pulida y brillante, su cordón umbilical, una bolsa-medicina). Una lezna para coser cuero, regalo de Uriel. Dejó la lezna a un lado, abandonándola con un suspiro.

¡En qué pocas cosas podía resumirse una vida! Hizo un hato con la manta de piel de oveja y estaba disponiéndose a cargarlo cuando entró Uriel.

—¿Qué haces?

—Me voy de esta cabaña para siempre.

Uriel tuvo que apoyarse en su venablo. Mara se iba.

—¡Espera, espera un poco! ¡Tú eres mi hermana de sangre y...!

—¿Tu hermana de sangre? ¿Estás loca? ¿Después de lo que ha pasado entre nosotras? —Mara hizo ademán de cargarse el hato a la espalda. Uriel la retuvo.

—Yo te perdono todo lo que has hecho...

—¿Que me perdonas? ¿Que tú me perdonas? ¡Por la Diosa! Eres una perra llena de orgullo. ¿Te olvidas de cómo nos apresaste a Koshmar y a mí, y nos entregaste al Consejo de la tribu para que nos condenasen a una muerte horrible?

—Pero yo... —Uriel habría querido decirle que aquello había sido inevitable, que ella les había encubierto todo lo que había sido posible; también, que no le importaba que fuese una pervertida, ni lo que la tribu pensara. Sin embargo, las palabras se le atragantaron como si pugnasen por salir todas a la vez. Agachó la cabeza, para que no se viesen las lágrimas y sólo alcanzó a preguntarle:

—¿Adónde irás?

—El consejo me ha prohibido salir de Zewi Khemi: no puedo volver a mi tribu como desearía. Nohara, tu madre, me ha ofrecido un rincón de su choza. Ella me defendió en el juicio, cosa que no hiciste tú. Con ella viviré —diciendo esto, cargó su hato y salió de la cabaña.

Uriel sintió cómo los celos la trastornaban. ¡Su madre, su propia madre, la había traicionado! En cierta manera, era lógico, pues tanto Mara como Nohara eran mujeres despreciadas por las demás; pero Uriel no pensaba con lógica, sino con su hígado turbulento. Se asfixiaba y cogió con fuerza su venablo. Mara le daba la espalda. Las uñas de Uriel se clavaron en la carne de la palma de su mano, su brazo le pedía echarse hacia atrás, tensarse y arrojar el negro venablo de obsidiana contra la carne indefensa de Mara. Se alejaba. El venablo se colocó en posición de disparo, a Uriel no le importaba morir luego por haber violado el tabú de las armas. Mara se tambaleaba bajo el peso del fardo que contenía sus pertenencias. Los músculos de Uriel temblaron y se distendieron en el gesto que había practicado miles de veces. En el último instante, con un esfuerzo de voluntad, clavó el venablo en la tierra, ante sus pies. Cogiéndose el vientre, rompió a llorar.

—Mara, ¿quién va a ayudarme a parir el hijo que se esconde en mis entrañas? Tengo miedo, tanto miedo… —Pero Mara, demasiado lejos, ya no podía escucharla.

Pasaron las estaciones, indiferentes a las pasiones. En Zewi Khemi, Uriel dio a luz un hijo con mirada de fuego; a pesar de ser varón, su madre lo quiso mucho. Estuvo a punto de costarle la vida, pues las caderas de Uriel eran demasiado estrechas; pero la salvó el arte de su abuela Aster, que era una excelente comadrona. Uriel juró ante la Diosa no volver a tener otro hijo.

Poco después, Uriel se hizo hermana de sangre de una joven guardiana de la Diosa que también había parido su primer hijo. Ahora que se había alejado de Mara y había demostrado que era fértil, Uriel se convirtió en una mujer de prestigio e influencia, cuya amistad todas procuraban. A pesar de su carácter conflictivo y violento, no le fue difícil encontrar una hermana de sangre con la que compartir el peso de la crianza de sus hijos.

Mara y Nohara se aislaron más y más de la tribu; cuando Mara dio a luz otro hijo —también varón—, ninguna otra mujer pasó a felicitarle ni a darle consejos sobre cómo criarlo. Para todas, era como si no existieran. Las dos no eran propiamente hermanas de sangre: más bien se refugiaban la una en la otra para no estar solas en su aislamiento y con sus recuerdos.

Cuando cada luna llegaban los cabreros, Mara dominaba la repugnancia y les permitía entrar en ella, para así preguntarles por Koshmar y saber cómo era su vida. Por Ahkim no se preocupaba, porque sabía que su fuerza y su violencia lo convertirían en un triunfador allá donde fuese. A veces, valiéndose de Friarcar, recibían algún regalo de Koshmar: una pequeña estatuilla tallada en arenisca o una piedra de raros colores. Por desgracia, Friarcar era incapaz de transmitir el más pequeño mensaje.

En las colinas, Ahkim era amado y temido por los cabreros. Mandaba de forma tan implacable, que Koshmar a veces agradecía a la Diosa que no le hubiese permitido gobernar Zewi Khemi; pero cuando se le obedecía y no se desafiaba su autoridad, resultaba un jefe magnífico que siempre tomaba la decisión más audaz.

Aster sabía lo que pasaba y se sentía preocupada. No era mucho lo que Ahkim podía hacer con menos de una docena de hombres díscolos, pero mientras fuese el jefe de los cabreros y no se separase de él Nuraón, no podía matarlo. ¡Jefe de los cabreros! Sonaba ridículo, nunca había existido tal título, los cabreros siempre habían sido un grupo indisciplinado; pero Ahkim había conseguido unirlos.

Aster había examinado todas las posibilidades. Podría envenenar a todos los cabreros, pero la tribu necesitaba las pieles y la carne que provenían de las colinas. Por otro lado, Ahkim y Nuraón se alimentaban sólo de carne, sangre y plantas silvestres, por lo que resultaban invulnerables al veneno.

Aster decidió esperar. Envió como cabrero a Lilao, un guerrero del clan del lobo que le era absolutamente fiel porque le había salvado la vida cuando un espíritu de fuego se había apoderado de su vientre. Así contaba con un espía que le informaba cada luna. También colocó centinelas hacia las colinas, como si fuesen territorio enemigo; y mandó mensajes a las Madres de otras tribus para evitar que sus cabreros se encontrasen con los de Ahkim. Se estremecía al pensar en lo que podía hacer Ahkim con un ejército de salvajes.

Una vez hecho lo que estaba en su mano, Aster se encomendó a la Diosa y se dedicó a los pequeños detalles del gobierno de su tribu.

Koshmar estaba sumido en la melancolía, acompañado la mayor parte del tiempo por el silencioso y servicial Friarcar. Dejaba pasar los días contemplando las cabras cojas, lo que era un tormento para él, pues cada una de ellas le recordaba lo triste que había sido su vida; pero ¿que más podía hacer, si en las colinas no se encontraba ni la más mísera partícula de sílex con la que tallar herramientas? A veces, para distraerse de sus melancólicos pensamientos, desbastaba una piedra arenisca hasta que adoptaba una forma bella, y se la enviaba a Mara como regalo. Pero incluso dejó de hacer esto cuando pasó el tiempo. Ya sólo miraba las cabras cojas, como obsesionado.

Todo parecía estable y en paz. Así habrían podido transcurrir vidas enteras: Aster gobernando Zewi Khemi con sabiduría, Ahkim mandando sobre los cabreros, Uriel viendo crecer a su hijo y preparándose para ser la próxima Madre, Mara criando también su niño con la ayuda de Nohara, y Koshmar, desesperanzado, contemplando con tristeza las cabras cojas de las colinas de Truulnar.

Pero sólo pasaron tres inviernos. Koshmar miraba las cabras cojas, viéndose reflejado en ellas como si fueran pedazos de obsidiana pulida, cuando descubrió el Secreto de la Diosa.

Había llegado el tiempo de la sangre.

VEINTIDÓS

Los cabreros habían llevado los rebaños a Zewi Khemi para que la Diosa los bendijera y así las hembras concibiesen. Hacía pocos días que había terminado la época de celo del ganado, y los hombres estaban excitados, tras una luna de ver continuamente a los bucos montando las cabras.

Poco a poco existían menos machos cabríos, pues cuando había que matar alguna res, siempre sacrificaban a los machos para comerlos y se guardaban las hembras para que procreasen. Sin embargo, la Diosa prohibía exterminarlos, pues las cabras también tenían derecho a los placeres de la cópula: si no se uniesen los principios masculinos con los femeninos, el equilibrio del universo se tambalearía.

En las colinas sólo quedaban Ahkim y Koshmar, los dos exiliados. Ellos no tenían derecho a bajar a Zewi Khemi para encontrarse con las mujeres. Hacía tres inviernos que estaban en las colinas y, contra lo que todos esperaban, todavía no se habían vuelto locos.

Ahkim sublimaba sus energías entregándose a la caza. Raro era el día que no regresaba al campamento con un ciervo o, por lo menos, con un gamo, lo que le hacía muy popular entre los cabreros, que así no se veían obligados a comer las cabras viejas, de carne correosa.

A pesar de esto, su violencia contenida era cada vez mayor, y el odio hacia las mujeres en general y hacia Aster en particular crecía cada luna que pasaba. Si antes combatía a las mujeres porque así se lo exigía el vengativo espíritu de su madre muerta, ahora las maldecía por lo que le habían hecho. Cuando recordaba lo que había perdido, la rabia no le permitía respirar. Había gobernado todos los clanes y ahora sólo era el desterrado jefe de un puñado de sucios cabreros.

Koshmar, en cambio, poseía un espíritu melancólico y triste. No urdía planes para vengarse, ni siquiera guardaba la más pequeña esperanza. Al principio, gustaba de imaginarse que una noche se deslizaba dentro de Zewi Khemi burlando a los centinelas. Pero ¿y su cojera? ¿Cómo moverse sigilosamente con una pierna torpe como un madero? No, no quería acordarse de su cojera. Poco a poco fue dándose cuenta de que su plan era imposible. Luego, como le resultaba tan doloroso aceptar que había perdido a Mara para siempre, imaginaba que descubría algo tan beneficioso para la tribu, que Aster le perdonaba y le permitía regresar al poblado. Así podría vivir cerca de Mara, aunque no le fuese lícito yacer junto a ella. ¿Pero descubrir el qué? ¿Quizás una nueva forma de tallar la piedra, para que no se astillase continuamente? Tal vez si se puliese como si fuese una estatua, en vez de golpearla... Pero no tenía sílex con el que experimentar. ¿Un arco tan poderoso que pudiese matar a un hombre y permitiese a las mujeres medirse contra la fuerza superior de los varones? En las colinas sólo crecían arbustos, apenas se encontraban unos pocos robles, cuya madera era inadecuada. ¿O quizás algo tan nuevo que escapaba a su mente?

Koshmar pasaba el tiempo contemplando a las cabras cojas que guardaba en el redil. Ellas no parirían, pues no podían acudir a Zewi Khemi para ser bendecidas por Aster; si seguían estando cojas al invierno siguiente, les aguardaba el cuchillo. Suspiró. Él era como ellas.

Por lo menos, aquella primavera habían disfrutado al unirse con un macho, que también se había herido en una pata y había sido guardado con ellas. En otras circunstancias, los cabreros lo habrían sacrificado; pero como su sabor no es agradable y Ahkim les proporcionaba sabrosa carne de ciervo, le perdonaron la vida.

Koshmar suspiró de nuevo. Él también era un macho cojo e inútil. Sólo podía esperar la muerte. Se adormeció de nuevo: en los sueños volvía a estar con Mara y a caminar sin necesidad de bastón, y el mundo desaparecía para circunscribirse a ellos dos. Por eso Koshmar no quería despertar nunca, y lloraba cada vez que amanecía y se daba cuenta de que estaba obligado a vivir.

Los cabreros regresaron de Zewi Khemi riendo y cantando. Habían estado con mujeres, habían bebido cerveza hasta perder el sentido y su ganado había sido fertilizado por la magia femenina: ¿qué más podían pedir? Como siempre, Ahkim fingió que no se daba cuenta de su alegría y Koshmar los interrogó ansiosamente sobre Mara y Nohara.

Dos lunas después, Koshmar observó algo muy extraño: las cabras cojas parecían preñadas, sus vientres se henchían como los de las demás. ¡Pero no habían sido bendecidas por la sacerdotisa! Cierto es que las mujeres celebraban también ritos de fecundidad para que todas las hembras del universo concibieran, pero hasta entonces no habían surtido efecto sobre las cabras cojas que se guardaban en el redil: los animales domésticos necesitaban un rito especial. ¿Por qué este ciclo de estaciones sí y los otros no? ¿Tal vez la Diosa le estaba enviando un mensaje? Pero ¿qué mensaje? ¿Quizá le perdonaba su pecado? ¡Pero si él no se había arrepentido, si seguía amando a Mara!

Primero pensó en acudir a Aster, para que interpretara el significado de esta señal; pero luego decidió ser prudente. ¿Y si la Diosa decidía que era un signo nefasto? Mejor esperar.

Koshmar comentó el extraño hecho a Ahkim. Sólo estaba presente el imbécil Friarcar, como de costumbre, pues había concebido una especie de lealtad perruna hacia ellos dos. Sin embargo, tampoco Ahkim supo adivinar cuál era el mensaje de la Diosa.

—Parece de buen augurio. Sin embargo, coincido contigo en que es mejor permanecer en silencio. Esa hiena de Aster podría encontrar alguna excusa para acabar con nosotros.

Koshmar presentía que aquello ocultaba algo misterioso. Durante varias lunas, se concentró en averiguar qué había hecho concebir a las cabras. Observó a los cabritos cuando nacieron, y eran absolutamente normales. No, tal vez hubiera algo raro en ellos, pero Koshmar no sabía decir qué.

Koshmar examinaba cada posibilidad, como un cazador que pierde el rastro de su presa y traza círculos hasta volver a encontrarlo. ¿Tal vez había dejado abierto el redil y el hechizo de Aster había entrado por la puerta? ¿O quizá tenía algo que ver la fase de la luna? ¿Había sucedido algo fuera de lo habitual que indicase el paso de algún espíritu?

Friarcar tomó en brazos a uno de los cabritos, riendo tontamente, como era habitual en él, y dijo con su lengua torpe:

—Es... Este cabrito se pare... parece al macho cojo.

Koshmar se levantó de un salto. Casi cayó al suelo, pero consiguió guardar el equilibrio.

—¿Qué has dicho?

Friarcar se asustó y soltó al cabrito. Se arrodilló y puso la mano de Koshmar sobre su cabeza, temiendo haber dicho algo que le ofendiera. Tartamudeó:

—E... Este... cab... cabr...

—¡Cállate! ¡Ya sé lo que has dicho! —Koshmar sentía que su cabeza le daba vueltas como si llevase varios días sin comer. ¡Se parecían al macho! ¡La mayor parte de los hijos de las cabras cojas se parecían al macho que había estado con ellas! Pero, en nombre de la Diosa, ¿cómo podía influir un macho en la fertilidad de las cabras, si los machos no hacían nada? Sólo estaban junto a ellas comiendo hierba y, de vez en cuando, las montaban...

Koshmar tuvo que sentarse. En su mente se superpusieron imágenes de mujeres sembrando los campos tras trabajarlos con los palos de cavar y de machos montando a las hembras. Palos de cavar que se clavaban en la tierra para luego dejar caer una semilla, miembros masculinos que entraban en las vaginas de las mujeres... ¡Los machos sembraban, sembraban en los úteros femeninos! ¡Las mujeres no concebían por su propia magia, sino porque los hombres introducían en ellas una semilla!

¿Cómo podían haber sido tan ciegos? ¿Por qué nadie lo había descubierto antes? Cuando los seres humanos eran cazadores, la naturaleza les engañaba con facilidad. Todos los animales copulaban, era cierto, pero también comían, y bebían, y respiraban; en cambio, las flores producían frutos sin la intervención aparente de ningún macho. Para cualquiera resultaba más lógico y sencillo suponer que la causa de la concepción y de los nacimientos era la magia femenina, o algún espíritu errante que buscaba un cuerpo, o algo que comiesen.

Sin embargo, cuando se domesticaron algunos animales, se comenzó a discriminar entre los machos y las hembras: las hembras se conservaban para procrear, mientras los machos eran comidos. Sólo era cuestión de tiempo que algún pastor se diese cuenta de que en ausencia de machos, las hembras no concebían.

Koshmar estaba anodadado por sus propios pensamientos. ¿Y los vegetales? ¿Dónde estaban los machos? ¿Tal vez los vegetales constituían el reino de la Diosa y concebían por su magia, mientras que los animales estaban dominados por Zohar, el dios masculino?

¿Y Mara? Ella había concebido un hijo. ¿Quién era el...? —Los pensamientos de Koshmar se vieron interrumpidos por una barrera lingüística. No existía aquella palabra, así es que la creó añadiéndole a «madre» un afijo masculino. Sonaba ridículo, pero era la verdad. ¡La verdad! ¿Quién era el padre? ¿Era él, Koshmar, el padre de aquel niño? ¡Qué feliz se sentía! Su existencia no acabaría con la muerte, sino que dejaría una semilla de eternidad. ¿O era Ahkim el padre? ¿O cualquier otro?

Koshmar sintió odio hacia su amigo y hacia cualquiera que amenazase con sembrar en Mara. ¡Que vayan con otras mujeres, Mara es mía, sólo mía! ¡Sólo yo sembraré en ella, y me dará hijos varones que perpetúen mi estirpe! Koshmar habría deseado correr hasta la aldea, a pesar de la prohibición, para comprobar a quién se parecía aquel niño. ¡Un niño! Con él, se aseguraba que su simiente se transmitiría a través del tiempo; si hubiese sido una niña, en cambio, sólo habría producido un útero para que otro sembrase.

En su atolondramiento, Koshmar no se daba cuenta de que su hallazgo desequilibraba la balanza de poder entre los sexos. Los hombres pasaban a ser lo esencial para la especie y las mujeres, casi nada; los varones habían poseído las armas, junto con fuerza y agresividad para emplearlas, y las mujeres la magia de dar y quitar la vida. Si se les arrebataba la magia, las mujeres quedaban indefensas ante unos varones súbitamente conscientes de su importancia. Además, para estar seguros de que los hijos eran suyos y no de otro, los varones someterían a las mujeres a un dominio total y absoluto.

Koshmar sólo pensaba en la manera de comunicarle a Aster la noticia de lo que había encontrado. ¡Qué mejora para la tribu! Podrían seleccionar los machos de las ovejas y de las cabras, para que su descendencia fuese más mansa o de piel más suave; los animales estabulados seguirían pariendo, pues se les proporcionaría machos que los montasen; incluso puede que ahora que se sabía que las mujeres eran como la tierra, se encontrase una cura para las que sufrían por su infertilidad.

Aster le perdonaría cuando supiese de su descubrimiento. Seguro. Estaba impaciente por comunicárselo.

—¿Sabes, Friarcar? Tal vez tú seas padre.

El retrasado mental le miró con aire confuso. No le entendía. Lo cierto es que muchas veces no entendía lo que le decía Koshmar. No pudo contestar.

—Padre, ¿entiendes? ¡Padre! Los machos cabríos plantan una semilla en las hembras, y por eso ellas paren cabritos.

Friarcar se rascó la cabeza. ¡Los machos plantar una semilla!

—¿Con qué palo de cavar? —preguntó.

Koshmar rió de buena gana, olvidando su tristeza:

—¡Con este bastón! —Le mostró su miembro—. ¡Y tú también siembras en las mujeres!

Friarcar no sabía qué responder. No entendía muy bien lo del palo de cavar, pero tampoco entendía la magia femenina. Poco a poco, tras pacientes explicaciones, incluso aquel imbécil comprendió que los machos sembraban en las hembras, y por eso nacían nuevos seres.

—Cuando lo sepa Aster, me perdonará y podré volver a Zewi Khemi. ¡Zewi Khemi! Me despediré de las cabras, y del frío nocturno, y de los vestidos malolientes. ¡Volveré a ver a Mara y a mi madre! —Koshmar se sentía tan feliz que, de no ser un tullido, habría bailado una danza guerrera.

Koshmar se alejó cojeando y Friarcar se quedó pensativo. Él también quería ir a Zewi Khemi, y no una vez cada luna, sino para vivir allí. Si le contaba eso a Aster, sería él, y no Koshmar quien viviría en la tribu. Sonrió. Todos creían que era estúpido, porque le costaba más tiempo pensar y a veces se le trababan las palabras; pero ahora se burlaría de todos. Él era listo, más listo incluso que Koshmar, que hablaba de manera tan complicada que casi nunca le entendía. Además, él había sido quien se dio cuenta de que los cabritos se parecían al macho. Tenía que darse prisa.

Friarcar corrió hacia Zewi Khemi, para ser el primero. Para encontrar su destino.

—¡Aster! Qui... Quiero hablar con Aster. —Ahora que estaba tan cerca, le encogía la timidez.

—¡Pero si es Friarcar, el imbécil! ¿Qué haces aquí? ¿Cómo osas importunar a la Madre? —le increpó la guardiana de la Diosa que custodiaba el umbral de la choza de Aster. Era casi medianoche.

—E... Es importante. —Friarcar sacudió la cabeza, molesto por que se le atascasen las palabras, ahora que iba a ser el más listo.

Aster estaba despierta, meditando sobre cuántas medidas de cereal se sembrarían en unos nuevos campos. Salió. Le extrañó ver a Friarcar, pero disimulando su sorpresa, le sonrió. Le interesaba todo lo que proviniese de las proximidades de Ahkim.

—Pasa, Friarcar, pasa y cuéntame eso tan importante.

El desdichado entró y se sentó sobre una piel en el suelo. Aster se sentó frente a él, le ofreció un cuenco de cerveza y, con un ademán cariñoso, le invitó a hablar.

—Lo... Los machos siembran en las hembr... hembras. ¡Por eso nacen niños!

Aster quedó muda de asombro. Cuando se repuso, le preguntó a Friarcar:

—¿Cómo lo has sabido?

Friarcar sonrió. Tenía preparada la respuesta. ¡Él era tan listo!

—Los cabritos se parec... parecen al macho que ha cubierto a las cabras cojas.

Aster asintió.

—Y dime, ¿has hablado de esto con alguien?

Friarcar dudó. Aquello era mentir y la Diosa castigaba a los que mentían y él tenía miedo a la Diosa y no quería que Ella le castigase y... ya había olvidado la pregunta.

—Ma... Madre, ¿qué has dicho?

—Que si has hablado a alguien de esto. —Aster suspiró, paciente.

—N... No. ¡No! —negó Friarcar con decisión. Él quería vivir en Zewi Khemi, como todos, y sentir placer con las mujeres—. No se lo he dicho a nadie.

—¿Estás seguro? —La voz de Aster era cada vez más meliflua.

—Nnno. Sssí.

—¿Estás seguro o no? —Aster trató de no irritarse.

—Eeestoy seguro de que no.

—¡¿De que no qué?! —¡Por la Diosa! Aquel cretino era capaz de irritar a cualquiera.

Friarcar se echó a llorar.

—Nno me grites, Mad... Madre, yo no he hecho nada ma... malo.

Aster respiró profundamente.

—¿Se lo has dicho a alguien o no, querido Friarcar?

—¡No! No se lo he dicho a nadie. —Friarcar decidió sujetarse a su plan.

—¿Y lo has descubierto tú solo?

—Sssí, Madre, yo solo. A... a veces no hablo bien y me cuesta entender lo que me dicen, pero so... soy muy listo, no quiero estar con las cabras. Ma... madre, ¿verdad que no tendré que volver a las colinas?

—Friarcar, te juro por la Diosa que no regresarás nunca a las colinas.

—Gr... Gracias, Madre. —Friarcar trató de besarle la mano, pero Aster la retiró.

—Déjame que prepare una bebida para que ofrezcamos una libación a la Diosa.

—¿O... ofrezcamos una qué?

—Para que bebamos en honor de la Diosa y de ti, que eres tan listo. —Aster salió y volvió poco después con un cuenco lleno de cerveza aromatizada. Sigilosamente, las guardianas de la Diosa rodearon la cabaña, con sus armas dispuestas.

Friarcar apuró la cerveza.

—Sa... sabe amarga... —Se limpió la barba con el dorso de la mano.

—Le he añadido mucha miel —dijo Aster, recogiéndole el cuenco—. Pero hay cosas que no pueden disimularse. Ahora, cuéntame lo que deseas.

—Ma... Madre, quiero ser un hombre como todos, y salir a cazar, y que nadie se burle de mí porque a veces no entienda lo que dicen, y que... Madre, me siento mal.

—Tal vez has tomado demasiada cerveza. Reclínate en mi regazo y sigue hablándome. —Aster agradeció la penumbra de la cabaña, iluminada sólo por una lámpara de sebo, porque así Friarcar no podía percibir las lágrimas que a ella le caían por las mejillas. ¡Qué sueños tan sencillos y, a la vez, tan imposibles! A Friarcar se le había terminado el tiempo.

—Ma... Madre, he sido tan infeliz hasta ahora. Todos se reían. ¿Verdad que ahora no se reirán?

—No, nadie se reirá más de ti.

—¿Llo... lloras, Madre? ¿Po... por qué?

—Lloro por todo lo que has tenido que sufrir.

—A... Ahora no sufriré más.

—No, nunca más.

Friarcar se durmió con una sonrisa, abandonándose a los brazos de Aster y a los de la muerte dulce. Soñó que todos le admiraban por su descubrimiento y le nombraban jefe de un clan, y a nadie le importaba que se le trabasen las palabras, y todos le hablaban tan sencillo, tan sencillo que siempre los entendía. Por fin, dejó de soñar.

Aster dejó el cadáver y lo apartó de sí.

«No eres el primero, pobre infeliz —se dijo—, y todos los que te precedieron han muerto, porque nadie puede descubrir el secreto de la Diosa.»

Estaba preocupada. Si hasta un deficiente mental había sido capaz de averiguarlo, cualquier pastor podría deducir lo mismo.

«¡Pero matar a la mayor parte de los hombres, como tantas veces ha sugerido Kalesh! ¡Soy su Madre!

»Sin embargo, a las mujeres se nos acaba el tiempo. Si un hombre descubriese el secreto de la Diosa y yo no pudiese matarlo, sería nuestro fin. Debo matar a los hombres. A todos los hombres.»

Aster se estremeció.

«Soy demasiado vieja para ser una Madre; siempre he sido un poco sentimental. Esta próxima primavera someteré la decisión a las demás Madres de la Confederación de la Diosa y yo aceptaré su voluntad.

»Podremos pasar sin varones. Las mujeres tal vez seamos más débiles, pero somos capaces de defendernos si les superamos en número: derrotaremos a cualquier tribu errante que aparezca en nuestras fronteras. Cuidar del ganado no es ninguna tarea imposible, y hay ya tan pocos leones, que casi no suponen ninguna amenaza.

»Dejaremos vivos a algunos hombres, para que nos sirvan de sementales. Serán tan pocos, que no constituirán ningún peligro; además, estarán tan exhaustos como un morueco tras cubrir un rebaño.

»Mataremos, sí, los mataremos en nombre de la Diosa y en nombre de las mujeres. Me estremece pensar en lo que supondría un gobierno de belicosos varones, que sólo piensan en el poder y en la guerra. Las mujeres construimos graneros y los hombres, armas.

»Pero ¿por qué pienso en todo esto? Lo decidiremos entre todas las Madres. De momento, he de tapar la brecha que se ha abierto en la valla que protege el secreto de la Diosa.»

—¡Guardianas!

—Sí, Madre.

—Llevad este cadáver a sus parientes, para que lo entierren y su alma no vague por el mundo. Decidles que ha muerto en nuestra puerta, atacado por un espíritu maligno.

—Tú mandas y nosotras obedecemos.

—Uriel, toma una capa para abrigarte y algo de comida. Partirás al amanecer hacia las colinas de Truulnar. Les llevarás un mensaje de mi parte.

«A las colinas de Truulnar —pensó Uriel—. Allí está Ahkim. El... el padre de mi hijo. El hombre que me violó y que sembró en mí su semilla. Pero ¿cómo si no a la fuerza podría haber sido yo fértil? Mi terror hacia los partos me apartaba de los hombres, desde que la malvada Kurnil me revelase el secreto de la Diosa y me privase para siempre del placer. Ahkim me humilló, pero también me dio un hijo al que quiero con locura, mi único hijo.»

—Tú mandas y yo obedezco —respondió Uriel, sin que en la frase ritual se deslizase ni un solo acento que traicionase lo que sentía en su interior.

Koshmar había comentado su descubrimiento con Ahkim. Éste le felicitó, pero trató de evitarle un desengaño.

—Desde luego, como tú dices, saber esto puede aumentar el número de nuestras reses. Pero ¿crees que la Madre (esa perra a la que Zohar maldiga) te permitirá volver a Zewi Khemi?

—¡Sí, seguro! —Koshmar exultaba felicidad por cada uno de sus poros. Había tenido que desnudarse a pesar del frío, porque sudaba a raudales—. ¡Tengo que saber si el hijo de Mara es también mi hijo! ¡La Madre no puede ser tan cruel! ¡He descubierto algo muy importante! ¡Y era tan simple que ha podido entenderlo incluso Friarcar!

—Por cierto, ¿dónde se esconde? No le he visto en todo el día.

—Yo tampoco. —Koshmar se preocupó—. Pensaba que habría ido con vosotros para deciros que los hombres podemos ser padres. ¡Estaba tan maravillado!

—Quizá se lo ha comido alguna fiera. —Ahkim volvía a ser un jefe—. ¡Vosotros! Encerrad el ganado en los rediles y buscad las huellas de Friarcar. Seguramente habrá ido hacia los pastos altos.

En poco tiempo, los cabreros buscaban las huellas de los pies descalzos de Friarcar, que podían distinguir de cualquier otra huella humana. Antes de que pasase mucho tiempo, las encontraron.

—¡Aquí están! Pero no van hacia los pastos, sino hacia Zewi Khemi.

—¡Hacia Zewi Khemi! ¿Qué idea insensata habrá pasado por el alma de ese simple? —Ahkim frunció el ceño—. Mañana, en cuanto amanezca, saldremos tres o cuatro tras su pista. No podremos alcanzarle, se nota que iba corriendo; pero quizás encontremos sus huesos antes de que las hienas los devoren.

Por la noche, Ahkim se revolvía inquieto. No podía dormir. ¿Y si Friarcar era un espía de Aster? ¡Imposible! ¿Un retrasado mental, espía? ¡Absurdo! Y, sin embargo, Aster era tan sutil... Desde luego, nadie sospecharía de él; precisamente por eso, sería el espía ideal, pues podía repetir las conversaciones que se pronunciasen en su presencia, aun sin comprenderlas.

Ahkim había ordenado que Nuraón siguiese a cada uno de los cabreros cuando iban a Zewi Khemi, así había averiguado que Lilao era un espía de Aster. Lilao no lo sabía, pero llevaba sobre sí el destino de las ovejas a las que se va a degollar. Tal vez hubiera que señalar de la misma manera a Friarcar. Los accidentes mortales eran tan comunes...

Una vez decidido, Ahkim se durmió. Nada había que le tranquilizase tanto como la muerte, pues la muerte suponía una solución definitiva a muchos problemas.

Al día siguiente, Ahkim, Nuraón y otros dos cabreros se dirigieron a Zewi Khemi, pero a medio camino, se encontraron con Uriel.

—Buscamos a Friarcar —le dijeron.

—Su alma habita en el país de las sombras —les respondió ésta—. Lo mató un mal espíritu de la noche, ya en Zewi Khemi.

Los cabreros se encogieron de hombros. ¡Para lo que les servía ahora aquel retrasado mental! Pero Ahkim sospechó algo. Los malos espíritus solían matar demasiado pronto a los que importunaban a las mujeres. Uriel, sin quererlo, le dio la clave:

—La Madre ordena que sacrifiquéis a la Diosa todos los cabritos nacidos de las cabras cojas que guardáis en el redil, así como cualquier macho que quede cojo. Podéis coméroslos, pero enviad las pieles a Zewi Khemi.

Ahkim se sobresaltó. Probablemente, Friarcar había hablado y había muerto por ello; ahora Aster intentaba borrar el descubrimiento de Koshmar para que nadie lo repitiera. ¿Por qué era tan peligroso para la Diosa y para las mujeres? Tenía que pensar en ello. Mientras tanto, había que proteger a Koshmar: si la Madre había matado a Friarcar, también intentaría matarlo a él.

Los cabreros realizaron el gesto de obediencia. Aquélla era la voluntad de la Diosa. Sin embargo, no pudieron evitar que bajo las sucias pieles, sus miembros se irguiesen provocativos: Uriel aún era hermosa y hacía muchos días que no se unían a una mujer.

Ella percibió su deseo y se estremeció de asco.

—¡Atrás, perros purulentos! ¿Cómo os atrevéis a intentar tocarme? ¡Humillaos, humillaos ante el poder de la Diosa u os arrancaré el alma con mi magia! ¡Quien da la vida, puede quitarla!

Nuraón y los otros dos cabreros se inclinaron ante ella, temblando de miedo. Dejaron caer los venablos al suelo, al tiempo que le suplicaban perdón.

Uriel se sintió satisfecha. Las mujeres siempre dominarían a aquellos hombres incultos y violentos. Entonces miró a Ahkim y vio que éste sonreía: había encontrado el motivo por el que Friarcar había sido asesinado y, en silencio, le estaba diciendo a su madre muerta que el momento de la venganza contra las mujeres estaba, por fin, próximo.

A pesar de que Uriel era valiente y sabía manejar las armas que llevaba en las manos, no pudo evitar un estremecimiento de terror, como si en vez de ser una guardiana de la Diosa fuese una gacela que acaba de despertar a un leopardo.

VEINTITRÉS

Uriel regresaba a Zewi Khemi inmersa en la ciénaga de sus emociones contradictorias. Odiaba a los hombres. Aquellos cabreros soeces y sucios evidenciaban adónde llegaría la humanidad sin el gobierno de las mujeres; pero Ahkim era distinto. Disimuladamente, había observado su cuerpo musculoso que emanaba fiera armonía. Algo en él hacía que su corazón latiese con más celeridad, que su respiración se entrecortase, que sus entrañas temblaran. Y sin embargo, debía odiarlo. Era su enemigo. Y también el padre del pequeño que ella había dado a luz. ¿Debía odiarlo por aquella violación pública y degradante o agradecerle el hijo que le había regalado? ¿O ambas cosas al mismo tiempo?

No podía aceptar que Ahkim le atrajera. Cierto que sus músculos eran como rocas y resultaba difícil no quedar fascinada cuando se contraían al moverse; sus facciones endurecidas por el sol y por el viento remarcaban unos ojos profundos que parecían perforar a un enemigo imaginario; su voz viril resonaba como un torrente en la primavera; y las cicatrices que se dibujaban sobre su piel hablaban por sí solas del valor y de la osadía de aquel hombre que la hacía vibrar. ¿Por qué era su enemigo? ¿Por qué la odiaba a ella y a todas las mujeres?

De pronto, le sobresaltó un débil sonido tras ella. Parecía el rumor del viento sobre las hojas. Se detuvo para escuchar mejor y aquel ruido también paró; dio dos pasos para apoyar la espalda contra un árbol y defenderse. Enarboló su venablo.

Su cuerpo desnudo quería temblar, pero ella se lo impidió. Era Uriel, una guardiana de la Diosa, y no debía sentir miedo. No quería sentir nada. Si la atacaba un león, moriría con un grito de guerra en los labios y con un arma en las manos.

Se abrieron los arbustos y apareció Ahkim. Estaba desnudo, pues se había despojado de su traje de piel de cabra para correr mejor tras de ella. Uriel habría preferido que fuese un león. La punta de obsidiana de su venablo vibró trémula durante unos instantes y luego apuntó al suelo. Trató de parecer indiferente.

—Ahkim, ¿con qué derecho me sigues? —intentó decir Uriel. Pero de sus labios exangües sólo salió una palabra:

—Ahkim...

Él no respondió a aquella pregunta sin formular. Desde hacía varios ciclos de estaciones había carecido de la presencia de una mujer y ahora le resultaba insoportable demorarse siquiera unos latidos de corazón. Apartó el venablo tembloroso y cayó sobre Uriel con violencia incontenible.

Ella tampoco había abierto su cuerpo a ningún otro hombre durante todo aquel tiempo. Se decía que era por el miedo a volver a quedar encinta, pero durante su embarazo habría podido yacer con cualquiera y no lo había hecho. Trataba de convencerse de que había sido para no perjudicar al feto que dormía en su interior. Las pocas veces en que se había insinuado la idea de que ningún hombre podría ser como Ahkim, Uriel la había extinguido, igual que se apaga la chispa desprendida de una hoguera para que no se provoque un incendio.

Uriel sintió fiebre. Un espíritu de fuego había entrado en ella —¿qué, si no?—, o tal vez uno de viento, que soplaba y barría todo pensamiento y toda barrera que se opusiese a la furia de su cuerpo desatado.

Ella lloró, gritó, insultó, gimió... Golpeó con rabia aquel cuerpo magnífico que entraba en ella como un ladrón, sin ser invitado; lo asió desesperada cuando parecía apartarse durante un instante; tembló con cada temblor que Ahkim le comunicaba y se estremeció con cada movimiento que traspasaba su vientre una y otra vez.

Se acordó de Mara y Koshmar, de cómo les había visto realizar aquellos actos prohibidos y repugnantes, y ya no le parecieron tan asquerosos, ni le importaron tanto las prohibiciones de la Diosa. Estaban los dos solos: ¿quién la denunciaría si se le escapaba una caricia o un beso? Pero ella era Uriel, una guardiana de la Diosa, y con ella yacía Ahkim, su enemigo mortal: no debía, no podía hacer aquello.

Sin embargo, su imaginación la traicionaba, y se veía a sí misma como Mara, y a Ahkim como Koshmar. El placer aumentó tanto, que ya no hubo de imaginarse nada, ni habría sido capaz de hacerlo aunque hubiese querido.

Por fin, tras llegar varias veces a estremecimientos innombrables, la respiración de Ahkim y Uriel dejó de ser un jadeo y sus labios volvieron a cerrarse. Uriel pensó: «Me ha labrado y me ha sembrado, para hacerme fértil». Miró a Ahkim ponerse en pie, tomar sus armas e irse sin decirle una palabra, como exigía la buena educación, y Uriel sintió que le faltaba algo.

Tal vez fuera un beso.

Un beso de madre. Un beso de hermana de sangre. Un beso de Ahkim.

Uriel lloró, sin saber por qué. Sentía dentro de sí la simiente que la humedecía y la volvía tierna y débil como las plantas que crecen a las orillas de los arroyos.

Trabajosamente, como si fuese una anciana, ella también se levantó y regresó hacia Zewi Khemi.

Ahkim volvía hacia las colinas de Truulnar. Los cabreros le recibirían con bromas soeces y gestos obscenos; ahora, tras haber entrado en la guardiana de la Diosa a la que todos temían, aún le respetarían y admirarían más. Pero no se había despojado de sus ropas para ir con Uriel sólo por eso. Había experimentado un impulso incontenible de virilidad reprimida a través de muchas estaciones. Eso es. Habría sentido lo mismo con cualquier otra mujer, Uriel no significaba nada, sólo era la hermana de Koshmar y una guardiana de la Diosa, y se odiaban mutuamente. Sin embargo, trató de convencer al espíritu de su madre muerta, para que le permitiese perdonar la vida a Uriel cuando desencadenase la tormenta de sangre que planeaba. El espíritu le respondió que se lo pensaría.

Al llegar al poblado de los cabreros, como suponía, todos rieron su hazaña y lo felicitaron.

—¿Habéis matado a los cabritos, como os ordenó la Madre?

—Todavía no.

—Traedlos aquí, para que los vean todos. Y acercad también al macho que estuvo con las cabras cojas.

Los hombres le obedecieron sin saber a qué se debían aquellas órdenes. Era mejor obedecerle sin rechistar.

—¿Os dais cuenta de cómo se parecen? —les preguntó Ahkim—. ¿Y sabéis por qué? Porque los machos, los varones, cuando entramos en las mujeres metemos una semilla en ellas, cuyo vientre es igual que la tierra fértil.

Ahkim habló largo y tendido. A veces, para que le entendieran tuvo que simplificar sus palabras hasta que casi se convirtieron en gruñidos animales; otras veces habló sobre los dioses masculinos, y cómo se vieron sujetos a las divinidades femeninas cuando la caza escaseó. Lo que no sabía, lo inventaba o lo soslayaba. Les dijo lo que querían oír y, cuando terminó, le aclamaron.

—Y si las mujeres no nos dan la vida por la magia, ¡no nos la pueden quitar con la magia!

Todos callaron, perplejos y un poco asustados. Hasta ese momento, no se habían dado cuenta de lo que significaban las palabras de Ahkim. Después de esperar varias respiraciones, incluso los más torpes asimilaron las consecuencias de lo que habían oído. Ahkim continuó:

—¡Nosotros tenemos las armas y las mujeres no tienen nada para defenderse! ¡Nada!

De nuevo reinó el silencio. Una alondra empezó a trinar y calló, como si se asustase de su propio canto. El aire estaba impregnado de sangre.

—¿Por qué, pues, nos tienen desterrados aquí? ¿Por qué son ellas las que deciden quién entra en su cuerpo? ¿Por qué nos impiden fermentar toda la cerveza que necesitamos? ¿Por qué no nos dejan ir de caza? ¿Por qué han proscrito la guerra?...

La lista de agravios era interminable y Ahkim no llegó hasta el final. Había ido elevando el volumen de su ya fuerte voz y las últimas frases las pronunció gritando. Los cabreros le vitorearon.

—¡Viva Ahkim! ¡Mueran las mujeres!

—¡Alto! ¡Un momento! —les interrumpió Lilao—. Yo no estoy convencido de que esto sea verdad. La magia de la Madre me curó cuando un mal espíritu había entrado en mí. La magia de las mujeres sí que sana, y si sana, puede hacer que enfermemos; y si hace que enfermemos, puede matarnos.

—Lilao, ya sé que eres un perro leal a la Madre —replicó Ahkim—. Dale mis saludos cuando la encuentres en el país de las sombras.

A un gesto de Ahkim, Nuraón apuñaló por la espalda a Lilao, antes de que éste pudiese defenderse. El repugnante rostro cruzado de cicatrices de Nuraón se arrugó en una sonrisa siniestra y escupió al cadáver que yacía en el suelo en medio de un charco de sangre. Ya no existía ningún tabú contra las armas, como pronto iban a descubrir las mujeres.

—¿Alguno más es un cobarde que prefiere servir a las hembras, en vez de ser un hombre? —preguntó Ahkim—. ¿No? Bien, ahora tenemos una luna antes de que la Madre eche en falta a su espía. La aprovecharemos. Mañana partiremos para ir a buscar a los cabreros de las otras tribus y comunicarles la buena noticia: ¡Los hombres ya no somos perros! ¡Los hombres somos los amos!

—¿Y si alguno prefiere seguir siendo un perro? ¿Qué hacemos con él? —preguntó Nuraón, mirando al cadáver de Lilao. Todos rompieron a reír. No eran necesarias más amenazas.

En pocos días, los cabreros de las colinas sabían que la magia de las mujeres no podía luchar contra sus venablos; hubo muy pocos indecisos y aún menos traidores a los que ejecutar. Juntaron los rebaños de las distintas tribus para que los pudiesen cuidar unos pocos hombres.

Ahkim tenía prisa. Sólo era cuestión de tiempo el que alguien hablase de más con su hermana o con su madre, y las mujeres descubrieran la conspiración. Por suerte, con la primera luna de la primavera las mujeres celebrarían algunos ritos que exigían que estuviesen solas y todos los hombres abandonarían Zewi Khemi. Ése sería el momento de atacar. Primero caería Zewi Khemi, luego los demás poblados de la confederación de la Diosa y por último... ¡el mundo entero pertenecería a los varones! Sólo les separaban unos pocos días de la fecha fatídica.

Koshmar había vuelto a despertar a la esperanza. Cuando su amigo Ahkim gobernase, podría volver a ver a Mara; y no sólo verla, sino incluso amarla y vivir con ella. Estaba como loco de alegría y contaba cuánto faltaba para que empezase el ritual de las mujeres. Como duraba seis días, Ahkim planeaba dar el golpe la última noche, para tener tiempo de atraerse a los distintos clanes.

Los dos amigos yacían juntos al lado de una hoguera moribunda, esperando que les venciese el sueño. La noche era cálida y las cabañas estaban atestadas con los cabreros de todas las tribus que se estaban concentrando para el ataque al poblado. Koshmar hablaba de cómo sería su nueva vida con Mara; pero su amigo callaba y contemplaba el firmamento, soñador: a esa hora, siempre conversaba con el espíritu de su madre muerta. Por fin, Ahkim le dijo a Koshmar:

—Puesto que la amas tanto, le perdonaré la vida. Mi madre está de acuerdo.

—¿Perdonarle la vida? —rió Koshmar—. ¡Qué tontería! ¿Cómo puedes decir eso?

—Porque voy a matar a todas las mujeres adultas de Zewi Khemi.

Koshmar intentó traspasar la noche para saber si su amigo bromeaba. No, no bromeaba.

—¡Ahkim! ¡No será necesaria tanta sangre! Cuando entres en Zewi Khemi al frente de todos los hombres, nadie se te opondrá. Las guardianas de la Diosa son pocas y Aster es prudente. Las mujeres cederán ante ti y te nombrarán jefe de la tribu.

—¡Por supuesto que cederán! ¡Y al día siguiente comenzarán a conspirar para destruir mi poder! ¡Ya me robaron la victoria una vez; ahora no me la volverán a arrebatar! La única manera de asegurarme de que no reconquistarán el poder es aniquilarlas; sólo se salvarán las niñas, a las que educaremos para que sean sumisas y no nos desafíen. Pero no te preocupes: respetaré la vida de Nohara, tu madre, porque me alimentó cuando yo era un niño; la de Mara, porque me permitió entrar en ella a pesar de la prohibición de Aster; y la de Uriel, tu hermana, porque me gusta cómo gime bajo mi peso.

Koshmar estaba tan horrorizado, que fue incapaz de argumentar nada contra la implacable lógica de Ahkim. Tras un largo silencio, trató de convencer a su amigo.

—¿No temes a las almas de tantas mujeres a las que vas a mandar al país de las sombras?

—No, yo no temo a nada ni a nadie. —Ahkim se mostró irritado porque Koshmar le impedía continuar la conversación con su madre muerta—. Cállate ya.

—Pero tiene que haber alguna otra forma...

—Escucha, Koshmar, escucha atentamente. —Ahkim se incorporó y le miró a través de la oscuridad con ojos de fuego—. Tu preciosa teoría tal vez no sea cierta del todo. ¿Acaso no has observado que alguno de los cabritos se parecen a la madre, en vez de al padre? De hecho, tú mismo te pareces mucho a tu madre.

—Entonces, deberíamos esperar hasta estar seguros...

—¡Al contrario! Hemos de movernos con rapidez y crear una situación irreversible. Me interesa que tu descubrimiento sea cierto y por Zohar que lo será. Los hombres seremos sembradores de vida y las mujeres nada más que un terreno fértil del que nos apropiaremos. Y ahora, déjame dormir. Nos esperan jornadas trabajosas y sangrientas, y quiero estar descansado.

Dicho esto, Ahkim se volvió y comenzó a roncar. Koshmar no podía conciliar el sueño. Le asaltaban ayes y quejidos desesperados, visiones siniestras de montañas de cadáveres femeninos, torrentes de lágrimas que nadie enjugaría. ¿Era posible que su inocente hallazgo condujera irremediablemente al predominio de los varones? ¿No había otra alternativa? Por mucho que Koshmar interrogó a las estrellas, no encontró respuesta.

Por fin, comenzó el festival de la Diosa en Zewi Khemi. Los hombres fueron expulsados para que no presenciasen los ritos secretos de las mujeres y cada clan estableció su campamento en su zona de pastos. Ésta era la ocasión que aguardaba Ahkim y partió con los cabreros. Primero iría a su propio clan, el de la serpiente, y luego sublevaría los demás.

—Cuando nos volvamos a ver dentro de seis días, seré jefe de Zewi Khemi y nadie se opondrá a que entres en Mara cuanto te parezca. —Se despidió de Koshmar, que debido a su pierna no podía acompañarles. El desgraciado tullido, ojeroso y triste, no le respondió. Ahkim, acostumbrado a la melancolía de su amigo, hizo como si no se diese cuenta de nada y salió con los cabreros. Reían y proferían obscenas procacidades, los que tenían que quedarse para cuidar los rebaños envidiaban a sus compañeros más afortunados.

Koshmar contaba los días que faltaban para la matanza. Seis. Mujeres que son degolladas mientras los hombres las violan. Cinco. Niños que lloran sobre los cadáveres de sus madres muertas. Cuatro. Una mujer corre con su bebé en brazos y un venablo se le clava en la espalda. Ya no pudo resistir más las sangrientas visiones que lo asaltaban. Tenía que impedirlo, aunque para eso tuviese que traicionar a sus compañeros, a su propio sexo e incluso a su amigo Ahkim. Recordaba cómo habían jugado juntos y cómo Ahkim siempre le había defendido contra los que se burlaban. ¿Podía pagarle con una traición? ¿Qué debía Koshmar a las mujeres de Zewi Khemi, que siempre lo habían desterrado de sus cuerpos placenteros? Pero matarlas... Matarlas por culpa de él, de Koshmar, que había descubierto algo que tal vez no fuese cierto del todo... ¿Podría vivir luego con todas aquellas almas atormentadas persiguiéndole? No, no podría, ni siquiera con Mara a su lado.

Sigilosamente, salió de la cabaña de los cabreros y, cojeando, se dirigió hacia Zewi Khemi. No trató de ocultar sus huellas, era imposible disimular su paso ridículo y el apoyo de su azagaya; intentó correr, correr todo lo que su maltrecha pierna le permitiese. Pero le alcanzaron poco antes del mediodía. Eran dos cabreros.

—Tú, cojo, ¿adónde crees que vas?

—Voy con Ahkim. Yo también quiero matar y violar unas cuantas mujeres. Después de lo que se han burlado de mí, quiero que se lleven un buen recuerdo mío al país de las sombras. —Koshmar hizo un gesto obsceno y los cabreros bajaron sus armas y rieron. Aún reían cuando el venablo de Koshmar se clavó en el vientre del primero de los hombres. Apoyó todo su peso y notó cómo la punta de sílex traspasaba las vísceras y llegaba hasta la espalda.

—¡Tullido de mierda! —El otro levantó su venablo, pero estaban demasiado cerca para arrojarlo con eficacia. Koshmar se lanzó hacia delante.

—¡Diosa, que no tropiece yo ahora, ahora no! —Y los dos cayeron al suelo, enzarzados en un combate cuerpo a cuerpo. Antes de que su sorprendido enemigo pudiese desenfundar su puñal o incorporarse, Koshmar le había clavado el cuchillo de sílex en el corazón.

Koshmar quedó sobre el cadáver durante varios latidos, tratando de recuperar el aliento. ¡Lo había hecho! Era un guerrero, a pesar de su pierna, a pesar de las burlas. Había terminado con dos adversarios, él solo. Sintió crecer su orgullo. Se lo contaría a Mara y ella sabría que, aun siendo un tullido, también era un valiente luchador, como Ahkim.

Se puso en pie trabajosamente, desenclavó su venablo del abdomen del primer cabrero y prosiguió su camino hacia Zewi Khemi. Ya no era necesario darse prisa, aún faltaban tres días hasta que Ahkim atacase.

Apenas Koshmar se había perdido de vista, el cabrero herido en el vientre se incorporó. Todavía no estaba muerto, como creyera Koshmar: si hubiese cazado como los demás hombres, habría sabido que un lanzazo en el vientre mata muy lentamente. ¡Maldito, maldito cojo! Su herida era mortal, se daba cuenta, pero se arrastraría hasta el campamento de Ahkim para decirle que su amigo le había traicionado. Ahkim sabría lo que hacer y le vengaría. No viajaría solo al país de las sombras. Trastabillando, se dirigió hacia los pastos del clan de la serpiente.

Sin saber que Ahkim pronto conocería su traición, un jadeante Koshmar llegó hasta Zewi Khemi.

—¡Alto! ¡Está prohibida la entrada de cualquier varón durante el festival de la Diosa! —La centinela apuntó a Koshmar con su venablo, amenazadora.

—¡Vais a ser atacadas! —Koshmar creía que aún tenía tiempo. Faltaban dos días para la fecha del ataque al poblado—. ¡Llévame ante la Madre!

El matiz de urgencia en el tono de voz de Koshmar le dijo a la guardiana de la Diosa que corriese, que corriese para salvar las vidas de las habitantes de Zewi Khemi. Y corrió.

Aster apareció pronto, seguida por varias de las guardianas de la Diosa, entre las que estaba Uriel. Todas llevaban armamento de combate.

—¿Qué deseas, Koshmar? ¿No sabes que ningún varón puede

entrar en el poblado durante el festival de las mujeres? ¡Y tú menos que ninguno, pues eres un proscrito! ¡Dinos lo que tengas que decirnos y vete! —Aster, a pesar de ser muy anciana, no había perdido nada de su autoridad.

—¡Madre, los hombres siembran en las muj...!

—¡Alto! ¡Detén tu lengua! Hijas mías —Aster se dirigió a las guardianas de la Diosa—, dejadnos solos, pues hemos de tratar de algo que abrasaría vuestros cuerpos y vuestras almas si lo conocieseis antes de tiempo. Y tú, Koshmar, acompáñame a mi cabaña en silencio. Allí hablaremos y beberemos cerveza aromatizada.

Las guardianas de la Diosa se fueron, obedientes; pero Uriel permaneció con ellos. Para su desgracia, ya sabía de lo que iban a hablar... y también sabía lo que le iba a suceder a Koshmar.

—Abuela, yo también conozco el Secreto —le dijo Uriel en un susurro, sin que lo oyese Koshmar.

Aster la miró asombrada y ordenó a Koshmar que entrase en la cabaña. Cuando estuvieron solas, le dijo a su nieta:

—¿Tú, Uriel? ¿Cómo? ¿Quién ha sido la insensata que te desveló el misterio antes de tiempo?

—Fue Kurmil, tu enemiga. ¡Ay, abuela, cómo he sufrido durante todos estos ciclos de estaciones! Cada vez que un hombre se acercaba a mí, el terror a la muerte en el parto me impedía abrirme al gozo! ¡No puedo más, no, no puedo más!

—Pobre, pobre niña. —Aster y Uriel se abrazaron sollozando—. Yo he sido la culpable, pues por librarme de Kurmil, te he condenado a ser algo menos que mujer. Perdóname, nieta mía, perdóname.

Por fin, Aster despidió a Uriel.

—Vete, querida, ya has sufrido bastante. Ahora yo debo proporcionar la muerte dulce a tu hermano Koshmar.

—No, abuela, si he de ser Madre, debo aprender a matar. Te acompañaré.

Ya en la cabaña, Aster le dijo a Koshmar:

—Vamos, ofreceremos una libación a la Diosa y me contarás lo que has descubierto. Tenía que haber sospechado que Friarcar era incapaz de tanta inteligencia.

Mientras hablaba, Aster preparaba cerveza aromatizada para Koshmar. Uriel trataba de ahuyentar las lágrimas. Volvía a recordar cómo cuando eran niños había cuidado a aquel hermano que ahora debía morir.

—Madre, sabe amarga —dijo Koshmar al probarla—. ¿Podrías añadirle un poco más de miel?

—Siempre sabe amarga, para quien la bebe y para quien la ve beber. Pero sí, añadiré un poco más de dulce para que te sepa mejor.

Koshmar alzó el cuenco de piedra y, antes de llevárselo a los labios, dijo:

—Ofrezco esta bebida a la Diosa. Hemos de protegerla, ahora que todos los hombres saben cómo se conciben los niños...

Aster le arrebató el cuenco de las manos, sin permitirle beber.

—¿Qué has dicho? ¿Ya lo saben todos los hombres?

—Sí. Ahkim se lo está contando a todos los clanes.

—No bebas. Es inútil. Es demasiado tarde. ¡Demasiado tarde, oh Diosa! —Aster se mostró desolada y se sujetó la cabeza con las manos—. ¿Por qué a mí? Durante generaciones ha sido la pesadilla de todas las Madres y, Diosa, no me has dejado morir antes que verlo. ¿Acaso te he servido mal?

Nunca Uriel ni Koshmar habían visto así a su abuela, vencida, desesperada.

—No sé qué hacer, Diosa, no sé qué hacer. Durante tanto tiempo he pensado, he planeado, he urdido añagazas... pero siempre conservé la esperanza de que nunca tendría que vivir este instante.

—Abuela, ¿por qué te lamentas así? Tú, con la ayuda de la Diosa, has vencido todos los peligros que amenazaban a la tribu. —Uriel no comprendía todas las implicaciones de que el secreto de la Diosa hubiese sido descubierto por los hombres. Creía que las mujeres jóvenes no debían conocerlo, porque entonces el miedo al dolor y al peligro mortal de los partos las apartaría de los varones y la humanidad se extinguiría; pero no se daba cuenta del poder que este nuevo conocimiento concedería al género masculino—. Eres sabia, y con tu magia...

—¡Mi magia! Quizá no sirva de nada contra quienes no creen en ella. ¿No comprendes acaso que la base de nuestra magia femenina estriba en nuestra capacidad de crear la vida? Si no damos la vida, no podemos quitarla.

Uriel fue incapaz de replicar. Quería animar a su abuela y no sabía cómo.

—Y ahora Ahkim posee el secreto, Ahkim, el más feroz, astuto y despiadado enemigo de las mujeres —prosiguió Aster—. ¿Cuántas lunas nos quedan antes de que descargue su furia sobre nosotras?

—No lunas, Madre, sino días. Dos días: al atardecer del segundo, llegará al frente de todos los clanes —intervino Koshmar.

—¡Dos días! Cederé, cederemos. Le entregaré el mando; es inevitable.

—Pero, Madre…

—¡Silencio, Uriel! Nuestra magia ha perdido su fuerza y hemos de doblegarnos ante el vendaval, para que no nos quiebre. Las mujeres somos pacientes y encontraremos un medio de recuperar el poder, pero para eso necesitamos tiempo.

—Madre… —Koshmar no sabía cómo decírselo.

—Habla, Koshmar, nada puede ser peor que las noticias que has traído.

—Ahkim no tiene ninguna intención de daros tiempo. Planea matar a todas las mujeres adultas de Zewi Khemi.

Aster y Uriel gritaron horrorizadas.

—¡No! ¡No es posible! ¡Es demasiado cruel, incluso para Ahkim!

Koshmar agachó la cabeza.

—¿Por qué he traicionado a mis dioses varones, a mi sexo, a mi amigo? Me perseguían los fantasmas de las que iban a morir por mi culpa, pues yo fui quien descubrió el secreto de la Diosa. Ahora, todos los hombres me despreciarán. ¡Pero ya he matado a dos de ellos que trataron de detenerme! ¡Yo solo! ¡A pesar de mi pierna, soy un guerrero! ¿Verdad que soy un guerrero?

—Sí, Koshmar, eres un guerrero. Aunque muchos se rían de ti, eres un valiente guerrero. ¡Si tuviésemos muchos más como tú, para defendernos! Pero estás solo. Ahora, calla y déjame rezar a la Diosa, para que me inspire —le dijo Aster. ¡Qué infantil resultaba el orgullo masculino! Era uno de sus puntos débiles. Tal vez pudiera explotarlo…

—Aún tengo que decir algo más. Ahkim planea matar a todas las mujeres, menos a tres: a Nohara, porque le alimentó cuando era un niño; a Mara, porque le permitió entrar en ella cuando era un proscrito; y a Uriel, porque... porque...

—¿Por qué perdonar a Uriel, si es una guardiana de la Diosa? —preguntó Aster.

—Porque dice Ahkim que le gusta cómo gime bajo su peso.

Uriel lanzó una exclamación de vergüenza y enrojeció.

—¡Que le place cómo yo...!

—Os lo ruego, dejadme orar y meditar, tengo que encontrar una manera de salvar a las mujeres de Zewi Khemi —la interrumpió Aster. El deseo de Ahkim también podía ser un arma contra él.

Aster se sumergió en su interior durante un largo tiempo, mientras Uriel y Koshmar aguardaban calladamente, como espectadores de un acto sagrado. De la Madre surgía un poder sabio y subterráneo que casi se podía tocar, un poder proveniente de la noche y de la profundidad del silencio. Por fin, cuando ya bajaba el sol y la penumbra invadía la cabaña, Aster habló:

—Koshmar, has de ir a los pastos donde se reúnen los hombres. Sólo tú puedes convencer a tu amigo: es implacable, pero no del todo. Delante de todos, has de preguntarle si han de morir todas las mujeres; cuando él diga que se ha de respetar la vida de tu madre, de Mara y de Uriel, tú extenderás la discordia entre los guerreros, igual que una sembradora esparce el grano en un fértil campo de trigo. Todos tienen una madre que los parió, una hermana que los cuidó, una mujer que les da más placer que las demás. ¿Por qué respetar a las mujeres de Ahkim y no las otras? Propón entonces respetar a las mujeres del clan de la serpiente; los otros clanes se enfurecerán y los unos discutirán con los otros.

»Cuando los hombres estén enfurecidos y agotados por los argumentos, diles esto: no es necesario matar a nadie, salvo a Aster, la sacerdotisa. Muerta ella, las demás mujeres se someterán...

—¡Abuela! —Uriel y Koshmar gritaron horrorizados—. ¡No puedes sacrificarte así!

—¡Silencio! La Diosa está hablando por mi boca. —Aster se enterneció cuando vio aflorar las lágrimas en los ojos de sus nietos—. Queridos míos, ¿no comprendéis que es necesario? Mi vida está gastada como una piedra que ha molido demasiado grano y no será una gran pérdida. Los hombres han olido la muerte y no bajarán sus venablos hasta que los vean enrojecidos en sangre. Entreguémosles la mía, que ya no vale para mucho.

Uriel y Koshmar no podían contener el llanto.

—Como te decía, Koshmar —prosiguió Aster—, les propondrás matarme en el poste de tortura. ¡Será una tentación irresistible! Ahkim verá la trampa, pero si eres elocuente, convencerás a la mayoría. Diles que si matan a las mujeres, tendrán que sembrar ellos los campos en vez de cazar; que si las respetan, podrán entrar en ellas sin esperar a que crezcan las niñas; que las mujeres, una vez muerta la Madre, no constituyen ninguna amenaza para unos guerreros tan fuertes y varoniles. ¿Podrás hacerlo, Koshmar?

—Lo conseguiré.

—El futuro descansa sobre tus hombros. Si fracasas, que los espíritus de las muertas no te permitan descansar; que tus noches se pueblen de fantasmas vengativos y terribles; que tus oídos no dejen de escuchar nunca los gritos de dolor de aquellas que morirán por tu culpa.

Koshmar se encogió lleno de miedo ante tal maldición.

—Tendré éxito. Pero, Madre, antes de salir del poblado, ¿podría...? —Koshmar se detuvo avergonzado. Tomó aliento y terminó la frase:

—¿Podría ver a Mara y a mi madre? Tal vez Ahkim me mate, enfurecido por mi traición, y desearía llevarme su recuerdo al país de las sombras.

—Te lo permito. —Aster no pudo evitar una sonrisa—. Levanto la prohibición que pesa sobre vosotros y, por la Diosa, si sobrevives te habrás ganado el derecho de querer a Mara como prefieras. Pero habrás de partir antes de que anochezca completamente, el tiempo cuenta. Llévate este amuleto como señal de que te he permitido volver al poblado, así no te molestará nadie.

Cuando Koshmar hubo salido, Aster habló a su nieta:

—En cuanto Koshmar se vaya de Zewi Khemi, las guardianas de la Diosa iréis a avisar a las otras tribus. No estoy segura de que los hombres os respetasen y, además, tenéis una misión que cumplir.

—¿Una misión, Madre?

—Sí. Les explicaréis a las demás Madres lo que ha sucedido aquí. Ellas decidirán qué hacer. Yo veo dos senderos:

»El primer sendero es que envenenen a todos sus hombres, menos a algunos niños, pues necesitarán quien siembre sus vientres. Luego, se reunirán las guardianas de la Diosa de las diferentes tribus y atacarán a los guerreros de Zewi Khemi que, bien los conozco, estarán borrachos por haberse bebido toda la cerveza que tenemos almacenada. Además, no se esperarán ningún ataque. Tomados por sorpresa y borrachos, nuestra victoria es segura.

—¿Y el segundo sendero, Madre?

—El segundo sendero consiste en someternos aparentemente y luego erosionar las bases de su poder masculino con paciencia y sabiduría. Los hombres pueden ser más fuertes, pero desde luego no son ni la mitad de sutiles que nosotras. Si nos mantenemos unidas, gobernaremos en la sombra. Y tú gobernarás al lado de Ahkim: amansarás con tu ardor su sed de sangre, y lo atarás con las invisibles ligaduras del placer, del amor y de los hijos.

—Será muy difícil elegir entre los dos senderos. ¿Cuál es tu voto, para que yo lo emita por ti en la asamblea de las Madres?

—¿Mi voto? Mi voto no importa, yo ya estoy muerta; la que ha de decidir es la próxima Madre de Zewi Khemi. Ésa eres tú —diciendo esto, Aster le entregó su collar de conchas cauri—. Ocúltalo en esta bolsa de cuero, para que nadie lo vea. Sé prudente, querida mía, porque te espera una existencia dura y trabajosa.

Uriel se colgó la bolsa al cuello y abrazó a su abuela.

—¡Nunca, nunca te olvidaré! ¡Has sido tan buena conmigo!

—Vamos, vamos, no llores. La Diosa me recompensará, si es que me lo merezco. Y si no, no me importa. Me duelen tanto las articulaciones que no le tengo demasiado apego a la vida. Si no hubiese sido porque tenía que esperar a que estuvieses preparada para gobernar Zewi Khemi, haría tiempo que habría aceptado la muerte dulce. Ahora, vete a avisar a las demás guardianas de la Diosa, que tomen sus armas y se reúnan conmigo en la plaza del poblado. Y dile a Koshmar que se apresure: pronto lucirán las primeras estrellas.

Cuando Uriel salía de la cabaña, Aster la llamó.

—¡Uriel!

—¿Sí, abuela?

—Has sido la mejor nieta que nadie podría haber deseado.

Uriel se marchó para no volver a llorar.

VEINTICUATRO

—¡Mara!

—¡Koshmar! ¿Qué haces aquí en Zewi Khemi! ¿No sabes que esta tierra significa la muerte para ti? ¡Y precisamente cuando celebramos el festival de la Diosa y los varones tenéis prohibido entrar en el poblado!

Mara no podía creerlo. Ante ella estaba Koshmar. Pero después de tantas estaciones separados, casi no lo reconoció. El Koshmar que ella guardaba en su memoria, el Koshmar con el que hablaba cada tarde a través del colgante de cobre nativo, se había ido alejando poco a poco del auténtico Koshmar, embelleciéndose con la distancia y con el recuerdo. Y ahora la realidad, la triste y patética realidad, la defraudaba. Lo vio no con los ojos del enamoramiento, sino como le veían todos: un cojo soñador y risible, que incluso tartamudeaba un poco al hablar por la excitación, un tullido al que le temblaban las comisuras de los labios de una forma muy poco masculina. Además, al convivir con los cabreros, se había convertido en uno de ellos: sucio, maloliente y tosco.

Mil veces había soñado Mara con este reencuentro, pero aquél no era el Koshmar que ella recordaba. Le pareció digno de lástima, sí, pero no de amor. Ella había pensado que lo que había entre los dos duraría para siempre, y había bastado una separación de algunos ciclos de estaciones para que el enamoramiento se extinguiera, pues el tiempo y la distancia pueden acrecentar el amor, pero también destruirlo. Mara había sido fiel a un recuerdo de lo que pudo ser;

ahora se sintió engañada. Confusa por este cambio en sus sentimientos, Mara frunció los labios dejando entrever su desilusión.

Koshmar, entusiasmado, no se dio cuenta de la decepción de su amante.

—No corro ningún peligro ahora. La Madre ha extendido su protección sobre mí.

—Pero ¿cómo? ¿Por qué? ¿Y esas manchas de sangre coagulada que marcan tu pecho como si fueses un cazador?

—Un cazador, no. ¡Un guerrero! He matado a dos enemigos en combate, a pesar de mis piernas. —Koshmar infló el pecho, orgulloso de su hazaña. No había querido lavarse la sangre en ningún arroyo para remarcar su valor, pero ufanarse así resultaba presuntuoso en un tullido. A Mara le molestó esta vanidad ridícula—. ¡A dos enemigos! Entremos en vuestra choza, para refugiarnos de las miradas indiscretas, y te lo contaré todo. O casi todo, porque he descubierto un secreto que no debo revelar.

Nohara, la madre de Koshmar, estaba mullendo la paja de los lechos antes de dormir. Su rostro se iluminó y pareció que la penumbra fuera menos espesa.

—¡Hijo! ¡Hijo mío! ¡Gracias sean dadas a Areete, la diosa de la compasión, por haberme permitido volver a verte antes de viajar al país de las sombras! ¿Has vuelto para quedarte? ¿Te ha perdonado la Gran Diosa?

Koshmar abrazó a su madre. Le pareció más anciana y descubrió en su rostro muchas arrugas desconocidas. Nohara no le preguntó nada más: le bastaba con el milagro de la presencia de Koshmar.

Koshmar contó sus aventuras, aunque sin precisar el Secreto de la Diosa y sin decirles que Ahkim estaba a punto de atacar al poblado. El relato así mutilado resultaba incoherente e incomprensible para las dos mujeres. Tampoco les reveló que él iba a correr un peligro terrible: enfrentarse con Ahkim, que había sido su amigo.

—Mañana al amanecer, corred a refugiaros al poblado del río. Allí estaréis a salvo, la madre de Mara os acogerá.

—¿A salvo de qué? ¿Por qué escapar de Zewi Khemi, en pleno festival de la Diosa?

—¡No puedo explicaros más! Sobre este poblado, se cierne un peligro terrible, mortal. Sois como cervatillos durmiendo en un claro del bosque, que no se dan cuenta de que los lobos los cercan. Creedme y huid. Y, sobre todo, evitad los pastos donde ahora acampan los hombres.

En eso, entró en la cabaña un niño desnudo de unos tres inviernos, sucio de barro y de polvo, que había estado jugando en el exterior. Se acercó a Mara y comenzó a mamar de uno de sus pechos.

—¿Es... es tu hijo?

Mara rió:

—¡Eso creo! ¿Verdad que es precioso?

Koshmar se acercó para examinar los rasgos del niño, tratando de buscar alguna similitud con los suyos propios. Pero ¿cómo podía conocer sus propias facciones, si nunca las había visto sino reflejadas borrosamente en un arroyo o sobre un pedazo de obsidiana pulida?

—¿Se parece a mí? ¡Decidme si se parece a mí!

Mara y Nohara se miraron perplejas. Koshmar parecía un loco excitado. ¿Qué podía importar a quién se pareciera un niño? Todos sabían que los espíritus de los muertos se reencarnaban en los vientres de las madres, y por eso, a veces, niñas y niños se parecían a algún anciano ya fallecido. Pero ¿a un vivo? Era absurdo.

—¡Qué se te va a parecer! En todo caso, se parecería a Ahkim —rió Mara—. Fíjate en sus ojos: ¡son igual de llameantes que los de tu amigo!

Koshmar se mostró triste y decepcionado. Se apartó del niño sin concederle una sola caricia, como si le repugnase. Mara se enojó ante este desprecio hacia su hijo; pero Nohara, que se dio cuenta, lo tomó en brazos y lo besó.

—Lo quiero tanto como si fuese mi propio nieto, a pesar de sus travesuras. —Nohara sonrió y acarició el cabello crespo del niño. Koshmar suspiró, como si quisiera añadir algo, pero la prudencia se le impuso. En ese momento, la silueta de Uriel se dibujó en la entrada de la cabaña.

—¡Koshmar! La Madre te llama, debes partir. Ya ha comenzado a lucir la primera estrella.

—¿Ya te vas? ¿Tan pronto? —Nohara y Mara se sobresaltaron por lo inesperado de la intervención de Uriel y por el tono grave con el que habló.

—No os preocupéis. —Koshmar trató de parecer confiado, aunque temblaba—. Volveré pronto y nunca más tendré que irme de Zewi Khemi. ¡Soy un guerrero! ¡He matado a dos enemigos, recordáis?

Abrazó a su madre y luego, en un arrebato, besó a Mara. Su madre y Uriel se ruborizaron ante lo obsceno de este gesto, pero Koshmar se sentía cerca de la muerte y quería llevarse el sabor de Mara consigo. Mara le devolvió el beso, pero no con demasiado apasionamiento. Koshmar se separó de ella y salió acompañado de Uriel, tratando de cojear lo más dignamente posible.

—¡Acordaos de lo que os he dicho! ¡No durmáis otra noche más en Zewi Khemi!

—¡Koshmar! —susurró Uriel—. ¿Les has revelado el Secreto de la Diosa? ¿O les has advertido del peligro que nos amenaza? ¡La Madre se enojará si difundes el pánico!

—Tranquila, hermana —contestó Koshmar—. Sólo les he ordenado refugiarse en el poblado de la madre de Mara. Si yo fracasase, no quisiera que murieran. De producirse el ataque, no creo que Ahkim consiga refrenar a sus guerreros.

—Has hecho lo correcto —concedió Uriel—. Koshmar…

—¿Sí?

—Yo… Me gustaría decirte… —Uriel no sabía cómo continuar—. Somos hermanos; si bien quizá no provenimos de la misma simiente, hemos compartido la misma tierra, el mismo útero. Se acercan días oscuros y tal vez pronto alguno de nosotros habite en el país de las sombras; no quisiera separarnos sin entregarnos el perdón como regalo de despedida.

—No te odio, hermana mía. Te perdono. —Koshmar trató de no recordar lo que había sentido hacia ella durante el exilio y quedarse sólo con los recuerdos de la infancia—. Siento haberte arrebatado a tu hermana de sangre, como un ladrón de ganado.

—No me la quitaste, yo la perdí. Pero basta o lloraremos delante de todos. No es tiempo de lágrimas, sino de valor. —Uriel, pasado este momento de debilidad, volvía a ser la guardiana de la Diosa que siempre había sido.

En la plaza del poblado, bajo la estatua de la Diosa, se había encendido una hoguera. Allí aguardaban las guardianas de la Diosa, junto con Aster, que se había vestido con sus pinturas rituales y su falda de cuero. Sólo faltaba el collar de conchas cauri, escondido en una bolsita que colgaba del cuello de Uriel.

Aster deseaba que aquella última ceremonia que realizaría antes de morir en el poste de tortura revistiese toda la dignidad posible. Ella había sido la Madre.

Conjuró a la Diosa para que acompañase a Koshmar en su tarea, rogándole que le otorgase elocuencia y poder de convicción, para que paralizase la lengua de sus adversarios y confundiese sus pensamientos. Llamó a las divinidades femeninas por su nombre secreto, para que toda la fuerza de las mujeres se concentrase sobre aquel hombre cojo y pervertido del que dependía el futuro.

Con un sagrado pincel de pelo de marta, pintó sobre la piel de Koshmar los signos mágicos que lo protegerían y lo harían invulnerable a los ataques de hombres y espíritus; lo ungió con aceites sagrados y perfumes esotéricos para que las potencias celestes o terrenas lo acompañasen; le impuso las manos sobre su cabeza y, con un punzón, tatuó un ojo sobre su frente, para que viese más allá que sus enemigos.

Por último, las guardianas de la Diosa danzaron en torno a él, blandiendo sus armas hacia el cielo y hacia la tierra, para ahuyentar cualquier sombra que, conjurada por un adversario, intentara perjudicarle.

Aster había hecho cuanto estaba en su mano. Se acercó a la hoguera y, extendiendo los brazos ante sí, oró a la Diosa.

—¡Oh, Diosa, la que ha creado todo, la que da la vida, la que ahuyenta la muerte…!

Aster se detuvo y bajó la vista. Vio, asombrada, cómo de su vientre sobresalía una monstruosa protuberancia puntiaguda, igual que un tercer pecho abominable y mortífero. Cuando comprendió, miró a Koshmar y a Uriel y quiso decirles algo. No se oyó ningún sonido, pero sus labios pronunciaron estas palabras:

—¡Salvad a Zewi Khemi!

Luego se desplomó inerte sobre la hoguera, levantando una lluvia de chispas. De su espalda sobresalía el mango de una jabalina.

—¡Madre! —gritaron las guardianas de la Diosa.

—¡Zohar, rey! —La voz de Ahkim rompió la oscuridad.

—¡Zohar, rey! ¡Mueran las mujeres! —contestaron docenas de voces masculinas provenientes de todos los puntos cardinales. A los gritos siguió una lluvia de venablos que hirieron a varias guardianas de la Diosa y a otras mujeres que se habían acercado a contemplar la ceremonia de despedida de Koshmar.

Uriel reaccionó deprisa. Ella era la nueva Madre.

—¡Apagad la hoguera! ¡Escondeos en las sombras! —masculló una blasfemia. Por culpa de aquella hoguera no podían distinguir a sus enemigos y, en cambio, ellos las veían perfectamente. Una guardiana de la Diosa trató de apartar a Aster y recibió una azagaya por la espalda—. ¡Dejad a Aster! ¡Agrupaos y guardad los venablos hasta que nuestros atacantes salgan de la oscuridad!

Las mujeres normales corrían hacia todos los lados, buscando la precaria protección de sus cabañas; sólo las guardianas de la Diosa mantenían algún orden de batalla.

Koshmar corrió cojeando hacia la noche desde la que partían los proyectiles, gritando:

—¡Esperad! ¡Esperad! ¡No las matéis! ¡No es necesario! ¡Podéis mandar sin matarlas!

Se oyó una carcajada, y luego otra, y otra más, hasta que la negrura resonaba en una risa siniestra:

—¡Cojo, tullido, largo de ahí! ¡No mereces que despuntemos nuestras jabalinas contra tu cuerpo contrahecho y miserable! —Aquella voz era de Ahkim. Las piedras comenzaron a llover sobre Koshmar, en señal de desprecio.

—¡No! ¡No podéis! ¡No debéis...! —A pesar de los encantamientos que llevaba sobre sí y que lo habrían debido proteger, una piedra le golpeó en la frente y lo derribó aturdido.

Koshmar, desesperado, sentía ganas de llorar. Había fracasado antes de empezar. Quería tumbarse en el suelo y abandonarse; pero entonces recordó:

—¡Mara! ¡Nohara!

Se arrastró hacia un muro de barro para protegerse, la sangre bañaba su rostro y las magulladuras le dolían tanto que apenas podía pensar. «Mara, tengo que llegar hasta Mara, a pesar de las jabalinas, a pesar de las piedras, a pesar de las burlas.»

Ahkim sonrió cuando vio que Koshmar se apartaba de la línea de tiro. No había sido fácil salvarle la vida; los hombres ya habían preparado las jabalinas para acabar con él, cuando se le ocurrió la idea de convertirlo en lo que siempre había sido: un payaso, un bufón, un objeto de burlas crueles al que no merece la pena matar. La ridícula cojera de Koshmar había evitado que muriese.

Porque Ahkim seguía considerándose su amigo. Sí, Koshmar le había traicionado revelando sus planes a la Madre; pero ¿qué importaba? Koshmar era así: débil, cobarde, incapaz de verter sangre sin llorar; y era previsible que se asustaría del audaz ataque contra las mujeres. Koshmar había compartido su alimento y calor con Ahkim cuando éste lo necesitaba, y aquello era suficiente para que su amistad lo perdonase todo. En cuanto había sabido de su traición, había ordenado atacar de inmediato, para no dar tiempo a que Aster preparase la defensa.

—¡Cabreros de Truulnar! ¡Adelante! —Ahkim lanzó en vanguardia a los cabreros. Aun superadas en más de diez contra una y tomadas por sorpresa, las guardianas de la Diosa eran temibles y los hombres dudaban antes de lanzarse al cuerpo a cuerpo. Los cabreros atacaron entre ululantes gritos de guerra; una descarga de negros venablos de obsidiana derribó a muchos de ellos, pero los demás pasaron por encima de los cadáveres de sus compañeros. Una de las guardianas de la Diosa dejó sus armas, dio unos pasos al frente y comenzó a proferir un hechizo extendiendo las manos hacia los enemigos:

—En el nombre de la Diosa, que vuestras entrañas se enfríen, que vuestra sangre se pudra, que…

—¡Vuelve aquí! ¡Nuestra magia no…! —Uriel no terminó la frase, varias azagayas se clavaron en la guardiana de la Diosa que se había descubierto y los cabreros la mataron ensañándose luego en su cadáver.

Uriel se dio cuenta de que si trataban de resistir estaban perdidas. No había manera de defenderse. Zewi Khemi iba a ser destruido y ella era la Madre. Tenía que avisar a las otras Madres, para que sus poblados no fuesen atacados por sorpresa.

—¡Huid y dispersaos! ¡Tratad de llegar a otras tribus y explicadles a las Madres lo que ha sucedido! ¡Aunque no entendáis estas palabras, decidles que los hombres han descubierto el Secreto de la Diosa!

Uriel corrió hacia la parte más oscura, zigzagueando para dificultar la puntería de sus atacantes. Luego, se detuvo jadeando, apoyada contra el muro de una choza. Su hijo, tenía que salvar a su hijo. Pero, por otra parte, si llevaba consigo un niño de tres ciclos de estaciones, le sería imposible escapar y ella debía salvar el tesoro de la Diosa, el collar de conchas cauri. ¡Quién sabe las maldades que podría hacer Ahkim con semejante tesoro! Su hijo era también hijo de Ahkim y no correría peligro, al menos no demasiado; por tanto, debía abandonarlo para salvar el collar. Su hijo, su único hijo. Con una jabalina en cada mano y lágrimas en los ojos, se escabulló hacia las afueras de Zewi Khemi.

Cuando los hombres de los clanes vieron que las guardianas de la Diosa huían ante la carga de los cabreros, lanzaron un rugido de alegría y se abalanzaron sobre el indefenso Zewi Khemi, capitaneados por Ahkim.

—¡Madre, madre, por fin vas a ser vengada! —gritó, hablando con su madre muerta en voz alta. El espíritu, fortalecido por esta invocación, se apoderó del cuerpo de Ahkim para cumplir sus siniestros deseos.

A partir de entonces Ahkim no vio sino una lluvia de sangre, se olvidó de Mara, de Nohara y de Uriel. Antes de atacar, había advertido a sus hombres que no las tocaran, pero mientras hablaba se había dado cuenta de que era inútil ordenarles que las respetasen: cuando se desencadena una tormenta arrasadora, no se puede evitar que el granizo caiga sobre un campo. Los guerreros, huraños, parecieron aceptar la orden de Ahkim; en la confusión del combate y la oscuridad de la noche, nadie podría decir quién las mató. Ahkim, que como todo gran conductor de hombres podía sentir lo que pensaban, decidió que en cuanto comenzase el ataque las tomaría bajo su protección. Pero ahora el vengativo espíritu de su madre muerta lo cegó.

Los hombres, vencida toda resistencia, se esparcieron por el poblado dejando a su paso un reguero de lamentos. Cuando los reconocían, las mujeres, que creían ser atacadas por alguna otra tribu, buscaban su protección y encontraban así la muerte que trataban de evitar. Las ancianas tenían suerte: morían con rapidez. Las mujeres jóvenes tenían que sufrir ignominias antes de viajar al país de las sombras.

Moviéndose como un dios siniestro entre chozas ardiendo y charcos de sangre, Ahkim se dirigió hacia la cabaña de Ortra, la que había sido hermana de sangre de su madre, la mujer que lo había abandonado cuando era un niño.

—¿Ortra? —preguntó.

—¿Ahkim? ¿Eres tú? ¡Gracias sean dadas a la Diosa, habéis llegado los hombres del poblado! ¡Alguien nos ataca! —Ortra salió de la choza y se abrazó a Ahkim. Éste, con mucha suavidad, la volvió a meter dentro.

—Mi madre quiere decirte algo.

—¿Tu madre? ¡Pero si está muerta desde hace muchos ciclos de estaciones!

Ahkim no respondió y, con una sonrisa en el rostro, desenfundó su cuchillo de sílex. Estaba muy, muy afilado.

Koshmar trataba de correr para llegar a la cabaña de Mara. ¡Qué lejos le parecía! Tropezaba una y otra vez, lo empujaban hombres que pasaban persiguiendo a sus víctimas, chocaba con mujeres que trataban inútilmente de escapar... Caía al suelo, se levantaba apoyándose en su venablo y volvía a caer de nuevo unos pasos más allá. «Mara, madre, no muráis todavía, aún no, esperad un poco, yo os defenderé, he matado a dos hombres yo solo, aunque ahora todos se han reído y no se han dignado emplear sus venablos contra mí. Diosa, protégelas, ellas no tienen la culpa de que yo haya descubierto tu secreto, no sabía lo que hacía, Diosa... Diosa...»

¿Cuántas respiraciones le costó a Koshmar llegar hasta la puerta de la cabaña de su madre? Demasiadas. Siempre llegaba tarde. Antes de entrar, ya olió la sangre.

Apartó la piel que cubría la entrada. Iluminada por una lámpara de sebo, yacía Nohara con una herida en el abdomen por la que se le salía la vida. Mara, sin gritar, se hallaba arrinconada contra la pared, blandiendo una azada con la que intentaba inútilmente defenderse y proteger a su hijo. Nuraón, con su cara llena de cicatrices deformada en una sonrisa, la pinchaba con su venablo, divirtiéndose un poco antes de violarla.

Nuraón volvió la vista un instante cuando oyó entrar a Koshmar.

—¡Ah, eres tú! Espera un poco, tullido, y te la prestaré cuando acabe yo. Aún estará apetecible, aunque por poco tiempo. —Nuraón rió.

Koshmar le atacó con su hacha de sílex; pero Nuraón, que estaba precavido, paró el golpe con su venablo y luego, con el mango, le pegó en los genitales. Koshmar se dobló en un gemido angustioso.

—¡Pero si es un hombre, por lo que veo! ¡Pues como hombre morirás! —Nuraón levantó su arma para atravesar a Koshmar y de pronto paralizó su gesto. Mara le había golpeado con su azadón de piedra en la espalda. Nuraón se tambaleó. Mara le pegó una y otra vez, en el cuello, en el rostro, en los brazos, en todo el cuerpo, hasta que Nuraón se convirtió en una masa sanguinolenta. Aún seguía pegándole Mara cuando Koshmar pudo incorporarse y abrazarla.

—Basta, ya está muerto.

—¡Perro! ¡Perro! ¡Perro!

—¡Mara! Hemos de salvarnos. ¡Déjalo ya!

Mara se detuvo, por fin, obligada por su respiración, que se había convertido en un jadeo. Escupió al amasijo sangriento que una vez fuera Nuraón.

En ese momento, Nohara susurró:

—¡Koshmar! ¡Mara!

Se acercaron a ella. Incluso alguien tan inexperto en la guerra como Koshmar podía darse cuenta de que aquella herida era mortal, pero sus ojos llenos de cariño filial se negaron a verlo.

—¡Madre, madre querida! Apóyate en mí, yo te llevaré a otro poblado donde las mujeres te curarán con su magia. —Koshmar, patéticamente, trató de levantarla. Sólo consiguió arrancarle un quejido. Entonces, comenzó a arrastrarla.

—¡Vamos, madre, resiste! Tu herida no puede ser tan grave, no, sólo es un rasguño. ¡Mara, ayúdame! ¿Por qué no me ayudas, en nombre de la Diosa? ¡Hemos de curar a mi madre! Ella es buena, más buena que todos nosotros: ¿por qué ha de morir? Está bien, calla y mírame, yo la salvaré, he matado a dos enemigos, ¿no voy a poder proteger la vida de mi madre? Madre, yo... he matado a dos enemigos ¡y no puedo salvarte! —Koshmar se dejó caer al suelo, llorando, furioso contra su pierna tan torpe, contra Ahkim y sus ansias de venganza, contra Mara que le miraba sin poder contener las lágrimas. Ésta le puso una mano sobre el hombro.

—Koshmar, hemos de pensar en nuestras vidas. Tu madre está en camino hacia el país de las sombras y no podemos hacer nada por ella, salvo echar sobre su cuerpo un puñado de polvo para que no vague por el mundo para siempre.

—¡No quiero abandonarla así! Tal vez mejore. Quizá su herida no sea tan grave como parece.

—¡Koshmar! ¡Deja de hablar de tu madre! Dime quién nos está atacando. Este hombre es un cabrero de nuestra tribu y se comportaba como un enemigo.

—Yo la he matado, yo descubrí el Secreto de la Diosa y he matado a mi madre...

—¡Tú no la has matado, ha sido ese perro lascivo al que he aplastado como a una chinche! ¿Qué tiene que ver con esto el Secreto de la Diosa? ¿Sabes al menos por dónde atacan al poblado, para que podamos huir?

—El Secreto de la Diosa, ¡ojalá nunca lo hubiese conocido! Ahkim ataca Zewi Khemi, estamos rodeados, es imposible escapar.

Mara abofeteó a Koshmar.

—¡Por todas las divinidades, que yo saldré de aquí con mi hijo! ¡Y si tú no quieres acompañarme y prefieres quedarte junto al cadáver de tu madre, me iré sola! —Mara tomó una de las jabalinas de Nuraón, en un gesto torpe que evidenciaba su falta de práctica con las armas. Koshmar reaccionó:

—¡Espera! Nos será imposible abrirnos paso por la fuerza, el poblado hierve de guerreros llenos de furia asesina. Es mejor utilizar alguna estratagema que nos inspire Kairoon, mi dios protector. ¡Ya lo tengo! Deja la jabalina y toma en brazos a tu hijo, sólo yo iré armado y tú serás mi prisionera. Te llevaré del pelo como si fuese a violarte en cualquier rincón.

Koshmar y Mara salieron de la choza para sumergirse en un escenario infernal. El aire de Zewi Khemi estaba repleto de quejidos de dolor y desesperación, acompañados de risotadas salvajes. Niños y niñas lloraban sobre sus madres muertas. Algunas cabañas ardían, iluminando los cadáveres violados y torturados que obstruían los senderos; el humo irritaba los ojos.

—¡Eh, tullido! ¿Tú también vas a gozar como nosotros? ¡Trae a esa mujer aquí, no seas egoísta! ¡Si se te escapa, no la alcanzarás corriendo! —El hombre que bromeaba estaba muy ocupado. Con la ayuda de un amigo, estaba violando a una mujer al mismo tiempo que la desangraban y bebían su sangre.

—¡Cuando hayáis terminado con vuestra comida! —respondió Koshmar. Los hombres lanzaron una risotada y volvieron a su tarea: aquella mujer les suplicaba, en nombre de la Diosa, que le permitiesen vivir y que haría lo que ellos quisieran. Se les iluminaron los ojos y, antes de matarla, decidieron obtener todo el placer posible de aquel cuerpo femenino.

—¡Camina, perra, ya verás cómo te abres de piernas ante mí! —Koshmar le pegó a Mara con el mango de su jabalina. Susurrando, añadió—: Unos pasos más y estamos a salvo, casi hemos llegado a los rediles y allí parece que ya no hay nadie.

Mara y Koshmar se aplastaron contra la sombra de unos muros. Los dientes del niño castañeaban de miedo y Mara intentó tranquilizarlo cantándole una canción de cuna.

—Ahora no podremos disimular. Es mejor que corramos hasta alcanzar el bosque —dijo Koshmar—. Ve tú delante, yo te seguiré lo mejor que pueda. ¡Ahora!

Los dos se levantaron y cruzaron el descampado. Mara iba tan sólo unos pasos por delante de Koshmar: el peso del niño no le permitía correr más deprisa. Mara contaba cuánto le faltaba para llegar a la seguridad del bosque. Dos docenas de pasos. Una docena. Media docena. Dos pasos, sólo dos pasos, Diosa, casi he llegado, casi estoy salvada, un pas…

De pronto, de un arbusto frente a ella salió un guerrero que la sujetó por las muñecas, riendo.

—¿Dónde vas, corza calentorra? ¿Por qué huyes si aquí tienes un buen hombre para consolarte? ¿Acaso creías que Ahkim iba a dejar sin rodear el poblado? ¡Qué bien que has venido, ya pensaba que me iba a quedar sin fiesta!

Koshmar se detuvo cuando vio lo que sucedía delante de él. Habían atrapado a Mara. A pesar de su jactancia, se daba cuenta de que no tenía ninguna oportunidad de vencer a un guerrero en un combate leal. Pero ¿tenían derecho a un combate leal aquellos que siempre se habían burlado de él? ¡He cazado un jabalí con las artes de Kairoon y, por todos los dioses, que salvaré a Mara a pesar de mi cuerpo deforme! ¡Kairoon, inspírame una treta para vencer!

—¡Sujeta... buf... a esa perra... que se me escapa! —Koshmar jadeó como si estuviese agotado y trató de cojear de la forma más cómica posible. No era muy difícil, pensó con amargura.

—¡Pero si aquí viene el tullido! ¡Me parece que te vas a quedar sin entrar en ninguna mujer! ¡Esta presa es mía!

—No te lo discuto, pero ¿no podrías dejarme las sobras? —Koshmar adoptó el aire humilde de un perro que suplica un hueso a su amo—. ¡Me falta fuerza en mis piernas, no en otras partes!

El guerrero rió: Koshmar había remarcado «otras partes».

—Está bien, sujétamela para que yo pueda entrar en ella más fácilmente. Y tú, perra, abre el culo o...

Koshmar ya estaba cerca. Apuñaló al hombre en el pecho, pero la hoja de sílex resbaló a través de las costillas y la herida no fue mortal. El guerrero trató de apartarse; Koshmar le asestó otra puñalada en el vientre. Viéndose perdido, el centinela dio la alarma:

—¡Por aquí, están escapando por aquí! ¡Venid deprisa!

Koshmar le cortó el cuello. Demasiado tarde. Algunas sombras comenzaban a moverse. Mara no podría escapar con su hijo, a no ser que...

—Mara, vete. Vive y cuida de tu hijo.

—No te puedes quedar aquí, te matarán —dijo Mara. Sin embargo, abrazó al niño con más fuerza.

—Vete, Mara, desde el país de los espíritus cuidaré de ti.

Mara se desvaneció en el bosque.

Koshmar trató de afirmarse sobre las dos piernas. Nadie sabía que Mara había estado allí y cuando encontrasen sus huellas al amanecer sería demasiado tarde. Ahora tenía que atraer hacia sí la atención de sus perseguidores.

—¡Aquí estoy! ¡He matado a tres enemigos yo solo y he bebido su sangre! ¡Atacadme, si sois valientes! —Intentó que su voz sonase fuerte y bronca, para que nadie imaginase que allí estaba Koshmar, el despreciado tullido.

Los hombres se detuvieron. Luego se desplegaron para rodearle.

—¡Venid, perros cobardes, y viajaréis al país de las sombras con un venablo en las tripas!

Una jabalina brilló en la oscuridad. Koshmar consiguió esquivarla en el último instante. De pronto, escuchó el característico silbido de una boleadora. Clavó ante sí un venablo, para que no le alcanzase las piernas; en el último instante, se dio cuenta de que su adversario había apuntado más arriba. Trató de agacharse, pero era demasiado tarde. Sintió el áspero cuero trenzado que estrangulaba su garganta; las bolas giraron en torno a su cabeza y la golpearon.

La oscuridad exterior invadió su cráneo y mientras caía al suelo entre los gritos de triunfo de sus adversarios, dedicó un último pensamiento a Mara:

—Se ha salvado.

Luego todo fue noche.

Cuando amaneció en Zewi Khemi, Ahkim se desperezó. Con el dorso de la mano, se limpió la boca manchada de grasa y de sangre. Se sentía ahíto. Haciendo un esfuerzo, engulló el último trozo del pecho de Ortra y eructó. El cuerpo de Ortra, despellejado, latía aún en un último hálito de vida. Ahkim, distraídamente, lo pinchó con su cuchillo y el cuerpo se contrajo; de la boca sin labios salió un débil lamento.

—No tenías que haberme privado de leche cuando yo era un niño —repitió Ahkim una vez más. Examinó la piel con aire crítico. No estaba mal, para haberla desollado a la luz de una lámpara de sebo, arrancándola de un cuerpo vivo que se estremecía en espasmos de sufrimiento. Tendría que darla a una mujer para que la curtiera; de pronto, recordó que no había más mujeres y que debería realizar el trabajo por sí mismo. ¡Qué fastidio!

Salió de la cabaña, aburrido de esperar la muerte de Ortra, y contempló su nuevo reino. Algunos hombres dormían borrachos, tras el saqueo de la despensa y de las reservas de cerveza. Los cadáveres de las mujeres estaban esparcidos por los senderos; sus caras estaban contraídas en muecas de dolor muy agradables para Ahkim. Algunas cabañas reducidas a ceniza humeaban levantando penachos de humo en el limpio cielo de la madrugada. Los niños y niñas, desnudos y llorosos, vagaban en torno a sus madres muertas sin saber adónde ir.

—Has sido vengada —le dijo Ahkim al espíritu de su madre muerta. El espíritu no contestó y se limitó a sonreír.

Hacia el sur, una agotada Mara volvió a tomar en brazos a su hijo pequeño, que se había dormido. Tenía que llegar a un poblado de la Diosa, antes de que los guerreros encontrasen su rastro. ¿A qué tribu se dirigiría? Cuando saliese del desfiladero que comunicaba Zewi Khemi con los demás poblados, lo decidiría.

A la salida del desfiladero, tres hombres aburridos jugaban con unas tabas. Ahkim les había ordenado emboscarse allí por si alguna mujer lograba escapar del ataque, pero hasta entonces no había pasado ninguna.

—¡Eh, ahí viene una hembra! ¡Y lleva un niño!

Los tres dejaron el juego y tomaron sus azagayas. Aquella mujer no llevaba armas. Se relamieron de placer anticipado.

—Dejadla acercarse un poco más, así no se nos escapará.

—¿Con un crío en brazos? —rieron.

—A ésa la conozco yo. Es Mara, aquella que hacía guarradas con el tullido.

Los hombres sintieron un estremecimiento de placer anticipado. Se estaban imaginando lo que la obligarían a hacer antes de matarla.

VEINTICINCO

El frío del agua sobre su rostro despertó a Koshmar. Abrió los ojos con dificultad y vio a su amigo Ahkim que lo contemplaba con una sonrisa. En la mano llevaba un odre vacío que todavía goteaba.

—Ahkim, ¿qué ha pasado? —Le dolía la cabeza, sentía la garganta aplastada y casi no podía hablar. Ahkim se desperezó con un gesto felino y poderoso.

—Hoy he cambiado el mundo, o mejor diría que lo hemos cambiado. Es un día feliz, el espíritu de mi madre ha bebido la sangre que ansiaba y podrá descansar en el país de las sombras.

Koshmar trató de incorporarse. Tenía que cuidar de las cabras cojas, como cada mañana. Había sufrido una pesadilla terrible tan vívida que le había parecido real. Se llevó la mano a la frente y notó que estaba recubierta por una costra de sangre seca. No, no podía ser cierto.

—¿Dónde estamos?

—En Zewi Khemi. En un nuevo Zewi Khemi, libre de mujeres que nos manden o que nos disputen el poder. Hemos vencido, Koshmar, hemos vencido.

Koshmar apartó la mirada del rostro satisfecho de su amigo y trató de enfocarla para ver más lejos. Se arrepintió al instante.

Los hombres acarreaban los cadáveres de las mujeres para enterrarlos; salvo algún caso de salvajismo descontrolado, nadie los había comido, pues aunque enemigas, pertenecían a la misma tribu. Los hombres manifestaban tristeza y dolor, como exigía la decencia, pero apenas podían ocultar una perversa alegría subterránea.

—Ahora entierran a sus parientes: son inocentes de sus muertes. Anoche les ordené que matasen sólo a mujeres que no pertenecieran a su clan para que no hubiera peligro de que se conmovieran. Sus conciencias están tranquilas. ¿Verdad que fui astuto? —Ahkim no cabía en sí de alegría. Koshmar vomitó ante la visión de aquellos cadáveres torturados, de rostros desfigurados en muecas de dolor y de angustia, de manos agarrotadas en gestos impotentes.

—¿Te sientes mal? —Ahkim mostró una sincera preocupación—. Espero que mis hombres no te rompieran la cabeza. Te mantuvieron con vida para que yo te torturase, por traidor. ¡Qué poco nos conocen! ¡Como si fuese a dejar de ser tu amigo, por una pequeña travesura! Nunca olvidaré que compartiste conmigo los pechos de tu madre, pero ¡mira que intentar avisar a las mujeres! ¿A quién se le ocurre?

Ahkim regañaba a Koshmar como si fuera un niño díscolo que no quiere volver a su casa al anochecer. Koshmar lo miró pensando que estaba loco o poseído. ¿Cómo podía hablar con tanta despreocupación? Ahkim parecía volver de una cacería de gacelas.

—¿No te das cuenta de que si las mujeres hubiesen vencido, tú habrías sido el primero en morir? —continuó Ahkim—. ¡El descubridor del Secreto de la Diosa, además de cojo y pervertido! Has sido un tonto, pero te comprendo, siempre fuiste un poco cobarde y la sangre te ha dado miedo, incluso asco, como a tu madre. Menos mal que, en cuanto supe que ibas a avisarlas, apresuré el momento del ataque; de lo contrario, quién sabe qué trampas nos habrían tendido esas perras.

—Ahkim, ¡he matado a dos, no, tres hombres yo solo! ¡No soy ningún cobarde, a pesar de mis piernas! —Koshmar se enfureció porque alguien dudase de su valor—. ¡Y no me da miedo ni asco la sangre; me despierta el apetito, como a cualquier persona normal!

—Perdona, no quería ofenderte. Desde luego, nunca habría imaginado que matases a un guerrero sin ayuda. Por cierto, ¿quién ha matado a Nuraón? Hemos encontrado su cadáver tan desfigurado que sólo lo hemos reconocido por la huella de sus pies.

—Fue Mara. ¡Y él mató antes a Nohara, mi madre! ¡Pero no fue Nuraón, fuiste tú, asesino despiadado y salvaje! —Koshmar, al recordarlo, se abalanzó sobre Ahkim. Los dos rodaron por el suelo, como en los tiempos en que eran chiquillos y jugaban a pelearse; pero ahora Koshmar no reía. Cuando Ahkim consideró que su amigo ya se había desahogado bastante, se incorporó y lo dominó con una hábil presa que le inmovilizó los brazos. Ambos jadeaban.

—Escucha, Koshmar, yo ordené a mis hombres que respetasen a Nohara, Mara y Uriel. Pero ¿quién puede dominar a una jauría de perros cuando huele la sangre de su víctima?

—¿Y por qué no fuiste a protegerlas?

Ahkim suspiró, contrito.

—Quise hacerlo, pero el espíritu de mi madre muerta me poseyó. Estaba muy hambrienta de venganza, después de tanto esperar, y cuando abrí la boca y mencioné su nombre, aprovechó para entrar en mi cuerpo.

Koshmar perdonó a su amigo. Como todos, temía el poder de un espíritu; un fantasma materno ansioso de muerte era invencible.

—¿Y Mara? ¿Y Uriel?

—He visto las huellas de Mara que se separaban de ti; es demasiado tarde para perseguirla. Como he colocado a algunos hombres emboscados al final del desfiladero, confío en que la detengan para que no advierta a los otros poblados. Respecto de Uriel, no he encontrado su cadáver. Es la única guardiana de la Diosa que nos falta por encontrar; las demás murieron en el ataque o cuando intentaban huir rompiendo el cerco. He mandado a un grupo de guerreros para que busquen sus huellas y la atrapen. Seguramente lleva las conchas cauri, pues no las hemos encontrado. Es peligrosa; me habría gustado mucho respetar su vida, pero me temo que no será posible. Es una cuestión… —Ahkim buscó la palabra adecuada, pero aún no se había inventado el término. Tuvo que utilizar una perífrasis—… una cuestión de los conductores de hombres.

Koshmar escondió la cabeza entre los brazos. Pero Ahkim se mostró inquieto, como si tuviese que confesarle algo más todavía.

—Y tu tío Tamar…

—¿Sí? —Koshmar levantó los ojos—. Me cuesta pensar que él atacase a las mujeres, era hijo de la Madre.

—Por eso tuvimos que matarlo, a él y a unos pocos que trataron de detenernos. ¡Eran las mujeres o yo! ¡Si hubiese fracasado el ataque, ellas no habrían tenido piedad con nosotros!

—Ahkim, ¡has exterminado a mi familia! ¡Sus espíritus claman venganza!

—No te preocupes por sus espíritus. Estamos enterrando a los muertos con todos los rituales precisos: Les cortamos las manos, para que no nos puedan aferrar; los pies, para que no nos persigan; la lengua, para que no profieran maleficios; y les sacamos los ojos, para que no nos vean. Estamos a salvo.

—Ahkim, esta matanza ha sido inútil. Las mujeres estaban dispuestas a rendirse y a obedecernos. Yo iba a decíroslo.

Ahkim rió a carcajadas.

—¿Rendirse? ¡Qué candidez la tuya! Por el alma errante de mi madre, puedo jurarte que antes de que hubieses abandonado el poblado con tu mensaje de rendición, ya estarían tramando la manera de derrocarnos o incluso de matarnos. Eres un poco tonto, pero la verdad es que te aprecio como amigo, a pesar de tu ingenuidad.

—¡Vete, Ahkim, vete! ¡Déjame solo con mi dolor!

—Está bien. Pero no te alejes mucho de mí: los demás hombres no comprenden que yo haya perdonado la vida a un traidor; te matarán con la menor excusa. Siempre te han despreciado; pero ahora, además, te odian.

Ahkim se marchó, dejando a Koshmar con sus recuerdos. Se acordaba de cómo su tío Tamar le enseñó a manejar el venablo, cómo su madre Nohara le enjugaba las lágrimas cuando volvía lloroso por haberse caído, cómo su abuela Aster despertaba en él admiración y reverencia... ¡Muerte y más muerte! ¿Éste era el fruto del secreto de la vida? Y Mara, la mujer que amaba, ¿dónde estaría ahora? ¿Habría logrado salvarse con su hijo?

Cuando Mara vio apartarse los arbustos, era demasiado tarde. Corrió hacia ningún sitio con su hijo en brazos, pero los hombres la alcanzaron sin esfuerzo. Uno de ellos la persiguió burlón, imitando la cojera de Koshmar.

—¡Espérame! ¡Yo también soy un tullido! ¡Hagamos porquerías juntos!

Al darse cuenta de que huir resultaba inútil, se detuvo. Era la hora de la muerte y moriría con la mayor dignidad posible. Apretó con fuerza a su hijo.

—Aquí estoy. Haced lo que queráis conmigo y luego matadme.

—¡Oh, no! Así, no —protestaron los guerreros. Se habían quitado las vainas de guerra y mostraban sus miembros erguidos—. Cuando nuestros amigos presuman de que han violado a muchas mujeres, ¿qué les contestaremos nosotros? Quizá: ¿nos repartimos a una para los tres? ¡Qué vergüenza! Pero si pudiésemos responderles que Mara, la perra perversa, nos enseñó todas las porquerías que hizo con Koshmar, nos envidiarían. ¿Serás buena con nosotros?

Mara no les respondió, sino que les escupió en la cara. Ellos, entre risas, la golpearon hasta que le arrancaron a su hijo de los brazos.

—¡Devolvédmelo! ¡Canallas, dadme a mi hijo!

—Si no quieres jugar con nosotros, hemos de distraernos de alguna manera. —Los hombres se iban lanzando el niño de uno a otro, mientras Mara intentaba recuperarlo, desesperada. Uno de los hombres lo arrojó demasiado lejos y el niño cayó al suelo. Mara se abalanzó sobre su hijo, que lloraba y gemía, y lo acunó en su seno.

—¡Rolf ha perdido! ¡No lo ha cogido a tiempo! —dijo Leroo.

—¡No es cierto, has sido tú quien lo ha lanzado demasiado lejos! —replicó el aludido.

Cuando los hombres terminaron de discutir sobre quién había fallado, volvieron a acercarse a Mara y a ordenarle que les devolviera el niño, para seguir jugando. Mara, entre lágrimas, dijo:

—Es suficiente. Si accedo a vosotros, ¿respetaréis la vida de mi hijo? Es un varón, como vosotros.

Con una mirada repleta de placer anticipado, los hombres lo juraron por Zohar. Mara no preguntó por su propia vida, pues podía prever su destino, que se dibujaba claramente en los cuerpos deseosos y violentos de aquellos hombres.

—¿Quién será el primero? —suspiró, casi inaudible.

—¿El primero? ¿Acaso quieres que discutamos tres amigos por ver quién va antes? No hace falta: gracias a Zohar, tú tienes tres agujeros y nosotros tres venablos.

Los hombres rieron, pero por poco tiempo. Luego sólo se oyeron gemidos de placer, mientras Mara intentaba disimular el asco que la dominaba. Los hombres, para divertirse, la pinchaban con sus puñales.

Uno de los hombres comenzó a estrangularla. Querían descargarse en ella mientras moría entre espasmos: esto parecía excitarlos aún más. Mara se llevó las manos al cuello, pero los dedos que la mataban eran mucho más fuertes. «Ahora que viajaré al país de las sombras, ¿qué será de mi hijo?»

El hombre se estremeció mientras le eyaculaba en la boca. Gritó con fuerza y aflojó la presión que aplastaba la tráquea de Mara. Medio inconsciente, Mara escuchó el grito de combate de las doncellas de la luna.

—¡Nos atacan! —Los otros dos sacaron sus miembros húmedos del interior de Mara, que se desplomó. Rolf gritaba y se arrastraba por el suelo, con un venablo de obsidiana clavado en los riñones. Ahora no le importaba quién había perdido en el juego, ni le importaría nada nunca más.

Uriel, sin dejar de correr hacia sus enemigos, colocó su segundo venablo en el propulsor. Había practicado esta difícil maniobra docenas de veces y podía hacerlo con los ojos cerrados, pero ahora sus blancos estaban advertidos y no sería fácil alcanzarles.

Esquivó las dos azagayas que le arrojaron, dando gráciles pasos de danza. Leroo recargó su propulsor sin apartar la vista de Uriel; pero el otro guerrero, más joven, no tenía tanta práctica y tuvo que mirar su mano durante un instante, apenas un parpadeo. Fue suficiente para Uriel: el oscuro venablo partió como una serpiente negra que se lanza al ataque.

El que había apartado la vista volvió a mirar a Uriel demasiado tarde. Una sombra creció ante sus ojos y la punta de obsidiana, rompiéndole los dientes, se clavó en su nuca. Cayó muerto hacia atrás sin decir una palabra.

Sólo quedaba Leroo, un cobarde al que le temblaban las piernas al ver acercarse el país de las sombras. La punta de sílex de su azagaya era incapaz de apuntar a la delgada Uriel, que se acercaba con el rostro congestionado en una mueca mortal. Aprovechando que ella colocaba su tercer venablo en el propulsor, el hombre cogió al niño y se cubrió con él. Desenvainó su puñal de sílex y amenazó con él la garganta de su rehén.

—¡Detente o lo mato!

Uriel quedó asombrada ante la ruindad de su enemigo.

—¡Perro meón y cobarde! ¡Suéltalo! —Mientras decía esto, Uriel preparaba su tiro. Estorbado por el peso del niño, el hombre no lograría esquivarlo. El niño moriría, pero después de todo era también un varón y desde la noche pasada todos los varones eran enemigos irreconciliables de Uriel.

—¡Uriel! ¡No! ¡Es mi hijo! —Mara se recuperaba y tosía. Había leído la muerte en los negros ojos de su antigua hermana de sangre.

—¡Es varón! —Leroo retrocedía hacia la seguridad de un bosquecillo.

—¡Pero es mi hijo! —Mara se acercó a ella, suplicante.

—Es varón. —El venablo de Uriel bajó y dejó de apuntar a su enemigo. Estrechó la mano que le tendía Mara entre lágrimas.

—Mi hijo, Uriel, es mi hijo. —Mara se abrazó a sus piernas.

—¡Tú, cobarde, te perdono la vida! ¡Dile a Ahkim que tengo el collar de conchas cauri y que soy la nueva Madre! ¡Dile también que la próxima vez que nos veamos, morirá uno de nosotros dos!

Leroo ya había alcanzado los arbustos y se sintió valiente de nuevo.

—¡Le daré tu encargo, hembra piojosa! ¡Puesto que tanto lo queréis, os devuelvo este crío! ¡Tomadlo! —De un hábil tajo, le cortó el cuello y lo tiró lejos de sí. Antes de que Uriel pudiese reaccionar, se volvió y se perdió entre la espesura. Mara gritó desesperada:

—¡Mi hijo! ¡Ha matado a mi hijo! —Tropezando, llegó hasta el pequeño cadáver que se desangraba sin proferir un lamento. Uriel la abrazó.

—¿Por qué me has salvado? ¡Ahora yo estaría muerta, pero mi hijo viviría! ¡Maldita seas! ¿Por qué? —lloraba Mara.

Uriel no contestó. No sabía qué responder. Pensaba en su propio hijo, al que había abandonado en un Zewi Khemi en llamas para salvar el tesoro de la tribu. ¿Qué habrá pasado con él? ¿Es esto lo que significa ser Madre?

—¡Persíguelo! ¡Encuentra a ese perro y mátalo, mátalo muy despacio para que yo lo vea sufrir! —le gritaba Mara, pegándole con los puños entre los pechos, como si quisiera despertarla.

—No, en el bosque los cazadores se mueven mejor que nosotras. He de poner a salvo el collar y advertir a las demás Madres de lo que ha pasado. Me gustaría acabar con ese maldito asesino, pero ahora no.

—¿Por qué lo tuvo que matar? ¡No le había hecho ningún daño! —Mara deliraba. A un guerrero humillado no le hacía falta ningún motivo para descargar su odio contra el primer ser indefenso que encontrase.

—Vamos, coge al niño. Como aún no era una persona, nos lo comeremos para que su mana vuelva a ti y puedas concebirlo de nuevo. Pero ahora hemos de alejarnos de Zewi Khemi lo más deprisa que podamos; no me sentiré tranquila hasta que descansemos en uno de los poblados de la Diosa.

Mara, moviéndose como una sonámbula, la obedeció. Uriel recuperó sus venablos; se le escapó un gesto de contrariedad al comprobar que una de las puntas se había roto y, en su lugar, cogió uno de sílex. Era masculino, pero mataba igual.

Al atardecer, Leroo se presentó ante Ahkim. Le acompañaban los guerreros que habían salido en persecución de Uriel; se mostraban extrañamente temerosos.

—¿Por qué habéis vuelto tan pronto? ¿La habéis alcanzado? —les preguntó.

—Jefe…

—¡Rey! —le corrigió Ahkim. Hasta entonces, éste había sido un título exclusivamente aplicado a las divinidades. Un jefe interpretaba los deseos de la tribu, pero un rey imponía su propia voluntad. Y Ahkim quería ser rey.

—Rey Ahkim, por el camino hemos encontrado a Leroo, que huía como si se le hubiese aparecido un espíritu tenebroso.

—¡Habla, Leroo!

—Rey Ahkim —Leroo se arrastró abyectamente e intentó besarle los pies—, estaba yo con mis dos compañeros cumpliendo tus órdenes de no dejar escapar a ninguna mujer. Era aburrido, pero nosotros obedecemos a nuestros jefes…

—¡Abrevia, Leroo! Tengo mucho que hacer —se impacientó Ahkim. Su voz se tornó amenazadora.

—… Habíamos detenido a Mara y, tal como ordenaste, no le habíamos hecho ningún daño, cuando apareció Uriel. Llevaba el collar mágico de conchas cauri y profirió un encantamiento que nos paralizó. Entonces...

—¡Mara! ¿Mara está viva? ¿Y su hijo? —Koshmar salió de su apatía. Hasta entonces, había yacido en un rincón tallando con desgana una punta de flecha. Se acercó cojeando a Leroo. Éste le miró con desprecio apenas contenido y continuó su relato:

—Los venablos de Uriel volaron hacia nosotros llevados por espíritus y atravesaron a mis dos compañeros. Pero yo me escudé tras el hijo de Mara y él murió en mi lugar. Como cualquier hombre es impotente contra una magia tan poderosa, huí para advertir a mis compañeros.

—Y claro, cuando te encontraste con la partida que yo había mandado para buscar a Uriel y les contaste esto, decidisteis que era más prudente mostrar la espalda al enemigo y regresar a Zewi Khemi, ¿no es así? —Ahkim apenas podía contener la rabia—. ¡Cobarde! ¡Cobardes todos!

—¡Ahkim! ¡Ese niño era tu hijo! —exclamó Koshmar.

—Mi hijo... —Ahkim pareció estupefacto ante la revelación. Poco a poco comprendió que un hijo suyo había muerto. Y actuó como siempre: con violencia brutal y sanguinaria. Asestó varias puñaladas a Leroo, que todavía estaba arrodillado ante él.

—Sólo yo tengo derecho a decidir quién vive y quién muere. Y he decidido que ¡Leroo es un cobarde y debe morir!

Diciendo estas palabras, lo cogió del cabello y lo remató degollándolo. Leroo cayó al suelo como un odre viejo.

—¡Guerreros! ¡Me avergonzáis! ¡Tener miedo a la magia femenina! ¿Qué magia nos detuvo la noche pasada? ¡Sólo hay dos magias en las que creo! —Ahkim se sostuvo el miembro con una mano y levantó el venablo con la otra. Los hombres rieron—. ¡Seguro que esos tres estaban haciendo porquerías con Mara y ni vieron acercarse a Uriel! ¡La magia que los mató consistía en un buen culo y en un buen coño! ¡Vaya magia poderosa, me pongo caliente sólo con pensarlo!

Los hombres tenían que apoyarse en sus azagayas, reían hasta estallar. Ahkim respiró tranquilo: el temor a la magia femenina estaba tan arraigado en sus hígados, que cualquier derrota volvía a despertarlo. Pero él era un rey más poderoso que cualquier magia.

Los hombres se dispersaron, pues el ganado tenía que comer a pesar de que ahora los varones fuesen los amos. Ahkim miró el cadáver de Leroo y le dijo a Koshmar:

—¡Qué forma tan torpe de matar a alguien! Tengo que aprender de cómo lo hacía tu abuela Aster: ella sí que sabía matar a quien le incomodaba. Primero hay que desprestigiarlo ante todos para que deseen su muerte y, así, cuando lo matas, los demás se sienten satisfechos y exclaman «por fin, ya era hora de que alguien le diese su merecido».

A Koshmar le importaban muy poco estas meditaciones de su amigo. Sólo sabía que ahora Mara y él habitarían en bandos opuestos y que seguirían sin poder encontrarse. «¡Que me maten a mí también, que se lleven mi vida! ¡Se han llevado ya a mi familia y a mi amor! ¿Cuánto vale lo que me han dejado? Nada. Pero yo he matado a tres enemigos... Me lo repito: he matado a tres enemigos. Y no encuentro consuelo ninguno en estas palabras. Soy un guerrero tullido del que todos se ríen. Ahkim, ¿por qué no me permites que muera?»

—Ahkim, ¿por qué no me permites que muera?

Ahkim se hallaba muy ocupado explicándole sus planes para el futuro y no escuchó la mortecina voz de Koshmar.

—... la huida de Mara y de Uriel me supone un contratiempo. Ahora no tomaré por sorpresa a las demás tribus. Pero aun con todo, las Madres no podrán impedir lo que se les viene encima, igual que una negra nube de tormenta. Ya he dado órdenes a los cabreros para que esparzan las noticias por los hombres de sus poblados; dentro de media luna, las mujeres ya no tendrán fuerzas suficientes para atacarnos. ¡Zohar ha triunfado, la Diosa ha sido vencida para siempre!

—Ahkim —repitió Koshmar—, ¿por qué no permites que yo muera?

Ahkim miró a su amigo, sin comprenderlo. ¿Cómo podía desear morir ahora que habían ganado?

Pocos días después, en Oolwi Khemi, poblado de la Diosa, se habían reunido urgentemente todas las Madres para discutir la situación. Habían aceptado a Uriel entre ellas, aunque fuera una Madre sin pueblo: ella sabía lo ocurrido mejor que ninguna y conocía al enemigo con el que habían de enfrentarse.

—¡Matémoslos a todos! —proponía una de las Madres más ancianas, temblando de ira—. Enviemos un ejército de hombres y guardianas de la Diosa de nuestras tribus unidas y aplastémoslos. Ese Ahkim debe morir en el poste de tortura. ¡Es increíble! ¿Cómo ha podido acabar con las mujeres de Zewi Khemi?

—No —intervino Uriel—, eso es lo que más le gustaría, que mandásemos un ejército. Ya habrá infiltrado espías entre los hombres de las demás tribus desvelando el secreto de la Diosa y diciendo que en Zewi Khemi mandan los varones. Yo no me fiaría de los guerreros, pueden volver las armas contra nosotras en el instante más inesperado.

—¡Pues matemos a todos nuestros guerreros, igual que ha hecho él con las mujeres! Los envenenamos y luego reunimos a las guardianas de la Diosa. Entre todas nuestras tribus, seríamos tantas como los hombres de Zewi Khemi. —Las Madres dejaron escapar murmullos de aprobación.

—Hermanas, a mí también me hierve la sangre cuando recuerdo lo que pasó en mi poblado —volvió a terciar Uriel—, pero mantengamos la serenidad. ¿Creéis que nuestros guerreros no habrán sido alertados por Ahkim sobre la posibilidad de ser envenenados? ¿Qué nos harán si lo descubren o si sólo mueren la mitad? Aún resuenan en mis oídos los lamentos de dolor de las mujeres asesinadas y no desearía volver a escucharlos nunca más.

»Por otro lado, los hombres cazan y nosotras no. Para la guerra no sólo se necesita saber arrojar un venablo; una guerra significa marchas, emboscadas, conocimiento de los mejores lugares para combatir... Y nos enfrentaremos a cazadores expertos. Yo no me atrevería a atacar a Ahkim y a sus seguidores con mujeres, aunque les superásemos dos contra uno. Las guardianas de la Diosa pueden defender los poblados y a las Madres, pero no librar una guerra en campo abierto.

Las Madres se revolvieron inquietas. No les gustaba que una advenediza les mostrase la realidad tan crudamente.

—Pareces admirar mucho a ese Ahkim al que tanto dices odiar —señaló una de ellas. Uriel enrojeció, sin encontrar palabras. ¿Cómo explicar sus sentimientos contradictorios?

—¿Y qué propones, Uriel? ¿Que nos rindamos?

—¡Exactamente! —Uriel invocó en silencio al espíritu de Aster, para que la ayudase en ese momento difícil. Durante aquellos días, con la ayuda del espíritu de su abuela muerta, había trazado el único plan que podía salvar a la Diosa.

—¡Traidora! —gritaron las Madres—. ¡Eres una emisaria de los hombres! ¡Por eso te permitieron salir con vida!

—¡Dejadme hablar y luego ajusticiadme en el poste de tormento, si no os gustan mis palabras! —Las Madres se aquietaron un poco—. Nos rendiremos y, para que no nos maten, les entregaremos todo a los hombres: el poder, la religión, las conchas cauri…

—¡No! ¡Nunca!

—… Las conchas cauri, digo, incluso les permitiremos entrar en nuestros cuerpos, cuando prefieran y como prefieran…

—¡Basta! ¡Ya hemos oído bastante!

—… Y también les daremos semillas para sembrar la mitad de los campos. Si la magia femenina no da la vida, como dicen, sus campos deberían germinar como los nuestros. Pero cuando vean que la tierra cultivada por ellos no germina y la nuestra sí, volverá a sus hígados el temor a la magia de la Diosa, Aquella que da la vida y, por tanto, la puede quitar. Entonces será el momento de nuestra venganza.

—Pero, Uriel —objetó una de las Madres—, ¿qué pasaría si los campos de los hombres diesen fruto? Nuestra magia tal vez…

—No creo que suceda. He dicho que les entregaríamos semillas, pero dudo que ningún varón sea capaz de diferenciar una semilla normal de otra ligeramente tostada al fuego. ¿Alguna vez habéis visto germinar una semilla tostada?

Las Madres guardaron silencio, mientras rumiaban las palabras de Uriel. De pronto, una empezó a reír a carcajadas y las demás la acompañaron, a pesar de la gravedad de la situación. Los hombres habían descubierto el Secreto de la Diosa, pero las mujeres aún no habían sido vencidas.

VEINTISÉIS

Koshmar daba los últimos retoques a la gran estatua del toro, símbolo de Zohar. La había recuperado de los arbustos en los que yacía olvidada. El trabajo artístico le distraía de los melancólicos pensamientos y de los espíritus que lo asaltaban a menudo; cuando no se hallaba absorto en alguna tarea, volvía a escuchar los gemidos agonizantes de las mujeres asesinadas por su culpa, y entonces necesitaba huir a alguna parte. Pero ¿huir cómo? ¿Huir adónde? ¿Cómo escapar a la horrorosa maldición de Aster? Aún resonaba en sus oídos: «Si fracasas, que los espíritus de las muertas no te permitan descansar, que tus noches se pueblen de fantasmas vengativos y terribles, que tus oídos no dejen de escuchar nunca los gritos de dolor de aquellas que morirán por tu culpa».

Había ofrecido sacrificios a los espíritus para que lo dejasen en paz y les había intentado explicar que él era inocente, que nunca había deseado la muerte de nadie. Pero era inútil, los espíritus parecían ciegos y sordos; y aunque bebían la sangre de las víctimas que Koshmar les sacrificaba, luego regresaban. Volvían al anochecer, cuando el silencio se abate sobre el mundo; durante la noche, cuando el sueño se le escabullía como un ladrón y Kohsmar abría los ojos para no seguir viendo escenas sangrientas guardadas en su memoria; al amanecer, cuando lloraba por seguir viviendo cuando tantos habían muerto; en cualquier instante del día, siempre que Koshmar se daba cuenta de que Mara ya no estaba junto a él.

También había orado a los dioses, para que se apiadaran de su sufrimiento; incluso había rezado, en secreto, a la Antigua Diosa, aunque eso ahora se considerase vergonzoso e impropio de un varón. Pero los dioses masculinos, una vez alcanzado el poder, se habían olvidado de Koshmar y lo habían abandonado igual que a una punta de venablo mellada; y la Diosa guardaba silencio, pues nunca perdonaría a quien había revelado su más íntimo secreto.

De vez en cuando, se comunicaba con Mara mediante los mensajeros que Ahkim enviaba a la aldea donde ella vivía. ¡Tenía tanto que decirle! ¡Y era tan poco lo que podía contarle! Sobre una piel dibujaba con hollín a un hombre cojo y a una mujer abrazándose, y esto significaba que la quería; firmaba plantando la palma de su mano sobre la piel y rebordeándola de ocre. A veces, cuando el mensajero obtenía un buen pago, Kohsmar recibía una respuesta: su misma piel, pero Mara había dibujado su mano sobre la de su amante. Sólo esto eran capaces de decirse, y aunque fuese poco, resultaba mucho para Koshmar. Mara no se atrevía a desengañarlo, a decirle que ya no le quería: en ella el amor había sido sustituido por la lástima. Y, por otro lado, ¿cómo explicarle sus complejos sentimientos con dibujos? Por eso Mara seguía estampando su mano sobre las pieles que le enviaba Koshmar, aunque de forma insincera. Sabía que ella era lo único bueno que el pobre cojo había tenido en la vida, y no se atrevía a arrebatárselo.

Ya hacía una luna que no llegaba ningún mensajero a Zewi Khemi del exterior, y Koshmar se sentía impaciente. Un mediodía, vio a un hombre que corría y era de otro poblado; aunque no llevaba ninguna piel, se dijo que tal vez supiese algo de Mara y, dejando su cincel de diorita, Koshmar cojeó hasta la cabaña de Ahkim. Los guardias le permitieron pasar.

Ahkim había estado meditando sobre la situación, inquieto por la falta de mensajes de las otras tribus. Los hombres habían vencido del todo, y quizá la victoria había resultado demasiado completa. Habría sido mejor que las mujeres se resistieran; entonces Ahkim las habría derrotado y le habrían nombrado ya no jefe, sino rey indiscutible de todas las aldeas. Pero se habían rendido y los jefes de las otras tribus habían rechazado con cortesía, pero con firmeza, cualquier intento de predominio de Zewi Khemi sobre ellos. ¿Que habían descubierto el Secreto de la Diosa y habían roto la voluntad de resistir de las mujeres con aquella matanza inmisericorde? Les daban las gracias, pero nada más. ¿Que los hombres de Zewi Khemi necesitaban mujeres para desahogarse? Los demás poblados se las podrían vender, digamos a diez ovejas por cada mujer joven. ¿Muy caro? Tal vez habría sido más prudente guardar algunas y no haber matado a todas.

¿Por qué se habían rendido las mujeres? Aster no se habría dado por vencida con tanta facilidad, se dijo Ahkim. Quizás había sobreestimado a sus enemigas, juzgándolas a la altura de Aster. Sólo Uriel era como su abuela. ¡Qué enemiga! Disconforme con la rendición de las demás mujeres, había partido al destierro junto con las guardianas de la Diosa, que se negaban a entregar las armas. ¿Dónde estaría ahora? Si lo supiese, la mataría, claro, pero lamentándolo mucho. Tal vez fuese mejor que siguiese lejos, con unas pocas mujeres nostálgicas, tratando de revivir un pasado que ya no volvería.

Ahkim dio un mordisco a una torta mal molida y peor cocida, y la escupió. «La economía de Zewi Khemi es un caos. Sin mujeres, los campos se roturan a medias, a nadie le gusta moler, las cabañas quemadas siguen sin reconstruirse... Tendré que pagar esas diez ovejas por cada mujer, aunque sea un robo. Los hombres están insatisfechos e intranquilos: ahora trabajan mucho más que antes y viven peor.»

Ahkim suspiró. Aunque insistía en que le llamasen rey, se daba cuenta de que todavía era sólo un jefe que debía tener en cuenta la opinión de sus hombres. Pero a causa del descontento debía protegerse tras su guardia armada para que nadie lo asesinase. O mejor dicho, tras sus dos guardias armadas, porque por un lado estaban los cabreros y por otro los hombres del clan de la serpiente. Él fomentaba la rivalidad entre los dos grupos: así sería más difícil que se pusiesen de acuerdo para eliminarle.

Un hombre interrumpió sus pensamientos. Lo habían desarmado: nadie podía llevar armas ante Ahkim. ¡Por fin, un mensajero del exterior! Empezaba a preocuparle la carencia de información. Enseguida entró Koshmar, cojeando. Seguro que preguntaría por Mara, como siempre. Bueno, le daría una alegría: cuando comprase unas docenas de mujeres para la tribu, él podría tener a Mara; antes no era posible, pues si había una sola hembra, los varones se matarían entre sí por poseerla.

—¡Malas noticias, rey Ahkim!

—¡Habla!

—Las mujeres vuelven a gobernar en todos los poblados...

—¡No es posible! —Ahkim se levantó de su trono de un salto—. ¿Cómo ha sucedido?

—Ellas nos dieron todo el poder; incluso nos proporcionaron semillas para sembrar en los campos. ¡Pero nuestras tierras no fructificaron y las suyas sí!

—¡Malditas! ¡Malditas! ¿Seguro que no os dieron semillas enmohecidas?

—No, rey Ahkim, era semilla seca y dorada. Yo mismo la vi. Ninguno de nosotros encontró nada malo en ellas, aunque hay que admitir que no somos expertos. Las sembramos igual que hacen las mujeres y realizamos las ceremonias mágicas necesarias para que Zohar enviase la lluvia y la vida sobre ellas. La lluvia llegó, ¡pero no la vida! Los hombres se empezaron a sentir inquietos y a temer que nos hubiésemos equivocado. ¿Y si fuera cierto que las mujeres poseen la magia que da la vida... y la puede quitar?

Ahkim lanzó un bufido exasperado:

—¡En Zewi Khemi no hay mujeres ni Diosa, y el cereal ha nacido como siempre, sembrado por los hombres!

—Ya lo he visto al venir, rey Ahkim. Pero el miedo se apoderó de los hígados de todos nosotros. Entonces, llegó Uriel.

—¡Uriel!

—Dijo que volvía de las montañas con un mensaje de la Diosa: Igual que se ha secado la vida de los campos de Zohar, así se secarían las almas de todos los que se opusieran a Ella ¡por toda la eternidad! Nos dijo que los hombres sólo regamos a las mujeres para ayudar al nacimiento de su semilla, como la lluvia de Zohar hace con los campos; pero que la vida se transmite a través de las mujeres. Si no volvíamos a rendirle culto a la Gran Madre, moriríamos todos.

—¿Y no la matasteis?

—Eso ordenaron nuestros jefes, pero su voz temblaba ante la majestuosa presencia de Uriel y su poderosa magia. En vez de morir Uriel, fueron nuestros jefes los que cayeron a manos de sus propios guerreros, que no querían secarse por toda la eternidad. Uriel, implacable, ha matado a todos los varones que se han negado a acatar a la Diosa. La Diosa impera de nuevo en todo el universo, excepto en Zewi Khemi.

—¿Y tú?

—Yo había salido de caza junto con otros cuando sucedió todo esto. Me lo contaron algunos pastores con los que me encontré; yo había perpetrado ciertas ignominias contra algunas mujeres y supe lo que me esperaba si regresaba a mi aldea, así es que corrí para avisarte.

Ahkim permaneció en silencio durante muchas respiraciones. Por fin, habló:

—Te agradezco tu información. Pero nadie ha de saber que los campos no brotaron; para todos, las mujeres han vuelto al poder mediante la astucia y el engaño.

—Guardaré silencio, rey Ahkim.

—Estoy seguro de que lo harás, charlatán. —Ahkim, levantándose del trono, le clavó un puñal de sílex en la garganta. El hombre lo miró con ojos asombrados antes de desplomarse—. Estoy muy seguro. ¡Guardias!

—¡Sí, rey! —Unos cabreros y unos hombres del clan de la serpiente entraron en la cabaña. Vieron al cadáver y se miraron con odio los unos a los otros, buscando culpables.

Ahkim sonrió.

—Este hombre ha intentado matarme... en cierta forma. —La verdad en manos de Ahkim era en extremo flexible—. Llevad su cadáver al muladar, que se lo coman los milanos, pero echad un puñado de tierra sobre él para que su alma descanse.

Ya se iban, cuando Ahkim les reprochó:

—¡Ah, cabreros! ¿Creéis que ésta es forma de cuidar de vuestro rey, permitiendo que un asesino entre en su cabaña? ¡Sed más cuidadosos o volveréis a las colinas!

Los hombres del clan de la serpiente lanzaron una sonora carcajada y algunos imitaron el balido de una cabra. Los cabreros enrojecieron y se marcharon contritos.

Hacía mucho tiempo que Kohsmar había dejado de maravillarse ante la implacable forma de gobernar de su amigo. Después de tanta sangre, ¿qué importaba un poco más? A él sólo le importaba Mara. Y con aquellas noticias, Mara se había alejado para siempre. Ya no habría más mensajes dibujados sobre el cuero, ni nunca vendrían otras mujeres para que Mara pudiese estar segura en Zewi Khemi.

—¿Qué haremos ahora, Ahkim? —le preguntó cuando se quedaron solos.

—Nada —respondió éste, volviéndose a sentar en su trono. Sobre el trono pensaba mejor.

—¿Nada? —Aquello no era propio de Ahkim.

—¡Porque serán ellas quienes lo hagan! —Ahkim rió ante el chiste—. Déjame calcular... A finales de verano, cuando hayan recogido la cosecha, enviarán un ejército contra nosotros.

—Nos quedan tres lunas... —La sombra de la muerte se insinuó ante los ojos de Koshmar; y no le gustó, porque significaba perder a Mara para siempre.

—¡Les quedan tres lunas de vida! ¡Las derrotaré y seré el rey de todos!

—Pero, Ahkim, entre hombres y mujeres serán diez o doce veces más numerosos que nosotros. ¡Son mucho más fuertes!

—También los bisontes que cacé eran más fuertes y, sin embargo, mediante el fuego, los conduje a su destrucción. Será un ejército de hombres y de mujeres, pero mandarán las mujeres y ésta será su debilidad fatal, porque conozco algo que, como el fuego, las cegará y las llevará a la derrota y a la muerte.

Koshmar se quedó meditabundo. ¿Cuál es la parte más débil de una mujer? ¿Tal vez la compasión? Se acordó de Uriel y se dijo que no, no era la compasión. ¿Y a él qué le importaba la parte más débil de una mujer, si sólo quería a Mara? Cojeando, salió para llorar su amor perdido en un lugar oculto a los ojos de los demás.

En Oolwi Khemi, Uriel revisaba las defensas. Durante las lunas en las que había estado exiliada había preparado su estrategia con sumo cuidado. No se fiaba de Ahkim: era tan audaz que podía atacar primero por sorpresa, a pesar de su inferioridad numérica.

Uriel era una Madre, y llevaba su falda y su collar distintivos; pero a diferencia de las otras Madres, seguía portando sus armas y parecía una divinidad guerrera. Para que no fuese demasiado evidente su soledad, se le había concedido una escolta de una docena de jóvenes guardianas de la Diosa, que la seguían a todas partes.

Señaló algunos defectos en las defensas, movió a algunos centinelas de sitio para que no dejasen ningún hueco sin cubrir y amonestó a un hombre que se había permitido apoyarse en el tronco de un árbol para echar una cabezada.

—¡Pero si nunca se atreverán a atacarnos! ¡Somos muchos más que ellos!

—¡Imbécil! —replicó Uriel—. ¡Tú no sabes de lo que es capaz Ahkim! ¡Te robaría los huevos y ni te enterarías!

Las guardianas de la Diosa rieron y el hombre, avergonzado, volvió a su puesto. «¿De qué es capaz Ahkim? —se preguntó Uriel—. De todo. Cuando quiero ser sabia, me imagino lo que habría hecho mi abuela; pero cuando quiero ser astuta, o audaz, o valiente, intento parecerme a Ahkim. Ahkim, ¿por qué has de ser mi enemigo? ¿Por qué mataste a mi familia e intentaste asesinar a mi Diosa?»

—Nos sentimos demasiado confiadas —Uriel trató de dirigir sus pensamientos por cauces menos peligrosos—. Los centinelas se duermen, las Madres hablan de la próxima campaña como si ya estuviese ganada, los jefes de los clanes discuten entre sí sobre cómo repartirse el ganado de Zewi Khemi... Sólo yo siento miedo y trato de que la red que vamos a tender no tenga ningún nudo débil, no sea que nos atrape a nosotras mismas.

Uriel, sumida en sus meditaciones, volvió al poblado. En la entrada, clavadas sobre estacas, se pudrían al sol las cabezas de los antiguos jefes de los hombres. Apestaban, pero era preciso que todos temieran a la Diosa. Encontró a Mara moliendo cereal; aunque ya no fueran hermanas de sangre, volvían a ser amigas. En cierto modo, eran amigas de sangre, pues la sangre de aquellos días terribles las había unido.

—La Diosa esté contigo, amiga mía. —Uriel puso su mano sobre el hombro de Mara, curtido por el sol.

—Saludos, Uriel —respondió Mara. Aunque no se rebelaba abiertamente contra la Diosa, Mara no había olvidado que Ella había sido su enemiga; por tanto, no pronunciaba su nombre—. ¿Puedo hablarte... en privado?

Uriel insinuó un gesto y las guardianas se apartaron.

—Habla.

—Es sobre Koshmar. Él sólo es un tullido que nunca ha hecho daño a ninguna mujer, más bien al contrario, ha tenido que sufrir muchas burlas de ellas. Y aun así, mató por defendernos e intentó detener el ataque de Ahkim. Cuando venzáis, ¿no podríais respetar su vida?

—Mara, las órdenes de las Madres son terminantes: ningún varón de Zewi Khemi ha de seguir con vida, ni siquiera los ancianos ni los niños. Cuando hayamos vencido, si nos hace falta algún hombre, vendrá de otro lugar menos sacrílego. Yo sólo poseo un voto, y no vale demasiado, pues soy Madre de un pueblo que ya no existe. ¿Cómo quieres que convenza a las demás Madres de que dejemos vivir precisamente al que ha descubierto el secreto de la Diosa, al culpable de tantas muertes? No me pidas lo imposible. Ya es demasiado tarde para la compasión.

—Uriel, te lo pido por mí y por nuestro pasado, salva a Koshmar.

—Mara, ¿no recuerdas acaso que mi hijo, mi único hijo, sigue en Zewi Khemi? Trabajando por la victoria de la Diosa, trabajo para llevarle la muerte. ¡No puedo exigir un trato de privilegio! —Uriel trató de contener el llanto al acordarse de su hijo pequeño. Una Madre no llora... en público; y si a veces sus guardianas la veían con los ojos enrojecidos por las mañanas, fingían no darse cuenta.

Mara la miró y en el fondo del hígado de Uriel percibió las huellas de la verdad, claras como un rastro sobre el barro.

—Uriel, escucha. Te conozco bien y sé que amas a Ahkim, que sientes por él algo parecido a lo que yo experimenté hacia Koshmar. Escapemos, escapemos las dos de este poblado y reunámonos con Ahkim. Y luego, llevándonos a tu hijo, también huiríamos de Zewi Khemi y dejaríamos a los hombres y a las mujeres, a dioses y diosas, enzarzados en esta guerra cruel que nos es indiferente. ¿Qué nos importa quién gobierne el mundo? Ahkim cazaría para nosotras y nos defendería, y Koshmar tendería trampas, con las que es tan hábil, y nosotras recolectaríamos frutos y plantas, como en los Antiguos Tiempos. Tu hijo viviría, sí, y parirías muchos otros, que serían tan fuertes y valientes como su padre. Dime, ¿qué respondes?

—Amiga mía —respondió Uriel, después de un largo silencio—, cada una de tus palabras ha sido un venablo que me ha atravesado el hígado. Ésta es mi respuesta: ¡guardianas!

—¿Sí, Madre?

—Dos de vosotras, quedaos con Mara y custodiadla. Es una traidora. Si intenta escaparse, dadle muerte. No quiero que revele a nuestros enemigos lo que haya podido ver aquí.

—Tú mandas y nosotras obedecemos.

—¡Eres una perra! —le insultó Mara, y le escupió en el rostro. Uriel no manifestó enojo por ello.

—Antes que amante, antes que madre, antes que amiga, debo defender a la Diosa. No traicionaré a las mujeres que confían en mí. Atacaré Zewi Khemi y mataré a Ahkim, mataré a Koshmar y… y mataré a mi hijo. Luego tal vez abrace la muerte dulce, porque la vida ya no significará nada; pero primero cumpliré mi deber. ¿Me comprendes? Dime que me comprendes.

—¡No! ¡No te comprendo! ¡Maldigo a diosas y dioses, a mujeres y a hombres, a todos los que no me dejan vivir!

Las guardianas de la Diosa realizaron los gestos rituales necesarios para defenderse de una maldición, pero Uriel las tranquilizó:

—No temáis. Esto no ha sido una maldición. Sólo ha sido un grito. —Miró a Mara, que lloraba llena de desesperación—. Sólo un grito.

En Zewi Khemi, Ahkim reunió a todos los hombres en la plaza. Había levantado una especie de estrado, de manera que pudiese hablarles desde una posición elevada; sus guardias de cabreros y del clan de la serpiente lo custodiaban con pinturas de guerra en el rostro y vainas negras cubriendo sus miembros. Ahkim tomó aire, extendió los brazos para imponer silencio y lanzó a las alturas una arenga brutal y soez, una arenga que inflamase los hígados de aquellos guerreros brutales y soeces.

—¡Quiero una mujer, una mujer que me abra el coño cuando yo se lo mande! ¡Y también el culo, si me apetece!

Un rugido inundó la plaza. Los hombres aullaron, porque estaban hartos de esperar a que creciesen las niñas a las que habían respetado la existencia.

—¡Y no veo a esa mujer por aquí! O, ¿por qué no?, a esas dos mujeres. O tres. ¿Podréis con tres mujeres cada uno?

—¡Sí! ¡Sí que podremos! ¡Tráenoslas, rey Ahkim! —El frenesí se apoderó de los clanes.

—Me ha parecido oír que alguno decía que no, que no quiere tres mujeres. ¿Estáis de acuerdo con eso?

—¡No! ¡No! ¡Tres mujeres!

—¡Pues yo digo que no quiero tres mujeres...! —Ante estas palabras de Ahkim, el silencio cayó de repente, como la niebla de la madrugada. Después de unos interminables latidos de corazón, Ahkim terminó la frase—: ... ¡porque no me conformo con menos de cuatro!

Una carcajada enorme hizo levantar el vuelo a los gorriones que picoteaban en torno a los graneros.

—¡Y allí están esas mujeres, esperándonos con las piernas abiertas! Los guerreros de los demás poblados poseen miembros mustios como hojas de otoño y han perdido el poder que consiguieron gracias a nosotros: las mujeres vuelven a mandarles. Bueno, pues si ellos no son lo bastante hombres para agotarlas, ¡nosotros sí! ¿A que sí?

—¡Sí, claro que sí!

—Y puesto que no son lo bastante hombres, que trabajen para nosotros. ¡Se acabó sembrar los campos y cuidar las ovejas! ¡Seremos los amos! ¡Nosotros hemos de ser sólo guerreros y cazadores! ¡Tanto ellos como ellas serán nuestros sirvientes! ¡Nuestros esclavos! ¡Y les daremos por el culo siempre que nos apetezca!

—¡Viva Ahkim! ¡Ahkim, rey! ¡Zohar, rey! ¡Muera la Diosa!

Ahkim lanzó su último grito:

—¡A la guerra! ¡A la victoria!

—¡A la guerra! ¡A la victoria! —replicaron docenas de voces roncas, teñidas de deseo y de ambición.

Ahkim sonrió. Ninguno se había detenido a preguntarse con cuántos guerreros y guardianas de la Diosa iban a enfrentarse. Era mejor así, porque aunque estaban acostumbrados a contar muchas ovejas, quizá se habrían encontrado con números desconocidos.

Durante los días siguientes, tanto en Zewi Khemi como en los poblados de la Diosa la actividad fue febril. Todos tallaban nuevas puntas para sus azagayas o afilaban las antiguas, engrasaban los mangos de sus venablos, preparaban nuevos conjuros mágicos para volverse invulnerables o para que sus armas resultasen más mortíferas...

Con casi media luna de retraso sobre el plan previsto, el ejército de la Diosa estuvo listo para salir de Oolwi Khemi. La toma de decisiones era muy lenta, pues tenían que discutir cada pequeño detalle en el Consejo de las Madres; además, una cantidad tan grande de hombres y de mujeres acarreaba problemas logísticos inesperados.

La mayoría de las Madres pensaba que se libraría una sola batalla que decidiría la guerra; Uriel, en cambio, opinaba que era de prever una larga campaña plagada de escaramuzas, emboscadas, marchas y contramarchas. Ahkim no sería tan estúpido como para enfrentarse frontalmente con un ejército superior al suyo. Tras largas deliberaciones, Uriel logró convencer a las demás Madres de que se llevasen provisiones suficientes para combatir durante varias lunas.

Uriel parecía estar en todas partes, arrebatándole horas al sueño. Así no pensaba en su hijo, ese hijo al que la victoria iba a condenar. Un clan deseaba ir delante de otro, una tribu se negaba a marchar junto a otra porque eran vecinas y mantenían una disputa sobre la propiedad de unos pastos... Las estructuras tribales se revelaban ineficaces para coordinar un número tan elevado de guerreros.

Uriel había conseguido que se llevasen pieles suficientes para abrigarse por si Ahkim se retiraba a las montañas; odres, por si huía hacia los desiertos; yescas, para prender contrafuegos si Ahkim incendiaba la pradera... Las Madres consideraban exageradas tantas precauciones, pero accedieron a regañadientes.

Por fin, una larga hilera salió de Oolwi Khemi, donde se habían concentrado las tribus. Por orden de Uriel, unas avanzadillas peinaban el terreno para evitar emboscadas; a los lados, se destacaban pequeños grupos de guerreros que avisarían con tiempo de un ataque por el flanco. En el sendero principal, los hombres iban divididos según sus tribus y sus clanes, protegiendo al núcleo del ejército: las guardianas de la Diosa, que a su vez cuidaban de las Madres. En retaguardia, fuertemente custodiados, los pastores acarreaban rebaños de ovejas y un centenar de mujeres normales porteaban sacos de cuero repletos de harina y carne seca.

En los poblados sólo quedaban mujeres al cuidado de los hijos, con una guardiana de la Diosa para sustituir a la Madre, y un puñado de guerreros varones para cuidar del ganado restante.

Un ejército tan numeroso no podía pasar desapercibido a los vigías de Ahkim y muy pronto éste supo que había llegado el momento de la batalla que decidiría el futuro de la humanidad y el suyo propio. Sin dejar que se transparentara la menor inquietud, ordenó a sus hombres que se preparasen para el combate. Con un grito de entusiasmo, los clanes de Zewi Khemi tomaron las armas en nombre de Zohar.

—Mara, he venido a despedirme. —Uriel iba decorada con pinturas de guerra y llevaba el collar de conchas cauri al cuello. Sin embargo, no vestía la falda ritual, para que no estorbase sus movimientos; pero llevaba en las manos sus venablos de obsidiana. Mara no levantó la vista del molino de cereales con el que preparaba harina.

—¡Deseo que te pudras! —le contestó—. ¡Que los milanos se coman tus intestinos!

—Mara, quizá yo muera en la guerra. ¿No me despedirás con un beso de amiga?

—¿Amiga, y me tienes prisionera?

—¿Acaso preferirías que te dejase libre para ir junto a Koshmar y correr su misma suerte?

—¿Amiga, y vas a matar a tu hermano?

—¡No puedo evitar su destino! ¡Koshmar ha nacido bajo un espíritu funesto!

—¿Amiga, y partes para matar a tu hijo?

Uriel ya no pudo replicar. Se le llenaron los ojos de lágrimas, a pesar de que una Madre no puede llorar ante la gente. Volvió la espalda y dio unos pasos para marcharse.

—¡Espera! —Mara corrió hacia ella y la abrazó—. Lo siento. Ninguna de nosotras podemos evitar los caprichos de las divinidades que nos guían. Tu Diosa es exigente y celosa, y la obedeces; quizás hayas elegido mal, pero no me corresponde a mí juzgarte. Démonos un beso, pues en los días que vienen el país de las sombras se entremezclará con nuestro mundo y ninguna sabemos quién vivirá para contemplar la siguiente luna.

Las dos amigas se despidieron como si los ciclos de estaciones y las desilusiones no hubiesen pasado por sus almas. Luego, Uriel marchó a la guerra. Mara, prudente, ni siquiera en su enojo se había atrevido a preguntar: ¿Amiga, y vas a matar a Ahkim, el hombre al que amas? No era necesario: conocía la respuesta.

VEINTISIETE

El ejército de la Diosa estaba acampado en Zewi Khemi, celebrando una fácil victoria sobre Ahkim. Eran unos dos mil guerreros, además de ciento cincuenta guardianas de la Diosa y de cien mujeres para acarrear grano y preparar las tortas. Contra ellos, Ahkim sólo podía oponer doscientos guerreros, doscientos treinta si alistaba a los adolescentes imberbes: no era extraño que hubiese rehusado la batalla y hubiera huido.

En lo que antes había sido la cabaña de Aster y luego el palacio real de Ahkim, ahora se reunían las Madres. Todas estaban de muy buen humor, menos Uriel, que se mostraba preocupada.

—Y bien, Uriel —se burló una de las Madres—, ¿dónde está tu terrible Ahkim? Nos dijiste que era un león ¡y ha resultado ser una liebre!

—¡Varios días para atravesar el desfiladero que conduce a Zewi Khemi! Pero Uriel nos convenció de que antes de pasarlo asegurásemos las alturas que lo dominan, para evitar una emboscada. ¡Y mientras tanto, Ahkim se ponía a salvo!

—¡Si Ahkim nos hubiese atacado en el desfiladero, habría matado a la mitad de nuestros hombres! —repuso Uriel—. La victoria nos habría costado cara, suponiendo que hubiésemos vencido. Y Ahkim, tras desangrarnos, se habría retirado y estaríamos como ahora, pero con sólo medio ejército. No entiendo por qué no nos ha plantado cara allí, en el único sitio donde habría podido, si no vencer, al menos contenernos.

—¡Haya paz entre nosotras, hermanas! Ahkim ha huido con su gente y ahora ocupamos su poblado. Hemos vencido, ¿por qué discutir? —intervino otra Madre, apaciguadora.

—¿Qué hemos conquistado? —preguntó Uriel—. ¡Unas chozas vacías! Se ha llevado las niñas y los niños, el grano, la sal, las ovejas... todo lo que importa. Retiremos nuestro ejército y regresará antes de una luna, riéndose de nosotras y siendo como una llaga purulenta en nuestro costado. Mandará agitadores para estimular el descontento de los varones, robará nuestro ganado, quemará nuestras cosechas... hasta que enviemos de nuevo otro ejército al que tampoco se enfrentará. Nuestra posición es débil: hemos engañado a los hombres entregándoles semillas tostadas para sembrar; sin embargo, ellos tienen armas y son peligrosos para nosotras: más pronto o más tarde, habremos de exterminarlos. Pero necesitamos a los guerreros mientras Ahkim nos amenace.

—¡Quememos Zewi Khemi! —propuso una.

—Y vivirán en la cueva de Shanidar, como hicieron nuestras antepasadas hace muchas generaciones. O reconstruirán las cabañas, no les costaría más de una luna. O quizá cosan pieles y fabriquen tiendas que puedan llevar consigo. No, hermanas, no hemos vencido aún.

—Los exploradores dicen que las huellas de su ganado se dirigen hacia las montañas. Los perseguiremos. Disponemos de pieles y alimentos suficientes.

—¡Gracias a que yo insistí! Si no, habríamos tenido que retirarnos con el rabo entre las piernas, como un perro apaleado. —Al siguiente latido de corazón, Uriel supo que se había equivocado al demostrarles que había sido más previsora: el resentimiento contra ella se palpaba en el ambiente. Para disimular su malestar, se levantó y salió de la cabaña:

—Voy a revisar a los centinelas. Quizás Ahkim planee atacarnos protegido por la oscuridad de la noche.

Cuando Uriel se marchó, las demás Madres suspiraron aliviadas. Su pétrea voluntad las incomodaba.

—¡Su abuela Aster sí era una Madre sabia! Siempre tan comedida...

—Demasiado joven, es lo que digo siempre, no se debería permitir que nadie fuese Madre hasta que sus cabellos se tornasen blancos —dijo una de las más ancianas.

—¡Recordad que ha visto morir a todas las mujeres de su poblado! —la defendió Foljii, Madre de Oolwi Khemi—. ¿No arderíais vosotras en deseos de venganza? ¿Los espíritus de las muertas no os torturarían por la noche?

—Las jóvenes siempre se defienden entre sí —comentó otra. Foljii apenas tendría veinticinco ciclos de estaciones y enrojeció—. Pero basta de discusiones. ¿Estáis de acuerdo en que persigamos a Ahkim?

Con desgana, lo aprobaron y salieron a comunicar el nuevo plan a los jefes de los clanes.

Durante otros dos días, el ejército de la Diosa se arrastró lentamente tras las huellas del ganado de Zewi Khemi. Al segundo día, unos exploradores volvieron muy excitados.

—¡Madres! ¡Ya los tenemos! Han acampado en lo alto de la morada de Zohar.

La morada de Zohar era una alta montaña solitaria agitada por las tempestades. Se levantaba como una mole amenazadora de escarpadas laderas.

—¡Gracias sean dadas a la Diosa! Ya pensábamos que deberíamos perseguirlos durante todo el otoño. ¿Habéis visto cuántos son?

—Imposible. Están al otro lado de la cumbre y su ganado ha pisoteado las huellas. Pero el humo de sus fuegos los ha delatado. Tal vez se crean seguros.

Las Madres se reunieron para discutir el plan de batalla.

—Esa montaña no tiene vegetación. No podremos sorprenderlos —dijo Uriel—. Además, es muy empinada: cuando nuestros hombres carguen, habrá un momento durante el cual no podrán alcanzar con sus armas a los de Ahkim, porque es muy difícil lanzar un venablo hacia lo alto.

—¿Qué necesidad hay de sorpresa? —intervino otra Madre—. ¡Los superamos con creces! Ordenemos a los guerreros que ataquen: aunque muera la primera fila, la segunda y la tercera aplastarán a esos sacrílegos asesinos.

—Yo sólo quería ahorrar vidas —se defendió Uriel.

—¡Cuantos más hombres mate Ahkim, menos veneno tendremos que gastar luego!

Todas rieron, menos Uriel. Lo que había sucedido en Zewi Khemi y durante las lunas en las que habían estado sometidas a los varones las había vuelto feroces enemigas del sexo masculino. Pero Uriel era la que más motivos tenía para odiar a los hombres, en especial a aquél, y, sin embargo, no podía imaginárselo muerto.

Al final decidieron que marcharían directamente hacia la montaña, dejarían la impedimenta en la base, escalarían la cumbre y atacarían a los guerreros de Ahkim. Cuando los hubiesen derrotado, los clanes de la Diosa cazarían a los supervivientes como si fuesen alimañas. Si Ahkim rehuía la batalla, el ejército, dejando a algunos hombres custodiando el campamento y el ganado, lo perseguiría sin descansar de día ni de noche. Enlentecido por niñas, niños y ovejas, Ahkim se vería obligado a luchar y a morir.

Uriel temía una trampa e interrogó a los exploradores más a fondo. La ladera de la montaña era lisa y resultaba imposible que les tendieran una emboscada. ¿Tal vez desprenderían grandes piedras, que los barriesen mientras trepaban? No, le dijeron los exploradores, apenas se veía sobresalir alguna roca aquí y allá. ¿Y el fuego? La hierba era verde en las cumbres y no prendería; además, el fuego y el humo tienden a subir y no correrían ningún peligro, pues ellos estarían más bajos que Ahkim.

Se despidió de los exploradores con un gesto preocupado. No era propio de Ahkim dejarse atrapar de esta manera. Tal vez había creído que no le perseguirían por no traer suficientes alimentos para una campaña larga. Tal vez.

El ejército de la Diosa acampó en la base de la montaña. Uriel no durmió, sino que con sus guardianas de la Diosa recorrió una y otra vez el contorno del campamento. Aquélla era la última oportunidad de Ahkim para realizar un ataque por sorpresa. Pero Ahkim no dio señales de vida.

Al amanecer, el ejército comenzó a subir la pelada montaña. Todos se sentían de muy buen humor: por fin librarían el combate, vencerían y podrían regresar a sus poblados. Los clanes marchaban en torno a sus estandartes, y a su vez cada tribu ocupaba su lugar preestablecido; constituía un espectáculo salvaje y hermoso contemplar a tantos hombres con sus pinturas de guerra y con las orgullosas vainas negras apuntando hacia delante. En el centro iban las Madres, custodiadas por las desnudas guardianas de la Diosa, armadas con venablos y cuchillos de obsidiana.

En el valle había quedado la impedimenta, junto con las ovejas. Las mujeres se afanaban en torno a los fuegos para asar los miles de tortas de cebada necesarias para que el ejército subsistiera. Los clanes de la tribu de Oolwi Khemi, junto con Foljii, su Madre, lo custodiaban. La noche anterior, Uriel se había puesto frenética cuando supo que todas las tribus pensaban subir a la montaña, disputándose el honor de acabar con Ahkim.

—¿Estáis locas, hermanas mías? ¿Y si Ahkim no se halla en la montaña, sino escondido cerca de nosotras en los bosques cercanos? Cuando llegásemos arriba caería sobre la impedimenta como un gavilán sobre un ratón. Mataría a mujeres y ovejas, y robaría nuestro grano antes de que pudiésemos bajar. ¡Tendríamos que regresar a nuestros poblados, humilladas, vencidas sin haber llegado a combatir! Recordad que no hemos visto sino huellas de ovejas y humo de fuegos, no sabemos cuántos hombres aguardan tras la cumbre.

—Nuestros exploradores no han encontrado rastros en torno a nosotras. Uriel, ¡deja de hablarnos de Ahkim como si fuese la encarnación de Bahrma, el dios de la guerra! Hasta ahora, tus profecías han resultado falsas.

—Apoyo a Uriel —intervino Foljii—. No debemos correr riesgos inútiles.

—Pues bien, si crees eso, que tu tribu custodie la impedimenta —le dijeron las demás Madres—. Explícales a tus hombres que después de tantos días de marcha, han de permanecer al margen de la gloria y de la victoria.

Cuando terminó el consejo, Uriel llevó a un aparte a Foljii, Madre de Oolwi Khemi.

—Lo siento.

—No importa. Alguien tenía que hacerlo. ¿Por qué no yo? Presiento que no será tan fácil acabar con esos asesinos; consiguieron engañar a Aster, que era la más inteligente de entre nosotras. Prefiero mantenerme atrás, rodeada por mis guardianas y mis clanes masculinos; así, si cayeseis en alguna emboscada, dispondré de suficientes guerreros para salvaros.

—Gracias, amiga. —Uriel miró al cielo cuajado de estrellas. Por un instante, olvidó al hijo que iba a matar para que las mujeres siguieran gobernando—. ¡Qué paz encontramos en la noche!

—¡Y cuántos peligros se esconden en ella! ¡Cuántos peligros!

Al mediodía, Koshmar miró al ejército que, como una medialuna amenazadora, subía por las laderas de la morada de Zohar. El día era claro y podía ver el sudor brillar sobre la piel de los guerreros, ordenadamente agrupados tras sus estandartes. Suspiró. Era el momento de destruir a la Diosa. ¿Por qué tenía que ser él? Porque se lo había ordenado Ahkim, para regalarle unas migajas de gloria y así perdonarle el haber sido un traidor.

¿Estaba Uriel entre las Madres que subían? No podía distinguirla en medio de la muchedumbre, pero casi seguro que sí. «Hermana, no quiero matarte. Pero tengo que hacerlo para salvar mi vida y encontrarme con la mujer que amo.»

—¡Dame la antorcha! —Trató de que su voz pareciese firme. Un muchacho se la alcanzó y Koshmar, el tullido, prendió una pira que estaba preparada en lo más alto de la cumbre. Las llamas se extendieron por las ramas secas en pocos latidos de corazón, pero cuando llegaron a un gran montón de hojas verdes se transformaron en humo.

—Lo siento, hermana, no sabes cómo lo siento.

Unos cientos de pasos más abajo, Uriel vio la enorme humareda que ascendía hacia el cielo y se recortaba contra el violento azul del mediodía. Tenía que verse a muchos días de marcha de distancia...

—¡Alto! ¡Deteneos todas! —exclamó Uriel. La orden se extendió por el ejército como una pulsación y los clanes hincaron sus estandartes en la tierra inclinada.

—¡Uriel! ¿Por qué has mandado que nos paremos? ¿Acaso te crees la jefa de todo el ejército? —Una Madre se dirigió hacia ella enfurecida.

—Han encendido una hoguera en la cumbre. Parece... parece una señal. No me gusta. No me gusta nada. Preparaos para repeler un ataque. —Sombríos presentimientos atenazaban a Uriel.

—¿Una señal? ¿Una señal para quién?

—¡Madres! —Una de las guardianas de la Diosa las interrumpió—. ¡Mirad allí a lo lejos! ¡Y allí también! ¡Y allí!

Uriel dirigió su vista hacia donde la guardiana señalaba y no pudo contener un estremecimiento.

—¡Oh Diosa, no es posible! ¡Ahkim ha vencido! ¡No sé cómo, pero Ahkim nos ha derrotado!

VEINTIOCHO

Tres días antes de que Koshmar lanzase la señal de humo, Mara estaba preparando el lecho en su cabaña de Oolwi Khemi. Ya anochecía y prefería mullir la paja antes de que la luz huyese del todo. Las dos guardianas de la Diosa que la custodiaban no le ahorraban puyas: si era una traidora, ¿por qué no la habían matado? Ahora ellas tenían que permanecer en el poblado, mientras sus compañeras aniquilaban a los sacrílegos.

Respetaban a Uriel. Aunque no fueran de su misma tribu, habían aprendido a admirarla durante las lunas que habían compartido su destierro; pero aquella Madre tan joven en ocasiones era un tanto excéntrica. ¡Si hubiese que custodiar a todos los delincuentes, en vez de matarlos, no podrían hacer nada más!

Mara, por su parte, se hallaba inmersa en un complejo conflicto. ¿Amaba a Koshmar? Ahora que conocía, como todas, el Secreto de la Diosa, los sentimientos se entrecruzaban en su alma. A ella no le había engañado Uriel, sabía diferenciar una semilla tostada de una intacta. Y comprendía también el significado de la extraña pregunta de Koshmar sobre el parecido de su hijo. Conocía la respuesta: había sido hijo de Ahkim. Había tenido sus mismos ojos, su mismo ceño fruncido, su mismo mentón colérico y viril.

Haber sido la tierra en la que él sembrase la llenaba de confusión. El amor hacia ese querido hijo muerto se trasvasaba hacia el padre. Y el padre era Ahkim.

El secreto de la concepción también le hacía plantearse un dilema terrible: ¿a quién desearía ella que se pareciesen sus futuros hijos? ¿Al fuerte, decidido y valiente Ahkim, o al pusilánime, dubitativo y tullido Koshmar? ¿Cómo podía alguien dudar entre los dos?

Por otro lado, la guerra influía también en los gustos femeninos. En tiempos de paz, una mujer podía permitirse amar a alguien dulce y sensible, si este capricho le placía. Pero cuando resonaban los golpes de piedra contra el sílex afilando los venablos de combate, una mujer buscaba protección en el mejor guerrero. Mara no podía apartar de la memoria el momento en que Koshmar había caído torpemente ante Nuraón, cuando éste quería violarla. Si no hubiera sido por los golpes de azada que ella le propinó... En cambio, si hubiese estado Ahkim, habría triunfado sobre su enemigo. No quería ser injusta con Koshmar, se decía una y otra vez Mara. «Él ofreció su vida para que yo pudiese escapar de Zewi Khemi, y se quedó para pelear... y ser vencido.» Esto es lo único que podía hacer Koshmar: sacrificarse y perder.

El sino de Koshmar era la derrota y el de Ahkim la victoria. Al lado de Ahkim, una mujer se sentiría segura, protegida, custodiada. En la guerra, una mujer apreciaba a los valientes guerreros, no a los tullidos incapaces de luchar.

Pero ¿qué hacer ante estos sentimientos encontrados? ¿Acaso ella había desafiado por Koshmar la tortura, la muerte y la soledad para traicionarlo luego con su mejor amigo? ¿Se mataría Koshmar cuando lo supiera? ¿Y, por otra parte, a quién preferiría Ahkim? ¿A la valerosa Uriel, una guerrera que parecía el reflejo de Ahkim en obsidiana o a ella, Mara? Sin duda, a Uriel.

De pronto, el grito de un centinela rompió la calma del atardecer:

—¡Alarm...! —La palabra terminó en un sonido agónico. Un venablo se había clavado en su pecho y ya no diría nada nunca más. Los aullidos de guerra de Zewi Khemi llenaron el aire cargándolo de presagios sangrientos:

—¡Ahkim, rey! ¡Zohar, rey!

Las dos guardianas de la Diosa empuñaron sus armas y salieron al encuentro del enemigo y de su propia muerte. Los hombres de Ahkim eran muy superiores en número y habían tomado por sorpresa a los pocos guerreros que custodiaban la aldea: algunos murieron con un cordero en los brazos antes de llegar a empuñar sus armas.

Mara se sintió transportada a la noche terrible en que fueron asesinadas las mujeres de Zewi Khemi. Buscó por la choza algún tipo de arma con la que defenderse, aunque sólo fuera un cuchillo mellado. No lo encontró, pues era una prisionera, y tuvo que acurrucarse en un rincón, sin poder hacer nada más.

—No, Diosa, te lo ruego, otra vez esa pesadilla no.

Una mano brutal arrancó la cortina de cuero que tapaba la entrada de la choza.

—Por Zohar, ¡aquí tenemos una gacela que va a saber lo que es un hombre de verdad!

—Perro, si te atreves a tocarme, ¡te arrancaré las tripas de un mordisco!

El hombre rió y se quitó la vaina de guerra que cubría su miembro. Mara trató de resistirse, pero el guerrero la golpeó tan violentamente en la cara que la derribó contra la tierra. Siguió pegándole hasta que la dejó medio inconsciente.

—Has de ser buena y dejarte sembrar por mi palo de cavar. Verás lo que sale después. —El hombre rió y se abalanzó sobre el cuerpo indefenso de Mara.

Fuera, se oyó la voz de Ahkim, furiosa y dominante:

—Perros, os he dicho que no perdáis tiempo violando a las mujeres. ¡Bastantes tendréis cuando venzamos!

Ahkim entró en la cabaña.

—Tú, ¿no me has oído? ¡Deja a esa hembra o te meteré mi azagaya por el culo!

—¡Ahkim!

—¡Mara!

Ahkim agarró al violador por el cabello y lo separó del cuerpo de Mara, arrojando al guerrero contra la pared con un gesto poderoso, sin apenas hacer ningún esfuerzo. El hombre sacudió la cabeza, atontado, y cuando vio a Ahkim salió de la choza como un perro apaleado al que se expulsa de un festín.

Mara se abrazó a Ahkim. El alivio la invadió y se sobrepuso a su dolor, a su terror y a su asco.

—¡Ahkim! Gracias a la Diosa que has llegado a tiempo…

Mara notó que los fuertes músculos de Ahkim se tensaban como si se dispusiese a combatir. En su pavor y llevada por el hábito de toda una vida, había invocado a la Diosa olvidando que era enemiga.

—Perdona, no quise decir eso, yo… —Mara rompió a llorar convulsivamente, incapaz de articular sus confusas emociones. Ahkim la abarcó con sus fuertes brazos y la acunó como si fuese una niña hasta que se tranquilizó.

—Déjame ver lo que te ha hecho ese hijo de una perra sarnosa. No es nada, pronto cicatrizará.

Ahkim empezó a lamerle las heridas del rostro, para evitar que entrasen espíritus purulentos. Las piernas de Mara temblaban todavía y una insidiosa lasitud se apoderaba de su cuerpo. Mara sintió que podía abandonarse entre esas manos poderosas sin temer ni a hombres ni a dioses, que podía reclinar la cabeza en aquel pecho de sílex y descansar sin preocupaciones, que podía confiar en aquel salvaje violento y audaz que ahora pasaba los labios por su cara restañando cortes y calmando magulladuras.

Ahkim había aromatizado su cuerpo con resina de pino para que los perros de la aldea no lo descubriesen antes de tiempo, y todo él emanaba aire de bosque y libertad.

La boca de Mara se entreabrió como si pidiese algo desconocido para su dueña.

—Ahkim… —susurró, sin que pudiera impedirlo.

Ahkim se detuvo y la miró con sus ojos oscuros, penetrantes; Mara sintió una vergüenza incontenible y bajó la vista. Vio la vaina de guerra con la que Ahkim cubría su miembro viril y todavía se turbó más. ¡Diosa! ¿Qué le pasaba? Nunca había experimentado nada así, ni siquiera cuando yacía junto a Koshmar. Koshmar… Intentó recordar su rostro y no pudo. Eran muchas las estaciones que habían vivido separados; sólo lo había vuelto a ver durante unos pocos instantes, el día de la destrucción de Zewi Khemi. ¿O tal vez no quería acordarse del patético y tullido Koshmar, débil y lleno de dudas, para no compararlo con Ahkim?

Ahkim sentía la proximidad de aquel cuerpo femenino que inconscientemente se le entregaba y le recorrieron extrañas sensaciones. Se apartó con brusquedad.

—A mi lado, no has de temer nada. Ven conmigo, he de controlar a mis hombres o violarán a todas las mujeres de este poblado. Y los perros no han de devorar las ovejas de su amo.

Con gritos e insultos procaces, Ahkim logró que sus hombres concentrasen a las mujeres con sus hijos en la plaza del Oolwi Khemi, iluminada por algunas hogueras. Dominaba a aquellos guerreros salvajes y crueles como si fuesen niños acabados de destetar, pensó Mara, sin poder evitar un destello de admiración.

—Matad a las viejas: no nos sirven para nada y son un peligro, pueden sublevar a las demás mujeres —ordenó Ahkim, con un tono de voz indiferente. Los guerreros las tomaron del cabello y empezaron a degollarlas.

—Mira hacia otra parte. Esto es desagradable, aunque necesario —dijo Ahkim a Mara, lleno de amabilidad. A su pesar, Mara no podía apartar la vista del sangriento espectáculo. Los gritos de pánico de las mujeres estremecían la noche.

Una de las Ancianas del poblado, comenzó a lanzar una maldición terrible:

—¡Ahkim! ¡Escucha! ¡En el nombre de la Diosa, la que da la vida y la quita, te maldigo! ¡Que tu vientre se pudr...! —No pudo acabar, porque Ahkim golpeó su cuello con el hacha de sílex y la cabeza de la Anciana casi se desprendió de su tronco.

—¡La Diosa no da la vida! ¡Somos los varones los que plantamos una semilla! ¡Y también somos nosotros quienes la quitamos, con nuestras armas!

Los hombres, que se habían detenido por un momento asustados por la maldición, rieron y continuaron con su macabra tarea, sacando a las ancianas de entre la multitud de mujeres como si de un rebaño seleccionasen los corderos destinados a la cena. Pronto todas habían muerto.

—¡Mujeres! ¡Vuestra Diosa os ha abandonado! ¡Si obedecéis a Zohar, no os ocurrirá nada! Pero si alguna intenta escapar o resistirse, la mataremos a ella y a sus hijos —Las palabras de Ahkim encontraron en las mujeres una tierra labrada por el pánico; en ellas arraigaron y fructificaron. Ninguna osaría desobedecerle.

—Que la mitad del clan del leopardo se encargue de las prisioneras, ya sabéis qué hacer con ellas. Los demás, seguidme, aún hemos de asaltar otro poblado antes del amanecer.

—Ahkim, no me dejes sola con esos guerreros, por favor. —Mara temblaba ante aquellos hombres brutales que la miraban con lascivia.

—No has de temer nada —le tranquilizó Ahkim, y con un poco de tierra dibujó sobre los trémulos pechos de Mara la figura de un relámpago—. Con esta marca, todos saben que me perteneces, nadie osará tocarte.

Mara lo miró asombrada. Él había dicho «ahora eres mía» y había dibujado su signo sobre su piel, como si le bastase mezclar un poco de barro con saliva y trazar un símbolo para apropiarse de algo o de alguien; mataría a quien discutiera su derecho. Quiso enojarse: ella no era un cuenco de piedra o un odre vacío; pero, sacudida por el miedo y las emociones, sólo experimentó un sentimiento de plácido abandono. «Ahora estoy a salvo de todo peligro», pensó, a pesar de que le repugnaba lo que sentía.

—Llévame contigo. —Estas palabras se le escaparon a Mara. No quería que la abandonase con aquellos asesinos despiadados. La asaltaron pensamientos contradictorios: «¡Si él es el más despiadado de todos! ¡Ellos no son sino un pálido y torpe reflejo de Ahkim! ¿Cómo puedo desear que me lleve consigo? Es como un leopardo, bello pero letal. Y sin embargo, como un leopardo, defenderá a sus amigos y a su hembra con fiereza.»

—Está bien, pero habremos de darnos prisa para llegar antes del amanecer al siguiente poblado. —Ahkim comenzó a dar órdenes y pronto los guerreros de Zewi Khemi corrieron tras él. A la salida de Oolwi Khemi, Ahkim pasó por encima del cadáver de una mujer que miraba la luna con ojos petrificados. Mara reconoció a una de las guardianas de la Diosa que la habían custodiado y un escalofrío recorrió su espalda: ¡qué fácil es pasar de la vida a la muerte!

Las estrellas giraron y giraron en el cielo, y los guerreros corrían sin detenerse. Llevaban un trote lobuno que les permitía resistir toda la noche. Mara, poco acostumbrada a las penalidades de los cazadores, pronto empezó a arrepentirse de haber insistido en acompañar a Ahkim. Ya no podía más, su corazón latía desacompasadamente, igual que un tambor batido por manos inexpertas; y sus piernas le pesaban, le pesaban... Apretó los dientes por orgullo y se juró resistir toda la noche o, por lo menos, hasta que coronasen aquella oscura cumbre. O hasta la mitad de la ladera, porque ¡qué lejos estaba la cima!

—Ahkim, lo siento, necesito descansar un poco, sólo un poco. —Las palabras de Mara apenas se escucharon entre sus jadeos. Ahkim se volvió hacia ella, iluminada su silueta por la tibia luz de la luna. Mara pensó: «Ahora me regañará y me abandonará en la noche. O tal vez me mate por estorbar sus planes».

Pero Ahkim entregó sus jabalinas a uno de sus hombres y, agachándose, cargó sobre sus hombros el cuerpo grácil y desnudo de Mara. Y la carrera continuó.

«Es como si me hubiese robado —se decía Mara—, como si se hubiese apoderado de mí por la fuerza y me arrebatase de mi tribu y de mi familia. ¡Qué fuerte es! Apenas le obligo a respirar un poco más que antes, aunque su sudor empapa mi piel. ¿Cómo no se agota?»

Poco antes del amanecer, cuando el sol combate las tinieblas por oriente pero aún parece que va a ser vencido por la oscuridad, Ahkim depositó a Mara en un claro del bosque.

—Ya estamos cerca, espérame aquí. Cuando todo haya acabado volveré a buscarte. En una batalla nocturna nadie está a salvo y prefiero que no corras ningún peligro.

Poco después, Mara escuchó, a lo lejos, los mismos terribles sonidos que en Oolwi Khemi. Primero, un silencio premonitorio de la matanza, como si los mismos pájaros se asustasen de la sangre que iba a derramarse y se negasen a cantar. Después, los gritos de alarma de los centinelas y el ulular estremecedor de los guerreros de Zewi Khemi al atacar; ladridos de perros, chillidos de mujeres al ser violadas, gemidos agónicos de los defensores y silencio de nuevo, aunque roto a veces por la siniestra carcajada de algún vencedor. Luego, un largo griterío femenino que Mara ya conocía: estaban matando a las ancianas, a la memoria de las mujeres, a sus tradiciones seculares, al pasado y su recuerdo.

Ahkim apareció poco después, sudoroso y con los antebrazos empapados en sangre hasta los codos. El sol había aparecido, aunque todavía no calentaba lo suficiente y Mara temblaba de frío. O tal vez por algo más.

—Ven, ya ha terminado todo. Ahora podrás descansar, no atacaremos más poblados, porque no dispongo de hombres suficientes para custodiar a todas las cautivas; pero hemos destruido seis tribus y será suficiente para mis planes.

Mientras hablaba, Ahkim permitía que sus ojos recorriesen el cuerpo deseable de Mara; ensimismado en sus obligaciones como jefe, no había tenido tiempo de violar a ninguna cautiva y su naturaleza exigía un tributo después de tanto tiempo en las colinas sin mujeres, con sólo el fugaz encuentro con Uriel para calmarlo. Mara notó su deseo y bajó los ojos, como si quisiera contar las piedrecillas del suelo o las hojas de la hierba. Había temido este momento, aunque quizá también lo había ansiado.

—Ahkim... yo...

No pudo decir nada más, pues Ahkim la abrazó. ¿O fue ella la que se dejó caer en sus brazos ensangrentados? No quería... al menos, no tan fácilmente. Pero nada en el mundo podía oponerse a la voluntad de Ahkim, ni hombres ni dioses, ni tampoco una mujer, aunque ésta se llamase Mara y se dijera a sí misma, una y otra vez, que amaba a Koshmar.

Mara conoció entonces la fuerza. Anteriormente había permitido que Ahkim entrase en ella, cuando las mujeres del poblado le habían expulsado de sus cuerpos; pero entonces Ahkim todavía era un hombre como los demás, tal vez más decidido y más violento. Ahora era un vencedor, un guerrero que había encontrado en la lucha su verdadera naturaleza. Y su cuerpo habló al de Mara sobre batallas, sobre proezas, sobre dominio.

Mara gritó desesperada como las vencidas y se dejó vencer, gimió como las heridas en combate y se dejó herir, se rindió al asedio de Ahkim y permitió que la conquistase.

Cuando por fin Ahkim se sintió satisfecho y la depositó suavemente sobre la hierba, hubo de pasar mucho tiempo antes de que los temblores que recorrían su piel le permitieran pensar. Conocía la forma animal y torpe en que los hombres vulgares entraban en ella, y no le gustaba; había experimentado el placer del amor y del cariño de Koshmar, y aquellas suaves caricias la habían hecho desafiar incluso a la Diosa; pero no encontraba palabras para definir lo que había experimentado ahora. ¿Le había gustado? Sí. ¿Tanto como para preferirlo a Koshmar?

Mara sintió deseos de llorar, al acordarse nuevamente de él: Ahkim lo había borrado del recuerdo. Koshmar la amaba y Ahkim la conquistaba. Decidió que no había sucedido nada en aquel claro del bosque. Nadie les había visto y aquello no se volvería a repetir, nunca le diría a Koshmar que durante un amanecer prefirió a otro. Sin embargo, no se decidió a borrar la marca de Ahkim que cruzaba sus pechos, pues era lo único que la protegía de un mundo despiadado.

Ahkim, seguido por Mara, condujo a sus cautivas y a sus hijos a un valle de paredes escarpadas donde aguardaban las mujeres de los otros cinco poblados. Sólo las custodiaban una docena de guerreros, pero su espíritu estaba tan quebrado por la matanza de las ancianas y por el deseo de proteger a sus hijos e hijas, que ninguna intentaba escaparse. Pequeñas hogueras aquí y allá evidenciaba que las mujeres habían empezado a preparar tortas de cebada.

—¡Mira, las mujeres de seis tribus se amontonan a mis pies! —le dijo Ahkim a Mara, con orgullo—. Son mis rehenes y mi garantía de victoria.

—Rey Ahkim —uno de sus hombres le interrumpió; era el encargado de custodiar a las prisioneras—, tenemos problemas.

—¿Qué pasa, perro?

—Nos falta harina. Como ordenaste, las obligamos a cargar con el contenido de los graneros y lo tenemos almacenado aquí; también nos llevamos toda la sal. Pero apenas pudimos traer algunas reses, porque no éramos suficientes hombres, y la mayor parte de las ovejas las soltamos para que no se murieran de hambre en los rediles, tal como ordenaste.

—¿Y bien?

—Se nos está acabando la harina para amasar tortas. Y no tenemos molinos.

—Enviad a buscar algunos al poblado más cercano. Mientras tanto, que pasen hambre.

—Y, rey Ahkim, estoy preocupado. Es una cantidad enorme de

prisioneras y no hay forma de organizarlas, somos demasiado pocos.

Ahkim se enfureció:

—¡Por Zohar, estoy rodeado de estúpidos! Haz que algunas trabajen para nosotros, traicionando a su tribu y a su Diosa. Ofréceles harina para ellas y sus hijos, hazles que lleven un collar distintivo y dales una vara para golpear a las demás. Ellas mismas se encargarán de dominar a sus compañeras.

—Pero si les ofrezco esto, la mayoría de las mujeres me escupirá en la cara...

—Si te escupen, límpiate. Sólo me interesa la minoría que aceptará. Esas mujeres que traicionarán a las otras serán odiadas por las demás, y esto las convertirá en nuestras aliadas. Cuídate también de que los hombres las respeten y no violen a ninguna de las traidoras: hay muchas otras para elegir.

—Rey Ahkim, tus palabras parecen inspiradas por el mismo Kairoon, el dios de la astucia —le contestó el hombre, con un brillo de admiración en la mirada—. Se hará como has dicho.

—Más te vale. —Ahkim se dirigió a Mara—: ¡Gobierno, siempre problemas de gobierno! ¡Yo solo no puedo con todo! Necesitaría una reina... Quizás Uriel... Al fin y al cabo, ya tenemos un hijo, el niño que dejó en Zewi Khemi se parece mucho a mí y, además, estoy seguro de que soy el único hombre que ha entrado en ella desde hace mucho tiempo.

—¿Uriel? —Mara enrojeció—. ¡Nunca aceptará traicionar a la Diosa! ¡Está dispuesta incluso a matar a vuestro hijo!

—Tienes razón. Y, sin embargo, ¡qué reina tan magnífica sería!

Mara apartó el rostro, para que Ahkim no viese las lágrimas que se le insinuaban. ¿Por qué deseaba llorar? Uriel sería una buena reina, pero Ahkim jamás podría confiar en ella. Era absolutamente leal a la Diosa y al poco tiempo estaría conspirando para devolver el poder a las mujeres. No, qué tontería, a Mara le importaba muy poco la Diosa y qué sexo poseía el poder. Lo que quería era a Ahkim, y le dolía que pensase en Uriel como su reina. ¿Tan poco había significado para Ahkim lo que había sucedido aquella mañana entre ellos dos, que la marginaba de esta manera? Pero ¿qué estaba pensando? El que un hombre entrase en una mujer no significaba nada para ninguno de los dos. Eso había aprendido desde siempre y eso tenía que ser.

Ahkim estaba dando órdenes a sus hombres:

—¡Id dos de vosotros a cada aldea que hemos saqueado y esperad la señal de Koshmar! Que el clan del lobo se quede custodiando a las cautivas. Los demás clanes, seguidme.

—¿Adónde vamos, Ahkim? —le preguntó Mara.

—Al desfiladero que conduce a Zewi Khemi. Allí libraremos la batalla decisiva —le contestó Ahkim. Pareció dudar un momento—: ¿Nos acompañas? No correremos, calculo que aún disponemos de tiempo, y llegaremos en media jornada de camino.

Mara pareció dudar. Pero no dudaba, sólo pensaba: «Me lo ha pedido, quiere que vaya con él. Quiere que yo esté junto a él en la batalla. Y yo también quiero».

—Sí, te acompañaré —respondió Mara, como si no le importase una u otra posibilidad. Pero no consiguió engañarse a sí misma.

Al día siguiente, poco antes de que las sombras se empequeñeciesen, Ahkim y Mara se hallaban en una de las alturas que dominaban el desfiladero. Ahkim no apartaba la vista de una gran montaña que se recortaba a lo lejos, en el horizonte.

—Espero una señal de Koshmar —le explicó a Mara—. Cuando la reciba, desataré un fuego que llenará de pánico el hígado de las mujeres y las conducirá a la muerte como si fuesen una manada de bisontes enloquecida.

—¿Un fuego? —Mara se sintió desilusionada—. Uriel ya lo ha previsto; llevan suficientes parahúsos para prender contrafuegos en caso de que las amenaces con un incendio. Yo misma preparé algunas de las yescas. Tu estratagema no funcionará.

Ahkim rió.

—¿Un incendio? ¡No, por Zohar! En todo caso, el fuego provocará un incendio en sus hígados. Pero mira, allí está la señal. Tú misma podrás verlo.

En la cima de la montaña se levantaba una columna de humo, tan grande que era visible incluso tan a lo lejos.

—Y ahora esperemos un poco. ¡Sí, ya empieza! ¡Vuélvete, Mara, y contempla mi obra!

Mara se volvió y se llevó la mano a la boca. En un latido de corazón, comprendió las intenciones de Ahkim.

—¡Oh Diosa! —exclamó, aunque no creía en Ella—. ¡Uriel está perdida! ¡Todas están perdidas!

Y al decir esto, Mara no supo si entristecerse por el fin del poder de las mujeres o si alegrarse por la muerte de su rival.

VEINTINUEVE

Seis enormes columnas de humo se veían a lo lejos. Ardían seis de las aldeas de la Diosa. Uriel y las demás Madres estaban horrorizadas; un estremecimiento recorría a todo el ejército.

—¡Ahkim está detrás de nosotros!

—¡Ahkim nos ha engañado!

—¡Está saqueando nuestros poblados!

Las Madres comenzaron a discutir entre ellas. Incluso las guardianas de la Diosa, normalmente hieráticas, se mostraban inquietas recordando a las hijas e hijos que habían dejado atrás.

—¡Hemos de volver rápidamente!

—¡No perdamos tiempo! ¡Mientras perseguíamos unas miserables ovejas, Ahkim nos robaba los hijos!

—¡Las mujeres de los poblados están prácticamente indefensas! ¡Las matará a todas!

—¡Atrás! ¡Retrocedamos!

—¡Esperad! ¡Esperad un momento! ¡Pensad fríamente! ¿Cómo puede Ahkim incendiar seis poblados a la vez? ¡Aguardemos unas respiraciones hasta que nos calmemos y podamos decidir con inteligencia! —Uriel trataba de no dejarse contagiar por el ambiente de locura que sacudía a las mujeres.

—¡Tú no tienes ninguna hija en uno de los poblados que arden! —le reprochó una Madre, retorciéndose las manos llena de ansiedad.

—Mis dos nietas, quizá Ahkim las haya matado. —Una Madre de bastante edad daba vueltas sin saber qué hacer.

—Mi poblado todavía no arde, quizá lleguemos a tiempo para salvarlo si corremos. —Otra Madre escrutaba el horizonte, temiendo ver aparecer una séptima columna de humo—. Voy a ordenar que mis clanes regresen a la carrera.

—¡No! ¡No! ¡Si volvemos, hemos de hacerlo despacio y con orden! ¡Podemos caer en una emboscada! ¡Hay que enviar exploradores por delante y por los flancos! —Uriel trataba de detener a las Madres que, seguidas por sus clanes y sus guardianas de la Diosa comenzaban a descender. Nadie la escuchó.

—Uriel, si piensas que hay que esperar, quédate aquí con tus guardianas. Nosotras vamos a intentar salvar los poblados que todavía no haya saqueado Ahkim.

Uriel se quedó de pie en medio de la ladera, apretando los dientes, mientras el ejército retrocedía en un gigantesco reflujo. Los estandartes de los clanes se entremezclaban los unos con los otros y, como una riada de primavera, todos corrían para tratar de llegar pronto a sus poblados. Sólo mantenían la posición las guardianas de la Diosa asignadas a Uriel.

—Madre —le dijo una de ellas—, mi hija de cuatro ciclos de estaciones me aguardaba en Oolwi Khemi, y ahora ese poblado está ardiendo. Tengo que saber lo que le ha pasado.

Sus propias guardianas empezaron a gritarle a Uriel: la una por sus hijos, la otra por sus hermanas, la de más allá por su madre.

—¡Callaos todas! —Uriel se impuso, furiosa—. Aunque no hayamos nacido en la misma tribu, soy vuestra Madre y me debéis obediencia, ¡por las mismas tetas de la Diosa!

Las guardianas se callaron, asustadas ante la ira de Uriel, y se sintieron vagamente avergonzadas.

—¡Ningún hombre me impedirá pensar, ni hará que me mueva hacia donde él quiere! ¡Y menos que nadie, Ahkim! ¡Antes confiaría en una víbora! Veamos —dijo Uriel, mirando hacia las espesas columnas de humo—, ¿cuál es el plan de Ahkim? ¿Dónde se esconde ahora?

—Madre, ¡mira la cumbre! ¡Sus hombres nos atacan!

En efecto, tres o cuatro docenas de hombres barbudos armados con azagayas bajaban hacia ellas en un silencio siniestro. Uno de ellos cojeaba y todos lo dejaban atrás.

—¡Koshmar! ¡Maldito sea Kairoon y sus astucias! ¡Vamos, deprisa, descendamos! En la ladera nos encontramos en desventaja; además, nos superan en número. Pero mantengámonos agrupadas; si nos dispersamos, nos cazarán como si fuésemos gacelas.

Con un suspiro de alivio, las guardianas de la Diosa al mando de Uriel corrieron ladera abajo, tras el ejército que se retiraba. Llegaron a lo que había sido el campamento en la base de la montaña y un suspiro de desolación inundó el pecho de Uriel. La impedimenta se hallaba en un inmenso desorden, mezclándose pieles de abrigo, odres llenos de harina y de cereales, saquetes de sal, ovejas dispersas... Las tortas humeaban, quemándose sobre las brasas en las que habían sido abandonadas por las mujeres presas de pánico. ¡Qué botín para Koshmar! ¡Y nosotras se lo hemos regalado!

—¡Coged cada una un par de odres con agua y harina, y un poco de sal! ¡Oolwi Khemi, el poblado más cercano, se encuentra a tres días de marcha! —«Si es que todavía existe», añadió Uriel para sí misma.

Perseguidas por los hombres —a Koshmar ya no se le veía—, las guardianas de la Diosa llegaron a un punto fácilmente defendible.

—¡Alto! —ordenó Uriel—. Aquí les haremos frente.

—Pero, Madre, sólo somos una docena y ellos...

—¡¿Queréis dejar de discutir mis órdenes?! —gritó Uriel—. ¡Hemos de parar de correr! En el ejército iban cien mujeres para cocinar y portear el grano; si seguimos huyendo, pronto las alcanzarán los enemigos. ¿Alguna de vosotras estuvo en Zewi Khemi la noche en que Ahkim la atacó? ¡Yo sí! ¿Y sabéis lo que hicieron a las mujeres antes de matarlas? Además —continuó Uriel—, hemos de proteger la retirada de nuestro ejército. Si no lo hacemos, esos hombres lo acosarán por la espalda, matando a los rezagados. ¿Y creéis que las Madres podrán correr durante mucho tiempo? ¡Algunas son demasiado ancianas!

Las guardianas de la Diosa comprendieron. Nunca volverían a ver a sus hijas e hijos, ni a sus hermanas, ni a sus madres. Ellas se sacrificarían para conceder un poco más de tiempo a las demás. Con un gesto hosco, colocaron los venablos en los propulsores y comenzaron a entonar el canto de muerte de las guerreras de la luna.

—Esperad a estar seguras de hacer blanco —mandó Uriel—. Sólo disponemos de tres venablos cada una; pero, ¡por la Diosa!, que cada una de nosotras ha de llevarse a tres de esos perros al país de las sombras.

Sin embargo, los hombres se detuvieron a unos centenares de pasos de distancia. Dudaban y se consultaban los unos a los otros, como si tuviesen miedo.

—¡Qué cobardes! —exclamó Uriel—. ¡Son cuatro veces más que nosotras y no se deciden a atacar! Pues bien, vamos a ayudarles. ¡Carguemos!

Lanzando su grito de batalla, las guardianas de la Diosa se lanzaron hacia delante encabezadas por Uriel. Los varones, cuando las vieron llegar, dieron la vuelta y escaparon.

—¡Alto! —Uriel detuvo a sus guardianas—. Éstos no son los guerreros de Zewi Khemi que conozco, ellos no habrían huido ante nosotras. No dejemos que nos arrastren a una trampa, es suficiente con que protejamos la retirada del ejército.

Las guardianas de la Diosa prendieron fuego y comenzaron a amasar tortas para los días que seguirían. A lo lejos, los hombres de Zewi Khemi las vigilaban, sin atreverse a aproximarse. Uriel pensaba. Una serie de enigmas la atormentaban. ¿Por qué no se atrevían a atacarlas aquellos guerreros? ¿Dónde estaba Ahkim? ¿Cuáles eran sus planes? Cayó la noche y Uriel aún no había llegado a ninguna conclusión. Subió a una colina y vio un arroyo de hogueras que serpenteaba a lo lejos. El ejército de la Diosa se hallaba desperdigado a lo largo de miles de pasos; los hombres, más acostumbrados a correr, irían delante; las Madres, las guardianas de la Diosa y las mujeres, detrás. Por fortuna, las guardianas de Uriel las protegían y evitaban que las acosaran por la espalda y si Ahkim estaba delante, quemando los poblados, se enfrentaría primero a los hombres. Por el momento, las Madres estaban a salvo. Habían sufrido una derrota y no quería imaginarse la matanza desatada por Ahkim en aquellas aldeas indefensas, pero mientras las Madres viviesen, no habían perdido la guerra.

En ese momento, algunas Madres se calentaban en torno a un fuego. Las guardianas de la Diosa les trajeron algunos insectos y reptiles que habían conseguido capturar; era una cena magra después de una jornada tan agotadora, pero resultaba mejor que nada. El resto del ejército ayunaba: en su pánico, habían olvidado coger provisiones para el regreso.

—¡Uriel tenía razón! —decía una de ellas—. Ahkim es astuto como la serpiente, el tótem de su clan.

—Hemos sido demasiado confiadas y la sangre de nuestras hijas es el precio que pagamos por nuestro orgullo. Ahkim ha arrasado nuestras aldeas, pero volveremos la primavera próxima y nos vengaremos —afirmó otra, rechinando los dientes—. ¡No dejaremos vivo ni a uno de esos asesinos!

—¿Y si ha tomado como rehenes a las mujeres y a las niñas, en vez de matarlas? ¿Qué haremos?

—Negociaremos para salvarlas. Pero luego romperemos nuestros juramentos y volveremos a la guerra. No podemos compartir el mundo con alguien como Ahkim.

Derrotadas pero sin darse por vencidas, las Madres durmieron en torno a las hogueras.

A la mañana siguiente, el ejército volvió a ponerse en marcha. Pasaron por el vacío Zewi Khemi y algunos prendieron fuego a las chozas más próximas, en venganza por sus aldeas arrasadas, pero no podían perder tiempo: era más urgente regresar para salvar a las mujeres.

Las Madres miraron aquellas cabañas desiertas. Volverían. Y cuando volviesen, no dejarían un solo adobe de ese lugar infame que sería borrado de la memoria. Pero ahora debían continuar con su retirada.

Uriel también retrocedía, guardando las espaldas del ejército. Aquellos hombres seguían allí, manteniéndose a una prudente distancia. Si no hubiese sido por ella, no quería ni imaginarse lo que habría podido suceder al ejército con unos enemigos atacándolo por detrás. Cuando cayó la segunda noche de la retirada, Uriel volvió a subir a una colina, a pesar de que las piernas le pesaban como si fuesen de piedra. Frunció el ceño. Las hogueras estaban aún más extendidas que la noche anterior, las primeras llegaban incluso hasta el inicio del desfiladero. Era lógico: cada vez era mayor la distancia entre los más fuertes y los más débiles. Las Madres debían de estar detrás:

no estaban acostumbradas a caminar largas distancias, y mucho menos a correr. Si Uriel hubiese estado con ellas, habría mandado mensajeras para ordenar que se detuvieran los hombres que iban delante, no debían marchar tan dispersos. Pero estaba demasiado alejada para poder hacer algo. ¿Qué comería el ejército? Habían abandonado sus vituallas en la base de la montaña; aunque los hombres eran cazadores, no podía alimentarse sobre el terreno un número tan grande de personas. La mayoría de ellos no habría comido nada desde el comienzo de la retirada.

Al amanecer del día siguiente, los primeros guerreros de la Diosa atravesaron el desfiladero. Iban casi tambaleándose, agotados por las carreras de los dos días anteriores y la falta de alimentos. Además, no tenían sal, habían sudado mucho y la sed los torturaba. Obsesionados por regresar, no vieron a los hombres de Ahkim que les aguardaban en las laderas con una sonrisa siniestra en los labios.

—¿No vas a atacarles, Ahkim? —le preguntó Mara—. Parecen agotados y serían una presa fácil.

—Como dice el proverbio, quien espanta un bisonte para cazar una liebre es un estúpido. Esperaremos —contestó Ahkim, manoseando la cuerda de su arco.

—Ahkim, yo siempre había oído que los arcos y las flechas no eran armas de guerra. ¿Por qué los llevan todos tus hombres, además de las jabalinas habituales?

—¿Qué era la guerra, antes de ahora? Escaramuzas en las que los varones demostraban su valor en el combate cuerpo a cuerpo. Una flecha podía herir a un enemigo, incluso matarlo más tarde si estaba envenenada, pero no podía detenerlo; antes de que pudieses dejar el arco y tomar la lanza, él te habría alcanzado y atravesado con su arma.

»Pero ahora —prosiguió Ahkim—, disponemos de una posición en la que será muy difícil que nos alcancen. Además, para vencer necesitaremos un gran número de proyectiles: podemos llevar veinte flechas en un carcaj, pero no veinte venablos. Y yo no quiero vencer únicamente, sino que necesito exterminar a mis enemigas: estas flechas envenenadas con sangre podrida son letales. Basta con un arañazo de sus puntas de sílex para que su víctima muera, sin importar las magias ni las medicinas que se puedan emplear.

Mara se estremeció y no dijo nada más.

Durante todo el día, pasaron por el desfiladero guerreros hambrientos y agotados. Cuando faltaba poco para que las sombras se alargasen, llegaron las primeras guardianas de la Diosa. No iban tan dispersas como los hombres, sino que aún mantenían cierto orden, custodiando a las Madres. Ahkim adoptó una atención felina, como un leopardo antes de saltar. Las dejó entrar en el desfiladero hasta que estuvo seguro de que no podrían escapar. Entonces lanzó un grito de guerra. Una nube de flechas voló y se clavó en las espaldas de las inadvertidas guardianas de la Diosa.

—¡Nos atacan! ¡Proteged a las Madres!

Al principio, llevadas por la inercia, trataron de seguir adelante; pero pronto se les hizo evidente que no podrían atravesar la barrera de arqueros. Les disparaban desde ambos lados, era imposible protegerse.

—¡Hay que conquistar las alturas o nos matarán a todas! —gritó Foljii, la Madre de Oolwi Khemi, arrancándose la falda que estorbaba sus movimientos y tomando los venablos de una de las guardianas que había caído malherida a sus pies—. ¡Por la Diosa, seguidme!

Las guardianas de la Diosa comenzaron a subir por las empinadas pendientes, resbalando y tratando de protegerse tras los arbustos, indiferentes a las flechas que se les clavaban y tratando de olvidar el dolor. No les importaba morir si salvaban a las Madres.

—¡Dejad los arcos! ¡Usad las jabalinas! —ordenó Ahkim, cuando vio que las mujeres estaban demasiado cerca. Sus hombres colocaron los venablos en los propulsores y lanzaron una descarga terrible, que derribó a muchas de las guardianas que se esforzaban en alcanzarles.

—¡Madre, nunca llegaremos arriba! —dijo una de las guardianas a Foljii, tratando de contener el dolor de una flecha que se le había clavado en el muslo.

Foljii miró a su alrededor. Algunas se retorcían con un venablo clavado en el abdomen; las que habían sido alcanzadas en el pecho apenas respiraban. En aquella pendiente empinada no les servían las danzas que conocían para esquivar las jabalinas. Los hombres estaban colocando más venablos en los propulsores.

—¡Atrás, atrás! ¡Hacia abajo, deprisa!

Cuando Ahkim vio que la carga de las guardianas de la Diosa fracasaba, sonrió. Había vencido. Pero no se sentiría satisfecho mientras quedase viva una sola de aquellas mujeres.

—¡Usad los arcos de nuevo! ¡Acribillad a esas perras!

Foljii miró a su alrededor desesperada, entre el silbido de las flechas. Muchas de las Madres se hallaban heridas, igual que la mayoría de las guardianas. Tenían que retroceder, salir de aquella trampa mortífera. Pero antes era necesario avisar a los guerreros fieles a la Diosa, para que regresasen.

—Vosotras, tratad de alcanzar al resto de nuestro ejército —dijo a tres guardianas que aún no habían sido heridas—. Ha de llegar una de las tres, todo lo demás no importa. Explicadles a los jefes de los clanes lo que ha sucedido y decidles que intentaremos resistir hasta que vuelvan.

En ese momento, una flecha se clavó en la espalda de Foljii y el dolor le quitó el aliento.

—Partid ya. ¡No os preocupéis por mí!

—Sí, Madre. Por la Diosa.

Foljii, con el rostro contraído por el sufrimiento, las vio correr y zigzaguear esquivando los proyectiles. Dos de ellas sucumbieron abatidas en pocos instantes, atravesadas por varias flechas, pero la tercera pudo pasar y se perdió tras un recodo del camino.

—¡Gracias a la Diosa, aún tenemos alguna esperanza! Las demás, atrás, deprisa. ¡Abandonad a las heridas que no puedan caminar por sí mismas!

Cuando vio que una guardiana caía por intentar arrastrar a una Madre que llevaba algunas flechas clavadas, añadió:

—¡Incluso a las Madres!

Las guardianas de la Diosa dudaron ante esta orden. Su educación, su entrenamiento, su misma razón de ser consistía en proteger a las Madres.

—Haced lo que dice Foljii, hijas mías. Vosotras sois el futuro —les dijo otra Madre agonizante. Sus collares de conchas cauri y sus largas faldas las habían convertido en el blanco de los arqueros.

Las guardianas de la Diosa no dudaron más y retrocedieron por el desfiladero hacia Zewi Khemi, dejando atrás a las muertas y a las malheridas; pero muchas llevaban flechas envenenadas clavadas en el cuerpo.

La mensajera que había enviado Foljii corría para salir del desfiladero cuando oyó silbar algo y sus piernas quedaron trabadas por una boleadora. Cayó al suelo. Sin perder un momento, desenfundó su cuchillo para liberarse, pero tres guerreros de Ahkim se abalanzaron sobre ella. Vio levantarse una azagaya que apuntaba a su pecho y pensó que Ahkim no les había dejado ninguna escapatoria a las mujeres. Luego, ya no pensó nada y los hombres rieron. Volvieron a esconderse, por si alguna otra mujer conseguía escapar.

El mástil de la flecha vibraba con cada paso y hacía que la punta de sílex agrandase más la herida; pero Foljii sabía que cuando se la arrancase la alcanzaría la muerte. No podía viajar al país de las sombras antes de terminar la batalla. En torno a ella se arracimaban las guardianas de la Diosa esperando órdenes y las mujeres normales que habían servido de porteadoras y cocineras del ejército; estas últimas se hallaban paralizadas por el terror.

—¡Guardianas! Formad una fila, preparaos para resistir. Las demás mujeres, coged piedras, ramas, palos, lo que encontréis para defenderos. ¡Ya vienen!

Ahkim, cuando vio que las mujeres abandonaban el intento de atravesar el desfiladero y retrocedían, lanzó un grito de triunfo, coreado por sus guerreros. Dejaron sus arcos y tomaron sus azagayas, arrancando muchas de ellas de los cuerpos inertes de sus víctimas.

—¡Guerreros de Zewi Khemi! ¡Ya hemos vencido! ¡Detrás de unas pocas guardianas de la Diosa, nos aguardan hembras de vientres placenteros! ¡A la carga!

Los hombres se abalanzaron sobre las guardianas de la Diosa, que resistieron ferozmente. Pero estaban agotadas y heridas, y además eran muchas menos que sus enemigos. Las mujeres normales, aunque desesperadas, se hallaban casi inermes y nunca habían peleado. Antes de que pasasen muchas respiraciones, las guardianas de la Diosa habían sido exterminadas junto con todas las Madres; también algunas de las otras mujeres murieron defendiéndose. Pero la mayoría se rindió cuando Ahkim prometió respetar sus vidas: preferían ser esclavas antes que morir.

—¡Ahkim, rey! ¡Zohar, rey! —Los vítores reverberaban entre las paredes del desfiladero. Ahkim estaba muy ocupado examinando los cadáveres de las Madres y arrebatándoles los collares de conchas cauri.

—¡Falta una! ¡Uriel! ¿Dónde está Uriel? ¡No habremos vencido hasta que hayamos exterminado a la última de las Madres! Tú —agarró a una de las cautivas del cabello—, ¿dónde está la Madre Uriel?

—De... detrás. Se quedó detrás con sus guardianas, pero no me mates, rey Ahkim, por el amor de la Di... por el amor del Dios Zohar, o de quien quiera que sea tu divinidad.

—¡Maldita! ¡Ha sospechado algo! ¡Vosotros, dejad de violar a esas mujeres y tomad vuestras armas! ¡Que el clan del jabalí se quede custodiándolas! Los demás clanes, seguidme.

Ahkim notó una mano sobre su brazo.

—Ahkim, no vayas tras Uriel.

—Mara, debo ir con mis hombres. Si la encuentran, ellos no tendrán piedad y yo quiero darle la oportunidad a Uriel de entregarse y ser mi reina. Necesito a mi lado una reina que gobierne a las mujeres.

—Nunca podrás confiar en ella. Jamás traicionará a la Diosa.

—¿Y en qué mujer podré confiar?

Los dos se miraron en silencio durante varios latidos de corazón. Mara, agotada por una vida de cambios, peligros y humillaciones, deseaba la seguridad y la fuerza que emanaban de Ahkim. Y no le importaría traicionar a Uriel y a Koshmar, si por fin pudiera descansar.

La mirada de Ahkim se deslizó por sus ojos, labios, pechos y caderas; y las respiraciones de ambos se agitaron. Mara resultaba hermosa y deseable. Ahkim siempre había buscado una mujer en la que apoyarse. Y desde luego, nunca estaría seguro con Uriel. En cambio, Mara... Entonces, Ahkim ordenó a sus hombres que partiesen a buscar a Uriel. Él se quedó y, apenas se habían perdido de vista los guerreros, se abalanzó sobre Mara. Bañándose en la sangre de la batalla, entre cadáveres y agonizantes, Ahkim y Mara se unieron salvajemente, acordando entre gemidos un pacto de amor y de poder. De esta forma fue decidida la muerte de Uriel, la última Madre.

El venablo pasó a menos de dos palmos del pecho izquierdo de Uriel. Había sido lanzado de manera tan torpe, que ella ni siquiera se molestó en intentar esquivarlo. Un gesto de menosprecio asomó a su rostro impasible.

—No saben arrojar ni una jabalina, Madre: no me extraña que antes huyeran de nosotras. Ahora entiendo por qué escaparon —se burló la guardiana de la Diosa que se hallaba más cerca. La que ahora había hablado a Uriel se hallaba desnuda, como sus diez o doce compañeras, que formaban una línea de combate. Sólo estaban cubiertas por sus pinturas de guerra de color ocre amarillento, desvaídas por el sudor; además, en sus pechos y sus frentes podían verse unos tatuajes que las identificaban como servidoras de la Diosa. Cada una llevaba en las manos tres o cuatro jabalinas con negras puntas de obsidiana; en la cintura o al hombro les colgaba un cinturón con un hacha y un cuchillo, para el combate cuerpo a cuerpo, ambos también de obsidiana, el raro mineral que simbolizaba la protectora oscuridad de la Diosa.

El valioso collar de conchas cauri ceñía el cuello de Uriel. La distinguía entre las otras mujeres y los enemigos dirigían contra ella sus venablos, pero Uriel no se decidía a abandonarlo, pues suponía una riqueza incalculable.

Ahora comandaba una docena de jóvenes guardianas de la Diosa prestadas por otras aldeas para mantener la ficción de que Zewi Khemi seguía existiendo. Era mentira, pues todas las mujeres del poblado, excepto las niñas, habían sido asesinadas por aquellos hombres que habían sido sus hijos y sus hermanos. «Todas no han muerto —se recordó Uriel—, porque también sobrevivió Mara, mi mejor amiga, mi hermana de sangre.» Y cuando terminase la lucha tendría que matarla, porque sabía que, en el fondo de su hígado, era una traidora a la Diosa. Uriel interrumpió aquí estos pensamientos inoportunos y se concentró en dirigir el combate que libraban sus jóvenes guerreras.

La gracia felina de sus movimientos al esquivar las jabalinas arrojadas por sus enemigos y su destreza al replicar con las propias armas provenían de un constante y obsesivo entrenamiento. Habían sido preparadas para proteger a las Madres y a la Diosa, y ahora cumplían su misión.

—¡Mira, Madre, qué venablos nos lanzan! —rió otra de las guardianas, recogiendo del suelo la jabalina que acababa de caer y mostrando su punta de sílex. La talla era burda y el filo, desigual. Se notaba que todo había sido fabricado deprisa y corriendo: el mango aún estaba verde y apenas se habían molestado en pulirlo.

Hablaban unas con otras sin perder de vista la línea enemiga, con la que se intercambiaban insultos y amagos de ataque; descuidar la mirada durante un solo latido de corazón podía suponer morir retorciéndose con un venablo clavado en las entrañas. Puesto que cada contrincante sólo llevaba consigo unas pocas jabalinas, economizaban los tiros y sólo de vez en cuando volaba una centella amarilla o negra —sílex u obsidiana—. Como perros que se enfrentan a un oso, los hombres amagaban para luego retroceder, intentando enardecerse mediante gritos y desafíos, sin llegar a atreverse a entablar un combate cuerpo a cuerpo con las temibles guardianas de la Diosa. Uriel contó el número de los que se les enfrentaban. Eran pocos, demasiado pocos hombres... ¿Hombres?

—¡Pero si son apenas unos niños! —exclamó Uriel. Llevaban negras barbas postizas en sus caras, se habían pintado vello púbico con tizones y cubrían sus penes con vainas de hueso que apuntaban agresivas hacia delante; pero vistos de cerca resultaba claro que eran unos adolescentes apenas salidos de la infancia.

—¿Cargamos contra ellos y los barremos, Madre? —le preguntó la mayor de las guardianas, impaciente por acabar con aquellos jovenzuelos que apenas sabían lanzar una jabalina. La que había hablado no llegaría a tener dos docenas de ciclos de estaciones.

—Sí, atacadles. ¡No, detened vuestros pies! Hay una trampa en alguna parte —respondió Uriel. Si se enfrentaban a unos niños, ¿dónde se escondían los hombres de Ahkim? En ese momento, sintió un terrible dolor detrás, en su costado derecho.

—Diosa... —gimió tambaleándose. De forma instintiva, asió el mástil de la flecha que se le había clavado y trató de arrancársela. El dolor se hizo más intenso y Uriel casi se desvaneció, pero las lengüetas de sílex mantuvieron la flecha clavada.

—¡Madre! —exclamó la guardiana más próxima, al ver la flecha empenachada con plumas de milano. Uriel se apoyó sobre su hombro, aferrándose con fuerza. Gritos de alegría y burla llenaron las filas de los enemigos cuando se dieron cuenta de lo que había sucedido.

—Detrás de nosotras, los hombres de Ahkim están detrás de nosotras. Cuidado... —Uriel quiso mantener la voz firme, pero sólo alcanzó a musitar estas palabras. Aquí y allá, detrás de ellas, iban apareciendo los odiados hijos de Zohar. Uno de ellos estaba poniendo una nueva flecha en su arco. En el pecho de los hombres, superpuesto sobre el antiguo tatuaje de la Diosa, se dibujaba la marca del nuevo y poderoso Dios.

Las guardianas de la Diosa comenzaron a retroceder, acosadas desde dos frentes. Una de ellas cayó malherida, alcanzada por un venablo que no había visto. Dos de las guardianas tomaron a Uriel y trataron de apartarla del lugar de la batalla. Cada pequeña sacudida le hacía gemir.

Apenas habían conseguido dar media docena de pasos, cuando una de las mujeres que llevaban a Uriel abrió mucho los ojos y pareció dudar un momento; luego se le doblaron las rodillas y se desplomó de bruces contra la tierra. El asta ensangrentada de una jabalina sobresalía entre sus omoplatos.

Uriel recorrió la escaramuza con una mirada empañada por el dolor. Los jóvenes cada vez se volvían más osados y se acercaban más; sus disparos, aunque poco certeros, obligaban a las guardianas de la Diosa a prestarles atención y a descuidar los más peligrosos tiros que, desde el otro lado, lanzaban los hombres de Ahkim. Ya habían caído cuatro guardianas de la Diosa —dos parecían muertas— y las restantes no sabían hacia dónde enfrentar el peligro; iban retrocediendo enseñando los dientes y respondiendo a las puyas de los hombres con un impotente rugido colérico.

—Huid, hijas mías. La voluntad de la Diosa es que yo muera bajo el cielo de hoy: no podré escapar con esta herida y sólo conseguiréis acompañarme al mundo de las sombras.

¿Abandonar a una Madre en peligro? Era impensable. Pero, por otra parte, su educación les impedía desobedecerla. Las guardianas de la Diosa parpadearon perplejas.

Uriel comprendió lo que debía hacer para salvarlas, a pesar de ellas mismas. Empuñó su cuchillo de obsidiana y lo dirigió hacia su propio corazón. Inspiró una profunda bocanada de aire para acopiar el valor necesario para morir. En ese instante una jabalina arrojada por los jóvenes la alcanzó bajo el pómulo derecho. El golpe fue terrible y la arrojó hacia atrás. La jabalina no había sido lanzada con la suficiente fuerza y no llegó a penetrar el hueso y llegar hasta el cerebro, sino que resbaló trazando un surco a lo largo de la cara y rasgándole la oreja.

—Vuelvo al seno de la que da la Vida —se dijo Uriel mientras caía hacia la inconsciencia.

Las guardianas de la Diosa supervivientes formaron un círculo defensivo en torno al cuerpo de Uriel. Una se agachó para tratar de recogerla y arrastrarla; pero apenas apartó la vista del combate, uno de los hombres de Ahkim le arrojó un certero venablo que le entró por los riñones. Se desplomó gritando de dolor.

Sólo quedaban en pie cinco guardianas de la Diosa. Sin hablarse, comprendieron. Desenfundaron las hachas y, en un último acto de compañerismo, remataron a tres de sus compañeras que yacían heridas en el suelo: era preferible una muerte rápida a dejarlas en manos de los crueles hombres de Ahkim. Sin embargo, a pesar de toda su rudeza y de su despiadado entrenamiento, ni las víctimas ni las sacrificadoras consiguieron disimular del todo las lágrimas.

Uriel yacía sin sentido en el suelo, con la flecha clavada en el costado y el rostro cubierto de sangre. Una guardiana de la Diosa le arrancó de un tirón el collar de conchas cauri. Para desdicha de Uriel, creyó que había muerto y no usó contra ella su hacha de obsidiana.

Luego, las cinco lanzaron su grito de combate —el grito de las guerreras de la luna— y atacaron la línea que las cercaba por su punto más débil, los jóvenes disfrazados de adultos. A pesar de sus falsas barbas y de las fundas para sus miembros viriles, éstos no consiguieron reunir el valor necesario para resistir a pie firme una carga de las temibles guerreras y les abrieron paso. Dos de los muchachos, más valerosos o más inconscientes, trataron de luchar y cayeron bajo certeros golpes; uno muerto con el cráneo destrozado por un hacha y el otro herido con el hombro atravesado por un puñal. Si las mujeres hubiesen tenido tiempo, los habrían mutilado para llevarse con ellas un trofeo; acosadas, se conformaron con escupir sobre los vencidos antes de seguir corriendo.

Nadie las persiguió. Los jóvenes no se sentían capaces de combatir con ellas sin apoyo de sus mayores, en especial ahora que habían comprobado cómo luchaban; y los adultos estaban tan agotados por las marchas y los combates que, con un suspiro de alivio, se dejaban caer allí donde encontraban una sombra.

Los adolescentes, entre procaces fanfarronadas, comenzaron a violar a las muertas, sin que les importase empaparse en sangre. Sin embargo, ninguno se acercó a Uriel, a la que menospreciaron porque aquellos jóvenes preferían disfrutar de placeres más frescos.

Cuando calmaron sus ansias sexuales, pensaron en preparar un buen festín para festejar la victoria. Cortaron ramas secas y con un poco de yesca y un parahúso prendieron fuego, que transmitieron de hoguera en hoguera. Luego, con sus cuchillos de sílex cortaron las partes más tiernas de las mujeres, los pechos y las nalgas. También les extrajeron los hígados, pues ellas habían demostrado ser valientes y esperaban que comiéndolos se les transmitiese parte del valor que allí se alojaba.

En tales afanes se hallaban atareados cuando apareció, jadeante y sudoroso, un hombre que andaba de una torpe y característica manera, como un ave con un ala rota: Koshmar, el hermano cojo de Uriel. Nadie se dio por enterado de su llegada, ni le saludó, ni mucho menos le invitó a probar el sabor de la carne que se asaba sobre espetones en las hogueras. Todos le mostraban un profundo menosprecio, pero Koshmar fingió no darse cuenta de los sentimientos que despertaba en los demás. Apoyado en su venablo, fue examinando el rostro de las muertas hasta que encontró a su hermana.

Se agachó con dificultad. Al sentarse sobre el suelo, su pierna enferma, mucho más delgada y corta que la otra, se retorció de una manera imposible. Acercó los labios a la boca de Uriel y, cuando sintió su aliento, comenzó a lamerle la herida del rostro. Ella se despertó.

—Hermana, te he estado buscando…

Uriel no pudo dejar de sentir vergüenza al ver que su hermano llevaba el miembro viril sin cubrir por ninguna vaina, lo que significaba que deseaba la paz. ¡Desear la paz cuando el mundo ardía en una guerra implacable! Uriel buscó una palabra para definir a su hermano: se dijo que era un «hammawa», que, traducido literalmente, significa «el que no sabe si sueña o está despierto». Pero aunque soñador, no era inofensivo: no puede ser inofensivo el hombre que ha destruido un mundo. Al mirar un poco más lejos y ver los restos de sus compañeras y a los victoriosos hombres comiendo su macabro festín, Uriel trató de desenvainar disimuladamente su puñal de obsidiana sin que su hermano lo notase. Quería matarlo antes de clavárselo a sí misma. Olvidado todo perdón, quería matar a quien desveló el Secreto de la Diosa. No tuvo fuerzas para asestarle la puñalada mortal y el cuchillo quedó inútil entre sus dedos yertos.

—¡Ay, Uriel! —gimió Koshmar—. Esta flecha la conozco y está emponzoñada: yo mismo tallé las puntas y preparé el veneno con el que los hijos de Zohar untaron sus armas. La muerte te alcanzará pronto.

Uriel no respondió nada, sino que volvió la cabeza.

—Hermana, yo no quise, te lo juro por la Diosa, yo nunca quise que sucediera esto. Todo ocurrió a pesar mío —repetía Koshmar una y otra vez.

El dolor de Uriel era más y más intenso, y se sentía desfallecer a cada fatigado latido del corazón. Antes odiaba a su hermano por todo lo que había hecho; pero ahora lo odiaba porque seguía hablando en vez de dejarla morir tranquila. Ella trató de darle la espalda, sin conseguir sino arrancarse un quejido. Koshmar volvió a acercarse, hasta que Uriel sintió de nuevo su aliento en el rostro. Koshmar lloraba sin saber qué añadir. Por fin, ella le replicó:

—¡Guárdate tus lágrimas! Por vuestra astucia, hoy nos hemos visto obligadas a retroceder; pero el ejército de la Diosa es tan numeroso como los árboles del bosque. Volveremos y entonces tú y tu amigo Ahkim el sanguinario, y la traidora Mara, y todos los hijos de Zohar que os siguen pagaréis vuestros crímenes con la muerte en el poste de tortura. Una muerte terrible. ¡Ah, cómo reiré desde el país de las sombras cuando os vea!

—¡Ay, hermana! Todos moriremos algún día, pero no serán las hijas de la Diosa quienes nos maten. Después de hoy, ya no quedan más Madres. Los hombres dicen que Ahkim las ha aniquilado.

—¿Dónde se escondía Ahkim, pues? —preguntó Uriel, anonadada. Cerró los ojos. No le hacía falta ninguna respuesta. Ya sabía dónde había estado Ahkim y cómo había destruido al ejército de la Diosa mientras ella se dejaba engañar en una escaramuza sin importancia—. ¿Todas muertas?

Su hermano asintió.

Permanecieron callados durante muchos alientos, hasta que la penumbra comenzó a envolverles. Uriel jadeaba respirando cada vez con más dificultad y sus dedos se aferraban inútilmente sobre la empuñadura del cuchillo.

—Hermana, antes de morir, perdóname. Así tu espíritu no me perseguirá desde la tierra de las sombras.

Uriel no permitió que se le escapase ninguna palabra, sólo un siseante quejido. Koshmar insistió:

—Hermana, yo no quise que nuestra madre muriera, ni te arrebaté a tu hermana de sangre por capricho. También intenté evitar la noche mortal que se desató sobre nuestra aldea: recuerda cómo os advertí de que se aproximaba y, además, yo nunca habría descubierto el Secreto de la Diosa por propia voluntad. Todo lo hice por amor a...

Al oír esto último, Uriel no pudo evitar lanzar una pequeña risa; más bien, su alma quiso reír despectivamente, aunque de su garganta sólo salió un quejido. Koshmar probó otro sendero para sus palabras:

—Todos hemos sido un juguete de los dioses y ninguno es culpable. Los dioses nos han empleado en sus querellas utilizándonos igual que nosotros arrojamos un venablo, sin que les importase qué sucedería luego con nosotros.

Uriel siguió callada, reuniendo todas sus fuerzas para continuar respirando. Sin embargo, sus apretados dientes no perdonaban.

—Hermana —prosiguió Koshmar—, tú también me habrías matado, ¿no es cierto? ¿Por qué, entonces, no nos damos la paz? Podría haber sido yo el que ahora estuviese a punto de morir, y... ¿no te habría gustado saber que ningún espíritu te persigue desde la orilla de las sombras?

—A mí... me protege... la Diosa... —replicó Uriel con dificultad.

—La Diosa ha perdido su poder, hermana. Ahora reina Zohar, el masculino dios del relámpago, y Ella es su esclava. Las mujeres no gobernaréis nunca más.

—Has destruido… un mundo… Maldito sea… el día en que naciste… Nuestra madre debería… haberte comido… al darte a luz… Has traído la desgracia… a innumerables generaciones…

—¡Hermana, no digas eso! —suplicó Koshmar, realizando el gesto que le protegía contra los maleficios y manoseando un amuleto que le colgaba del cuello.

—Maldito seas…

Koshmar, lloroso, temblando de miedo, hizo lo único que conocía para defenderse contra la maldición de un moribundo: le quitó a su hermana el cuchillo, abriéndole el puño casi inerte, y luego, tras apoyar la mano de su hermana contra un tronco, comenzó a cortarle los dedos, para que no pudiera agarrarle desde el mundo de las sombras. Uriel trató de resistirse pero, ya muy debilitada, no pudo sino gemir cada vez que perdía un dedo.

Después de mutilar las dos manos, Koshmar le cortó los dos pies a la altura del tobillo, para que su espíritu no pudiera perseguirle durante las noches. Manó mucha sangre y Uriel, Gran Madre de Zewi Khemi, la última Madre del mundo, sintió que la vida se alejaba, se alejaba, se alejaba…

Sin embargo, antes de que su hermano le arrancase la lengua, para que desde el mundo de los muertos no pudiese invocar maleficios contra él, aún consiguió musitar:

—Maldito sea… el día en que… naciste…

TREINTA

Tras la batalla del desfiladero, transcurrieron las estaciones; y el tiempo pasa deprisa cuando la vida es corta.

La victoria de Ahkim resultó completa. No sólo había exterminado a las Madres y a las guardianas de la Diosa, sino que se había apoderado de la sal, las reses, las mujeres y los niños de la mitad de las aldeas, además de poseer la mayoría de las conchas cauri que existían en el mundo civilizado. No había nadie capaz de resistírsele.

La paz que siguió fue la paz de los vencedores. Zewi Khemi se apoderó directamente de aquellos poblados cuyas mujeres eran sus prisioneras, a cambio de respetar sus vidas; en las demás aldeas Ahkim fomentó que los varones tomasen el poder, abandonando el culto a una diosa desprestigiada por la derrota. Sus nuevos gobernantes dependían del apoyo económico y militar de Ahkim para mantenerse en el poder y pronto se acostumbraron a ser una especie de aldeas vasallas de Zewi Khemi.

La nueva se extendió por todas partes llevada por los comerciantes: ¡los machos siembran semillas en los úteros femeninos, que sólo son la tierra que las acoge! Y las conclusiones a las que llegaban los hombres cuando la conocían fueron muy parecidas allí donde se supo: miraban los venablos que portaban sus manos y se decían que ahora la magia femenina no podía detenerles. Pronto, sólo las tribus que habitaban los lugares más recónditos seguirían ignorantes de la solución masculina al misterio de la concepción.

En Zewi Khemi, la anterior forma de vida sólo era un recuerdo cada vez más lejano. Los hombres del clan de la serpiente y los antiguos cabreros constituyeron una nobleza y recibieron las mejores tierras y reses de los pueblos conquistados, así como gran número de siervos y siervas para que las trabajasen y cuidasen. Los hombres de los otros clanes de Zewi Khemi fueron sus guerreros, los soldados. Y bajo ellos estaban los vencidos, una muchedumbre de siervos que no tenían más derecho que trabajar para sus señores; pero aun dentro de su servidumbre, los varones se consideraban superiores a sus compañeras de infortunio.

Las mujeres pasaron a ser una propiedad, como la tierra o los animales, una propiedad custodiada celosamente para evitar que un intruso pudiese sembrar en ella. El grado de riqueza de un señor se medía por el número de sus reses y de sus mujeres; los siervos más pobres habían de conformarse con una sola esposa, o a veces ninguna.

La virginidad, que antes era sólo una circunstancia, pasó a ser esencial. Nadie quería mantener a una mujer que había sido labrada por otro hombre, pues los hijos podían no ser suyos. Las desdichadas que perdían la «virtud» antes de desposarse, eran rechazadas por todos y, dado que la propiedad de la tierra era exclusiva de los varones, las mujeres sin virginidad sólo podían sobrevivir prostituyéndose. Otra innovación de los nuevos tiempos.

Destruido el poder de la Diosa, los dioses masculinos dominaron el mundo. La paciente conspiración había triunfado. A partir de ese momento, el cielo, la tierra y el infierno serían regidos por dioses varones. Incluso tomaron el atributo de eternos y sus adoradores afirmaban que no los había parido ninguna diosa madre.

Sin embargo, las diosas sobrevivieron. Como predijera Mara un día, hasta los más fieros guerreros necesitaban en ocasiones del consuelo de las divinidades femeninas. Pero ahora eran diosas sometidas, de poder débil y poco eficaz, que sólo podían interceder ante los verdaderos amos: los dioses masculinos. Los dioses, como los varones, fueron omnipotentes.

Surgieron nuevos mitos. El mundo no había sido parido por la Diosa Madre, sino que había sido creado por un Dios Padre, igual que un guerrero talla una piedra de obsidiana. A partir de qué materia primordial lo había creado, resultaba misterioso para todos.

Las mujeres se refugiaron en sus divinidades femeninas y les rezaron para que mitigasen sus desgracias. Pero el poder de las diosas resultaba escaso, por lo menos durante el día. Por la noche, cuando dormían los dioses varones, algunas diosas se transformaban en demonios y ofrecían venganza y consuelo a sus adoradoras. Los hombres trataron de prohibir estos ritos de brujería que despertaban en ellos temores ancestrales, pero no consiguieron acabar con ellos.

Todo esto era inevitable desde muchos ciclos de estaciones antes, cuando los varones empezaron a pastorear animales y llegaron al umbral del Secreto de la Diosa. Aster, Nohara, Uriel, Koshmar, Mara y Ahkim habían sido protagonistas de una tragedia, si por tragedia se entiende la lucha desesperada e inútil del ser humano por cambiar un destino inexorable. La mayoría de ellos había desempeñado su papel con valor y orgullo, aceptando su muerte cuando les correspondía; pero Koshmar aún volvió a erguir su tullida silueta y se atrevió a desafiar a sus dioses y a su época. El castigo que le enviaron las divinidades no se hizo esperar.

Koshmar pasaba la mayor parte del tiempo llorando y arrepintiéndose de lo que había hecho, de las fuerzas que había desencadenado y que habían exterminado a su familia, dejándolo vivo a él, un miserable cojo, como si los dioses quisieran burlarse de la humanidad. Pero cuando enjugaba las lágrimas y miraba a su alrededor lo que veía no le gustaba. Lo comparaba con su infancia y le parecía terrible. Nobles pendencieros y orgullosos, que aplastaban bajo sus pies a quienes nacían en castas inferiores; guerras continuas cuando una tribu vasalla se sublevaba o cuando un noble con influencia quería extender sus posesiones; niñas sacrificadas en las épocas de hambre, igual que antes lo habían sido los varones; prostitutas de mirada triste que trataban de provocarlo y atraerlo para que les pagase algunas medidas de cereal. Todo le daba asco.

—¿Para esto he luchado y he matado? ¡Ah, si lo hubiese sabido, habría preferido beber la muerte dulce que me ofrecía Aster!

Ahkim le entregó propiedades y mujeres, para que viviese como un noble, pero Koshmar las rechazó. Su amigo le advirtió de que ahora todo había cambiado:

—Un hombre necesita disponer de propiedades y siervos, porque la tribu ya no le proporciona el sustento. Si no aceptas mi regalo, te convertirás en un mendigo.

Koshmar no contestó y siguió inmerso en su pena y en su pasado.

A pesar de la atracción que sentía hacia Ahkim, Mara había intentado seguir queriendo a Koshmar, pero resultó una tarea imposible. Ya en el día de la batalla del desfiladero Mara supo que a Koshmar le había sucedido algo terrible, cuando vino hacia ella tambaleándose con ojos moribundos y manos empapadas en la sangre de su hermana Uriel. No era el Koshmar que ella recordaba de tiempo atrás, el hombre dulce y tierno al que sólo importaba el amor; ahora Mara tenía que competir contra memorias sangrientas y espíritus que gemían al soplar el viento.

Koshmar no había vuelto a reír y cada amanecer, en vez de alegrarse porque Mara se encontraba a su lado, lloraba porque volvía a estar vivo. Mara tuvo paciencia y trató de restañar sus heridas con cariño, pero la llaga era demasiado profunda y volvía a sangrar ante cada recuerdo.

Por otro lado, las fuerzas de la historia se confabulaban contra aquel amor imposible. Un tullido nunca habría sido amado en los pasados tiempos de los cazadores, cuando el éxito y la virilidad se medía por el número de presas que se podía ofrecer a la tribu; tampoco podía ser amado en la nueva era, cuando un varón debía ser capaz de luchar por su mujer y proporcionarle seguridad en una época turbulenta. Alguien como Koshmar había tenido su oportunidad de amar y ser amado en ese corto intervalo de tiempo en que los hombres habían dejado de ser cazadores y aún no se habían convertido en guerreros. Ahora ya había pasado su momento. En la nueva época no había lugar para él.

Mara experimentaba en su cuerpo y en su espíritu las exigencias de la nueva era. Y aunque luchó movida por los recuerdos, por un cierto sentimiento de lealtad y por compasión hacia aquel desdichado, no pudo vencerlas. El rey Ahkim, fuerte, valiente, modelo del nuevo varón, resultaba demasiado atractivo. Y Koshmar era sólo un hombre derrotado y perseguido por los fantasmas y el sufrimiento.

Mara ya había dudado entre los dos hombres antes de la batalla, cuando Ahkim la salvó de su cautiverio. Ya entonces había sentido hacia Ahkim algo extraño que no se atrevía a llamar amor. Tras dudarlo durante varias estaciones y exasperada por la tristeza de Koshmar, decidió ser reina.

El rey poseía muchas concubinas, reflejo de su poder y de su prestigio, pero Ahkim se aburría. Estaba harto de mujeres temerosas y complacientes, incapaces de contradecirle, obedientes a cada uno de sus caprichos. Él, que había peleado durante toda su vida para someter a las mujeres, ahora se daba cuenta de que, en cierta forma, se había equivocado y ya no había forma de volver atrás. O tal vez sí. Estaba Mara.

Mara y Ahkim se unieron en una ceremonia regia. En un rito fastuoso, el Dios Zohar se unió así también a la antigua diosa. Así quedaba enterrada en el olvido la guerra entre los dos sexos y se unían el cielo y la tierra.

Ese día, Koshmar sólo lloró un poco más fuerte de lo habitual; hacía tiempo que se daba cuenta de que Mara, su primer y único amor, se le estaba escapando de entre las manos. Pero no había tenido fuerzas para luchar. Había perdido tanto, que casi le era indiferente perder algo más, o al menos intentó convencerse de ello. No pudo seguir viviendo en Zewi Khemi, temeroso cada día de tropezarse con las demostraciones de afecto de la nueva pareja. Decidió vivir en la cueva de Shanidar, donde habían habitado los antiguos.

—Te echaré de menos, Kohsmar —mintió Ahkim. Se le había hecho insoportable la melancólica silueta de su amigo y respiró con alivio al enterarse de su marcha.

—Esto es tuyo, Kohsmar. —Mara le devolvió el colgante de cobre nativo que él le regalase un día lejano. La reina Mara volvió la cabeza para que no se le escapase alguna lágrima traidora. ¡Koshmar estaba tan delgado y envejecido!—. Yo… lo siento.

—Todos hicimos lo que los dioses nos mandaron. Y yo he sido una esquirla abandonada que dejaron al tallaros a vosotros dos en sílex y obsidiana. Os deseo que seáis muy felices. —Koshmar se volvió y comenzó a cojear hacia la cueva de Shanidar.

—¡Envíanos un mensajero si necesitas algo! —le gritó Ahkim, ya a lo lejos. Estrechó a Mara contra su cuerpo hasta que la tullida silueta del vencido Koshmar se perdió a lo lejos. Entonces, regresaron a sus tareas. El mundo era suyo y se amaban: no tenían tiempo para pensamientos tristes.

En la cueva de Shanidar, Koshmar se enfrentó a sus sangrientos recuerdos. Y lanzó un juramento terrible: no cejaría hasta reparar el mal que había causado.

Vivía con él un muchacho llamado Or, un chico de una de las tribus destruidas y, por tanto, destinado a la esclavitud. Ahkim se lo había enviado para que le ayudase, supliendo la pierna que Koshmar no podía emplear. Mientras el muchacho traía agua, cocinaba tortas o limpiaba, Koshmar pensaba. Pensó durante un ciclo de estaciones entero y luego comenzó a actuar calladamente, como un árbol que crece y que con sus raíces rompe incluso las rocas.

El predominio de los varones se basaba en dos hechos: en la fuerza y en la capacidad de crear vida. La propiedad de la tierra y de las reses era una consecuencia del dominio masculino, no su causa; si el poder masculino decaía, las mujeres acabarían por obtener el derecho a poseer tierras y ganado.

¿Cómo podía neutralizarse la mayor fuerza masculina? En una lucha cuerpo a cuerpo, un hombre siempre llevaría las de ganar. Sin embargo, ¿era necesario pelear cuerpo a cuerpo? En la batalla que aniquiló al ejército de la Diosa, lo decisivo habían sido las armas arrojadizas.

Koshmar decidió construir un nuevo tipo de arco, un arco poderoso, como el que soñara en su juventud; un arco capaz de matar instantáneamente a un ciervo… o a un hombre. Tras largas estaciones de pacientes pruebas, consiguió lo que no pudo lograr cuando era joven. Y es que los fantasmas de las muertas y de las torturadas le obsesionaban y le obligaban a trabajar como un poseso.

Cortó madera de todos los tipos de árboles y con ella modeló arcos de distintas longitudes y curvaturas. Mil veces se quebraron al tensarse y mil veces Koshmar volvió a cortar más madera para una nueva prueba. Al fin, cuando Or ya era un hombre, Koshmar tuvo éxito. Había desarrollado un poderoso arco, con el que una mujer podría enfrentarse a cualquier guerrero.

La segunda causa de la dominación masculina era más difícil de destruir. Él mismo había descubierto el Secreto de la Diosa y ahora todos creían que la vida procedía sólo de los varones, pero algunas cabras también se parecían a sus madres. Lo más lógico habría sido que las hembras se pareciesen a las madres, y los machos a los padres. No era así. A veces, se parecían a ambos, o a los abuelos, o a los hermanos del padre o de la madre, o a nada, o…

Convenció a unos cabreros de que le permitiesen experimentar con sus rebaños. No fue difícil, porque lo miraban con cierto temor reverente y supersticioso, y conocían su amistad con Ahkim. Eran unos pobres hombres que cuidaban los hatos de la nobleza guerrera; de unos nobles que, irónicamente, antes también había sido pastores.

Siguiendo las instrucciones de Koshmar, por las noches separaban en distintos rediles a los machos de las hembras; por el día, Or debía acompañar los rebaños y memorizar qué machos cubrían a cada hembra. Luego, al atardecer, Or se lo contaba al tullido Koshmar, incapaz de seguir a los pastores por las colinas, y éste modelaba pequeñas figuritas de barro, cada una de las cuales simbolizaba un macho cabrío o una cabra. En pocos ciclos de estaciones, el fondo de la cueva estaba cubierto de un numeroso pero minúsculo rebaño. Una red de palitos que unía las figuritas indicaba las cópulas; unas hierbas trenzadas, la descendencia. Cuando no experimentaba con sus arcos, Koshmar pasaba los días contemplando el rebaño en miniatura y tratando de desentrañar el misterio de la concepción. Pronto estuvo seguro de que las hembras desempeñaban un papel más importante que ser un recipiente pasivo para la semilla de los machos. ¿Tal vez de ellas provenía la sangre y de los machos la carne? Parecía lógico, al fin y al cabo las mujeres menstruaban con cada luna si no estaban embarazadas, quizás esa sangre estuviese destinada a una nueva vida.

Tenía que estar seguro antes de proclamar su descubrimiento. Se entregó a sus investigaciones con afán aún más desmesurado, sin preocuparse por dormir o descansar.

Por desgracia, en su entusiasmo, no tuvo en cuenta a Or. Éste había ido creciendo hasta convertirse en un hombre y odiaba a Koshmar, que le obligaba a marchar con las cabras todos los días, y a traer arcilla del lejano río para modelar las figurillas, y a cocinar... A él no le importaba nada el misterio de la concepción y, aunque no le decía nada a su amo, opinaba que las mujeres estaban muy bien, así sometidas. Koshmar no sentía apenas necesidades sexuales —había sufrido demasiado—, y se olvidaba de que Or había crecido. No le permitía ir a Zewi Khemi para desahogarse con alguna prostituta: ¡para desentrañar el secreto de la vida, no se podía perder de vista el rebaño!

Or urdió un plan que lo liberase de la esclavitud. Y si además podía vengarse de un amo tan egoísta y cruel, tanto mejor. Una madrugada, tomó el arco diciendo que se iba a cazar antes de que saliese a pastar el rebaño. Koshmar, sin sospechar nada, se lo permitió, rogándole que cuidase el arco: ¡llevaba en las manos la libertad de las mujeres!

En vez de cazar, Or descendió hasta Zewi Khemi. Conociendo la antigua amistad que había unido a Koshmar con el rey, prefirió dirigirse al consejo de los nobles. Allí denunció a Koshmar, como traidor a los dioses masculinos y les explicó su plan para devolver el poder a las mujeres. Como prueba, aportó el maravilloso arco.

Los escandalizados nobles acudieron al rey Ahkim y le exigieron que matase a Koshmar. Ni siquiera Ahkim podía luchar contra todos los nobles. Les prometió que antes de una luna, Koshmar dejaría de ser un peligro para Zohar y para el patriarcado.

—¡Ahkim! ¡Qué alegría verte! —Koshmar cojeó para recibir a su amigo—. Precisamente estaba pensando en bajar a Zewi Khemi para pedirte otro criado: Or salió de caza hace unos días y ha desaparecido, seguramente se lo habrá comido una fiera. Y necesito a alguien que vaya con los rebaños, ¿sabes? Estoy a punto de descubrir algo maravilloso. ¡Hombres y mujeres tendrán el mismo poder, y los hijos serán de ambos por igual!

Koshmar estaba tan entusiasmado que tardó un poco en preguntar por Mara.

Ahkim suspiró. Había subido hasta Shanidar para intentar convencer a su amigo de que abandonase tan peligrosas actividades y no iba a ser fácil. En silencio, permitió que Koshmar le enseñase las figurillas de barro y cómo éstas demostraban sin lugar a dudas que, de alguna forma misteriosa, también las hembras creaban vida.

Koshmar no le habló sobre el poderoso arco que había inventado: sabía bien el uso que su amigo habría dado a tal arma, y no quería ser atormentado por más espíritus asesinados. Ahkim hizo como si no supiese nada sobre ello.

—¿Y no crees que todo esto puede ser… peligroso para ti? Los hombres tal vez no estén de acuerdo en compartir el poder, ahora que lo han conquistado —objetó Ahkim.

—¿Por qué va a ser peligroso? ¿Quién puede preferir el poder a la verdad y a la justicia? La dominación engendra rencor, y el rencor…

Ahkim dejó de escucharlo. En aquella soledad Koshmar se había vuelto loco o, por lo menos, había olvidado cómo era el mundo.

—¿Sabes que puedes morir por esos sueños imposibles? —le interrumpió.

Koshmar parpadeó perplejo. Él estaba hablando de una nueva época de igualdad sin predominio de ninguno de los dos sexos, y Ahkim le respondía hablando de muerte.

—Estoy dispuesto a morir, si la vida es el precio que tengo que pagar para enmendar los crímenes que involuntariamente he cometido. No puedo vivir con el peso de tanta sangre. Pero, mira, con ocre y hollín he dibujado en las paredes de la cueva la historia de lo que pasó en Zewi Khemi, para que las gentes no lo olviden y no se repita nunca más. Justo hoy estaba empezando un dibujo que mostrará cómo los hombres y las mujeres participan por igual en la creación de la vida. Así todos lo sabrán, incluso después de que yo muera.

Ahkim movió la cabeza. Su amigo estaba condenado y no se daba cuenta. ¿Cómo salvarlo de sí mismo? Varias veces trató de advertirle de la muerte que se aproximaba, pero Koshmar no atendía sino a su deseo de expiación por unos imaginarios crímenes. Dándose por vencido, Ahkim desvió la conversación y el resto de la jornada se dedicaron a recordar los tiempos de sus aventuras juveniles. Para Ahkim era terriblemente doloroso rememorar su amistad, ahora que sabía que Koshmar iba a morir.

Cuando se despidieron, Koshmar le dijo:

—¡No te olvides de mandarme a alguien! ¡Lo necesito para proseguir mi búsqueda de la verdad sobre la concepción!

Ahkim suspiró:

—Te lo enviaré, amigo mío, te lo enviaré.

Koshmar se sintió tan satisfecho, que no se dio cuenta de que Ahkim, el valiente y despiadado Ahkim, se marchaba llorando.

TREINTA Y UNO

—¡Si lo hubieses visto! Koshmar está poseído por los espíritus de las mujeres muertas, que piden venganza. Ninguna razón ni amenaza puede disuadirlo de buscar y predicar su verdad, desafiando a los dioses masculinos.

Mara, sentada sobre su trono, meditó las palabras de Ahkim. Habían expulsado de la cabaña a todos para hablar sobre Koshmar. Ella conocía bien al pobre tullido y sabía que, como en Nohara, su madre, bajo una apariencia débil y despreciable se escondía una tenacidad capaz de desafiar la muerte.

Koshmar soñaba con un imposible. Tras conseguir el poder, los turbulentos varones no iban a abandonarlo sin lucha. ¿Y quién se atrevería a pelear contra ellos? La voluntad de las mujeres había sido quebrada con sangre, matanzas y torturas, y ninguna de las supervivientes osaba imaginarse una sublevación.

Lo único sensato era lo que ella hacía: aparentar doblegarse, permanecer en la penumbra y tratar, con sutileza, de atemperar los abusos y las injusticias. El patriarcado había llegado para quedarse y era más sabio adaptarse y moderarlo. Ella, como reina, se hallaba por debajo de Ahkim; pero él le pedía consejo y, sin darse cuenta, seguía las opiniones de Mara creyendo que habían sido ideas propias. No era posible conseguir más poder para las mujeres, al menos mientras entre los varones se mantuviese la memoria de la guerra de sexos que habían librado.

Koshmar constituía un peligro para aquellas mismas mujeres a las que deseaba salvar de la esclavitud. Si los hombres viesen tambalearse su predominio, intensificarían su violencia y su tiranía.

—Tal vez exista una forma de evitar la muerte de Koshmar... —apuntó Mara—. Sería muy doloroso, pero conservaría la vida.

Ahkim la escuchó atentamente y luego mandó llamar a Or.

Koshmar se encontraba contemplando el rebaño de figuritas de arcilla cuando un ruido en la entrada de la cueva lo hizo volverse.

—¡Or! ¡Estás vivo! ¿Dónde te has metido todos estos días? ¿Y el arco? ¿Dónde tienes mi arco? ¿Y quiénes son esos que vienen contigo?

Or estaba acompañado por unos jóvenes a los que Koshmar no conocía.

—¡Viejo egoísta, cojo y miserable! —replicó, para perplejidad de Koshmar—. ¡Traidor a los hombres y blasfemo contra Dios! He sufrido mucho a tu servicio, pero ahora pagarás tu deuda.

—¿Sufrir? Pero, Or, yo no quiero que nadie sufra. Quiero un mundo de igualdad, de justicia...

—¡Quédate con tus sueños, viejo loco! ¡Tus sueños me han torturado durante toda mi vida, no me has dado un momento de reposo! ¡Me has hecho trabajar más que al más vil de los esclavos, en nombre de esas ideas! ¡Las odio! ¡Las odio con toda mi alma!

Diciendo esto, comenzó a pisotear y destrozar el rebaño de arcilla.

—¡No, Or, no lo hagas! ¡Aquí están las pruebas de que las mujeres participan en la concepción! ¡Tú sabes lo que ha costado conseguirlas! —Koshmar trató de impedírselo, pero los otros jóvenes lo sujetaron. En poco tiempo, sólo quedaban informes pegotes de barro y la labor de todos aquellos ciclos de estaciones había sido destruida.

—Y ahora vamos por los monigotes que has pintado en las paredes.

—¡No! ¡Ésa es la historia de lo que ha sucedido! ¡No la borres!

Pero Or, con una piel humedecida, frotó las pinturas de Koshmar donde se narraba cómo los varones habían descubierto el Secreto de la Diosa y se habían sublevado contra las mujeres. Donde antes había dibujos, ahora sólo se veían manchas borrosas y sin significado. En un recoveco de la pared, pasó desapercibido para Or el dibujo de una mujer empuñando el nuevo arco de Koshmar, aquel que las salvaría de la opresión masculina. Pero ahora ya a nadie importarían los sueños imposibles de un tullido.

—¡Ya está! Los hombres hemos dominado desde siempre, tal como Zohar quiso que fuese cuando nos creó. Y las mujeres, desde el principio de los tiempos, han sido nuestras siervas. Ésta será la única verdad que ha de perdurar.

Koshmar lloraba, al ver manipuladas la verdad y la memoria a las que se había consagrado.

—¡Volveré a reconstruirlo todo, brutos salvajes e insensibles! ¡Volveré a modelar otro rebaño de arcilla, volveré a conseguir pruebas de que las mujeres colaboran en la concepción, volveré a pintar la historia de lo que ha sucedido para que nunca se olvide! ¡Aunque lo destruyáis cien veces, cien veces lo reharé!

—¡Oh, no, estás equivocado! ¡Sujetadlo fuerte! —ordenó Or. Y tomando una rama encendida de la hoguera, la aproximó a los ojos de Koshmar. Los gritos de dolor llenaron la cueva de Shanidar.

Así fue cegado Koshmar, por orden de Ahkim, su mejor amigo, y de Mara, su primer y único amor. Nunca más vería las formas de los cuernos de las cabras, ni el dibujo de sus pieles, ni podría pintar en las paredes verdades incómodas. Ahkim y Mara le hicieron perder los azules del cielo y los verdes de los árboles para salvarle la vida.

Cuando, entre risas, se fueron Or y sus amigos, Koshmar se quedó gimiendo en el fondo de la cueva hasta que por allí pasó un pastor que, apiadándose de él, lo llevó a Zewi Khemi. No fue casualidad: Ahkim lo había ordenado así.

Una vez Koshmar en presencia del rey, le explicó lo sucedido. Ahkim mandó llamar a Or.

—¿Y bien, Or, admites que has cegado a Koshmar? —le preguntó, delante de todos. Habían convenido en secreto que, en premio por haber salvado a los varones del peligro que les amenazaba, le concedería una pequeña propiedad, además de cincuenta ovejas y cuatro mujeres.

—Sí, lo hice, porque en la oscuridad de la cueva él...

Ahkim no le dejó acabar. Levantándose del trono lleno de ira, le clavó un cuchillo en la garganta. El sorprendido Or murió antes de darse cuenta de lo que pasaba.

Ahkim jadeó. Estaba furioso por haberse visto obligado a cegar a su amigo y alguien tenía que pagarlo. Le parecía que matando a Or limpiaba su falta, aunque Or sólo hubiese obedecido sus órdenes.

—¡Que nadie se vuelva a atrever a ponerle la mano encima a Koshmar! ¡Lo declaro sagrado e inviolable, como mi misma persona! ¡Y morirá quien le haga daño! ¿Lo habéis entendido?

Los nobles asintieron. Al fin y al cabo, Koshmar ya no constituía un peligro para ellos y un rey puede permitirse ciertos caprichos. En especial un rey tan salvaje y violento.

Cuando todos se fueron, Ahkim le dijo a Koshmar:

—Espero que con esta sangre estés satisfecho. He sentido tanta rabia con lo que te ha ocurrido, que no he pensado en torturarlo para hacerle confesar el nombre de sus cómplices.

Koshmar movió la cabeza. ¿Acaso no entendía Ahkim que no le había pedido que matara a nadie, que ya estaba ahíto de sangre y muerte? Sólo había querido que Or le ayudase a reconstruir el rebaño de arcilla destruido: era el único que sabía cómo estaban dispuestas las figurillas. Además, demasiado tarde, se daba cuenta de que Or había tenido razones para odiarlo a él y a la obra que realizaba. Ensimismado en un sueño, se había olvidado de la persona real que vivía a su lado.

Por fortuna, Koshmar no podía ver que la guardia de Ahkim llevaba arcos construidos según el modelo del nuevo arco compuesto. Habría sabido quién había ordenado su ceguera.

—Ahora te quedarás aquí, con nosotros, ¿verdad? —Ahkim volvía a sentirse jovial. Matar le evitaba preocupaciones sobre el futuro—. No podrás seguir con esa búsqueda de la verdad sobre la concepción que me contaste, pero te daré unas muchachas de mi harén con las que te consolarás. ¡En ellas podrás experimentar la concepción tanto como quieras!

—No. Préstame un guía y volveré a Shanidar.

—Pero Koshmar, en tu estado no puedes vivir solo en esa cueva —intervino Mara. Mara... Koshmar quiso llorar cuando pensó que no la volvería a ver, pero entonces se dio cuenta de que tampoco sentiría nunca más el alivio de las lágrimas.

Fueron inútiles las razones que sus amigos adujeron para que se quedara en Zewi Khemi. Koshmar quería irse y morir allí, en la soledad de las montañas.

—Bueno, te daré un esclavo para que te cuide.

—No quiero que nadie comparta mi exilio. He aprendido mucho con Or.

—¡Está bien, pero me encargaré de que cada día un muchacho de los pastores te suba algo de comida! —se despidió Ahkim, enfadado. Podía gobernar un reino, pero no podía mandar sobre aquel tullido terco y melancólico.

—Adiós, Koshmar —se despidió Mara—. Adiós...

Koshmar, con la mano apoyada en el hombro de su guía, se tambaleó hacia Shanidar.

Allí se sentó, sumido en la más absoluta y oscura desesperación. Había sido totalmente quebrado, derrotado hasta lo más profundo. Nunca podría reparar el dolor y el mal que había causado, ni descubrir ninguna verdad. No podría dar satisfacción a los espíritus que lo acosaban ni lograr su perdón. No había nada que hacer, salvo mantener encendida la hoguera que le daba calor y alejaba las fieras. Y enfrentarse con su pasado y su memoria.

Al principio, luchó por apartar de sí las imágenes sangrientas y dolorosas que lo acosaban, pero esto sólo hacía que regresaran una y otra vez.

Por fin, tras muchas estaciones, dejó de luchar. Entonces empezó a reconciliarse con la muerte que había contemplado tantas veces. Volvía a ver a su hermana Uriel agonizante, a su madre Nohara asesinada, a Aster atravesada por un venablo... Y ahora, en vez de tratar de huir o de combatir los recuerdos, los dejó fluir como la fuente que manaba al lado de la cueva. Los contemplaba sin culparse, sin juzgarlos, sin pensar cómo podían haberse evitado. Incapaz de ver, sólo sentía su cuerpo; e incluso empezó a aceptar ese mismo cuerpo que tanto odiara, cojo y ciego.

Ni se asía ni rechazaba ningún recuerdo, ninguna sensación, ningún tormento: sólo fluían a través de él. Y una tarde de invierno, se secó el manantial de dolor que brotaba de su hígado y de su pecho.

Entonces empezó una nueva tortura en la oscuridad absoluta en la que se hallaba inmerso. Se acordaba de los momentos de felicidad de su vida, de su infancia con Nohara y Uriel, de su amor hacia Mara, de su amistad con Ahkim. Nunca volverían y, en su ceguera, revivía cada uno de esos instantes, sabiendo que los había perdido para siempre.

Tras lunas de angustia y pesadillas, comprendió que aferrarse a la felicidad originaba tanto sufrimiento como huir del dolor. Y dejó fluir también la felicidad, sin rechazarla pero sin asirse a ella. Volvió a lanzar venablos, a correr de niño sobre sus dos piernas, a reír con Ahkim, a gozar con Mara, a abrazar a Uriel, a aprender con su tío Tamar, a consolarse en Nohara... De nuevo, soñó con ser un gran cazador, con vivir junto a Mara para siempre, con descubrir aquello que salvaría a las mujeres de la esclavitud. Por fin, también la felicidad pasó.

Quedaron solos Koshmar y la cueva de Shanidar. Ni dioses ni diosas, ni espíritus ni remordimientos tenían ya cabida en el alma de Koshmar: cuando trataban de hablarle, encontraban que él les sonreía pero dejaba pasar sus palabras, como si ni Koshmar ni las divinidades ni los remordimientos existieran en realidad.

Durante estos ciclos de estaciones de soledad, Koshmar sólo hablaba unos instantes con el temeroso y callado chiquillo que, por orden de Ahkim, le llevaba la comida. Pero tres visitas interrumpieron su silencio, que no su oscuridad.

La primera fue un muchacho de Oolwi Khemi. Su voz sonaba inquieta y le recordaba a Koshmar sus propios sueños juveniles.

—Señor, deseo que me tome como criado para aprender con usted. Se dice que Kairoon le ha concedido sus bendiciones.

—¿Y qué deseas aprender de Kairoon?

—A construir armas para liberar a mi pueblo, que gime bajo los nobles de Zewi Khemi. Un arma que contrarreste los poderosos arcos de Ahkim...

—¿Los guerreros de Ahkim llevan un nuevo tipo de arco? ¿Cómo es?

Por las explicaciones del muchacho, Koshmar comprendió muchas cosas. Y supo quién había ordenado cegarle.

—Una nueva arma no es la solución —le dijo Koshmar al muchacho.

Ante su decepción, Koshmar le aclaró:

—¡Oh, sí, tal vez si descubres un arma lo bastante poderosa, los de Oolwi Khemi venzáis a los de Zewi Khemi, y seáis vosotros los nobles y ellos los siervos!

—Entonces, ¿por qué dice que no es la solución?

Koshmar suspiró: ¿cómo explicarle a aquel muchacho lo que le había costado toda una vida comprender?

—Vete, encuentra el arma y regresa cuando hayas derrotado a Ahkim.

El muchacho se marchó defraudado por no haber conseguido la ayuda de Koshmar, pero con el alma henchida de esperanza.

La segunda visita llegó varios ciclos de estaciones después.

—Señor, vengo de parte del rey Ahkim para guiaros a Zewi Khemi. La reina Mara ha muerto.

Koshmar se puso trabajosamente en pie y, apoyando la mano sobre el hombro del mensajero, volvió a la aldea de su infancia. Antes de salir de su cueva, escarbó en una esquina y sacó de su escondite la única posesión que había conservado de su vida anterior: el colgante de cobre nativo que un día regalase a Mara y que ella le devolvió cuando se separaron definitivamente. El cuero estaba podrido y, por temor a perderlo, no se atrevió a ponérselo al cuello. Lo llevó en la mano.

En Zewi Khemi reencontró los olores y los sonidos de su niñez.

—Koshmar, viejo amigo, Mara nos ha dejado. Murió en un parto. Era demasiado mayor para seguir teniendo hijos. Viajó al mundo de las sombras después de cuatro días de torturas.

—¿La comadrona no troceó al bebé dentro de ella, para intentar salvarla? —preguntó Koshmar.

—¡Eso constituye un delito inimaginable! La mujer es el recipiente para los hijos del varón: no se puede matar al hijo por salvar al recipiente. Aunque sea la reina. Esa antigua costumbre está castigada ahora con la pena de muerte —repuso Ahkim—. Ni siquiera yo puedo ordenar que se haga algo que atente contra la supremacía de los varones.

Koshmar comprendió. Sin decir más, pidió ser encaminado hacia la tumba de Mara. Ciego y cojo, se había demorado en exceso y el funeral ya se había celebrado. En otros tiempos, se habría atormentado por haber llegado tarde, como siempre. Ahora sólo sintió dolor.

—Algunas mujeres dicen que la muerte de Mara es su castigo por haber sido traidora a la diosa... He prohibido esas murmuraciones, pero... ¿tú crees que la ha matado la diosa? —le preguntó Ahkim.

Koshmar se encogió de hombros. ¿Quién podía entender los caprichos de las divinidades? Había dejado de odiar a unos dioses y diosas arbitrarios, sanguinarios e injustos; ya no les reprochaba lo que habían hecho con él y con su vida.

—Para que las mujeres mueran en los partos, no hacen falta maldiciones. Y si ahora está prohibido trocear a los niños cuando se atascan, morirán muchas más sin necesidad de divinidades o espíritus: las matarán vuestras leyes masculinas.

—Koshmar, amigo mío, yo quería a Mara, ¡cuánto la quería! ¡Y la he tenido que dejar morir! ¡No sé lo que haré sin ella!

—También yo la quería. Pero a mí sólo me queda un colgante de cobre enmohecido que no es más que un regalo rechazado. Al menos a ti te ha dejado hijos en los que recordarla.

Ahkim los mandó llamar.

—Éste es el mayor. ¡Lástima que no lo puedas ver, es casi un hombre! Y esta preciosa niña...

Koshmar palpó sus caras y concedió que eran unos hijos preciosos, como los que a él le habría gustado tener. Preguntó por el hijo de Uriel, y se enteró de que había sido apartado de la línea de sucesión. Ahora estaba exiliado en Oolwi Khemi.

—Es que Mara era la reina, ¿sabes? Y no podía permitirse que el hijo de otra mujer accediese al trono.

Koshmar comprendió y no dijo nada. Las luchas por el poder le eran indiferentes.

Tras permanecer unos días más con su amigo, Koshmar regresó a Shanidar. Allí esperaría el futuro, el inevitable futuro.

La tercera visita se demoró muchos ciclos de estaciones, pero por fin acudió a su cita. Ya había cambiado la temperatura indicando el atardecer cuando llegó. Era Ahkim, un Ahkim agotado, polvoriento, ensangrentado, con varias flechas clavadas en el cuerpo. Había quebrado los mástiles para que no se agrandasen las heridas.

Koshmar no podía verle, pero sí oler la sangre. Acogió a su amigo en los brazos.

—Koshmar, hemos sido vencidos. Estalló una revuelta de siervos en Oolwi Khemi, como tantas otras. Me dirigí hacia allí con mi ejército para sofocarla. Y me encontré con que...

—Disponían de una nueva arma —completó Koshmar.

—¿Cómo lo sabes? En efecto, llevaban una especie de pellejos curtidos a los que llamaban escudos. Tras ellos, se encontraban a salvo de nuestras flechas, mientras que nosotros no podíamos protegernos. Nos aniquilaron. ¿Y sabes quién los mandaba? ¡El hijo de Uriel, mi propio hijo!

—Puedes sentirte orgulloso. La sangre de Uriel, mezclada con la tuya, sólo podía producir un conquistador.

—Sí, es verdad. Pero ahora se ha apoderado de Zewi Khemi y ha ordenado matar a mis demás hijos.

—Tan sanguinario como su padre.

Ahkim pareció sentirse orgulloso de su vástago.

—Tal vez debería haberme unido a Uriel y haber dejado a Mara para ti. Pero Uriel no habría traicionado nunca a su Diosa. ¡Era tan tozuda! Todos en vuestra familia lo sois.

Koshmar lanzó un suspiro, al imaginarse lo que podría haber sido la vida al lado de Mara. No, era inútil pensar en eso.

—Cuando me recobre de las heridas, levantaré un ejército armado también con esos escudos y reconquistaré Zewi Khemi. Le daré una azotaina a ese hijo rebelde, pero luego lo nombraré mi heredero: ¡ha demostrado lo que vale! Y después...

El fino oído de Koshmar escuchó el rumor de pasos que, sigilosamente, se acercaban a Shanidar. Muchos pasos. El tiempo de Ahkim se había terminado: no habría ningún después.

—Ahkim, ¿te acuerdas de cómo me enseñabas a lanzar el venablo cuando éramos niños?

Ahkim sonrió, a pesar del dolor.

—Sí, ¿y tú, de cuando nos atacaron los leones?

Puesto que Ahkim no tenía futuro, Koshmar lo fue guiando hacia los momentos felices del pasado. Sus perseguidores se detuvieron a la entrada de la cueva, retenidos por un cierto temor supersticioso ante Koshmar, el viejo y ciego tullido que, según se decía, podía hablar con los dioses. Además, cuando vieron dónde estaban clavadas las flechas, supieron que no era preciso rematar al depuesto rey.

—Koshmar, tengo que confesarte una cosa: fui yo quien ordenó que te cegaran. Pero es que los nobles te iban a matar.

—Ya sabía que fuiste tú, Ahkim.

—¿Y me perdonas?

—Claro que te perdono.

—Koshmar, tú y yo hemos cambiado el mundo. ¿Verdad que hemos cambiado el mundo?

—Sí, lo hemos cambiado.

—Hemos vivido felices, ¿verdad?

—Hemos vivido.

—¡Cuántas batallas! Lo único que siento es que te quedaras cojo y no hayas podido participar en ellas. Pero siempre has tenido mala suerte.

—Sí, mala suerte.

Ahkim empezó a agitarse entre los brazos de Koshmar, delirando en su agonía.

—Escucha, Koshmar, ¿no lo oyes? Es mi madre, que me llama. Mamá, ya voy. Por fin voy a conocerte: ¡te he esperado tanto! Adiós, Koshmar, me voy con mamá. ¡Mamá...!

—Adiós, Ahkim. Adiós, amigo mío.

No hubo respuesta. Así, a manos de su propio hijo, murió el rey Ahkim, el asesino de la Diosa, el que cambió el destino del mundo.

Entonces avanzó el hijo de Uriel y Ahkim. Koshmar se dio cuenta de que ni siquiera se acordaba de su nombre. La voz sonaba joven, viril... y tan peligrosa como la de su padre.

—Tío Koshmar, soy el nuevo rey. ¿Deseas algo?

—Permanecer en Shanidar.

—Me encargaré de que te sigan llegando alimentos. ¿Algo más? ¿Mujeres, criados, joyas, algún título? Eres mi único pariente... vivo.

—Gracias, sobrino, sólo necesito una torta de cebada cada día.

El nuevo rey, extrañado de que alguien rechazase honores y riquezas, se marchó. Ordenó que se llevasen el cuerpo de Ahkim para otorgarle funerales regios. Al fin y al cabo, había sido el rey y había sido su padre.

Cuando parecía que todos ya se habían ido, unas palabras interrumpieron las meditaciones de Koshmar.

—Hace mucho tiempo vine para que me ayudases a derrotar a Ahkim y a liberar a mi pueblo.

—¡Ah, sí, aquel muchacho! Por tu voz, observo que ya eres todo un hombre.

—He sido yo, con la ayuda de Kairoon, quien ha inventado los escudos con los que Ahkim ha sido vencido.

Koshmar guardó silencio. No lo felicitó.

—¡Gracias a los escudos, la paz será eterna! Los ejércitos no podrán combatirse, porque protegidos por escudos nadie será alcanzado por las flechas, y tendrán que llegar a un acuerdo. Es el arma definitiva, la que traerá paz a la humanidad para siempre.

Koshmar esbozó una sonrisa.

—La última vez que viniste, te dije que volvieras cuando vencieseis a Ahkim. Ahora te digo que regreses cuando hayáis sido derrotados: entonces estarás maduro para empezar a aprender. Con las victorias se obtiene poder; con las derrotas, sabiduría.

—¡Nunca seremos derrotados!

Koshmar no contestó y añadió un poco de leña al fuego. Toda su vida había sido una continua derrota. Y no le importaba.

Koshmar vivió muchas estaciones en la cueva de Shanidar, donde un día habitasen sus antepasados, antes de decidirse a levantar orgullosas cabañas con piedras, barro y paja. Tantas estaciones vivió, que seguía allí cuando la guerra entre hombres y mujeres se había convertido en algo mítico. Excepcionalmente para su época, alcanzó una avanzada edad: casi setenta ciclos de estaciones. La primera mitad de su vida había estado compuesta por luchas, dolor y angustia, por esperanzas defraudadas, por sangre y decepción; la segunda mitad estaría llena de paz y conocimiento. Y si esta palabra tenía algún significado para Koshmar, también de felicidad. Al menos, en cierta manera.

Los pastores de cabras subían a escuchar sus relatos fantásticos que hablaban de luchas entre dioses y diosas, entre héroes y heroínas más allá del miedo y de la imaginación; y entonces suspiraban y soñaban y se sentían transportados a un mundo diferente, distinto a la triste realidad que debían vivir. Agradecidos, cuando volvían con sus rebaños siempre le dejaban algún cabrito que completase su magra dieta.

Cuando tenían algún problema, acudían al anciano de Shanidar, como le llamaban, y él, con amables preguntas, les hacía darse cuenta de lo que en verdad deseaban, fuese bueno o malo. Salían convencidos de que el anciano de Shanidar les había aconsejado lo que deseaban oír. Así ayudaba a cada uno a reconciliarse con la suerte que le había tocado vivir. Todos quedaban satisfechos, sin darse cuenta de que Koshmar no existía y sólo era como un lago profundo, que reflejaba las imágenes de aquellos que le miraban.

En un tiempo en que se vivía treinta ciclos de estaciones y a los cuarenta ya se era un viejo decrépito, el anciano de Shanidar parecía eterno. Pero nada es eterno.

Un día, los pastores encontraron muerto al anciano y respetuosamente depositaron un poco de tierra sobre su delgado y tullido cuerpo, para que su espíritu pudiese viajar a ese maravilloso país de las sombras del que tanto les había hablado. Luego se fueron y no regresaron más.

No se dieron cuenta de que su mano izquierda aferraba un viejo colgante de cobre nativo reverdecido por el tiempo.